Sagan · Willkommen Zärtlichkeit

Françoise Sagan

Willkommen Zärtlichkeit

Roman

C. Bertelsmann Verlag

Die Originalausgabe erschien unter dem Titel
»La femme fardée«
bei Jean-Jacques Pauvert aux éditions Ramsay, Paris

Aus dem Französischen von Wolfram Schäfer

Alle deutschen Rechte bei
C. Bertelsmann Verlag GmbH, München 1983/543
© 1981 by Françoise Sagan, Jean-Jacques Pauvert et
Editions Ramsay, Paris
Satz: Filmsatz Schröter GmbH, München
Druck und Einband: Clausen & Bosse, Leck
ISBN 3-570-03025-3 · Printed in Germany

*Für Jean-Jacques Pauvert,
dem ich verdanke,
daß die Geschichte dieses Buches
eine glückliche Geschichte ist,
von seiner Freundin.*

»Welche Bedeutung können wir den Dingen dieser Welt beimessen? Der Freundschaft? Sie schwindet, wenn der Geliebte ins Unglück stürzt oder der Liebende Macht erringt. Der Liebe? Sie ist betörend, flüchtig oder schuldhaft. Dem Ansehen? Ihr teilt es mit der Mittelmäßigkeit oder dem Verbrechen. Dem Reichtum? Wie könnte man diese Nichtigkeit als etwas Gutes betrachten? Bleiben allein diese sogenannten glücklichen Tage, die unbemerkt im Dunkel der täglichen Pflichten vergehen und die es dem Menschen weder überlassen, die Lust am Leben zu verlieren, noch, es neu zu beginnen.«

Châteaubriand, *Das Leben des Abbé de Rancé*

Der Sommer ging seinem Ende entgegen, ein Sommer, der gelb, strahlend und wild gewesen war, einer dieser Sommer, die an den Krieg oder die Kindheit erinnern. Jetzt allerdings warf die Sonne ihre matten Strahlen auf die flachen blaugetönten Wellen im Hafen von Cannes. Es war ein ausklingender Sommernachmittag, der Anfang eines Herbstabends, und es lag etwas Müdes, Goldenes, Erhabenes und vor allem Vergängliches in der Luft, als sei diese Schönheit durch ihr Unmaß selbst zum Tode verurteilt.

Am Liegeplatz der *Narcissus*, die der Stolz der Reederei Pottin war und bald die Anker zu ihrer berühmten musikalischen Herbstkreuzfahrt lichten sollte, schienen jedoch Kapitän Ellédocq und sein Schiffssteward, Charley Bollinger, die gleichsam in Habtacht-Stellung am Laufsteg standen, für den Zauber der Frühabendstunde wenig empfänglich zu sein. Sie begrüßten die glücklichen und privilegierten Passagiere eines Motorschiffes, das luxuriös genug ausgestattet war, um den fast unerschwinglichen Preis für diese Fahrt zu rechtfertigen. Die weltweite Werbung bei allen Reisebüros, die seit nunmehr fünfzehn Jahren lief, klang äußerst vielversprechend. Der Slogan, der kursiv auf blauem Grund eine Äolsharfe umschloß, lautete: *In mare te musica sperat.* Was für einen nicht allzu kleinlichen Latinisten mit dem Satz übersetzt werden könnte: »Auf dem Meer erwartet dich die Musik.«

Und tatsächlich konnte man, wenn man Gefallen daran fand und die Mittel dafür hatte, eine kleine, zehntägige Kreuzfahrt auf dem Mittelmeer bei höchstem Komfort zusammen mit einem oder zwei der international bedeutendsten Musikinterpreten unserer Tage verbringen.

Für die Organisatoren oder zumindest in der Idealvorstellung der Pottins bestimmten die Stationen der Reise das musikalische Werk, und die Musik bestimmte das Menü. Diese anfangs dezenten, feinen Abstimmungen hatten sich allmählich in feste Riten verwandelt, selbst wenn manchmal mißglückte Tournedos unverhofft dazu zwangen, Rossini durch Mahler und Rinderfilet durch bayerischen Eintopf zu ersetzen. Da die Künstler oft erst im letzten Augenblick von den Veranstaltern oder Organisatoren über die Launen der Gefrieranlagen an Bord oder der mediterranen Märkte unterrichtet wurden, blieben ihnen zuweilen leichte Nervenkrisen nicht erspart, die ihrem im übrigen recht eintönigen Dasein eine gewisse Würze verliehen – von Geld einmal abgesehen. Der Preis für diese Kreuzfahrt belief sich nämlich in der Luxusklasse auf achtundneunzigtausend Francs und auf zweiundsechzigtausend Francs in der Ersten Klasse. Die Zweite Klasse hatte man auf der *Narcissus* für immer abgeschafft, um den privilegierten Gästen das Gefühl zu ersparen, weniger privilegiert zu sein als andere. Gleichviel, die *Narcissus* war stets ausgebucht. Bereits zwei Jahre im voraus kämpfte man darum, eine Kabine zu bekommen, und dann saß man auf den Schaukelstühlen des Oberdecks nebeneinander wie andere auf ihren Parkettsitzen in Bayreuth oder Salzburg – zwischen Musikbesessenen und reichen Leuten, während Auge und Ohr, Geruchssinn und Gaumen täglich die höchsten Genüsse geboten wurden. Allein die Freuden des fünften Sinnes blieben ausgespart, was allerdings im Hinblick auf das Durchschnittsalter der Passagiere auch vorzuziehen war.

Punkt siebzehn Uhr, dem spätesten Zeitpunkt zum Einschiffen, ließ Kapitän Ellédocq ein mißmutiges Brummen vernehmen, zog seine Uhr aus der Westentasche, hielt sie sich mit skeptischem Blick vor die Nase, bevor er sie vor den Augen des geduldigen und weniger überraschten Charley Bollinger hin und her schwenkte. Die beiden Männer fuhren seit zehn Jahren zusammen zur See und hatten dabei gleichsam eheliche Gewohnheiten angenommen, die in bezug auf ihr Äußeres etwas geradezu Abgeschmacktes hatten.

»Wetten, die Bautet-Lebrêche vor sieben nicht da?«

»Wahrscheinlich«, antwortete Charley Bollinger mit angenehmer und heller Stimme, der sich gezwungenerma-

ßen an die Morsesprache des Kommandanten hatte
gewöhnen müssen.

Ellédocq entsprach mit seiner massigen Gestalt, seinem
Bart, seinen buschigen Brauen und seinem schaukelnden
Gang derart der Vorstellung, die man sich von einem alten
Seebären macht, daß er sich trotz seiner außergewöhnli-
chen Unkenntnis der Navigation mit der Zeit bei der
Reederei Pottin durchgesetzt hatte. Nach einigen Schiff-
brüchen und zahlreichen Havarien hatte man ihn von den
riskanten Ozeanriesen abgezogen und ihn mit den gefahr-
losen Rundfahrten betraut, der Küstenseefahrt von einem
Hafen zum anderen, wobei Ellédocq im Kommandoturm
eines soliden und gut ausgerüsteten Schiffes und mit
Unterstützung eines Ersten Offiziers, der sich in der Navigation und ihren Regeln einigermaßen auskannte, absolut
nichts Ärgerliches passieren konnte. Die an Wahn gren-
zende Anmaßung, die Ellédocq von Kindheit an aus unerfindlichen Gründen entwickelt hatte, verleitete ihn automatisch dazu, seiner Mannschaft einen Mangel an Initiative zu unterstellen, obwohl er sich dies auf seinem Posten
eigentlich selbst vorwerfen mußte. Doch in Gedanken
schwelgte er in Abenteuern wie bei Joseph Conrad oder
den Taten mutiger Kapitäne, wie sie bei Rudyard Kipling
vorkommen. Und es lastete schwer auf ihm, daß es ihm
versagt blieb, mit ausdrucksloser, aber fester Stimme
romantisch klingende Befehle oder durchdringende SOS-
Rufe weiterzugeben. Nachts träumte er davon, mitten in
einem Wirbelsturm in ein schepperndes Mikrophon zu
brüllen: »Die und die Länge, die und die Breite . . . Halten
uns gut . . . Passagiere in Sicherheit . . . Bleibe an Bord . . .«
   Am nächsten Morgen jedoch hat er nur noch Nachrich-
ten abzusetzen wie: »Verdorbene Fischsendung, bitte,
Lieferanten wechseln . . .« Oder allenfalls: »Rollstuhl für
körperbehinderten Passagier bereitstellen . . .« Der
Gebrauch der Morsesprache war für ihn so natürlich
geworden, daß die Verwendung der einfachsten Präposi-
tionen wie von, bis, nach, für und so weiter bei seinen
Untergebenen Panik hervorrief, vor allem aber bei seinem
ängstlichen blonden Charley Bollinger. Für Charley, der
aus einer bürgerlichen Genter Familie stammte, Protestant

war und homosexuell, war das Leben nichts als eine Folge von Beschimpfungen gewesen, die er eher nachsichtig denn glücklich hingenommen hatte. Merkwürdigerweise hatte er in der Gegenwart dieses hochmütigen Kapitäns Ellédocq, in dieser intoleranten und stumpfsinnigen Männlichkeit, in dieser mürrischen Anmaßung zu einer Festigkeit und einer Beziehung gefunden, die ihm in ihrer, Gott sei Dank, platonischen Art eine versteckte Sicherheit gab. Was Ellédocq betraf, der Kommunisten sowie lästige Ausländer und Päderasten haßte, so war es nach Charleys Meinung ein Wunder, daß er letztere seit einiger Zeit rücksichtsvoller behandelte.

»Unsere liebe Edma wird sich natürlich etwas verspäten«, sagte Charley schwungvoll, »aber ich weise Sie darauf hin, daß selbst unser großer Kreuzer noch nicht da ist. Nun, im Warten haben wir ja Übung, mein lieber Kommandant.« Und er versetzte seinem Begleiter einen leichten Schubs. Wenigstens sollte es so wirken.

Der Kapitän maß ihn mit strafendem Blick, denn er verabscheute dieses *wir*, das Bollinger ihm ständig aufdrängte. Ellédocq hatte erst vor drei Jahren von der Veranlagung des armen Charley erfahren. Als er einmal in Capri sein Schiff verlassen hatte, um ein Päckchen Tabak zu kaufen – normalerweise ging er nie von Bord, das war sein heiliger Grundsatz –, entdeckte er seinen Steward, wie er auf der Piazzetta als Tahitimädchen verkleidet mit einem Muskelprotz aus Capri Cha-Cha-Cha tanzte. Obwohl er zunächst starr vor Schreck war, hatte er erstaunlicherweise Charley später nie darauf angesprochen, war ihm seither allerdings in einer Art schaudernder und manchmal ängstlicher Verachtung begegnet. In einer merkwürdigen Reaktion, die er sich nie erklärt hat, hatte er sogar von diesem Tag an das Rauchen völlig aufgegeben.

»Was, schon wieder dieser Kreuzer?« fragte er in argwöhnischem Ton.

»Aber, Herr Kapitän, *Kreuzer, der* Hans-Helmut Kreuzer... Sehen Sie, Herr Kapitän, ich weiß ja, daß Sie nicht gerade ein Melomane sind...« Charley konnte bei diesem Gedanken das Lachen nicht unterdrücken, ein leichtes, perlendes Lachen, worauf die Stirn des Kapitäns sich noch mehr verfinsterte. »Aber immerhin ist Kreuzer gegenwärtig der Welt größter Dirigent! Und der größte Pianist, wie es heißt... Letzte Woche... Nun, Sie lesen doch wohl *Paris-Match*?«

»Nein, keine Zeit. *Match* oder nicht, Kreuzer kommt zu spät! Er kann ein Orchester leiten, Ihr Kreuzer, aber nicht mein Schiff! Sie wissen doch, Charley, wieviel Ihr Kreuzer dafür bekommt, um innerhalb von zehn Tagen das Klavier zu demolieren. Sechzigtausend Dollar! Haufen Zeug! Stellen Sie sich vor! Ganze Notenbündel! Sie sagen ja nichts, Charley? Und der wollte sein Klavier mit aufs Schiff bringen, weil der Pleyel an Bord für ihn nicht gut genug ist...! Werde Ihren Kreuzer schon noch auf Vordermann bringen.« Und mit mannhafter Miene priemte Kapitän Ellédocq und spuckte einen langen bräunlichen Strahl in Richtung seiner Füße, den jedoch ein widriger Wind auf die makellose Hose des Schiffsstewards lenkte.

»Oh, mein Gott!« begann Charley entsetzt, unterbrach hingegen sein Klagen, als ihn eine fröhliche Stimme aus dem Inneren eines gemieteten Cadillacs ansprach. Und während sein Gesichtsausdruck augenblicklich von Verdruß zu Freude wechselte, stürzte er der eintreffenden Frau Edma Bautet-Lebrêche entgegen, dieweil Ellédocq unbeweglich stehenblieb, als sei er dieser Stimme gegenüber taub, obgleich sie dem gesamten Jet-set, allen Opernhäusern sowie allen vornehmen Salons in Europa und den Vereinigten Staaten – die sie selbst übrigens »die Staaten« nannte – hinreichend bekannt war.

Edma Bautet-Lebrêche also entstieg mit ihrem Gatten, Armand Bautet-Lebrêche, dem unter anderem die Zuckerwarenfirma Bautet-Lebrêche gehörte, dem Auto und rief mit ihrer Sopranstimme: »Guten Tag, Herr Kapitän! Guten Tag, Charley! Guten Tag, *Narcissus*! Guten Tag, Meer!« Dabei gab sie sich als die »zungenfertige und charmante, überwältigende« Frau, als die sie sich selbst gerne bezeichnete. Für einen Augenblick wurde die Geschäftigkeit des Hafens von dieser hellen und doch kräftigen Stimme stillgelegt: die Seeleute hielten in ihren Tätigkeiten inne, die Möwen in ihrem Flug, und die Passagiere blieben an der Reling stehen. Lediglich Kapitän Ellédocq, der bei seinen erträumten Wirbelstürmen andere Stimmen vernommen hatte, blieb für diese taub.

11

Obwohl Edma Bautet-Lebrêche zugab, die Fünfzig überschritten zu haben – was seit zwölf Jahren zutraf –, war sie
in ein jugendliches, goldgelbes Kostüm mit weißem Tur-
ban gekleidet, das ihre außerordentliche Schlankheit, ihr
leicht pferdehaftes Gesicht mit den etwas hervorquellenden Mandelaugen sowie all das unterstrich, was sie als ihr
»fürstliches Aussehen« bezeichnen ließ.

Ihr Mann hingegen sah wie ein geschäftiger Buchhalter
aus. Man erinnerte sich nie an Armand Bautet-Lebrêche –
es sei denn, man hatte mit ihm zu tun gehabt, und dann
vergaß man ihn nicht mehr. Er war einer der reichsten
Männer Frankreichs, wenn nicht Europas. Da er ständig
einen verträumten bis zerstreuten Eindruck machte und
häufig ins Straucheln geriet, hätte man ihn für einen
Dichter halten können, sofern man nicht wußte, daß es
Ziffern und Prozentsätze waren, die durch diesen eiförmi-
gen und kahlen Kopf jagten. Doch wenn er auch Herr über
sein Vermögen und sein Reich blieb, war er dennoch der
Sklave einer rasenden IBM, die seit seiner Kindheit unaufhörlich in seinem kalten Hirn ratterte und »A. B.-L.« zu
einem der tausend Märtyrer machte, die aus dem modernen Rechnen Gewinn ziehen. Da seine eigene Limousine
auf der Autobahn liegengeblieben war, hatte er einen
Mietwagen genommen, dessen Chauffeur er nun ent-
lohnte und dem er, ohne zu überlegen, auf den Centime
genau zwölf Prozent Trinkgeld zahlte.

Charley Bollinger holte aus dem Kofferraum des Cadil-
lacs einen unwahrscheinlichen Stapel von schwarzen
Lederkoffern, die unterschiedslos die Initialen »B. L.« tru-
gen. Dennoch wußte Charley, daß neun Zehntel davon
Edma gehörten und nicht Armand. Zwei muskulöse
Matrosen kamen den Laufsteg herab und nahmen sich des
Gepäcks an.

»Ich habe doch wieder die 104?« erkundigte Edma sich
in eher bestätigendem als fragendem Tonfall.

104 war tatsächlich die Nummer ihrer Kabine, die in
ihren Augen den Vorteil – und in den Augen des Kapitäns
den Nachteil – hatte, neben denen der Künstler zu liegen.

»Charley, sagen Sie mir doch gleich, ob ich neben der
Diva oder neben Kreuzer wohne. Ich weiß wirklich nicht,
was ich morgens beim Frühstück am liebsten hören

möchte: die Triller der Doria oder die Arpeggien von Kreuzer... Welche Wonnen, welche Genüsse! Ich bin bezaubert, Herr Kommandant, ich bin einfach zu glücklich! Ich muß Ihnen einen Kuß geben... Darf ich?«

Ohne eine Antwort abzuwarten, war Edma bereits wie eine große Spinne dem leicht unwilligen Kapitän an den Hals gesprungen und hatte das Geranienrot ihrer Lippen auf seinen schwarzen Bart gedrückt. Sie hatte schon immer ein schalkhaftes Naturell gehabt, das Charley Bollinger offenbar ebenso entzückte, wie es ihren Ehemann aufbrachte. Was A.B.-L. die »Schäkereien« seiner Frau nannte — Schäkereien, die ihm vierzig Jahre zuvor reizvoll genug erschienen waren, um Edma zu heiraten —, gehörte zu den äußerst seltenen Dingen, die ihn von seinen Zahlen abbringen konnten oder gar dazu führten, daß er sich einmal verrechnete. Als dieser lächerliche und grobe Ellédocq nun ihr Opfer wurde, merkte Armand Bautet-Lebrêche auf, und sein Blick, in dem sich ein komplizenhaftes Lächeln spiegelte, kreuzte sich für einen Augenblick mit dem Charley Bollingers.

»Und ich?« rief der Steward aus. »Und ich, Mylady? Habe ich keinen kleinen Wiedersehenskuß verdient?«

»Aber natürlich, mein lieber Charley... Sie wissen doch, Sie haben mir gefehlt.«

Rot vor Zorn, war Ellédocq einen Schritt zurückgewichen und warf einen bitteren Blick auf das zart umschlungene Paar. Ein Schwuler und eine Verrückte, dachte er finster. Charley Bollinger küßt die Frau des Zuckerwarenfabrikanten. Ich habe in meinem traurigen Leben ja schon viel gesehen...

»Sie sind doch nicht etwa eifersüchtig, Herr Bautet-Lebrêche?« fragte er in ironisch beherztem Ton — so von Mann zu Mann eben, denn wenn der Zuckerfabrikant auch wie ein schlecht gekochtes Stück Kalbsfleisch aussah, stellte er doch immerhin ein männliches Wesen dar.

Dennoch schwang in der Antwort kein Zeichen von Anerkennung mit. »Eifersüchtig? Nein, keineswegs«, murmelte dieser nachsichtige Ehemann. »Laß uns an Bord gehen, Edma, ich bin etwas müde. Nein, nein, es ist nichts weiter, ich sage doch...«, fügte er überstürzt hinzu.

Denn Edma hatte sich besorgt zu ihm umgewandt. Sie klopfte ihm auf die Wangen, lockerte seine Krawatte kurz und betätschelte ihn wie immer, wenn sie sich seiner Existenz erinnerte. War sie bei ihrer Verlobung gut fünf Zentimeter größer gewesen als Armand Bautet-Lebrêche, so überragte sie ihn jetzt um zehn Zentimeter. Obwohl sie noch immer erstaunt war, soviel Reichtum geheiratet zu haben – es war dies der Ehrgeiz ihrer Jugend gewesen –, bekräftigte sie anderen und sich selbst gegenüber von Zeit zu Zeit gern ihren Anspruch auf den Besitz und ihren Gatten, auf diesen kleinen schweigsamen Mann, der nur ihr gehörte und der allein über den ganzen Zucker, über all die Fabriken und all das Geld verfügte. Dabei ging sie mit ihm um und betätschelte ihn, wie es jedes kleine Mädchen mit einer kahlköpfigen Puppe getan haben würde. Armand Bautet-Lebrêche, den die Lebhaftigkeit und die durchdringende Stimme seiner Frau sehr schnell zur Ohnmacht verurteilt hatten, schrieb das hektische Verhalten, das die herrschsüchtige Edma zuweilen an den Tag legte, dem – durch ihn verkümmerten – Mutterinstinkt zu; und er wagte es nicht mehr, sich zu sträuben. Gott sei Dank vergaß sie im Verlauf der Jahre seine Existenz immer häufiger, aber die Augenblicke, da sie sich seiner bewußt wurde, waren für ihn dann um so schlimmer. Vielleicht war es dieser Wunsch, von seiner Frau vergessen zu werden, daß Armand Bautet-Lebrêche so rasch von jedem anderen vergessen wurde.

Da sein unvorsichtiger Satz in Edma möglicherweise die Erinnerung an ihr eheliches Zusammenleben geweckt haben mochte, zog Armand es vor, in seiner Kabine Zuflucht zu nehmen, denn er wußte, daß er auf seinem Bett ihrer Fürsorge entrinnen würde. Tatsächlich glaubte Edma, obwohl sie den Umarmungen ihres Gatten nie viel hatte abgewinnen können und ihr davor graute, immer noch, auf ihn höchst verführerisch zu wirken, obgleich sie sich auf diesem Gebiet längst auseinandergelebt hatten. Und weil sie nicht mit dem Feuer spielen wollte, näherte sie sich Armand nur, wenn er saß oder stand. Fleischliches Verlangen war für sie mit der liegenden Position verbunden – was Armand Bautet-Lebrêche schamlos auszunutzen wußte, der sich bei jeder sich bietenden Gelegenheit auf dem erstbesten Sofa ausstreckte. Auf diese Weise hatte das Ehepaar Bautet-Lebrêche seit Jahren, sogar ohne sich dessen bewußt zu werden, »schlafende Hunde« gespielt.

Außer Atem erreichte der Zuckerkönig als erster die Kabine 104 und warf sich auf das nächstbeste Bett, während Edma den Raum vor dem ergeben folgenden Charley Bollinger betrat.

»Nun, Charley«, raunte sie, und ihr leichtes Keuchen wurde von einem unbekannten Hund in der Nachbarkabine mit wildem Bellen beantwortet, »was gibt es Neues? Bitte, nehmen Sie doch Platz.«

Sie selbst ließ sich in einen Sessel fallen und ihren Blick zufrieden über die ebenso häßliche wie vertraute luxuriöse Einrichtung schweifen, die so ausgefallen war, als habe ein bekannter Pariser Innenarchitekt eine Schiffskabine gestalten müssen, also mit viel Teakholz, Messing und seemännischem Zubehör.

»So, nun schießen Sie mal mit Ihren Neuigkeiten los!« forderte sie ihn auf. »Was ist denn das bloß für ein grauenhafter Hund?« fuhr sie mit erhobener, näselnder, ärgerlicher Stimme fort, denn das Tier bellte lauter.

»Das ist die Bulldogge von Hans-Helmut Kreuzer«, sagte Charley mit einem gewissen Stolz, den Edma als dümmlich empfand. »Sie ist bereits vorgestern vor ihrem Herrn hier angekommen und hat schon zwei Stewards zu beißen versucht!«

»Auch Kreuzer scheint gewaltig zu bellen«, sagte Edma, die nach einigen unerfreulichen und mysteriösen Zwischenfällen in Bayreuth deutschfeindlich geworden war. »Sein Herr sollte dem Vieh zumindest einen Maulkorb verpassen«, rief sie lautstark, um den Lärm zu übertönen. »Oder man sollte es ins Meer werfen«, fügte sie eine halbe Oktave höher hinzu. »Was gibt es denn also nun Neues? Der alte Stanistasky ist doch im Frühjahr in München gestorben. Wer hat die 101 geerbt?«

»Die Lethuilliers«, erwiderte Charley, und der Hund war sofort still. »Wissen Sie, Eric Lethuillier? Vom *Forum*, dieser linksgerichteten Zeitschrift, der man beinah kommunistische Tendenzen nachsagen könnte. Dieser Eric

Lethuillier ist derjenige, der die Erbin der Stahlwerke Baron geheiratet hat. Stellen Sie sich vor, dieser Linke reist mit uns, meine Liebe! Nun, die Musik führt letzten Endes alle zusammen... Gott sei Dank«, fügte er sentimental hinzu.

»Das ist ja toll! Das müssen Sie doch zugeben!« rief Edma aus. »Aber was hat denn dieses Biest bloß?« Sie stampfte mit dem Fuß auf. »Sollte möglicherweise meine Stimme der Bulldogge auf die Nerven gehen? He, Armand, sag doch was!«

»Was soll ich denn sagen?« fragte er mit kraftloser Stimme, die den Hund ebenfalls auf magische Weise beruhigte.

»Wenn es weibliche Stimmen sind, die ihn nervös machen, wird die Doria auf der anderen Seite ihre Freude haben. Ha, ha, ha, ich muß jetzt schon lachen«, kicherte Edma. »So, wie die Doria veranlagt ist, wird das einen hübschen Krach geben... Übrigens, wie haben Sie es geschafft, daß sie an Bord ist?« flüsterte sie, von ihrem Feind jenseits der Wand besiegt, der fieberhaft hechelte. Es war kaum zum Aushalten.

»Man hat ihr, glaube ich, ein Vermögen bezahlt«, hauchte Charley, als habe sie ihn angesteckt.

»Ihr letzter Gigolo dürfte kostspieliger gewesen sein als die anderen«, sagte Edma boshaft und mit einem Anflug von Neid, denn das Liebesleben der Doriacci war wegen der Vielzahl – wie der Kurzlebigkeit – ihrer Eroberungen bekannt.

»Ich glaube nicht, daß sie ihn abfinden muß«, sagte Charley, der wie neun Zehntel aller Musikfans trotz allem unsterblich in Doria Doriacci verliebt war. »Wissen Sie, dafür, daß sie über fünfzig ist, ist sie noch Spitze«, schloß er und errötete plötzlich, jedoch so leicht nur, daß es Edma nicht in Verwirrung brachte.

»Oh, ja, aber über die Fünfzig ist sie längst hinaus!« sagte sie triumphierend, was nebenan erneutes Gebell auslöste.

»Jedenfalls reist sie allein«, fuhr Charley fort, als sich der Lärm wieder gelegt hatte. »Aber ich glaube, sie wird Gelegenheit haben, in Begleitung von Bord zu gehen... Wir haben dieses Jahr zwei neue Gäste. Zwei junge Männer, von denen der eine übrigens nicht übel ist! Einen Taxator aus Sidney, einen gewissen Peyrat. Und einen Unbekannten von fünfundzwanzig Lenzen, den ich noch nicht gesehen habe; Beruf? Fehlanzeige, aber jedenfalls ist auch er allein. Die zwei dürften für unsere Doria die ideale Beute sein, das heißt, wenn sie nicht schon vorher *Ihrem* Zauber erliegen...«, fügte er mit schelmischem Unterton hinzu, so daß Armand hinten auf seinem Bett wieder fest die Augen schloß.

»Schmeichler!« rief Edma unvorsichtigerweise lachend aus und weckte damit erneut den Zorn des Hundes.

Doch er wurde nun nicht weiter gereizt: er hatte gewonnen. Leise verabschiedeten sie sich voneinander.

Charley Bollinger nahm seinen Posten neben Ellédocq wieder ein, der soeben den großen, den berühmten Hans-Helmut Kreuzer persönlich begrüßte. Zuerst wohnte er von ferne der Begegnung dieser beiden Blöcke bei, dieser zwei Männer, die, wie sie meinten, zwei alte und erhabene Verbündete symbolisierten und beherrschten: die Musik und das Meer; da sie jedoch nur deren Vasallen waren, Interpret und Seefahrer, konnten sie auch Feinde werden.

Hans-Helmut Kreuzer war Bayer, von mittlerer Größe, kräftig gebaut, hatte kurzes dichtes Haar, dessen Farbe zwischen Gelb und Grau schillerte, und grobe Gesichtszüge, die bis in ihre Einzelheiten an die deutschfeindlichen Karikaturen im Ersten Weltkrieg erinnerten. Man konnte sich ihn sehr gut mit einer Pickelhaube vorstellen, wie er die Handgelenke eines Wickelkinds abhackt. Allein, er spielte Debussy wie kein anderer auf Erden. Und wußte das.

Da er es gewohnt war, daß fünfzig Streicher, fünfzig Bläser, der Triangelspieler ebenso wie ganz Chöre unter seinem Blick kuschten, verblüffte ihn die eherne Haltung Kapitän Ellédocq zunächst − bevor sie ihn in Wut versetzte. Kreuzer entstieg einem Mercedes, der so neu war, daß er farblos wirkte, und schritt geradewegs auf den alten Seebären zu und baute sich vor ihm auf, wobei er das Kinn leicht anhob und die Augen hinter den Brillengläsern auf die Schulterstücke Ellédocqs richtete. »Sie sind sicher der Steuermann dieses Schiffes!« sagte er in abgehacktem Tonfall.

»Der Kapitän, mein Herr. Ich bin Kapitän Ellédocq, der Kommandant der *Narcissus*. Mit wem habe ich die Ehre?«

Der Gedanke, daß man ihn nicht erkennen könnte, war für Hans-Helmut Kreuzer so unbegreiflich, daß er darin eine Unverschämtheit erblickte. Wortlos zog er seinen Fahrschein aus der rechten Tasche seines schwarzen Tuchmantels, der für diese Jahreszeit zu warm war, und wedelte ihn flegelhaft vor Ellédocqs Nase, der jedoch unbeweglich, mit den Händen auf dem Rücken, stehenblieb.

Die beiden Männer maßen sich für eine Sekunde mit den Blicken, während Charley entsetzt versuchte, sich zwischen die Kampfhähne zu drängen. »Maître, Maître«, rief er, »welche Ehre! Meister Kreuzer! Welche Freude, Sie an Bord zu haben! Darf ich Ihnen Kapitän Ellédocq vorstellen? Kommandant, dies ist Herr Hans-Helmut Kreuzer, den wir schon so ungeduldig an Bord erwarten... Sie wissen doch... Ich sagte Ihnen... Wir waren so beunruhigt...«

Charley verlor sich in hoffnungslosem Geschwätz, doch Kreuzer bewegte sich bereits an dem immer noch reglosen Ellédocq vorbei und betrat mit festem Schritt die Gangway. »Meine Kabine, bitte?« sagte er zu Charley. »Ist mein Hund auch da? Ich hoffe, er hat etwas Anständiges vorgesetzt bekommen«, fügte er mit drohendem Unterton und in einem barocken, halb literarischen, halb touristischen Französisch hinzu, dessen er sich seit dreißig Jahren bediente, sofern er sich herabließ, nicht seine Muttersprache zu sprechen. »Ich hoffe, daß wir bald die Anker lichten«, warf er dem armen Charley zu, der hinter ihm hertrottete und sich den Schweiß von der Stirn wischte. »Im Hafen befällt mich leicht Übelkeit.«

Er betrat die Kabine 103, wo ihn das haßvolle Knurren seines Hundes empfing, und schlug Charley Bollinger die Tür vor der Nase zu.

Majestätisch verließ Kapitän Ellédocq den Kai und damit festen Erdboden und schritt langsam die Gangway hinauf, die sofort eingeholt wurde. Und als drei Minuten später der klagende Ton der Sirene das Bellen des Hundes und das Gekreisch Edma Bautet-Lebrêches übertönte, die sich an einem Kleiderbügel einen Fingernagel abgebrochen hatte, glitt die *Narcissus* über das glatte, traumhaft perlmutterglänzende Wasser aus dem Hafen von Cannes hinaus. Charley Bollinger mußte sich angesichts dieser ganzen Schönheit die Augen reiben, denn die Sonne hatte sich innerhalb einer halben Stunde rot gefärbt. Ihre Glut erkaltete in der gleichen Zeit, in der sie das Hafenwasser in Blut tönte... schnell, allzu schnell und trotz der wattigen Schäfchenwolken, deren Weiß ins Purpur überging und die sich an sie drängten, schien sich in deren Mitte diese selbe Sonne mit abgewandtem Gesicht darein zu fügen, schlagartig ihren langsamen, ewigen bewegungslosen Fall zu vollenden.

Ich schau mich draußen ein bißchen um, kommst du mit? Raff dich auf, Armand... So kurz nach Sonnenuntergang wird es bestimmt wundervoll sein, das spüre ich... Wie? Du schläfst schon? Das ist schade! Wirklich zu schade! Nun gut, dann ruh dich eben aus, du hast es wohlverdient, mein armer Liebling...«, sagte Edma und glitt mit einem Aufwand zarter Rücksichtnahme, für den man gerne ein Publikum gesehen hätte, durch die angelehnte Tür, die sie fest hinter sich zuzog.

Selbst wenn Edma Bautet-Lebrêche hin und wieder ohne Publikum spielte, so konnte man dennoch nicht sagen, daß sie wirklich für sich selbst spielte. In ihren Augen war die Sachlage komplizierter.

Einmal in Schwung, schlich sie auf leisen Sohlen den Laufgang entlang, und wenn sie dabei indiskret wurde, so geschah dies gegen ihren Willen. In Kabine 101 versuchte eine Frau, die Ouvertüre zum letzten Akt des *Capriccio* von Richard Strauss zu singen, und zwar mit so dürftiger Stimme, daß die unerschrockene Edma plötzlich eine Gänsehaut verspürte. Das ist die Stimme eines Kindes oder einer Frau am Rande der Verzweiflung, dachte sie im selben Augenblick. Doch dann wollte sie seltsamerweise nichts mehr davon wissen und floh an Deck.

Erst sehr viel später, bei einer Aufführung des *Capriccio* in Wien, erinnerte sich Edma Bautet-Lebrêche an diese Begebenheit, an diese Stimme, und glaubte nachträglich alles, was mit dieser Kreuzfahrt zusammenhing, zu begreifen. Unterdessen und nachdem sie diesen Moment mit anderen, banaleren Erinnerungen in der Rumpelkammer ihres Gedächtnisses verquickt hatte, erreichte sie in ihrem engen bananenfarbenen indischen Kleid, zu dem ein marineblaues Tüchlein, das sie um den mageren Hals geschlungen hatte, in einem entzückenden Kontrast stand, das Oberschiff und warf auf beide Decks, auf den Schornstein, die Kommandobrücke, die Menschen und die Rohrstühle ihren durchdringenden Blick, der in ihrem Bekanntenkreis berühmt war – den sarkastischen Blick eines Besitzenden. Als seien sie auf geheimnisvolle Weise durch das auf sie aufmerksam gemacht worden, was sie selbst als *ihre Aura* bezeichnete – denn Edma hatte wirklich durch den Wunsch, kraft ihrer bloßen Gegenwart Aufmerksamkeit zu erregen, eine gewisse Ausstrahlungskraft erworben –, drehten sich einige Passagiere nach ihr um, nach dieser anmutigen und schlanken Gestalt, die so elegant gekleidet war ... und in diesem gedämpften Gegenlicht so alterslos erschien, wie sie sich in Gedanken selbst beschrieb. Und während sie ihrem begeisterten Volk entgegenlächelte, schritt die gute Königin Edma Bautet-Lebrêche die Stufen zum Deck hinab.

Der erste ihrer Untertanen, der ihr die Hand küßte, war ein junger Mann in Blue jeans, ein ausgesprochen hübscher, vielleicht eine Spur zu hübscher Junge. Und natürlich stellte Charley Bollinger, der sich in den letzten zehn Minuten offensichtlich verliebt zu haben schien, ihn ihr vor.

»Frau Bautet-Lebrêche, darf ich Ihnen Herrn Fayard vorstellen? ... Andreas Fayard ... Andreas! ...«, sagte er und überschritt damit offen, überglücklich und schlagartig alle grausam von der Gesellschaft aufgebauten Grenzen zwischen ihm und diesem unbekannten jungen Mann. »Ich glaube nicht, Ihnen von ihm erzählt zu haben«, fügte er stolz mit einem entschuldigenden Anklang hinzu.

Und tatsächlich entschuldigte sich Charley Bollinger, daß er diese plötzliche Leidenschaft für diesen jungen Mann nicht vorhersehen und die schöne Edma nicht davon unterrichten konnte, was zu seinen Pflichten ihr gegenüber gehört hätte. Sie deutete ein versöhnliches Lächeln an, er dankte ihr mit einem Blick; beide Reaktionen waren klar durchschaubar und ganz unbewußt.

»Ja«, sagte sie und neigte liebenswürdig, allerdings auch etwas herablassend den Kopf, als wolle sie zum Ausdruck bringen: Gut, Charley, er gehört Ihnen, behalten Sie ihn, es wird ihn niemand antasten, da Sie ihn als erster entdeckt haben. »Ja, das ist also Andreas Fayard aus ... aus

Nevers? Stimmt's? Mein lieber Charley, Sie werden nie wieder sagen, daß mein Gedächtnis nachläßt«, erklärte sie mit einem nervösen Lachen, als sie das Erstaunen des jungen Mannes bemerkte.

Dieser Bursche mit seinem griechischen Profil, seinen Schlitzaugen und den Zähnen eines jungen Hundes scheint sich schon lange nicht mehr gewundert zu haben, daß Unbekannte ihn erkennen, dachte Edma. Vorausgesetzt, daß Charley nicht erneut auf einen Aufschneider hereingefallen ist, der noch mehr schwindelte als andere.

Das war das Ärgerliche an diesen jungen Leuten, allen jungen Leuten, die der Abendwind jedes Jahr zu ihrem hungrigen, aber durch großen Reichtum unerbittlich zusammengeschweißten Stamm zurückführte. Ja, das war das Ärgerlichste von allem: man konnte ihnen nichts vermitteln, wenn man nicht wußte, was sie machten, oder wenigstens dachte, was sie dachten. Im Grunde betrachtete man die Lage der Dinge weitgehend ebenso zynisch wie sie. Letztlich waren es die Nutznießer, die Zuhälter, die weit mehr sentimentale Floskeln verlangten als ihre Opfer, die doch eher Anspruch darauf hatten. Diese kleinen Räuber hatten übrigens unrecht, denn dadurch verlor man nur Zeit und auch etwas von ihrer eigenen, die für diese jungen gejagten Jäger doch so kurz war – zumal keine Tränen fließen oder ihre alten gierigen Beutestücke nichts von ihrem goldenen Gefieder lassen sollten.

»Kennen Sie Nevers?« fragte der Jäger gerade. »Kennen Sie die Straße von Vierzon, wenn man an die Loire fährt und...«

Er stockte, und der etwas scheue, fröhliche Ausdruck, der ihn noch jünger erscheinen ließ, wich aus seinem Gesicht.

»Da stamme ich her...«, stotterte er, als wolle er sich für diese glückliche Miene entschuldigen, die bei seinem Bekenntnis nicht ungewöhnlich war – denn wenn all diese jungen Leute von ihrer Heimatprovinz sprechen, tun sie es nur, um sich zu beglückwünschen, daß sie dort herstammen.

»Aber es ist doch sehr schön, seine Heimat zu lieben«,

sagte sie lächelnd. »Ich bin dummerweise in Neuilly geboren, in einer Klinik, die nicht einmal mehr existiert. Ich erinnere mich überhaupt nicht an diese Gegend... Das finde ich recht enttäuschend und traurig«, fuhr sie fort und lachte schallend auf. »Doch, doch, doch«, beharrte sie, da Charley und der junge Mann ebenfalls lachten – Charley aus Nervosität und der junge Mann gutwillig. »Doch, doch, doch, das hat mich sogar gehindert, Proust zu lesen.«

Sie streifte mit bereits resignierendem Blick das abschätzende, aber leere Gesicht Charleys – den sein Berufsbewußtsein nicht einmal gedrängt hatte, *Auf der Suche nach der verlorenen Zeit* zu lesen – sowie das des jungen Mannes, der zu ihrer Überraschung keine vage oder gebildete Miene aufsetzte, sondern bedauernd zugab: »Ich habe Proust nicht gelesen.«

Ein Pluspunkt, dachte Edma. Und sie wandte sich von diesem neuen Paar ab, um eine weniger schwierige Beute zu suchen, was sie jedoch mit einem gewissen flüchtigen Bedauern tat, das für einen Augenblick ihr Herz bewegte. Denn was auch ihre engeren Freunde davon hielten und was sie selbst dazu sagte, so hatte Edma Bautet-Lebrêche bestimmte Männer sehr geliebt; und obwohl sie sich nachdrücklich beglückwünschte, bereits seit fünf Jahren auf »das Fleischliche, sein Wirken und seine Entfaltung« aus Gründen der Ästhetik und der Lächerlichkeit verzichtet zu haben, konnte sie sich manchmal gegen ein gewisses Bedauern, das stark, ja, ekelerregend sein konnte, nicht wehren, wenn es sich auf Erinnerungen bezog, die um so fürchterlicher waren, als sie gesichts- und namenlos blieben, und die in ihrem Gedächtnis, sofern sie sich mit ihnen umgeben wollte, lediglich ein leeres Bett mit sonnengebleichten Bezügen bedeckten.

Gott sei Dank kam nun Kapitän Ellédocq zu ihr, der mit den Schultern ruderte wie in den schlimmsten Stunden der *Titanic,* und enthob sie schlagartig jeder Sehnsucht nach dem männlichen Geschlecht.

»Neuen Passagier kennengelernt?« fragte er und schlug dem jungen Andreas kräftig auf die Schulter, so daß er schwankte, aber nicht in die Knie ging.

Er muß unter seinem Blazer eines Erstkommunikanten alles andere als schmächtig sein, dachte Edma. Dieses kameradschaftliche Schulterklopfen gehörte zu den Lieblingsspielen dieses debilen Rohlings, der die *Narcissus* befehligte. Ihr armer Armand wäre beim erstenmal fast davongefegt worden wie ein Päckchen seines berühmten Puderzuckers. Zur Entschuldigung Kapitän Ellédocqs muß man sagen, daß er Herrn Bautet-Lebrêche mit einem europäischen Filmemacher verwechselt hatte, was diesen schweren Protokollfehler verzeihlich machte.

»Nun, mit der 104 immer noch zufrieden?« erkundigte er sich liebenswürdig bei Edma, die einen Schritt zurückwich, das Kinn senkte und die Nasenflügel erbeben ließ, als habe er die Luft mit Knoblauch- und Tabakgeruch verpestet.

Eine der bevorzugten Grausamkeiten Edmas bestand seit drei Jahren darin, bei dem unglücklichen Kapitän alle Anzeichen eines Gewohnheitsrauchers zu bemerken, der er seit dem denkwürdigen Zwischenfall auf Capri nicht mehr war. Sie entdeckte Tabaksbeutel auf einem Liegestuhl und brachte sie ihm wie ein Jagdhund, bot ihm mit Verschwörermiene Streichhölzer an, wenn er an einem Strohhalm kaute, und bat ihn mit der Zuversichtlichkeit einer Heroinsüchtigen, die eine Spritze in der Tasche eines anderen Süchtigen vermutet, zehnmal am Tag um Feuer. Auf die wütenden und entrüsteten Reaktionen des überzeugten Nichtrauchers, der Ellédocq geworden war, antwortete sie mit absichtlich übertriebenen Ausrufen, die ihn erst recht außer sich brachten: »Ja, richtig! Mein Gott, wie kann ich das jedesmal vergessen! Wie kann man nur so dumm sein! Unmöglich, ein so kurzes Gedächtnis zu haben... Das passiert mir nur bei Ihnen... Trotzdem ist das merkwürdig...«, beendete sie dann ihr zersetzendes Tun.

Und manchmal preßte Ellédocq die Zähne auf einem imaginären Pfeifenmundstück wild zusammen, das damals, vor der wunderlichen Vision auf Capri, sicher zerbrochen wäre.

Edma holte ein Päckchen Zigaretten aus ihrer Tasche hervor, und der Kapitän runzelte bereits im voraus die

Brauen. Doch so gemein sie auch bisweilen sein konnte, diesmal wendete Edma sich dem jungen Mann zu. »Haben Sie Feuer, mein Herr? Seit Kapitän Ellédocq nicht mehr raucht, suche ich überall nach einem hilfreichen Streichholz. Während der ganzen Kreuzfahrt werde ich Sie damit belästigen, das versichere ich Ihnen jetzt schon«, sagte sie und griff nach der schönen hellen Hand, die ein Feuerzeug hielt, und führte sie mit einer langsamen Geste zu ihrem Mund – in dem die Zigarette für einen Augenblick wie ein nutzloser Gegenstand erschien. Diese Geste zögerte sie sogar so weit hinaus, daß Charley erblaßte und der junge Mann sich nicht zu rühren wagte.

Sieh an, da hat diese Ziege einen, den sie für sich gewinnen wird! dachte Ellédocq als guter Psychologe. Er ließ angesichts dieser Turtelei ein verächtliches Räuspern vernehmen. Für ihn waren die Frauen entweder kokettierende Weiber oder aber Mütter und Gattinnen. Er verfügte über ein ganzes Arsenal von Gedanken und Ausdrücken, die seit zwei Generationen völlig veraltet waren und dadurch um so eindrücklicher wirkten.

Das Deck bevölkerte sich um sie herum. Ausgeruht und frisch, von der Sommersonne gebräunt, aber bereit, zu den Lichtern der Stadt zurückzukehren, schon gelangweilt, jedoch noch fähig, die Muße zu ertragen, strömten die Passagiere der *Narcissus* von allen Seiten herbei, tauchten aus den Gängen auf, erkannten sich wieder, begrüßten sich, umarmten sich, überquerten das Deck im Rhythmus ihrer Begegnungen, bildeten kleine Gruppen, die sich auflösten, verstreuten sich in alle Richtungen wie ein merkwürdiger Schwarm goldgelber Insekten, der aus einer unterirdischen und leicht abstoßenden Welt hervordrängte.

Der Abglanz des Goldes verleiht ihnen diese Mienen, dachte Julien Peyrat, der an der Reling lehnte, dem Meer den Rücken zuwandte, ihnen zuschaute und bereits denen die Stirn bot, die er auszubeuten gedachte. Trotz seiner fünfundvierzig Jahre wirkte er wie ein großer Junge, mit schmalem Gesicht und einer Art zynischem oder kindlichem Charme, der ihm je nach Standpunkt das Aussehen eines dieser vitalen jungen amerikanischen Senatoren verlieh, von denen die Zeitungen berichten, oder eines dieser Mafiamitglieder, deren männliche Schönheit mit Korruption und Gewalt gleichzusetzen ist.

Edma Bautet-Lebrêche, die diesen Männertyp immer schon gehaßt hatte, war überrascht, daß er auf sie im Grunde einen beruhigenden Eindruck machte. In seinem blauen Pullover, der für diese Stunde und diese Gelegenheit etwas salopp wirkte – allerdings nicht im »Playboy«-Sinne –, sah er lustig aus. Jedenfalls gab er sich natürlicher als die anderen Passagiere, und wenn er lächelte oder – wie jetzt – verdutzt dreinschaute, verlieh ihm das etwas Zärtliches, wie sie feststellte, als sie sich gegen ihren Willen dem zuwandte, was den Blick dieses Mannes auf sich zog und ihn sogar zu faszinieren schien.

Aus dem Inneren des Schiffes traten soeben ein Mann und eine Frau hervor, die sich zu dieser Art »Check-point« begaben, den Kapitän Ellédocq und Charley Bollinger bildeten. Nach einigem Nachdenken erkannte sie in dem Paar die Lethuilliers, und für einen Moment starrte sie wie die anderen Reisenden auf Eric Lethuillier, der wegen seines makellosen Profils, seines hohen Wuchses, seiner Haltung, seiner blonden Haare, seiner Unnachgiebigkeit und seines aufrichtigen Einsatzes in der Presse »der Wikinger« genannt wurde. Dieser unbestechliche Eric Lethuillier, dessen Wochenzeitschrift *Das Forum* seit fast acht Jahren ohne Zugeständnisse und furchtlos die gleichen Mißstände aufs Korn nahm: die diversen, von der jeweils herrschenden Regierung begangenen Ungerechtigkeiten, das schreiende soziale Unrecht und den Egoismus des Großbürgertums, zu dem er sich diesmal – wie gleichsam alle seine Reisegefährten – selbst zählen mußte, dieser hübsche Eric Lethuillier, der nun festen Schrittes auf sie zukam, führte die schönste Eroberung seines Lebens an seinem Arm, die Erbin der Stahlwerke Baron, seine Frau, die geheimnisvolle Clarissa, die allein durch ihre Erscheinung Aufsehen erregte: ihre hohe, schlanke Gestalt, nahezu körperlos – und, so hieß es, geistlos –, ihre glänzenden und langen rotblonden Haare, mit denen sie ihr Gesicht völlig zu verdecken suchte, das im übrigen stark, grellrot und grotesk geschminkt war. Diese schüchterne Großbürgerin schminkte sich wie eine Dirne und soff, so sagte man, wie ein Loch, nahm Rauschgift wie ein Chinese, kurz, sie richtete sich selbst und gleichzeitig ihr Eheglück systematisch zugrunde. Ihre Aufenthalte in Spezialkliniken, ihre Fluchten und die Höhepunkte ihrer Nervenzusammenbrüche waren ebenso offenkundig wie der ungeheure Reichtum ihrer Familie sowie die Geduld und die Ergebenheit ihres Mannes. Sie waren zwar allgemein bekannt, jedoch nicht in dem Maße, daß die Stewards der *Narcissus* alle zwingend davon gehört haben mußten.

Deshalb hielt es einer dieser Unglücklichen, nachdem er Clarissa ein Glas Sekt angeboten hatte, das sie in einem Zug hinunterkippte, für durchaus richtig, mit neu gefülltem Tablett und dem glücklichen Lächeln eines Kellners zu ihr zurückzukehren, der einen guten Gast gefunden hat. Clarissa streckte bereits die Hand nach dem Glas aus, als Erics Arm sich zwischen sie und das Tablett drängte und hart dagegenstieß. Die Gläser zerschellten am Boden, auf dem der entsetzte Kellner sich niederkniete, während die anderen Passagiere sich neugierig umsahen, um herauszufinden, was es für eine Bewandtnis mit dem Lärm hatte. Eric Lethuillier schien das nicht zu merken. Bleich vor Wut und Ungeduld, blickte er seine Frau so verletzt, so zornig, so entmutigt an und sagte, ohne wahrscheinlich all die Zeugen wahrzunehmen, laut und deutlich zu ihr: »Clarissa, nein, ich bitte dich! Du hast mir versprochen, dich während dieser Reise wie ein menschliches Wesen aufzuführen. Ich flehe dich an...«

Dann erst stockte er, aber zu spät. Die Leute um sie herum standen starr vor Verlegenheit, bis Clarissa sich um ihre eigene Achse drehte und wortlos zu den Laufbrücken floh. Auf dem Weg über das Deck, auf dem sie beinahe über ihre eigenen, zu hohen Absätze gestolpert wäre, was die unfreiwilligen Zuschauer dieser Szene vollends in Bestürzung versetzte, fand sie jedoch im letzten Augenblick Halt am Arm Julien Peyrats, des Taxators aus Australien, der sie vor dem Sturz bewahrte.

Edma war erstaunt, in dem Blick Eric Lethuilliers mehr Verärgerung als Dankbarkeit wahrzunehmen, die viel natürlicher jemandem gegenüber gewesen wäre, der letzten Endes seine Frau vor einem Sturz bewahrt hatte; der, genau besehen, allerdings weniger peinlich gewesen wäre als der Abgang, den er ihr selbst in aller Öffentlichkeit verschafft hatte, und zwar in einem Ton und mit Wörtern, die nur entfernt an eheliche Zuneigung und Besorgnis erinnerten.

Sie sah der flüchtenden Clarissa mit einem Ausdruck nachsichtigen Mitleids nach, den sie selten zeigte. Und als sie sich mit ihrem eleganten, dürren Körper plötzlich umdrehte, fiel ihr der Blick des Mafioso auf, der auf den makellosen Nacken des schönen Lethuillier gerichtet war, und sie wunderte sich nicht, eine gewisse Verachtung darin zu lesen. Sie richtete es so ein, daß sie Juliens Weg kreuzen konnte, der weiterzugehen begann, und nachdem Charley Bollinger ihn ihr als den »berühmten Taxator aus Sidney« vorgestellt hatte, hielt sie ihn am Ärmel fest. Obwohl sie über einen gewissen Scharfsinn verfügte, hielt dies Edma Bautet-Lebrêche nicht ab, ihn obendrein auch noch zu beweisen, und selbst als sie die Sechzig überschritten hatte, wunderte sie sich noch, daß die anderen darüber verärgert waren.

Während sie die Hand auf Juliens Arm ruhen ließ, murmelte sie etwas Unverständliches, und er beugte sich höflich vor: »Wie meinten Sie?«

»Ich sagte, daß ein Mann immer für seine Frau verantwortlich ist«, flüsterte sie entschlossen, bevor sie den Ärmel ihres Gesprächspartners freigab.

Er zuckte leicht mit den Schultern, woraus sie ersah, daß sie recht hatte, dann entfernte sie sich mit dem sicheren Gefühl, daß sie ihn verblüfft über soviel Klarsicht zurückließ.

Doch er war lediglich gereizt. Sie gehörte immerhin dem Typus Frau an, dem es den Hof zu machen galt; er hatte hinreichend im *Who's Who* und in den Klatschblättern nachgelesen, bevor er aufgebrochen war, um eigene Erfahrungen zu sammeln. Er hatte noch ein Photo vor Augen, das Edma Bautet-Lebrêche am Arm des amerikanischen oder russischen Botschafters zeigte. In der dazugehörigen Unterschrift bezeichnete sie die Redaktion der *Vogue* als eine der bestgekleideten Frauen des Jahres. Daß sie auch eine der reichsten war, hätte dem Taxator Julien Peyrat nicht entgehen dürfen. Er hätte im Gegenteil sogar ihre »Salons« besuchen müssen – gegebenenfalls selbst ihre Kabine. Vorläufig war diese Frau wirklich zu fürchten. Er beobachtete, wie sie am Arm des unglücklichen Schiffsstewards plauderte, er sah ihre leuchtenden Augen, ihre rührigen Hände, er hörte ihre durchdringende Stimme, die ihm bewies, daß man mangels echter Intelligenz einen gewissen Scharfblick entwickeln konnte, wenn man sich in die Angelegenheiten anderer mischte, einen Scharfblick, der sich im Verlauf dieser Kreuzfahrt für ihn verhängnisvoll auswirken könnte. Mit anderen Worten, ihr Körper muß prächtig gewesen sein, und ihre Beine sind es immer noch, stellte der ewige Liebhaber in Julien widerwillig fest.

Am Heck des Schiffes drängte sich jetzt eine Menschenmenge und stieß Rufe der Begeisterung aus ... Da hinten ging irgend etwas vor, etwas, das Edma sich um keinen Preis entgehen lassen durfte, und so machte sie, daß sie zum Achterdeck kam.

Ein Boot mit Außenborder kam über die Wasserfläche auf die *Narcissus* zugejagt und ließ einen rötlichen und unanständigen Schaumstreifen hinter sich zurück.

Achtern schimmerte ein Stapel Koffer aus beigem Leder. Ein etwas ordinäres und obendrein schmutziges Beige, dachte Edma.

»Nachzügler!« rief jemand mit heller, leicht empörter Stimme – denn schließlich kam es selten vor, daß man sich auf diesem Luxusschiff anders einschiffte als zur festgesetzten Stunde am angegebenen Kai. Man mußte wirklich von allen guten Geistern verlassen – oder allmächtig – sein, um sich erlauben zu können, auf See an Bord der *Narcissus* zu gehen.

Edma beugte sich ihrerseits über die Reling, und zwischen der durchsichtigen Schaumfurche und der schwarzen Gestalt des Bootsführers erblickte sie zwei ihr vollkommen unbekannte Personen. »Was soll denn das bedeuten?« sagte sie vorwurfsvoll zu Charley Bollinger, der mit gewichtiger Miene seine Befehle gab.

Er warf ihr einen gereizten und prahlerischen Blick zu, der sie verstimmte. »Das ist Simon Béjard«, sagte er, »der

Produzent, wissen Sie? Er kommt von Monte Carlo zu uns. Und die junge Olga Lamouroux ist bei ihm.«

»Oh, ja!... Oh, ja!... Ich sehe!« seufzte Edma Bautet-Lebrêche lautstark über die Menge der Passagiere hinweg. »Es müssen schon Leute vom Film sein, die sich diese Art des Eintreffens leisten zu können. Doch wer, bitte, ist das genau?«

Nanu, sie spielt wohl die Unwissende? dachte Charley und trat zu ihr. Edma gab tatsächlich vor, vom Kino, Fernsehen und vom Sport nichts zu verstehen, da es ihrer Meinung nach zu vulgäre Vergnügungen waren. Sie hätte sogar gerne gefragt, wer Charlie Chaplin sei, wenn das möglich gewesen wäre, ohne sich lächerlich zu machen.

Charley erklärte in neutralem Ton: »Simon Béjard war bis zum Mai dieses Jahres völlig unbekannt. Aber er ist der Produzent des Filmes *Feuer und Rauch,* der in diesem Jahr den Großen Preis von Cannes erhalten hat. Aber das werden Sie doch wissen, Teuerste? Und Olga Lamouroux ist der aufsteigende Filmstar.«

»Nein!... Leider nicht!... Ich war im Mai in New York«, erwiderte Edma bescheiden und im Ton falschen Bedauerns, was Charley heimlich ärgerte.

Er fand es nämlich seinerseits wunderbar, endlich Leute vom Film an Bord zu haben. Denn selbst wenn sie ordinär erschienen, so waren sie doch berühmt, und Charley Bollinger liebte Berühmtheit fast genauso wie die Jugend. Übrigens war das erforderlich, um für die Neuankömmlinge Bewunderung aufbringen zu können, die offensichtlich mit dem, was man einen »Seemannsgang« nennt, so ihre liebe Müh und Not hatten.

»Es tut mir außerordentlich leid«, wiederholte Simon Béjard und verstauchte sich fast den Fuß, als er mit rudernden Armen an Deck stolperte. »Tut mir außerordentlich leid. Ich hoffe, daß wir Sie nicht aufgehalten haben«, sagte er zu Kapitän Ellédocq, der ihn mit finsterem Grauen anblickte – ein Grauen, das Simon ihm als Filmproduzent, als wahrscheinlicher Ausländer und als offensichtlicher Zu-spät-Kommer einflößte.

»Jedenfalls haben wir weniger als eine halbe Stunde gebraucht, um Sie einzuholen... Wie die Raketen schießen diese Boote los«, fuhr Simon Béjard fort und schaute dem Boot bewundernd nach, das bereits am Horizont Monte Carlo zustrebte. »Ganz schön stark. 90 PS, hat mir der alte Pirat gesagt, als er mir das Geld aus der Tasche gezogen hat... Wie die rasen!«

Seine Bewunderung fand keinerlei Echo, doch der kleine, rothaarige Mann schien keine Notiz davon zu nehmen. Seine buntkarierten Bermudas, seine Schildpatt- brille und seine Cerruti-Schlappen machten ihn zu einer Karikatur des Hollywood-Regisseurs, die weder seine Unbändigkeit noch seine gutmütige Seite abschwächen konnten. Die junge Person hingegen, die ihn begleitete, sehr im Stile von Chanel gekleidet war, die Haare zurück- gekämmt und eine große, schwarze Brille auf der Nasen- spitze trug – diese junge Person, die offensichtlich kaum oder gar nicht den Filmstar herauskehren wollte, machte ein mürrisches Gesicht, das sie trotz ihrer Schönheit unan- genehm erscheinen ließ, was Edma von vornherein in ihrer unerfreulichen Neigung zur Grausamkeit bestärkte.

Wie dem auch sei, Simon Béjard versprach, bald zurück- zukehren, schob seine Begleiterin und das Gepäck vor sich her und verschwand hinter Charley in einem der Lauf- gänge. Für ein paar Minuten wurden ironische Kommen- tare ausgetauscht, dann trat plötzlich Schweigen ein, als jemand merkte, daß Doria Doriacci, die Diva der Divas, die Unruhe genutzt hatte, um diskret ihren Einzug zu halten und sich ruhig auf einen Schaukelstuhl hinter Kapi- tän Ellédocq zu setzen.

D ie Doriacci«, rief Charley bewegt.

Die »Doriacci«, wie die Operndirektoren sie nannten, die »Doria«, wie die Leute sagten, die »Dorinina«, wie fünftausend Snobs sie angeblich bezeichneten, hatte die Fünfzig überschritten – darin stimmten alle diesbezüglichen Informationen überein, obwohl sie ebensogut siebzig wie dreißig hätte sein können. Sie war eine Frau von mittlerer Größe und besaß jene Vitalität und Robustheit, die einigen Frauen romanischer Völker zu eigen sind. Sie besaß einen rundlichen Körper, den man wahrlich nicht als dick bezeichnen konnte; ein Körper mit der prachtvollen Haut einer jungen Frau, ein Körper, der ihr Alter hätte verleugnen können, wäre nicht das Gesicht der Doriacci gewesen: rund mit vorspringenden Backenknochen und umrahmt von rabenschwarzem Haar, großen, leuchtenden Augen und einer völlig geraden Nase, kurz, ein tragisches Gesicht, in dem der kindliche Mund auffiel, der zu rot und zu rund war. Ein Mund wie um 1900, der diesem Gesicht jedoch nicht seinen leicht gequälten Zug und diesen Ausdruck schwer zu definierender Gewaltsamkeit nahm: es blieb ein Gesicht, das Drohung und ständige Versuchung in einem war. All das bewirkte, daß man am Ende weder die abgespannten Züge noch die Krähenfüße, geschweige denn die Falten um den Mund, all diese »nicht zu behebenden Verhöhnungen« wahrnahm, die ein Lachen oder ein heftiges Verlangen der Doriacci mit einem Schlag hinwegfegen konnte.

Im Augenblick richtete sie ihren kalten Blick mit einschüchternder Starrheit auf den Kopf des Kapitäns, der sich nach Charleys Ausruf umdrehte und wie ein scheues Reitpferd erzitterte, das seinen Dompteur gefunden hatte. Seine ganze zutiefst hierarchische Natur erzitterte unter diesem Blick. Er nahm Habt-acht-Stellung an, verbeugte sich tief und schlug die Hacken zusammen.

»Mein Gott!« beteuerte Charley, der die ringgeschmückte Hand der Doriacci ergriffen und in seiner

Bewunderung zweimal die Lippen darauf gedrückt hatte, »mein Gott, wenn ich gewußt hätte, daß Sie hier unter uns weilen... Wie hätte ich ahnen können... Sie hatten mir gesagt... Sie würden in Ihrer Kabine bleiben... Sie...«

»Ich mußte meine Kabine verlassen«, sagte die Doriacci lächelnd, zog ihre Hand zurück und wischte deren Rücken ruhig an ihrem Kleid ab, was ohne Bosheit und ohne jede Verlegenheit, jedoch zum großen Verdruß Charleys geschah. »Der Hund dieses armen Kreuzer hat sich mit den Jahren nicht gebessert – übrigens ebensowenig wie sein Herrchen... Er jault! Haben Sie Maulkörbe an Bord? Sollten Sie aber... mit oder ohne Hund«, fügte sie mit finsterer Miene hinzu und warf einen erschreckten Blick *à la Tosca* um sich.

Denn tatsächlich begann Edma Bautet-Lebrêche, die sich über die Köpfe der Anwesenden hinweg nicht direkt an sie wenden konnte, ihre lautstarke Lobeshymne an den überraschten Julien Peyrat gewandt anzustimmen. »Mein Mann und ich, wir haben sie letzten Winter im Palais Garnier gehört«, sagte sie und schloß vor Wonne die Augen. »Sie ist himmlisch gewesen... Dabei ist ›himmlisch‹ nicht das hinreichende Wort... Sie ist unmenschlich gewesen... Besser jedenfalls... oder schlimmer... als menschlich... Mir war eiskalt, mir war heiß, ich wußte nicht mehr, was ich sagte«, äußerte sie in die Stille hinein, die nun eingetreten war.

Sie tat, als entdecke sie plötzlich die Diva, stürzte zu ihr und umschloß begierig deren rechte Hand. »Madame«, sagte sie, »ich habe schon immer davon geträumt, Sie kennenzulernen. Aber keinen Augenblick habe ich erwartet, daß sich dieser Traum verwirklichen würde. Und nun sind Sie hier! Und ich stehe vor Ihnen, zu Ihren Füßen, wie es sich gehört. Darf ich Ihnen sagen, daß dies einer der schönsten Tage meines Lebens ist?«

»Aber warum diese Überraschung?« erwiderte die Doriacci nahezu liebenswürdig. »Haben Sie vor der Einschiffung nicht das Programm dieser Kreuzfahrt gelesen? Da steht mein Name doch in groß drauf! In Riesenlettern! Es sei denn, mein Impresario hat das ändern lassen. Herr Kapitän«, sagte sie plötzlich, entzog Edma ihre Hand, um sie auf die Armlehne zu legen. »Hören Sie, Herr Kapitän:

33

ich hänge am Leben, stellen Sie sich vor, und ich verabscheue das Meer. Deshalb wollte ich mir Sie gerne ansehen, bevor ich mich Ihnen anvertraue; sagen Sie, Herr Kapitän, hängen Sie auch am Leben? Und aus welchen Gründen?«

»Aber ich... ich bin doch für das Leben der... der Passagiere verantwortlich...«, stotterte Ellédocq, »und ich...«

»...und Sie werden Ihr Bestes tun, nicht wahr? Was für ein schrecklicher Satz! Wenn ein Dirigent mir sagt, daß er sein Bestes tun werde, um mich zu begleiten, lasse ich ihn vor die Tür setzen. Aber das Meer ist keine Bühne, nicht wahr? Lassen Sie uns gehen...« Sie entnahm einem großen Einkaufskorb eine lose Zigarette sowie ein Feuerzeug und zündete sie sich so rasch an, daß niemand ihr behilflich sein konnte.

Charley Bollinger war fasziniert. Diese Frau hatte etwas an sich, das ihm Vertrauen einflößte, ihn aber gleichzeitig erschreckte. Er spürte, daß die *Narcissus* von dem Augenblick an, da diese Frau an Bord war, selbst ohne Kiel, ohne Steuer und ohne Motor wieder unversehrt den Hafen erreichen würde. Fast ebenso sicher war er sich, daß das Kommando über das Schiff bei der Rückkehr in andere Hände übergegangen sein würde und daß die Doriacci in Cannes über eine blaue Seemannsmütze und ein – in ihrem Fall überflüssiges – Sprachrohr verfügen würde, während Kapitän Ellédocq fest geknebelt, die Füße in Ketten, im Kielraum hockte. Zumindest ging diese apokalyptische Vision dem phantasiereichen Charley durch den Kopf, wobei er sich zwischen Entsetzen und Entzücken hin und her gerissen sah. In den zehn Jahren, die sie zusammen zur See fuhren, war noch nie jemand dem Kapitän so unverhüllt verächtlich begegnet, diesem bärtigen Tyrannen, den ein unglückseliges Geschick ihm zum Gefährten bestimmt hatte.

Erneut bemächtigte er sich der Hand der heldenhaften Diva und drückte seine Lippen zwischen zwei riesige Ringe. Die Doriacci, die die gegenseitigen Vorstellungen für beendet hielt und über diese verspätete Galanterie überrascht war, zog ihre Hand mit der Schnelligkeit einer

Städterin fort, die zufällig auf einer Wiese von einer neuge-
rigen Ziege abgeleckt worden war. Charleys Nase begann
auf der Stelle zu bluten.

»Oh, Verzeihung! Verzeihung, mein Lieber!« rief die
Diva mit offensichtlichem Bedauern aus. »Ich bin untröstlich, aber Sie haben mir Angst eingejagt. Ich glaubte, all
diese Küssereien, all diese Zeremonien seien erledigt.
Sagen wir, daß jetzt Schluß ist, damit Ihre Nase nicht noch
weitere Kratzer abbekommt.« Während sie das sagte,
tupfte sie ihm schnell mit einem alten Batisttaschentuch,
das sie fix aus ihrem Korb hervorgezaubert hatte, die Nase
ab, wobei sie ihm in dem Maße weh tat, in dem er sie zuvor
erschreckt hatte. »Das hört ja gar nicht auf zu bluten!
Kommen Sie mit in meine Kabine, ich werde die Wunde
mit Jodtinktur behandeln. Wie Sie wissen, geht von nichts
eine solche Infektionsgefahr aus wie von Edelsteinen. Los,
kommen Sie«, beharrte sie, als Charley schwach protestierte. »Kommen Sie mit zu mir, helfen Sie mir einfach
beim Einrichten, weiter nichts; keine Sorge, Kommandant
Haddock«, sagte sie, als habe er ein Zeichen von Eifersucht gezeigt. »Ich reise allein, und manchmal komme ich
weniger allein am Ziel an. Diesmal aber nicht: ich bin
absolut erschöpft. Einen ganzen Monat haben wir an der
Met *Don Carlos* gespielt, und ich habe nur noch einen
Wunsch: zu schlafen, zu schlafen, zu schlafen! Natürlich
werde ich zehn Minuten zwischen den Siestas singen«,
schloß sie mit beruhigender Miene. Und mit dem Kinn auf
Charley weisend, fügte sie hinzu: »In meine Kabine, bitte,
Herr Taittinger! Und bitte etwas rasch.«

Und ohne einen weiteren Blick auf den Kapitän zu
werfen, dessen armseligen und finsteren »Ellédocq, Ellédocq« sie keinerlei Aufmerksamkeit geschenkt hatte, als
sie ihn Haddock nannte, erhob sie sich und bahnte sich
einen Weg durch die Menge.

Obwohl die Kabine geräumig und luxuriös eingerichtet war, erschien sie Clarissa abscheulich winzig. Eric pfiff nebenan im Badezimmer vor sich hin. Er pfiff immer im Bad wie ein sorgloser Mann vor sich hin, aber diesmal verriet sein Pfeifen etwas fast Wütendes. Doch sorglose Fröhlichkeit zu simulieren fiel Eric, der ein sehr schlechter Schauspieler war, schwer, denn Sorglosigkeit setzt die Fähigkeit voraus, rasch vergessen zu können.

Manchmal, wenn Clarissa vergaß, daß er sie nicht mehr liebte, wenn sie vergaß, daß er sie nicht mehr begehrte, daß er sie verachtete und ihr Angst machte, hätte sie ihn beinahe komisch finden können. Doch das war selten der Fall; meistens haßte sie in sich selbst diese erbarmungslose und endgültige Fadheit, die er ihr wortlos, aber unaufhörlich und mit Recht vorwarf, diese Fadheit, die er vor der Ehe wegen der Blindheit der Liebe nicht bemerkt hatte, diese unüberwindliche Fadheit, die sich auch unter der dicksten Schminke nicht länger zu verbergen vermochte und die sie nun selbst als auffallend zu erkennen begann.

Sie wartete. Clarissa hatte sich auf eines der Kabinenbetten gesetzt, wahllos, da Eric sich noch keines für sich, beziehungsweise eines für Clarissa, ausgesucht hatte. Denn natürlich würde er nicht sagen: »Ich nehme das linke Bett, neben dem Bullauge, da man dort einen hübscheren Blick hat.« Sondern eher: »Nimm das rechte, neben dem Badezimmer, das wird bequemer sein.«

Dabei hätte sie lieber das rechte gehabt, und zwar nicht aus ästhetischen oder Bequemlichkeitsgründen, sondern einfach deshalb, weil dieses Bett näher an der Tür stand. Überall, im Theater, in einem Salon, in einem Zug ist es stets der Gang, die Tür, kurz, der Ausgang, nach dem sie ihren Platz bestimmte, seit sie ihn mit Eric teilen mußte. Er war sich dessen noch nicht bewußt geworden, da sie es stets so einrichtete, daß sie über seine endgültige Entschei-

dung verärgert erschien, weil sie nur zu genau wußte, daß
seine Selbstzufriedenheit mit dem Preis ihrer Unannehmlichkeit erkauft werden mußte. Sie hatte sich also auf das
linke, und von der Tür weiter entfernte, Bett gesetzt und
wartete mit gefalteten Händen wie ein allein gelassenes
Kind.

»Träumst du, oder langweilst du dich etwa schon?« Eric
war aus dem Badezimmer gekommen. Er knöpfte sein
Hemd vor dem Spiegel mit den kargen und genauen
Gesten eines Mannes zu, der auf sein Bild nicht achtgibt.

Doch Clarissa sah die eitle Selbstbewunderung, die in
allen Blicken lag, die ihm selbst galten.

»Du solltest besser das rechte Bett nehmen«, sagte er,
»dann wärest du näher am Badezimmer. Meinst du
nicht?«

Als müsse sie es bedauern, nahm Clarissa ihre Handtasche und streckte sich auf dem anderen Bett an der Tür
aus. Eric erspähte jedoch im Spiegel ihr Lächeln, und
sogleich stieg kalte Wut in ihm auf. Mit welchem Recht
wagte sie zu lächeln, ohne daß er den Grund kannte? Er
wußte, daß diese Reise zu zweit, die er wie ein großzügiges
Ehegeschenk angeboten hatte, für sie eine Strafe werden
würde, ja, bereits war. Er wußte, daß sie sich sehr schnell
den Verstrickungen des Alkohols, den demütigenden
Tricks mit dem Barkeeper ergeben würde; er wußte, daß
dieses schöne Gesicht, das durch Resignation und Schuld
erschlafft war, dieses schöne Gesicht eines verwöhnten
und bestraften Kindes, eine Frau verbarg, die zitterte,
erschöpft und am Ende ihrer Nerven war. Sie war ihm
ausgeliefert, vom Glück weit entfernt, sie fand an nichts
mehr Gefallen; dennoch widersetzte sich ihm ständig
etwas in ihr, irgend etwas weigerte sich, mit dem übrigen
zu verfallen, und in seiner Wut und seiner Eifersucht
dachte Eric, daß dieses Etwas mit ihrem Geld zusammenhing, diesem Geld, das sie von Kindheit an gehabt und das
ihm während seiner ganzen Jugend gefehlt hatte.

Wieder lächelte sie, den Kopf leicht zur Seite geneigt,
und er brauchte ein Weilchen, um zu begreifen, daß
diesmal ihr gewohntes erschrecktes Lächeln nicht ihm
galt, sondern der Stimme eines Unbekannten, der nebenan
eine Walzermelodie sang, und daß es diesmal nicht der

Schrecken war oder sein konnte, der Clarissas Gesicht erhellte, sondern das Vergnügen: es war ein äußerst unerwartetes und unerträgliches Lächeln.

Als Julien Peyrat das Bild vorsichtig aus seinem Koffer gepackt hatte, war er erneut entzückt und voller Bewunderung für das Talent des Fälschers. Der Zauber Albert Marquets war voll getroffen: diese grauen Dächer, denen die Kälte ihren Glanz genommen hatte, dieser gelbliche Schnee unter den schrägstehenden Rädern der Lohnkutschen und der Atemdunst vor den Nüstern der Pferde... Den Atemnebel bildete er sich natürlich nur ein, aber für einen Augenblick fühlte sich Julien Peyrat tatsächlich in den Winter des Jahres 1900 ins Herz von Paris versetzt, für einen Augenblick vermeinte er den Geruch des Leders und der dampfenden Pferde wahrzunehmen, den Geruch nach dem feuchten Holz dieser Kalesche, die inmitten des Gemäldes vor seinen Augen stand, und er folgte mit sehnsuchtsvollen und zugleich enttäuschten Blicken der geschminkten, in einen Fuchspelz gekleideten Frau, die rechts um die Ecke bog und aus dem Bild hinauszuschreiten schien, ohne sich nach ihm umzuschauen. Für einen Moment hatte er den Geruch der ersten Wintertage in Paris in der Nase und ihn wiedererkannt, diesen den Parisern so vertrauten, milden Geruch nach stehendem Rauch, erloschenem Holzfeuer und frisch gefallenem Schnee. Paris war für Julien eine ewige Stadt, voll immerwährenden Zaubers... aber leider ein sehr teures Pflaster! Er dachte an die männlichen Passagiere der *Narcissus* und mußte dabei lächeln. Die Langeweile würde sie bald zum Bridge treiben, zum Rommé, jedenfalls zu den Karten und damit zum Pokern. Julien nahm seine Spielkarten und übte sich im Geben, wobei er jedesmal vier Könige bekam. Dabei ging ihm unaufhörlich eine Walzermelodie durch den Kopf, ohne daß ihm der Titel einfiel, was ihn maßlos ärgerte.

Die Sonne fiel jetzt auf ein graues, kaum noch blau getöntes Meer, das im Osten bereits von einem milchigen Weiß erfaßt wurde. Alle bereiteten sich auf den verschiedenen Decks und vor jedem Spiegel auf den ersten Abend an Bord vor, und lediglich Edma, die schon eine Stunde in ihrer Kabine verbrachte hatte, tigerte mit einer derartigen Ungeduld auf und ab, daß sie dadurch die demonstrative Ungerührtheit ihres Gatten Armand, der in seine Wirtschaftszeitung vertieft war, nur noch steigerte.

Edma verließ den Raum und begab sich, mit einer falsch gesummten Weise von Rossini auf den Lippen, zur Bar, wobei sie Bedenken hatte, ob sie dort überhaupt jemanden antreffen würde. Gott sei Dank hatte das Schicksal einen eisengrauen Granitblock ans Ende der Theke geführt, in dem sie *Maestro* Hans-Helmut Kreuzer erkannte.

Kreuzer nippte an seinem Bier und käute gleichzeitig mit den Kartoffelchips seine eigenen Beschwerden über diesen Tölpel von Kommandanten wieder. Er hoffte, in Frieden gelassen zu werden, selbst noch als die Stimme Edma Bautet-Lebrêches wie die Sturmglocke in der Abendluft erschallte. Draußen flogen ein paar Möwen davon, doch Hans-Helmut Kreuzer konnte ihnen nicht nachblicken, da er sich umwenden mußte, um Edma seine Aufmerksamkeit zuzuwenden. Sein Auge ruhte mit einer gewissen Zufriedenheit auf ihr.

Denn Hans-Helmut Kreuzer, der es einerseits wahnwitzig fand, daß ein Musikliebhaber oder ein Geldsack sich einbilden konnte, daß er gegen schnöde Banknoten das Recht erkaufen könnte, von ihm gespielter Musik zu lauschen, erschien es andererseits durchaus nicht widersprüchlich, daß er selbst gigantische Honorare verlangte und für Bargeld, sobald er es auf der Hand hatte, eine wilde Ergebenheit an den Tag legte. Doch merkwürdigerweise verwandelte sich diese ursprüngliche Verachtung angesichts des wirklich ganz großen Geldes schlagartig, und so empfing er die Frau des Zuckerkönigs überaus freundlich, ja ausgesucht höflich. Mit einer Geste, die galant wirken sollte, plumpste er mehr, als daß er sprang, von seinem Barhocker auf seine belackschuhten Füße, während er sich tief verbeugte und seinen Kopf über die beringte Hand der gebieterischen Edma neigte.

»Maestro«, sprudelte sie los, »eine derartige Begegnung mit Ihnen hätte ich nie zu erhoffen gewagt! Allein mit Ihnen an diesem Ort und zu dieser stillen Stunde! Ich glaube zu träumen... Und wenn ich mich erkühnte, vielmehr: wenn Sie mich darum bätten«, fuhr sie fort, während sie sich unverzüglich und anmutig auf den Hocker neben ihm schwang, »würde ich mir erlauben, Ihnen für ein paar Minuten Gesellschaft zu leisten. Aber nur, wenn Sie darauf bestehen«, fügte sie hinzu, winkte dem Barkeeper und bestellte im gleichen Zug entschlossen: »Einen Gin-Fizz, bitte!«

Hans-Helmut Kreuzer wollte als Genleman gerade ihrer Aufforderung und Bitte entsprechen, als er sich bewußt wurde, daß Edma bereits saß, eine Olive zwischen den Zähnen hielt und nahezu ungeniert mit dem Bein wippte; weitergehende Höflichkeiten seinerseits hielt er für unangemessen. Hinzu kam, daß ihm die Selbstherrlichkeit dieser Frau keineswegs mißfiel. Wie viele seines Berufsstandes, wie viele Virtuosen und Berühmtheiten im allgemeinen, war er für Befehle, Ungeniertheit und vollendete Tatsachen äußerst empfänglich. Und da sie gerade über Musik sprachen und Edma ihre wirkliche musikalische Bildung bekundete – die trotz ihres Snobismus' deutlich wurde –, zeigte Hans-Helmut noch mehr Respekt, ja Unterwürfigkeit, denn für seine Beziehungen mit menschlichen Wesen gab es im Gegensatz zu seinen Partituren nur zwei Schlüssel: er spielte entweder nach dem Schlüssel der Verachtung oder dem Schlüssel des Gehorsams. Nach zehn Minuten erreichten sie einen Punkt der Vertraulichkeit, den Edma nie für möglich gehalten – und übrigens gar nicht gewünscht – hatte und der Kreuzer mit Hilfe der Biere zu Intimitäten verleitete.

»Ich habe hier ein Problem«, murmelte er, »ein sehr schwerwiegendes Problem...«

Edma stutzte, sie konnte sich einfach keinen Reim darauf machen.

»Sie wissen ja, im allgemeinen hat das weibliche Geschlecht mir gegenüber...« Er ließ ein fettes Lachen vernehmen. »Das weibliche Geschlecht richtet im allgemeinen den Blick auf mich...«

Sieh an, wenn er nicht an seinem Pult steht, dieser grobe Keiler! dachte Edma plötzlich. Diese Dirigenten sind offensichtlich alle übergeschnappt! »Natürlich, natürlich, das ist ganz normal«, erklärte sie, »vor allem bei Ihrer Bekanntheit.«

Der Don Juan nickte beifällig und fuhr nach einem tiefen Schluck Bier fort: »Und selbst einige sehr bekannte Damen... sehr, sehr bekannte...«, flüsterte er und legte dabei den Finger auf den Mund.

Grotesk, dachte Edma, nun ziert er sich!

»Aber verlangen Sie keine Namen von mir, Verehrteste. Keine Namen. Keinen einzigen! Denken wir an die Ehre dieser Damen. Nein, sag' ich, nein!«

Bei diesen Worten nahm er den Zeigefinger vom Mund und bewegte ihn vor Edmas Nase hin und her, so daß sie auf einmal ärgerlich wurde. »Aber, mein Lieber«, entgegnete sie, hob den Kopf und sah ihn von oben herab an, »aber, mein Lieber, wer zum Teufel hat Sie nach einem Namen gefragt. Wessen Namen überhaupt? Ich bin es doch nicht, die Sie mit Fragen bombardiert, oder?«

»Nein, durchaus nicht«, erwiderte Kreuzer listig und mit zusammengekniffenen Augen. »Sie fragen mich nicht nach dem Namen der Dame auf diesem Schiff hier, die eines Abends mit Hans-Helmut Kreuzer...« Und wieder schüttelte ihn das fette Lachen.

Edma sah sich zwischen ihrer wirklich schrecklichen Neugier und einem Abscheu hin und her gerissen, der »beinahe« die Oberhand gewann, aber wie immer nur »beinahe«. »Sieh an, sieh an...«, dachte sie laut, »aber wer denn auf diesem Schiff?«

»Versprechen Sie mir, Schweigen zu bewahren...? Pst, pst und nochmals pst! Versprochen?«

»Versprochen! Pst, pst und nochmals pst! Alles, was Sie wollen«, flötete Edma, die Augen sittsam niedergeschlagen.

Der Künstler wurde ernst und beugte sich so weit zu ihr vor, daß sie die Schrauben an den Bügeln seiner Brille erkennen konnte. Dann hauchte er in ihr Ohr: »Die Lupa!« und wich zurück, wie um die Wirkung seiner Mitteilung besser beurteilen zu können.

Edma, die unter diesem Bierdunst zusammengezuckt war, rief aus: »Wie? Wie bitte? Die Lupa? Die Lupa? Ah! Von ‹lupus› – Wolf ... Gott sei Dank kann ich Latein! Die Wolf also! Aber welche Wolf? Es gibt auf der Welt so viele dieses Namens...« Und sie ließ ein hämisches Wiehern vernehmen, so daß dem jungen Barkeeper fast der Shaker aus der Hand glitt.

»Die Lupa: Doria Doriacci«, flüsterte Kreuzer mit Nachdruck. »In den Jahren 53/54 hieß die Doriacci einfach › die Lupa‹, ›die Wölfin‹, für ein Weibsbild war das damals in Wien recht einfach. Sie war schon eine schöne Frau ... Und ich, der arme Kreuzer, fern von der Familie, auf einer langen Tournee, ich fühlte mich einsam ... Und die Lupa starrte mich die ganze Zeit so an...« Der Maestro leckte sich mit seiner rosa Zunge über die Lippen, was Edma Bautet-Lebrêche leicht abstieß.

»Und dann?« fragte sie. »Haben Sie nachgegeben? Widerstanden? Das ist ja eine ... reizende Geschichte, die Sie mir da erzählen.« Sie fühlte sich zusehends zur Feministin werden. Diese arme Doria muß wirklich Hunger gehabt haben, wenn sie diesen Kerl in ihrem Bett ertragen hat...

»Ja, aber ...«, fuhr Kreuzer unbeirrt fort, »ja, aber es hat ein schlechtes Ende genommen. Sie, die französischen Frauen, sagen doch hinterher noch guten Tag, oder? Die Lupa nicht. Seit dreißig Jahren sagt die Lupa nicht einmal guten Tag, kein Wink, nicht einmal ein kleines Lächeln mit dem Mundwinkel – wie Sie es tun würden, meine reizende kleine Dame, nicht wahr?«

»Wer? Ich? Nein, sicher nicht!« entgegnete Edma, die plötzlich zum Äußersten entschlossen war.

»Aber ja, aber ja doch ...« Kreuzer war zuversichtlich. »Die kleinen französischen Frauchen machen es hinterher alle gleich: so etwa.«

Und unter Edmas ungehaltenem Blick zwinkerte er ihr hinter seinen Brillengläsern widerlich zu – indem er seine Oberlippe über seinem einzigen, bis dahin unsichtbaren Goldzahn zum rechten Oberkiefer hochzog, an dem das hämische Lächeln in sich zusammenfiel. Zuerst erstarrte Edma vor Entsetzen, fing sich jedoch schnell wieder. Ihr Gesicht beruhigte sich, nahm diesen Ausdruck der Abwesenheit, der Ermüdung an, diesen hochgefährlichen Ausdruck, der aber – leider! – weder von Hans-Helmut Kreuzer auf dem Höhepunkt seiner Vorstellungskraft noch von Armand Bautet-Lebrêche, der hinzugekommen war und sich still in einen Sessel am anderen Ende der Bar gesetzt hatte, bemerkt, geschweige denn erkannt wurde.

»Halten Sie das für richtig«, fragte Kreuzer hartnäckig, »daß die Lupa, die ich noch am selben Abend zum Essen ins Sacher eingeladen habe, mich, Hans-Helmut Kreuzer, dreißig Jahre später wie einen Schubiack behandelt? Wie?«

»Nun, durchaus!« erwiderte Edma und überließ sich dieser köstlichen und unüberwindlichen Entspannung, die an physisches Behagen grenzt, das sie mit der Wut überkam, der Gewißheit des drohenden Dramas, des Krachs, der Katastrophe: »Durchaus, denn Sie sind ein Schubiack!« Und um ihm den Grad ihrer Überzeugung sowie den Gegenstand dieser Überzeugung bewußt zu machen, tippte sie ihm mit ausgestrecktem Zeigefinger nachdrücklich und wiederholt auf die Brust.

Doch, o Wunder! Kreuzer biß nicht an. Da sein Gedächtnis voller Erinnerungen war, voller Bekundungen der Bewunderung und vollgestopft mit frenetischem Beifall oder da es überquoll von Erinnerungen an die totale Unterwürfigkeit seiner Familie, konnte er bei aller Klarheit Edmas Bannfluch, dieses Sakrileg, nicht annehmen. Alles in ihm, ob es nun sein Gedächtnis, seine Eitelkeit, sein primitives Selbstvertrauen oder selbst seine Kranzarterien waren, sein ganzes Wesen wehrte sich dagegen und wies zurück, was seine Augen und Ohren ihm immerhin zu vermitteln suchten: dieses »Durchaus, denn Sie sind ein Schubiack«.

Er nahm daher die Hand dieser charmanten Unverschämten, die ihn eine Sekunde, aber entsetzt gewähren ließ, weil sie nicht wußte, ob er sie schlagen oder von ihrem Barhocker stoßen würde. »Meine reizende kleine Dame«, sagte er, »Sie sollten solche Ausdrücke nicht gebrauchen. Das sind keine Wörter für hübsche, elegante Frauen.« Und trotz der Empörung seines Gegenübers küßte er voller Nachsicht Edmas Fingerspitzen.

»Verzeihung, Maestro! Aber ich weiß genau, was das Wort Schubiack bedeutet«, entgegnete sie kalt, ja eisig bei dem Gedanken daran, was sie für heuchlerische Feigheit hielt. »Darauf können Sie sich verlassen! Und ich wiederhole es noch einmal: Sie sind aufdringlich, flegelhaft, gemein, geizig, Sie sind der Schubiack in Person! Der Musterschubiack sogar«, fügte sie präzisierend hinzu, allerdings einem Phantom gegenüber.

Denn Kreuzer hatte sich lachend zum Ausgang begeben, doch es war ein trockenes, gekünsteltes, gehüsteltes Lachen, zu dem er wild mit der rechten Hand wedelte, als wollte er Edmas unerhörte Worte nicht hören; und dadurch, daß er sie wegleugnete, vernahm er sie tatsächlich nicht.

Leicht verärgert über den für Hans-Helmut Kreuzer rettenden Abgang, der sie mit ihrem Hunger nach Grausamkeit zurückließ, wandte Edma sich um und entfernte sich mit festem Schritt und funkelnden Augen vom Ort des Geschehens, um ihrem Gatten ihre Heldentat zu erzählen. Ihr Mann jedoch, der mit halbgeschlossenen Augen noch immer in seinem Klubsessel saß, schien zu träumen oder tat so, was Edma in Erstaunen versetzte.

»Hallo, old man!« rief sie ihm entgegen. »Ich kann dir eine tolle Geschichte erzählen!«

Nur unter übermenschlichen Anstrengungen öffnete Armand beim Klang dieser Stimme die Augen. Edma setzte sich neben ihn, aber er verstand sie kaum, als käme diese Stimme von sehr weit her.

»Ich habe Meister Hans-Helmut Kreuzer, den Leiter des Concertgebouw-Orchesters Amsterdam, einen Schubiack genannt!« sagte sie übertrieben ruhig, aber dennoch mit ihrer Zielsuchkopf-Stimme, die in der tiefsten Erinnerung Armands den jungen Mann erzittern ließ, der er vor dreißig Jahren gewesen war, als er im Cutaway vor dem Altar in Saint-Honoré-d'Eylau gestanden hatte. Doch dieser junge Mann verschwand sogleich wieder, um ihn seinem Unheil als Beute zu überlassen.

Es kommt vor, daß große Schiffe bei einer bestimmten

Geschwindigkeit und auf einem bestimmten Meer in eine Art gleichmäßiges Schwanken geraten, in ein leichtes Schlingern gleichsam, das sich auf den Menschen manchmal unwiderstehlich einschläfernd auswirken kann. Als seine Frau ihn ansprach, hatte Herr Bautet-Lebrêche zunächst beunruhigt versucht, die zuvorkommende Miene des verständnisvollen Gatten aufzusetzen und Edma mit halbgeschlossenen Augen und einem vagen Lächeln zu beobachten. Doch seine Lider auch nur einen Spaltbreit aufzuschlagen kostete ihn ebensoviel Anstrengung wie das Öffnen eines Garagenkipptores. Verzweifelt hatte Armand Bautet-Lebrêche unter den noch bewußten Splittern seines verwirrten Gedächtnisses nach einem Vergleich, nach irgendeinem Bild gesucht, das geeignet war, Edma diese unerwartete Schläfrigkeit verständlich und einsichtig zu machen; denn Edma war keine Frau, die es ertragen konnte, daß jemand – und sei es ihr Gatte – an ihrem Tisch einschlief. Wie sollte er es ihr erklären? Ihm war tatsächlich, als sei er von einer Amme gewiegt worden... einer kräftigen Amme natürlich, die dennoch sehr, sehr mollig war... Als habe diese Amme vorher ihr Mieder mit Chloroform getränkt... Ja, genau das war es... Aber warum mit Chloroform? Nein... Es war eher so, als habe man ihm fünf Minuten zuvor einen Schlag mit dem Holzhammer versetzt... In Anbetracht des Preises, den man für diese Reise bezahlen mußte, dürften die Passagiere der *Narcissus* allerdings nicht mit Holzhämmern betäubt werden... Es sei denn, der Kapitän... dieser Rohling... tränkte... Chloroform... Sein Kopf neigte sich Edmas Schulter zu, deren Parfüm er noch undeutlich wahrnahm.

Gott sei Dank antwortete trotzdem jemand mit seiner plötzlich sanften und fernen Stimme, aber immerhin Armands eigener Stimme: »Das hast du gut gemacht, mein Liebling.« Worauf er vom Schlaf überwältigt auf die Schulter seiner Frau sackte, die überrascht und ängstlich aufschrie, sich erhob und somit den Zuckerkönig mit der Nase auf die Untertasse fallen ließ. Die Kellner eilten herbei, um ihn zu stützen, doch dank des sonoren Schnarchens, das aus dem Klubsessel emporstieg, hatte Edma schnell die Ursache des Mißgeschicks ihres Mannes erfaßt.

Diese Reise nimmt offensichtlich einen guten Anfang, dachte sie kampfesmüde und bestellte ein zweites Glas Gin. Der schwachsinnige Dialog mit einem zotigen Geistesgestörten und das unfeine Schnarchen ihres eigenen Gatten an ihrem eigenen Tisch, all dies ließ tatsächlich eine Kreuzfahrt erwarten, die den anderen nur wenig glich. Dennoch fragte Edma sich plötzlich, ob dies nicht vorzuziehen sei.

Als letzter kam an diesem Abend Andreas Fayard zum Essen. Er war in seinen Nachmittagsschlaf verfallen, aus dem er mit einem Alptraum auffuhr. Er hatte in Jeans geschlafen und zog sich nun schnell aus und duschte. Doch bevor er sich wieder anzog, stellte er sich vor den großen Spiegel des Badezimmers und warf den gerissenen Blick eines Roßtäuschers auf seinen Körper und sein Gesicht. Er mußte auf seine Figur achtgeben, mußte Calcium nehmen, einen Schneidezahn geraderichten lassen und für seine blonden, stets brüchigen Haare ein leichtes Shampoon verwenden. Dies alles war vonnöten, damit ihm eine Frau zum Dank für seine Qualitäten als Liebhaber, für seine Sanftheit und sein Ungestüm einen Rolls-Royce kaufte. Und das war bald erforderlich, sagte sich Andreas, der auf dem Bett in seiner Kabine saß; denn diese Kreuzfahrt auf der *Narcissus,* die er als Junggeselle unternommen hatte, dürfte das magere Erbe aufzehren, das seine beiden Tanten, zwei Buchhändlerinnen, die ihn erzogen hatten, mühsam vor ihrem Tod, der sie im Abstand von einem Monat im vergangenen Jahr dahingerafft hatte, für ihn zusammenkratzen konnten. Ja, er würde sich bald um diesen Schneidezahn, diese blonden Haare und alles kümmern, und dennoch hätte Andreas bei dem Gedanken beinahe weinen können, daß ihn niemand, vielleicht über Jahre hin, vielleicht bis zu seinem Tod, darum bitten würde, sich die Ohren zu waschen.

Während an Deck der Ersten Klasse ein ausgezeichnetes und reichhaltiges Abendessen an kleinen Tischen serviert wurde, denen jeweils die Schiffsoffiziere, der Zweite an der Spitze, vorsaßen, verteilten sich in der Etage der Luxusklasse in lockerer – oder dafür gehaltener – Ordnung die etwa dreißig Passagiere auf zwei Tische: den des Kapitäns und den Charley Bollingers, an den sich im allgemeinen die Stammgäste der *Narcissus* drängten, weil es dort normalerweise dreimal so munter zuging. In diesem Jahr hegten freilich einige der Teilnehmer Zweifel daran, da Doria Doriacci rechts neben Kapitän Ellédocq saß.

Edma setzte sich wie immer mit einigen Stammgästen, die sie terrorisierte, zu Charley an den Tisch. Es war zum Beispiel Edma, die seit jeher nach dem Konzert für die anderen das Signal zum Applaus gab, es war Edma, die darüber entschied, ob ein Ei frisch oder das Wetter mild war, wie sie auch darüber befand, ob man mit jemandem verkehren durfte. Doch der Star war in diesem Jahr offenkundig die Doriacci, die bereits rechts neben dem Kapitän Platz genommen hatte, als die anderen Passagiere eintrafen; die Doria, die mit ihrem Schal über den Schultern, ihrem nahezu ungeschminkten Gesicht und ihrem liebenswürdig befehlenden Ausdruck zweifellos an die bürgerliche Touristin gemahnte, die sie nicht war. All ihre Bewunderer fühlten sich anfänglich etwas verwirrt, wenn nicht enttäuscht.

Die Doriacci war immerhin ein wirklicher Star, wie man ihn heute kaum noch findet. Eine Frau, die vor den Blitzlichtern ihre Zigarettenspitze schwenkte, niemals jedoch das Heft an sich riß, eine Frau, die nicht nur wegen ihrer wunderbaren Stimme berühmt war oder wegen der Kunst, mit der sie sich ihrer bediente: die Doriacci war ebenso wegen ihrer Skandale berühmt, ihrer Vorliebe für Männer, ihrer Verachtung des Geredes, ihrer Ausschweifungen, ihrer Wutausbrüche, ihrer Prunksucht, ihrer Torheiten und ihres Charmes. Und seit dem Abend – es waren mehr als fünfundzwanzig Jahre her –, an dem sie unvorbereitet, wie es hieß, die plötzlich erkrankte hochgelobte Roncani in *La Traviata* vertreten hatte, war die Unbekannte, der das blasierteste Publikum der Welt über eine Stunde lang begeisterten Beifall gespendet hatte, für kein Mitglied der Scala mehr eine Unbekannte. Vom letzten Bühnenarbeiter bis zum Ersten Operndirektor waren ihr alle um den Hals gefallen, und jeder erinnerte sich daran.

Wenn sie seither in eine Stadt kam, erpreßte die Doriacci – wie gewisse mongolische Invasoren – die Notablen, machte deren Frauen lächerlich und nahm ihnen die jungen Leute mit einer Natürlichkeit und einer Energie weg, die mit zunehmendem Alter noch zu wachsen schienen. Sie selbst hatte zu den Journalisten, ihren hauptsächlichen Bewunderern, gesagt: »Ich habe immer Männer geliebt, die jünger waren als ich, und bei ihnen habe ich Glück: je weiter ich im Leben fortschreite, desto eher finde ich es!« Kurz, die »große Doriacci« glich keineswegs der friedlichen Dame mit dem strengen Haarknoten, die an diesem Abend neben Ellédocq saß.

Ellédocq hatte also an seinem Tisch die Diva, außerdem die »schlafmützige Clown-Frau«, wie er Clarissa nannte, seinen »Salonkommunisten« Eric Lethuillier, zwei betagte Ehepaare, die für ihr Leben lang auf der *Narcissus* gebucht hatten, den »widerlichen Deutschen«, Kreuzer, und den »bornierten Taxator«, genannt Julien Peyrat. Er hatte von Charley einfach verlangt, daß er Béjard und Olga und einige achtzigjährige Musiknarren mit an seinen Tisch nahm. »Will keine Seiltänzer an meinem Tisch!« hatte er den wilden Protesten Charleys zum Trotz geäußert und dann lakonisch erklärt: »Entfernen Sie die – stop – Sie haben zwei Minuten – stop – Mitteilung beendet – stop – Rogers.« So hatte er sein Ziel erreicht und gleichzeitig ein erlesenes Beispiel seiner Morsesprache gegeben. Als habe der Wind diesen Zornesausbruch weitergetragen, hat er am Nebentisch, also bei den »Seiltänzern«, merkwürdigerweise den »Herzensbrecher aus Nevers« erfaßt. Er hat ihn sogar rechts neben die Doria geführt, die selbst rechts neben dem Kommandanten saß. In seiner Überraschung hatte Ellédocq nicht darauf reagieren können, aber zu seinem Trost konnte er Charley beobachten, der nun ernst und gewissenhaft war und bedauernde Blicke zu ihrem Tisch herüberwarf.

Vom Beginn der Mahlzeit an hatte sich Ellédocq seiner peinlichen Pflicht gemäß in elliptischen knorrigen Äußerungen ergangen, die er gleichmäßig der Doria und der »Clown-Frau« als Futter vorwarf. Die Doriacci war zunächst zerstreut, hörte ihm aber schließlich mit gerunzelten Brauen aufmerksam zu, wobei sie mit den Augen seinen Lippen folgte wie in der Fabel von den Söhnen des Holzfällers, als ihnen ihr Vater auf dem Totenbett mit letzter Kraft mitzuteilen versucht, wo sein Schatz versteckt ist. Bis zum Salat ging alles gut. Als sich der Kapitän jedoch in zunehmend düsteren Voraussagen über die Zukunft der französischen Marine und die Moral des Schiffspersonals verlor, knallte die Doriacci plötzlich ihre Gabel und ihr Messer auf ihren Teller – und zwar so laut, daß der andere Tisch, an dem es bisher recht angeregt zuging, sich geschlossen zu ihnen umwandte.

»Ich bitte Sie«, sagte sie mit ihrer tiefen Stimme, »wo soll ich erstens meinen Schmuck verstecken und zweitens warum? Ist das hier eine Räubermahlzeit oder was?«

Vor Verlegenheit errötete Ellédocq unter seiner braunen Hautfarbe. Er blieb ihr die Antwort schuldig und starrte beschämt auf eine Ecke des Tischtuchs. Die Gäste um ihn herum schauten ihn spöttisch an.

»Das kann ja lustig werden wie ein Kriminalfilm«, fuhr die Doria mit ihrer kehligen Stimme fort. »Wir kontrollieren uns gegenseitig, einer nach dem anderen wird getötet, und ich singe bei allen Zwischenstationen das *Requiem* von Verdi...«

Erleichtert lachten alle auf; allein Ellédocq brauchte ein Weilchen, ehe er begriffen hatte.

»Der ›traurige Clown‹ hat sehr hübsche Zähne«, bemerkte Julien zerstreut.

»Weil Sie natürlich nicht sterben?« fragte Eric Lethuillier und lächelte leicht.

Zuvor hatte er übrigens nicht gelacht, stellte Julien fest.

Er hatte sich dazu herabgelassen, ein wenig offener als sonst zu lachen, als wollte er zeigen, daß er sich gerne mit den anderen amüsierte, sich der Nichtigkeit dieses Vergnügens jedoch bewußt war ... Jedenfalls tat er so oder versuchte es wenigstens, als sei diese Pause nur vorübergehend, während der Unterricht gleich wieder beginnen würde. Zumindest machte er genau diesen Eindruck auf Julien Peyrat. Bei ihm nahm die Schulstunde kein Ende, und sicher machte er den gleichen Eindruck auf seine Frau, dieses arme Wesen, das an diesem Abend durch quergezogene, leuchtend grüne Lidschatten entstellt war; denn sie hörte plötzlich auf zu lachen, als sei sie bei einem Fehler ertappt worden, und wandte sich mit gesenktem Blick wieder ihrem Hummer zu. Julien neben ihr bewunderte die Schönheit ihrer Hände. Schmalgliedrige Hände, die an den Fingerspitzen merkwürdig ausgebaucht waren wie bei Katzenpfoten. Da er an ihrer Seite saß, konnte er praktisch nichts weiter sehen als ihre Hände. Er wagte nicht, ihr ins Gesicht zu schauen, weil er fürchtete, sie könnte erschrekken. Was hätte er auch außer dieser dicken rötlichen Schminkschicht sehen können, die sie vermutlich jeden Morgen mit dem Spachtel auftrug? Sie war wirklich lächerlich, und das ärgerte Julien wie eine persönliche Beleidigung, wie eine Beleidigung der gesamten Weiblichkeit. Er hätte das Obszöne dem Lächerlichen vorgezogen. Der Skandal tötete wenigstens nicht das Verlangen ... Juliens Platz war am Ende der beste, da er, ohne ihr Gesicht zu sehen, ihre Hände betrachten konnte, ihren Atem vernahm, ihre Wärme spürte, ihr Parfüm roch, den Duft nach Dior und darunter nach ihrem Körper, den Duft ihrer Haut, der trotz der Sioux-Bemalung sehr weiblich war. Die Gesten, mit denen sie nach dem Brot griff, es brach oder ihr Glas an den Mund führte — doch weiter konnte Juliens Blick ihnen nicht folgen —, entzückten ihn. Es waren gelassene und selbstsichere Hände, Hände, die fachkundig und autoritär, aber ebenso zärtlich und tröstend sein konnten. Der Ehering, der ihren Finger schmückte — der einzige Ring, den sie trug —, erschien zu glänzend, zu groß. Sie hatte ihre linke Hand flach auf das Tischtuch gelegt, und gelangweilt hatte sich diese Hand einem losen Faden genähert. Sie hatte ihn abgerissen, worauf sich andere lockerten, so daß bald eine lange zerstörerische Untergrabungsarbeit begann, die diese rosenroten, fast violetten, häßlichfarbenen Fingernägel vollbrachten. Dieses Vandalenspiels müde, das langsam deutlich wurde, hatte die rechte Hand nach einem Salzfaß gegriffen und damit diese Verwüstung symbolisch zugedeckt, als sei es die Rechte gewohnt, die Schäden der Linken zu reparieren. Die linke Hand hatte sich gestreckt und wieder geschlossen, um sich wiederholt neu zu öffnen, während Juliens Blick vergebens versucht hatte, aus den verzweigten Lebens- und Herzlinien etwas herauszulesen. Dann hatte er sich vorgebeugt, um seiner Nachbarin Feuer zu geben, und ihr leuchtendes rötliches Haar war für einen Augenblick in sein Gesichtsfeld getreten und hatte eine Parfümwolke ausgeströmt. Julien mußte erstaunt feststellen, daß er sie begehrte.

Das war beim Nachtisch geschehen, und seither wartete er ungeduldig darauf, daß man sich erhob und er sich für einen Augenblick selbst verspotten konnte, wenn er dieses Gesicht sah, von dem er wußte, daß es grotesk war. In diesem Moment ereignete sich ein Zwischenfall. Der zweite auf dieser Kreuzfahrt, wie Charley bemerkte.

»Kapitän Bradock... Pardon! Ellédocq!« sagte die Doria. »Sie werden mir nicht weismachen, daß diese Desdemona kein Dummkopf ist. Man kann die Männer von seiner Unschuld überzeugen, selbst wenn man schuldig ist. Falls man es nicht ist...«

»Unschuldige Frauen sind selten, meistens sind die Weiber zu allem fähig...«, hatte Kreuzer geäußert, der bis dahin geschwiegen hatte. »Es gibt Weiber, die den Männern weismachen, Mühlen seien Bauernhöfe.«

»Bisher ist nichts weiter los, oder?« fragte Julien lächelnd und bereit, sich trotz der Länge des Abendessens zu amüsieren.

Er konnte nicht umhin, unter welchen Umständen auch immer, ständig die verrückte Hoffnung zu nähren, daß er sich vergnügen würde. Ja... selbst auf diesem Schiff voller Greise, Snobs und angeblicher Ästheten. Er, Julien Peyrat, der die Vierzig überschritten hatte, hoffte durchaus noch, sich zu amüsieren. Manchmal ärgerte er sich schwarz, daß er dem Leben nicht pessimistischer oder klarblickender gegenüberstand...

»Ja!«

Die Stimme Hans-Helmut Kreuzers duldete keinen Widerspruch, und dieses »Ja« ertönte wie eine Glocke in diesem mahagonigetäfelten Speisesaal. Der Kellner, der in diesem Augenblick Julien zum zweitenmal Sorbet anbot, begann krampfartig zu zittern. Der Löffel klirrte auf seinem Tablett und verursachte ein Geräusch wie Kastagnetten, das für eine Sekunde die allgemeine Aufmerksamkeit von Kreuzer ablenkte und auf das Sorbet richtete. Julien sah sich verpflichtet, sich zu bedienen, und behielt den Löffel.

»Ja, es gibt Weiber, die betragen sich wie Tiere! Nur sind die Tiere wenigstens nicht undankbar.«

An beiden Tischen machte sich ein halb überraschtes, halb amüsiertes Zögern breit, dessen Gefahr Edma zur Überraschung aller abzuwenden suchte.

»Sollten wir nicht aufbrechen, Herr Kapitän?« rief sie von ihrem Tisch aus. »Es ist heiß hier, oder?«

Und vielleicht hätte man ihren Zwischenruf befolgt, wenn der schlechterzogene Simon Béjard seine Neugier nicht hinausposaunt hätte. »Und von wem sprechen Sie, *Maestro*?« Er nannte Kreuzer in tragikomischem Tonfall »*Maestro*«, als wolle er die operettenhafte Seite dieses Titels besonders unterstreichen, was den Musiker sichtlich entsetzte.

»Ich sprach von undankbaren Weibern«, erwiderte Hans-Helmut Kreuzer nachdrücklich, um von seinem Platz aus verstanden zu werden. »Ich habe in die Luft gesprochen, wenn Sie den Verlauf dieser Flugbahn betrachten wollen...«

Jeder blickte mit gehobenen Augenbrauen seinen Nachbarn an, und Hans-Helmut Kreuzer, der resigniert und zufrieden zugleich dreinschaute, wischte sich energisch den Schnurrbart ab, den er seit zwei Jahren nicht mehr trug, und legte mit abschließender Geste seine Serviette auf das Tischtuch.

»Oh, mein Gott!« sagte die Doria und lachte plötzlich laut auf, als sei ihr auf einmal alles klargeworden. »Mein Gott!... Und ich suchte... Stellen Sie sich vor«, fuhr sie temperamentvoll fort, »ich glaube zu wissen, von wem der *Maestro* spricht... Täusche ich mich, *Maestro*?...«

Das Gesicht des Angesprochenen drückte abwechselnd Zweifel und Zorn aus. Edmas Augen erstrahlten unter den Wimpern vor Erregung und Entzücken, was Armand Bautet-Lebrêche beunruhigte, der jetzt aus seiner zu langen Siesta erwachte.

»Nein, ich täusche mich nicht«, setzte die Diva ihre Erklärung fort. »Stellen Sie sich vor, der berühmte *Maestro* Hans-Helmut Kreuzer und ich, wir haben uns in Wien... oder Berlin... oder in Stuttgart, ich weiß nicht mehr, in den fünfziger oder sechziger Jahren kennengelernt... Nein, nicht in den Sechzigern, da war ich berühmt und hatte die Wahl. Ich spreche von einer Epoche, in der ich nicht die Wahl hatte und in der der berühmte Kreuzer geruhte, die Lupa zu bemerken – das ist der Name, den man mir damals gegeben hatte, denn ich sah aus wie eine junge Wölfin, und das war ich übrigens auch. Nun, das ist lange her... Ich spielte die dritte Soubrette der Gräfin im *Rosenkavalier*. Ich sang nur zusammen mit den anderen. Ich hatte keine Rolle, aber hübsche Beine, die ich hinter den Kulissen und auf der Bühne bei jeder Gelegenheit zu zeigen versuchte... Wir wurden in Wien sehr, sehr schlecht bezahlt. *Maestro* Kreuzer, der bereits so berühmt war wie jetzt, geruhte, meine Beine zu bemerken, und wünschte sogar mehr zu sehen. Er ließ es mich als perfekter Gentleman durch seinen Sekretär wissen; und um seine Eroberung zu krönen und das Glück für mich voll zu machen, lud er mich zu Sauerkraut und einem Sorbet ins Sacher ein. War es nicht Sauerkraut und ein Sorbet, Hans-Helmut, nein?«

»Ich... Ich weiß es nicht mehr...«, entgegnete der Künstler.

Er war knallrot. Niemand wagte, sich zu rühren oder ihn oder die Doriacci anzusehen. Keiner, außer Clarissa, an die sie sich nun wandte.

»Nun, das ist alles recht hart gewesen«, fuhr die Doriacci zunehmend fröhlicher fort, »aber die Ehre, die man mir antat, ließ das übrige vergessen... Glauben Sie nicht, daß ich das vergessen habe, lieber *Maestro*«, sagte die Doriacci in die betretene Stille hinein. »Ich habe das nicht vergessen, aber ich hatte Angst, daß Ihnen das peinlich sein könnte und daß Gertrud... Frau Kreuzer heißt doch Gertrud, nicht wahr?... daß Gertrud davon erfährt. Ich fürchtete auch, daß Sie sich dreißig Jahre später schämten, sich herabgelassen zu haben, mit einer Soubrette zu schlafen, Herr Direktor des Concertgebouw-Orchesters in Amsterdam.«

Ellédocq, der das alles verfolgt hatte und mit immer größeren Augen die beiden Protagonisten anstarrte und von der Situation nicht das geringste verstand, hatte sich auf alle Fälle in ein erhabenes Schweigen gehüllt. Aufgrund seines gleichmütigen Gesichts fühlte er sich über diese Sex-Geschichte sicher um hundert Ellen erhaben.

Jedenfalls schien er sowenig wie möglich entschlossen, sich zu erheben und den Tisch zu verlassen, was das einzige gewesen wäre, was man hier tun konnte, dachte Charley und blickte ihn verzweifelt an. Doch vergebens...

Und zum erstenmal in ihrem gemeinsamen Leben auf See rückte Charley plötzlich als erster seinen Stuhl zurück und stand auf; überstürzt folgten die anderen seinem Beispiel.

»Welch ein köstliches Abendessen...«, murmelte Edma. »Sie haben wohl einen neuen Küchenchef? Armand, findest du nicht?... Armand!« rief sie ihrem Gatten zu, der erneut in seine krankhafte Lethargie verfallen war, sobald sich das Gewitter verzogen hatte.

»Ich muß schon sagen, als Schiffsessen kann man nichts Besseres bieten«, kommentierte Simon. »Meinst du nicht auch, mein Schatz?« Und er versuchte, Olga um die Taille zu fassen, die sich ihm jedoch entzog.

Eric Lethuillier war um den Tisch herumgegangen und hatte Clarissa am Ellbogen gestützt.

Als wollte er verhindern, daß sie stürzte, dachte Julien. Dabei war das völlig überflüssig. Er hatte verfolgt, daß sie nur zwei Gläser Wein getrunken hatte. Doch sie ließ es geschehen, und er ärgerte sich darüber, denn trotz ihrer von neuem sichtbaren grotesken Schminke erinnerte er sich an seine Verwirrung und bewahrte Clarissa rückblickend eine Art staunender Bewunderung. Auch der Körper war schön, sagte er sich, während sie sich in dem fröhlichen Durcheinander entfernte, das stets auf öffentliche Ausfälligkeiten folgte.

Die Doriacci, die allein Kreuzer gegenübersaß, der die Augen gesenkt hielt, erhob sich langsam. Sie blickte ihn an, während sie auf dem Tisch ihren Lippenstift, ihre Zigaretten, ihr Feuerzeug, ihre Tablettenschachtel, ihre Puderdose, all den Kram, den sie wie eine Zigeunerin bei jeder Mahlzeit um sich ausbreitete, einzusammeln begann.

»Nun?« fragte sie leise. »Mein grob-garstiger Helmut, sind wir jetzt zufrieden?«

Sie hatte so leise gesprochen, daß nur er es verstehen konnte, doch er antwortete nicht, hielt die Augen gesenkt, und sie ging lächelnd hinaus, wobei sie mit den Fingern einen Rumbarhythmus schnippte.

»Verflixte Frau, wie?« meinte der Kapitän, der zur Tür zurückgekehrt war und Kreuzer erwartete. »Verflixtes Weib, wie Sie sagen würden, *Maestro*.«

Da der Meister immer noch nicht antwortete, begab sich der Kommandant des Schiffes mit seinem schwankenden Schritt zu den anderen Gästen.

»Nicht witzig, dieser Teutone, kein Humor«, vertraute er Charley Bollinger an.

»Wenn das so weitergeht, wird diese Kreuzfahrt bestimmt lustig«, sagte Simon Béjard zu Eric und Clarissa Lethuillier. »Das fängt ja schön an! . . . Anstelle von Musik wird es bei ihrem ›schwimmenden Konzert‹, wie sie es nennen, einen hübschen Klamauk geben. Selbst an merkwürdig falschen Noten wird es nicht fehlen . . .«

Er macht seine dummen Wortspiele, lacht darüber Tränen und ist mit sich selbst zufrieden, dachte Olga Lamouroux und sah ihn haßerfüllt an. Aufgrund welcher Verirrung hatte er sie zu diesen eleganten, schicken, geschmackvollen Leuten geführt? . . . Wie hatte sie sich diesen unaufhörlichen Beschimpfungen aussetzen können, welche die Gemeinheit, die dumme Gutgläubigkeit dieses Ungebildeten provozierten? . . . Und all das natürlich vor Eric Lethuillier, diesem untadeligen Typ, der bis in die Fingerspitzen von großem Format war . . . diesem Aristokraten des Denkens, diesem Revolutionär, der Marquis hätte sein können... Sie war verrückt nach diesem Mann mit dem schönen Profil eines Wikingers... Nein, nicht Wikingers, das wäre zu klischeehaft. Sie würde zu ihnen sagen: ›Sein schönes arisches Profil.‹ Ja, genau! Dieses »ihnen« bezog sich auf das von ihr am meisten geschätzte Publikum, ihre zwei Klassenkameradinnen, die in Olgas Kult sorgfältig gepflegt wurden und für die Olga Lamouroux, wo sie auch war, in Gedanken den ergreifenden Bericht von ihrem täglichen Dasein zurechtlegte. Sie hörte sich bereits...›Du weißt, Fernande, du kennst mich... Du weißt, daß ich unter meinem angeberischen Äußeren zuweilen wie bei lebendigem Leibe gehäutet bin... Und wenn ich nun jemanden finde, den ich auf derselben Wellenlänge spüre und der für die gleichen Dinge empfänglich ist wie ich, dann lebe ich auf... Und eben dort bin ich aufgelebt, in diesem Salon, der bei aller Strenge luxuriös und mit seiner Marineausstattung viril‹ – das Wort wird sie im Lexikon nachsehen müssen – ›und dennoch geschmackvoll wirkt. Auch als ich plötzlich Simon seine Abgeschmacktheiten vorbringen hörte, und das im Beisein dieses Ariers mit dem Wikinger-Profil... Nein, dieses großartigen Mannes mit dem arischen Profil... Als ich gesehen habe, wie er kaum... kaum die Brauen runzelte und dann die Augen abwandte, damit ich seinen instinktiven Abscheu nicht bemerkte... Als ich ihn etwas später wieder gesehen habe und er seine meerblauen Augen erneut auf mich richtete... Da, Fernande! ... Soll ich dir sagen, daß ich mich schämte? ... Meines Begleiters schämte! Und das ist etwas Schreckliches für eine Frau... Denn du weißt ja, du bist so feinfühlig in diesen Dingen...‹

Automatisch streute sie in ihre Berichte diese Komplimente ein, weil es die Aufmerksamkeit anstachelte. Doch diesmal war es nicht so dringend erforderlich, da die arme Fernande mit ihren Kindern in Tarbes bei ihrer Schwiegermutter war.

›Gut, du weißt es... Ich schämte mich dieser Scham. Du weißt, ich habe mir Simon immer fernhalten wollen und so getan, als bemerke ich den Graben nicht, der zwischen uns liegt, weil...‹

Eric Lethuilliers Stimme unterbrach ihren Gedankengang. »Ich persönlich muß zugeben, daß ich diese Art von

Auftritten verabscheue. In diesen Szenen steckt immer ein Stück Exhibitionismus, der mich erstarren läßt... Nein? Du nicht? Du findest das nicht, Clarissa?«

»Ich habe das eher amüsant gefunden«, entgegnete Clarissa. »Sogar sehr amüsant.« Sie lächelte ins Leere hinein, was ihre Maske für eine Sekunde menschlicher machte und Eric sichtlich aufbrachte.

»Clarissa«, sagte er, »liest in den Zeitungen leider nur die Klatschspalten: das Privatleben der anderen hat sie immer amüsiert... Ich fürchte, manchmal mehr als ihr eigenes«, fügte er leiser hinzu, jedoch zurückhaltend, wie in die Kulissen gesprochen.

Clarissa zuckte nicht mit der Wimper, aber Simon fühlte sich verletzt. »Apropos Exhibitionismus«, sagte er, »wissen Sie auch...«

»Was weiß ich?« Eric Lethuilliers Stimme war schneidend. Kalte Wut schien ihn plötzlich gepackt zu haben, und Simon Béjard wich einen Schritt zurück.

Er wird sich doch nicht mit diesem rauhbeinigen Protestanten anlegen, weil er häßlich zu seiner Frau gewesen ist... Eigentlich ging ihn das nichts an. Und Olga begann ihm bereits den Kopf zu waschen! Er schwieg. Er konnte es nicht verhindern, daß diese Reise lustiger zu werden versprach, als er gehofft hatte. Die Frau des Zuckerkönigs kam mit vollen Segeln auf sie zu, und ihre Augen traten noch stärker hervor als sonst. Das ist eine, der all diese Dramen nicht mißfallen dürften, dachte Simon und zeigte damit zum erstenmal ein bißchen psychologisches Verständnis.

»Ach, Kinder!« sagte sie und reichte Clarissa Lethuillier in aller Offenheit einen hilfreichen Whisky, den Erics Frau unter dessen eisigem Blick mit festem Griff entgegennahm. »Dieses Abendessen! Ach, Kinder, diese Gesellschaft!... Ich wußte gar nicht, wo ich bleiben sollte... Oh, die Doriacci hat diesen Flegel ja schön abgekanzelt! Ich finde unsere Diva einfach herrlich... Sie hat mich völlig aufgewühlt, sie hat mich verblüfft, ja, ich gebe es zu. Ich war verblüfft! Sie nicht?«

»Nicht unbedingt...« Eric schlug einen spöttischen Ton an, doch sie schnitt ihm das Wort ab.

»Das wundert mich nicht. Um Sie zu verblüffen, Herr

Lethuillier, braucht es vermutlich einiges mehr. Aber Sie, Herr Béjard? Und Sie, Fräulein ... äh ... Lamoureux? Und Sie, liebe Clarissa? ... Sagen Sie mir nicht, daß Sie sich gelangweilt haben!«

»R-o-u-x, roux, Lamouroux«, stellte Olga mit einem kühlen Lächeln richtig, denn es war das dritte Mal, daß Edma ihren Namen verstümmelte.

»Aber ich habe doch ›Lamouroux‹ gesagt oder nicht?« Edma gab sich gnädig. »Jedenfalls entschuldigen Sie bitte. Olga Lamouroux, warten Sie ... Wie konnte ich mich nur täuschen? Dabei habe ich Sie gesehen in ... Nun, wie heißt denn dieser bezaubernde Film, der in Paris im Quartier Latin spielt ... mein Gott, neben diesem etwas intellektuellen, aber so wunderbaren Schauspieler ... Georges Sowieso ... Nun, so helfen Sie mir doch«, sagte sie zu Simon, der sie wegen ihrer Tollkühnheit mit offenem Mund anstarrte, sich besann und hervorsprudelte:

»Sie müssen von dem Film *Die schwarze Nacht und der weiße Mann* von Maxime Duqueret sprechen. Das ist ein sehr, sehr schöner Film, sehr interessant ... Etwas merkwürdig, ein wenig traurig, aber sehr interessant ... Doch, doch, doch«, beharrte er, als müsse er sich selbst überzeugen, und warf dabei einen ängstlichen Blick auf Olga, die mit ihren Gedanken woanders zu sein schien, sehr weit fort. »Ich glaube schon, den meinen Sie ... ja, bestimmt.«

»Na, toll!« sagte Edma zufrieden. »*Die weiße Nacht von Sowieso*. Der war sehr, sehr gut. Und da habe ich begriffen, daß Fräulein Lamoureux, Olga, Karriere machen wird.«

»Olga Lamouroux, Lamouroux, gnädige Frau!«

Diesmal hatte Eric sich eingeschaltet, und Edma schaute ihn versonnen, zugleich jedoch herablassend an.

»Wie freundlich von Ihnen, mir zu helfen. Also: Lamouroux, Lamouroux, Lamouroux, Lamouroux. Ich werde mir das einprägen, das verspreche ich Ihnen«, sagte sie in ernstem Ton zu Olga, deren Unterlippe unter den oberen Vorderzähnen verschwunden war. »Ich hoffe, es geht mir nicht so wie unserer Diva mit ihrem ›Bradock‹, ›Ducrock‹, ›Capock‹, wie sie dauernd zu unserem dämlichen, unserem tüchtigen Kapitän sagt ... Wo ist Charley? Er ist ein so guter Diplomat ... Er wird nicht wissen, wo ihm der Kopf steht. Eines ist jedenfalls sicher: er muß von morgen früh an die Ordonnanz an diesem Tisch austauschen. Man müßte, man muß auf jeden Fall die musikalischen Paare von den anderen trennen.«

»Würden Sie es denn ertragen, von Herrn Bautet-Lebrêche getrennt zu sein?« zischte Olga, ohne sie anzusehen.

»Aber das habe ich doch schon getan!« Edma schien im siebenten Himmel zu schweben. »Ich habe es schon gemacht, allerdings nie sehr lange. Mit seinem Reichtum ist mein lieber Armand eine traumhafte Beute für alle Intrigantinnen, das weiß ich nur zu gut.« Und mit einer piaffierenden Wendung brach sie zu einer anderen Gruppe, vielleicht zu einer anderen Beute auf.

Für einen Augenblick herrschte Schweigen.

»Welch ein Weibsbild!« sagte Olga Lamouroux, die ganz blaß geworden war. Auch die Stimme war fast tonlos.

»Diese Frau ist der Prototyp ihres Milieus«, meinte Eric gelangweilt.

Doch zum Zeichen seiner Verständnisbereitschaft legte er seine Hand auf Olgas Schulter, und sie klappte vor Rührung ein dutzendmal mit den Augendeckeln. Simon verhielt sich still, aber als sich sein Blick zufällig mit dem der Clown-Frau kreuzte, merkte er überrascht, daß die Augen dieser lebendigen Leiche wildes Gelächter spiegelten.

Julien Peyrat hockte neben Andreas an der Bar, und beide lachten aus vollem Hals, während sie sich die Einzelheiten des erlebten Auftritts ins Gedächtnis riefen. Sie erweckten den Eindruck zweier alberner tuschelnder Gymnasiasten, empfanden es auch so, und das trug zu ihrer Heiterkeit bei. Charley beobachtete sie vorwurfsvoll und eifersüchtig.

»Haben Sie gesehen, wie schön sie geworden ist?« fragte Andreas in wieder ernstem Ton. »Haben Sie diese Augen gesehen, diese Stimme gehört?... Oh, la, la, eine tolle Frau! Plötzlich wirkte sie wie zwanzig, haben Sie das gesehen?«

»Aber, aber, mein Lieber, Sie haben sich doch nicht verliebt...« sagte Julien, ohne etwas Böses zu denken.

»Hätten Sie ein Auge für unsere nationale ... pardon, internationale Diva? Sie wissen ja, den Gerüchten zufolge soll ihre Eroberung nicht unmöglich sein.«

»Wie das?«

Andreas war vollends ernst geworden. Julien musterte ihn überrascht. Es gelang ihm nicht, sich ein genaues Bild von diesem Jungen zu machen. Zuerst hatte er ihn Charleys wegen für einen Homosexuellen gehalten, aber das war er offensichtlich nicht. Dann hatte er ihn als Gigolo eingestuft, doch das schien auch nicht absolut sicher. Andererseits wies Julien es weit von sich, ihm die klassische Frage zu stellen: »Was machen Sie so im Leben?« Das war eine Frage, unter der er zeit seines Lebens selbst gelitten hatte, bis er diesen famosen und vagen Beruf eines Taxators für sich entdeckt hatte.

»Ich will damit sagen«, fuhr er fort, »daß das Gefühlsleben der Doriacci sehr bewegt, offenkundig sehr bewegt ist und daß ich sie schon tausendmal auf Fotos mit armen Schluckern zusammen gesehen habe, die nicht so gut ausschauen wie Sie. Mehr wollte ich nicht sagen, mein Lieber...«

»Über Stars wird alles mögliche geredet«, sagte Andreas eifrig. »Ich für meine Person glaube, daß diese Frau etwas Absolutes hat. Ich glaube keineswegs, Herr Peyrat, daß die Doriacci eine leichtzunehmende Frau ist.«

»Auch das ist bekannt«, sagte Julien fröhlich und lenkte vom Thema ab. »Mit ihr läßt es sich obendrein, wie man weiß, sehr, sehr schwer leben. Fragen Sie *Maestro* Kreuzer, was er dazu meint. Dieses Sauerkraut wird ihm während der Kreuzfahrt schwer im Magen liegen...«

»Ach, das Sauerkraut aus dem Sacher«, sagte Andreas, und sie lachten wieder laut auf.

Doch Julien blieb verstimmt.

D as Schiff verlangsamte seine Fahrt, und schon konnte man die Lichter von Portofino erkennen. Dies war die erste vorgesehene Zwischenstation, und Hans-Helmut Kreuzer sollte das Feuer mit Debussy eröffnen. Drei weißgekleidete Matrosen schoben den großen Steinway an Deck, der bislang unter drei Schonbezügen und einem weißen Tischtuch in der Bar gestanden hatte. Man brauchte eine Weile, um ihn zu enthüllen und mit Ketten an den Beinen am Boden zu verankern. Man sah, wie das dunkle Holz des Flügels im Dämmerlicht leuchtete, und man erahnte seine massige Gestalt, dennoch herrschte einen Augenblick respektvolles Schweigen in der Menge, als jemand das Licht anmachte, nachdem die drei Seeleute mit den Decken verschwunden waren. Vier hellweiße Scheinwerfer strahlten von oben herab und markierten eine fahle quadratische Fläche, eine Art Theaterring, in dessen Mitte das Instrument mit seinen Ketten wie eine Allegorie wirkte: stämmig wie ein Stier und leuchtend wie ein Hai, wartete das Tier offensichtlich auf seinen Bezwinger, seinen Torero, seinen Musiker oder seinen Mörder, und es erwartete ihn voller Haß. Und all seine weißen, strahlenden Zähne schienen bereit, nach der Hand des Mannes zu schnappen und ihn brüllend in das Innere seines leeren Körpers zu ziehen, wo dessen Schreie noch lange nachhallten, bevor sie erstarben. Dieser Flügel hatte etwas Romantisches, Tragisches und Brutales unter dieser Beleuchtung, die nicht zum Mittelmeer paßte. Die See bot eine maßlose und sinnliche Romantik, eine ungebrochene und erbarmungslose Süße. Sie umschlang die *Narcissus* an den Hüften, koste sie und griff sie nachhaltig und unaufhörlich mit ihren weichen warmen Wellen an, so daß sie sich um einen Millimeter neigte und ihre zwanzigtausend Tonnen vor Behagen stöhnten. Das Schiff ließ den kaum geworfenen Anker knirschen, der sich bereits unten am Meeresboden festhakte, und es verabscheute diese Eisenfessel, die es daran hinderte, sich auszustrecken, zu tummeln, sich diesem wollüstigen nächtlichen Wasser hinzugeben, diesem in Küstennähe heuchlerisch fröstelnden und schäumenden Wasser, das jedoch weiter draußen undurchdringlich und unergründlich war und in dem sich die *Narcissus*, an ihrer Leine festgehalten, nun leider nicht mehr verlieren konnte.

Die »Premieren« fanden auf dem »Luxusdeck« statt, und als erstes erklärten die eintreffenden Gäste, als sie sich wie in den vergangenen Jahren den gleichen Auserwählten auf demselben Deck gegenübersahen, daß sie ein Opfer ihrer Zeit geworden seien und wieder einmal nicht vermocht hatten, diese Regelung zu ändern, so wie sie es wünschten. Das war übrigens der einzige demütigende Augenblick für diese glücklichen Musikliebhaber, die sich dann das ganze Jahr über schmeichelten, an dieser Kreuzfahrt teilgenommen zu haben. Julien, der auf diese Weise von einem redseligen Ehepaar angesprochen wurde, das ihn wiederzuerkennen glaubte, ergriff die Flucht. Er stieg über die Kabel, durchquerte den Gang zwischen den Stühlen und Sesseln, die um den Flügel gruppiert waren, und verließ den Bereich der Lichtkegel. Allein der Weg zu den Verbindungsbrücken war beleuchtet, und da Julien ihn mied, stieß er an die Tür der ebenfalls dunklen Bar, die er jedoch offen fand. Er brauchte einige Sekunden, bevor er in der Finsternis die Zigarette von Clarissa Lethuillier aufglimmen sah, die im Hintergrund allein an einem Tisch saß.

»Verzeihen Sie bitte«, sagte er und tat einen Schritt in das Halbdunkel, »ich hatte Sie nicht bemerkt und suchte eine Zuflucht, einen Parkplatz wie auf den Autobahnen. Draußen herrscht viel Wirbel: das Konzert wird gleich beginnen... Soll ich Sie allein lassen?«

Er sprach zerfahren und fühlte sich merkwürdig eingeschüchtert. Im Dunkeln hörte Clarissa Lethuillier auf, ein Clown zu sein, und wurde eine Frau, die Beute des Jägers.

Nach einer Weile öffnete sie den Mund. »Setzen Sie sich«, sagte sie, »wo Sie wollen. Der Zutritt zur Bar ist jedenfalls verboten.«

Vielleicht wegen der Dunkelheit klang ihre Stimme nicht nach Verteidigung, weder warnend noch naiv, weder scharf noch gebrochen, weder jung noch weiblich, sondern nach nichts. Sie verriet keinen Anspruch, keine Verlegenheit, ihre Stimme war entblößt wie ein elektrischer Draht, und wahrscheinlich war es ebenso gefährlich, ihr näher zu kommen. Julien tastete nach einem Stuhl.

»Sie gehen nicht zum Konzert?«

»Doch, aber später.«

Sie flüsterten ohne ersichtlichen Grund. Tatsächlich war diese Bar eine andere Welt, alles war hier erschreckender und gefälliger zugleich: die massigen Sessel, das Maßwerk der Tische und weit da hinten die beleuchtete bewegte Menschenmenge, die lange im voraus bereit war, Kreuzer Beifall zu klatschen.

»Lieben Sie Debussy?«

»Ja, gewissermaßen«, ließ dieselbe Stimme, diesmal jedoch erschrocken, vernehmen.

Und Julien dachte, Clarissa hätte Angst, daß man sie beide allein an diesem »verbotenen« Ort, wie sie gesagt hatte, überraschen könnte. Aber im Gegensatz zu seiner nachsichtigen Natur verspürte er keine Lust, wieder zu gehen. Ihm wäre es sogar lieber gewesen, wenn Eric Lethuillier käme, sie dabei ertappte, daß sie nichts taten, und sich widerlich genug aufführte – ein bißchen hätte genügt –, um ihm, Julien, Anlaß zu geben, ihm eine herunterzuhauen. Er verabscheute diesen Kerl und konnte ihn, wie er erstaunt feststellte, nicht ausstehen. Er würde es auf diesem Schiff keine acht Tage in dessen Gegenwart aushalten, ohne ihm eine zu knallen – oder auch von ihm eine geknallt zu kriegen –, jedenfalls ohne wenigstens einmal guten Gewissens in dieses arrogante Gesicht geschlagen zu haben. Dieses Bedürfnis, zu schlagen, war so klar, daß ihn plötzlich zitternd danach verlangte. »Gibt es in dieser Bar keine Flasche?« fragte er laut. »Ich komme um vor Durst, Sie nicht?«

»Nein«, erwiderte die betrübte Stimme Clarissas. »Es ist alles abgeschlossen. Ich habe es natürlich versucht, wie Sie sich denken können...«

Dieses »wie Sie sich denken können« bedeutete: Sie vermuten recht, ich, Clarissa, die Alkoholikerin!... Sind Sie im Bilde? Ich habe selbstverständlich versucht, etwas zu trinken zu finden...

Doch Julien beließ es nicht dabei. »Wir werden ja sehen,

ob mir ein Schloß widersteht«, sagte er und tastete sich durch die Möbel. Er begab sich hinter die Theke, wo es stockdunkel war. »Haben Sie ein Feuerzeug?« fragte er.

Und augenblicklich saß sie auf dem ihm nächststehenden Hocker und hielt ihr Feuerzeug in der Hand. Die Schlösser waren einfachster Art, und Julien wurde dank seines Fahrtenmessers schnell mit ihnen fertig. Er öffnete einen beliebigen Schrank und drehte sich zu Clarissa um. Im Schein ihres Feuerzeugs hatte sie mit ihrer Schminke etwas Kasperlehaftes. Er verspürte die unbändige Lust, sie zu bitten, für eine Sekunde ihre Maske zu lüften, hielt jedoch rechtzeitig inne. »Was möchten Sie, bitte? Ich glaube, es ist alles da: Portwein, Whisky, Gin ... Ich selbst nehme Whisky.«

»Ich auch«, sagte sie.

Ihre Stimme war fester geworden. Vielleicht in Anbetracht dieses unerwarteten Whiskys, dachte Julien fröhlich. Offenbar war er der bösartige Dämon auf dieser *Narcissus* ... Er würde einen Musikliebhaber zum Kartenspiel verführen, einen Freund der Malerei täuschen und eine Alkoholikerin betrunken machen.

Wie immer, wenn er eine alberne Rolle übernehmen mußte, fühlte sich Julien beschwingt. Er hatte etwas zutiefst Gutmütiges an sich, so daß alle zynischen Rollen, die er dann tatsächlich spielte, ihm nie als realistisch erschienen. Sie waren ein Teil einer großen Fiktion, eine Reihe von Novellen, die ein angelsächsischer Humorist geschrieben hatte und deren Titel lautete: Leben und Abenteuer des Julien Peyrat. Er schenkte die beiden Gläser halb voll, reichte eines Clarissa, die sich wieder an ihren Tisch gesetzt hatte, und nahm freimütig neben ihr Platz. Sie stießen miteinander an und tranken feierlich. Der Whisky war stark und kratzte in seiner Kehle. Er hustete leicht und bemerkte, daß Clarissa nicht mit der Wimper gezuckt hatte. Die Wärme, das plötzliche Wohlbehagen, das ihn gleich überkam, beruhigten ihn endgültig, daß er mit seinem Einbruch richtig gehandelt hatte. »Geht schon besser, nicht wahr?« sagte er. »Ich war so abgespannt, fühlte mich unbehaglich, jetzt lebe ich wieder auf, Sie nicht?«

»O doch!« hauchte sie. »Ich lebe richtig auf ... Oder

vielmehr: ich merke einfach, daß ich lebe. Schlichtweg lebe ...«

»Nüchtern empfinden Sie das nicht? Niemals?«

»Nie«, sagte sie. »Nie mehr. Haben Sie die Flasche behalten?«

»Natürlich«, entgegnete er und beugte sich vor, um ihr nochmals einzuschenken. Er sah, wie ihre weiße Hand das Glas zum Mund führte. Er erinnerte sich des Eindrucks, den diese Hand während des Essens auf ihn gemacht hatte, und ärgerte sich gleich wieder darüber. Die Gelegenheit war etwas zu günstig, schien ihm. Er schenkte sich selbst nach. Wenn es so weiterging, waren sie vor Beginn des Konzerts stockbetrunken. Er stellte sich vor, wie er mit Clarissa am Arm während der Arpeggien Kreuzers torkelnd dort eintraf, und er mußte lachen.

»Warum lachen Sie?«

»Ich denke daran, wie wir stockbetrunken in dieses Konzert platzen«, sagte er. »Ich lache gerne. Das trifft auf Ihren Gatten nicht zu, nicht wahr? Ich habe den Eindruck, daß er selten lacht.«

»Das Leben ist für Eric eine ernste Angelegenheit«, entgegnete sie, ohne nachzudenken, als stelle sie eine Tatsache fest. »Aber ich verstehe sehr gut, daß man es ernst nehmen kann – soweit man die Kraft hat, es so oder so zu packen ... Im Augenblick habe ich sie. Ich atme wieder. Ich spüre, wie mein Herz schlägt. Ich fühle, daß mein Körper in mir lebt, die Dinge werden Wirklichkeit ... Ich vernehme sogar den Geruch des Meeres, wie ich die Kälte des Glases in meiner Hand verspüre. Verstehen Sie das?«

»Aber ja doch«, sagte Julien. Man darf sie vor allem nicht unterbrechen, dachte er. Sie mußte sprechen, zu ihm oder einem anderen. Er empfand großes Mitleid für diese Frau, fast ebensoviel wie Haß gegenüber ihrem Mann. Doch was hatte er mit dem Ehepaar Lethuillier zu schaffen?

»Den ganzen Tag hatte ich den Eindruck, durch eine Wüste mit Hindernissen zu irren, die ich erst im letzten Moment erkannte. Ich hatte den Eindruck, etwas Falsches zu sagen und daß man das merkte und daß ich mich lächerlich machte. Ich hatte den Eindruck, nur an Banalitäten zu denken. Ich hatte den Eindruck, daß ich meine Gabel fallen lassen würde, daß ich selbst von meinem Stuhl fallen würde, daß ich Eric wieder beschämen, in Verlegenheit bringen oder bei den anderen Gelächter auslösen würde ... Ich hatte den Eindruck, in meiner Kabine zu ersticken. Ich hatte den Eindruck, daß dieses Schiff entweder zu groß oder zu klein sei und daß ich in jedem Fall hier nichts zu suchen hätte ... Ich hatte den Eindruck, daß diese neun Tage nie enden würden und daß sie dennoch meine letzte Chance wären. Aber warum meine letzte Chance? ... Ich war eine Beute der Unordnung, der Verwirrung, der Langeweile ... Eines Selbstzweifels, der mich quälte ... Quälte«, wiederholte sie laut. »Ich habe qualvolle Stunden verbracht. Und nun bin ich dank dieses Zeugs ...« sie klopfte mit dem Fingernagel mehrmals hintereinander leicht an ihr Glas, »mit Clarissa Lethuillier, geborener Baron, zweiunddreißig Jahre alt, mit reizlosem Gesicht, wieder ausgesöhnt. Mit der Alkoholikerin Clarissa Lethuillier. Und ich schäme mich nicht einmal, eine zu sein!«

»Sie sind keine Alkoholikerin im eigentlichen Sinn. Was das reizlose Gesicht anbelangt, so muß man Ihnen aufs Wort glauben! Sie haben die Reizlosigkeit so überschminkt ... Madame Lethuillier! Auf alle Fälle: die ›einsame Clarissa‹, die nehme ich Ihnen ab.«

»Die reiche, einsame Erbin ... Das muß Sie an auflagenstarke Wochenzeitschriften erinnern, Herr Peyrat ... Jedenfalls kann ich Ihnen nie genug danken, daß Sie dieses Schloß geknackt haben ... Wenn ich außerdem darauf setzen könnte, daß Sie ein paar Flaschen in Ihrer Kabine verstecken und die Güte hätten, mir Ihre Nummer zu nennen, könnten Sie meiner Dankbarkeit endgültig sicher sein. Ich denke, Sie gehören nicht zu den Männern, die ihre Türen abschließen ...«

Ihre Stimme klang überstürzt, aber hell, rein, fast arrogant; es war sicher die Stimme der Baron-Tochter. Doch schon war es ihm lieber, wenn diese Frau hassenswert anstatt unglücklich wäre.

»Aber selbstverständlich«, sagte Julien. »Ich werde mich von morgen an damit eindecken. Ich habe die Kabine 109.«

Ein kurzes Schweigen trat ein, dann fragte die Stimme von vorhin, vor dem Scotch: »Sie haben doch keine Gewissensbisse? Oder ... verlangen Sie eine Gegenleistung?«

»Ich habe nie Gewissensbisse«, sagte Julien, »und ich verlange von Frauen nie Gegenleistungen.« Und das entsprach der Wahrheit.

Er erriet mehr, als daß er sah, wie Clarissa ihm ihr Glas reichte, und er füllte es wortlos neu. Sie leerte es, erhob sich und ging, wie ihm schien, sicheren Schritts zur Tür, zum Licht. Er blieb einen Augenblick reglos sitzen, trank seinerseits aus und folgte ihr.

Clarissa fand kaum Zeit, sich neben Eric zu setzen, und er nicht, seine gewohnte übertriebene Höflichkeit zu entfalten, als Hans-Helmut Kreuzer bereits unter Beifall die Szene betrat. Der steife Kragen seines Smokings schien ihn im Nacken zu kratzen, als der Maestro sich verbeugte. Aber sobald er saß und zu spielen begann, ließ der Musiker die Person vergessen. Er spielte Debussy mit der Leichtigkeit, dem Feingefühl und der Sanftheit wie kein anderer. Er ließ ihn perlen wie eine Flüssigkeit, wie Regen auf dem Deck, und Clarissa nahm dieses frische Wasser auf, fühlte sich verjüngt, unversehrt, unverwundbar, von allem reingewaschen. Sie war in den Wäldern, auf den Wiesen ihrer Kindheit. Sie wußte nichts von der Liebe, dem Geld und den Männern. Sie war acht, zwölf Jahre alt, oder sie war sechzig, und alles erschien in untadeliger Klarheit. Der Sinn des Lebens ergab sich aus dieser unerschütterlichen Unschuld menschlichen Daseins, aus der überstürzten und akzeptierten Flucht alles Gegenwärtigen, aus der Barmherzigkeit des unvermeidlichen Todes, aus etwas anderem, das für sie nicht unbedingt Gott bedeutete, dessen sie sich jedoch in diesem Augenblick sicher war, wie andere anscheinend von der Existenz Gottes überzeugt waren. Sie war nicht einmal erstaunt, daß Kreuzer quasi für Antipoden seiner selbst und seiner Erscheinung spielte. Sie wunderte sich erst, als er geendet hatte und der blonde Fremde neben ihr sie mit dem Ellbogen anstieß und zum Beifall aufforderte.

Eric nickte gravitätisch und mit einer gewissen Trauer — wie jedesmal, wenn er sich einem unbestreitbaren Talent gegenübersah. »Man kann nicht leugnen, daß er genial ist«, sagte er, als sei seine erste Reaktion tatsächlich gewesen, dieses Genie in Frage zu stellen, und als falle es ihm schwer, nicht weiter zuhören zu können.

Doch Clarissa setzte sich plötzlich über Eric hinweg. Es erschien ihr sogar höchst bedeutungslos und außerordentlich dumm, ihn so lange geliebt und so sehr unter ihm

68

gelitten zu haben. Natürlich flüsterte ihr innerlich jemand zu, daß diese Freiheit und diese Zwanglosigkeit zur gleichen Zeit aus ihrem Bewußtsein weichen würden wie der Alkohol aus ihrem Blut, aber es sagte ihr auch jemand, daß hierin die Wahrheit lag, in diesem Augenblick, in dieser Auffassung, obwohl sie als trügerisch, vom Alkohol verfälscht und entstellt angesehen werden konnte. Und derselbe sagte ihr, daß sie recht hatte, wenn sie glücklich war, und unrecht, wenn sie es nicht war; dieser jemand war der einzige der zahllosen »jemand«, aus denen sie sich zusammensetzte, der seit ihrer Kindheit nie seine Ansicht geändert hatte.

Sie applaudierte etwas länger als die anderen, man sah zu ihr hin, und Erics Stirn umwölkte sich, doch das war ihr völlig gleichgültig. Von der anderen Seite des Flügels lächelte ihr der Komplize, Julien Peyrat, stehend zu, und sein Lächeln wurde offen von ihr erwidert. Dieser Retter war außerdem ein hübscher Mann, stellte sie amüsiert und mit einer Art vorweggenommener Befriedigung fest, wie sie sie seit Jahren, seit Jahrhunderten, wie ihr schien, nicht mehr gekannt hatte. Nur wenige Männer hielten Eric Lethuilliers Kriterien stand, das stimmte.

Simon Béjard, der sich in seiner neuen Smokinghose unter dem gleichen Eindruck der Gefahr und der Langeweile auf seinen Stuhl gesetzt hatte, fand sich nun mit Tränen in den Augen; und das alles dank dieses groben Tolpatschs Kreuzer, den er für ungenießbar gehalten hatte, und dank Debussys, der für ihn bisher nicht anzuhören gewesen war. Tatsächlich war es für ihn das erste Mal, daß er ein zweckfreies Vergnügen empfand, das erste Mal seit Jahren, in denen er einen Film lediglich ansah, um Schauspieler auszuwählen oder die »Arbeit« eines anderen zu beurteilen, ebenso wie er Romane nur las, um Szenarios darin zu entdecken – mit Ausnahme derer, die durch ihren Erfolg, die Begeisterung der Öffentlichkeit, von dieser traurigen Verpflichtung, spannend zu sein, so gut wie befreit waren, aber in diesen Fällen konnte Simon die Titel nicht kaufen.

Er war mit sechs Jahren zum erstenmal im Kino gewesen. Und seit vierzig Jahren waren für ihn die Landschaften nichts als Hintergrund, alle menschlichen Wesen waren Darsteller, und alle Musiker dienten bloß der Untermalung.

»Das war hervorragend, nicht wahr?« sagte er in seiner Begeisterung. »Also, da nehme ich den Hut ab, Helmut! Das hat auf mich genauso gewirkt wie Chopin.«

Er hatte mit vierzehn Jahren manche Träne zu den Klängen einer »Polonaise« vergossen, die in einem amerikanischen Superschmarren in Farbe vorkam, in dem man Chopin sah, wie er cowboy-braun, mit Lockenkopf und muskelstark über den weißen Tasten eines Klaviers Blut spuckte, während George Sand ihre Schlankheit, die ihren Zigarettenspitzen glich, vor einem Hintergrund spazierenführte, der der Borgias und der Folies Bergère gleichermaßen würdig war. Er hatte daraus geschlossen, daß Chopin ein Musiker sein mußte, der zu rühren verstand und der vielleicht seinen, Simons, künftigen Meisterwerken die nötige musikalische Unterstützung verleihen konnte. An diesem Punkt war seine musikalische Bildung stehengeblieben. Und nun eröffnete sich ihm mit Debussy eine reiche, neue Welt. Er empfand plötzlich einen großen Appetit und große Demut angesichts der riesigen Steppen der Kunst, dieser lebendigen Monumente, dieser märchenhaften Schätze, die zu entdecken er weder Zeit noch Gelegenheit gefunden hatte. Ihn hungerte nach Literatur, Malerei und Musik. Alles erschien ihm nun unendlich wünschenswert, denn Simon gab sich seinen Wünschen nur in dem Maße hin, wie er sie konkretisieren konnte. Er mußte besitzen »können«, das war alles. Natürlich hätte er sich morgen die beste japanische Stereo-Anlage kaufen, ein oder zwei impressionistische Gemälde mit oder ohne Gutachten erwerben oder – warum nicht? – eine Originalausgabe von Fontenelle erstehen können. All diese Dinge lagen für ihn jetzt im Bereich des Möglichen, er war in der Lage, sich Luxusbücher, Minikassetten und Museumsbesuche zu leisten – als gäbe es, um in die unbekannten Gefilde der Kunst vorzudringen, einen Personaleingang und eine große Treppe, wobei ersterer nur zumutbar ist, wenn man ihn nach reiflicher Überlegung dem Haupteingang vorzieht. Für Simon vereinigten sich endlich das Panthéon und seine berühmten Toten dem Ansehen nach mit der Produktionsgesellschaft United Artists und ihren anonymen Schergen. Jedenfalls war der Beweis erbracht, daß er für künstlerische Dinge empfänglich war, und so richtete er mit einer Art Bewunderung für seine eigenen Tränen seine großen feuchten Augen auf Olga.

Doch sie schien diese Bewunderung nicht zu teilen, sie schien im Gegenteil ironisch geworden zu sein. »Reden Sie keinen Unsinn, Simon«, sagte sie leise.

Olga hatte einen flüchtigen Blick auf Eric Lethuillier geworfen, der vor ihnen saß, und Simon hatte schräg von der Seite dessen gelangweiltes, nachsichtiges Lächeln beobachtet.

»War es nicht das, was man sagen mußte?« fragte er sehr laut. Er fühlte sich in seiner Gutgläubigkeit, in seiner Gutwilligkeit irgendwie verletzt. Schließlich hatte sie diese Rührung, die sie jetzt lächerlich zu finden schien, noch gestern bei ihm vermißt, und sie war es doch, die zu fürchten schien, daß er ihrer nicht fähig sei.

»Aber nein!« sagte Olga. »Chopin!... Debussy!... Mein armer Simon, immerhin sollte man einen Putzlappen nicht mit einer Serviette verwechseln.«

»Ist Chopin der Putzlappen und Debussy die Serviette? Oder umgekehrt?« fragte Simon Béjard. Nach der künstlerischen Bewegtheit wurde er nun ein Opfer des Zorns, und das waren zwei starke, seltsame Gefühle, die ihm bisher fremd gewesen waren.

Olga wunderte sich über diesen plötzlichen Wutanfall. »Mein Gott«, sagte sie, »darum geht es doch nicht. Sagen wir, daß es ein bißchen spät für Sie ist, sich auf Vergleiche einzulassen.« Sie zögerte, lugte zu Lethuillier hinüber, der sich jedoch nicht umdrehte.

»Nun, Sie fürchten ja seit drei Monaten, daß es zu spät für mich sei!« erwiderte Simon. »Und heute ist es zu früh? Sie müßten Ihre Klaviere aufeinander abstimmen«, sagte er ungewollt scherzhaft, was Olga erlaubte, laut zu lachen und damit vorzutäuschen, daß sie von seinem Zorn nichts bemerkt hatte.

»Also wollen Sie mir das erklären?« fragte Simon.

»Mein Gott, Simon...«, sie sprach erregt, mit ihrer Kopfstimme, »... mein Gott, Simon, sagen wir, daß dies kein Thema für Sie ist.«

71

»Wenn dies kein Thema für mich ist, dürfte dies auch keine Kreuzfahrt für mich sein«, entgegnete Simon.

Er sah ihr wütend ins Gesicht, und sie warf verzweifelte Blicke auf Lethuillier. Aber dessen Nacken schien zur Zeit auf die Schultern gerammt, und die Ohren schienen lediglich zu dekorativen Zwecken beiderseits des Schädels angebracht zu sein. Olga war bestürzt, sie fürchtete, Simon könnte grob werden.

Da rettete unerwarteterweise die Clown-Frau die Situation: sie drehte sich zu ihnen um und lächelte Simon derart freundlich zu, daß er sich sofort beruhigte. Unversehens war diese Clarissa Lethuillier die Wärme, das Wohlbehagen in Person; und vor allem war sie trotz des Durcheinanders unnachahmlich herzlich.

»Komisch, was Sie da sagen, Herr Béjard«, meinte sie, »das ist genau der Eindruck, den ich auch hatte! Ich fand ebenfalls, daß Kreuzer Debussy so ... zart ... so traurig ... so flüssig gespielt hat wie Chopin ... Aber ich wagte es nicht zu sagen; wir sind hier von derartigen Kennern umgeben! Ich bin dazu ebensowenig imstande.«

»Nun, du verstehst sehr viel von Musik, Clarissa!« sagte Eric nach hinten gewandt. »Setz dich nicht dauernd auf diese systematische Weise herab, das ist unglaubwürdig.«

»Ich, mich herabsetzen? Aber wie soll ich mich wohl herabsetzen, Eric? Da müßte ich doch irgendwelchen Wert haben! Dabei habe ich nie einen Beweis dafür geliefert, oder? Auch in puncto Musik nicht.«

Ihre Stimme klang frech und fröhlich, und Simon Béjard begann ebenso zu lachen wie sie und wurde um so heiterer, wie der schöne Eric wütend zu werden schien.

Er sah Clarissa von oben herab an, und seine Augen waren von dem gleichen kalten Blau wie das Schwimmbad an Bord. »In meinen Augen hast du den Beweis dafür geliefert!« sagte er. »Genügt dir das nicht?«

»Doch, aber gegebenenfalls würde ich es vorziehen, deine Ohren zu überzeugen ...« Clarissa lachte, jeder Melancholie entrückt, und forderte ihren Meister heraus. »Ich hätte dir zum Beispiel gerne jeden Abend am Kamin, während du an der Fahnenkorrektur deiner Zeitschrift saßest ... Händel vorgespielt ...«

»Händel bei einem guten alten Armagnac, nehme ich an?«

»Warum nicht? Oder ziehst du es vor, deine Abzüge mit Mandelmilchsirup zu tränken?«

Simon war in diesem Streit vergessen worden, aber er blieb begeistert, daß er ihn provoziert hatte. Er hob Clarissas rechte Faust und erklärte in Marseiller Tonfall: »Clarissa Lethuillier, Sieger durch technischen K. o.«

Sein Lächeln quittierte Eric mit einem offensichtlich feindseligen Blick.

Simon ließ Clarissas Hand wieder fallen und deutete ihr gegenüber eine Geste der Entschuldigung, des Bedauerns an, aber sie lächelte ihm ohne jede Furcht oder Verlegenheit zu.

»Sollten wir nicht einen Schluck an der Bar trinken?« schlug Simon vor. »Schließlich könnten zwei Musikkenner zwei Ungebildeten ein wenig Nachhilfeunterricht erteilen ...«

»Ich persönlich erteile niemandem Nachhilfeunterricht«, erwiderte Eric in einem Ton, der seine Aussage Lügen strafte. »Außerdem glaube ich, daß die Doriacci gleich auftreten wird.«

Clarissa und Simon, die sich bereits erhoben hatten, setzten sich brav wieder. Denn tatsächlich gingen die vier Scheinwerfer an, erloschen, strahlten erneut auf – ein Zeichen, daß das Programm fortgesetzt wurde.

Olga neigte sich auf ihrem Stuhl vor und murmelte in Erics Ohr: »Pardon ... verzeihen Sie ihm.« Sie sagte das bittend und etwas theatralisch, wie sie selbst merkte. Aber sie war wirklich entsetzt. Wie konnte Simon dieser Clarissa Lethuillier, von der er wußte, daß sie eine Gewohnheitstrinkerin war, den Vorschlag machen, etwas zu trinken? Gewohnheits ...? Notorisch! Wie kann er es wagen, in diesem Ton zu diesem großartigen Wikinger, diesem Mann von Format zu sprechen! Denn schließlich brauchte man nicht übersensibel zu sein, um zu merken, daß Eric Lethuillier ein bis ins Herz verletzbarer Mann ist ... nein, bis auf die Knochen ... nein, nein, nein ... bis tief in die Seele, das ist es!

Das Dumme für sie war nur, daß sie bleiben mußte. Bei einem Typ bleiben, den ich nicht mehr mag: Ich ertrage

Béjard nicht länger – Version für Micheline. Oder: Ich halte es mit Simon nicht mehr aus – Version für Fernande.

»Woran denkst du?« fragte der künftig Verbannte mürrisch. »Du scheinst dich nicht wohl zu fühlen, liegt dir das Essen im Magen?«

»Nein, ich hab' nichts. Es ist alles in Ordnung, bestimmt«, erwiderte sie schnell und leicht erschrocken.

Wie konnte man nur so ordinär sein, so banal? Olga, die bemüht war, ihre Überlegung mit einem poetischen und musikalischen Vergleich zu erläutern, hielt inne. Ich bin wie vom Donner gerührt, dachte sie. Ja, Micheline, ich bin wie vom Donner gerührt und ... Doch das letzte Mal, als sie diesen Ausdruck gebraucht hatte, war Simon zum Fenster gestürzt und hatte unter schallendem Gelächter nachgeschaut, ob ein Gewitter herrschte – denn solche Ausdrücke waren es, die ihn zum Lachen brachten. Es gab eine Männerrasse, die auf dumme Scherze dieser Art mit Gelächter reagierte. Und diese Männer waren nicht selten. Auf diesem Schiff zum Beispiel waren, wie sie wußte, mindestens drei, die gekommen waren, um über die stolze – und falsche, das würde sie ihm beweisen – Devise Simon Béjards hinsichtlich der Liebe zu lachen und Beifall zu klatschen: »Ich lache mich schief oder halte mich raus.«

Zu ihnen gehörte Julien Peyrat, dieses verführerische, aber so wenig ernst zu nehmende und offensichtlich falsche Individuum; ferner dieser pomadige Charley, der trotz seiner Veranlagung mit den Männern gelacht hätte; und zweifellos dieser blonde Gigolo namens Andreas.

Olga haßte Andreas schon aus dem ausgezeichneten Grund, daß er jung war. Sie hatte gedacht, auf diesem Schiff die einzige Person unter dreißig Jahren zu sein; sie hatte gehofft, sie allein würde die Jugend, die Begeisterung und den Charme verkörpern, und nun schien dieser kleine Blondling mit seiner naiven Miene fast ebenso jung zu sein wie sie und vielleicht sogar jünger, wenn sie sich auf diesen ... diesen Schwachkopf von Simon bezog.

»O dieser Bengel«, hatte er gesagt, als sie über ihn sprachen, »wenn man ihm die Nase umdreht, kommt Milch raus.«

Simon hatte geglaubt, sie zu beruhigen, aber er hatte sie in Wut versetzt.

»Ich denke, so sehe ich nicht aus«, hatte sie entgegnet.

»Das nicht, da können Sie beruhigt sein, mit diesem kleinen Schlingel haben Sie nichts gemein.«

»Es sei denn, das Alter«, hatte sie ihn berichtigt.

»Nicht einmal das«, hatte dieser Tölpel, dieser Flegel, dieser ungeschickte Simon erwidert.

Und am selben Abend hatte Olga zum Essen einen Pferdeschwanz getragen.

Ihre finsteren Gedanken wurden von dem Auftritt der Diva unterbrochen. Doria Doracci betrat die Bühne unter Beifall, und sogleich nahmen der Ring, den die Scheinwerfer beleuchteten, und das ganze Schiff etwas Theatralisches an. Denn wo sie auch erschien, schufen ihre stürmische Miene, ihre Schminke, ihr falscher Glanz eine als dramatisch und köstlich empfundene Atmosphäre. Die Doriacci hatte in einer ihrer üblichen Launen das Programm unberücksichtigt gelassen und beschlossen, an diesem Abend eine der großen Arien aus *Don Carlos* von Verdi zu singen.

Sie stellte sich in ihrem langen schwarzen und glitzernden Kleid gesammelt ans Mikrophon, fixierte in Richtung Portofino einen imaginären Punkt über den Köpfen der Zuhörer und begann mit tiefer und getragener Stimme zu singen.

Julien, der direkt vor ihr saß und zunächst angesichts der physischen Nähe dieser Stimme verlegen und befangen war, hatte kaum Zeit gefunden, sich aufgrund ihrer Zurückhaltung zu beruhigen, als er plötzlich den Atem anhielt und sich auf seinem Stuhl zusammenkrampfte. Aus der imposanten schwarzgemiederten Büste der Doriacci war eine unerwartete Stimme hervorgebrochen, die harte und verzweifelte Stimme eines Menschen, der voller Wut und voller Angst ist. Ungewollt überlief Julien eine Gänsehaut. Dann entspannte sich diese Stimme, streckte sich auf einer Note aus, wurde in lyrischer Unanständigkeit rauh, viel zu rauh. Ein verliebtes Tigerbrüllen stießen nun die Stimmbänder dieses Halses hervor, um den sich hingegen eine Kette zahmer Perlen schmiegte, und Julien entdeckte unter diesen gleichmäßigen Gesichtszügen, unter dieser beherrschten Atmung und dieser bürgerlichen Frisur den mitgerissenen, blinden Ausdruck einer grenzenlosen Sinnlichkeit. Auf einmal begehrte er diese Frau, es war ein rein physisches Verlangen, und er wandte den Kopf ab. Dabei fiel sein Blick auf Andreas, und dessen Miene belehrte ihn über seine eigene und beschwichtigte ihn: es war die Miene des Jägers; der junge Andreas war zum Gejagten geworden, Inbrunst mischte sich bereits in das Begehren, und Julien bedauerte ihn.

Tatsächlich hatte Andreas seine ehrgeizigen Pläne aufgegeben, hielt die Augen auf die Doriacci gerichtet und wiederholte sich wie ein Leitmotiv, daß er sie um jeden Preis besitzen mußte. Diese Frau war plötzlich zum Inbegriff des Gefühlslebens geworden, zum Wahn, zum Schwarz, zum Gold, zum Blitz und zum Frieden, und mit einemmal gab es auf Erden nur noch die Oper mit ihrem Prunk, ihren Werken und ihrer Pracht, die ihm immer unwirklich und leblos erschienen war. Als er Doria Doriacci singen hörte, nahm er sich vor, ihr diesen Schrei eines Tages auf andere Weise zu entlocken und diese Stimme eine nie erreichte tiefe Note artikulieren zu lassen. In seiner Verwirrung sagte er sich sogar, daß er notfalls für sie arbeiten und sie ernähren würde, falls sie nicht für ihn aufkommen wollte: er würde unter einem Pseudonym für eine Zeitung schreiben. Er würde Musikkritiker werden und grausam, gefürchtet und wegen seiner Strenge, seiner Anforderungen, seines Dünkels, seiner Jugend und seiner offensichtlich ungenutzten Schönheit nahezu gehaßt werden, so daß man über ihn herziehen dürfte ... Ja, ganz Paris würde über ihn reden und sich vergeblich Fragen stellen bis zu dem Tag, da die Doriacci, von einer Konzertreise zurückkehrend, in Paris aufträte, und dann würde der irrwitzigste und leidenschaftlichste Artikel die Wahrheit an den Tag bringen. Schon am nächsten Morgen könnte er sich dann mit müdem Blick und glücklich den Armen der Doriacci entwinden, und Paris würde begreifen ...

Trotz der Ovationen einer wahnsinnig begeisterten Menge hatte die Doriacci auf einen Scheinabtritt verzichtet. Und diesmal waren die Leute wirklich begeistert, selbst wenn man zugab, daß es für jeden Passagier, der nicht jeden

Abend wahnsinnig begeistert war, zwangsläufig bedeuten mußte, daß er betrogen worden war, und zwar ebenso von sich selbst wie von der Reederei Pottin. Sie hatten also der Diva »*da capo, da capo*« zugerufen, die jedoch lächelte, den Kopf schüttelte und von ihrem Sockel zu ihnen, den armen Sterblichen, herabstieg. Dies war einer ihrer gewohnten Tricks, der den Vorzug hatte, daß sie nicht wieder auf die Bühne gerufen wurde. Die Dora wußte aus Erfahrung, daß niemand aus diesem eleganten und übrigens so reizenden Publikum das Herz und den Schneid hatte, ihr aus der Entfernung von kaum einem Meter »*da capo*« zuzurufen. Manchmal bedauerte sie, in der Mailänder Scala nicht von der Bühne herabkommen und sich unter die Zuhörer mischen zu können wie Marlene Dietrich unter die Spahis um Gary Cooper, aber das ging nicht. In der Person dieser Diva lag etwas so unzerstörbar Feierliches, eine Nuance, die sie mit vierundzwanzig Jahren vergessen zu können glaubte und die sie mit gut fünfzig glücklicherweise akzeptiert hatte. Dennoch wußte Gott, daß sie keine Heuchlerin war, sondern daß ihre trivialen nächtlichen Jagden manchmal zweifellos der Würze ermangelt hätten, wenn sich der eiserne Vorhang der Berühmtheit nicht jedesmal über dem Rockschoß ihres letzten Geliebten gesenkt und ihn an den Boden genagelt hätte, während sie zu neuem Glanz und anderen Liebhabern aufbrach.

Sie war hungrig, sie hatte Appetit auf Ente mit Orangenscheiben und Eistorte, das alles mit rotem Bouzy und Fruchtsaft übergossen. Sie hatte auch Verlangen nach diesem blonden jungen Mann, der sie von weitem lächelnd anblickte und schon lauerte, ohne es zu wagen, sie anzusprechen. Die Doriacci schickte sich an, die Clown-Frau um Hilfe zu bitten, die in ihrer Nähe saß. Sie öffnete bereits den Mund, als Clarissa nach viel Überwindung das Wort an sie richtete. Sie hatte eine hübsche Stimme, und ohne die Farbenpalette, die sie auf ihr Gesicht aufgetragen hatte, hätte sie vermutlich recht gut ausgesehen. Und als sie nun von Musik sprach, einem Thema, das Doria Doriacci ganz besonders fürchtete, und als sie mit etwas gebrochener Stimme von dem Glück erzählte, das sie beim Zuhören empfunden habe und das sich noch in ihrem

77

verschwommenen Blick spiegelte, und als sie ihr dankte, begriff die Diva, daß sie auf diesem Schiff nicht mehr so allein war, da eine andere, diese lächerliche Frau, ebenfalls das »große Glück« gefunden hatte oder was die Doria das »große Glück« nannte: das, was sie empfand und was einige Auserwählte auch verspürten, und das war kein Vorrecht der Gesellschaftsklasse oder der Erziehung, das war ein fast ererbtes Privileg, welches bewirkte, daß man das »große Glück« in der Musik fand, wenn sie zufällig ein Berührungspunkt war. Dieser Zufall gräbt sie einem ins Gedächtnis, und zwar unter der Etikette und in der fast immer leeren Schublade der großen oder vollkommenen Glücksgefühle, es sind dann zunehmend vage Erinnerungen an die Entstehung des Glücks, aber auch mit der Zeit genauere Erinnerungen an die Wirklichkeit!

Diese junge Frau verstand die Musik, und das war schön, aber das blonde Lamm ein bißchen weiter hinten zitterte bereits auf seinen hübschen Beinchen in der unbewußten Erwartung des Opfers. Eines Opfers, das nicht auf sich warten lassen sollte; denn an der Tür zur Bar tauchte mit einer Pirouette die Ziege von Herrn Seguin, Frau Bautet-Lebrêche, auf und kam mit ihren zu roten Locken, die sich in den altgoldenen Ohrgehängen verfingen, und trippelnden Schritten auf sie zu, die wie bei ihren Artgenossinnen, die zum Angriff übergingen, trocken auf den Planken widerhallten. Tatsächlich hatte Edma sie erblickt und näherte sich im Galopp ihrem Tisch.

Überrascht sah die verblüffte Clarissa, wie die gewichtige, bedeutende und kräftige Doriacci mit der Geste eines Taschendiebs ihr Handtäschchen, ihre Zigarettenspitze, ihren Lippenstift, ihr Feuerzeug und ihren Fächer zusammenraffte, sich zwischen zwei Tischen, die einem Luftgeist kaum Raum gelassen hätten, buchstäblich hindurchzauberte und, ohne auch nur einen Augenblick ihre tragische Größe aufgegeben zu haben, der Bar zustrebte.

Clarissa wußte in der Tat nicht, daß die Doriacci, wenn sie einmal einen Mann erwählt hatte, den sie auf dem großen Altar ihres Baldachinbetts opfern wollte, ihrer ganzen Person etwas Düsteres und Pompöses verlieh, eine Art stillen und tragischen Schmerzes, den man eher de

Medea als der Lustigen Witwe zubilligte. Entsetzt und wie erstarrt sah auch Andreas schmerzvoll, daß seine Geliebte die kleine Gesellschaft majestätisch floh, und glaubte bereits, sie ohne ein Wort und ohne einen Blick in der Tiefe und den Mäandern der Schiffsgänge verschwinden zu sehen, als er plötzlich überrascht feststellte, daß sie in seine Richtung leicht ihren Kopf neigte. Und wie ein großer Dreimaster, der vom Wind auf Kurs gehalten wird und nun nicht mehr fähig ist, die Fahrt zu verringern, um einem kleinen Segelboot, das auf den Wellen tanzt und zu sinken droht, zu Hilfe zu kommen, wie ein solch stolzes, aber mitleidiges Schiff, das einige Rettungsboote hinter sich herzieht, um die Schiffbrüchigen aufzulesen, zog die Doriacci mit den Augen den Blick des jungen Andreas auf ihre Hüfte, an der ihre Hand mit den gebogenen und purpurnen Fingernägeln pendelte. Und einer ihrer Finger, der zum Handinneren gekrümmt wurde, zeigte ihm zwei- oder dreimal auf die einfachste und beredteste Weise an, daß sein Unglück weit davon entfernt war, vollkommen zu sein.

Simon Béjard kehrte als erster in seine Kabine zurück und vergaß seine guten Manieren — oder was er davon besaß, wie Olga Lamouroux leicht beunruhigt feststellte. Er setzte sich auf sein Bett und begann, seine nagelneuen Lackschuhe auszuziehen und gleichzeitig seine Krawatte abzulegen, wobei seine linke Hand an dem Knoten zog, während seine Rechte in nahezu affenartiger Haltung an den Schnürsenkeln zurrte. Die Füße und ein gleichfalls roter Hals tauchten unter den Folterinstrumenten hervor, und erst dann schaute Simon sie an. Es war ein unheilvoller Blick. Olga tat ein paar Schritte im Raum, reckte sich und löste bei geschlossenen Augen und mit weit hochgehobenen Händen ihr Haar. Allegorie des Verlangens, sagte sie sich. Dabei war sie sich nicht sicher, ob Allegorie der richtige Ausdruck war. Eigentlich hätte Simon die Allegorie des Verlangens bilden müssen. Doch seine brummige Miene und seine seiltänzerische Haltung legten das nicht gerade nahe. Olga beugte sich noch etwas mehr nach hinten.

Natürlich lebte Olga von ihrem Talent und nicht von ihrem Körper, woran sie sich spaßhaft gerne erinnerte und wovon sie übrigens beinahe überzeugt war. Das hinderte sie jedoch nicht, auf die Reize dieses Körpers zurückzugreifen, wenn sich ihre geistigen Reize für ihre Karriere als zu kläglich erwiesen.

»Hören Sie, Simon«, sagte sie freundlich, nahezu liebevoll und mit einem anmutigen, zarten Lachen — das dieser Tölpel offensichtlich nicht einmal bemerkte —, »hören Sie, Simon, nehmen Sie mir meine Bemerkung nicht übel... Es ist nicht Ihre Schuld, wenn Sie musikalisch nicht so gebildet sind. Sie werden doch deswegen nicht den ganzen Abend sauer sein...«

»Sauer... Ich und sauer?... Stocksauer, ja...«, brummelte Simon, bevor er diesen jungen Körper ansah, diesen degengeraden Körper seiner jungen Geliebten. Und innerhalb einer Sekunde verwandelte sich seine Wut in eine

80

Welle der Zärtlichkeit; eine so heftige, so traurige Zärtlichkeit, daß er spürte, wie ihm die Tränen in die Augen traten, und deshalb zerrte er mit gesanktem Kopf verbissen an seinen Schnürsenkeln.

»Sie sind auf anderen Gebieten so gebildet... Sie sind mir derart überlegen... Die siebente Kunst zum Beispiel...«

Somin Béjard fühlte sich nicht wohl. Er nahm es ihr übel, daß sie den neuen Mann in ihm verärgert hatte, der bereit war, diese ganze Welt leidenschaftlich, ergeben und unentgeltlich zu lieben, die ihm unter dem Namen Kunst zunächst fremd, dann unerreichbar und schließlich feindlich gewesen war, weil man ihn derart auf seine Kosten in den Filmkritiken damit in Zusammenhang gebracht hatte. Mit dieser Kunst, die einer Gesellschaftsschicht vorbehalten war, die er verachtete und gleichzeitig zu erobern suchte; all diese Gemälde, all diese Bücher, all diese Noten waren, wie er wußte, zunächst nichts als hinfälliges Papier, hinfällige Leinwand, brüderliche Erklärungen, Erklärungsversuche eines absurden Daseins, in dem sich unbekannte Brüder verbunden und meistens vernichtet hatten. Und seit einer Stunde verstand Simon sich als ihr verständnisvoller und zugleich bewegter Erbe. Es hing jetzt allein von ihm ab, zu dieser Welt Zugang zu finden. Er brauchte die herablassende Pädagogik all dieser Leute nicht mehr, auch die wirren und langweiligen Erläuterungen Olgas nicht. So etwas wie eine geheime, aber sichere Solidarität verband ihn inzwischen mit Debussy, als hätten sie gemeinsam ihren Wehrdienst abgeleistet oder zusammen ihren ersten Liebeskummer erlebt. Er erlaubte niemandem mehr, sich zwischen sie zu stellen.

»Sprechen wir von der siebenten Kunst...«, sagte er, durch diese neue Gewißheit von seinem Zorn befreit. »Oh, diese siebente Kunst! Wissen Sie, welchen Film ich während meiner Jugendzeit am meisten geliebt habe? Ich habe viele gesehen, denn ich habe Ihnen, glaube ich, schon gesagt, daß mein Vater während des Krieges und danach Vorführer im Eden in Bagnolet war. Am liebsten mochte ich... das werden Sie nie erraten...«

»Nein«, antwortete Olga teilnahmslos. Sie verabscheute es, wenn er mit dieser Ungezwungenheit von seiner Familie sprach. Der Vater Filmvorführer, die Mutter Näherin! Nicht viel, dessen er sich rühmen konnte. Vor dem er sich natürlich auch nicht zu verstecken brauchte ... Aber sie hätte es vorgezogen, wenn er sich davor versteckt hätte.

Olga hingegen war geschmackvoll genug, auf niemanden peinlich zu wirken, und bezeichnete die Kurzwarenhandlung ihrer Mutter als Garnfabrik und ihr Gartenhaus als Landsitz, was Simon Béjard, wie er auch darüber reden mochte, die Sprache verschlagen hatte. Sie fragte sich ehrlich, ob es nicht das Großbürgerliche an ihr war, was er an ihr schätzte.

»Nun, das war *Pontcarral*«, sagte Simon schließlich lächelnd. »Ich war unsterblich in die kleine Blonde verliebt, diese Suzy Carrier, die Pierre-Richard Wilm in die Arme ihrer Schwester, Annie Ducaux, getrieben hat. Es war noch die Zeit, in der die kleinen blonden und keuschen Jungfrauen beliebter waren als die Vamps«, erzählte er zunächst zerstreut, dann schwieg er plötzlich.

Vielleicht ist das die Ursache von allem, dachte er. Für meine Neigung, mich in junge Mädchen zu verlieben, die mir die kalte Schulter zeigen, und meine Verachtung gegenüber gleichaltrigen Frauen, mit denen ich mich verstehe und die mich lieben könnten. Das kommt vielleicht von diesem *Pontcarral*! Dabei wäre es zu blöd ... Ein ganzes Leben lang an *Pontcarral* orientiert ... Das kann auch nur mir passieren! sagte er sich verbittert, ohne zu wissen, wie wenige Leute stolz auf ihren Geschmack sind und wie wenige wirklich von ihrem Ideal angezogen werden. Und ohne zu ahnen, in welchem Ausmaß diese Trennung der Selbsteinschätzung von den wirklichen Freuden dieser selben Person zu gräßlichen Verheerungen und manchmal sogar zu guter Literatur geführt hat.

»Aber ... aber ... aber ich habe von Pierre-Richard Wilm gehört ...«, stammelte Olga fröhlich wie jedesmal, wenn die Erinnerungen Simons oder eines ihrer Liebhaber sich mit ihren eigenen Kindheitserinnerungen deckten, denn sie hielt nicht viel von jungen Leuten ihres Alters, bei denen sie mit ihrer Jugend keinen Erfolg gehabt hätte. »Natürlich, Pierre-Richard Wilm«, sagte sie. »Mama war verrückt nach ihm ...«

»Als sie ein kleines Mädchen war, ja...«, warf Simon achselzuckend ein.

Und Olga biß sich diesmal ernsthaft auf die Lippen. Sie mußte vorsichtig sein. Sie hatte Simon von seinem Urlaub in Saint-Tropez abgehalten, wo sie ihn zehn Filmsternchen hätte streitig machen müssen. Sie hatte ihn auf dieses Schiff voller Siebzigjähriger gebracht und mußte nun im Rausch ihres Erfolgs aufpassen, daß sie nicht endgültig übertrieb. Simon war ein braver, tolpatschiger und manchmal naiver Junge, aber er war ein Mann, was er zum großen Kummer Olgas jede Nacht beweisen zu müssen glaubte. Denn Olga, die das Verlangen vortäuschen mußte, wußte nicht mehr, ob sie es je verspürt hatte. Doch ihre Gefühllosigkeit beunruhigte sie lediglich im Hinblick auf die phantastischen oder berühmten jungen Leute, die begabte Liebhaber waren. Deshalb schlief sie wahrscheinlich seit zehn Jahren nur noch mit Männern, deren mangelnde physische Reize oder deren großer materieller Anreiz ihr erlaubten, diese Frigidität zu verleugnen und sich für eine große Liebende zu halten, die vom Schicksal benachteiligt wurde. An diesem Abend erschien ihr jedoch die Selbstaufgabe, die sie sich auferlegte, von vornherein weniger qualvoll als sonst, da Simon in dem Maße, in dem er sich endgültig mit ihr versöhnte, dieses Überflüssige, Gönnerhafte, Herablassende abstreifte, was sie bei ihren Liebschaften schon immer verabscheut hatte.

Aber diesmal bedurfte es dieser Selbstverleugnung nicht, weil Simon wortlos seine zu engen Blue jeans und einen Sweater angezogen und die Kabinentür hinter sich geschlossen hatte und dies, ohne sie zuzuschlagen.

Andreas war zuerst über die unzweideutige Mimik der Doriacci verblüfft gewesen, als sie mit gebieterischem Zeigefinger den Saal verließ. Tatsächlich fühlte sich Andreas schon zu Beginn dessen, was er »seine Liebesgeschichte« nannte, nicht sehr wohl. Er merkte, wie er sich mehr und mehr in die Doriacci verliebte und fühlte sich schuldig: schuldig, ein Verlangen zu verspüren, das er in jedem Fall entschlossen war, zuzugeben und unter Beweis zu stellen. In seinen kühnsten naiven und zynischen Vorstellungen sah sich Andreas im allgemeinen damit beschäftigt, in der Empfangshalle eines Luxushotels die Koffer zu zählen, er sah, wie er Blicke über diamantengeschmückte Schultern warf, er sah sich auf der Tanzfläche eines berühmten Nachtlokals mit seiner Wohltäterin einen Slowfox tanzen. Er sah sich nie nackt im Bett, an eine nackte und verbrauchte Frau gedrückt, er sah sich trotz seiner noch nicht alten, aber zahlreichen Erfahrungen nie beim Liebesakt. Seine Träumereien waren in diesem Punkt ebenso keusch, wie man sie jungen Mädchen des neunzehnten Jahrhunderts zuschreibt. Und vor allem konnte er sich in keinem Fall eine Entblößung seines eigenen Körpers vorstellen: sein Körper kam – wie die Aufsicht – hinterher. Dank einiger Experimente dieser Art, die er kalt und ohne jegliche Empfindungen gemacht hatte, konnte er sich da völlig sicher sein. Dazu muß gesagt werden, daß Andreas in Nevers und während seiner Wehrdienstzeit seine erotischen Begierden eher verdrängen als stimulieren mußte.

Die Aufwallung also, in die ihn die Doriacci versetzt hatte, beunruhigte ihn... Sie erweckte Zweifel in ihm, warf Fragen nach seiner Männlichkeit auf – Fragen, die seine totale gefühlsmäßige Gleichgültigkeit ihm merkwürdigerweise nie gestellt hatte. Und nun fand er die Doriacci plötzlich hinreißend... Hinreißend mit ihren Schultern, ihren Armen, ihrer Stimme, ihren Augen... Natürlich dürfte sie ein ganz schönes Gewicht haben, aber Gott sei

Dank war sie stehend in dieser Kabine kleiner, als wenn sie auf der Bühne sang. Und ihre Augen, ihre großen, wunderbaren Augen erinnerten ihn auf völlig unschickliche Weise an die seiner Tante Jeanne, bei der sie selbstredend stärker geschminkt waren. Er verjagte diese gefährlichen Erinnerungen, weil er wußte, daß er sich ihnen hingeben würde und sich über diese Schulter gebeugt sähe und in schmeichelndem Ton um Bleisoldaten bitten würde, während er eine Uhr brauchte, ein Kabriolet, ein Absteigequartier und Krawatten.

In keinem Falle durfte er gegenüber der Doriacci schmachtend auftreten, sondern so, als sei er begehrt. Unendlich begehrt von dieser erhabenen Berühmtheit. Einer Frau, die außerdem stets auf Reisen war und ihn in ihrem Gepäck mitnehmen würde! Einer Frau, die wirklich existierte, lebte, allerdings manchmal in ihren Äußerungen etwas zu frei war; jedenfalls einer bewunderten Frau, die bei den Empfangschefs in den Hotels nicht diesen glasigen und undurchdringlichen Blick hervorrief, unter dem er gelegentlich in Begleitung schamloser Sechzigjähriger aus der Provinz zu leiden hatte. Nein, in diesem Fall würde man ihn beneiden und nicht verachten!

Das war für Andreas sehr wichtig, da er ein starkes Gefühl der Achtbarkeit sein eigen nannte, das ihm sein Vater, sein Großvater und all seine ehrbaren Ahnen vererbt hatten. Ach, könnten ihn doch nur die Frauen seiner Kindheit, sein wahres, einziges Publikum, in diesem Augenblick auf dem Höhepunkt seiner Karriere und ihres Ehrgeizes sehen!

All diese Gedanken wirbelten in Andreas' Kopf herum, während er auf das ausladende Dekolleté der Diva blickte, die ihn ihrerseits musterte, allerdings viel professioneller. Sie hatte den geübten, schonungslosen Blick eines Roßtäuschers, aber Andreas wußte sich untadelig: sein Gewicht, seine Zähne, bis auf den einen Schneidezahn, seine Haut, seine Haare, alles war musterhaft, er achtete genug darauf. Und auch sie mußte das bemerkt haben, denn sie bat ihn mit einer ironischen Verbeugung in ihre Kabine und schloß die Tür hinter ihm.

»Setz dich«, sagte sie, »was willst du trinken?«

»Eine Coca-Cola«, antwortete er. »Aber bemühen Sie

sich nicht, ich hole sie mir schon. Sie haben doch sicher auch eine kleine Bar in Ihrer Kabine?«

Diese kleine Privatbar hatte Andreas bezaubert, der an Luxus schließlich kaum gewöhnt war. Bei der Doriacci hingegen hatte sie anscheinend nicht die gleiche Begeisterung geweckt.

»In meinem Schlafzimmer«, sagte sie und ließ sich auf das Kanapee fallen. »Ich selbst nehme einen Wodka, bitte.«

Andreas huschte in das Schlafzimmer und warf einen entzückten Blick auf das breite Bett, bevor er sich in der kleinen Bar bediente; es herrschte große Unordnung in dieser Kabine, jedoch eine verführerische Unordnung aus Kleidern, Zeitungen, Fächern, Partituren und sogar Büchern, belletristischen, wie ihm schien, die offenbar viel gelesen wurden.

Er brachte der Doriacci ein Glas Wodka und kippte selbst ein bis zum Rand gefülltes Glas Coca-Cola hinunter. Er hatte Herzklopfen, er kam um vor Durst und Schüchternheit. Er dachte nicht einmal mehr an die Begierde.

»Nimmst du kein herzstärkendes Mittel, um dich in Form zu bringen?« fragte sie. »Du kannst das aus dem Handgelenk, nüchtern, einfach so?«

Ihre Stimme klang sarkastisch, wenngleich zärtlich, und Andreas errötete bei diesem »das«, das so bar aller romantischen Umschreibung daherkam. Er wechselte schnell das Thema. »Das war sehr schön, was Sie da gesungen haben!« sagte er. »Was war das?«

»Eine der großen Arien aus *Don Carlos* von Verdi. Hat dir das gefallen?«

»O ja... Es war hinreißend«, antwortete Andreas mit leuchtenden Augen, »zu Anfang hatte man den Eindruck, da singe ein ganz junges Mädchen. Und dann eine richtige Frau, hemmungslos wild... Nun, ich verstehe nichts von Musik, aber ich mag das, das ist irre... Könnten Sie mir vielleicht helfen, diese Kunst besser kennenzulernen? Denn ich fürchte, meine Unbildung geht Ihnen auf die Nerven, weil...«

»Nicht in diesem Bereich, im Gegenteil«, sagte sie lächelnd, »aber in anderen gerne. Ich habe keinen Sinn für Pädagogik. Wie alt bist du?«

»Siebenundzwanzig«, erwiderte Andreas und machte sich damit automatisch um zwei Jahre älter.

»Du bist noch jung. Weißt du, wie alt ich bin? Etwas mehr als doppelt so alt...«

»Nein!« sagte Andreas erstaunt. »Ich habe gemeint... Ich hätte geglaubt...«

Er saß in seinem neuen blitzsauberen Smoking mit seinem buschigen blonden Haar auf der Kante seines Stuhls, während sie leicht amüsiert, aber aufmerksam um ihn herumschritt.

»Hast du außer der Musikliebhaberei keine anderen Interessen im Leben?« fragte sie.

»Nein. Und auch Musikliebhaberei ist schon zuviel gesagt...«, fügte er offenherzig hinzu.

Sie lachte auf. »Du arbeitest nicht in der Werbung oder bei der Presse? Du hast nirgendwo ein Dach überm Kopf? In Paris oder anderswo?«

»Ich bin aus Nevers«, sagte er betrübt. »In Nevers gibt es keine Zeitung, auch keine Werbeagentur. Wissen Sie, in Nevers gibt es nichts.«

»Und was würdest du in Nevers vorziehen?« fragte sie unvermittelt. »Die Männer oder die Frauen?«

»Die Frauen natürlich«, erwiderte Andreas ungezwungen. Er dachte keine Sekunde daran, daß diese eingestandene Bevorzugung gleichzeitig eine Empfehlung bedeuten könnte.

»Das sagen alle«, murmelte die Doriacci merkwürdig gereizt vor sich hin. Sie begab sich mit der gleichen zu verführerischen Geste ins Schlafzimmer, die Andreas schon einmal die Schamesröte in die Wangen getrieben hatte. Sie schleuderte ihre Schuhe von sich, streckte sich angekleidet, die Arme hinter dem Kopf, auf ihrem Bett aus und blickte ihn ironisch und von oben herab an, obwohl er stand und einen Meter achtzig groß war. »Aber setz dich doch«, sagte sie. »Hierher...«

Er setzte sich neben sie, und sie winkte ihn mit dem Zeigefinger zu sich, und Andreas neigte sich über sie, küßte sie und wunderte sich über diesen frischen Mund, der eher nach Pfefferminz denn nach Wodka schmeckte. Sie ließ sich umarmen, passiv, anscheinend reglos, und er war doppelt überrascht, als sie mit sicherer Hand und behende nach ihm faßte und zu lachen begann. »Angeber!« sagte sie.

Andreas erstarrte vor Staunen und nicht so sehr aus Scham; und sie mußte das bemerkt haben, denn sie hörte auf zu lachen und sah ihm ernst ins Gesicht.

»Hast du das nie erlebt?«

»Nein... Und außerdem gefallen Sie mir...«, sagte er mit fast naivem Eifer.

Und sie begann wieder zu lachen, legte einen Arm um seinen Hals und zog ihn an sich. Andreas ließ sich hinreißen, grub seinen Kopf in die parfümierte Achselhöhle und versank dort gleich in Wohlbehagen. Eine geschickte, göttlich begabte Hand knöpfte seinen Hemdkragen auf, so daß er besser atmen konnte, und umfing seinen Nacken. Er wiederum tastete mit seiner für fachkundig gehaltenen, aber zitternden Rechten nach diesem behaglichen und warmen Körper, suchte nach einer Brust, einem Schenkel, einer der sogenannten erogenen Zonen, tat es vorsichtig wie bei einer gedächtnisstützenden Übung, als ihm ein harter Klaps Einhalt gebot; gleichzeitig entrang sich der Kehle unter seinem Ohr ein Murren. »Halt still«, sagte sie streng.

Jedoch unnötigerweise, denn Andreas' Körper blieb von selbst in selige und gar unehrenhafte Lethargie versunken, die ihm allerdings eher selig denn unehrenhaft erschien.

Er war verloren, erledigt, abgewiesen, versuchte er sich einzureden. Die große Chance seines Lebens, das goldene Leben des schönen Gigolos Andreas war im Begriff dahinzuschwinden.

Aber der kleine Andreas aus Nevers war so zufrieden, so geborgen, daß er auf diese ganze erträumte Zukunft verzichtete, auf den Ruhm, das Dandytum und den Luxus, auf alles, um diese Viertelstunde der Liebkosungen zu genießen, diese friedliche Hand auf seinem Haar, diesen unschuldigen Schlaf, der ihn jedoch, an der Schwelle des Erfolgs besiegt, auf dieser für den Augenblick verständnisvollen Schulter zurückließ. Andreas Fayard aus Nevers, verliebt und ohnmächtig, entehrt und bezaubert, schlief auf der Stelle ein.

Die Doriacci hingegen blieb einen Moment mit offenen Augen im Dunkeln liegen, rauchte in hastigen Zügen ihre Zigarette, runzelte die Brauen, während sie am rechten Fuß von Zeit zu Zeit einen leichten Stoß verspürte, der jedoch schwand, sobald sie die Stirn nicht mehr kraus zog. Sie war allein, wie gewöhnlich. Allein auf der Bühne, allein in ihrer Loge, allein in den Flugzeugen oder meistens auch allein mit diesen Gigolos in ihrem Bett, allein im Leben, von Anfang an — falls man von Alleinsein sprechen kann, wenn man die Musik mit sich herumschleppt oder die Musik einen liebt.

Welches Glück hatte sie gehabt! Welches Glück hatte sie noch jetzt, über diese gewaltige Stimme zu verfügen, diese Stimme, die sie ausgebildet hatte, damit sie ihr gehorchte wie ein abgerichteter bissiger Hund, diese Stimme, die sie unter Mühen und mit der Hilfe von Jusepow bezwungen hatte, diesem russischen Bariton, der wie sie anfangs Angst vor dieser animalischen Stimme gehabt hatte und der manchmal abends nach ihren Übungen sich ihre Kehle mit bewunderndem Schrecken ansah, so daß es beinahe komisch war, wenn man daran dachte; unter dessen Blick sie jedoch errötete, als sei sie schwanger und als lebe in ihrem Unterleib bereits unangreifbar der Fötus eines Taugenichts oder eines Verbrechers... Unter Jusepow hatte sie begonnen, an ihrem Erfolg zu arbeiten, und ihm hatte sie es zu verdanken, daß sie bis zu ihrem Durchbruch arbeitete. Einem Druchbruch, der Patschuliparfüm bedeutete und Pelze, einem Durchbruch in diesem Beruf, in dem sie nie die Zeit fand, Musik zu hören oder Musik zu lieben, und in dem sie eines Tages kaum die Zeit finden würde, um ihn im Bewußtsein des nahenden Todes zu verlassen und in eine wahrscheinlich schmutzige Kulisse aufzubrechen...

Die Amerikaner scheinen jetzt einen besseren Cognac herzustellen als wir«, sagte Simon Béjard mit leicht zweifelnder Miene, was ihm erlaubte, mit strengem Blick nach der Flasche zu greifen, als ginge es ihm allein darum, seine Aussage zu überprüfen.
Er nahm einen kräftigen Schluck und wurde noch entschiedener, was die französische Überlegenheit auf dem Gebiet der Spirituosen anbelangte. »Ja... Das hätte mich auch gewundert. Trinken Sie wirklich nicht, Peyrat?«

Er wird bald stockbesoffen sein, dachte Julien gelangweilt. Seit einer Stunde spielten sie nun Rami*, und Julien verabscheute es, Betrunkenen das Geld aus der Tasche zu ziehen. Das nahm der Sache jede Sportlichkeit. Dabei war ihm dieser Béjard sympathisch, und sei es auch nur wegen dieser mürrischen Pute mit den bemerkenswert hübschen Brüsten, die ihn begleitete. Dieses Rami war außerdem ein Weiberspiel: es zog sich unendlich hin... Innerhalb von zwei Stunden würde er diesem Unglücklichen bloß fünfzehnhundert Francs abnehmen. Julien hatte es so eingerichtet, daß Simon spielen wollte, während er selbst, sicherheitshalber vor Zeugen, sich halb geweigert hatte. Er wollte nicht wegen ein paar armseliger Kartenpartien sein Projekt Marquet zerschlagen, das als Geldquelle viel wichtiger war. Aber Simon hatte sich an ihn geklammert und wollte unbedingt eine Partie Karten unter Männern spielen. Nur sie waren noch auf dem Luxusdeck; sie und der unermüdliche Charley, der mit einem dicken weißen Pullover über den Schultern in der Kajüte auf und ab ging und einen päderastischeren Eindruck machte als ein irischer Setter.

---

* Rami ist ein Kartenspiel, das im allgemeinen mit 52 Karten und einem Joker gespielt wird und bei dem man mindestens drei Karten der gleichen Figuren oder der fortlaufenden gleichen Farbe vereinen muß. Insofern ähnelt es dem Poker- oder Piquetspiel. Vom Wort her entspricht es dem Rommé, es wird jedoch um Geld gespielt und nicht mit einer beschränkten Kartenzahl. A. d. Ü.

»Sie haben eine Glückssträhne...«, bemerkte Simon, als er sah, daß er zum zweitenmal geschlagen war. »Wenn Sie nicht so weit von Australien entfernt wären, würde ich Ihnen sagen, daß ich Verdacht hinsichtlich Ihrer Frau oder Ihrer kleinen Freundin hege. Aber das wäre nicht anständig, Sie könnten es ja nicht überprüfen... Übrigens ist das ein idiotisches Sprichwort, finden Sie nicht, Peyrat? Unglück im Spiel, Glück in der Liebe! Habe ich zum Beispiel Glück in der Liebe?... Sehe ich so aus wie jemand, der Glück in der Liebe hat, sagen Sie mal ehrlich?...«

Na ja, dachte Julien trübselig, der Alkohol... Er haßte diese Gespräche von Mann zu Mann instinktiv, ob sie nun offen oder sentimental waren. Julien meinte, Schwätzerei sei den Frauen in Liebes- und Sexgeschichten vorbehalten, und er sagte das unverhohlen Simon Béjard, der ihm das nicht verübelte, sondern im Gegenteil begeistert zustimmte.

»Sie haben völlig recht, mein Lieber. Übrigens finde ich, daß selbst die Frauen zuweilen den Mund halten sollten... Beispielsweise... ich will nicht indiskret sein, aber da sie einmal hier ist... Ich spreche von ihr«, entschuldigte er sich bei Julien, der sich über diese neue Regel der Diskretion wunderte, die Simon Béjard damit einführte. »Nun, Olga zum Beispiel, ein gesundes Mädchen aus gutbürgerlicher Familie, gut erzogen und alles und beileibe kein... Aber im Bett redet sie... sie redet wie ein Wasserfall. Mich macht so was krank. Sie nicht?«

Julien verzog höchst angewidert das Gesicht und fühlte sich zwischen Lachen und Empörung hin und her gerissen. »Natürlich«, murmelte er, »das kann hinderlich sein...« Er war rot geworden, er kam sich einfach lächerlich vor.

»Übrigens, wenn eine Frau zuviel quatscht, läßt das grundsätzlich auf eine Provinzhure schließen«, fuhr Béjard beharrlich fort. »Die vorbildlichen Frauen und die großen Huren halten, scheint's, den Mund. Ich bin immer an Schwätzerinnen geraten ... an Elstern, Elstern und Schnepfen. Ach, es ist nicht gerade lustig, Produzent zu sein, mein Lieber! Diese Weiber, die einem hinterherrennen...«

»Schon komisch«, sagter Julien gleichsam zu sich selbst,

91

»dieses Schiff, auf dem alle Frauen als Weiber behandelt werden.«

»Stört Sie das, Herr Peyrat?«

Etwas in Simons Tonfall erweckte Juliens nachlassende Aufmerksamkeit.

Béjard schaute ihn lächelnd an, und seine blauen Augen blickten nicht mehr so einfältig wie vorhin. »Sie sind Taxator ... wo war das noch ... in Sydney ...«

Also kannten sie sich doch ... Julien hatte geglaubt, Simon bei dessen triumphaler Ankunft wiederzuerkennen, dann hatte er ihn vergessen. Aber der andere kannte ihn, und schlimmer: er erkannte ihn wieder.

»Sie überlegen wohl?« Simon Béjard frohlockte. »Sie fragen sich, wo und wann? Leider habe ich für Sie ein besseres Gedächtnis; ich fürchte, es wird Ihnen nie einfallen. Jedenfalls war es nicht in Sydney, das kann ich Ihnen verraten ...« Seine listige Miene war gewichen, und er beugte sich über den Tisch und klopfte auf Juliens unbeweglichen Unterarm. »Keine Angst, mein Lieber. Ich weiß Diskretion zu wahren.«

»Um mich ganz sicher zu machen, müßten Sie meinem Gedächtnis nachhelfen«, murmelte Julien. Ich muß unbedingt wegen diesem Idioten bei der nächsten Zwischenstation von Bord, dachte er ... Ich habe keinen Pfennig mehr auf der Bank ... Leb wohl, Marquet, lebt wohl, ihr Rennen in Longchamp, adieu, Prix des Arc de Triomphe, adieu, Herbstgeruch von Paris ...

»In Florida, Sie waren an Bord eines Schiffes, das weniger groß als dieses war. Und es gehörte einem Typ von der Metro Goldwyn. Er hatte Sie eingeladen, weil Sie für ihn eine Lebensversicherung abschließen sollten ... Sie arbeiteten für Herpert & Crook ... Nun, dämmert's?« sagte er, als er sah, daß Juliens Gesicht sich plötzlich aufhellte, ja aufheiterte, während Simon eher damit gerechnet hatte, daß er sich über diese nicht sehr ruhmreiche Erinnerung ärgern würde.

»Ach, ja ... das war eine mühselige Zeit«, erwiderte Julien und mischte energisch die Karten. »Sie haben mir Angst eingejagt, mein Lieber.«

»Warum Angst?« Simon Béjard hatte ein abscheuliches Blatt, doch es machte ihm nichts: dieser neue Kumpel war verdammt sympathisch. Er war nicht so eingebildet und nicht so snobistisch wie der Rest dieser verflixten Laffen – mit Ausnahme der Doriacci. »Angst wovor?« wiederholte er mechanisch.

»Ich bin auch Tellerwäscher gewesen«, sagte Julien lachend. »Und Schuhputzer am Broadway... Das war noch weniger ruhmvoll, oder?«

»Ach, gehen Sie, Sie Witzbold...«, entgegnete Simon Béjard. Und er begann erneut, mit Eifer zu verlieren. Man hatte ihm etwas über diesen hübschen Versicherungsagenten erzählt, aber er konnte sich nicht erinnern, was. Jedenfalls war er ein Typ, mit dem man Umgang pflegen mußte, kein Ehrgeizling und dennoch ein Kerl von Format. »Wissen Sie, warum Sie mir gefallen, Peyrat? Ich werde es Ihnen sagen, warum Sie mir gefallen.«

»Na, dann los«, forderte Julien ihn auf. »Übrigens: volle Hand.«

»Straße«, sagte Simon und deckte seine Karten auf. »Nun, ich will Ihnen sagen, warum. Seit zwei Stunden spielen wir Karten, und Sie haben mir noch keine Geschichte, kein Thema oder gar ein Buch vorgeschlagen, aus denen man einen großartigen Film machen könnte... Und trotzdem hört das nicht auf! Seit ich Piepen habe und man das weiß, hören die Leute nicht auf, mir mit Geschichten zu kommen, die ich verfilmen soll: ihr Leben, das ihrer Geliebten, alles! Sie haben Ideen, geniale Ideen, die nie jemand vor ihnen gehabt hat und die einen grandiosen Film ergeben... Ich will Ihnen was sagen, Peyrat, mit Ausnahme der Steuer und der Pumpgenies ist dies das Schlimmste in meinem Job, wenn man Erfolg hat, meine ich. Alle Welt wirft Ihnen ihre Ideen an den Kopf, wie man den Hunden Knochen hinwirft. Bloß von dem Hund erwarten sie nicht, daß er mit einem Goldbarren zwischen den Lefzen zurückkommt... Bei mir ja...«

»Das ist der Preis für den Erfolg«, sagte Julien ruhig. »Haufenweise Szenarios und die kleinen intellektuellen Freundinnen, das gehört mit zum Ansehen, nicht wahr?«

»Natürlich...« Simon hatte rot unterlaufene, verträumte Augen. »Wenn ich daran denke, daß ich davon geträumt habe, daß ich mein ganzes Leben lang davon geträumt habe...« Mit einer vagen Handbewegung deutete er auf das Schiff und das schwarze glitzernde Meer darum herum. »Und nun habe ich es erreicht. Ich habe den Großen Preis von Cannes erhalten, ich bin in Frankreich der meistgespielte Produzent, ich bin mit feinen Leuten auf einem Schiff, und ich habe eine gutgebaute Freundin, die außerdem Blei im Kopf hat. Ich habe Nullen auf meiner Scheckkarte und nenne mich Simon Béjard, Produzent. Mit all dem könnte ich glücklich werden, wenn ich es wollte, nicht wahr?«

Er sprach jetzt pathetisch, was Julien ärgerte. Er schaute auf. »Und trotzdem sind Sie es nicht?« fragte er friedfertig.

»Doch, am Ende schon«, antwortete Simon Béjard nach einem Augenblick des Schweigens, in dem er in sich hineinhorchte. »Aber ich bin eher ... doch, recht glücklich.«

Er schaute so ruhelos drein, daß Julien auflachte und die Partie beendete. Morgen würde er Simon Béjard wieder verlieren lassen. Heute abend jedoch fand er ihn etwas zu sympathisch, um das Spiel fortzusetzen.

Clarissa war in ihrem Badezimmer und hielt unter den Wonnen des warmen Wassers und der Einsamkeit die Augen geschlossen. Sie träumte... Sie träumte, sie sei allein auf einer Insel mit Palmen und ein Hund wartete auf sie, um mit ihr zu spielen, nichts weiter. Sie wurde gerufen. Sie reckte sich, den Blick dieser Stimme entgegengerichtet, die sie in die traurige Wirklichkeit zurückrief. Eric Lethuillier wurde ungeduldig, weil er seinerseits ins Bad wollte, um sich die Zähne zu putzen. Er schaute auf seine Uhr: acht Minuten. Acht Minuten badete sie nun schon, acht ärgerliche Minuten.

Sie erhob sich, streifte den wattierten Bademantel über, obwohl er das lächerliche Signet der *Narcissus* trug, das dem napoleonischen Siegel ähnelte, und putzte sich eilends die Zähne. Sie hatte sich nicht abgeschminkt, bevor sie in die Wanne gestiegen war, und der heiße Wasserdampf hatte die Schminke aufgelöst, Rinnsale auf ihr Gesicht gezeichnet und ließ sie noch grotesker erscheinen als gewöhnlich, wie sie mit diesem bitteren Vergnügen feststellte, das sie immer häufiger empfand, wenn sie sich in den Augen der anderen wie in ihrem Spiegel sah.

»Clarissa! Ich weiß, daß du noch nicht fertig bist, aber ich bin müde, mein Liebling. Dies ist mein erster Urlaub seit zwei Jahren, und ich möchte baden und schlafen, wenn das nicht zuviel verlangt ist.«

»Ich komme«, sagte sie. Und ohne an das verschmierte Make-up zu rühren, trat sie aus dem Badezimmer und fand Eric in der gleichen Stellung, in der sie ihn verlassen hatte: beide Hände auf die Sessellehnen gestützt, den schönen Kopf nach hinten geworfen, die Augen geschlossen und auf dem Gesicht den Ausdruck der Ermüdung und absoluter Toleranz.

»Eric«, sagte sie, »ich hatte dich gebeten, vor mir zu baden... Warum hast du es nicht getan?«

»Eine Frage der Höflichkeit, meine Liebe. Die Grundregeln der Höflichkeit...«

»Aber, Eric«, unterbrach sie ihn unvermittelt, »die Regeln der Höflichkeit verpflichten dich doch nicht, mein abendliches Bad in ein Verfolgungsrennen zu verwandeln. Ich genieße es, ausgestreckt in der Wanne zu liegen. Es ist der einzige Luxus meines Lebens, wie mir scheint, und jedesmal ...«

»Jedenfalls bist zu zufrieden, sobald du dich ausgestreckt hast. Ich frage mich, ob dir diese Reise überhaupt Spaß macht und ob ich nicht alle Kräfte angestrengt habe, um dann mit jemandem an dieser Kreuzfahrt teilzunehmen, der keinen Gefallen daran findet ... Du schaust traurig aus, du scheinst dich zu langweilen ... Die Leute sehen das, und alle Welt ist überdies peinlich davon berührt. Liebst du denn das Meer nicht mehr, die Musik? Ich dachte wenigstens, daß die Musik deine große Leidenschaft sei ... Sogar die letzte, die dir geblieben ist.«

»Du hast ja sicher recht«, erwiderte Clarissa mit erloschener Stimme. »Sei nicht so ungeduldig.« Sie setzte sich auf ihr Bett und zog die Beine an, damit Eric sich nicht daran stieß, der beim Auskleiden durch den Raum schritt. Er war rechts, links, hinter ihr, vor ihr, er war überall ... Und sie war überall diesem abschätzigen und gehässigen Blick ausgesetzt. Ihr wurde außerdem davon schwindelig. »Bitte, Eric«, sagte sie, »hör auf, so herumzulaufen. Sag mal, Eric, warum bist du eigentlich so ›gegen‹ mich?«

»Gegen dich? Ich? Das ist doch unglaublich!« Er brach in Gelächter aus. Er war entzückt: sie hatte das bittere Thema ihrer Gefühlsbeziehungen wieder aufgeworfen, ein Thema, das er sie höchst gerne anschneiden ließ, denn auf diesem Gebiet konnte er ihr schließlich die meisten Schläge versetzen.

Deshalb mied sie dieses Thema systematisch und brachte es nur zur Sprache, wenn sie am Rande einer Panik stand und ihrer Freunde, jedes Rückhalts und ihres Freiraums beraubt war. Mit diesem feindseligen Fremdling würde sie es niemals die zehn Tage aushalten! ... Er mußte ihr versprechen, ihr während der Kreuzfahrt aus dem Wege zu gehen, jedenfalls in seinen Blick nicht so offen diese unumwundene Verachtung zu legen, diese so aufrichtige Verachtung, die sie am Ende teilte.

»Gegen dich? Ich? ... Das ist ja die Höhe!« wiederholte
er. »Ich biete dir diese ausgezeichnete Kreuzfahrt – denn
ich bin es, Eric, dein Mann, der diese Reise finanzierte. Es
ist nicht die Familie Baron, wenn ich darauf hinweisen
darf. Ich schicke dich auf ein Schiff, wo du deine beiden
Lieblingsinterpreten – oder täuscht mich mein Gedächtnis? – hören kannst. Ich finde schließlich Mittel und Wege,
um dich begleiten zu können, damit du nicht zu allein bist
oder Dummheiten machst und um mit dir letztlich etwas
zu teilen – etwas anderes als das Geld und die Gegenstände, die man dafür kaufen kann ... Und du hältst mich
für übelwollend? ...«
Sie lauschte ihm mit einer Art Faszination. Sie waren
jedoch allein, und es gab niemand, dem sie wieder einmal
sein vollendetes Verhalten und ihre Undankbarkeit vor-
führen konnten. Doch Eric lebte keinen einzigen Augenblick seines Lebens ohne Publikum und ohne Kommentare: er war ständig in einer Vorstellung. Bald würde es
ihm unmöglich sein, zu ihr zu sagen: ›Reich mir bitte das
Brot‹, ohne sie gleichzeitig nach dem Preis des Brotes zu
fragen ... Warum war er unfähig, ihr endlich zu sagen,
was er ihr zu sagen hatte? Ihr endlich zu sagen, daß er sie
verabscheute? Und wenn er sie verabscheute, warum war
er dann im letzten Moment zu ihr gestoßen. War es die
schlichte Gewißheit, daß seine Begleitung ihr die Reise
verderben würde – das spürte er doch –, hatte diese traurige Tatsache hingereicht, ihn zu seinem Entschluß zu
bewegen? So daß er seine Zeitschrift, seine Mitarbeiter,
seine politischen Genossen, seinen Hof, diesen hehren
Areopag verlassen hat, von dem er sich schon seit einigen
Jahren praktisch nicht mehr trennen konnte?
»Warum bist du mitgekommen, Eric? Sag, warum?«
»Ich bin mitgekommen, weil ich die Musik liebe. Du
hast auf diese Freuden kein Exklusivrecht ... Beethoven,
Mozart sind allgemein beliebte Künstler. Selbst meine
Mutter, die keinerlei Bildung hatte, schätzte Mozart über
alles und konnte ihn besser als ich von Beethoven unter-
scheiden.«
»Deine Mutter hätte ich gerne kennengelernt«, sagte
Clarissa schwach. »Das ist einer meiner Gewissensbisse.
Aber du wirst mir sagen, daß man ihn nur den anderen

hinzuzufügen brauche, um ihn in der Menge zu ertränken!«

»Du brauchst doch keine Gewissensbisse zu haben! . . .«

Lediglich mit einem Slip bekleidet, begab sich Eric ins Schlafzimmer, holte dort seine Zigaretten, sein Feuerzeug, seine Zeitschrift und bereitete sich auf die köstliche halbe Stunde vor, die er im warmen Wasser liegen würde, diesem warmen Wasser, aus dem er Clarissa unter dem Vorwand der Höflichkeit vertrieben hatte.

Es gab keinen Grund, warum er dieses Glück länger genießen sollte als sie. Bei diesem Gedanken stieg ein Zorn, eine Zornesaufwallung in ihr auf, der sie sich mit gleichermaßen starken Freude- und Angstgefühlen überließ. Es war jetzt das kleine zehnjährige Mädchen, der Liebling der Lehrerin, die Schülerin, kurz, das verwöhnte Kind in ihr, das sich gegen Eric auflehnte. Dieses Kind in ihr forderte nun sein Bad, sein Vergnügen und seinen Komfort mit hinreichender Entschiedenheit, um dem Fatalismus und der resignierten Unterwerfung Clarissas, der Erwachsenen, zu widerstehen. Und es widerstand ihnen energisch und böswillig, den letztlich einzigen Verteidigungsmöglichkeiten, die von der untadeligen Rechtschaffenheit, dem Gerechtigkeitssinn und dem Anstand, die Eric von morgens bis abends an den Tag legte, weder bezwungen noch überzeugt oder gar mit Schuldgefühlen belastet werden konnten. Es war nicht mehr die verliebte Frau, die um eine grausame Liebe kämpfte, es war nicht mehr das junge Mädchen, das die Lehren seines Pygmalions ablehnte, der sadistisch und erbarmungslos geworden war, es war eine freche, egoistische und eigensinnige Göre, die Clarissa eigentlich gar nicht in sich kannte, die aber nun den Aufstand probte.

»Du brauchst doch keine Gewissensbisse zu haben«, wiederholte Eric. »Eher müßte ich welche haben. Ich bin dumm genug gewesen, um zu glauben, daß man die Klasse wechseln könnte, daß man aus Liebe auf bestimmte Privilegien verzichten und andere wählen könnte, die in meinen Augen kostbarer erschienen. Ich habe mich getäuscht. Es war alles umsonst.«

»Worin hast du dich denn getäuscht? Warum sollte ich dich enttäuscht haben, Eric? Bist du dir darüber klar?«

»Klar? Die Selbstgenügsamkeit, die Feigheit und Rücksichtslosigkeit des französischen Großbürgertums, die du von deinen Großeltern geerbt hast, sind euch nicht bewußt, sie wohnen euch inne. Du bittest mich zum Beispiel, meine Mutter in eure Familie einzuführen. Nun, ich habe dir schon gesagt: meine Mutter war Dienstmädchen oder – wenn du willst – Hausgehilfin und hat ihr ganzes Leben lang und während meiner Jugend bei Kleinbürgern in Bordeaux gearbeitet, um sich und mich zu ernähren. Und du willst, daß ich sie zu euch bringe, wo das geringste eurer Gemälde uns genügt hätte, um hundert Jahre davon zu leben? ... Meine Mutter ist die einzige Frau, die ich zutiefst schätze. Ich will sie mit eurem Prunk nicht demütigen.«

»Bei dieser Gelegenheit, Eric, warum sagst du immer, daß deine Mutter Dienstmädchen in Bordeaux gewesen sei? Sie arbeitete bei der Post, hat man mir erzählt.«

Clarissa hatte diese Frage arglos gestellt, aber Eric steckte den Schlag ein, erblaßte und wendete ihr sein wutverzerrtes Gesicht zu.

Manchmal kann er häßlich aussehen, dachte sie. Und sie selbst konnte ihn häßlich finden. Das war in gewisser Hinsicht ein ungeheurer Fortschritt!

»Sieh an! Und darf ich wissen, wer dir das gesagt hat? Dein Onkel? Einer von euch, der das immerhin nobler gefunden hat als den Beruf einer Hausgehilfin? Jemand, der mein Leben und meine Kindheit besser kennt als ich selbst? Das ist wirklich erstaunlich, Clarissa!«

»Aber das war doch euer Chefredakteur, Pradine hat das eines Tages bei Tisch gesagt. Hast du das nicht gehört? Ich hatte ihn nach Libourne geschickt, um unser Weihnachtsgeschenk für deine Mutter zu überbringen, weil du sie nicht einladen wolltest. Er ist hingefahren und hat sie bei der Post von Meyllat ... oder so ähnlich ... getroffen, wo sie übrigens die rechte Hand zu sein schien. Er hat sie sogar charmant gefunden.«

»Das ist eine Beleidigung!« rief Eric und schlug zu Clarissas Überraschung mit der Faust auf den Tisch. »Ich werde ihn rausschmeißen. Ich dulde es nicht, daß man meine Mutter zu erniedrigen versucht.«

»Aber ich sehe nicht, wieso ... es ehrenrührig ist, bei der

Post zu arbeiten«, sagte Clarissa, »und ebensowenig, warum es ehrbarer sein soll, Hausarbeit zu machen... Manchmal verstehe ich dich wirklich nicht, Eric!«

Sie wollte ihm in die Augen schauen, doch er wich zum erstenmal seit langen Jahren ihrem Blick aus. Im allgemeinen ruhten seine harten Augen auf ihr, betrachtete er aufmerksam ihr Gesicht, schien dort Spuren von Verderbtheit oder Dummheit in eindrucksvoller Zahl abzulesen, so daß sie sich schnell gedemütigt abwendete, bevor er auch nur den Mund öffnete. An seiner rechten Schläfe trat jetzt eine Ader hervor und ließ ein braunes flaches Schönheitsmal erkennen, den einzigen Makel Eric Lethuilliers auf ästhetischem Gebiet. Er hatte sich wieder gefaßt.

»Ich will nicht noch einmal versuchen, dir meine Wertvorstellungen klarzumachen, Clarissa. Aber wenigstens solltest du wissen, daß sie zu deinen im Widerspruch stehen. Und bitte, kümmere dich nicht um meine Familie, ich kümmere mich auch nicht um deine.«

»Eric...« Clarissa fühlte sich plötzlich matt, völlig erschöpft, und eine abgrundtiefe Trauer erfaßte sie auf ihrem schmalen Bett mit der aufgeschlagenen Decke. »Eric... Du verbringst einen Teil deines Lebens mit meinen Onkeln... Und wenn nicht mit ihnen, dann mit ihren Geschäftsleuten. Und wenn du so vollendet höflich zu ihnen bist, so angenehm im Umgang, wie es scheint, und zwar trotz deiner Grundsatzerklärungen, ja sogar umgänglich...«

»Umgänglich? Ich und umgänglich? Das ist wahrlich das letzte Adjektiv, das ich mir zugeschrieben hätte und das irgend jemand auf mich anwenden würde in Paris oder anderswo.«

»Oh, ich weiß...«, sagte Clarissa und schloß die Augen, »ich kenne deinen Starrsinn, Eric, und ich weiß ebensogut, daß du diese Kreuzfahrt bezahlt hast und mich begleitest, um mir eine Freude zu machen... Du hast immer recht, und das meine ich aufrichtig. Es ist nur so, daß es mir manchmal vollkommen gleichgültig ist, ob ich unrecht habe.«

»Das ist das Vorrecht des Reichtums, meine kleine Clarissa. Wenn man reich ist, kann man es sich erlauben, unrecht zu haben und es auch zuzugeben. Wie habe ich

bloß glauben können, daß du all diesen Privilegien ent-
rinnst?«

»Wie hast du annehmen können, daß ich die Gesellschaftsklasse wechsle? Ist es das? Du wußtest also nicht,
daß ›man niemals die Klasse wechselt‹.« Sie ahmte ihn
nach. Sie ahmte seine Stimme nach und lachte beinahe.
»Und du selbst, Eric? Wie hast du es fertiggebracht, sie zu
wechseln?«

Er knallte die Tür hinter sich zu.

Er hatte eine schneidende Antwort vorbereitet, als er eine
halbe Stunde später aus dem Badezimmer trat, doch Clarissa schlief, das Gesicht von der Schminke befreit, auf die
rechte Seite zur Tür hingedreht, verlassen, mit plötzlich
kindlicher und friedlicher Miene. Fast lächelte sie im
Schlaf. Sie hatte etwas in sich, das er nicht zu zerstören
vermochte. Hin und wieder – wie jetzt – ahnte er, daß es
ihm nie gelingen würde, etwas zu zerstören, das sie mit der
Geburt erworben hatte, etwas, das er verzweifelt versuchte, mit ihrem Vermögen in Verbindung zu bringen,
das jedoch offenbar mit diesem nichts zu tun hatte, etwas,
das merkwürdig der Tugend ähnelte... Sie verteidigte
sich, kämpfte damit. Und dennoch hatte sie keine Rücken-
deckung, sie hatte nichts. Er hatte ihr alles genommen, ihre
Liebhaber, ihre Familie, ihre Kindheit und ihre Vergangenheit. Er hatte ihr alles entrissen, selbst ihre eigene
Persönlichkeit. Und trotzdem lächelte sie von Zeit zu Zeit
auf geheimnisvolle Weise einem Unbekannten zu, der für
ihn unsichtbar blieb.

Die Sonne war grau an diesem dritten Tag der Kreuzfahrt, von Wolken verschleiert, deren Weiß bedrückend wirkte. Julien hatte am Vorabend in Porto-Vecchio im Zuge sportlicher Begeisterung beschlossen, ins Schwimmbad zu gehen, und sah sich nun dort bleich und fröstelnd in seiner Badehose allein und um so bedrückter, als er sich von der Gruppe der Bautet-Lebrêche und ihres Gefolges, allesamt angekleidet und oberhalb von ihm an der Schwimmbadbar bequem in Schaukelstühlen untergebracht, beobachtet und zweifellos belächelt fühlte. Er war unschlüssig. Durch das kleine Becken ins Wasser zu gehen, verbot ihm sein Stolz, und ins große Becken zu springen, verbot ihm wiederum sein bibbernder Körper. Er blieb also am Rand sitzen, ließ Füße und Waden in dieses schöne blaue, gechlorte Wasser baumeln und war in die Betrachtung seiner eigenen Füße verloren. Sie kamen ihm unbekannt und erbärmlich vor, wie an die Fesseln angestückt, weil sie durch die Brechung des Wassers etwas herabhingen. Julien wollte sich ihrer Funktion versichern und versuchte, nacheinander seine Zehen zu bewegen, mußte jedoch feststellen, daß ihm das nicht gelang: der kleine Zeh blieb trotz der stummen Ermahnungen unbeweglich, während die große Zehe sogar leichte Drehungen vollführte. Er kämpfte einen Augenblick gegen diese Anarchie und resginierte dann: schließlich war es normal, daß diese unglückseligen Zehen, die den ganzen Winter in seinen Schuhen eingeschlossen und im Schwarz seiner Strümpfe gefesselt waren, daß diese Zehen, die er nie ansah, die er aus ihrem Gefängnis nur befreite, um sie ins Dunkel der Bettdecke zu schieben, die er lediglich betrachtete, wenn er sie mehr oder weniger zu ihrem Nachteil mit einer neuen Eroberung verglich – es war normal, daß diese Sklaven, die da unter dem Sammelbegriff »Fuß« ein Gruppenleben führten, in dem Moment, da sie einmal der Sonne ausgesetzt wurden, jeder individuellen Initiative beraubt sein mußten. Dies war keine sehr glänzende Überlegung, sagte sich Julien, aber sie entsprach dem Niveau der Unterhaltung, die oberhalb von ihm geführt wurde und immerhin recht angeregt verlief.

Edma Bautet-Lebrêche, die wie die kleine Piaf in den dreißiger Jahren gekleidet war und in der Sonne viel roter wirkte als unter den Lüstern, führte das Gespräch mit ihrer gewohnten Lebhaftigkeit. Eric Lethuillier, sehr elegant in seinem alten Kaschmirschal und seiner beigen langen Hose, Olga Lamouroux, die unter ihrem indischen Seidengewand eine appetitliche Bräune zeigte, und Simon Béjard, der vergeblich versuchte, mit einem scharlachfarbenen Sweater die Röte seiner Haare und seiner Nase abzuschwächen, boten ihr die Stirn. Das Eintreffen des Pianisten und Dirigenten Hans-Helmut Kreuzer in weißem Sportblazer mit vergoldeten Knöpfen, eine Mütze auf dem Kopf und eine schreckliche Boxermischung an der Leine, vollendete die feine Auserlesenheit dieser Runde.

»Ich finde, Sie sind furchtbar pessimistisch«, sagte Edma gerade gequält zu Eric Lethuillier, der die Massenauswanderung der Vietnamesen und die Niedermetzelung der Flüchtlinge mit besonders grausamen Worten geschildert hatte.

»Leider hat er recht«, wandte Olga Lamouroux ein und schüttelte traurig ihr schönes Haar in der Sonne. »Ich fürchte sogar, die Wahrheit hat noch schlimmer ausgesehen.«

»Ach was!« brummelte Simon Béjard, der nach zwei hilfreichen Gläsern Sekt zum Optimismus neigte. »Ach was, das alles geschieht in weiter Ferne: wir sind in Frankreich. Und wenn in Frankreich die Geschäfte laufen, läuft alles«, schloß er einfältig.

Doch trotz dieser beruhigenden Aussage trat ein mißbilligendes Schweigen ein, und Olga ließ ihren Blick verzweifelt über den Horizont schweifen. Entgegen ihrem brennenden Wunsch hatte sie Eric Lethuillier weder niedergeschmettert zugelächelt noch kaum wahrnehmbar zugezwinkert, woraus er ihre Empörung hätte ablesen können, sondern sie war seinem Blick vielmehr ausgewichen, da Eric die Rolle der pflichtgetreuen und unerschütterlichen Frau »fairer« erscheinen mußte als die einer abtrünnigen.

Übrigens wäre das auch nicht nötig gewesen, denn Eric vermochte ihrem Gedankengang leicht zu folgen.

Diese kleine Göre möchte tatsächlich, daß ich mich mit ihr beschäftige, dachte er und schaute nach Osten, wo die Trümmer Indochinas rauchten, wie er sie beschrieben hatte.

»Ich habe die Doriacci noch gar nicht an der Sonne gesehen«, sagte Edma, die seit langem die unterschiedlichsten Grausamkeiten, die auf Erden begangen wurden, unter der Rubrik »politische Themen« einordnete, und diese politischen Themen langweilten sie tödlich. »Ich gebe zu, daß mir das keine Ruhe läßt! Wenn man die Doriacci in *Don Carlos,* in *Tosca* oder wie gestern in *Elektra* gesehen hat, stellt man sie sich nur fahl oder schimmernd im Dunkel vor, wie eine Fackel, mit ihrem Schmuck, ihrem Glanz, ihrer Stimme und so weiter. Nicht eine Sekunde sieht man sie in einem Bademantel auf einem Schaukelstuhl in der Sonne bräunend vor sich.«

»Die Doriacci hat eine sehr hübsche Haut«, sagte Hans-Helmut Kreuzer zerstreut.

Da ihn sofort ein paar ironische Blicke durchbohrten, errötete er und stammelte: »Will sagen, eine sehr junge Haut für ihr Alter, das man ja kennt.«

Edma reagierte auf der Stelle:

»Sehen Sie, lieber *Maestro*«, sagte sie, »ich glaube ... ich bin mir sogar sicher – ja, sicher«, fügte sie sichtlich überrascht hinzu, sich einer Sache sicher zu sein, »daß man zum Beispiel, wenn man seine Kunst leidenschaftlich liebt, sofern man das Glück hat, Musik ausüben zu können, oder wenn man einen netten Menschen liebt oder einfach das Leben als solches, nicht altern kann: ja, man altert nie. Es sei denn, physisch. Und das ...«

»Da haben Sie recht«, schaltete Simon sich ein, während diesmal Eric und Olga einen Blick austauschten. »Für mich hat das Kino immer diese Wirkung ausgeübt: wenn ich einen guten Film sehe, fühle ich mich um dreißig Jahre verjüngt. Und hier auf dem Schiff kommt etwas hinzu, ich weiß nicht, ob es die Meeresluft oder die Atmosphäre der *Narcissus* ist ... aber heute morgen habe ich beispielsweise nicht einmal die Zeitung glesen ... Man ist mit allem so beschäftigt, nicht wahr, und das ist so angenehm!«

»Ja, aber dennoch dreht sich die Erde weiter«, sagte Eric Lethuillier kalt. »Unser Schiff ist gut gepolstert, es gibt jedoch andere, Tausende, die weniger komfortabel und viel stärker besetzt sind und die selbst in diesem Augenblick in chinesischen Gewässern sinken.«

Seine Stimme klang infolge der Scham so leise, so tonlos, daß Olga vor Trauer und Schrecken ein leichtes Stöhnen vernehmen ließ. Hans-Helmut Kreuzer und Simon Béjard schauten auf ihre Schuhe. Edma hingegen beschloß nach kurzem Zögern, sich zu empören. Sicher, dieser Lethuillier hatte eine linksgerichtete Zeitschrift; aber er hatte nie gefroren, gehungert oder gedurstet. Er hatte sich auf diesem Luxusdampfer eingeschifft, und es ging nicht an, daß er ihnen jeden Morgen auf dieser Kreuzfahrt die Schrecken des Krieges an den Kopf warf. Schließlich arbeitete Armand Bautet-Lebrêche auch das ganze Jahr über hart und war hier, um sich zu erholen. Deshalb stopfte sie sich ostentativ die Finger in die Ohren, bevor sie Eric streng anblickte. »Oh, nein!« sagte sie. »Nein, lieber Freund, ich bitte Sie! Sie werden mich für egoistisch, für grausam halten, aber was soll's: wir sind alle hier, um uns zu erholen und diese Greuel zu vergessen. Wir können doch daran nichts ändern, oder? Wir sind da, um uns an all dem zu erfreuen ...«, und mit der Linken beschrieb sie einen weiten Halbkreis. »Und auch an dem dort ...«, und sie schloß den Kreis mit dem rechten Zeigefinger, den sie am Ende auf die Brust von Hans-Helmut Kreuzer richtete, der bei seiner Kurzsichtigkeit und in seiner Unbeholfenheit erschrak und leicht zu zittern begann.

»Sie haben recht, vollkommen recht ...«

Ganz und gar unerwartet gab Eric Edmas Aufforderungen nach und fixierte selbst einen bestimmten Punkt im Nord-Westen, so daß man den Eindruck hatte, er wolle das Feld für alle Formen flüchtiger und unbewußter abendländischer Vergnügungen freigeben. Olga warf ihm einen erstaunten Blick zu und war beunruhigt wegen seiner Blässe. Eric Lethuillier hatte die Zähne zusammengebissen und kleine Schweißperlen auf der Oberlippe. Erneut empfand Olga Bewunderung: dieser Mann verfügte über eine derartige Selbstbeherrschung und eine Ritterlichkeit, daß es ihm gelang, diesen inneren Schrei zu unterdrücken, dieses Aufbegehren gegen den Egoismus des Großbürgertums. Olga hätte weniger Bewunderung gezeigt, wenn sie – wie Eric einen Augenblick zuvor – den heißen Atem der Bulldogge an ihren Fesseln gespürt hätte. Tatsächlich begann der Hund, der bislang friedlich zu Füßen seines Herrn gesessen hatte, sich offensichtlich zu langweilen. Er hatte deshalb beschlossen, um diese unerwünschten Individuen herumzutrotten, und den Anfang seiner Inspektion bei Eric gemacht. Der Köter stand schnaubend da, die Augen halb geschlossen, die Muskulatur unter dem stellenweise zerfressenen Fell bereits sichtbar, Geifer an den Lefzen und mit einem durch Vererbung, Zucht und Dressur wilden Ausdruck. Und zwischen wiederholtem Knurren stieß er ein leises bedrohliches Pfeifen aus, wie es bei Bombardierungen dem endgültigen Einschlag einer Bombe vorausging.

»Ich freue mich, daß wir uns in diesem Punkt einig sind«, sagte Edma Bautet-Lebrêche beruhigt, aber gleichzeitig enttäuscht, daß sie auf keinen Widerstand stieß. »Wir wollen nur von Musik sprechen, wenn es recht ist, liebe Freunde, ja, wir wollen von unseren Künstlern zehren.« Und sie schob ihren Arm arglos unter den Hans-Helmut Kreuzers, der überrascht die Hundeleine losließ.

Nun war es an Simon, zu erblassen. Das schreckliche Vieh zog sanft an seiner Hose, und diese Fangzähne, die das Alter zwar gelb gefärbt hatte, erschienen ihm immer noch riesig. Außerdem ist das bestimmt ein mit Drogen behandelter Hund, sagte er sich. Diese Deutschen sind offenbar unverbesserlich! Dieses Mistvieh wird mir sicher meine neue Hose zerreißen. Während er wie erstarrt stehenblieb, warf er einen flehentlichen Blick zu Kreuzer hinüber. »Ihr Hund, *Maestro* ...«, rief er dann. »Ihr Hund ...«

»Mein Hund? Das ist eine Bulldogge aus Ostpommern! Sie hat fünfzehn Preise gewonnen und drei Goldmedaillen in Stuttgart und in Dortmund! Das sind sehr gehorsame Tiere und sehr gute Leibwächter. Stimmt es, Herr Béjard, daß Sie gestern abend Chopin mit Debussy verglichen haben?«

»Ich? Aber ... Oh, nein! Aber durchaus nicht!« erklärte Simon. »Nein, das nicht, aber ich glaube, daß Ihr

106

Hund...« Und er deutete mit dem Kinn auf das Monstrum, das sein Beim immer fester umklammerte. »Ihr Hund scheint sich wirklich zu sehr für meine Schienbeine zu interessieren...«

»Wissen Sie, daß zwischen Chopin und Debussy ein ebenso großer Unterschied besteht wie zwischen einem Film von... sagen wir... Ach, mir fällt der Name nicht ein, den ich suche... Helfen Sie mir... Ähh... Becker... Ähh, ein französischer Regisseur, ganz leicht, sehr transparent, verstehen Sie?«

»Becker!« hauchte Simon verzweifelt. »Becker! Feyder! René Clair!... Ihr Hund wird mir meine Hose zerreißen!«

Diesen letzten Satz hatte er mehr gemurmelt als klar ausgesprochen, denn der Hund hatte angesichts des Widerstands dieses Beins, sich wegzerren und zerstückeln zu lassen, dumpf zu knurren begonnen und zog nun mit unglaublicher Kraft daran.

»Nein, nein, so lautet der Name nicht...«, sagte Kreuzer unzufrieden.

Und während er an dem Gedanken von der Leichtigkeit festhielt — was natürlich ganz abwegig war —, brachte Simon mit einem kräftigen Ruck sein rechtes Bein auf die Höhe des linken, und der Hund bellte unwillig, bevor er erneut zum Angriff überging. Zum Glück für Simon war das Tier jedoch nahezu blind, und so wählte es aufs Geratewohl die nächste Hose: es war die von Edma Bautet-Lebrêche, eine weiße Gabardinehose mit vollendeter Bügelfalte, auf die sie viel Wert legte. Edma verfügte nicht über die männliche Unerschütterlichkeit und stieß einen durchdringenden Schrei aus. »Mistvieh!« brüllte sie. »Läßt du wohl los! So tun Sie doch etwas!« rief Edma außer sich. »Tun Sie was, sonst beißt die Bestie mich! Charley! Wo ist Charley? Los, Herr Kreuzer, halten Sie dieses Vieh zurück!«

Das Knurren des Hundes hatte bedrohlich zugenommen, und Kreuzer selbst sah ihm mit einem Ausdruck der Ohnmacht zu.

»Herr Béjard, unternehmen Sie was«, flehte Edma, die sehr wohl wußte, daß sie weder von Lethuillier noch von ihrem Mann etwas zu erwarten hatte. »Rufen Sie um Hilfe!«

»Ich finde, der Schubiack sollte was tun«, protestierte Simon.

»Fuschia!« donnerte der »Schubiack« knallrot und stampfte mit dem Fuß auf, doch vergebens. »Fuschia! Aus!«

Edma Bautet-Lebrêches Angst schlug jetzt in Wut um, und zweifellos wäre sie dem machtlosen Kreuzer mit ihren weißen Händen an die Kehle gesprungen – Fuschia hin, Fuschia her, die immer noch an ihrer Hose zerrte –, wäre Julien nicht im Bademantel und mit fröhlicher Miene am Ort des dramatischen Geschehens erschienen.

Er hatte alle Anfänge dieses Zwischenfalls verfolgt, und da er sich eher unbekümmert als mutig vor nichts fürchtete, packte er Fuschia im Nackenfell und schleuderte das Tier kraftvoll fünf Meter weit weg. Fuschia schnaubte vor Unwillen und Überraschung, da sie an blinden Respekt und sklavische Furcht gewöhnt war – einschließlich von seiten ihres so autoritär auftretenden Herrn. Daher konnte sie nicht fassen, wie ihr geschah. Ebenso wie es Kreuzers Begriffsvermögen überschritt, ernsthaft als »Schubiack« behandelt zu werden, wollte es Fuschia nicht in den Kopf, daß sie von einem Zweibeiner mißhandelt wurde. Sie blieb einen Moment staunend liegen, aus ihren Lefzen hing ein Stück weißen Gabardines mit der Markenbezeichnung »Ungaro« hervor, und dann schlief sie auf der Stelle ein. Edma hingegen war hellwach: die roten Haare standen ihr zu Berge, und ihre Stimme überschritt die Grenzen der Schrillheit.

Hundert Meter weiter blieb der wachhabende Offizier auf der Brücke stehen und sah, wie über ihm eine Möwe überrascht und gleichzeitig respektvoll vorbeischoß.

Armand, der wie gewöhnlich zu spät eintraf und sich mit seinem ganzen kleinen Körper an den gestikulierenden Arm seiner Gattin klammerte, versuchte, sie zu beruhigen, indem er in regelmäßigen Abständen leicht, aber beharrlich an dem vor Zorn muskelgeschwollenen Unterarm Edmas zog.

Er nimmt dabei nahezu die gleiche Haltung ein wie Fuschia ein paar Minuten zuvor, stellte Julien unbewußt fest. Aber es war nicht daran zu denken, daß er denselben Flugweg nahm! Obwohl... Julien hatte eine instinktive

Abneigung vor Finanzmaklern, vor den großen Erfolgen, vor allem, wenn sie das Ergebnis von Beharrlichkeit und praktischer Intelligenz waren. Er schätzte eher den zufälligen Reichtum, den man durch Opportunismus erwarb. In dieser Hinsicht zeigte Julien, was für einen professionellen Betrüger merkwürdig war, Hochachtung vor dem reinen Glück, das ihn stark anzuziehen begann. Jedes Jahr ergab er sich regelmäßig, nachdem er sie an zahllosen Abenden herausgefordert hatte, vom Roulette bis zum Baccara allen Liebhabereien und Launen Fortunas und behandelte plötzlich als große Dame, die er das ganze Jahr über als Freudenmädchen behandelt hatte. Er bildete sich irgendwie ein, daß das Glück ihm seine Aufwartung mache, seine Schulden bezahle, sein Gewissen erleichtere, wenn er bereit war, gegebenenfalls mit einem Schlag mühsam verdiente Summen auf diese blinde Göttin zu setzen. Es kam jedoch auch vor, daß sein Einsatz verdoppelt wurde, so wenig rachsüchtig war sie.

Seine Tapferkeit verwandelte ihn plötzlich in den Augen der anwesenden Damen zu einem Robin Hood, einem Ritter ohne Furcht und Tadel, aber auch zu einem Angeber in denen der Männer, die ihn je nachdem für unklug oder prahlerisch hielten – mit Ausnahme von Simon, der in seiner ersten Naivität sprachlos war: Dieser Peyrat hatte Format! Schade, daß er ein so schlechter Verlierer war! Julien, der am ersten Abend in Portofino Simon rund fünfzehnhundert Francs abgewonnen hatte, mußte an ein Wunder glauben, wie sich Béjard sagte, doch am nächsten Tag, in Porto-Vecchio, hatte er glatt an die zweitausendachthundert Francs eingebüßt. Und offenbar nahm er ihm das übel. Simon hatte ihn heute anflehen müssen, bis er sich zu dem berühmten Poker zu fünft bereit erklärte, das für den Produzenten Simon Béjard zwischen zwei Crescendi und zwei Pizzikati zum Ziel Nummer eins erklärt worden war. Kurz, dieser Peyrat war im Spiel klein geworden, nicht aber im täglichen Leben – wenn man diese musikalische Nabelschau, zu dem die Kreuzfahrt in Simons Augen geworden war, als tägliches Leben bezeichnen konnte. Das hatte er bei der Einschiffung nicht gedacht, daß er all diese Gags erleben würde! Mit all diesen altersschwachen Musiknarren. Er hätte auch nicht gedacht, daß Olga so krötig und manchmal so dumm sein würde und daß sie ihn selbst für so dämlich halten könnte.

Das war schade, denn er liebte wirklich ihre Kopfhaltung, ihre straffe Haut und ihre Art, zusammengerollt wie eine kleine Katze zu schlafen. Wenn er sie im Morgengrauen auf ihrem Bett betrachtete und sie so rein, so unschuldig wie ein braves kleines Mädchen da liegen sah, fiel es ihm schwer, das großsprecherische, laute, ehrgeizige und beschränkte und im Grunde harte Filmsternchen nicht zu vergessen, das er ebenfalls kannte. Er liebte Olga; in gewisser Hinsicht sah er sich in der Klemme, und ihm grauste davor, es sich einzugestehen. Es währte schon lange, daß die Knappheit des täglichen oder wöchentlichen Geldes jeden tieferen Dialog zwischen Simon und ihr verhindert hatte. Seit Jahren richtete er nur noch Zwischenrufe wie ein Manager einem erschöpften Boxer an sie, in dem Stil: »Los! Nicht nachlassen! Jetzt hast du's! Vorsicht!« Sich als verliebt und Musiknarr – und obendrein scharfsinnig – zu erweisen schien ihm ein bißchen über seine Kräfte hinauszugehen, jedenfalls über das vorgesehene Maß hinaus. Er schüttelte sich, packte Julien am Ellbogen und zog ihn beiseite.

»So, und das Pokern?« sagte er drängend und mit tiefer Stimme. »Gehen wir's an, mein Lieber? Wir schnappen uns den Zuckerkönig, den Gigolo, den Intellektuellen, und dann nehmen wir jedem eine hübsche Stange Geld ab, wir beide, ja? Sie haben die Technik, die Geduld, ich habe die Intuition, die Kasse. Hinterher machen wir halbe-halbe. In Ordnung?«

»Tut mir unendlich leid, aber ich spiele beim Pokern nicht zu zweit, ich mache überhaupt solche Sachen nicht«, sagte Julien verlegen, nicht streng, aber verlegen und etwas beschämt, diese bürgerliche Moral zu vertreten.

Offenbar auch einer von diesen Ehrenmännern, dachte Simon herablassend verächtlich und theatralisch. Er lachte etwas zu laut auf und schüttelte sich dabei.

Das macht ihn auch nicht schöner, dachte Julien.

»Wenn ich sage, eine Partie zu zweit, dann verstehe ich darunter... Das war Spaß, ich wollte sagen, daß man zusammenhält, daß man die Schläge auffängt. Ich habe natürlich nicht von heimtückischen Streichen gesprochen, Herr Peyrat«, betonte Simon lachend. »Nein, aber man macht sich einen Jux daraus... Auf diesem Schiff sind alle betucht... Bis auf den Gigolo vielleicht. Doch das wird die Diva für ihn erledigen, oder?«

»Ich glaube eher, daß er für die Diva bezahlen wird«, sagte Julien mit einem bekümmerten Lächeln und gerunzelten Brauen.

Ein hübscher Mann, dieser Typ, dachte Simon plötzlich, wahrscheinlich wäre er für eine Rolle gar nicht schlecht: Genre des vierzigjährigen Zuhälters, der einiges mitgemacht hat, flotter Kerl, hart und zärtlich zu den Frauen... So was ist heute beim Film gefragt. Nur daß er wie ein Amerikaner aussieht... Er ähnelt Stuart Whitman... Das ist es!

»Wissen Sie, daß Sie Stuart Whitman ähneln?« fragte Simon.

»Stuart Whitman? Was hat das mit Pokern zu tun?« Julien wunderte sich.

»Ah, sehen Sie, auch Sie denken nur daran! Und die drei anderen ebenso, die da Maulaffen feilhalten, wenn man ihnen Adagios vorspielt... Die wären verdammt froh, das kann ich Ihnen sagen, wenn sie mal ohne ihre Ladies etwas unter Männern sein könnten. Jedenfalls würde sich eine der Damen freuen, einmal ohne ihren Mann zu sein, und das ist Clarissa...«

Er hatte bei dem Namen »Clarissa« gezögert. Er hatte tatsächlich zwischen »die Lethuillier«, »die Clown-Frau« und »die Alkoholikerin« geschwankt, sich jedoch am Ende für dieses »Clarissa« entschieden, das er ungewollt wie einen Kosenamen ausgesprochen hatte. Er merkte das und errötete.

»Also los, gehen wir pokern«, sagte Julien plötzlich mit einem Anflug von Herzlichkeit.

Und er knuffte ihn kurz und etwas hart in die Seite, was Simon bis in die zu engen Spitzen seiner Mokassins von Gucci erschütterte.

Sie begannen die Partie um fünfzehn Uhr und unterbrachen sie um neunzehn Uhr. Zu diesem Zeitpunkt hatte Andreas, der reihum insgesamt sechzigtausend gewonnen

hatte, den gesamten Haß und den Argwohn der anderen –
bis auf Julien – auf sich gezogen. Sie hielten inne, um einen
Schluck zu trinken, nahmen um neunzehn Uhr dreißig das
Spiel zu einer letzten Runde wieder auf, und nach drei
Durchgängen kassierte Julien, der mit makelloser Meister-
schaft die Karten ausgeteilt hatte, mit einer Farbensequenz
– während Andreas nur einen Viererpasch hatte – den
Einsatz der gesamten sechzigtausend. Um acht Uhr war
alles beendet. Die Gimpel hatten keine Zeit gefunden, sich
ein anderes Ziel ihrer Unzufriedenheit zu suchen, und
obwohl er selbst fünftausend Francs verloren hatte, mußte
Andreas ihren Groll hinnehmen, während Julien wie ein
glücklicher Dummkopf dastand. Jedenfalls würde er mit
denen in dieser Woche nicht mehr spielen, dachte er. Sie
waren nicht kaltblütig genug, keiner von ihnen: Andreas
spielte, um Geld für den Lebensunterhalt zu gewinnen;
Simon spielte, um sich zu beweisen, daß er der Produzent
Simon Béjard war, und diese Rolle war zu neu, um nicht
von Zeit zu Zeit vom Schicksal zusätzliche Bestätigungen
zu verlangen; Armand Bautet-Lebrêche spielte, um zu
zeigen, daß man mit Geld »spielen« konnte, fand das
jedoch alles nicht normal und alptraumhaft; und Eric
Lethuillier spielte, um zu gewinnen und um sich und den
anderen zu beweisen, daß er auch dabei der Sieger war,
und sein Zorn und seine Wut drückten am meisten auf die
vier Spieler. Da er intelligenter und wendiger war als die
anderen, übertrug er augenblicklich seinen Überschuß an
Aggressivität von Andreas auf Julien, und in dem Bewußtsein, von ihm gehaßt, verachtet und zu irgendeiner Revan-
che verurteilt zu sein, sah Julien ihn mit seiner kalten
Miene seiner Kabine zuschreiten.

Während die Männer sich abgefeimt beim Kartenspiel schlugen – oder das wenigstens glaubten –, schienen die Frauen in der Begleitung Charley Bollingers dem Einfluß der Alkoholikerin Clarissa Lethuillier erlegen zu sein. Edma Bautet-Lebrêche und Charley, die sich beim Scrabble vergnügten, ließen mit ihrem Gelächter, dessen Kaskaden Kapitän Ellédocq bewogen, die Stirn zu runzeln, die ganze Bar erzittern. Anstoß nahm auch Olga Lamouroux, eine eingeschworene Gegnerin jedweden Alkohols, aller Amphetamine, Beruhigungsmittel oder sonstiger Drogen, welche die eigene Persönlichkeit zu verändern vermochten. Sie hatte sich soeben zu der Diva gesetzt, die wie immer erhaben wirkte, ihre pechschwarzen Lakritzen lutschte und der absolut nicht anzumerken war, daß sie eine ganze Flasche Wodka getrunken hatte. Sie schien selbst in den Augen Olgas, die aus ihrer Kabine kam, wo sie ein ernüchterndes Buch über die Bedingungen der Schauspielerinnen in den vergangenen Jahrhunderten gelesen hatte, als die einzige nicht-alkoholisierte Person, als der einzige klare Kopf in diesem Salon, wo die Männer, trunken vom Spiel, und die Frauen, angeheitert von Getränken, ein häßliches Schauspiel darboten.

»Danke, ich nehme nur einen Zitronensaft«, sagte Olga zum Barkeeper, der herbeieilte, und warf einen nachsichtigen – betont nachsichtigen – Blick zu Clarissa und Edma hinüber, die schallend über das anscheinend unwiderstehliche Wort lachten, das der ausgelassene Charley soeben gebildet hatte.

»Ich fürchte, hier nicht mithalten zu können«, fügte Olga mit vorgetäuschtem Bedauern, an die Doriacci gewandt, hinzu.

»Das fürchte ich auch«, sagte die Diva, ohne mit der Wimper zu zucken.

Sie war ein wenig angesäuselter als gewöhnlich und hielt diesmal die Lider über ihren großen wilden Augen gesenkt.

Durch diese Ruhe getäuscht, sah sich Olga ermuntert. »Ich glaube nicht, daß Sie und ich selbst einer anderen Trunkenheit verfallen können als der jener Bretter, die die Welt bedeuten«, sagte sie lächelnd. »Natürlich will ich mich nicht mit Ihnen vergleichen, Madame, wir müssen nur manchmal einen beleuchteten Raum betreten, wo man uns zuschaut und von uns erwartet, daß wir glaubwürdig etwas darstellen... Das ist der einzige treffende Punkt dieses Vergleichs, verstehen Sie mich recht.«

Sie stammelte ein wenig in der Bescheidenheit ihrer Jugend und in ihrer Ergebenheit. Sie spürte, daß ihre Wangen purpurrot waren, daß das Weiß ihrer Augen vor naiver Bewunderung fast blau schimmerte... Die Diva reagierte nicht, doch Olga wußte, daß sie zuhörte. Sie hörte begierig dieser aufrichtigen jungen Stimme zu, die ihr schmeichelhafte Dinge erzählte, und die Reglosigkeit der Sängerin war aufschlußreicher als jede Antwort. Aufschlußreich hinsichtlich des Charakters der Doriacci: dieses Schweigen war das Schweigen aus Rührung, und diese Rührung war die einer großen Dame. Olga selbst fühlte sich emporgehoben: vor Demut war ihr die Kehle wie zugeschnürt, und das um so mehr, als sie ihre ersten Rollen im vergangenen Jahr in drei kleinen Filmen gehabt hatte und die Kritiken über das Stück von Klouc begeistert gewesen waren, in dem sie mitgespielt hatte und das zur Offenbarung für das Café-Theater 79 geworden war...

»Als ich ein kleines Mädchen war«, fuhr sie beflügelt fort, »und Sie im Radio singen hörte und auf dem alten Grammophon meines Vaters – Papa war ein Opernfan, und meine Mutter war geradezu eifersüchtig auf Sie –, wenn ich Sie singen hörte, sagte ich mir, daß ich mein Leben gelassen hätte, um so zu sterben wie Sie in *La Bohème*... Diese Art, den letzten Satz zu hauchen... Oh! Wie lautete er noch?«

»Ich weiß es nicht«, entgegnete die Doriacci mit rauher Stimme, »ich habe *La Bohème* nie gesungen.«

»Ach, wie dumm von mir... Natürlich, ich spreche ja von *La Traviata*...«

Gott sei Dank! Sie hatte sich gut aus der Affäre gezogen... Aber welches Mißgeschick! Alle Sängerinnen hatten *La Bohème* gesungen, nur die Doriacci natürlich nicht!

Welches Glück andererseits, daß Doria Doriacci so gut gelaunt und so ruhig war. Unter anderen Umständen wäre sie wegen dieses Schnitzers gesteinigt worden. Aber diesmal schien sie von den geschickten Komplimenten Olgas buchstäblich bezaubert zu sein. Alles in allem war sie eine nette Frau – wie die anderen: eine Schauspielerin...

Olga wedelte mit der Hand vor ihrem Kopf, als wollte sie die summenden Fliegen ihres schlechten Gedächtnisses verjagen, und plapperte weiter: »*La Traviata,* natürlich... Mein Gott! *La Traviata*... Ich habe beim Zuhören geheult wie ein Schloßhund... wie ein großer achtjähriger Schloßhund... Als Sie zu ihm sagten: ›*Adio, adio*‹...«

»Ein großer achtundzwanzigjähriger Schloßhund also«, ertönte es unvermittelt. »Ich habe *La Traviata* erst im letzten Jahr aufgenommen.«

Die Doriacci warf sich in ihrem Sessel zurück und brach in schallendes, offenbar unwiderstehliches Gelächter aus, in das sogleich die drei Komplizen vom Scrabble-Tisch einfielen, obgleich sie die Ursache nicht kannten.

Ihrem irren, unkontrollierten Lachanfall ausgeliefert, hatte die Diva ihr Batisttaschentuch hervorgeholt und trocknete damit mal die Augen, mal wedelte sie mit ihm, als wolle sie um Hilfe rufen, mal deutete sie damit auf die wie versteinert dasitzende Olga. Sie stöhnte mehr, als daß sie klar artikulierte Sätze aussprach: »Die Kleine da... Ha, ha, ha, ihr Vater vernarrt in mich... Puccini, Verdi, *tutti quanti*... und die Kleine mit ihrer Platte... Ha, ha, ha... Ein großer Schloßhund von achtundzwanzig Jahren, hi, hi hi!...« Und als sie mit ihrer tragenden Stimme zum drittenmal wiederholt hatte: »Ein großer Schloßhund von achtundzwanzig Jahren...«, fügte sie gleichsam tonlos hinzu: »Das hat sie selbst gesagt...«

Olga hatte anfangs nervös mitgelacht, doch im Verlauf dieser garstigen Erklärung hatte sie den herben Wodkageruch wahrgenommen und schließlich die großen dunklen, vom Alkohol glänzenden Augen gesehen, und da begriff sie, daß sie in eine Falle gegangen war, die sie sich selbst gestellt hatte. Sie wollte sich verteidigen, aber als sich die drei degenerierten Gespenster da hinten prustend und glucksend über ihren Tisch warfen, so daß die Holzbuchstaben zu Boden rollten, und ihre Köpfe wiederum auf die

Rückenlehnen ihrer Sessel zurückfielen; als Edma beim letzten Satz dieser Verhöhnung, »Das hat sie selbst gesagt«, wie unter einem elektrischen Schlag von ihrem Stuhl aufsprang; als die dem Alkohol verfallene Frau dieses armen Eric Lethuillier sich die Hände vors Gesicht hielt und flehentlich stammelte: »Das nicht... das nicht...«; als dieser alte betreßte Päderast die Arme um seinen Körper schlang und auf der Stelle mit den Füßen auf den Boden stampfte – da erhob sich Olga Lamouroux einfach und verließ würdevoll und wortlos ihren Tisch. An der Tür hielt sie einen Augenblick inne und warf einen einzigen Blick auf diese Irren, diese betrunkenen Hampelmänner, einen mitleidigen Blick, der jedoch deren Taumel nur verstärkte. Sie zitterte vor Wut, als sie in ihre Kabine zurückkehrte. Und dort fand sie Simon vor, der sich in Strümpfen auf dem Bett lümmelte und, wie er sagte, »dreißigtausend beim Pokern verloren und sich sehr amüsiert« hatte.

Eric hatte die Kabine leer gefunden, als er von seiner finsteren Pokerpartie zurückkam. Er hatte einen Steward losgeschickt, um Clarissa zu suchen. »Sagen Sie Madame Lethuillier, daß ihr Gatte sie in ihrer Kabine erwartet«, hatte er ohne weitere Erklärung angeordnet, und der Steward war über diesen Befehlston offensichtlich verärgert, doch das störte Eric nicht. Es war jetzt wiederholt vorgekommen, daß er spürte oder zu sehen glaubte, wie Clarissa ihm physisch und moralisch entglitt. Physisch auf jeden Fall! Dauernd verschwand sie, so schien ihm, unter dem Vorwand, frische Luft zu schnappen oder einen Blick auf das Meer zu werfen, und da Eric, in seiner Adjutantenseele entzückt von Ellédocq, die Beaufsichtigung der Bar übertragen bekommen hatte, wo ihm die Anwesenheit Clarissas sogleich gemeldet werden würde, hätte er annehmen können, daß sie einen Geliebten besaß. Außerdem kehrte sie jedesmal mit frischem Teint, fröhlich und mit dieser Unbekümmertheit zurück, die abzulegen oder genauer: in Ängstlichkeit und Schuldgefühl umzuwandeln, er bei ihr Jahre gebraucht hatte.

Übrigens kam sie in diesem Moment zurück: mit aufgelöstem Haar, die Schminke von den Tränen des Lachens verwischt, und mit rosigen Wangen, die nur zu sehr von Heiterkeit zeugten. Sie stand gerade und schmiegsam im Türrahmen, mit geweiteten Augen und strahlendweißen Zähnen, das Gesicht trotz des Make-ups sonnengebräunt.

Wie schön sie ist! dachte Eric plötzlich wütend. Es war lange her, sehr lange, daß er sie so schön gesehen hatte. Das letzte Mal war es seinetwegen gewesen... Wer auf dem Schiff konnte ihr dieses Selbstvertrauen zurückgeben, wenn es nicht mehr Johnny Haig war? Sollte es dieser Julien Peyrat sein, der doch in seiner Männlichkeit so vulgär war? Hätte Eric nicht selbst bemerkt, daß Clarissas Eskapaden mit Juliens Anwesenheit auf dem Tennisplatz, im Schwimmbad oder an der Bar zusammenfielen, hätte er es unterstellt. Diese »Frauenhelden« sind sehr geschickt. Oder es war dieser kleine billige Gigolo, dieser Andreas Sowieso... Aber er konnte Clarissa ruhig verachten und seine Verachtung ständig nähren: er wußte, daß sie für knackiges Fleisch wenig empfänglich war, vor allem, wenn es wie dieses derart offensichtlich zu haben war.

Sie schaute ihn an: »Du hast mich gesucht?«

»Du hast dich mit deinen kleinen Kumpaninnen hübsch amüsiert?« fragte er, ohne zu antworten. »Man konnte euch im Salon lachen hören!«

»Ich hoffe, wir haben eure Pokerpartie nicht gestört«, sagte sie eine Spur zu besorgt.

Er warf ihr einen kurzen Blick zu, doch sie zeigte ein glattes, gesittetes Gesicht, das Gesicht der Baron-Tochter, dieses Gesicht, das er nur schwer durchdringen konnte, dieses ebenmäßige, makellose Gesicht, das allem gegenüber gleichgültig war, was nicht ihrem Komfort, ihren Gewohnheiten entsprach, ein Gesicht der triumphierenden und erbarmungslosen Bourgeoisie, das ihn mit der Zeit, so glaubte er, dazu gebracht hatte, selbst ihre Angehörigen zu hassen.

»Nein«, sagte er, »ihr habt uns nicht gestört, oder vielmehr: ihr habt das Manöver unseres kleinen Schummlerpaares nicht gestört...«

»Welches kleine Paar?«

»Ich spreche von dem eingebildeten Cowboy und dem blonden Gigolo, der ihn begleitet. Sie scheinen die Schiffsreise gemeinsam zu machen!... Warum lachst du da?«

117

»Ich weiß nicht«, erwiderte sie und versuchte, das Lachen zu unterdrücken. »Der Gedanke, sich diese beiden Männer als Pärchen vorzustellen, ist komisch.«

»Ich sage doch nicht, daß sie miteinander schlafen!« Eric regte sich auf. »Ich sage nur, daß sie zusammen mogeln und daß sie sogar eine unvergleichliche Technik entwickelt haben.«

»Aber sie kennen sich ja nicht einmal!« sagte Clarissa. »Ich habe sie gestern abend in Porto-Vecchio von ihren Gymnasien ihrer gemeinsamen Provinz erzählen hören.«

Erics Lachen wirkte übertrieben. »Natürlich, weil du dabei warst, nicht wahr?«

Clarissa errötete plötzlich. Es war, als schämte sie sich für die beiden. Vor allem für Julien, sagte sie sich. Geschah es, um Eric leichter zu rupfen, daß Julien Peyrat ihr seine Kabine und seine Flaschen nach Belieben überließ? Diese Überlegung verursachte ihr ein beinahe physisches Unbehagen und gleichzeitig ein undefinierbares Bedauern...

Sie saß auf ihrem Bett und kämmte sich unwillkürlich vor dem Spiegel der offenstehenden Schranktür. Sie ordnete ihre Haarsträhnen und musterte sich offensichtlich freudlos, aber auch ohne Verlegenheit. Und Eric hatte auf einmal Lust, sie zu schlagen oder bei der nächsten Zwischenstation gewaltsam von Bord zu schicken. Ja, sie entglitt ihm! Sie entglitt ihm, allerdings ins Leere. Und darin lag die Gefahr. Es wäre ihm ein leichtes gewesen, wenn es sich um einen anderen Mann gehandelt hätte, ihn vor ihren Augen zu erledigen. Aber er sah wirklich niemanden auf diesem Schiff, der in dieser eingeschlafenen und terrorisierten Clarissa die Frau hätte wecken können... Es sei denn dieser Andreas. Das erschien undenkbar, doch bei einer Neurotikerin war alles möglich.

Er setzte zu einem Versuch an: »Du weißt, daß du bei diesem Typ keine Chance hast, meine Liebe. Ermüde dich nicht, ihn mit diesen natürlich bescheidenen, gleichwohl lächerlichen Ermunterungen herauszufordern. Sie wären in jedem Fall überflüssig: er ist nämlich mit anderen, einträglicheren oder in seinen Augen verführerischeren Plänen beschäftigt.«

»Von wem sprichst du eigentlich?«

Eric lachte laut auf. Auf diese Weise hatte er bereits Verachtung und widerliche Eifersüchteleien vorgetäuscht. Manchmal hatte er sogar, um sie tiefer zu demütigen, so getan, als hielte er sie für in derart erbärmliche Personen verliebt, daß es schon entehrend war, ihnen überhaupt Aufmerksamkeit zu schenken.

Und jedesmal war Clarissa bestürzt, entsetzt gewesen. Sie hatte nicht über die ruhige und etwas müde Stimme verfügt, um ihm wie heute zu antworten: »Ich weiß nicht, von wem du sprichst.« Dennoch war sie erblaßt. Sie hatte mit ihrer gewohnten Geste die Hand zur Kehle geführt. Sie schaute ihn unsicher, bereits resigniert und auf einen neuen Schlag gefaßt an, ohne jedoch den Grund zu begreifen. Nein, offenbar täuschte er sich. Sie hatte mit diesem Gigolo nichts zu tun – bisher, glücklicherweise.

Beruhigt lächelte er ihr – ebenfalls beruhigend – zu. »Um so besser«, sagte er, »schließlich ist er mindestens zehn Jahre jünger als du. Und das ist viel«, fügte er hinzu, bevor er sich, nicht gerade stolz auf diesen letzten Satz, in seine Zeitschrift vertiefte.

Allerdings wäre er noch weniger zufrieden gewesen, wenn er den Ausdruck der Erleichterung und die Röte auf dem Gesicht seiner Frau wahrgenommen hätte, die mit dem Sauerstoff, dem Blut und der Hoffnung unter ihrer Haut aufstieg.

Zwei Minuten später wusch sich Clarissa im Badezimmer ihr Gesicht kräftig mit kaltem Wasser; sie versuchte, diese Sekunde des Glücks zu vergessen oder anders zu benennen; sie versuchte zu leugnen, daß sie gewissermaßen verzweifelt darüber war, daß Julien Peyrat selbst aus unerfindlichen Gründen einer anderen Frau erlegen sein könnte, auch wenn er kaum die Augen hob, sooft sie sich gegenüberstanden. Am Morgen war eine rote Rose in dem Glas gewesen, das sie neben der Haig-Flasche in der Kabine 109 erwartete, und sie wunderte sich nun – dank Eric –, das schlichtweg charmant gefunden zu haben.

Die Ankunft in Capri stand bevor, wo die Passagiere dem Programm zufolge zwei Mozart-Sonaten und Lieder von Schumann erwarteten sowie am selben Abend für die Abenteuerlustigen ein Bummel über die Insel. Im allgemeinen galt es auf der *Narcissus* als goldene Regel, während der Zwischenstationen nicht von Bord zu gehen. Von jedem wurde angenommen, daß er all die berühmten Häfen bereits kannte und sie allenfalls schon mit einer Privatyacht besucht hatte. Dies erklärte Edma Bautet-Lebrêche soeben Simon Béjard, der noch neu genug war, um einige Begeisterung für diese herrlichen Städte vorzutäuschen. Er hoffte, daß sein Interesse für Kultur – zumindest für kulturelle Dinge – ihm positiv angerechnet würde, dieweil dieses Interesse ihn im Gegenteil in Mißkredit bringen mußte, da es Unbildung aus Armut vermuten ließ. Doch merkwürdigerweise war dem nicht so, und Simon erschien Edma lediglich als naiv, originell und als braver Junge.

»Kennen Sie das Mittelmeerbecken überhaupt noch nicht, Herr Béjard?« erkundigte sie sich mit erstaunter Fürsorglichkeit, so, als hätte er erklärt, noch nie eine Blinddarmentzündung gehabt zu haben. »Aber dann können Sie das ja alles auf einen Schlag entdecken!« knüpfte sie in neidischem Tonfall an, in dem jedoch auch Mitleid mitschwang. »Wissen Sie, das Mittelmeer ist phanta-
... stisch«, versicherte sie, wobei sie das »a« stark hervorhob und dabei lachte, um zu zeigen, daß sie es bewußt tat. »Einfach phantastisch«, wiederholte sie leiser und mit fast zärtlicher Stimme.

»Davon bin ich überzeugt«, erwiderte Simon, stets in allem optimistisch. »Und das muß doch auch so sein, wie? Wenn die Reederei Pottin diese Kreuzfahrt zu diesem Preis anbietet... dann sicher nicht, um uns stillgelegte Gasfabriken zu zeigen, oder?«

»Selbstverständlich nicht«, räumte Edma ein, die diese gesunde Überlegung dennoch etwas betrübt stimmte,

»selbstverständlich nicht... Sagen Sie, lieber Freund, darf ich Sie Simon nennen?... Sagen Sie, lieber Simon«, fuhr Edma ungeduldig fort, »welchen Nutzen gedenken Sie aus dieser Kreuzfahrt zu ziehen? Das interessiert mich brennend...«

»Mich auch«, sagte Simon plötzlich nachdenklich, »ich weiß wirklich nicht, was ich hier tue. Bei der Abreise war es wegen... wegen... nun, Olga mochte Eden Roc und Saint-Tropez nicht, also... Und schließlich... es ist merkwürdig, ich glaubte, keinen Gefallen an dieser Kreuzfahrt zu finden, und jetzt... och, jetzt ist es gar nicht schlecht. Gar nicht so übel, was uns da jeden Abend vorgespielt wird... Es ist eigentlich ganz schön, nicht wahr?«

»Ich war entsetzt und amüsiert zugleich«, sollte Edma später in ihrem Salon in der Rue Vaneau berichten, »aber ich war auch leicht gerührt, wie ich zugeben muß... doch, doch, doch...« Es passierte Edma oft, daß sie nicht erhobenen Einwänden widersprach. »Doch, doch... Ich war gerührt. Denn schließlich war er ein einfacher Mann, ein Emporkömmling letzten Endes, der für das Geld, vom Geld und mit dem Geld lebte, also auch nur ein Bauer... Und durch einen ungewöhnlichen Zufall oder vielmehr dank des Snobismus dieses Filmsternchens, das ihn ausnimmt, entdeckt er plötzlich die Musik... die ›große Musik‹, und schon ist er heimlich ergriffen, schon erblickt er eine Art unbekanntes Land... eine Station, die nicht vorhergesehen war...« Und an dieser Stelle sank Edmas Stimme bis zum Flüsterton herab.

Momentan hingegen ließ Edma sich nicht allein vom Verständnis leiten, sondern es war auch Ironie im Spiel, und sie bedauerte, nicht mehr Zuschauer zu haben. »Also ist es Ihre kleine Olga, die die ›große Musik‹ liebt, wenn ich recht verstehe? Auch ich hatte in ihrem Alter Begierden, Verlangen nach allem, wie jede Jugend, aber ich habe mich nicht dagegen gewehrt. Ich war sogar gewissermaßen stolz auf meine Sehnsüchte, meine Torheiten. Und Gott weiß...«

Und sie schlenkerte ihre Hand, die von vierzig Jahren der Festlichkeiten und Ausschweifungen erschöpft war. Sie konnte sich deshalb weder dagegen sträuben noch sich darüber ärgern, als Simon mit der gleichen betonten Überzeugung, die diesmal von einem leisen Pfeifen begleitet war, ausrief: »Oh, ja!... Auch das glaube ich Ihnen...«, was Edma verblüffte, argwöhnisch machte, ihr aber ein bißchen schmeichelte.

In diesem Augenblick kam Charley mit vollen Segeln herbei, das heißt mit flatterndem Seidenhemd. Denn er welkte hin am Faden der Längengrade, seine Natur blühte mit wachsender Hitze auf, und wenn er in Marineblau und mit festem Kragen die Reise antrat, traf er auf der letzten Station, in Palma, im allgemeinen mit buntem Hemd und Sandalen ein, ja, manchmal hatte er dann am linken Ohr wie ein Pirat einen einzelnen Ohrring.

Doch jetzt erreichten sie erst die dritte Zwischenstation, und seine Extravaganz beschränkte sich auf eine leichte indische Jacke von verwaschenem Weiß anstelle seines blauen Blazers.

Er frohlockte sichtlich. »Und nun sind wir in Capri!« sagte er. »Steigen Sie auch aus, Herr Béjard? Ich glaube, daß praktisch das ganze Schiff diesmal ein wenig tanzen gehen will. Nach dem Gesangsvortrag natürlich«, fügte er mit frommer Miene hinzu.

Tatsächlich stand unter den angelaufenen Häfen, die von den Passagieren meistens gemieden wurden, einzig und allein Capri in der Gunst, eine Art Erlaubnis zu gewähren, sich mit anderen Leuten gemein zu machen, wovon man in stillem Einvernehmen, aber lauthals Gebrauch machte. Capri war der letzte Ort der Zivilisation im Sinne von »Ausschweifung« und Ausschweifung im Sinne von »harmlos«. Daher kam es in Capri nicht selten vor, daß das Schiff in der Nacht leer war – sah man von ein paar von ihrem Ammen wohlgehüteten Greisen und einigen diensthabenden Matrosen ab. Die einen wie die anderen mußten wie bestrafte Kinder an Deck bleiben und den schimmernden Lichtern der Stadt und ihren Freuden zuschauen. Sie hatten auch die Schritte des Kommandanten Ellédocq zu erdulden, der während des ganzen Aufenthalts aufgebracht und ruhelos auf der Brücke auf und ab ging, weil eine ferne, aber wohlbehaltene Erinnerung ihn quälte: jedesmal war er sich sicher, daß ihm, sobald er den Fuß auf die Piazzetta setzte,

das Bild Charleys wie der Geist Hamlets erscheinen
würde; Charley in einem Tahiti-Röckchen, eine Nelke
zwischen den Lippen, umschlungen von den Armen eines
groben Caprioten!

»Natürlich gehe ich«, sagte Simon um so entschlossener,
als Olga ihn seit zwei Tagen ermahnte, es nicht zu tun.
»Natürlich gehe ich, denn ich kenne Capri nicht! Doch
bevor das Fest beginnt, werde ich mich stärken«, fügte er
hinzu und klopfte sich freundschaftlich auf die Stelle, wo
er seinen Magen vermutete, was zur Folge hatte, daß die
elegante Edma Bautet-Lebrêche und der sensible Charley
Bollinger ihre Blicke von ihm abwandten. »Zumal das
heute abend lustig zu werden verspricht...«, ergänzte er
und erhob sich.
Und in der untergehenden Sonne bildeten die Rottöne
seines Hemds und seines Gesichts, das von den letzten
Sonnentagen angegriffen war, einen ergreifenden, nahezu
tragischen Anblick.
»Warum ausgerechnet lustig?« erkundigte Edma sich,
deren Neugier die Verachtung stets überwog und die sich
hinterher über ihre eigenen einfältigen Fragen ärgerte.
Allerdings weniger, als sie sich darüber geärgert hätte,
keine Antwort erhalten zu haben.
»Das kann lustig werden«, erklärte Simon fröhlich,
»weil bei fast jedem unserer Pärchen einer ist, der an Land
gehen will, und einer, der hierbleiben möchte. Außerdem
werden wir heute abend alle an einem Tisch sitzen, da
dürfte was los sein!«
Und tatsächlich hatten die Gäste seit dem ersten Abend
automatisch in nahezu gleicher Reihenfolge Platz genommen, diesmal jedoch um den verlängerten Tisch des Kommandanten, da der Tisch Ellédocqs infolge der Auseinandersetzung zwischen der Doriacci und Kreuzer plötzlich
höher im Kurs stand als Charleys Tisch.
»Aber da irren Sie sich«, entgegnete Edma. »Armand
Bau..., mein Mann ist hocherfreut, Capri einmal wiederzusehen.«
»Ihr Mann, das ist etwas anderes«, sagte Simon mit
einer komischen Verbeugung, »Ihr Mann läßt Sie nicht
aus den Augen, er ist versessen auf Sie... Dieser Mann ist

123

Othello. Und das ist verständlich, nicht, mein Lieber?«
fügte er hinzu, wobei er Charley ordentlich auf den Rük-
ken klopfte, so daß er schmerzhaft zusammenzuckte.

Edma Bautet-Lebrêche hingegen schien den eigentlichen Wert dieses Kompliments nicht erfaßt zu haben.
»Aber außer Ihnen will zum Beispiel dieser Linksintellek-
tuelle an Land gehen, und das paßt Clarissa nicht! Ich
selbst gehe, und Olga will nicht! Die Doriacci will fort,
und das blonde Herzchen scheint zu zögern. Ellédocq
bleibt hier, und Charley geht, also!«

Er hatte die leichte, diesmal echte Leidensmiene nicht
bemerkt, die Charleys Oberlippe bei der Nennung eines
der Paare verformt hatte. Edma allerdings, die Feinfühlige
und in diesem Moment Brave, beeilte sich, diesen Schnitzer wettzumachen, denn sie sah, daß Charley Bollinger für
diese Kreuzfahrt schlecht gerüstet war. Der schöne
Gigolo, der hübsche Andreas – der im Laufe der Tage
immer hübscher wurde – war von der Diva, ihrem Pomp
und ihrer Pracht buchstäblich fasziniert. Er trottete hinter
ihr her wie ein gezähmter Kater, trug ihre Körbe, Fächer,
ihre Schals, aber ohne daß sie ihn überhaupt zu bemerken
schien. Als Gigolo schien seine Karriere schlecht begonnen
zu haben, ebenso wie die Charleys als glücklicher Liebhaber.

»Hören Sie«, sagte Edma, »stellen Sie sich nicht düm-
mer, als Sie sind, Herr Béjard... Verzeihung, lieber
Simon... Sie wissen doch genau, daß das Herz des schönen Andreas berufliche Motive hat, und Sie wollen ja wohl
nicht diesen wilden Rohling Ellédocq und unseren köstlichen Charley als ein Paar bezeichnen, oder?«

»Das habe ich auch nicht gesagt!« erwiderte Simon und
wandte sich verärgert Charley zu. »Das habe ich nie sagen
wollen!« wiederholte er eifrig. »Das wissen Sie genau,
mein Lieber! Alle Frauen an Bord sind verrückt nach
Ihnen, also ist es nicht nötig, daß ich mich verteidige. Mein
Gott, Sie haben das Glück, Schiffssteward auf diesem
Dampfer zu sein, der voller müßiger Frauen ist! Ich weiß
nicht, welches Ihre Punktzahl ist, mein Lieber, aber sie
dürfte glänzend sein, wie? Täusche ich mich? Verdammter
Witzbold!« fügte er hinzu und versetzte ihm einen weiteren kräftigen Schlag auf den Rücken. Und lachend ging er

davon, »um sich umzuziehen«, wie er bedeutsam verkündete. Seine Gesprächspartner blieben verdutzt zurück.

»Also wirklich, ich mag Spaghetti nur *al dente*. Und Sie, lieber Freund?«

»Ich auch«, entgegnete Armand Bautet-Lebrêche bedrückt, da er keine Zeit gefunden hatte, sein Gebiß diskret zurechtzurücken, bevor er der Doriacci antwortete.

Seit fünf Minuten beobachtete sie, wie er mit alarmierender Schnelligkeit aß, was auch jedem anderen auffallen mußte, wenigstens jedem, der nicht wie Armand in die vergleichende Betrachtung der Börsenschwankungen hinsichtlich der Engine Corporation und der Steel Machanics Industry vertieft gewesen war, und das seit drei Stunden.

»*Al dente*, das bedeutet ›nicht gar‹ oder was?« erkundigte Simon sich triumphierend.

Er hatte mit der Wunderwirksamkeit eines Haarwassers seine widerborstigen roten Haare makellos glatt an sein rosiges Haupt geklebt; er trug einen dunkelblauen, ins Flaschengrün schillernden Smoking nach schottischem Schnitt, der sehr anmutig wirkte, und duftete auf zehn Schritte nach einem After-shave von Lanvin. Selbst seine Nachbarin, die zurückhaltende Clarissa, schien das zu stören. Simons sehr persönlicher und, wie man sagen muß, sehr geschätzter Triumph hatte den Vorteil, daß er ihn daran hinderte, am Tisch die Blicke zu bemerken, die Eric Lethuillier und die schöne Olga tauschten. Sie hatten sich beide vor einer Stunde an der Bar getroffen, und Eric war in seiner beigen Leinenjacke, seinem Hemd und seiner jeansblauen Hose, mit dem sonnengebräunten Gesicht und seinen blauen, amüsierten und herrischen Augen unwiderstehlich erschienen. »Wir sehen uns heute abend an Land«, hatte er ihr zugeraunt und ihren Ellbogen gepackt, wobei er mit seinen harten Fingern so fest um ihren Arm griff, daß es ihr weh getan hatte.

Das Verlangen macht ihn ungeschickt, hatte Olga sofort gefolgert. Er lächelt, in Wirklichkeit aber zittert er, er zeigt diese rührende und zugleich verwirrende Ungeschicklichkeit, die das schlecht verhohlene Ungestüm reifen Männern verleiht.

Dieser letzte Satz hatte sie dermaßen begeistert, daß sie überstürzt in ihre Kabine geeilt war, um ihn in ihr Tagebuch zu schreiben, dieses dicke, verschlossene Buch, das sie zu Unrecht für den Gegenstand Tausender Nachforschungen von seiten Simons hielt. Deshalb war sie zu spät bei Tisch erschienen, das Haar etwas ungeordnet, außer Atem, aber hübsch gebräunt und mit dem leichten Ausdruck von Schuldgefühl, der sie jung erscheinen ließ. Und die anderen Gäste hatten sie einhellig bewundernd angeschaut, natürlich mit einer mehr oder weniger nuancierten, aber ehrlichen Bewunderung.

»Ein hübsches Ding, diese Dirne«, hatte Ellédocq vor sich hin gemurmelt, allerdings laut genug, daß die Doriacci es hören konnte, die ihn allein mit dem Ziel, ihn in Verlegenheit zu bringen, nachdrücklich aufforderte, seine Bemerkung zu wiederholen.

Er war errötet, und seine Laune hatte sich noch verschlechtert, als Edma Bautet-Lebrêche ihn arglos und komplizenhaft um Feuer bat. »Ich rauche nicht!« hatte er in die unheilverkündende Stille hineingedonnert und damit strenge ironische Blicke auf sich gezogen. Er hatte die anmutige Erwiderung Edmas, die offensichtlich entsetzt war, jedoch lächelte, hinnehmen müssen: »Das wird Sie doch nicht daran hindern, mir Feuer zu geben!« hatte sie entwaffnend gesäuselt. Und wieder hatte er wie ein Flegel dagesessen, während Julien Peyrat, dieser Maulheld, dem armen Opfer sein Feuerzeug reichte! Daraufhin hatte sich die Unterhaltung in die verschiedensten Bereiche verzweigt, die dem Kommandanten unverständlich blieben. Man hatte von der Intelligenz der Delphine gesprochen, von den Geheimnissen der Politik, von der Falschheit der Russen und dem Skandal des Kulturbudgets. Das alles recht brillant bis zum Nachtisch, nach dem jeder unter irgendeinem Vorwand in seine Kabine hinabgestiegen war, um sich noch einmal zu kämmen und dann direkt nach dem Konzert auf diese Bordell-Insel zu entschwinden, die sich Capri nannte. Zur großen Überraschung Ellédocqs blieb nur einer der Herren an seinem Tisch und folgte nicht dieser lüsternen Herde: Julien Peyrat. Er hatte dem Kapitän einige recht sachkundige Fragen über die Navigation, die *Narcissus*, die Notwendigkeit von Zwi-

schenaufenthalten und so fort gestellt und war in der
Achtung des Schiffskommandanten bemerkenswert
gestiegen. Diese interessante Unterhaltung von Mann zu
Mann, die frei von Heuchelei und Geschmacklosigkeiten
gewesen war, hatte natürlich wegen des Konzertes unter-
brochen werden müssen. Allerdings war die kaum ver-
hüllte Anspielung des Kapitäns auf die »Fron« dieses
Gesangsvortrags ohne Echo geblieben. Entweder liebte
dieser offensichtlich sympathische und normale Typ die
Musik wirklich – und dann hörte er auf, in Ellédocqs
Augen normal zu sein, oder er spielte ein merkwürdiges
Spiel. Halb hingerissen, halb mißtrauisch folgte ihm der
Kommandant schweren Schritts zur Opferstätte.

Die Doriacci eröffnete das Konzert, als ob sie es eilig habe,
sang in aller Schnelle zwei oder drei Arien mit unglaublicher Technik und Lebhaftigkeit herunter, hielt mitten in
einem Lied inne, knüpfte ein anderes daran, ohne sich
auch nur zu entschuldigen, allerdings mit einem zarten
Lächeln des Einverständnisses, was ihr mehr Beifall einbrachte als die ganze vorangegangene Darbietung ihrer
immerhin betörenden Sangeskunst.
   Kreuzer löste sie ab, leider jedoch mit einem schier
unendlichen Werk von Scarlatti, das er zwar makellos
spielte, aber ausdrucksschwach – was wiederum freilich
verdienstvoll war – so daß Ellédocq, paradoxerweise
ungehalten, zusehen mußte, wie sich bis auf die Passagiere
der Ersten Klasse einer nach dem anderen davonschlich.
Alle anderen überzeugten Musikliebhaber hatten diesen
heiligen Ort verlassen. Von magerem Beifall bedacht,
verneigte Kreuzer sich wie vor einer großen Menschenmenge mit diesmal berechtigtem Hochmut und entschwand in seine Kabine, rasch gefolgt von Armand Bautet-Lebrêche, der über sein Abtreten höchst erfreut zu sein
schien. Als Ellédocq seinerseits diese Stätte verließ, befanden sich am Rande des beleuchteten Rings, von einigen
Stuhlreihen getrennt, nur noch zwei nachdenkliche
Gestalten: Julien Peyrat und Clarissa Lethuillier.

Julien saß unbeweglich in seinem Sessel, den Kopf nach hinten gelehnt, und betrachtete die Sterne am Himmel, ihr Funkeln und von Zeit zu Zeit den unvermittelten und schönen Fall einer Sternschnuppe, der ihm absurd wie mancher Selbstmord erschien. Er sah sie, ohne bemerkt zu haben, daß sie aufstand, als der Barkeeper die vier Scheinwerfer ausschaltete. Er folgte ihr mit den Augen, während sie auf die Bar zuging. Er rührte sich nicht, wartete jedoch. Ohne es vorher bedacht zu haben, war ihm, als sei ihrer beider einsame Anwesenheit zu dieser Stunde hier an Deck vor langer Zeit vorherbestimmt worden, als liege etwas Schicksalhaftes in der Verlassenheit dieses Decks und ihrem beiderseitigen Schweigen.

Sie würden zusammen irgendwo hingehen, und er war sicher, daß sie ebensowenig wie er wußte, wohin. Vielleicht einem kurzen, verfehlten Abenteuer entgegen, das von nervösem Schluchzen und Protesten unterbrochen wurde, vielleicht auf einen tierischen und beschämenden Akt zu, vielleicht stillen Tränen an seiner Schulter entgegen. Jedenfalls waren sie heimlich verabredet, seit sie sich beim Begrüßungscocktail hier an Deck gesehen hatten, vor allem, als er sie schwankend und lächerlich, grotesk unter ihrer vielfarbigen Schminke, ohne Vertrauen auf den Arm ihres zu schönen Gatten gestützt, erblickt hatte. Sie hatte Angst, das wußte er.

Aber er wußte auch, daß sie zurückkommen und sich neben ihn setzen würde, ohne daß ihr Selbstvertrauen die geringste Arroganz erkennen ließe. Es war nicht einmal Juliens Bedürfnis, das sie an seine Seite zurückführen würde, es war das Bedürfnis irgendeines anderen, nicht aber dieses zivilisierten Rohlings, den sie geheiratet hatte. Er atmete tief durch, als wollte er sich an einen Baccarat-Tisch setzen oder ein gefährliches Pokerspiel mit gezinkten Karten beginnen, als wolle er absichtlich zu schnell Auto fahren oder sich unter falschem Namen Leuten vorstellen, die ihn erkennen oder verwechseln konnten. Die Erobe-

rung einer Frau war ihm bisher nie gefährlich erschienen,
selbst wenn sie sich im nachhinein als gefährlich herausge-
stellt hatte.

Clarissa brauchte eine halbe Stunde, bis sie zu ihm kam,
eine halbe Stunde, die sie mit Trinken verbrachte, stumm,
die Augen auf einen Kellner gerichtet, den sie eingeschüchtert hatte und der sich darüber wunderte – denn Clarissa
Lethuillier entlockte den Barkeepern im allgemeinen ein
Lächeln, ein ironisches oder mitleidiges Lächeln, je nach
Umständen der Tageszeit und der Zahl der Getränke, die
sie ihr serviert hatten. Sie rauchte auch mit großen Zügen,
die sie sogleich in langen kindlichen Wolken wieder ausstieß, als hätte sie an diesem Morgen erst rauchen gelernt.
Doch sie drückte ihre Zigaretten nach drei oder vier dieser
Scheininhalationen unwillig aus. Sie hatte drei doppelte
Whiskys getrunken und zwanzig Zigaretten ausgedrückt,
als sie die Bar verließ und dem Kellner ein übertriebenes
Trinkgeld zuschob, der unverständlicherweise` um sie
besorgt war. Er hatte wie die übrigen Mitglieder des
Schiffspersonals Clarissa sehr gern.

Sie stieß in dem Halbdunkel gegen einen Stuhl, als sie zu
Julien kam, und er erhob sich instinktiv und eher bemüht,
sie zu stützen, denn aus Höflichkeit. Sie ließ sich in den
Sessel neben ihm fallen, schaute Julien Peyrat ins Gesicht
und begann plötzlich zu lachen. Ihr Haar war ungeordnet,
sie war sogar leicht angetrunken, dachte er mit einer
moralisierenden Trauer, die er an sich nicht kannte.

»Sie sind nicht mit den anderen an Land gegangen?
Macht Ihnen das keinen Spaß?« fragte er leise und half ihr,
ihre Handtasche mit den verschiedensten durcheinander-
gerollten Gegenständen aufzulesen, die ihnen am Boden
zu ihren Füßen entgegenleuchteten: eine goldene Puderdose, die ihre Initialen auf dem Deckel in Brillanten einge-
faßt trug, viel zu schwer für sie war und ein Vermögen
wert sein durfte, ein Lippenstift, irgendwelche Schlüssel,
ein paar zerknitterte Banknoten, das Foto eines unbekannten Schlosses auf einer Postkarte, platt gedrückte Zigaretten, eine offene Kleenexpackung und das unvermeidliche
Schächtelchen mit Pfefferminzpastillen, das einzige dieser
Dinge, das sie vor ihm zu verbergen suchte.

»Danke«, sagte sie und richtete sich schnell wieder auf, jedoch nicht schnell genug, als daß er nicht gleichzeitig mit ihrem Parfüm – einem frischen und eigenartigen Parfüm – den Duft ihres Körpers einatmen konnte, der von der Sonne des Tages erwärmt und dem ganz leichten Geruch der Haut gleichsam gewürzt war – einen Duft, den Julien unter allen anderen herauskannte, einen Duft, der Spielern vertraut war.

»Nein«, meinte sie, »Capri macht mir keinen Spaß, jedenfalls nicht mehr. Früher habe ich mich dort allerdings sehr amüsiert.« Sie blickte vor sich hin und hielt die Hände artig auf ihren Knien verschränkt, als habe er sie zu einer Besprechung gebeten und sie müsse nun für einige Stunden so sitzen.

»Ich bin nie hier gewesen«, sagte Julien. »Aber es ist einer meiner üblichen Träume gewesen, als ich achtzehn, neunzehn Jahre alt war. Ich wollte dekadent sein. Komisch, nicht wahr, für einen achtzehnjährigen Jungen? Ich wollte wie Oscar Wilde leben, mit afghanischen Windhunden, mit Luxusautos und italienischen Pferden, die auf der Rennbahn von Capri traben ...«

Clarissa lachte zur gleichen Zeit auf wie er, und so fuhr er ermutigt fort: »Ich wußte natürlich nicht, daß Capri ein Zuckerhut ohne die geringste glatte Oberfläche ist, und mir war auch unbekannt, daß Oscar Wilde die Frauen nicht liebte. Ich glaube, diese doppelte Enttäuschung war es, die mich bisher daran gehindert hat, hierherzukommen, und vielleicht ist es diese Erinnerung, die mich heute daran hindert, an Land zu gehen.«

»Bei mir sind es Erinnerungen«, flocht sie ein. »Ich hatte hier mit neunzehn, zwanzig Jahren viel Erfolg. Selbst in Italien kannte man den Reichtum der Barons, und man machte mir eifrig den Hof. Damals war es nicht beschämend, die Erbin der Barons zu sein.«

»Heute auch nicht, hoffe ich«, sagte Julien leichthin. »Es ist nicht schimpflicher, reich geboren zu werden als arm, soviel ich weiß.«

»Ich glaube doch«, erwiderte sie ernst. »Sie als Taxator zum Beispiel«, fügte sie plötzlich redselig hinzu, »Sie müßten eigentlich die Malerei lieben, nicht? Bricht es Ihnen nicht das Herz, Meisterwerke an bereits reiche

Bürger zu verkaufen, die nur davon träumen, sich mit diesen Gemälden noch mehr zu bereichern? Und die sie in einem Tresor verschließen, sobald sie zu Hause sind, und nicht einmal mehr anschauen.«

»So machen es nicht alle«, entgegnete Julien.

Aber sie hörte nicht zu, sondern unterbrach ihn. »Mein Großvater Pasquier beispielsweise hatte eine phantastische Impressionisten-Sammlung. Er hatte das alles natürlich für ein Butterbrot gekauft: Utrillos, Monets, Picassos – und alles für drei Francs, wie er sagte. Die Großbürger machen immer Geschäfte, haben Sie das bemerkt? Es gelingt ihnen beinahe, ihr Brot billiger zu kaufen als ihre Concierge. Und darauf sind sie obendrein noch stolz.« Sie lachte, doch Julien bewahrte Schweigen, was sie sichtlich irritierte. »Sie glauben mir nicht?«

»Ich halte nichts von Verallgemeinerungen«, antwortete Julien. »Ich habe bezaubernde Bürger kennengelernt und niederträchtige Bürger.«

»Nun, dann haben Sie Glück gehabt«, sagte sie schroff und zornig. Sie stand auf und ging ein bißchen zu gerade, als wollte sie ihr alkoholisches Ungleichgewicht bemänteln, auf die Reling zu.

Julien folgte ihr mechanisch, stützte sich neben ihr auf die Laufstange, und als er sie anblickte, merkte er, daß sie rückhaltlos dicke Tränen weinte, die über ihre Wangen rollten, ohne daß sie es wahrzunehmen schien; Tränen, die heiß sein mußten und schon von ihrer Form her merkwürdig waren: tropfende, gestreckte, längliche Tränen, Zornestränen, vergleichbar mit ihren Zigarettenqualmwolken, Tränen, die nicht diese vollkommene Rundung zeigten, diese volle und fast erhabene Form, wie sie guteingeübte Rauchringe haben oder die Kullertränen in ihrer Erwartung enttäuschter Kinder.

»Warum weinen Sie?« fragte er.

Doch sie neigte sich zu ihm, legte ihren Kopf auf seine Schulter, als lehne sie sich zufällig an einen Baum oder einen Laternenpfahl.

Sah man von dem Licht ab, das aus der Bar fiel und das die Stelle beleuchtete, wo sie sich kurz zuvor aufgehalten hatten, dann standen sie im Dunkeln. Und nur der Leuchtturm der Insel zerteilte in regelmäßigen Abständen dieses

Dunkel, warf seinen Kegel zwei oder drei Sekunden auf ihre Gesichter und peitschte ihn weiter in seinem manischen Kreis. Aber jedesmal zeigte er Julien nur den oberen Teil von Clarissas Kopf, den sie beharrlich wie eine störrische Ziege auf seine Schulter gesenkt hielt, während ihre Schultern von regelmäßigen leichten Krämpfen geschüttelt wurden, deren Regelmäßigkeit fast beruhigend wirkte. Es war ein verzweifelter und zugleich friedlicher Kummer, ein Kummer, der aus dem Abgrund der Zeit kam, und auch ein Kummer wegen nichts. Es war ein unauslöschlicher und unnötiger Kummer, Wahn und Resignation. Und zu seiner eigenen Überraschung fühlte Julien sich allmählich von der stillen Schamlosigkeit dieses Kummers erfaßt, von dem Schweigen, das sie über seine Gründe bewahrte, während sie an der Schulter dieses Unbekannten schluchzte, der er für sie war, von dem Schweigen, das letztlich schlimmer war als alle Erklärungen, diesem Schweigen, das nur von ihrem Schniefen und dem Geräusch der Kleenex-Taschentücher unterbrochen wurde, die sie abriß, um mit groben, jünglingshaften Gesten ihre Tränen abzuwischen.

»Aber, aber«, sagte er verwirrt und beugte sich zu diesem niedergedrückten Kopf hinab, »aber man wird doch nicht so weinen... Das ist sinnlos, Sie tun sich ja selbst weh«, fügte er ungeschickt hinzu. »Warum weinen Sie denn so?« beharrte er flüsternd.

»Es ist... es ist dumm«, sagte sie und schaute ihm ins Gesicht. »Dumm, aber ich bin eben dumm!«

Das Leuchtturmlicht glitt nun über ihr Gesicht, und Julien erstarrte zu Stein. Das Make-up war unter den Tränen und den Taschentüchern gewichen und wie die Wälle einer Stadt hinweggefegt, aufgelöst und weggeschwemmt. Unter dieser dicken, barocken und nahezu obszönen Schminkschicht tauchte ein neues Gesicht auf, ein unbekanntes und großartiges Gesicht, das von dem diffusen, seitlich einfallenden Licht auf unvergleichliche und tragische Weise gestreckt und betont wurde, dem kaum ein Gesicht gewachsen gewesen wäre: doch dies hier war das Gesicht einer Eurasierin, mit vollendetem Knochenbau, mit sehr langen, sehr geradlinigen Augen, die sie ohne Schminke von dem Nasenrücken bis zu den Schläfen zogen, Augen von dem blassen Blau der Gauloise-Schachteln, und darunter erblickte er einen markanten Mund, nach oben gewölbt und begierig und traurig nach unten, einen Mund, der noch feucht von den Tränen war. Und Julien neigte sich zu ihr und küßte diesen Mund, während seine Nase die Haare dieser verrückten und trunkenen Frau berührte, deren Verrücktheit ihm jedoch auf einmal völlig gleichgültig war, so beschäftigte ihn die Berührung dieses Mundes, der so entschlossen zum Komplizen seines eigenen geworden war, so endgültig freundschaftlich, entgegenkommend, freizügig, fordernd, hinterhältig.

Ein wahrer Mund, sagte er sich in der Dunkelheit, ein Mund wie jene vor zwanzig Jahren, als ich selbst zwanzig Jahre alt war, die Mädchen an der Wagentür küßte und wußte, daß wir dort bleiben würden und daß diese Küsse das höchste des für mich erreichbaren Vergnügens waren; und tatsächlich haben diese Küsse später in mir ein ebenso großes Glücksgefühl wie sehnendes Bedauern hinterlassen!

Seit zwanzig Jahren hatte es viele Küsse und viele Münder gegeben, die verheißungsvoll oder beruhigend waren, Küsse davor und Küsse danach, aber alle waren Küsse zum richtigen Zeitpunkt gewesen. Es hatte tatsächlich niemals mehr diese unnützen, zweckfreien, sich selbst genügenden Küsse gegeben, diese Küsse außerhalb der Zeit, außerhalb des Lebens, gleichsam ohne Sex und ohne Herz, diese Küsse, die aus dem puren Verlangen eines Mundes nach einem anderen Mund erwuchsen.

»Die frischen, zwingenden, gierigen Küsse der Jugend«, deren Beschreibung ihn bei Montaigne bewegt hatte und deren Geschmack er hier an diesem Abend auf dem Mund einer beschwipsten Dame der Gesellschaft wiederbegegnete.

Es war lächerlich, aber gleichzeitig konnte er sich von diesem Mund nicht losreißen. Er neigte das Gesicht nach rechts, nach links, je nach den Bewegungen ihres Halses, und er hatte nur noch einen Gedanken: sich von diesem Mund nie wieder zu trennen – trotz dieser absurden, gebeugten, im Rücken verkrampften Haltung –, von diesem Mund, den er in seinem Kopf mit Eigenschaften belegte, den er beglückwünschte, den er als brüderlich, mütterlich, verführerisch, vertraulich und ihm für immer bestimmt bezeichnete.

»Warte«, sagte sie schließlich.

Sie entriß sich ihm, legte, auf die Reling gestützt, den Kopf zurück, wendete ihm aber ihr Gesicht zu und sah ihn mit geweiteten Augen an. Er konnte sich nicht entfernen, weder den Blick von ihr lassen noch aus diesem Schatten heraustreten, denn dann würde er etwas zerbrechen, etwas äußerst Zerbrechliches, was unzerbrechlich hätte sein müssen. Andernfalls würde sie sich wieder fassen, vergessen, daß sie schön war, oder er würde vergessen, daß er sie so begehrte. Zwischen ihnen zitterte etwas in dieser verschwommenen Beleuchtung, etwas, das sich verflüchtigen würde, sobald sie sich einen Augenblick aus den Augen ließen.

»Geh ein Stückchen«, sagte er. »Stütz dich hier auf.« Er führte sie an die Wand der Bar, an die er sie lehnte, umfing sie mit seinen Armen, kurz, barg sie im Schatten seiner selbst. Er fühlte sich außer Atem, sein Herzschlag ließ nach, er dachte verschwommen daran, daß er nur an Clarissas Mund wieder zu Kräften kommen würde; aber er konnte sich nicht bewegen und sie sich offenbar auch nicht, da sie im Dunkeln Julien, einem Blinden oder einem Kind vergleichbar, sehen konnte, wie er ihr sein ungeduldiges und triumphierendes Gesicht zuwandte, während sie sich nicht rührte. Er betrachtete den weißen Flecken dieses so nahen und so fernen Gesichts, das jetzt undeutlich, unscharf und doch gerade erst bloßgelegt worden war, dieses in der Nähe so bedrohliche und begehrenswerte Gesicht, dieses Gesicht, das schon eine Erinnerung an dieses Gesicht war und von dem er bereits ein Bild besaß, das er für immer in seinem Gedächtnis gespeichert hatte, so, wie es ihm eben entgegengetreten war, an der Reling, als er sich über Clarissa gebeugt hatte; ein Gesicht, das er unter einem ganz bestimmten Winkel, in einer ganz bestimmten Beleuchtung gesehen hatte, ein Gesicht, das er sicher nie wieder erblicken würde und das er sich bereits flüchtig, taktlos unter den tausend anderen Gesichtern, die ihn in diesem weißen verschwommenen Flecken erwarteten, vorzuziehen, ja unter ihnen zu vermissen erlaubte, hier, in diesem unbestimmten Flecken, der auch ein Nichts hätte sein können; der nichts gewesen wäre, wenn nicht dieser Mund unter seinem gewesen wäre und die Kamera des Verlangens, die unverzüglich ausgelöst worden war. Und es war wirklich das Leben, das vor Julien atmete, das empfängliche Leben, die gebotene Möglichkeit für dieses Leben, als glücklich oder unglücklich qualifiziert zu werden: die Gefahr allerdings auch, als solches nichts mehr wert zu sein und nur in der Abhängigkeit von einem anderen Blick noch geschätzt oder ertragen zu werden: dem Blick Clarissas. Dieser ungebundene, Julien und seiner Kindheit fremde Blick, dieser gleichgültige Blick, der die Geheimnisse nicht kannte, die zwischen Julien und seinem Ich seit langen Jahren bestanden, die sich angehäuft und sorgfältig verborgen gehalten hatten, und zwar nicht unbedingt aus Feigheit, sondern oft aus Schicklichkeit oder Höflichkeit; all diese Schranken, diese Schleier, Übereinkünfte, die Julien zwischen seinem Leben und seiner eigenen Lebensanschauung eingeschaltet hatte, Masken und Grimassen, auf die er inzwischen instinktiv zurückgriff und die vielleicht in der Verleugnung der Wahrheit viel echter und in ihrem Empfinden für die Lüge viel tiefer gingen als die angeblich natürlichen und mit der Kindheit entwickelten anderen Instinkte. Er weigerte sich bereits, diese Masken zurückzuweisen oder selbst mit Hilfe einer anderen zu zerreißen. Er lehnte es ab, die Spuren dieses beschämenden und schuldhaften Zusammenlebens unter dem Vorwand des Teilens und der Aufrichtigkeit auszulöschen. Es sei denn – und das wäre das Schlimmste und vielleicht das Wünschenswerteste –, daß diese uneingestandene Verbindung zwischen ihm und seinem Ich uneingestanden blieb. Diese Pappmasken würden mitten auf den Mund geküßt und dieses falsche glatte Haar von warmen Händen gestreichelt. Dort, unter dem Schutz dieser Komödien, das wußte er, würde er sich langweilen, er würde nicht mehr lieben, er wäre gerettet.

Und schon bei dem Gedanken an diese letzte, grausame, aber wahrscheinliche Hypothese atmete Julien Peyrat erleichtert auf, bedauerte fast die glückliche Zeit, in der er alle Brücken hätte hinter sich abbrechen, sein Herz ausliefern und es einem anderen überlassen können, seinem

Leben einen Sinn, das heißt einen Klang zu verleihen. Und Julien, der sich sogleich einbildete, die Liebe verpaßt zu haben, der verzweifelt war, zum Lieben nicht fähig zu sein, was jedoch beinahe eine ruhmreiche Schwäche war, weil er sie auf den Schlachtfeldern erworben hatte, Julien bot im Dunkeln und mit geschlossenen Augen ein ungeduldiges und triumphierendes Gesicht dar. Aber während Clarissas Gesicht sich dem seinen näherte, hatte Julien die Zeit, die Liebe zu vermissen. Wenn er liebte, belebte sich seine Zukunft, die Straßen, Strände, Sonnen und Städte wurden wieder Wirklichkeit, ja waren wünschenswert, da sie gezeigt und mit jemandem geteilt werden konnten. Die als rund hingenommene Erde wurde wieder flach, offen wie eine hingestreckte Handfläche, Konzerte wiederholten sich, Museen eröffneten sich neu, und Flugzeuge hielten wieder ihren Flugplan ein. Und wenn er liebte, würde es ihm auch möglich sein, all diese Schätze mit jemandem zu teilen, anstatt sie willentlich zu vergessen oder wegen eines Hotelzimmers, eines Betts, eines Gesichts zu verschmähen. Wenn er liebte, mußte seine Vergangenheit, diese etwas altmodische, aber anständige, unerzählbare Geschichte, seine Vergangenheit, die mit seiner Mutter gestorben war, der einzigen, die bis zum Schluß Lust gehabt hätte, ihm diese Kindheit zu erzählen, sie aus ihrer Banalität herauszuziehen, um eine Folge von originellen Ereignissen daraus zu machen – mußte selbst seine Vergangenheit wiederauferstehen und sich stürmisch und unnachgiebig wie der Jüngling darbieten, der sie mit verfälschtem Gedächtnis und bestochener Erinnerung zu beschreiben und neu zu erschaffen bemüht sein würde. Doch letzten Endes wäre Julien nie aufrichtiger als mit diesen Lügen, da ihm bei dem Versuch, Clarissa zu verführen, das, was er selbst mit seinen verbogenen Lügen auf dem tiefsten Grunde bloßlegte, gerade als das Verführerische erschien. Was er so mit dem Bild einer mustergültig gefälschten Jugend umriß, war der Erwachsene, der er geworden war, und das traf um so sicherer zu, als es seine Träume waren, die er damit an den Tag legte, seine Träume und seine Klagen, die einzigen unwiderlegbaren Zeugen eines Mannes. Kennzeichen, die getreuer waren als die Wirklichkeiten, die wie immer nur blenden würden wie zweifelhafte Trophäen auf platten Kalenderblättern, wo sie datiert, beglaubigt und von Bürokraten anerkannt würden, die von ihrem Gedächtnis oder moralischen Urteilen fehlgeleitet sind. Durch diese falschen Berichte und diese falschen Anekdoten hindurch könnte Julien endlich sein wahres Gefühlsleben schildern, dieses Leben, das er nunmehr logisch, umfassend, als achtbar und glücklich beschreiben könnte; denn für Julien gehörte es durchaus zu den Kräften der Liebe, daß er gezwungen wurde, dem geliebten Wesen jeweils den Widerschein eines glücklichen Mannes zu zeigen. Er wollte glücklich, froh, frei und stark sein. Ihn wegen seines Unglücks zu lieben wäre ihm als Beleidigung seiner Männlichkeit erschienen, da Julien die Freuden der Liebe ebenso schätzte wie die Pflichten der Liebe. Angesicht dieses Selbstbildnisses, dieses großzügigen und sentimentalen Bildes also empfing Julien auf seinen Lippen den hingehauchten Kuß Clarissas. Und erst als Clarissa sich wieder aufrichtete, wankte die Erde, und alles wurde von neuem möglich und höllisch, da Clarissa zuerst sagte, als sie zum Licht entfloh: »Man sollte nichts wiederholen.«

Nach drei Tagen ununterbrochener Fahrt schwankte der Erdboden leicht unter den Füßen der Passagiere.

»Das wird ja heiter bei der Rückkehr«, bemerkte Simon Béjard.

Edma Bautet-Lebrêche, die sich von der Form seiner Äußerungen stets etwas abgestoßen fühlte, unterließ es nicht, sich hinsichtlich ihrer Grundlage andeutungsweise zustimmend zu äußern. Dieser grobe gesunde Menschenverstand – nach all den hergeholten, leeren und zurückhaltenden Kommentaren der Freunde aus ihrem Gesellschaftskreis –, die unverstellte Sicht der Wirklichkeit, in lustige und schonungslose Begriffe übertragen, erschien ihr letztlich höchst erbaulich. Und selbst die freizügigsten und rücksichtslosesten Sarkasmen Simons verrieten keinen Funken von Boshaftigkeit; im Grunde war Simon Béjard nicht weit davon entfernt, für Edma Bautet-Lebrêche das »Volk« zu repräsentieren. Dieses Volk, das sie überhaupt nicht kannte und von dem eine stark bürgerliche Kindheit sie vielleicht noch mehr getrennt hatte als ihre Luxusehe. Außerdem wirkte Simons Bewunderung ansteckend, weil sie so naiv war. Manchmal war sie sogar rührend.

»Oh, la, la . . .«, sagte er in der Kutsche, die ihn, Charley und Edma – Olga und Eric hatten es vorgezogen, ein Taxi zu nehmen – im Trab zur Piazzetta brachte, »oh, la, la, das ist ja ein herrliches Eckchen! Hier werde ich mal zum Drehen hinfahren«, fügte er in einem Aufflammen der Berufsbegeisterung, allerdings ohne große Überzeugung hinzu, denn Simon dachte nun einmal nicht in Nützlichkeitsbegriffen, sondern in Begriffen der Abstufung.

»Nicht wahr, das ist schön?« fragte Edma Bautet-Lebrêche geschmeichelt, die sich Capri und seinen Zauber mit ihrem Universalanspruch sogleich angeeignet hatte. »Das ist ziemlich umwerfend, nicht?« fuhr sie fort und bediente sich dabei der Angewohnheit mondäner Kreise – und einiger Intellektueller –, einem bildkräftigen Adjektiv ein einschränkendes Adverb voranzustellen.

So fand sie Hitler »recht abscheulich« und Shakespeare »nahezu genial« und so weiter. Ihr »ziemlich umwerfend« erschien Simon jedenfalls zu schwach. »Ich habe noch nie so ein Meer gesehen«, sagte er. »Es ist wie ein prachtvolles Weib!«

Edma machte eine ungeduldige Bewegung; aber tatsächlich stellte sich das Meer in all seiner Pracht zur Schau, mit nachtblauen bis hin zu verwaschen blauen Tönen, flammenden Purpurfarben und unzüchtigen rosa Tupfern, einem Schwarz, das bis ins Stahlgrau schimmerte: es war wie eine Kurtisane und aalte sich selbstgefällig in seinem Farbengemisch und genoß zweifellos geheimnisvolle Vergnügungen, von denen die sahnig-glatte, silberglitzernde Oberfläche nichts widerspiegelte.

»Wie finden Sie die Piazzetta, Simon?«

»Ich sehe überhaupt nichts«, brummte er. Denn die erleuchtete Piazzetta wimmelte von Shorts, Kodaks und Rucksäcken, unter denen er Olga und Eric nicht ausmachen konnte.

»Sie müssen im Quisisana sein, das ist die einzige ruhige Bar: die im Hotel. Gehen wir! Kommen Sie mit, Simon?«

Doch die beiden waren weder im Quisisana noch im Number 2 noch in der Paziella oder »sonstwo«, stellte Simon mit wachsender Beunruhigung fest, die langsam in Enttäuschung und dann in Kummer überging. Er hatte davon geträumt, Capri mit Olga zu erleben, die Träume seiner Kindheit mit der Wirklichkeit seiner reifen Jahre zu verquicken. Er wurde um so trauriger, als Edma und Charley, die zunächst optimistisch und zuversichtlich waren, mit der Zeit einen mitleidigen Ton anschlugen, ihm herzlich zuredeten und immer lauter über seine Späße lachten, die jedoch immer seltener, wenn nicht immer seichter wurden.

»Sie müssen an Bord zurückgekehrt sein«, sagte Edma, als sie aus dem sechsten Nachtlokal herausgekommen waren, und setzte sich mit müden Beinen auf ein Mäuerchen. »Ich bin geschafft...«, äußerte sie. »Wir sollten auch zurückgehen. Sie werden auf uns warten.«

»Die Ärmsten! Vielleicht sind sie sogar wütend!« sagte

Simon bitter. »Vielleicht müssen wir uns noch entschuldigen! Ich bin auch geschafft«, gab er zu und setzte sich neben Edma.

»Ich werde uns da gegenüber etwas zu trinken holen«, schlug Charley vor, der Simon zwar getröstet hatte, mit seinem eigenen Kummer aber allein geblieben war, denn trotz seines heimlichen Suchens hatte er von Andreas keine Spur entdeckt. Dabei hätte er mit seiner Schönheit und am Arm der Doriacci nicht unbemerkt bleiben können... Nun wollte er die Gelegenheit nutzen und Pablo, den Barkeeper des Number 2, aushorchen, der stets über ganz Capri auf dem laufenden war.

Charley machte sich also mit seinem tanzenden Schritt, der etwas zu jugendlich wirkte, auf den Weg, doch seine Kopfhaltung entsprach nicht seiner Gangart, drückte keinerlei Fröhlichkeit aus, und Edma wußte, warum. Es war schon komisch, dieses Fest auf Capri zwischen zwei gebrochenen Herzen! Sie beglückwünschte sich jetzt zu ihrer freiwilligen Enthaltsamkeit... Und wenn nicht »freiwilligen«, zumindest absichtlichen.

Eric hatte das Taxi bezahlt, und Olga und er hatten sich in die Gassen Capris gedrängt, ohne sich vorher zu verabreden. Es gab dort eine sehr hübsche Stelle, an die Eric sich erinnerte, von der aus man das Meer sehen konnte und die nur ein paar Schritte vom Quisisana entfernt lag. Er blieb einen Augenblick dort stehen, wechselte ein paar Worte mit dem Hotelportier und kehrte dann mit zerstreuter Miene zu Olga zurück. Trotz seiner stets flegelhaften Art hielt Eric ein kleines sentimentales Vorspiel für nötig, denn er konnte ja die junge Schauspielerin nicht ohne die geringste Plauderei ins nächste Bett ziehen.

Olga hegte ähnliche Gedanken: ›Es war so rührend, Fernande, zu sehen, wie dieser Mann, der sich seiner und seiner Erfolge bei Frauen doch so sicher war, so viele Umwege machte, um mir das Einfachste von der Welt zu gestehen: sein Verlangen... Das kommt daher, daß er dieser angenehmen Generation angehört – die im übrigen viel männlicher ist als jede andere –, die den Körper einer Frau nicht schon in dem Moment zu besitzen glaubt, in dem sie einem gefällt. Wir haben zehn Minuten auf einer

Terrasse Banalitäten ausgetauscht, ehe er sich entschlossen hat... Kannst du dir das vorstellen? Ich war zu Tränen gerührt...‹

Tatsächlich hatte Olga, die an rascheres Vorgehen gewöhnt war – vor allem in dem Film-Milieu, wo die überzeugten Heterosexuellen wie Raritäten auffielen –, zunächst befürchtet, Eric könnte impotent sein. Und als er dann mit verstellt unbekümmerter Stimme, einer Stimme, die sie bei aller Beherrschung vor Verlangen vibrieren zu spüren glaubte, endlich gestand: »Ich begehre Sie!« hatte sie sich unwillkürlich etwas ironisch gesagt: Na ja, zehn Minuten vertan.

Eine Stunde später hatte sie das Recht, auch diese Stunde als vertan zu betrachten, derart übereilt, brutal und erregt hatte Eric sich gezeigt, zumindest sowenig wie möglich auf ihre, Olgas, Befriedigung bedacht. Wäre er nicht der Herausgeber des *Forum* gewesen, hätte sie ihn ganz einfach beschimpft, diese Aureole bewirkte jedoch, daß er in ihren Augen in seiner Stärke wunderbar und von rührender Eile war. Eric kleidete sich in zwei Minuten wieder an und fragte sich bereits, wie er es Clarissa beibringen könnte. Doch auf der Türschwelle legte Olga ihm eine Hand auf die Schulter und hielt ihn fest.

Er drehte sich verwundert um. »Was ist?«

Sie klapperte mit den Wimpern, senkte die Augen und murmelte:

»Es war himmlisch, Eric... Einfach himmlisch...«

»Man sollte das wiederholen«, erklärte er höflich und ohne jede Überzeugung.

Sie hatten sich im Dunkeln geliebt, und er wäre nicht in der Lage gewesen, zu sagen, wie sie gebaut war. Olga mußte ihn drängen, damit er ihr eine Flasche Chianti auf der Hotelterrasse bestellte.

Andreas stellte sich vor, wie er – übrigens mit Begeisterung – in den Nachtbars Tango oder Quickstep tanzte, aber er befand sich in einer völlig verlassenen kleinen Bucht, zu deren Füßen das laue klare Meer im Dunkeln plätscherte.

»Gehen wir baden«, hatte die Doriacci gesagt, und er sah verblüfft, daß sie ihre Schuhe, ihr Kleid auszog und die Kämme aus dem Haar entfernte. Er erblickte ihren fleischigen Körper, der undeutlich wie ein weißer Fleck an ihm vorbeihuschte und sich unter fröhlichem Kreischen ins Meer stürzte.

Er überlegte keine Sekunde, welch innere Kraft es diese Frau gekostet haben mußte, sich nackend, selbst in der Dunkelheit, einem Blick auszusetzen, den sie für kritisch hielt. Doch dieser Blick war es nicht mehr: auch wenn sie das Doppelte gewogen hätte, ja, wenn sie häßlich gewesen wäre, Andreas hätte es nicht bemerkt. Seit drei Tagen war er von einem Gefühl durchdrungen, das stark an Ergebenheit grenzte und das ihm nicht helfen würde, dessen war er sich bewußt, seine Männlichkeit unter Beweis zu stellen. Das Make-up, die Gewandung, die Kopfhaltung der Doriacci hatten ihn bisher mit respektvollem Schrecken erfüllt, auch jetzt, als er sah, wie sie im Wasser planschte, als dieses marmorne Gesicht von nassen Haaren bedeckt wurde und die sonore Stimme auf ein paar spitze Schreie als Reaktion auf die Kälte reduziert war, wich dieser Schrecken bei Andreas lediglich dem Beschützerinstinkt.

Andreas zog sich aus, lief zum Meer, erreichte seine Doriacci, zog sie in seine Arme und führte sie entschlossen wie ein Haudegen, der er seit vierundzwanzig Stunden nicht mehr sein konnte, an den Strand zurück. Sie blieben lange ausgestreckt auf dem Sand liegen, und trotz der unangenehmen Berührung mit dem kalten Sand und trotz eines leichten Fröstelns, unter dessen Einwirkung sie sich aneinanderschmiegten wie Schulkinder, fühlten sie sich ausgesprochen wohl.

142

»Hast du das absichtlich gemacht?« fragte er leise.

»Absichtlich, was?« Sie hatte sich ihm zugewandt und lächelte, und er sah ihre strahlenden Zähne, ihre massigen Schultern und ihren Kopf, der sich von dem klaren Himmel abhob.

»Absichtlich die Kämme aus dem Haar genommen«, erklärte er.

Sie schüttelte den Kopf. »Ich tue nie etwas absichtlich«, sagte sie, »außer wenn ich singe. Ich habe es niemals akzeptiert, irgend etwas anderes absichtlich zu machen.«

»Ich schon«, entgegnete er naiv. »Weißt du nicht, daß ich mich schämen könnte...?«

«Ihr seid vielleicht dumm, ihr Männer«, rief sie aus, zündete eine Zigarette an und steckte sie ihm zwischen die Lippen. »Ihr habt Vorstellungen von der Liebe! Weißt du, was einfach ein guter Geliebter ist für uns Frauen?«

»Nein«, erwiderte Andreas verärgert.

»Ein Mann, der unsereins für eine gute Mätresse hält, das ist alles. Und der die gleiche Laune hat, wenn wir uns lieben: traurig, wenn man traurig ist, fröhlich, wenn man fröhlich ist, und nicht das Gegenteil davon. Die Techniken, das ist Legende«, fügte sie entschlossen hinzu. »Wer hat dich denn gelehrt, was du von den Frauen weißt?«

»Meine Mutter und meine Tanten«, antwortete Andreas.

Und sie brach in Gelächter aus, dann hörte sie ihm aufmerksam, mit einer gewissen mütterlichen Zuneigung zu, während er ihr von seiner wunderlichen Kindheit erzählte. Sie hingegen weigerte sich trotz seiner Bitten, von ihrer eigenen Jugend zu sprechen.

Sie hat es gerne, wenn man sich ausliefert, sie selbst aber liefert sich nicht aus, dachte Andreas melancholisch, doch diese Melancholie war nicht stark genug, um sein Glück und das Triumphgefühl zu dämpfen, die ihn beseelten.

Sie begegneten Olga und Eric an der Gangway. Das Morgengrauen am Himmel war nicht mehr fern, ebensowenig wie die Trunkenheit an Deck, wo Edma, Simon und Charley auf sie warteten.

Sie schritten alle vier auf die Schaukelstühle zu, die Doriacci und Andreas sichtlich miteinander zufrieden – obwohl sie die Hand des jungen Mannes losgelassen hatte –, allerdings mit dieser unschuldigen Miene, die das reine Vergnügen verleiht, was hingegen auf merkwürdige Weise das Schuldbewußtsein der beiden anderen hervorhob. Der gekünstelte und kalte Gesichtsausdruck Erics konnte die unterwürfige und jungfräuliche Redlichkeit nicht aufwiegen, die Olga wie ein Segel auf ihrem Antlitz trug; diese beabsichtigte Engelsmiene glich einem Geständnis am Rande der Beleidigung. Das dachten zumindest Edma und Charley, und sie senkten schnell die Augen, als hätte Simon ihre Gewißheit darin ablesen können, so daß er verpflichtet gewesen wäre, zu reagieren. Doch Simon hatte zuviel getrunken, war zu betrunken und obgleich er bei Verstand war, erschien ihm dieses Geständnis unbeabsichtigt. Das war etwas, was er unter vier Augen regeln würde, und auch da wußte er noch nicht, ob er den Mut dazu aufbrächte. Er fühlte sich schuldig, sobald er etwas »wußte«. Olga setzte sich mit einem falschen Lächeln neben ihn, und Eric nahm widerwillig neben Edma Platz, die ihn nicht einmal anschaute.

Zu seiner großen Überraschung zeigte Edma Bautet Lebrêche – die diese Stellenwechsel immerhin gewohnt war – eine Art Verachtung, jedenfalls der Abneigung gegenüber Lethuillier. Und Charley schien die gleichen Gefühle zu hegen, da er ebenfalls die Anwesenheit des schönen Wikingers an ihrer Seite nicht zu bemerken schien.

»Sollen wir nicht noch ein Glas trinken?« schlug Charley sichtlich zögernd der Doriacci vor.

Die Spannung, die in dieser kleinen nächtlichen Runde

144

herrschte, war nahezu greifbar. Doch Andreas, der sich darum nicht kümmerte und nur von der Weiterführung seiner Liebesabenteuer träumte, tänzelte unruhig auf der Stelle und schimpfte, daß es zu spät sei, was die Doriacci jedoch bewog, sich hinzusetzen, die Beine auszustrecken und ihren dienstbaren Kavalier in gebieterischem Ton um eine Limonade zu bitten. Edma und Charley atmeten auf. Die Gegenwart dieser Neuankömmlinge, die unter sich noch fremder waren als sie selbst, entspannte die Situation.

»Wir haben Sie überall gesucht«, sagte Edma mit ihrer Kopfstimme und in einem Ton, den sie diesmal absichtlich mondän halten wollte, weil sie hoffte, dadurch ihre zwecklose Suche in Capri herunterspielen zu können.

»Sieh einmal an... Wo sind Sie denn gewesen?« fragte Simon spöttisch und gewollt streng, während er gutmütig dreinschaute und ebenfalls die Dinge zu entdramatisieren suchte.

»Wir sind einfach so herumgebummelt«, antwortete Olga ausdruckslos, unpersönlich und mit einer derartigen Gleichgültigkeit, daß Edma große Lust verspürte, dieser grausam hochnäsigen Gans plötzlich eine zu knallen.

Und als sie die Augen von ihr abwandte, streifte sie den Blick der Doriacci und las darin den gleichen, ebenfalls im Zaum gehaltenen Wunsch und empfand auf einmal eine Welle der Zuneigung für die Diva. Denn die hielt sich wenigstens gut: sie hatte Verlangen nach jungem Fleisch und nahm es sich, ohne Aufhebens zu machen oder Grimassen zu schneiden; so, wie sie da ausgestreckt auf ihrem Sessel saß, bedient und zufrieden, es zu sein, vergnügt und liebenswürdig, erschien sie mit ihren fünfundfünfzig Jahren zehnmal jünger und unbefangener als die kleine Olga mit ihren sechsundzwanzig Jahren, auf die sie so stolz war und mit denen sie, als seien sie eine Tugend, den unglücklichen Simon quälte.

»Ist Julien Peyrat nicht bei Ihnen?« fragte Eric plötzlich argwöhnisch und sehr unvermittelt, wie Edma fand. »Ich habe ihn in Capri nicht gesehen. Ich glaubte, er würde Sie begleiten«, sagte er herrisch zu Edma Bautet-Lebrêche, die ihm jedoch nicht antwortete, sondern den Blick auf den Boden gerichtet hielt. »Hat er Sie nicht begleitet?« wiederholte er darauf ungestüm, so daß der auf einmal beunruhigte Charley eingriff.

»Aber nein«, sagte er, »Edma hatte Simon und mich als begleitende Kavaliere ... Edma ... Madame Bautet-Lebrêche, wollte ich sagen ...«, fügte er eilig hinzu.

»Nennen Sie mich ruhig Edma«, sagte sie müde, »zumindest, solange Herr Bautet-Lebrêche nicht dabei ist«, ergänzte sie spöttisch und begann zu lachen.

Charley wieherte hinter ihr, aber ihr Gelächter fand kein Echo.

»Peyrat ist also auf dem Schiff geblieben«, murmelte Eric.

»Er ist sicher Kreuzer auf den Wecker gefallen«, sagte Charley zuvorkommend.

»Oh, dann hat er sich bestimmt nicht gelangweilt«, rief Edma aus.

Und zum erstenmal warf sie Eric einen scharfen, jubelnden Blick zu. Dieser Tor von Lethuillier war auch noch eifersüchtig auf seine Frau! Jetzt, da sie daran dachte, ging vermutlich zwischen dem charmanten Peyrat und dieser charmanten Clarissa etwas vor. Da ihnen nichts anzumerken war, mußte offenbar etwas zwischen ihnen sein ... Sie wunderte sich, nicht eher daran gedacht zu haben. Eric hielt ihrem Blick einen Moment lang stand, während in seinen Augen so etwas wie Haß aufblitzte, dann schlug er die Wimpern nieder und erhob sich plötzlich. »Ich komme gleich wieder«, sagte er, ohne daß man wußte, zu wem.

Und mit großen Schritten entfernte er sich aus dem Kreis. Und sehr schnell sah man nur noch den hellen Fleck seines Sweaters, der auf dem Deck entschwand.

Simon Béjard hatte den Kopf nach hinten gewendet. Er schien zwei verschiedenen Ufern zuzustreben, und tatsächlich schwankte er zwischen zwei Wodkas einerseits und zwei Haltungen andererseits. Jetzt aufzustehen, eine energische Miene aufzusetzen und Olga am Arm in ihre Kabine zu führen, das war die Lösung Nummer eins, die der männlichen Filmregisseure; gleichgültig dreinzuschauen, eine Partie Rami vorzuschlagen und von etwas anderem zu sprechen, das war die Lösung Nummer zwei,

146

die der sogenannten modernen Filmregisseure. Simons eigene Lösung in seinem persönlichen und erfolglosen Film bestand darin, im Schutze seines Sessels sitzen zu bleiben. Im Schutze Edmas und Charleys, im Schutze seiner Wodka-Flasche, die noch nicht leer war, und sich bis zum Morgengrauen oder gar bis zum Mittag vollaufen zu lassen. Er konnte und wollte Olga nicht allein gegenüberstehen, Auge in Auge in diesem kleinen engen Raum, der nur ein Bullauge hatte, dieser kleinen Luxuskabine, in der er sich seit der Abreise nicht wohl gefühlt hatte. Denn das bedeutete, eine Szene heraufzubeschwören und sich grausame Dinge sagen zu hören oder keine Fragen zu stellen, um nichts zu bitten und schweigende Verachtung walten zu lassen, die wachsen und ungerecht sein und, wie er wußte, eine Art Tribut seinerseits darstellen würde. Es war schon die Höhe, betrogen zu werden und sich praktisch dafür entschuldigen zu müssen ... Doch soweit war es mit ihm gekommen, dessen wurde er sich plötzlich voller Schrecken bewußt. Denn die beiden anderen Lösungen, die »normalen« Lösungen, die darin bestanden, diesem Weibsbild eine runterzuhauen, Olga Entschuldigungen und Versprechen abzuverlangen oder sie einfach auszuschiffen oder ohne weitere Umstände bei der nächsten Zwischenstation selbst auszusteigen, diese beiden anderen Lösungen, die einzigen, die für einen Mann »annehmbar« waren, mußte er sich bereits versagen. Der Gedanke an diese Kreuzfahrt ohne Olga war ihm unerträglich, ebenso wie die kommenden Tage ohne Olgas Pferdeschwanz, ihren schlanken sonnengebräunten Körper, ihre schroffen Bewegungen, ihre ausgebildete Stimme, ihre straffe Haltung und dieses kindliche Gesicht, das sie ihm im Schlaf zeigte, dieses Gesicht, das im Grunde das einzige war, was er wirklich an ihr lieben konnte, und das einzige, wofür sie nicht verantwortlich war.

Simon Béjard hatte den Eindruck, daß sich — wie in einem Buch — der Boden unter ihm öffnete, eine Art Übelkeit stieg ihm in der Kehle hoch und trieb den Schweiß auf seine Stirn; und endlich mußte er zugeben, daß er tatsächlich in diese kleine Nutte verliebt war, die ihn nicht einmal wiederliebte. Er schloß die Augen und zeigte für eine Sekunde ein schmerzvolles, in Schrecken versetztes

Gesicht, das ihm ein sehr viel jüngeres und würdevolleres Aussehen verlieh als sonst.

Und abermals war es nur Edma, die diesen Gesichtsausdruck wahrnahm und sich darüber wunderte. Instinktiv streckte sie in der Dämmerung die Hand aus und tastete nach der Armlehne von Simons Sessel, die nah genug war, so daß er es spürte. Und er wendete sich mit dem Blick eines Ertrinkenden ihr zu, eines rothaarigen und scharlachroten Ertrinkenden, eines lächerlich purpurroten und unglücklichen Rotschopfs, der sich endgültig in das eingrub, was vom Herzen der eleganten Edma Bautet-Lebrêche übriggeblieben war.

Clarissa schlief. Eric hatte leise und mit hartem Gesicht das Schlafzimmer betreten, von einer blinden Wut auf etwas ihm Unbekanntes erfaßt, einer Wut, die in keinem Zusammenhang mit dem langweiligen, aber kurzen Zwischenspiel stand, aus dem sein Abend mit Olga bestanden hatte. Er hätte wenigstens ein stolzes Vergnügen über diesen Abend empfinden müssen, doch ihm war lediglich das dunkle Gefühl geblieben, hereingelegt worden zu sein. Aber von wem? Er hätte es gerne gesehen, wenn es diese schlafende Frau gewesen wäre, wenn er sie beim Betreten der Kabine in flagranti ertappt hätte, er hätte sie gerne in den Armen dieses Peyrat angetroffen, um damit einen Vorwand zu haben, sie zu schlagen, zu beleidigen, um sie diese drei ermüdenden und nichtssagenden Stunden bezahlen zu lassen, um sie diese fatale Taxifahrt mit diesem läufigen Mädchen bezahlen zu lassen, um sie für die gemeine Menschenmenge auf dieser Piazzetta bezahlen zu lassen, dieses verständnisvolle Lächeln des Hotelportiers und dessen gefällige Unterwürfigkeit, um sie für die Berührung mit diesem fremden Körper bezahlen zu lassen, diese kurzen Schreie, diese leichten Zuckungen, die dieses willensschwache Wesen in seinen Armen vorgetäuscht hatte; um sie für diesen sirupartigen und endlosen Chianti bezahlen zu lassen, den er hinterher, um das zu feiern, hatte trinken müssen. Ja, er hätte sie tatsächlich gerne in den Armen dieses Peyrat angetroffen, und dabei hätte er das gar nicht ertragen. Eric blieb unbeweglich vor dem Bett und dem schlafenden Körper Clarissas stehen. Er sah nur ihr fahlrotes Haar auf dem Kopfkissen. Nie wieder würde er von ihr etwas anderes als dies sehen: Haare auf einem Kopfkissen, das ein Gesicht verdeckt, das er nie wieder sehen würde. Sie war ihm entglitten. Sie war ihm entglitten, und er wußte weder, warum, noch, wie er dessen sicher sein konnte. Gleichzeitig verwarf er diesen Gedanken, er schob ihn wie eine Wahnvorstellung weg, wie einen Unsinn, wie etwas total Unmögliches. Sie war seine Frau, Clarissa, die er seit langem seiner Gnade unterworfen hatte, und daran würde sich auch nichts ändern, solange sie lebte.

Er machte plötzlich auf den Hacken kehrt, verließ den Raum und knallte die Tür hinter sich zu. So würde sie wach sein, wenn er wieder eintrat, und von seinem Gesicht alle Spuren der Liebeswonnen mit Olga ablesen können. Ihm schien, als habe er nur eine Minute an Clarissas Bett gestanden, aber als er aufs Deck zurückkehrte, war es leer. Er erblickte lediglich Ellédocq, in seinen marineblauen Blazer gehüllt. Der Kapitän wandte ihm sein zufriedenes Gesicht zu.

»Alle wieder an Bord«, meldete er. »Lichten Anker.«

Und er warf einen mörderischen Blick auf Capri und seine Lichter, auf diesen Ort der Verderbnis, einen Blick, der unter anderen Umständen Eric vielleicht ein Lächeln entlockt hätte.

Armand Bautet-Lebrêche war leider noch wach, als Edma die eheliche Kabine betrat. Er schlief nie vor fünf Uhr morgens ein und wachte um neun Uhr so frisch auf, wie ein nicht mehr allzu junger Greis nur sein kann. Er warf einen kalten Blick auf Edma, deren Haar aufgelöst und die leicht betrunken war, wie es Armand schien, der diesen Zustand bei Frauen im allgemeinen und insbesondere bei seiner eigenen Frau verabscheute. Doch es war nicht seine vorwurfsvolle Miene, die Edmas Aufmerksamkeit erregte, sondern merkwürdigerweise sein Oberkörper. Armand Bautet-Lebrêche trug einen gestreiften Seidenpyjama, den er bei Charvet gekauft hatte, mit etwas zu weitem russischen Kragen, in dem er mehr denn je wie ein gerupfter Vogel aussah. Die paar albernen grauen Haare, die die Natur auf seiner Brust vergessen hatte, kamen Edma auf einmal buchstäblich obszön vor, und so ging sie mechanisch auf ihn zu. Und obwohl er im Bett lag, also nach ihrem Reglement nicht berührt werden durfte, schloß sie seinen Kragenknopf und klopfte ihm auf die Schulter. Armand blickte sie ungehalten an.

»Verzeihung ...«, hauchte sie, obgleich sie nicht genau wußte, wofür sie sich entschuldigte. Dennoch fühlte sie sich irgendwie schuldig. »Schläfst du noch nicht?« fügte sie hinzu.

»Nein, sehe ich so aus?«

Wer dumm fragt, kriegt eine dumme Antwort, dachte Armand boshaft. Er wußte selbst nicht, warum Edmas Geste ihn so geärgert hatte. Tatsächlich hätte man beide überrascht, wenn man ihnen gesagt hätte, daß die Ursache für diesen Ärger und die gleichfalls wirren Gewissensbisse in einer Verletzung der uralten Regel von den »schlafenden Hunden« lag. Auf alle Fälle hatte Armand schlechte Laune, und das hatte gerade noch gefehlt, dachte Edma und setzte sich mit schlenkernden Armen auf ihr Bett. Dieser Abend war höllisch gewesen.

»Welch ein Abend!« sagte sie zu Armand hinüber, der

150

erneut in seine Notizen und Wirtschaftszeitungen vertieft war, die auf seinem Bett und allmählich in der ganzen Kabine herumlagen. »Welch ein Abend!« wiederholte sie langsamer und schwunglos.

Es widerstrebte ihr sich abzuschminken. Sie hatte Angst, sich in dem grausamen Spiegel gealtert zu sehen. Wirklich, sie hatte den ganzen Abend die zweite Geige gespielt und konnte nicht umhin, daran zu denken. Natürlich war sie der Kern dieser kleinen Gruppen, wie man ihr bestätigte, aber sie war nicht mehr das Fruchtfleisch. Außerdem hatte sie an diesem Abend die Vertraute gespielt, die Gesellschaftsdame, die Komparsin, ja, soweit war es mit ihr gekommen! Und verglichen mit ihren üblichen Rollen als Rädelsführerin und unbarmherzige Chronistin, erschienen ihr die neuen Rollen, die ihre neue Güte ihr auferlegte, als ausgesprochen fade.

»Stell dir vor...«, sagte sie mit ihrer schmetternden Stimme, »dieser arme Simon und übrigens auch dieser arme Charley...«

»Hör zu«, unterbrach Armand Bautet-Lerbrêche seine Frau, »sei so lieb, mein Schatz, und erspar mir diese elenden Entgleisungen deiner ... nun, unserer Reisegefährten ... Schon den ganzen Tag, ist das nicht ein bißchen viel?« fügte er mit einem verlegenen Lächeln hinzu, denn Edma schaute ihn reglos und merkwürdig an.

Wie hat er etwas so Abscheuliches sagen können? Nach kurzem Schweigen stand Edma auf und begab sich ins Badezimmer, wobei sie an seinem Bett vorbei mußte.

Sie war übertrieben mager, stellte Armand gelassen fest, der ja wußte, da sie denselben Arzt hatten, daß sie durchaus gesund war.

»Im Grunde...«, tönte Edma aus dem Badezimmer, »interessierst du dich außer für deine Zahlen und kleinen Rechnungen für niemanden, nicht wahr, Armand?«

»Doch, meine Liebe, doch: für dich und alle unsere wahren Freunde natürlich ...«

Er erhielt keine Antwort auf seine Bekundung und rechnete übrigens auch nicht damit. Wer dumm fragt, kriegt eine dumme Antwort, dachte er wieder. Was für Ideen diese arme Edma da hatte! Selbstverständlich interessierte er sich für andere Dinge, selbstverständlich...

Schließlich war es merkwürdig, daß die Aktien der Saxer seit Wochen stagnierten... Er vertiefte sich erneut in seine Zahlen, die wenigstens vernünftig waren. Jedenfalls hätte er die Tränen nicht begriffen, die zögernd vor Ärger, dazusein, an der gegenüberliegenden Seite der Krähenfüße in Edmas Augenwinkel traten.

Beinahe vierzig Jahre spielte Armand nun schon diese Greisenrolle, frühreif zu Anfang, wie ein Mann, der nie jung gewesen ist, eine Rolle, die ihm zuerst gefallen hatte, denn sie hatte ihn von jedem Elan befreit, von jeder frenetischen Hetze und allem, was er verabscheute. Seine Rolle bestand anscheinend einzig und allein darin, die vergessenen Restaurant- oder Hotelrechnungen der fröhlichen Zechkumpane zu bezahlen. Eine undankbare Aufgabe, die er jedoch widerstandslos übernahm, da ihm das Geldausgeben immer im gleichen Maße uninteressant erschienen war, wie es im Gegenteil erregend war, es einzunehmen. Diese Rolle hatte er zum Glück aller viele Jahre gespielt, doch gegenwärtig schien es so, daß die Alterserscheinungen bei den »schon Alten« wie ihm weniger geduldet wurden als bei den »nie Gealterten«. Wenn man ein alter Lebemann geworden war, konnte man Fett ansetzen, rote Flecken bekommen, aufgeschwemmt und schlampig umherlaufen. Was bei seiner Frau allenfalls einen mitleidigen Kommentar hervorrufen würde, in dem Stil: »Oh, er muß für seine guten Jahre zahlen ... der hat seine Runzeln nicht gestohlen!«
Auf der anderen Seite wurde jedes Gramm zuviel oder das geringste Zittern bei Armand als Verfallserscheinung interpretiert. Ja, er alterte, sagte sie, und zwar nicht, weil er nicht darauf achtgegeben hat... So sah sich Armand, der sein ganzes Leben von Leuten, die ihn anödeten und die er unterhalten mußte, grausam verfolgt worden war, vierzig Jahre später von denselben Leuten gleichsam verachtet. Es schien, als würde keinerlei fröhliche Erinnerung mit seinem Namen verknüpft. Außer ein paar Kindern, die auf Süßigkeiten scharf waren, lächelte niemand, wenn sein Familienname ausgesprochen wurde. Sprach man hingegen von Gerhard Lepalet oder Heinrich Vetzel, die ihr Geld »zum Fenster hinausgeworfen hatten«, glättete sich

die Stirn der Damen, und eine Art anerkennende Sympathie schwang in ihrer Stimme mit. Am Ende und nach einigen Erfahrungen fragte sich Armand, ob die sexuellen Eroberungen dieser Salonlöwen höher einzustufen waren als seine eigenen. Diese Sorte von Männern schlief mit den Frauen ihrer Freunde, während er mit deren Sekretärinnen schlief. Jene Herren machten ihre Frauen eine Zeitlang unglücklich, er hingegen verhalf den anderen jungen Frauen zu mehr Behaglichkeit und Komfort. Er fragte sich schließlich, ob die erste oder die zweite Weise verdienstvoller war. Was Armand an diesen gesellschaftlichen Liebschaften störte, war vor allem, daß Leidenschaft mit im Spiel war, daß diese Kindereien manchmal bei einem Ehepaar mit gleichen Interessen zu einer Scheidung führten, kurz, daß man selbst bei diesen guterzogenen Leuten von Liebe sprechen mußte. Natürlich alterte die arme Edma auch und fand damit weniger Liebhaber, aber das war der Lauf der Welt. Armand Bautet-Lebrêche hätte sich nie eingestanden, daß Edma vielleicht, wenn sie sich so allein gefühlt hätte, daß sie ihn betrog, tatsächlich einsam war und daß er nicht zuletzt der Urheber dieser Einsamkeit sein dürfte.

Zehn Minuten später schliefen alle Passagiere auf der *Narcissus*.

Julien Peyrat wachte im allgemeinen aus dem Schlaf benommen und erschrocken wie nach einem Schiffbruch auf, aber diesmal hatte er den Eindruck, daß ihn eine frische und kräftige Welle nackt unter seine zerknüllte Bettdecke im Sonnenglanz seiner Kabine gespült hatte, in diesen Sonnenglanz, der durch das Bullauge hereinfiel, sich auf seine Augen legte und sie öffnete und ihm, bevor er ihm überhaupt sagte, wer und wo er war, als erstes erklärte, daß er glücklich war. »Glücklich... ich bin glücklich«, wiederholte er mit geschlossenen Augen, ohne die Gründe dieses Glücks zu kennen, jedoch bereit, sich ihm zu überlassen. Und er weigerte sich jetzt, sie wieder aufzuschlagen, als sei dieses schöne unwillkürliche Glück von seinen Lidern eingefangen und könne jeden Augenblick entfliehen.

Er hatte Zeit: »Sanft drückt man den Toten die Augen zu, und sanft muß man auch die Augen der Lebenden öffnen.« Wo hatte er das her?... Ach ja! Es war ein Satz von Cocteau, den er vor zwanzig Jahren in einem Buch entdeckt hatte, einem Buch, das sich ihm in einem leeren Zug erschlossen hatte... Und Julien glaubte noch den abgestandenen Zuggeruch in der Nase zu haben, er glaubte sogar, das Foto von dem hohen, verschneiten Berggipfel vor sich zu sehen, das ihm in dem öden Abteil gegenüberhing, und er glaubte, den Satz von Cocteau und die schwarzen Buchstaben auf der weißen Seite wieder vor Augen zu haben. Noch heute tauchten schöne, raunende Sätze, die er längst vergessen zu haben glaubte, unvermutet in seinem Gedächtnis auf. Und Julien, der sich selbst seiner letzten Adresse kaum sicher war, erblickte etwas Wunderbares darin, sich als unbewußten Besitzer zu entdecken: als Besitzer von langen Racine-Zitaten, täuschend ruhig in ihrer musikalischen Fertigkeit, Besitzer von geistvollen Formulierungen, von Sprüchen, die ungewollt bündig in ihrer Aussage infolge der – diesmal gewollten – Bündigkeit ihrer Form sind, als Besitzer von tausend unterschiedlichsten Gedichten. Im überquellenden und hingenommenen Durcheinander seines Gedächtnisses hatte sich ein Vorrat an erstarrten, banalen Landschaften angesammelt, an Militärmusikstücken, eingängigen und volkstümlichen Refrains, Gerüchen, die fast alle aus der Kindheit stammten, und Lebensplänen, die zerronnen waren wie in einem Film. Es war ein unbeherrschbares Kaleidoskop, das jetzt unter seinen Lidern vorbeizog, und Julien, der mit seinem eigenen Gedächtnis nachsichtig umging, wartete reglos darauf, daß Clarissas Gesicht aus der gefühlten Erinnerung auch in sein visuelles Gedächtnis zurückkehrte.

Zuerst tauchten die Gesichter der beiden anderen Frauen auf. Und das waren bleiche, argwöhnische Gesichter, als seien sie über ihre neuerliche Ungnade unterrichtet. Dann erschien Andreas im Profil und mit zerzaustem Haar vor dem Hintergrund des Himmels, prägte sich grundlos lange ein und wurde von einem gelben Hund abgelöst, der bei der Abfahrt in Cannes am Hafen gelegen hatte. Darauf kamen zwei umgestülpte Klaviere, die er nicht erkannte und deren Ursprung Julien nicht zu ermitteln suchte. Er wußte sehr wohl, daß es unter seinen Erinnerungen auch falsche gab und daß falsche Bilder mit den echten vermischt waren. Er versuchte schon nicht mehr, diesen Fluß in China wiederzuerkennen, wo er nie gewesen war, weder die alte lachende Dame, die er nie gesehen hatte, noch diesen ruhigen nordischen Hafen, die ihm dennoch alle drei in ihrer beharrlichen Erscheinung tief vertraut waren. Nein, er erkannte diesen Fluß und diese Frau nicht wieder... Nein, er hatte nie den Fuß in diesen Hafen gesetzt, dessen Geruch er trotzdem wahrnahm und den er mit genauen Adjektiven beschreiben konnte. Diese Erinnerungen, diese Filmausschnitte, die wie Hunde ohne Halsband mit seinen wahren, erlebten Erinnerungen vermischt waren, mußten einst einem anderen gehört haben, irgendeinem Toten... Und da sie aus ihrer natürlichen Schale geworfen waren, aus diesem jetzt faulenden, in die Erde versenkten Behälter, suchten diese armen Bilder einen Herrn, ein Gedächtnis, eine Zufluchtsstätte. Allerdings nicht alle.

Endlich tauchte das Gesicht Clarissas vor ihm auf: im

Dunkeln lächelnd, wurde plötzlich haarscharf und verharrte lange Zeit vor ihm. Lange genug für ihn, um ihre hellen, länglichen Augen unterscheiden zu können, ihre erschreckten, sinnlichen Augen, den geraden Nasenrücken, den im Licht der Bar vorspringenden Backenknochen und den Umriß des Mundes darunter, der zuerst rot geschminkt war und dann nach ihren Küssen rosa, beinahe beige erschien.

Und Julien spürte auf einmal die direkte Berührung dieses Mundes mit seinem eigenen, und zwar so deutlich, daß er zusammenzuckte und die Augen öffnete.

Clarissas Gesicht verschwand, wich der Erscheinung einer mahagonigetäfelten Kabine, einer weißen Bettdecke und Messinggegenständen, die in der Sonne glitzerten, einer hoch stehenden, sehr herablassenden Sonne, der ein Bullauge, das am Vorabend offengelassen worden war und das nun müde im Morgenwind schaukelte, vergebens den Glanz abzuschneiden versuchte. Die Sonne versetzte Julien in den Tag, zum Spiel und zum Zynismus zurück: Als wolle er diese grenzenlose Sentimentalität aufwiegen, die er an sich zumindest nicht mehr kannte, öffnete Julien Peyrat seinen Schrank, nahm den gefälschten Marquet heraus und hängte ihn dort an die Zwischenwand, wo bisher der Schoner *Drake's Dream* den Raum geschmückt hatte. Es wurde Zeit, sein Meisterwerk einem Leichtgläubigen anzudrehen und ein bißchen gerissen zu sein, selbst wenn er unbewußt den erzielten Preis Clarissa bereits zum Geschenk machte.

Nach kurzer Betrachtung nahm er das Gemälde von der Wand, wickelte es in Zeitungspapier und schob es wieder vorsichtig zwischen zwei Oberhemden.

Clarissa wiederum erwachte voller Entsetzen und Scham und war entschlossen, den ganzen gestrigen Abend zu vergessen.

Im schwachen, blaßblauen Morgengrauen von Capri, unter einem Himmel, dessen Blau derart blaß war, daß die ersten vorsichtigen Sonnenstrahlen in kräftigem Gelb erschienen, fiel es Simon nicht allzu schwer, Volltrunkenheit vorzutäuschen, um in seine Kabine gehen zu können, ebenso wie er beim Erwachen eine starke Migräne vortäuschen wollte. Der erste Teil seines Plans verlief ausgezeichnet: er wurde von Charley, Edma und Olga ins Bett gebracht. Er wurde durch sie sogar zu den schönsten Träumen angeregt. Olga hatte dann vergeblich versucht, ihn zu wecken: Simon hatte jedoch so fest und so donnernd geschnarcht, daß sie darauf verzichtete. Aber später, beim Mittagsgong, würde er Mühe haben, das wußte er, der großen Geständnisszene zu entgehen, die Olga seit Capri heranreifen ließ. Und diese Erklärung dürfte eine Katastrophe werden! Eine Katastrophe für ihn, obwohl er der Verteidiger, der Kläger, der Betrogene war. Denn entweder würde Olga stehend die Tugendhafte, Schmerzgebeugte und Würdevolle spielen und jeden Betrug abstreiten, was ihr erlaubte, Pfauenschreie jähzorniger Ehrenhaftigkeit auszustoßen; oder sie würde sich mit ihrer Kaffeetasse hinsetzen und ihm mit eintöniger Stimme in allen Einzelheiten den Zauber ihrer ehebrecherischen Nacht schildern. Sie würde absichtlich ganz einfache Wörter gebrauchen, »schonungslose und natürliche« Wörter, unterbrochen von verzögernden »jugendlich wirkenden« Interjektionen wie »oh, la, la«, »je nun«, »Mann«.

Er wollte nicht offiziell erfahren, was er vom Gefühl her bereits wußte. Das war nicht, wie Olga glaubte, durch seine Eitelkeit, seine männliche Empfindlichkeit bedingt: diese Weigerung beruhte einfach darauf, daß er nicht leiden wollte, daß er sich Olga in den Armen eines anderen Mannes nicht vorstellen, sie so jedenfalls nicht sehen wollte. Doch diese Gründe, mit denen er Olgas Geständnisse ablehnte, die ihr anscheinend teuer waren, brauchte sie nicht zu kennen. Denn wenn sie wußte, daß er sie liebte, würde sie ihn mit ihrem ungetrübten Glück quälen. Und für Simon war es ungewöhnlich genug, daß er leidend auf diesem harten Bett mit den zu kurzen Decken auf dem Bauch lag und den Kopf ins Kopfkissen schmiegte, als sei er ein zwölfjähriger Junge. Er hatte den Eindruck, daß das Blut in seinem Herzen trotz dieser Art von Punkturen schwerer floß, die einige Bilder, bestimmte Wünsche bewirkten, und zwar ebenfalls auf eine Frau bezogen, die damals noch Zöpfe trug und ebenso alt war wie er. Seit zwanzig Jahren hatte er sich davor sicher geglaubt, derart hatte er sein Gefühlsleben seinem materiellen Leben untergeordnet... Er hatte nichts mehr zu fürchten, wie er meinte, weder eine tolle Liebe noch blutsaugerische oder zudringliche Frauen, weder Autobusse, auf die man im Regen wartet, noch zu kleine Schuhe, die man abtragen mußte. Er hatte geglaubt, vor all dem bewahrt zu sein, ebenso wie vor den herablassenden Blicken der Kellner im Fouquet's, nachdem er seinen Erfolg, seinen Triumph in Cannes gefeiert hatte. Aber sollte er diese Knechtschaft in eine andere verwandeln, von der er in diesem Augenblick nicht einmal wußte, ob sie noch weitaus schlimmer sein könnte?

Ihm war ja alles durch den Erfolg zugefallen. Er war Olga in Cannes begegnet, wo sie als Schauspielerin weilte, und da ihr Wert stieg und sie ehrgeizig war, folgte sie ihm. Ihr Herz war also eher gewappnet oder jedenfalls gewappnet genug, um den Mangel jeder Gefühlsregung bei Simon nicht als grausam zu empfinden. Er hatte Olga erwählt, weil sie seinen ästhetischen Kriterien entsprach und weil sie vom Aussehen her wirklich drei Klassen besser war als all ihre Vorgängerinnen. Und schließlich war Olga ein Zufall gewesen, ein Zufall, der eine Notwendigkeit war, und zwar eine der erbarmungslosen Notwendigkeiten, die von Leidenschaften hervorgerufen werden. Leider hatte Simons erste Liebe mit Kummer, Eifersucht und Enttäuschung begonnen, wie er glaubte und wobei er vergaß, daß er seit zwanzig Jahren einem halben Dutzend zärtlicher oder hassenswerter Personen die Ehe angeboten hatte. All diese Frauen waren, wie er sich jetzt erinnerte, über seinen Antrag gerührt und hatten Simon eine Zuneigung ähnlicher Art bewahrt. Aber Olga, das wußte er genau, würde ihm ins Gesicht lachen und diese Torheit in der ganzen Filmbranche weitererzählen. Er mußte logisch und klar denken: Olga liebte ihn nicht.

Nicht wirklich, noch nicht! rief ihm eine erschrockene innere Stimme zu. Eine ängstliche Stimme, die sich gegen das Unglück wehrte und die ihm bei allen Niederlagen, Fehlschlägen und materiellen Katastrophen seines abenteuerlichen Lebens stets mit dem kleinen dummen Satz in den Ohren gelegen hatte: »Das wird schon werden!« Und tatsächlich hatte es sich oft und fast ohne sein Zutun für ihn zum Besten gegeben.

Das Leben entscheidet alles für uns, wiederholte Simon sich mit geschlossenen Augen, nicht wissend, daß er selbst kraft seines Ehrgeizes, seines Mutes und seiner Begeisterung die Dinge arrangiert hatte. Allerdings waren diesmal nicht sein Mut, seine Begeisterung und Beharrlichkeit gefordert, sondern Olga mußte sie aufbringen.

Olga Lamouroux lag nicht in ihrem Bett, als Simon den Kopf von seinem Kissen hob, in das er sich vergraben hatte, und für einen Moment schöpfte er Hoffnung. Diesmal mußte sie vor ihm wach geworden sein, und damit er weiterschlafen konnte, hatte sie vermutlich ihr Frühstück im Speisesaal eingenommen. Das war wirklich entgegenkommend von ihr, zumal Olga, wie Simon wußte, Schwierigkeiten hatte, vor dem Frühstück aufzustehen. Sie hatte Mut, dieses Mädchen... das stimmte. Und im Grunde achtbare Gefühle, da sie ihr nahelegten, Simons Ruhe nicht zu stören. Nach seinen anfänglich grausamen Überlegungen stärkte und wärmte er sich an diesem Gedanken. Denn die Leinenhose, das bestickte T-Shirt, der winzige Slip und der schwere aztekische Gürtel, die unordentlich auf dem Klubsessel in der Kabine lagen, hatten ihn zu der Vorstellung angeregt, Erics Hände faßten diese Kleidungsstücke an, Erics Hände warfen sie woandershin, ehe sie sich auf Olgas nackte Haut legten. Simon hatte bei dieser Vorstellung die Augen geschlossen und die Bettdecke über sich gezogen — wie Clarissa in der Kabine nebenan. Der Krach eines Zahnputzglases, das dort auf den Boden fiel und dem ein überzeugtes »Scheiße« folgte, machte ihn vollends wach. Doch leider folgte diesem Ausruf ein weiteres »Scheiße«, und zwar ebenso laut, aber stark auf der ersten Silbe betont.

»Simon«, ließ sich Olgas Stimme vernehmen, »schläfst du?«

Er machte die Augen zu, aber sie wiederholte mit immer schmetternderer Stimme: »Simon... Simon...!« und kam ins Zimmer und beugte sich über sein Bett. »Simon«, sagte sie, »wach auf... Wachen Sie auf«, korrigierte sie sich, denn sie fand es sehr elegant, sich als Geliebte zu siezen, wofür sie das erste Beispiel in einem Unterhaltungsfilm gefunden hatte, der die Liebe zwischen Lady Hamilton und Admiral Nelson nachzeichnete, und Simon versuchte sich auch darin, um ihr gefällig zu sein. »Ich muß mit Ihnen sprechen«, fügte sie lauter hinzu und schüttelte ihn leicht mit zarter Hand.

»Tee...«, forderte er kläglich. »Tee, Tee... ich habe Durst... Ich habe Kopfschmerzen... Mein Gott, eine richtige Migräne.« Er legte seinen Kopf mit einer kaum übertriebenen Klage ins Kopfkissen zurück, in die sich jedoch unverhohlener Schrecken mischte. Olga war wirklich imstande, ihm Geständnisse zu machen, ein volles Bekenntnis abzulegen. Olga mußte beschwipst sein. Vielleicht hatte sie dieses Geständnis in der Nacht sogar aufgezeichnet...

Simon hatte schon zwei- oder dreimal Kritzeleien in ihrem Notizbuch entdeckt, die wie Skizzen zu ihren künftigen Gesprächen aussahen, Entwürfe, deren von Olga vorgesehenen und beabsichtigten Verlauf er allerdings kaum erfassen konnte; Notizen, in denen er nahezu vollständig die paar lapidaren oder komplizierten, dennoch mehr oder weniger einfältigen Formulierungen wiedergefunden hatte, die zuvor laut ausgesprochen worden waren.

Wie sollte er es anstellen, um Olga während der sieben Tage zu entgehen, an denen die nahe zurückliegende Verfehlung ein Geständnis noch möglich machte? Ein Geständnis, das sich später auf nichts Gemeines beziehen würde, allenfalls auf einen banalen, etwas beschämenden Zwischenfall oder auf eine endgültig eingegangene Liaison, die viel schwerer zu gestehen war.

Unterdessen bestellte sie telefonisch in mondänem, süßlichem Ton Tee, einem neuen Ton, den sie dem Schiffspersonal gegenüber anschlug, wie Simon zum zweitenmal bemerkte. Es klang übertrieben. Doch er zog es vor, wenn sie übertrieb, statt Zurückhaltung zu üben. Er sah lieber diese Geschäftigkeit als die souveräne oder herausfordernde Gleichgültigkeit, mit der sie bisher das Personal behandelt hatte – wobei sie den Kellnern und Empfangschefs nicht einmal ins Gesicht blickte.

»Ich finde, Sie gehen mit den Bediensteten sehr viel liebenswürdiger um«, sagte er, als sie den Hörer aufgelegt hatte, »oder träume ich?«

»Ich bin noch nie einem Angestellten gegenüber unfreundlich gewesen«, antwortete sie. »Außerdem möchte ich Sie darauf hinweisen, daß ein gewisser autoritärer Ton von jedem Diener anerkannt und geschätzt wird.«

»Nun, ich meine, für eine linksorientierte Frau ist das doch sonderbar«, erwiderte Simon zerstreut. »Ich finde es sonderbar, wenn man das Dienstpersonal von oben herab behandelt, wie Sie sagen.« Er kam sich heldenhaft vor, aber dieses gefährliche Heldentum ließ vielleicht dank einer neuen Szene die Geständnisse vermeiden.

Olga sah ihn mit eisigem Blick an. Dann lächelte sie leicht, nachdenklich, die Oberlippe etwas aufgestülpt wie jedesmal, wenn sie sich über jemanden ärgerte und bereit war, dem Betreffenden absichtlich weh zu tun, selbst wenn er sie unbeabsichtigt verletzt haben sollte. »Das verstehen Sie nicht, weil Sie nicht im Umgang mit Personal aufgewachsen sind«, sagte sie mit dieser ruhigen Stimme, die er kannte und die bei Olga blinden Zorn bedeutete. »Das lernt man sonderbarerweise nicht, diese Ungezwungenheit gegenüber dem Dienstpersonal. Dazu ist es zu spät, Simon...«

Sie lächelte ihn weiterhin an und fuhr fort: »Nun, um Ihnen das ein wenig zu erklären, es ist nicht der Mann, das menschliche Wesen, das ich snobistisch behandle, sondern die Eigentümlichkeit eines Bediensteten, seine Uniform, seine unterwürfige Haltung; deswegen schäme ich mich für ihn, weil ein Mensch darunter steckt, ein Mensch, der mir sicher gleichwertig ist. Allein an die Uniform richte ich meinen Hohn, verstehen Sie? Nicht an das menschliche Wesen.«

»Ja, ich schon«, sagte Simon, »ich verstehe das, aber er weiß das vielleicht nicht alles... Ah, da ist ja der Tee«, fügte er schwungvoll hinzu, denn der Steward trat ein und brachte ihm Körbchen mit Brötchen und phantastisch aussehenden Früchten ans Bett. »Ich sterbe vor Hunger«, meinte Simon fröhlich.

»Ich auch, ich habe gestern abend nicht richtig gegessen. Allerdings hatte ich keinen Appetit.« Als Olga das sagte, klang ihre Stimme feierlich, was zu ihrem Fasten gar nicht passen wollte.

Der Kellner, der sie bediente, hatte die Fenstervorhänge geöffnet und wollte sich zurückziehen, als Simon entsetzt in seine Richtung mit dem Finger schnappte und sogleich errötete. »Oh, Pardon«, sagte er. »Verzeihen Sie«, er wiederholte lächelnd diese Geste, »das geschah automatisch...«

Olga hatte sich angewidert und peinlich berührt abgewendet, doch der kleine Steward grinste Simon an.

»Können Sie mir, wenn Sie Zeit haben, einen Grapefruitsaft bringen? Einen frischen Grapefruitsaft, wenn Sie haben.«

»Das dauert vielleicht zehn Minuten«, entgegnete der Kellner, bevor er ging. »Alle Passagiere klingeln zu dieser Stunde gleichzeitig.«

»Das macht nichts«, antwortete Simon, drehte sich zu Olga um und wunderte sich sichtlich über ihre erzürnte Miene.

»Was ist? Wollen Sie auch einen? Sie können meinen haben.«

»Nein, danke, nein, ich kann vor einem Steward nicht mit Ihnen sprechen, ohne mich zu unterbrechen. Ich kann vor ihnen nicht reden, das ist eine unumstößliche Gewohnheit seit meiner Kindheit. Mein Vater duldete es nicht, daß man vor Fremden, selbst wenn sie noch so vertraut waren, seine Intimitäten abhandelte.«

Simon spürte, wie sich seine Kehle unter dem Eindruck eines starken und doch unangebrachten Mitleids zusammenzog. Diese arme Olga in ihrem seidenen chinesischen mit kleinen Blumen und scharlachroten Vögeln bestickten

Morgenmantel, diese arme Olga in ihrem nuttenhaften Morgenmantel sprach wie in schlechten Groschenromanen...

»Zehn Minuten sind immerhin eine lange Zeit«, sagte Simon. »Was wollten Sie mir mitteilen? Ich hoffe, Sie haben mir wegen gestern abend keine Vorhaltungen zu machen«, fügte er schnell hinzu. »Ich war derart betrunken, daß ich mich an nichts erinnere, aber auch nichts von diesem ganzen Abend. Ich höre.«

Doch er wußte genau, daß Olga für ihren großen Auftritt Zeit brauchte, daß sie nicht die geringste Unterbrechung duldete. Zehn Minuten – zehn unglückliche Minuten für ihre Rolle, das hätte nur Schlamassel gegeben. Simon pfiff wie eine Amsel, während er sich im Badezimmer rasierte, dann überließ er Olga den Platz, die sich vor den Spiegel stellte und mit der Technik einer alten Studio-Maskenbildnerin begann, ihren Kopf für eine geständige Frau zurechtzumachen. Jedenfalls verstärkte sie das Schamrot auf ihren Backenknochen mit einer etwas zu lebhaften Schminke, höhlte ihre Wangen aus, zog die Lider nach unten und verwandelte sich innerhalb von zwanzig Minuten in eine dreißigjährige Frau und in eine schuldige Frau. Sie warf einen letzten Blick in den Spiegel, bevor sie mit feierlicher Miene ins Schlafzimmer zurückkehrte, um dort festzustellen, daß der Raum leer war und der betrogene Mann sich davongemacht hatte.

Der betrogene Mann, der mit seinem Sweater unter dem Arm und seinen Schuhen in der Hand weggelaufen war, versuchte im Gang vergeblich, sie anzuziehen, denn das Schiff schwankte bei der plötzlich einsetzenden hohen See. Eine stärkere Welle warf es zur Seite, so daß Simon Béjard mit trippelnden Schritten, die Schuhe in der Hand, schlingernd und mit gesenktem Kopf in die Kabine von Edma und Armand Bautet-Lebrêche stürzte, wo er einen bemerkenswerten Auftritt hatte. Der ungewollte Schwung ließ ihn auf Edmas Bett segeln, die dort ausgestreckt lag und überrascht zusah, wie er über ihr mit den Armen ruderte, während Armand Bautet-Lebrêche von derselben kräftigen Welle auf den Kofferständer geschleudert wurde und all dem mit ohnmächtigem Blick zusah. Sein Erstaunen

war von kurzer Dauer, denn die nächste Welle riß Simon
wieder von Edmas Bett und versetzte ihn ebenfalls auf den
Kofferständer.

»Das ist wohl euer Flirt?« fragte Armand Bautet-Lebrêche seine Gattin ärgerlich, die geistreiche Edma Bautet-
Lebrêche, der es erstmals in ihrem Leben die Sprache
verschlagen hatte.

Nachdem er vergeblich alle Kleidungsstücke durchprobiert hatte, das heißt zwei zusammenpassende Jacken und Hosen sowie einen graublauen Anzug, in denen er sich abscheulich fand – er hatte sie auf die Schnelle in Cannes gekauft, denn er konnte ja nicht wissen, daß er sich während der Reise verlieben würde –, ließ Julien verzweifelt Charley Bollinger rufen, den Schiedsrichter in Sachen Eleganz – zumindest auf der *Narcissus*.

»Wie finden Sie mich, Charley?« fragte er ängstlich und zur großen Überraschung Charleys, dessen schwärmerischer Geist sogleich erwachte.

»Sehr-sehr sympathisch!« sagte er voller Wärme und Neugier – mit einem Schlag waren alle Segel gesetzt und alle Antennen draußen. Er war entzückt, Vertrauliches zu hören zu bekommen, Ratschläge erteilen zu können, das Ohr des Orakels und zu jeder Szene bereit zu sein, in der er eine Rolle hatte, und sei es eine gefährliche. Er stellte sich vor, wie er am Abend mit Eric Lethuillier Karten spielte, der stoisch und ohne mit der Wimper zu zucken, das leise Geräusch der Ruderschläge des Rettungsbootes vernahm, das Clarissa Lethuillier und Julien Peyrat dem Glück entgegenführte. Er kürzte deshalb seine überflüssigen Komplimente ab. »Sehr-sehr charmant, sehr sympathisch, lieber ... lieber Herr Peyrat!«

»Lieber Julien«, korrigierte dieser ihn. »Nein, ich meine: wie finden Sie mich physisch?«

Charley stand einen Moment verdutzt und fühlte für eine Sekunde eine närrische Hoffnung in sich aufsteigen, denn Andreas schaute ihn nicht einmal an, nahm seine Liebe gar nicht zur Kenntnis; vielleicht war es möglich, daß Charley von Julien Peyrat getröstet wurde ... Nein, undenkbar. Dieser Julien Peyrat war ein verrückter, aber richtiger Mann. Das war schade ... sehr schade. Er errötete leicht, als er antwortete: »Meinen Sie in den Augen eines Mannes oder einer Frau?«

»Einer Frau natürlich«, sagte Julien arglos, und Charleys Hoffnungsschimmer verflog auf der Stelle. »Glauben Sie, daß eine Frau sich für einen Typ erwärmen könnte, der sportlich und trist zugleich gekleidet ist? Ich sehe doch aus wie ein Halbstarker aus Brügge.«

»Ja«, erwiderte Charley, »in bezug auf die Kleidung sind Sie sehr, sehr ›mixed‹, mein lieber Julien. Sehen Sie, dieses Kuddelmuddel!... Mit diesem Aussehen eines Draufgängers, obendrein eines liebenswürdigen Draufgängers!... Schauen wir uns diese Garderobe einmal an... Ja, ja ziehen Sie das alles an, ich möchte alles an Ihnen sehen...«

Auf sich selbst und seine lächerliche Eitelkeit schimpfend, zog er seine drei Anzüge über. Nach dem dritten Bild kam er im Bademantel wieder und schaute Charley an, der während dieser Vorführung gleichmütig geblieben war.

»Nun?«

»Nun, diese Badekleidung steht Ihnen am besten! Sie sind natürlicher, ha,ha, ha...« Er hatte ein schrilles, schepperndes Lachen, das Julien auf die Nerven ging. »Es ist komisch, Julien«, fuhr er fort, »und Sie sind sich dessen sicher nicht bewußt, aber Sie wechseln Ihren Kopf je nach der Garderobe: in dem grauen Anzug sehen Sie wie ein Snob aus, in dem Polohemd wie ein Gassenjunge – allerdings wie ein sportlicher und guterzogener, gottesfürchtiger Gassenjunge. In Ihrer Velourshose und Ihrer unglückseligen, mit dem Tode ringenden Tweedjacke wiederum wirken Sie arrogant, ruhig, ausgesprochen englisch. Es fehlen Ihnen nur eine Pfeife und ein Jagdhund... Ist das unbewußt?«

»Völlig«, entgegnete Julien verärgert.

Und er hatte Charley kaum gedankt, als er schon zum Schwimmbad trottete. Ein kühles Bad, so hoffte er, würde ihn ein wenig aus seiner Dummheit und seinen Pennälerträumereien aufwecken.

Er kraulte drei Minuten – sein Maximum –, jedoch in dem kleinen Becken, wo ihm das Wasser nur bis zu den Knien ging, und stand zitternd da, als Clarissa kam. Er fühlte sich erbärmlich mit seiner Gänsehaut. Und erst als sie im halbhohen Wasser auf ihn zugewatet war und ihm mit abgewandtem Blick die Hand reichte, fühlte Julien sich einen Deut besser, mehr auf gleicher Ebene. Er lächelte ihr flüchtig und dennoch beruhigt zu, denn Clarissa, die zum Baden ungeschminkt war, hatte sich im Vergleich zum Vorabend nicht verändert, war dieselbe Frau geblieben.

»Wann kann ich Sie sehen?« fragte Julien leise, da die Bautet-Lebrêches am Rande des Pools eintrafen und kilometerweise Frottiertücher ausbreiteten, ganze Liter Sonnenöl, Bücher, Zigaretten, kleine Kopfkissen, Zeitschriften, Zitronenlimonade, eine ganze Wagenladung, unter der der arme Armand fast zusammenbrach, was um so ungerechter war, als er die Sonne nur im Schutze der Bar unter einem Sonnenschirm ertrug.

Edma winkte ihnen mit einem komplizenhaften Lächeln zu, das Clarissa vollends entsetzte.

»Wir dürfen uns nicht wiedersehen«, sagte sie sehr schnell. »Wir dürfen nicht. Wir dürfen uns nicht treffen, Julien, ich versichere Ihnen...«

Als ob er, Julien, jetzt noch zu ihr treten könnte, ohne sie zu küssen! Oder morgens ohne ihr Bild auf dem Nachttisch aufwachen! Als ob er sie den Händen dieses Rohlings überlassen würde, der sie leiden ließ; als ob er wirklich ein Nichtsnutz wäre, ein Scheißkerl, ein Versager... Oh, es wurde Zeit, diesen Marquet zu verkaufen, damit er mit ihr fliehen konnte... Er vermochte sich Clarissa sehr, sehr gut bei den Rennen vorzustellen und sogar Clarissa bei seinen Wettgefährten. Er stellte sie sich überall vor, wo er hinzugehen pflegte, er konnte sich diese Orte ohne sie gar nicht mehr vorstellen.

»Aber«, sagte er mit einer Heiterkeit, die jedoch nicht sehr glaubwürdig wirkte, »aber ich liebe Sie doch, Clarissa!«

Und als sei er sich dieser Kluft zwischen seinen Worten und seiner Stimme bewußt, griff er nach ihrem Handgelenk, hielt es fest und streichelte mit der anderen Hand väterlich über ihr Haar. »Ich sage das lachend«, fügte er leise hinzu, »weil ich glücklich bin... das macht mich froh. Es ist verrückt, ich liebe Sie: dieser Gedanke macht mich glücklich... Sie nicht?«

Er schaute sie wie ein Cockerspaniel an, und seine Hand

hatte dieselbe Temperatur wie die Hand Clarissas. Es fiel ihr schwer, seine Frage zu verneinen, ihm zu sagen, daß sie den Gedanken an Liebe ablehnte, daß sie ihn nicht lieben wollte, nein, daß Liebe sie unglücklich machte...

»Sind Sie nie verliebt und glücklich zugleich gewesen?« fragte Julien ungehalten. »Aber genau das müssen Sie erleben...«

Doch Clarissa geruhte nicht, zu antworten.

Edmas Stimme ertönte über ihren Köpfen wie eine Sirene. »Wollen wir heute abend in Syrakus nicht ein bißchen tanzen?« erkundigte sie sich. »Nach dem Gesangsvortrag könnten wir uns beim Tanzen etwas die Beine vertreten... Es dürfte hier sicher ein paar schöne alte Platten an Bord geben, oder?« Sie holte tief Luft. »Charley!« brüllte sie, um dann Julien und Clarissa, die noch ganz verblüfft waren, zu erklären: »Charley ist nie sehr weit...«

Und tatsächlich kam, während sich die beiden Barkeeper reckten, die aus ihrer Siesta gerissen worden waren, Charley mit seinem tänzelnden Schritt und etwas außer Atem angesaust. »Was ist denn?« fragte er, bremste lebensgefährlich am Beckenrand und kam wie durch ein Wunder vor Edma zum Stillstand.

»Wir möchten heute abend nach dem Konzert so gerne tanzen, mein hübscher Charley. Nicht wahr?« fügte sie, zu Julien und Clarissa gewandt, hinzu, die automatisch nickten. »Wo sind die Schallplatten, mein kleiner Charley, und der Plattenspieler?«

Sie hatte die entschieden tief verwurzelte Angewohnheit, sich das Schiff wie ein Hotel oder einen Zug anzueignen und dieses »wir« auch außerhalb ihrer Wohnung zu gebrauchen.

»Ich gehe schon«, sagte Charley. »Welche Chance, Tanzen! Früher haben wir den Ball zu Beginn der Kreuzfahrt eröffnet, aber seit einigen Jahren ist das Durchschnittsalter so gestiegen, daß...«

»Ja, ja, aber dieses Jahr ist es merklich gesunken«, unterbrach Edma ihn begeistert. »Das werden Sie nicht leugnen: Armand und ich gehören zu den Ältesten... Wer könnte also verstimmt sein? Außer diesem Gorilla natürlich... Was meint ihr, Kinder?« rief sie erneut Clarissa und Julien zu, ohne daran zu denken, daß sie bereits deren Zustimmung hatte.

»Ja, das ist eine gute Idee«, sagte Julien, den die Möglichkeit, Clarissa fünf Minuten – wo es auch sei – in den Armen zu halten, mit Begeisterung erfüllte.

»Wissen Sie, Clarissa«, rief Edma und winkte mit ihrer Illustrierten, »daß achtzig Prozent der heutigen Frauen wie Sie und ich Sexualität am Morgen der abendlichen vorziehen? Es ist unerhört, was man in den Zeitschriften liest!«

»Ja«, wandte Julien ein, »aber kennen Sie jemanden, der da befragt worden ist? Ich nicht. Nirgendwo.«

»Tatsächlich, das stimmt«, sagte Edma verwirrt und warf ängstliche, jedoch entschlossene Blicke auf ihre Nachbarn. »Wer also sind die Befragten? Das könnte ein Cha-cha-cha sein«, unterbrach sie sich und wiederholte singend: »Wer also sind die Befragten?«

»Meiner Meinung nach«, äußerte Julien, »sind es arme Leute. Sie hausen in den Grotten von Fontainebleau wie die Höhlenbewohner. Man hat sie da untergebracht, damit sie wenigstens Zeit haben, alle Zeitungen zu lesen. Sie haben Tierfelle, Keulen, und hin und wieder fragt man sie nach ihrer Meinung: ob sie – die Männer – die Europawahlen nach allgemeinem Wahlrecht vorziehen oder ob sie – die Frauen – wissen, ob sie bereits stattgefunden haben.«

Edma und Clarissa lachten laut auf.

»Sofern es nicht ein erbliches Amt ist«, sagte Clarissa. »Vielleicht wird man als Befragter geboren, wie es der Vater war und der Sohn sein wird oder wie man geborener Notar ist!«

Sie stand in dem kleinen Becken und lehnte sich an den Rand, den Kopf wie in einem Salon in die Hand gestützt. Sie war schön, drollig und waffenlos, dachte Julien voller Zärtlichkeit, die auf seinem Gesicht abzulesen sein mußte, denn Clarissa wurde verlegen, errötete, bevor sie ungewollt zurücklächelte.

Das war der Augenblick, den Simon Béjard, immer zu Scherzen aufgelegt, für seinen Auftritt als günstig erachtete, und so tauchte er plötzlich hinter den Kabinen auf, rannte zum Schwimmbecken und sprang nicht gerade anmutig vor Edmas Nase ins Wasser, so daß sie mehr vollgespritzt als überrascht wurde. Ein paar Tropfen erreichten selbst *La Vie financière*, die Wirtschaftszeitung, die Armand Bautet-Lebrêche nun zum drittenmal senkte. Wortlos erhob er sich und flüchtete in die dritte Reihe der Liegestühle, um sich vor dem Wasserballett Simon Béjards in Sicherheit zu bringen, der ahnungslos triumphierend vor Clarissas Füßen emportauchte. Da erst sah er sie richtig, sah sie ungeschminkt, und er starrte sie einen Moment ungläubig an, bevor er zu Julien hinüberschaute und erneut Clarissa mit der gleichen fassungslosen Miene anblickte. Er öffnete den Mund, um seiner Verwunderung Ausdruck zu geben, als ihn ein Hustenanfall packte, so daß er spuckte, gluckste und prustete.

Der arme Simon hat seinen kühnen Kopfsprung teuer bezahlen müssen, dachte Julien und klopfte ihm kräftig auf den Rücken.

»Sachte, sachte, mein Gott, sachte...«, sagte Simon, während er seinen trotz des Bauchansatzes drahtigen und mageren Oberkörper aufrichtete. »Sagen Sie, Clarissa, so sollten Sie bleiben, ja?« äußerte er und umarmte sie stürmisch. »Unbedingt! Wenn Sie wollen, engagiere ich Sie. Und für eine Hauptrolle, ganz klar. Nun, was meinen Sie?«

»Das ist sehr schmeichelhaft, aber Olga...«, entgegnete Clarissa lächelnd.

»Ich kann zwei Filme gleichzeitig produzieren, oder?« erwiderte Simon.

»Und meine Familie?« fragte Clarissa.

»Ihr Gatte hat doch ein Blatt... na... eine Zeitschrift, nicht wahr? Da könnten Sie ruhig ein Star werden, wie?«

»Aber dazu habe ich keine Begabung«, sagte Clarissa lachend. »Ich kann nicht spielen, ich...«

»Im Theater ist das vielleicht etwas anderes, doch beim Film hat man das schnell gelernt. Hören Sie, Clarissa, mit Ihrem Kopf drehe ich die *Ewige Wiederkehr* neu! Also He, Julien, was meinen Sie? Warum richtet sich unsere Clarissa mit ihrer Schminkerei so her? Das ist ja kriminell!«

»Da hat Simon recht: das ist kriminell«, bestätigte Edma, die an den Beckenrand getreten war und auf Clarissa eine imaginäre Lorgnette richtete. »Wenn man so schöne Gesichtszüge hat und so schöne Augen...«

»Sehen Sie!« sagte Julien triumphierend. »Sehen Sie?« Er stockte abrupt.

Für einen Augenblick trat Schweigen ein, das Simon Béjard diesmal nicht mit bedrückenden Kommentaren unterstrich. Im Gegenteil, er erklärte: »Ich bleibe bei meinem Angebot«, sagte er einfach. »Ich baue Ihnen eine verblüffende Karriere auf... Schließlich... Ja, eine hübsche Komödie mit guter Intrige, das ist genau das, was dem französischen Kino fehlt. Ehrenwort, ja?«

»Und Fräulein Lamoureux? Pardon: r-o-u-x!« fragte Edma. »Finden Sie für die nicht zufällig auch etwas?«

»Aber ich spreche doch von dreißigjährigen Frauen«, erwiderte Simon und sah sich eingeschüchtert um.

»Na und? Fräulein Lamouroux«, fuhr die unerbittliche Edma fort, »dürfte auch schon auf die Dreißig zugehen.«

»Jedenfalls ist sie viel jünger als ich und viel hübscher«, sagte Clarissa aufrichtig. »Sie können uns nicht miteinander vergleichen.«

Ganz langsam hatte sich Clarissa, um diesen drei bewundernden Blicken zu entgehen – oder die zumindest Bewunderung auszudrücken schienen, wie Clarissa meinte –, in das große Becken zurückgezogen, aus dessen Wasser nur ihr Kopf und ihre unruhigen Augen herauslugten.

»Oh, nein, nein...«, sagte Julien in dem gleichen zärtlichen Tonfall, »nein, wir wollen Sie mit niemandem vergleichen. Los, machen wir einen kleinen Wettkampf, ja? Schwimmen wir ein bißchen... In Erwartung der *Ewigen Wiederkehr* lassen Sie uns ein paar Bahnen zurücklegen, Simon. Ich fordere Sie heraus...«

»Na schön«, erwiderte Simon erleichtert – und um so ungezwungener, als er nirgendwo die allzu kurzen Shorts und die gewagte Büste von Olga Lamouroux auftauchen sah.

Übrigens riskierte er nicht im geringsten, von ihr gehört zu werden. Die schöne Olga hatte Eric eine Nachricht zukommen lassen, der sie bald darauf an Deck am Bug getroffen hatte, wo wegen des Windes wenig Leute waren, was Eric nicht verträglicher stimmte. Ihr Abenteuer war zu diskret geblieben, um es dabei zu belassen. Er lehnte also an der Reling und hörte sich Olgas Geschwätz an, ohne darauf zu achten.

»Sehen Sie, Eric, mit Ihrer Hilfe habe ich begriffen, daß ich mich im Umgang mit Simon erniedrige. Er dachte, er könnte mich mit Rollen, großen Rollen, auch schönen Rollen einwickeln, doch Ihnen verdanke ich, daß ich begriffen habe, daß mir das Leben eine wirkliche Rolle angeboten hat – die tiefer geht. Eine alles übergreifende Rolle, die volle Aufrichtigkeit verlangt. Wie denken Sie darüber, Eric? Diese Fragen verfolgen mich seit gestern abend«, sagte sie sehr langsam.

»An dieses Thema denke ich überhaupt nicht«, erwiderte Eric kalt. »Ich kenne nur einen Beruf, und das ist meiner. Und meine Rolle dabei besteht, wie Sie sagten, genau darin, die Wahrheit zu sagen – was auch kommen mag.«

»Antworten Sie mir, *please,* selbst wenn Ihre Antwort hart ist...« Olga orakelte neben ihm, und ihre Stimme war in der Lebhaftigkeit ihrer Befragung um eine ganze Tonleiter gestiegen. Das Wort »kreischen« war in Erics Augen abzulesen. »Könnten Sie auf unsicherem Boden zwischen Ihrem Ehrgeiz und Ihren Gefühlen leben?«

»Nochmals, diese beiden sind für mich miteinander verquickt«, antwortete er geduldig. »Allerdings würde ich es sehr übelnehmen, wenn mich jemand daran hindern sollte, meinen Ehrgeiz zu verwirklichen.«

»Auch wenn das jemand von Ihnen verlangt?« fragte Olga und lächelte ins Leere. »Und selbst wenn Sie den betreffenden so hochschätzen, daß Sie ihm in allem gehorchen?«

Diese Albernheiten begannen, Eric ernsthaft auf die Nerven zu gehen. Wer war denn dieser Jemand? Er? Nun, dann täuschte sie sich gründlich, die arme Olga. Und Béjard muß ihr gegenüber zu gutmütig gewesen sein. Und war es noch.

»Das bedeutet, daß dieser Jemand sie nicht richtig liebt«, sagte er streng.

»Oder zu sehr? ...«

»Das läuft auf das gleiche hinaus«, antwortete Eric, um den Dialog abzukürzen.

Er hörte, wie sie tief durchatmete und nach einer Weile mit niedergeschlagenen Augen leise zu ihm sagte: »Ihre Worte und Formulierungen sind erschreckend zynisch, Eric. Wer Sie nicht kennt, müßte Sie für schreckenerregend halten ... Küssen Sie mich, Eric, damit ich Ihnen verzeihen kann.«

Sie kuschelte sich an ihn, und er schaute voller Abscheu auf dieses bezaubernde, goldbraune Gesicht, diese Pfirsichhaut, diesen wohlgeformten Mund. Und mit der Anspannung seines ganzen Körpers beugte er sich auf das alles herab. Seine Lippen berührten Olgas Lippen, die sich öffneten und nach ihm schnappten, während sich ein leises Stöhnen diesem Körper entrang, der ihm so gleichgültig war.

Was tat er denn da? ... Und außerdem ohne jeden Zeugen.

»Kommen Sie«, sagte er und warf sich zurück, »kommen Sie ... Man wird uns noch ertappen.«

»Dann küssen Sie mich noch einmal«, sagte sie und richtete ihr Gesicht, ein verzweifeltes Gesicht, zu ihm auf.

Eric hingegen, der einer zusätzlichen Anstrengung nicht fähig war, wollte sich weigern, als er hinter Olgas Rücken die Doriacci persönlich, in bunte Kaschmirspiralen gehüllt, das offene Haar herrlich im Winde wehend, mit ihrem schönen Andreas auftauchen sah. Er gab deshalb Olga einen langen Kuß, der viel leidenschaftlicher war als der erste, und fand es diesmal durchaus angebracht, daß sie sich mit Händen und Füßen an ihn klammerte und in ihrer Ekstase so miaute, daß es die Möwen vertreiben konnte.

Er zögerte diesen Kuß um zehn Sekunden hinaus, um

sichergehen zu können, daß sie gesehen worden waren. Und als er den Kopf wieder hob, starrte die Doriacci sie tatsächlich aus zehn Schritt Entfernung an, während ihr Begleiter diskret in die Ferne schaute.

»Verzeihung...«, sagte Eric zu der Doriacci und schob Olga sanft von sich, die seinem Blick folgte und sich nach den Neuankömmlingen umsah, aber eine trotzige Miene aufsetzte. »Entschuldigen Sie«, fügte Eric sehr steif hinzu, »wir glaubten, allein zu sein.«

»Oh, mich persönlich stört das nicht«, erwiderte die Doriacci. »Sie brauchen sich nicht zu entschuldigen. Jedenfalls nicht bei mir.«

»Glauben Sie bitte nicht...«, begann Olga mutig und – wie sie meinte – von oben herab, doch die Doriacci schnitt ihr das Wort ab.

»Bei manchen Dingen bin ich furchtbar kurzsichtig«, sagte sie. »Und Andreas auch«, fügte sie mit einem Blick auf den jungen Mann hinzu, der darauf nickte und die Augen gesenkt hielt, als sei er schuld gewesen. »Ich habe Sie nicht gesehen, Fräulein Lamouroux«, betonte sie, schaute jedoch Eric an.

»Wir haben Sie ebenfalls nicht gesehen«, zischte Olga feindlich.

»Nun, das überlasse ich wirklich Ihrer Diskretion...« sagte die Doriacci und lachte ihr schallendes Husarenlachen. »Haben Sie eine Zigarette für mich, Andreas?«

Und damit schritt sie, brav von ihrem Schatten gefolgt, an ihnen vorbei.

»Mein Gott, Eric...«, jammerte Olga, »sie wird alles verraten, wie abscheulich!«

Sie gab sich verzweifelt, war aber im Gegensatz zu Eric zutiefst entzückt, der wütend dreinschaute und dem davonschlendernden Paar mit den Augen folgte.

»Nein«, murmelte er, »sie wird nichts sagen.« Er war plötzlich weiß geworden vor lauter Wut. »Die Doriacci gehört zu den Leuten, die nichts sagen. Sie ist von dieser Gattung, die stolz darauf ist, nichts zu verraten. Diese Menschen brüsten sich mit dem, was sie nicht machen, nicht aussprechen und so weiter. Wissen sie, das sind diese toleranten, anständigen, zurückhaltenden Leute: der ganze verlorene Zauber der liberalen Bourgeoisie. Dabei

174

sind sie die gefährlichsten. Man könnte glauben, sie stünden auf unserer Seite.«

»Und wenn man sie herausfordert?« fragte Olga.

»Wenn man sie herausfordert, bleiben sie trotzdem tolerant, Gott sei Dank«, meinte Eric, und ein teuflischer Ausdruck entstellte für einen Augenblick sein hübsches Gesicht.

In dem Moment, liebe Fernande, habe ich das wilde Tier in dem Engel erahnt ... den Teufel in diesem Gott, die Felsspalte ... Was sage ich? Den Abgrund unter dem See. Kann man von einem Abgrund unter einem See sprechen? Ja, warum denn eigentlich nicht?

»Also kommen Sie mit?« fragte Eric grob.

»All das ist meine Schuld«, sagte Olga und hob erneut das Gesicht zu ihm, das diesmal Bestürzung ausdrückte. Seit zehn Minuten zog sie alle schauspielerischen Register. »Diesen letzten Kuß habe ich mir erbettelt, aber am Ende haben Sie ihn mir gegeben.«

»Ja doch ... Na und? ...« entgegnete Eric verlegen.

»Sehen Sie, Eric«, Olgas Stimme hatte für diesen zarten Körper ungeahnte Tiefen erreicht, »für diese Küsse lasse ich mich gerne von der ganzen Welt beleidigen, verachten ...« Und sie schlug die Augen wieder auf, die sie in ihrer Inbrunst geschlossen hatte, und setzte ein artiges, bewegtes schönes Lächeln auf, das jedoch sogleich erstarb, als sie sah, daß Eric sich mit großen Schritten entfernte.

»Die werden sich ganz schön geärgert haben, die Armen«, sagte Andreas. »Sicher haben sie jetzt diese Angst ...«

»Denkst du!« unterbrach die Doriacci ihn. »Sie haben nur eine Angst: daß man im Gegenteil nicht darüber spricht. Dieser Lethuillier hat lediglich die Absicht, seine Frau in Schwierigkeiten zu bringen, und die Kleine, ihren armen Nabob leiden zu lassen.«

»Das glauben Sie?« fragte Andreas überrascht. Er hatte seit der Abreise nicht die Zeit gefunden, über etwas anderes nachzudenken als über die Doriacci. Er sah all die Ereignisse vordergründig. Und so blieb er verblüfft stehen, doch sie schritt weiter, ohne ihm Aufmerksamkeit zu schenken. Er mußte beschämt rennen, um sie wieder einzuholen. Außerhalb des Betts achtete sie überhaupt nicht auf ihn, und das demütigte Andreas fast ebenso stark, wie er darunter litt.

Hinter dem Rücken seiner Geliebten stolperte Andreas absichtlich, hielt mit der einen Hand seinen Fuß, klammerte sich mit der anderen an einen Feuerlöscher und machte ein leidgequältes Gesicht. Aber die Doriacci schien das nicht weiter zu bemerken, bis er alarmierend aufbrüllte.

Ein richtiger Wolfsschrei, dachte sie und drehte sich zu dem überempfindlichen Schlingel um: Er stand schwankend auf einem Bein, hielt das andere fest und schrie »au, auah!« während sein hübsches Gesicht unter diesem Ausbruch melodramatischen Leidens eher komisch wirkte. Der Wind wehte ihm die Haare ins Gesicht, diese goldenen Haare, die Strähne um Strähne wie aus sehr hellem und kostbarem Metall gegossen an seinem so wohlgeformten Kopf herabhingen, dem Kopf, der Symbol für eine unbekannte und gefährliche Rasse war, dem Kopf sowohl eines Kindes als auch eines Straßenjungen oder eines Chorknaben. Der Körper... Der Körper verriet den Mann des Vergnügens, das stimmte. In dieser Hinsicht hatten die frommen Damen aus Nevers die wirklichen Reize eines jungen Mannes für eine reife und geschmackvolle Frau richtig erkannt: Andreas war feingliedrig geboren und war es geblieben, er hatte nicht diese harten Muskelpakete bekommen, diese Reliefs der Jahrmarktkämpfer, die an Schwimmbadrändern nicht fehlen durften. Gott sei Dank war er schlank! Und wenn er deshalb diät lebte, tat er es heimlich und schämte sich dessen jedenfalls. So war es.

Die Doriacci konnte sich nicht ohne eine Mischung von Heiterkeit und Ärger an ein bestimmtes Wochenende in Oslo erinnern – es war nach der Aufführung der *Sizilianischen Vesper*, und Oslo war vom Novemberschnee blokkiert. Ihr Begleiter an diesem Abend, der in diesem zum Blockhaus gewordenen Hotel keine Konkurrenz hatte, war während des ganzen Aufenthalts der gleiche geblieben: ein hübscher, sehr hübscher kleiner junger Mann, gewandt und dunkelhaarig und selbst für einen neunzehnjährigen Burschen sehr schlank, aber unerträglich, empörend und abstoßend wegen seiner übertriebenen Körperpflege und asketischen Lebensweise. Vor dem Essen pflegte er seine Porreestangen in Vinaigrettesauce zu zählen oder vom Kellner Zucker ohne Glucose zu verlangen... Die Doriacci schüttelte sich vor dem Grausen an diese Erinnerungen und lachte laut auf.

»Wenn ich daran denke!« rief sie. »Ich hätte ihn tatsächlich umbringen können! Dieser Idiot! Diese Ratte! Mein Gott, drei Tage mit diesem Taugenichts, der nach Nestlé-Milch und feuchten Windeln roch...«

»Von wem reden Sie denn?« fragte Andreas.

Und da sie weiterlachte, ohne ihm zu antworten, wurde Andreas verlegen, vertiefte sich ein bißchen zu sehr in seine Märtyrerlage, ging ihr damit auf die Nerven, verursachte bei ihr sogar eine leichte physische Herablassung, als habe er Angst vor ihr und hätte das vor ihr nicht verborgen, als hätte sie eine etwas abstoßende Spur der Weiblichkeit an den Tag gelegt, als hätte sich die andere Seite ihres Wesens, die sie Andreas bot, als zu stark erwiesen.

Sie wandte sich ihm brüsk zu, der da immer noch wie auf einer Stelze stand und sich auf den Feuerlöscher stützte, und betrachtete ihn mit einem neuen, entfernten Blick.

Dem Blick eines Insektenforschers, dachte Andreas, einem Blick, der ihm Angst eingejagt hätte, wenn sie nicht plötzlich ihre Kaschmirtücher zurückgeschlagen und ihre Arme, ihren Hals und ihre Haare zur gleichen Zeit freigelegt hätte wie ihre Wärme und ihre heftige Zuneigung und wie ein dickes, irrtümlich geschminktes kleines Mädchen auf ihn zugeeilt wäre und er sich – auf die Gefahr, hinzufallen – in ihre Arme gestürzt hätte, was sicher geschehen wäre, wenn Andreas sich vorher wirklich verletzt hätte.

Später, dachte Andreas, würde es bestimmt dieses Bild sein, die Empfindung dieses konkreten Augenblicks, die ihm ständig durch den Kopf gingen wie eine abgespielte Platte oder manchmal ganz neu, aber kraft seines Gedächtnisses immer durchdringend klar. Er würde sich auf dem großen leeren Deck mit seinen weißen und grauen Planken sehen, der Reling, dem Meer dahinter, für Sekunden ohne Sonne, und diesem im Westen klaren Himmel; diese flache Unendlichkeit würde er sehen, die sich vom Anthrazit zum Perlgrau färbte, in zarten Schichten von einer Nuance zur anderen glitt, während ein starker Wind grob in ihre Kleidung und Haare fuhr, so daß es übertrieben und fast wie im Kino wirkte. Es war eine Stunde ohne Licht und ohne Schatten. Andreas hatte sein Gesicht an der Doriacci geborgen, er grub seine kalte Nase, seine Stirn in das warme, nach Ambra und Tuberose duftende Dekolleté der Doriacci, in diese mit unwirklicher Seide bedeckte und unter seinem Gesicht erschauernde Haut... Es würde Andreas immer so vorkommen, als habe er hier eine Art allegorischer Vision seines Lebens erreicht: Er, auf einem windgepeitschten Deck stehend, als Mann, als soziales Wesen vor Schrecken erstarrt, als Kind jedoch von Glück erfüllt, zärtlich und lasterhaft an diesen Ort der Zuflucht geklammert, an die stets hilfreiche und vertraute Wärme der Frauen, an diese Zufluchtsstätte ihres gemeinsamen Verlangens und ihrer Zärtlichkeit, der einzigen, die ihm in dieser Gesellschaft und bei dieser Erziehung noch offenblieb.

»Du bist ein Dummkopf«, sagte die Doriacci plötzlich, was sie jedoch nicht tadelnd aussprach, sondern mit einer Sanftheit, daß sich der besagte Dummkopf sogleich gestärkt fühlte.

Es bedurfte nicht viel, um Andreas zu verwirren oder zu quälen, aber ebenso wenig bedurfte es, um ihn zu trösten.

»Sind Sie glücklich mit mir?« fragte er ernst, jedenfalls so ernst, daß die Doriacci ihm nicht ins Gesicht lachte, was wahrhaftig ihre erste Reaktion gewesen war.

Am Schwimmbad war es plötzlich wieder ruhig geworden, da Simon Béjard sich rechtzeitig an seine beruflichen Verpflichtungen erinnert hatte und mit bloßem Oberkörper und nackten Füßen zu der unglücklichen Dame in der Telefonzentrale auf der *Narcissus* geeilt war.

Armand Bautet-Lebrêche fand also seine Ruhe wieder, Edma ihre *Vogue* und Julien, zumindest physisch, Clarissa. Denn sie schaute ihn nicht an, sondern blieb gleichsam in der Nähe Edmas in die Ecke des Schwimmbeckens gedrängt, so daß Julien sich gezwungen sah, wenn nicht zu schweigen, so doch mit kecker Miene zu flüstern, obwohl er die Beute eines entwaffneten, beinahe rührenden Zorns war, einer übertriebenen Trauer, eines Gefühls der Ohnmacht und des Versagens, das er nicht ertrug und nie ertragen hatte. Bisher hatte Julien den Gegenstand seiner Leidenschaft wechseln können, bevor er den Ton änderte: er hatte stets nur Frauen geliebt, die er glücklich machen konnte – oder die das wenigstens glaubten – und die er dann zu befriedigen suchte. Er hatte immer bestimmte Frauen gemieden, ehe sie sich verpflichtet fühlten, ihn leiden zu lassen, und das war ihm manchmal schwergefallen, aber er hatte es beizeiten geschafft. In diesem Fall jedoch wußte er, daß Clarissa ihn nicht bewegen würde, die Flucht anzutreten, weil sie es war, die sich in Wirklichkeit über ihr Verhältnis täuschte, wie sie sich in Wirklichkeit über sich selbst täuschte. Und dies war das erste Mal, daß für ihn klar war, daß der andere unrecht hatte.

»Das können Sie nicht sagen«, erklärte er und versuchte, Edma zuzulächeln, wobei er jedoch spürte, wie sich seine Lippen über den Zähnen abscheulich krampfhaft zusammenzogen, was fast so natürlich geschah wie das Zucken eines Gauls, der vom Pferdehändler abgetastet wird.

»Ich muß es Ihnen sagen. Versprechen Sie mir, alles zu vergessen.«

Clarissas Stimme klang atemlos unf flehentlich, sie bat

ihn um Gnade, sie hatte Angst vor ihm, und Julien konnte nicht begreifen, warum sie ihn nicht einfach zum Teufel schickte, warum sie diese Idylle nicht selbst beendete, anstatt von ihm irgend etwas zu verlangen.

»Warum sagen Sie dann nicht, ich solle abhauen?« fragte er. »Sagen Sie mir, daß ich widerwärtig bin, daß Sie mich nicht ausstehen können, alles, was Sie wollen. Warum möchten Sie, daß ich von mir aus auf Sie verzichte? Warum wollen Sie, daß ich darin einwillige, unglücklich zu sein, und Ihnen schwöre, es zu bleiben? Das ist Wahnsinn!«

»Aber es muß sein«, erwiderte Clarissa. Sie war blaß, selbst unter der Sonne wirkte sie bleich, sie hielt die Augen gesenkt, sie lächelte, doch dieses Lächeln war so gekünstelt, daß es beredter war als ein Tränenausbruch, zumindest in den Augen Edmas, die sich hinter ihrer Sonnenbrille und ihrer Illustrierten verschanzte und die beiden aufmerksam, ja voller Interesse beobachtete. Seit sie das wahre Gesicht Clarissas, ihren Blick und ihr Lächeln kannte, verstand sie durchaus Juliens Gefühle: sie verstand sie, obwohl sie sich nicht darüber freute. Ach was! Sie war über das Alter hinaus, aber das Alter vermag Gefühle nicht zu verhindern. Sie lächelte Julien von weitem und verschwörerisch zu, der das jedoch erst später begriff und sofort verlegen wegsah.

»Clarissa!« flehte Julien. »Sagen Sie mir doch, daß Sie mich überhaupt nicht lieben, daß Sie gestern abend total betrunken waren, daß ich Ihnen nicht gefalle und daß Sie sich über Ihren Irrtum ärgern; sagen Sie mir, daß Sie gestern momentan unter einer Verirrung gelitten haben, und Schluß. Sagen Sie mir das, und ich lasse Sie in Ruhe.«

Sie schaute ihn eine Sekunde lang an, schüttelte verneinend den Kopf, und Julien fühlte sich ein wenig beschämt. Er hatte sie in ihrem Manöver bestärkt: jetzt konnte sie sich nicht mehr hinter den Schutz der Trunkenheit zurückziehen, diese billige Ausflucht war ihr nun genommen; sie konnte ihm nur noch sagen, daß er ihr nicht gefiel.

»Darum geht es nicht«, erklärte sie, »aber ich eigne mich nicht zur Liebe, seien Sie versichert, Sie würden ebenfalls unglücklich. Niemand liebt mich, und ich liebe niemanden, und so will ich es.«

180

Julien wandte sich ihr plötzlich voll zu und begann, sehr schnell, sehr leise zu sprechen: »Sehen Sie, Clarissa, Sie können nicht so allein leben mit jemandem, der Sie nicht liebt! Wie jeder von uns, brauchen Sie jemanden, jemanden, der Ihr Freund ist, Ihr Kind, Ihre Mutter, Ihr Geliebter und Ihr Mann, Sie brauchen jemanden, der Ihnen entspricht... jemanden, der im selben Augenblick wie Sie an Sie denkt, und Sie müssen ihn lieben und wissen, daß jemand über Ihren Tod verzweifelt wäre... Aber was haben Sie nur gemacht«, fuhr er fort, »daß er in diesem Grade böse auf Sie ist, haben Sie ihn dermaßen betrogen oder dermaßen leiden lassen? Was ist zwischen Ihnen vorgefallen? Was kann er Ihnen verübeln? Ihren Reichtum?« fragte er auf einmal und stockte, weil er über seinen eigenen Einfall überrascht war, dann begann er zu lachen.

Er blickte ihr triumphierend und mitleidig ins Gesicht, so daß sie sich mit einem entrüsteten oder kummervollen Stöhnen abwandte; Julien ging einen Schritt auf sie zu: sie sahen sich einen Augenblick unbeweglich und starr vor Sehnsucht an, einer Sehnsucht, die einen Abend alt war, eine Nacht, der Sehnsucht nach der Hand des anderen, dem Atem des anderen, seiner Haut; beide waren plötzlich durch dieses blaugrüne Schwimmbad getrennt, die Gestalten Edmas, Armands und der anderen, durch die Möwen, die um sie kreisten, und beide waren nicht in der Lage, sich diesem Hunger zu entziehen, der sie gegenseitig befiel und jedesmal stärker wurde. Die tatenlose Hand an dieser Hüfte mußte sich dem anderen Körper nähern, ihn an sich ziehen, damit der Hüftknochen an die Seite des anderen stößt, damit sich das natürliche Gewicht eines Körpers auf einen anderen Körper stützt, damit dieses offene und entfaltete Etwas in der Kehle eines jeden überläuft, damit beide an die Grenzen all dessen getrieben werden, damit jeder dem anderen und seinem unerträglichen Reiz zu Hilfe kommt, damit ihre Gegenwart elektrisiert und unangreifbar wird, damit ihr im Kummer verdicktes Blut blutarm wird wie Wasser und damit sie schließlich der gleichen roten, schändlichen, konkreten und lyrischen, akzeptierten, gewollten, abgelehnten, ungeordneten und erwarteten Ohnmacht erlagen. Sie stand nun wie am Vorabend einen Meter von ihm entfernt, wie am Vorabend oben an der Bar, auf dem Deck, das heute hell, trocken und kalt war, und wie gestern erinnerte sie sich an Juliens Hand auf ihrer Schulter und er an Clarissas Hand in seinem Nacken, und sie wendete die Augen ab, und Julien stürzte sich ins Wasser und schwamm an die andere Beckenseite, als würde er von blutrünstigen Haien angegriffen, während Clarissa sich zum Rand umdrehte und sich dort aufstützte, ehe sie sich ins Wasser gleiten ließ, das so flach war, daß sie nur knien konnte, und die Stirn leblos an den Beckenrand lehnte.

»Gedenkst du hier im Wasser zu speisen?« Eric ging am Schwimmbadrand in die Hocke und blickte Clarissa nachsichtig an. Er hatte nicht laut gesprochen, aber alle schauten zu ihnen herüber, stellte er fest, als er den Kopf hob. Alle, das waren Edma, Ellédocq, die Doriacci und Andreas, die alle den gleichen, allzu unbeteiligten Blick auf ihn und Clarissa warfen, einen Blick, den er in seiner Vorstellung bereits mit Mitleid gegenüber Clarissa betrachtete. Also war seine Idylle mit Olga nicht unbemerkt geblieben. Er mußte jetzt als guter Gatte erscheinen, damit sein Ehebruch als geradezu unvermeidlich betrachtet und er ebenso wie Clarissa beklagt wurde. Er griff zu einem Frottiertuch und reichte es mit einer Beschützergeste Clarissa.

»Warum berauben Sie uns eines so bezaubernden Anblicks, Herr Lethuillier?« rief die schrille Stimme Edma Bautet-Lebrêches.

»Nein, nein, ich gehe raus«, sagte Clarissa, erhob sich aus dem Wasser und wandte sich ihm zu, und er sah sie zum erstenmal seit Jahren; er sah ihren halbnackten Körper in dem immerhin keuschen Badeanzug und vor allem dieses gewaschene, völlig entblößte Gesicht, das frei von der üblichen Schminke war, dieses ebenso schöne wie – so schien ihm – anstößige Gesicht, und er errötete vor Wut und Scham, einer Scham, die er sich nicht erklären konnte.

»Wie kannst du nur!« stammelte er leise, und er legte ihr das Handtuch über die Schultern, rubbelte sie energisch, ja grob ab, weil sie zitterte und plötzlich in überraschtem Ton murmelte: »Aber, Eric!« bevor sie ihn fragte: »Wie kann ich nur was?« während er von ihr abließ und unter

182

dem ohrenbetäubenden Schrei der offenbar hungrigen Möwen zurückwich.

»Wie kannst du bei diesem Wind baden!« sagte er und suchte mit ungelenker Hand nach einer Zigarette in seinem Päckchen, was ihn voll in Anspruch zu nehmen schien, ihn aber trotzdem nicht hinderte, sich der Albernheit seiner Äußerung bewußt zu werden.

Clarissa konnte ihn jedenfalls nicht begreifen, denn im Grunde warf er ihr ja vor, den anderen und ihm das Gesicht einer vernünftigen und begehrenswerten Frau zu zeigen, einer beneidenswerten Frau, einer Frau, von der keiner der anwesenden Männer den Blick wenden konnte und die sie diesmal mit Freuden und nicht mehr mitleidig betrachteten.

Clarissa stand bestürzt vor ihm, bestürzt und erniedrigt. Die anderen hatten aufgehört zu sprechen und verfolgten vermutlich ebenfalls überrascht die Heftigkeit seiner Gebärden. Da hatte Eric eine Idee: Er ließ Clarissa mit einer ergebenen und für sie unverständlichen Geste stehen, begab sich zur Bar, gab laut und deutlich seine Bestellung auf und kehrte zu ihr zurück, wobei er unterwegs Julien Peyrats aufmerksamen und fast ungehörigen Gesichtsausdruck wahrnahm, ohne ihn allerdings zu interpretieren.

»Hier, bitte«, sagte er und verneigte sich tief vor Clarissa – als wollte er beweisen, daß er sie bediente und daß seine Geste einem Auftrag entsprach –, bevor er ihr den doppelten Martini reichte, den sie nicht bestellt hatte.

»Darum hatte ich doch gar nicht gebeten«, sagte sie leise und überrascht zu ihm.

Überrascht und dennoch versucht, die Hand gleich nach dem Glas auszustrecken, es zu ergreifen und eilig an die Lippen zu führen, da sie fürchtete, Eric könnte sich anders besinnen und dieses Abweichen von seinen Grundsätzen bereuen, jedenfalls war diese Eile so offenkundig, daß sie bei den Zuschauern Anstoß erregte, die sich umdrehten und ihre Gespräche wiederaufnahmen, wie Eric sehen konnte, der ihnen sein gleichmütiges und beherrschtes Gesicht zuwandte.

Als er Clarissa wieder anblickte, hatte sie den Inhalt ihres Glases geleert, schaute ihn jedoch ruhig und ausdruckslos an. Und es dauerte diesmal einige Sekunden, ehe sie den Blick von ihm ließ und, in ihr Badetuch gehüllt, den Kabinen zuschritt.

»Sie sollten Ihrer Gattin diese abscheuliche Schminkerei verbieten«, sagte Edma Bautet-Lebrêche, als Eric zu ihrer Gruppe trat und es sich ebenfalls in einem Liegestuhl bequem machte.

»Ich habe es ihr schon hundertmal erklärt«, antwortete er lächelnd.

Dieses Lächeln soll offenkundig seine Verlegenheit verbergen, dachte Julien, der sich innerhalb von drei Minuten abgetrocknet und angezogen hatte und der wieder einmal Literatur – und zwar schlechte Literatur – in Erics Verhalten witterte: als ob dieser Lethuillier jedesmal in einem allzu einfältigen Comicstreifen oder in einem sogenannten Läuterungsfilm die Rolle des braven Ehegatten verkörperte. Erics Haltungen waren ihm bisher in ihrer Anwendung, ihrer psychologischen Banalität als pennälerhaft und komisch erschienen. Jetzt aber kannte Julien die Motive oder glaubte, sie zu kennen, und fühlte sich von ihrer unangenehmen, grausamen und ungesunden Seite gleichsam ergriffen oder angesteckt. Und er kämpfte gegen sich selbst, gegen diese abgedroschene Theorie, diesen Grundbegriff vom verflixten Geld, diesem Geld, das immer schuld ist, diesen Archetypus der großen Familien, die unerbittlich über Generationen eisern daran festhalten, diesen groben Gemeinplatz, aus dem Erics Wahnvorstellung hervorgegangen war – und den er sich selbst ein wenig zu eigen gemacht hatte. »Die reichen Leute sind nicht wie die anderen«, hatte Fitzgerald gesagt, und das stimmte. Er selbst, Julien, hatte nie Freunde unter den Steinreichen gefunden, mit denen er in den letzten zwanzig Jahren verkehrt und die er manchmal fürchterlich übers Ohr gehauen hatte. Aber vielleicht war es die Ablehnung verfrühter Gewissensbisse, die ihn von vornherein gegen seine Opfer einnahm und ihn daran hinderte, ihre Reize und ihre Tugenden zu sehen.

Auf alle Fälle hatte Eric Lethuillier Clarissa auf finanzieller Ebene nicht betrogen: es war allgemein bekannt, daß ihm der Erfolg seiner Zeitschrift erlaubte, der Familie Baron dicke Dividenden auszuzahlen, und ihm sogar gestattete, seine Frau in dem Luxus leben zu lassen, den sie immer gekannt hatte. Nein, in diesem Punkt hatte Eric Clarissa nicht betrogen, er hatte sie in einem anderen Punkt betrogen, einem viel schwerwiegenderen, dachte Julien plötzlich. Er hatte ihr versprochen, sie zu lieben, sie glücklich zu machen, und er hatte sie verachtet und mehr als unglücklich gemacht, so daß sie sich vor sich selbst schämte. Darin bestand die eigentliche Schädigung, das Verbrechen, das Attentat auf die menschliche Person, ein Attentat, das nicht auf ihre Güter gerichtet war, sondern auf ihr eigenstes »Gut«. Das Gute, das sie von sich selbst hielt und das er ihr genommen hatte, so daß sie in der Wüste zurückblieb, in dem schrecklichen Elend der Selbstverachtung.

Julien hatte sich unbewußt erhoben. Er mußte Clarissa sehen, auf der Stelle, sie in seine Arme nehmen, sie davon überzeugen, daß sie sich selbst wieder lieben konnte, daß...

»Wo gehen Sie hin, mein kleiner Julien?« fragte Edma beunruhigt.

»Ich komme gleich wieder«, antwortete Julien, »ich will nur sehen...«

»...wen Sie wollen«, unterbrach Edma ihn hart, und Julien wurde sich bewußt, daß er beinahe Clarissas Namen ausgesprochen hätte und daß Edma das ahnte.

Er verneigte sich tief vor ihr und küßte ihr zur allgemeinen Überraschung im Vorbeigehen die Hand, bevor er sich mit der Gewandtheit und Geschicklichkeit eines perfekten Freundes von Pferderennen auf dem Deck entfernte, als sei er auch hier bemüht, rechtzeitig beim Abwiegen, auf der Rennbahn, an den Schaltern zu sein, und immer darauf aus, keinen anderen Rennliebhaber zu treffen. Julien eilte die Laufgänge hinab, begegnete zwei Stewards mit Tabletts, sprang über einen Matrosen, der die Dielen schrubbte, überholte Armand Bautet-Lebrêche, der sich zurückzog, weil er vermutlich von der Sonne und dem Geschwätz genug hatte, wich der verblüfften Olga aus und betrat, ohne anzuklopfen, die Kabine von Clarissa, die er sofort in seine Arme schloß, als sie sich zur Tür umdrehte... Die Tür war so weit offen geblieben, daß Olga, die kehrtgemacht hatte und nun verharrte, sie deutlich hören konnte.

»Mein Liebling«, sagte Julien, »mein armer Liebling . . .«

»Sie sind ja wahnsinnig«, fiel Clarissas Stimme ein, eine erstaunte, ängstliche, aber eher zärtliche denn ungehaltene Stimme, wie Olga interessiert feststellte.

Olga sah sich zwischen den Freuden der Indiskretion und einem leichten Ärger über die Halbabwesenheit von Opfern dieser Idylle – zumindest, was Eric betraf – hin und her gerissen. Nun, Simon mußte für zwei zahlen, dachte sie folgerichtig. Natürlich litt die dramatische Seite ihres künftigen Berichts ein wenig darunter, denn Erics Schmerz, also der Preis für seine Eroberung, wurde damit herabgesetzt. Andererseits ersparte ihr das unvermeidliche moralische Überlegungen Fernandes oder Vorwürfe, die im Verlauf der »Ungewöhnlichen Abenteuer der Olga Lamouroux« immer schärfer geworden waren und jetzt selbst Olgas Feinfühligkeit in Frage stellten und sie gegenüber der wachsenden und schmerzvollen Herde der »anderen Frauen« nahezu als schuldig erscheinen ließen. Mehrmals hatte Olga die Gefahr verspürt, in den Augen Fernandes von dem beneidenswerten Status eines Vamps zu dem weniger glanzvollen, weil zu verbreiteten Status einer kleinen Nutte hinüberzuwechseln. Die Zärtlichkeit, die in Clarissas Stimme mitschwang, brachte das jedoch wieder in Ordnung.

»Mein Gott, Clarissa«, sagte Julien laut und unvorsichtig, »ich liebe Sie: Sie sind schön, Clarissa, intelligent und empfindsam und sanft, wissen Sie das nicht? Sie müssen das wissen, mein Liebling, Sie sind wunderbar, unvergleichlich . . . Übrigens denkt das jeder auf dem Schiff, alle Männer schwärmen von Ihnen. Selbst dieser Nichtsnutz von Andreas bekommt Stielaugen, wenn er mal den Kopf vom Busen seiner Doriacci losreißt, um Sie anzuschauen . . . Und sogar die grausame Zucker-Edma . . . und auch die Doriacci, die nur ihre Moll-Tonarten liebt, finden Sie reizend.«

Clarissas Stimme erklang und erlosch wieder, ohne daß Olga etwas verstehen konnte.

»Lieben Sie, Clarissa, und die Welt gehört Ihnen! Begreifen Sie? Ich will Sie nicht länger so traurig sehen, das ist alles«, schloß Julien, löste seine Umarmung und rückte

186

Clarissa etwas von sich ab, um die Wirkung seiner Worte besser beurteilen zu können.

Und Clarissa, ein wenig kopflos, aber von der Wärme von Juliens Reden, Juliens Körper und dem doppelten Martini leicht erhitzt, war keineswegs überzeugt, sondern gerührt. Sie hob den Kopf, und als ihr Blick auf die braungelben Augen ihres Kavaliers fiel, die unbekümmerten und treuen Jagdhundaugen, sah sie, daß sie getrübt, mit einer hellen Flüssigkeit überzogen waren, die ihren Glanz vervielfältigte und verwässerte, wessen er sich zur gleichen Zeit wie sie bewußt wurde, da er sie mit einem zornigen Murren und einigen unverständlichen Erklärungen an sich drückte, die er, wütend auf sich selbst, in ihr duftendes weiches Haar brummelte, während er bereit war, sich für diesen wirklich bedeutungslosen Zwischenfall, wie er in seiner männlichen Eitelkeit übrigens fast selber glaubte, zu entschuldigen. Er hätte in diesem Moment durchaus verstanden, wenn Clarissa über diese alberne Sentimentalität gelächelt und gespottet hätte, er hätte das sogar angesichts seines lachhaften Geständnisses für sehr normal und gerechtfertigt gehalten...

»Julien«, murmelte Clarissa. »Ach, Julien, lieber Julien...« Und ihre Lippen bildeten seinen Namen fünf- oder sechsmal an seinem Hals, ehe sie sich blind auf sein Gesicht legten, das sie vom Kinn bis zu den Schläfen abtasteten und das sie mit gierigen und anhaltenden Küssen, mit einem Regen hungriger und stiller Küsse bedeckten, einer unversiegbaren zärtlichen Flut, unter der Julien spürte, wie sich sein Gesicht öffnete, eine fruchtbare und gesegnete Landschaft wurde, ein sanftes und schönes Gesicht, von allem reingewaschen, kostbar und vergänglich, ein für immer geliebtes Gesicht.

Olga auf dem Gang hörte nichts mehr, weder das Echo eines Wortes noch das einer Geste, und so zog sie verärgert und irgendwie eifersüchtig ab, ohne genau zu wissen, warum.

Eric trank seinen Kaffee und rauchte seine Zigarre in Gesellschaft Armand Bautet-Lebrêches, der sich wie gewohnt hinter ein unbequemes Tischchen zurückgezogen hatte, das für ihn bis dahin die letzte und unantastbare Zufluchtsstätte gewesen war. Belagert und besiegt, warf der Zuckerkönig feindselige Blicke auf diesen schönen und sichtbar seiner Klasse angehörenden Mann, diesen Lethuillier, der dennoch die Stirn hatte, sich zum Kommunismus zu bekennen. Trotz all der Subtilitäten, die er in seinen Finanzgeschäften zulassen und erfinden konnte, zeichnete die politische Überzeugung, die Wahl, die Armand Bautet-Lebrêche getroffen hatte, keinerlei Unterscheidung, nicht die geringste Feinheit aus. Tatsächlich hatte er alle neuen Methoden der Herstellung und des Vertriebs übernommen, ja, er galt selbst in bezug auf die wenigen Industriellen seines Formats und seines Alters als einer der Kühnsten und, wie es hieß, einer der Offensten seiner Zeit. Aber das half ihm nicht, in der Politik andere Kategorien anzuerkennen als folgende: auf der einen Seite gab es die Kommunisten und auf der anderen die ordentlichen Leute.

Auf diese irrigen Vereinfachungen griff Bautet-Lebrêche übrigens auch in anderen Bereichen zurück, und zwar in allen, die den vereinfachenden Schlüssen seines Gehirns widerstanden hatten, dieser tragbaren, perfektionierten IBM, die er provisorisch – und dennoch seit zweiundsechzig Jahren und sicher für weitere fünfzehn oder zwanzig – unter seiner Schädeldecke installiert hatte. Zum Beispiel hatte sich seit seinem sechzehnten Lebensjahr – wie bei Ellédocq – auch das weibliche Geschlecht für ihn zweigeteilt: in Huren und ordentliche Frauen. Und ebensowenig, wie er zuließ, daß einer dieser »ordentlichen« Männer den Sozialisten oder der linken Mitte angehören könnte, ebensowenig ließ er zu, daß eine »ordentliche« Frau ganz einfach sinnlich sein könnte. Diese Klassifizierung wurde auf alles angewendet, mit Ausnahme der Frauen seiner Familie natürlich,

188

denen gegenüber Armand Bautet-Lebrêche sich auf heiligste Weise verpflichtet und gezwungen fühlte, sich blind und taubstumm zu verhalten. Es war beispielsweise unmöglich, daß Armand von den ehebrecherischen Seitensprüngen seiner Frau nichts gewußt hätte, aber noch undenkbarer war es, daß er die geringste Anspielung darauf machte oder Edma vor seinen Augen gewähren ließ.

Diese absolute Straflosigkeit hatte Edma zuerst entzückt, dann verständlicherweise geärgert und schließlich schwer gekränkt. Sie hatte ihr die verschiedensten und ungewöhnlichsten Gründe unterlegt, ehe sie sich auf einen, den einzig drolligen, beschränkte: den Mangel an Zeit! Dieser arme Armand Bautet-Lebrêche hatte so pedantisch ausgefüllte Terminpläne, daß sie ihm Zeit ließen, gleichgültig, allenfalls einmal glücklich zu sein, auf keinen Fall jedoch die Zeit, eifersüchtig, also unglücklich zu werden. In Anwendung der eingefleischten Klassifizierung hatte er Edma, als er sie kennenlernte, selbstverständlich unter die »ordentlichen« Frauen eingereiht. Es hätte einer unwahrscheinlichen Darbietung des Gegenteils bedurft, bevor er aus Egoismus oder Stolz auf seine Methode in Erwägung gezogen hätte, diese Eingruppierung in Frage zu stellen: Edma hätte sich zumindest vor seinen Augen mit einigen seiner Angestellten unter ekstatischen Schreien oder Obszönitäten auf seinem Büroteppich rangeln müssen, ehe sie von ihrem ehrbaren Platz zu dem Abschaum der gewöhnlichen Frauen hinuntergepurzelt wäre.

Diese Besessenheit Armands, alles in Fächer einzuteilen, konnte überdies die grausamsten Folgen haben, denn es genügte ihm nicht, sich hinter diesen Grundsatzurteilen zu verschanzen, er wendete sie sogar mit allen Konsequenzen an. Er hatte ehrenwerte Männer entlassen, bezaubernde Frauen gedemütigt, hoffnungsvolle Schicksale zerstört; einzig und allein weil er sie nicht auf Anhieb in den oberen Schubfächern unterbringen konnte, hatte er sie selbstsicher in die unteren, in seine Verliese, gesteckt. Die Zahl seiner Opfer, seiner Ungerechtigkeiten, wuchs mit dem Alter; und zwar so offensichtlich, daß selbst Edma darüber erschrak, obwohl sie wenig Anlaß sah, sich mit den menschlichen Beziehungen ihres Gatten zu seinen Angestellten zu beschäftigen, zumal sie es bereits müde war, ihn mit Hilfe ihrer Freunde der Gesellschaft erpressen zu müssen, damit er nicht zur Karikatur seiner selbst wurde.

Eric Lethuillier konnte also diesen Mann nur in Wut versetzen. Sich so großbürgerlich zu geben und den Befehlen Moskaus zu gehorchen, vor allem nach der Einheirat in die Familie der Stahl-Barons, das bedeutete Verrat an seiner Klasse – und wenn nicht dies, dann Verrat an der Gesellschaftsklasse Armands. Jedenfalls biß Eric die Hand, die ihn genährt hatte; nachdem er sein *Forum* herausgebracht und dank der Bourgeoisie finanziert hatte, zeigte er sich jetzt in seiner ganzen Unart, indem er sie dort geringschätzig behandelte.

Dabei war es Armand Bautet-Lebrêche tausendmal so gegangen, daß er die Waffen oder das Geld einer gegnerischen Gruppe benutzt hatte, um sie skrupellos zu ruinieren und auf halbem Weg diese Waffen für ein Nichts zurückzukaufen, die er sonst hätte teuer bezahlen müssen; doch das tat nichts zur Sache, das waren Geschäfte. Er fand es äußerst ungebührlich, daß dieser Kommunist mit dem Kaschmirschal – selbst und vor allem mit dem Kaschmirschal – auf demselben Schiff reiste wie er, dieselbe Musik, und sei es auch nur mit einem Ohr, hörte wie er, dieselbe Aussicht genoß, und sei es auch nur für eine Sekunde. Und dennoch erschien Erics Einschleichen in all diese Bereiche dem Zuckerkönig nicht allzu schwer zu wiegen: er konnte sich weder für die Aussicht noch für die Musik, noch für eine Atmosphäre interessieren, da man das alles nicht kaufen konnte. Armand Bautet-Lebrêche schätzte im moralischen Sinne nur, was er auch im materiellen Sinne schätzen konnte. Wertschätzung kam bei ihm erst nach der Abschätzung.

Andererseits war auf der *Narcissus* alles bezifferbar, die Billets waren es ebenso wie der Komfort und der Luxus. Die materiellen und damit wirklichen Dinge konnten in Armands Augen nicht mit einem Kommunisten geteilt werden, mußten jedenfalls für dessen Geschmack und dessen Portemonnaie zu teuer sein; das Gegenteil war anomal. Und Armand Bautet-Lebrêche, der in Geschäften so gerissen und so beschlagen war, daß er auf allen fünf Kontinenten Berühmtheit erlangt hatte, konnte diese Grundsatzüberlegungen, die übrigens von ehrenwerten

Leuten in allen Ländern der Welt widergekäut wurden, bis ins Letzte verteidigen. Überlegungen, denen zufolge man nicht das Herz links und die Geldbörse rechts haben konnte, was eine unangebrachte Heuchelei war, Überlegungen, denen zufolge es schätzenswerter war, die Geldbörse rechts und ein hartes Herz zu haben, und denen zufolge es letztlich nicht peinlich war, viel Geld zu besitzen, wenn man Wert darauf legte, daß andere es auch hatten. Und letzten Endes war es gut, was die linken Leute von den rechten Leuten trennte und weswegen letztere erstere seit dem ersten Jahrhundert nach Christi Geburt eines schlechten Glaubens beschuldigten.

Jedenfalls war die linke Haltung Eric Lethuilliers allmählich entartet: er wünschte nicht mehr, daß die armen Leute ein Auto hatten, er wollte lediglich, daß die reichen Leute nicht mehr hatten als die anderen; und deswegen bedeutete ihm die Lage der Armen wenig. Das war es, was Julien gewittert hatte, was aus allen Seiten des *Forums* durchsickerte und was diese Zeitschrift mit der Zeit suspekt machte. Armand Bautet-Lebrêche hatte lange gezögert, mit ihm über dieses *Forum* zu sprechen, über diesen Verrat, den er ihm vorwarf. Aber da er sich nach und nach auf diesem Schiff tödlich zu langweilen begann, weil er seiner Mitarbeiter, seiner drei Sekretärinnen, seiner direkten Verbindung mit New York und Singapur, seines Autotelefons, seiner Diktiergeräte und seines persönlichen Jets beraubt war ... dieses ganzen funkelnden Sortiments der Leistungsfähigkeit, das mehr als diese Leistungsfähigkeit selbst das Glück der Geschäftsleute ausmachte, verlustig gegangen war, hatte sich Armand seit drei Tagen auf der *Narcissus* derartig gelangweilt, daß er willentlich und offenkundig böse geworden war, anstatt einfach leistungsfähig zu bleiben. Er wippte also unterhalb der makellosen Bügelfalte seiner grauen Flanellhose mit dem weichledernen Mokassin zunehmend nervöser. Sein Gegenüber Eric Lethuillier vermittelte hingegen den Eindruck der Ruhe und unendlichen Sanftmut. Er verabscheute Armand Bautet-Lebrêche, seine Konzerne und sein Reich am meisten auf der Welt, und da er seinen Haß darauf am lebhaftesten und häufigsten in seiner Zeitschrift zum Ausdruck brachte, empfand er bei dem Gedanken, mit diesem

Mann, der noch mehr als sonst der typische Gegenstand seines Hasses war, eine Unterhaltung zu beginnen, die ganze Überlegenheit seiner tiefgreifenden Toleranz und seiner ungeheuren Intelligenz. Und er verspürte eine gewisse Neugier, weswegen er dem kleinen diktatorischen Nabob einigen Kredit einräumte.

Eric hatte seinen Kopf zurückgeworfen, zwischen zwei Fingern hielt er eine sündhaft teure Zigarre, die er von Zeit zu Zeit nachlässig, so gelangweilt und genießerisch zum Munde führte, als sei er wie sein Gesprächspartner damit geboren. Tatsächlich gefiel er sich darin, einem der reichsten Großbürger der Epoche zu zeigen, daß ein Aufrührer, der in materiellem Elend geboren und aufgewachsen war, der aus dem Nichts etwas aus sich gemacht hatte, mit der gleichen Ungezwungenheit sein Fleisch schneiden und seine Zigarre rauchen konnte wie ein alteingesessener Kapitalist. Und so sahen sich Armand und Eric mit gleichen Waffen im gleichen Konflikt gegenüber, da es eben seine Monte-Cristo-Zigarre zu fünfundvierzig Francs war, die Armand an Eric mißbilligte, und Eric gerade mit dieser Zigarre sich in dem Augenblick brüstete.

»Ziehen Sie ›Handelsklasse eins‹ vor oder die ›Handelsklasse zwei‹?« fragte Eric und runzelte mit jener gekünstelten, fast frommen, aber arroganten Miene die Brauen, die Havanna-Raucher im allgemeinen aufsetzen, wenn sie von ihren Zigarren sprechen.

»Handelsklasse eins«, sagte Armand entschieden, »nie die anderen. Die anderen sind mir zu dick«, fügte er leise hinzu, als wollte er ihm begreiflich machen, daß es – wenn er, Armand Bautet-Lebrêche, der Besitzer der größten Zuckerraffinerien an der Straße von Dover, eine Zigarre zu dick fand, obwohl er zehnmal ganze Tabakplantagen aufkaufen könnte – für einen Eric Lethuillier, der aus den Niederungen desselben Landes stammte, unangebracht und bis zum Grotesken lächerlich wäre, sie für etwas anderes zu erklären als zu dick.

Zum Glück hatte Eric, der von diesen Hintergedanken keine Ahnung hatte, die Größe dieser »Handelsklasse zwei« schon immer abstoßend gefunden.

»Da bin ich durchaus Ihrer Meinung«, entgegnete er zerstreut.

Der Ausdruck »Gott sei Dank« spiegelte sich noch einen Augenblick auf Armands Brillengläsern, bevor er anknüpfte:

»Übrigens erscheint mir alles auf diesem Schiff übertrieben: dieser Kaviar, diese Jahrhundertweine, diese Blumenarrangements, diese Parfümfläschchen in allen Garderoben, das alles kommt mir höchst geschmacklos vor. Ihnen nicht?«

»Doch«, gab Eric mit einer Nachsicht zu, die bei ihm ganz neu war, die jedoch in diesem Zusammenhang der Toleranz Platz griff, wo alles möglich war, einschließlich Erics Unterhaltung mit diesem Kapitalisten, der symbolisch mit dem Blut seiner Arbeiter befleckt war.

»Stört Sie das nicht? ... Natürlich!« sagte Armand Bautet-Lebrêche plötzlich und eröffnete im ungeeigneten Moment die Feindseligkeiten, wobei er die Rollen total vertauschte: der Kapitalist forderte den Linken zur Rechenschaft heraus, der Richter wurde zum Angeklagten.

Beide mußten die Seltsamkeit der Situation bemerkt haben, denn sie schwiegen gemeinsam und kauten verlegen an ihren Zigarren und ihrer Unschlüssigkeit.

»Außerdem finde ich all diese Leute unausstehlich«, äußerte Bautet-Lebrêche unvermittelt scharf und herablassend mit der Stimme eines greinenden Jungen, was den Herausgeber des *Forum* vollends aus der Fassung brachte.

»Und von wem sprechen Sie genau?« fragte er.

»Ich spreche von ... ich spreche von irgend jemandem .. natürlich nicht von meiner Frau«, stammelte er zusammenhanglos. »Ich meine ... ich weiß nicht ... diesen Typ, diesen Kinofritzen, diesen Filmverkäufer«, setzte er angewidert hinzu, als hätte er »Teppichhändler« gesagt.

Doch diese Anspielung auf Simon und die Verachtung, die sie bei beiden erweckte, zog sie aus der Verlegenheit; augenblicklich sahen sie sich gegen die Teppichhändler, Filmverkäufer, Pfiffikusse und Metöken verbündet, obwohl Eric die letzte Formulierung noch nicht klar durchdacht hatte.

Deshalb sagte er: »Da bin ich ganz Ihrer Meinung.«

Das klang überzeugend, und so legte sich Armands ängstliche Wut und wich einer Art Klassenkameraderie.

Und auf einmal war es, als seien beide Eton-Schüler gewesen, hingegen Simon nur ein Hilfsschüler. Armand fühlte sich beruhigt und suchte von nun an nach Antipathien, die er mit »seinem Kommunisten« teilen konnte. »Die kleine Schnepfe, die ihn begleitet, ist erstaunlich vulgär«, fuhr er schwungvoll fort, und er beendete seinen Satz mit einem besorgniserregenden trockenen Lachen, dieser Art von Lachen, wie man es von harten Geschäftsleuten in Gangsterfilmen erwartet.

Eric, der bei dem altmodischen Wort »Schnepfe« zusammengezuckt war, sah sich durch dieses wilde Lachen wieder gestärkt. Er übertrieb: »Ja . . . mit ihrem Stil eines intellektuellen Filmstars . . . zumindest sucht sie sich intellektuell zu geben . . . ist sie eine der langweiligsten kleinen Nutten, der ich je begegnet bin! Da muß man ja selbst mit diesen unglücklichen neureichen Filmemachern Mitleid haben. Den Ärmsten wird sie bald ruiniert haben!«

Und in ihrem plötzlichen männlichen Mitgefühl schüttelten die beiden Männer über Simon Béjards Unglück traurig die Köpfe.

Keiner von ihnen hatte gehört, daß Olga hinter ihnen aufgetaucht war. In ihrer weißen Hand trug sie einen schwarzen durchscheinenden Stein, den der Barkeeper ihr anvertraut hatte und über den sie jetzt die Meinung der beiden hehren Geister hören wollte: ob es tatsächlich ein Meteorit sei, ein zu Glas gewordener Stern, der wie ein Wunder auf dieses Schiff gefallen war, ein Stern von einem anderen Planeten, den vielleicht ein anderes lebendes Wesen ins Leere geworfen hatte, das vielleicht allein auf der Welt war oder das wenigstens glaubte . . .

Kurz, Olga war naiv und begeistert wie ein Schulmädchen auf Zehenspitzen mit ausgestreckter Hand und verklärtem Blick zu ihnen geschlichen. Und auf Zehenspitzen entfernte sie sich auch wieder, allerdings mit geballter Faust und der Miene einer reifen Frau, einer grausamen Frau, von Haß und Demütigung beseelt, in einer Rolle, die zu spielen ihr diesmal in keiner Weise schwerfiel. Auf die Reling gestützt, brach Olga Lamouroux in Tränen aus, weinte zum erstenmal seit langer Zeit oder zumindest zum erstenmal seit langer Zeit ohne Zeugen.

Ein wenig später beruhigte sie sich, verjagte diesen vernichtenden Satz aus ihrem Kopf – diesen kleinen Satz, der im Zickzack durch ihr Gehirn huschte und sich auf der Suche nach einem Ausgang an den Wänden stieß wie eine Fliege unter einem Glas – diesen kleinen Satz von Eric: »Mit ihrem Stil eines intellektuellen Filmstars ... ist sie eine der langweiligsten kleinen Nutten...« Es war nicht der Ausdruck »Nutte«, der sie zutiefst verletzte – beileibe nicht –, es waren vor allem die anderen Wörter und daß Eric Lethuillier sie ausgesprochen hatte, der Herausgeber des *Forum*. Diese Wörter versetzten sie in eine erniedrigende Verzweiflung, eine dieser Verzweiflungen, die – liest man Stendhal, Dostojewski, Proust und viele andere – zu den schmerzhaftesten gehören können. Allerdings hatte Olga Lamouroux weder Stendhal noch Dostojewski, weder Proust noch andere große Dichter gelesen, sondern hatte – was sie auch sagen mochte – lediglich zur Kenntnis genommen, was man über sie schrieb, und das eher im *Paris-Match* oder im *Jours de France* anläßlich eines Geburtstages als in den *Nouvelles Littéraires*. Diesen kostbaren Informationen fügte sie eine kleine persönliche Note hinzu, die ihre geistig beschlagene Freundin Micheline lieferte, denn sie selbst hatte tatsächlich nichts gelesen. Ohne sich also auf eine Referenz stützen zu können, rang Olga Lamouroux – genauer gesagt, Marceline Favrot, in Salon-de-Provence als Tochter einer zärtlichen Mutter und Kurzwarenhändlerin geboren – der zweite Begriff hinderte sie, den ersten zu schätzen –, rang also Olga über eine Stunde buchstäblich die Hände, vermochte jedoch nicht, den Wahnvorstellungen und den Schreien ihres verletzten Stolzes zu entrinnen. Olga hatte keinerlei Abstand zu sich selbst; sie hatte von sich nur eine stilisierte und falsche Vorstellung, doch das war eine triumphierende Version, die sie sich mit einem gewissen Mut und entgegen allen Beweisen des Gegenteils, die das Leben bereithielt, mit der Zeit zusammengebastelt hatte. Außer ihrer Eitelkeit war das vielleicht das Beste an ihr: dieser Mut, dieser Eigensinn, diese von den Verlockungen geblendete Naivität der Kindheit, dieses Verweigern einer glanzlosen Existenz. Und möglicherweise gehörten auch ihre Anstrengungen, ihre Bemühungen, ihre durchwachten Nächte dazu, wenigstens dem Anschein nach eine umfassendere Bildung zu erwerben, als das Lyzeum ihr geboten hatte, ebenso wie ihr Vertrauen ins Leben, in ihre Jugend, in ihre Schönheit und in ihr Glück – was nun von Eric schlechtgemacht und zu Boden geschmettert worden war. Und deshalb entsprach dieser unwiderrufliche Entschluß, dieser Wunsch nach Rache, ihren guten Eigenschaften genauso wie ihren Fehlern. Die Schnelligkeit, mit der sie von ihrem Leiden abließ, nach Waffen suchte, nach einem Mittel, um es Eric heimzuzahlen, war in gewisser Weise durchaus achtbar.

Das kam übrigens in einer absichtlich gefälschten Version für ihre beiden Vertrauten, Micheline und Fernande, durch folgende Formulierung zum Ausdruck: Ich beschloß auf der Stelle, daß das Eric Lethuillier teuer zu stehen kommen sollte. Er sollte sehen, was es bedeutete, sich vor Olga, dem künftigen Star, mit einer jungen waffenlosen Frau anzulegen, und sei es mit seiner eigenen, der jungen und reichen Clarissa aus dem Hause der Stahl-Barons.

Während sie auf Rache sann, hielt sie ihre Tränen zurück, wischte sie von den Wangen ab und wunderte sich leicht, daß sie nicht nach Salz schmeckten. Dennoch ließ sie sich von ihrem Schluchzen schütteln, doch das geschah eher wegen des Verzichts auf ihren großen Kummer denn aus Folgsamkeit ihm gegenüber – einer mit Bewunderung gemischten Folgsamkeit, denn seit zehn Jahren glaubte sie, da sie Tränen immer vortäuschte, nicht mehr richtig weinen zu können. Im Moment hingegen waren es echte Tränen, die unter ihren Lidern hervordrängten, während sich ihre Schultern unter unkontrollierten Krämpfen beugten: eine Frau oder vielmehr ein Mädchen – das sie nicht oder nicht mehr kannte –, eine »andere«, weinte an ihrer Stelle. Erstaunt, aber auch verwundert über die Leidensfähigkeit der anderen, versuchte Olga automatisch, Gründe dafür zu finden. Mit der Zeit weinte sie über die Mittelmäßigkeit der Menschen, über die Härte einiger Männer, die das Gegenteil hätten sein sollen, dieser Männer, auf die das großzügige und vertrauensvolle Volk, das großherzige Volk in diesem Augenblick zählte, um aus seinem Schlen-

drian herausgeführt zu werden. Sie weinte über die armen
Leser des *Forum*. Sie vergaß, daß sie Links- oder Rechts-
Intellektuelle waren, Groß- oder Kleinbürger und jedenfalls betucht genug, es zu kaufen und sich mit ihm über
dieses berühmte Volk zu beugen: dieses Volk, von dem
offenbar niemand – sieht man von den offiziellen Taschen-
spielern ab – letzten Endes glaubte und wollte, daß er ihm
angehörte, »dieses Volk«, dessen einziges Unterschei-
dungsmerkmal vielleicht darin bestand, daß es diese
Vokabel niemals in den Mund nahm.

Wie dem auch sei: als Julien, der mit großen Schritten das
Deck umrundete – mit jenen großen Schritten, weit ausho-
lend, zwei Stufen der Treppen auf einmal nehmend, mit
diesen wankenden Schritten des glücklichen Liebhabers –,
auf sie stieß, waren es altruistische Tränen, die in die
blauen Wellen tropften und, als sie sich an ihn klammerte,
auf seine Jacke fielen.
    Warum hatte sie nicht auf ihn ein Auge geworfen? fragte
sie sich. Natürlich war er nicht sonderlich ernst zu nehmen, und natürlich stellte er nichts vor, und natürlich
hatte er sich für das einzig Interessante auf diesem Schiff,
das heißt sie selbst, Olga, nicht interessiert gezeigt... Aber
er, so redete Marceline Favrot sich in ihrer naiven Verzweiflung ein, er war wenigstens ein kluger Kopf! Sicher,
er war in Clarissa verliebt... die schöne Clarissa... die
nicht mehr groteske Clarissa... und diese unerwartete
Rivalität machte ihre kleine Geschichte auch nicht besser,
dachte sie, während ihr gleichzeitig bewußt wurde, daß
sich ihr Kummer und ihr Schicksal beim Anblick Juliens in
ihren eigenen Gedanken zu einer »kleinen Geschichte«
reduzierten. Vielleicht wurde das durch das Gesicht dieses
Mannes bewirkt, dieses Gesicht mit den buschigen
Brauen, dem vollen Mund unter den schönen kastanienbraunen Augen und seiner großen, schrägen Nase. Seine
Wimpern waren so lang wie bei einer Frau, stellte sie
erstmals fest, diese Wimpern hatte man bei einem so
männlichen Mann, der sichtlich froh war, so zu sein,
einfach nicht erwartet. Im Grunde könnte man auf diesen
Julien Peyrat eifersüchtig sein. Und der schöne Eric hätte
sich das als erster denken müssen, wenn sie sich die

überraschende Szene dieses Nachmittags ins Gedächtnis
rief. Sie liebte Eric nicht mehr – oder redete sich ein, ihn
nicht mehr zu lieben, was übrigens durchaus möglich
war –, er erschien ihr sehr viel weniger verführerisch. Und
wenn sie es recht bedachte, war ihr Seitensprung auf Capri
in gewisser Hinsicht merkwürdig uninteressant geblieben,
und in dieser Hinsicht hätte Julien Peyrat zweifellos bes-
sere Erinnerungen bei ihr hinterlassen...

Olga war frigide und ersetzte dieses traurige Adjektiv
durch ein anderes, schmeichelhafteres: sie bezeichnete sich
als »kühl«, damit man ihr nicht vorwarf, es zu sein, und
die Hoffnung hegte, sie ändern zu können. Eric auf Peyrat
eifersüchtig... Warum denn nicht? Ihre Tränen, deren
Strom, wie Julien glaubte, langsam versiegte, flossen wieder stärker, diesmal jedoch absichtlich. Mit Weinen
konnte man bei diesen Männern jede Strategie verfolgen,
sagte ihr ihre Erfahrung.

Julien war durch diese Tränen zunächst unangenehm
berührt. Ihm schien auf diesem Schiff die Rolle des Trö-
sters zudiktiert zu sein, die er nicht gewohnt war, dachte er
freudlos. Doch gleich kam ihm dieser Gedanke blasphe-
misch vor. Schließlich wußte er, daß Clarissas Tränen mit
Olgas nicht zu vergleichen waren! Weder von ihrem Motiv
her noch in bezug auf die Augen, aus denen sie strömten,
oder prosaischer ausgedrückt: hinsichtlich ihrer Flüssigkeit. Olga schniefte viel beim Weinen, und Juliens Ärmel
zeigte einen eher beunruhigenden Glanz. Julien hatte einen
Arm beschützend um Olgas Schultern gelegt und drückte
sie nun für einen Augenblick mit einer umhüllenden Geste
an sich. Als er sie freigab und sie zurückwich, sah er mit
Entzücken, daß sie ihm dieses häßliche Geschenk gemacht
hatte. Zufrieden lauschte Julien den harten Worten der
niedergeschlagenen Olga.
    »Ich habe ein Gespräch mitgehört«, sagte sie leise, »das
mich empört hat... Ja, so empört, daß es mich in diesen
Zustand versetzt hat! Offenbar bin ich zu treuherzig.« Sie
machte eine kurze verzweifelte und flüchtige Handbewegung, die über die verrückten Folgen ihrer naiven Jugend
Bände sprach.

»Und wer hat diese Treuherzigkeit verletzen können?« fragte Julien ungerührt, ja sogar ernst.

Er dachte an den Bericht, den er Clarissa geben würde, an ihr gemeinsames Lachen, und stellte mit Erschrecken fest, daß ihm schon jetzt nichts mehr begegnen konnte, was er nicht gleich Clarissa zu erzählen wünschte. War das für ihn Liebe? überlegte er: dieses Verlangen, alles derselben Person zu berichten, und daß einem alles, was man erlebt, so komisch oder ergreifend erscheint. Er hatte sich verliebt und war gleichzeitig grausam geworden, bemerkte er. Im Grunde konnte diese junge Olga trotz aller Lächerlichkeit ruhig unglücklich sein... Eric Lethuillier besaß in seinem Hochmut sicher die Fähigkeit, zwei Frauen tief zu verletzen.

»Was ist geschehen?« wiederholte er in plötzlich warmem Ton, und Olga hätte es ihm beinahe gesagt.

Nein, Olga übrigens nicht, sondern diese stets provinzielle, stets vertrauensselige und stets sentimentale Marceline Favrot, über die Olga Lamouroux Gott sei Dank wachte. Und so antwortete Olga ihm: »Nichts, nichts Besonderes, aber die Reden dieses Bautet-Lebrêche haben mich niedergeschmettert. Schändlichkeit müßte doch ihre Grenzen haben, oder?« fragte sie in ihrem Gedankenflug.

»Ja, das sollte sie«, murmelte Julien ausdruckslos, denn er hatte sich aufrichtig Mühe gegeben und brannte nun darauf, seinen Spaziergang im Wind fortzusetzen. »Wenn Sie mich einmal brauchen sollten...«, sagte er höflich und hoffte damit anzudeuten, daß dieses »brauchen« für ihn der Zukunft vorbehalten war.

Olga lächelte, nickte dankbar, und schon stob er davon. Sie sah, wie er hinter einem Schornstein verschwand; und für einen Moment fragte sie sich, warum sie sich in diese Art von Männern nie verlieben konnte, die sie doch so glücklich gemacht hätte – dabei wußte sie nicht, daß sich »diese Art Mann« ein paar Schritte weiter ebenfalls fragte, warum er diese Art von Frauen nie lieben konnte.

Schnell kam sie auf ihren Vorsatz zurück: Wie sollte sie Eric bestrafen? Über seine Frau, die schöne Clarissa, natürlich... Das war der einzige Bruch, den sie in ihm erkannte. Noch wußte sie nichts von seiner Ursache oder seiner Bedeutung.

Clarissa, für die das Leben in dem Maße wiederkehrte, in dem sie Torheiten beging, so daß sich das Glück mit den Gewissensbissen steigerte, war vor Eric mit zerstreuter, aber verschlossener Miene in die Bar gegangen. Während Eric duschte und im Bad vor sich hin pfiff, hatte sie sich eiligst angezogen und war lautlos – ohne die Tür zu schließen – aus der Kabine geschlüpft. Er würde sich darüber aufregen und schnell hinterherkommen, doch zehn Minuten, fünf Minuten oder drei Minuten mit Julien, mit dem Mann, der ihr ihr Selbstgefühl zurückgegeben hatte, das Wohlgefallen an ihrer Erscheinung, am inneren Leben ihres Körpers, diese wenigen Minuten waren die unausbleiblichen Szenen wert. Sie hatte ihm tausend Dinge zu sagen, die ihr einge- fallen waren, und er hatte für sie tausend Antworten und tausend Fragen bereit, aber das hinderte nicht, daß sie anfangs reglos und stumm auf ihren ledernen Barhockern saßen, ehe sie gemeinsam zu sprechen begannen, sich gleichzeitig unterbrachen und zusammen die gleichen Ent- schuldigungen vorbrachten, als spielten sie in einer der scheußlichsten amerikanischen Komödien. Außerdem verloren sie dreißig Sekunden, um sich gegenseitig das Wort zu erteilen und wieder zu nehmen, bis sich schließ- lich Julien mit hängenden Zügeln in einen maßlosen Monolog stürzte.

»Was sollen wir machen, Clarissa? Sie werden doch nach der Ankunft in Cannes nicht mit diesem Mann weiterziehen? Wollen Sie mich verlassen? Das wäre lächerlich. Sie wissen, es wäre besser, ihm jetzt gleich alles zu sagen! Oder soll ich es ihm sagen? Ich nehme es auf mich, dies zu tun, wenn Sie es nicht vermögen. Wenn du es nicht kannst«, wiederholte er mit diesem zärtlichen Blick, dem sie schon jetzt kaum noch widerstehen konnte.

Tatsächlich verfügte Julien über das Lächeln eines wirk- lich zärtlichen, eines wirklich gütigen Mannes; es geschah zum erstenmal, daß Clarissa der Verführung dieser platten

200

Tugend namens »Güte« erlag, und das vermittelte ihr genau das, was Erics Blick verweigerte: die Versicherung, von diesem Halbfremden, ihrem Geliebten, bedingungslos akzeptiert, geliebt und nicht von einem höheren Wesen gerichtet zu werden. Vielleicht liebte Eric sie einfach nicht mehr, vielleicht nahm er es ihr übel, daß sie nichts tat, aufgrund dessen er sich von ihr scheiden lassen konnte. Vielleicht wäre er sogar entzückt, wenn Julien ihn um ihre Hand bitten würde? Aber Clarissa wußte sehr wohl, daß es so einfach nicht ging; und je mehr Juliens Blick und sein Verlangen sie von ihrer Schönheit, von ihrem Recht auf Freiheit und auf das Glück überzeugten, desto klarer wurde ihr das Unbegreifliche in Erics Verhalten. Sie begriff ohne Zorn, daß sie unter seinem nicht nur unnachsichtigen, sondern bestimmt sogar aggressiven Blick in einer negativen Vorstellung von sich selbst buchstäblich eingeschlossen und gefangengehalten worden war. Und was hatte sie für ihn anderes tun können, als reich zu sein, wie es Julien ausdrückte? Doch an diesem Punkt führte sie die Überlegung nicht weiter, am Rande dieser Geldgeschichten hielt sie wie vor verseuchten Sümpfen an, in die sie sich hineinbegeben würde, wenn sie Erics Spuren weiterzuverfolgen suchte. Sie wußte, sie war sich sicher, daß es schreckliche Konsequenzen hätte, wenn Julien mit Eric sprach oder Eric von anderen erfuhr, wie es um sie bestellt war. Und das galt nicht allein für sie, sondern auch für Julien. Und ebenso wie Juliens zärtlicher Blick ihr Sicherheit verlieh und ihren Gefühlshunger stillte, ebenso beunruhigte er sie, wenn sie ihn den ausgeklügelten und eiskalten Machenschaften Erics ausgesetzt sah, die sie zur Genüge kannte.

»Sag nichts«, beschwor sie ihn. »Ich bitte dich, sag jetzt nichts. Warte... warte das Ende der Kreuzfahrt ab. Auf diesem Schiff, bei all diesen Leuten, die alle informiert sind, das wäre abscheulich, aufreibend... Ich könnte Eric nicht aus dem Weg gehen. Ich könnte ihm erst auf dem Festland entfliehen, und dabei bin ich mir nicht einmal sicher, ob er sich meiner nicht auf die eine oder andere Weise gewaltsam bemächtigen würde«, fuhr sie mit einem heiteren Lächeln und sogar einem leichten Lachen fort, was Julien für einen Augenblick verblüffte, ehe die Hand Edma Bautet-Lebrêches, die hinter ihm auf der Theke

nach einer Nuß griff, ihn über die Gründe dieses unangebrachten Lachens aufklärte.

»Meine liebe Clarissa«, sagte Edma, »darf ich Ihren
Part an der Seite von Herrn Peyrat übernehmen? Ihr
Mann, dieser Othello, eilt mit großen Schritten herbei. Er
wäre schon hier, wenn Charley ihn nicht unterwegs mit
einer Telex-Geschichte aufgehalten hätte.«

Damit ließ sie Clarissa auf ihrem Hocker rechts neben
Julien sitzen, griff selbst zu dem Hocker links von ihm und
begann, voller Elan auf ihn einzureden, so daß er Clarissa
den Rücken zuwenden mußte, die sich ihrerseits der
lächelnden, verständnisinnigen Doriacci gegenübersah.

»Wissen Sie, Herr Peyrat«, sagte Edma, »daß ich mich
seit Beginn dieser Kreuzfahrt bemühe, Ihnen zu gefallen?
Ich blinzle Ihnen zu, ich schaue Sie an, ich spreche in Ihre
Richtung, ich lache mit Ihnen und was weiß ich alles. Ich
mache mich lächerlich, ohne das geringste Echo zu finden.
Ich bin tief gedemütigt und sehr traurig, Herr Peyrat!«

Julien, der in Gedanken noch mit den letzten Worten
Clarissas beschäftigt war, gab sich Mühe, um zu begreifen,
was ihm da gesagt wurde, doch das Ergebnis war lediglich,
daß er sich noch mehr geniert fühlte. Er hatte die Manöver, von denen Edma sprach, durchaus bemerkt und hielt
es für beide Teile für klüger, das nicht zu zeigen. Daß sie so
offen mit ihm darüber redete, erschien ihm entsetzlich. Er
war schon immer bei dem Gedanken entsetzt gewesen,
jemanden und vor allem eine Frau zu demütigen.

»Aber ich dachte nicht«, erwiderte er, »ich dachte nicht,
daß ich gemeint sei. Ich meinte, Sie wollten ...«

»Faseln Sie nicht«, sagte Edma immer noch lächelnd,
»faseln Sie nicht, und lügen Sie nicht. Ich habe Ihnen
tatsächlich den Hof gemacht, Herr Peyrat, aber ich habe es
im Imperfekt getan. Ich wollte Ihnen nur begreiflich
machen, daß ich vor zwanzig oder zehn Jahren, wenn ich
damals mit Ihnen auf diesem Schiff gewesen wäre, Sie
natürlich mit Ihrem Einverständnis, erwählt hätte, um
Herrn Bautet-Lebrêche zu betrügen. Sie mögen vielleicht
daran zweifeln, aber selbst in seinem Milieu bin ich Männern begegnet, die so charmant waren, daß ich sie lieber
konnte ... Und ich habe Ihrer männlichen Gattung gegenüber eine Freundschaft bewahrt, die nicht nachgelassen

hat und die übrigens – wegen mangelnder Gelegenheit – jetzt auch nicht mehr nachlassen wird. Es ist eine völlig platonische Bewunderung, glauben Sie mir, eine Zuneigung voller Bedauern, die ich Ihnen vorschlagen wollte, durchsetzt allerdings von glücklichen Erinnerungen...«

Ihre Stimme klang plötzlich etwas traurig, und Julien schämte sich, schämte sich seiner Hintergedanken und ihres Verschweigens. Er nahm ihre Hand und küßte sie. Und als er die Augen wieder hob und sich umwandte, stieß er auf den ironischen, verächtlichen, fast unverhüllt beleidigenden Blick von Eric Lethuillier, der auf der anderen Seite von Clarissa saß. Sie fixierten sich, und Julien neigte sich zu Eric hinüber, wobei er Clarissa berührte, die vor sich hinstarrte.

»Sie haben über mich gesprochen?« fragte er Eric.

»Nie im Leben!« antwortete Lethuillier erstaunt, als wäre ihm diese Möglichkeit entehrend erschienen.

»Ich dachte nur«, sagte Julien ausdruckslos.

Und es entstand zwischen ihnen wie zwischen zwei bissigen Hunden eine Art drückender Leere. Ein Stillstand der Zeit, eine fauchende Reglosigkeit, wie sie dem Haß eigen ist.

Charley rettete die Situation auf seine Weise, indem er in die Hände klatschte und mit seiner näselnden Stimme ausrief: »*Hello people!*«

Alles drehte sich nach ihm um, die beiden Männer hielten noch einen Moment die Blicke aufeinander gerichtet, bis Edma praktisch ihre Hand auf Juliens Augen legte und »pst!« machte, als ob er sprechen würde, so daß er sich Charley zuwandte.

»Sind alle da?« rief Charley. »Oh, es fehlen Simon Béjard und Fräulein Lamouroux... Und Herr Bautet-Lebrêche auch. Nun, dann teilen Sie ihnen bitte das neue Schiffsprogramm mit. Wollen Sie, daß wir morgen vor der Landung in Karthago an der Zembrainsel stoppen, wo man noch einmal vor dem Winter baden kann? Wir können vor einer kleinen Küste ankern, wo das Wasser tief genug ist und es große Strände gibt. Ich denke, das müßte allen Spaß machen...«

Es folgten ein paar Beifallsbekundungen, aber das Schweigen überwog – die Passagiere der *Narcissus* hatten

203

im allgemeinen kein Interesse, sich zu entkleiden. Lediglich Andreas, den dieses blaue Meer berauschte, und
Julien, der zwar nicht gerne schwamm, auch nicht Tennis
spielte oder sonst einen Sport betrieb außer dem Pferderennen, den jedoch jede Gelegenheit, sich mit Clarissa zu
treffen, außerordentlich begeisterte, applaudierten lautstark, während Eric nur billigend nickte. Die Doriacci,
Edma und Clarissa reagierten nicht, allerdings aus verschiedenen Gründen. Die ersten beiden aus ästhetischen
Erwägungen und Clarissa, weil sie, seit Eric neben ihr saß,
wieder vor allem Angst hatte: vor einem Bad im Mittelmeer ebenso wie vor einem Glas mit Julien an der Bar oder
dem komplizenhaften Lächeln, das sie vielleicht bei den
anderen Passagieren herausfordern könnte. Abermals
fürchtete Clarissa sich, Julien oder irgendeinen anderen zu
lieben. Sie verspürte eine plötzliche Migräne und suchte
schnell in ihrer Kabine Zuflucht.

Alles verriet dort Erics Gegenwart: seine Jacken, seine
Papiere, seine Zeitschriften, seine Notizbücher, seine
Schuhe, und nichts erinnerte sie an Julien, dessen zerknitterte Hemden und schlecht geputzte Schuhe sie bereits
kannte, und auf einmal sehnte sie sich ebenso heftig nach
dieser ungebügelten männlichen Kleidung wie nach seinem Körper. Sie hätte in Syrakus aussteigen, die Kreuzfahrt dort beenden und Julien vergessen müssen. Aber
selbst wenn sie die beiden ersten Vorhaben durchgeführt
hätte, wäre sie sich bei dem dritten nicht sicher gewesen.
Sie wußte genau, daß sie bei dem Verzicht auf diese Flucht
in dem Augenblick, als sie sie plante, nicht den Zorn oder
die Vorwürfe Erics über ihre Wankelmütigkeit am meisten
fürchtete.

Weder zum Abendessen noch wegen des Konzerts verließ sie ihre Kabine; sie verbrachte die ganze Nacht zwischen den zwei Hypothesen: in Syrakus auszusteigen oder
Julien zu lieben, entschied sich Stunde um Stunde bald für
die eine, bald für die andere, um dann um sieben Uhr
morgens erschöpft, aber glücklich mit dem Gedanken
einzuschlafen, daß diese Erschöpfung sie jedenfalls der
Aufgabe entzog, diese Wahl zu treffen, und folglich auch,
die Koffer zu packen.

Julien hatte sich in Eric Lethuilliers Aggressivität nicht getäuscht: dieser haßte ihn tatsächlich schon, instinktiv, und sein Haß war stärker als der Haß gegenüber Andreas oder gar Simon Béjard. Natürlich hatte Eric seine Vorstellungen von den Frauen – völlig überholte, wenn man an die Freiheit dachte, die er für die gleichen Frauen im *Forum* forderte. Guter oder schlechter Geschmack waren vielleicht nicht die richtigen Kriterien, soweit es um das sexuelle Empfinden einer Frau ging – zumal er ernsthaft glaubte, Clarissa sei in der Liebe kalt – beinahe frigide – geworden, obwohl er sie ganz anders kennengelernt hatte. Aber es erschien ihm dennoch nicht möglich, daß sich die Anspielung Olgas, die sie am Nachmittag gemacht hatte, auf Simon Béjard bezogen hatte.

Er hatte sich mit ihr in der Bar der Ersten Klasse verabredet, wo sie unfreundlich aufgenommen worden waren, als ob ein Unterschied von dreißigtausend Francs eine Art Harlem schaffen und Olga und ihn in unerwünschte Weiße verwandeln könnte. Doch Olga schien sich keinen Augenblick um die anderen Passagiere gekümmert zu haben. Sie hatte ihn mit so offensichtlichen Zeichen ihrer Leidenschaft empfangen, daß er letztlich froh war, sich dort versteckt zu haben: Olgas Mimik wäre den scharfblickenden Augen Charleys oder anderer Mitreisender mit Sicherheit gekünstelt erschienen, und zwar ebenso gekünstelt, wie Eric Lethuillier sie aufnahm. Die Art, wie sie ihre Geschütze auffuhr und ihren ganzen Charme entfaltete, quittierte er mit einer Gleichgültigkeit, die die Verachtung überschritt und an Entrüstung grenzte, als sie ihm lächelnd und gleichsam nebenbei den kleinen Satz zuspielte, der ihm den Tag verderben sollte.

Dieser kleine Satz tauchte in einem Monolog auf, in dem Olga sich plötzlich über die Gefühle Clarissas Sorgen machte. Sie behauptete sogar, nicht der Grund für deren Kummer sein zu wollen, verharrte lange bei diesem

Thema, bis sie schließlich fragte, ob Clarissa auf ihn und seine Seitensprünge eifersüchtig sei. Woraufer umgehend antwortete, um den Gesprächsgegenstand wechseln zu können, daß Clarissa und er sich schon lange nicht mehr liebten, daß sie ihn vermutlich nie geliebt habe – und zwar im Gegensatz zu ihm –, daß sie anderen und ihm, Eric, gegenüber gleichgültig geworden sei, ja fast ein Stadium der Schizophrenie erreicht habe.

Nach ein paar einleuchtenden Worten des Trostes sagte Olga darauf mit einem kurzen schüchternen Lachen: »Glücklicherweise, mein lieber Eric. Ich bin sehr erleichtert darüber. Ihretwegen und auch wegen Clarissa ...«

»Warum meinetwegen«, fragte Eric automatisch, während er darauf wartete, daß sie vielleicht Gewissensbisse äußerte.

Doch Olga weigerte sich, Erklärungen abzugeben, und die würdevolle Miene, mit der sie das tat, nährte Erics Entrüstung, ja Groll ihr gegenüber noch mehr.

»Liebe Olga«, sagte er nach einer zehnminütigen Diskussion über das Recht, das er hatte, zu erfahren, was sie wußte, »liebe Olga, ich glaube, Ihnen begreiflich gemacht zu haben, daß ich jemand bin, der Klarheit liebt. Ebenso wie ich Ihnen nichts von möglichen Verirrungen Simon Béjards verschweigen würde, sollten Sie mir nicht etwas vorenthalten, das mich betrifft, wenngleich indirekt. Wenn sie gegenteiliger Ansicht sind, sollten wir es besser dabei belassen.«

Und gleich stiegen dicke Tränen in Olgas Augen, während sich ihr Gesicht verkrampfte und ihre Qual in tausend Wimpernschlägen zum Ausdruck kam, bis sie schließlich zunehmend unbefangener ihrem Geliebten den Grund ihrer Anspielung nannte. »Ich habe sie nämlich vorhin ein ganz klein wenig flirten sehen«, sagte sie lächelnd. »Und ich sage Ihnen nicht, mit wem, weil ich mich daran nicht erinnere. Und selbst wenn ich es täte, würde ich es Ihnen nicht verraten.«

»Was verstehen Sie unter flirten?« fragte Eric trocken und wurde plötzlich blaß unter seiner Bräune, worauf Olgas Herz vor Freude hüpfte.

Sie hielt die Tränen zurück. »Flirten ... flirten, wie definieren Sie das selbst, Eric?«

»Ich definiere das überhaupt nicht«, entgegnete er schroff und wies mit einer Armbewegung jede Definition dieser flüchtigen Tätigkeit von sich, »ich flirte nie: ich schlafe mit jemandem oder lasse es bleiben, denn ich verabscheue Kokettiererei.«

»Das ist aber ein Fehler, den Sie mir nicht vorwerfen können«, erwiderte Olga affektiert und hängte sich an seinen Arm. »Ich habe Ihnen wirklich nicht lange widerstanden. Vielleicht nicht lange genug ...«

Eric mußte an sich halten, um sie nicht zu schlagen. Er schämte sich bei dem Gedanken, daß er im selben Bett hatte liegen müssen wie dieser erbärmliche Filmstar, der von Klatsch und Dummheit überquoll. Und in seinem Zorn hatte er sogar vergessen, was er wissen wollte.

Olga bemerkte das und murmelte: »Schön, sagen wir, sie haben sich auf den Mund geküßt, und zwar leidenschaftlich. Ich habe nach meiner Uhr drei Minuten warten müssen, ehe ich in meine Kabine gehen konnte, die etwas weiter als Ihre liegt ... Als sie sich trennten, war ich bereit, in die Bar zurückzukehren, derart lange schienen diese Umarmungen dauern zu müssen.«

»Und wer war es?« ließ sich Eric vernehmen.

»Sehen Sie«, fuhr Olga fort, die seine Frage nicht gehört zu haben schien, »wenn Sie von Koketterie sprechen, bin ich durchaus Ihrer Meinung. Und außerdem wäre ich eher stolz, bei Ihnen sofort ja gesagt zu haben, bei Ihnen, Eric, meinem starken Mann«, fügte sie naiv hinzu. »Aber für mich deutet nichts darauf hin, daß Ihre Frau kokett ist, es ist sogar möglich, daß sie selbst das Feuer gelöscht hat, das sie entfacht hatte.«

»Was wollen Sie damit sagen?« fragte Eric immer noch mit dieser Miene eines Blinden, hinter der er furchtbar mit sich kämpfte.

Olga erriet dies und frohlockte zum erstenmal seit vierundzwanzig Stunden wieder. »Ich will damit sagen, daß Clarissa, wie Sie, vielleicht Geliebte hat und daß sie sich wie eine anständige Frau aufführt. Jedenfalls wird sie dieses Feuer nicht nur entfachen. Wäre es nicht vier Uhr nachmittags und könnten Sie nicht zufällig in Ihre Kabine zurückkehren, hätten sich die beiden gerne dort eingeschlossen. Auf zehn Meter habe ich sie beben sehen.«

»Aber wen denn?« wiederholte Eric lautstark.

Die Leute um sie herum schauten zu ihm hin.

»Lassen Sie uns lieber zahlen und gehen«, antwortete Olga umgehend. »Ich erzähle Ihnen das alles, sobald wir hier weg sind.«

Aber als Eric gezahlt hatte und Olga folgen wollte, hatte sie nicht auf ihn gewartet, sondern sich in ihre Kabine zurückgezogen, die sie jetzt, zur Stunde des Aperitifs, noch nicht wieder verlassen hatte. Und deshalb wußte Eric, der sich in die Bar begeben hatte, im Augenblick nicht, wer der drei Männer seine Frau geküßt hatte und wessen Küsse Clarissa erwidert haben sollte. Andres schien beschäftigt, Julien Peyrat war ein Falschspieler und Abenteurer, also zu dem Absoluten in der Liebe unfähig, das Clarissas einzige Forderung war; und was Simon Béjard anbetraf, so hätte Olga sicher nicht widerstehen können, ihm seinen Namen zu nennen. Vielleicht war es doch dieser Andreas, dem die Doriacci völlige Freiheit ließ.

Aber dann hätte er in der Liebe sehr beherzt sein müssen, sagte Eric sich und musterte Julien, um in ihm den anziehenden Mann zu entdecken, der er in Clarissas Augen möglicherweise war. Und in diesem Moment hatte Julien aufgeblickt, sie hatten sich wie zwei Rivalen gegenübergesessen, und damit kannte Eric den Namen seines Feindes. Seit Julien sich am ersten Abend neben Clarissa gesetzt hatte, fühlte Eric, daß er vor Wut oder etwas anderem kochte, das er um keinen Preis Verzweiflung nennen wollte. Er blieb kaltblütig genug, um den Abend zu verbringen, ohne daß er alles zerstörte oder alles sagte. Was ihn am meisten demütigte, war der Gedanke an die Koketterien mit Olga, an sein intelligentes und psychologisch fein durchdachtes Vorgehen, während Clarissa ihren Geliebten einfach an Bord kommen ließ – falls er es nicht erst innerhalb von drei Tagen geworden war, was Eric weder glauben konnte noch wollte, denn das hätte ihm bewiesen, daß Clarissa weiterhin dieser Liebe auf den ersten Blick fähig war, dieser Leidenschaftsausbrüche, die einst ihm gegolten hatten und gegen die er alles getan hatte, um sie auf dem Gesicht seiner Frau nicht wieder aufscheinen zu lassen.

Trotz des vielversprechenden Anfangs verlief das Abendessen in gutem Einvernehmen, selbst wenn dieser Begriff, zog man das kehlige Lachen Edmas und Erics Blick in Betracht, als leicht optimistisch bezeichnet werden mußte.

Jedenfalls erlaubte dieses ruhige Abendessen Julien Peyrat, Luftschlösser zu bauen, das heißt sich sein Leben als Ehemann von Clarissa auszumalen, der ehemaligen Frau Lethuillier, geborene Baron. Außerdem kam er zu dem Schluß, daß er seinen Marquet ruhig Charley Bollinger anvertrauen konnte, diesem idealen Makler für Transaktionen dieser Art, Bollinger, der sehr viel gewiefter war, so daß Julien ihm den unglaublich niedrigen Preis dieses Gemäldes, die Gründe für diesen Preis sowie die Erwerbsumstände zugeflüstert hatte, die so ungewöhnlich und kompliziert waren, daß er sich am Ende nicht besser damit zurechtfand als der arme Charley, dem er ferner zu verstehen gab, wie sehr er, Julien, an diesem Bild hing, daß er jedoch auch die schmerzhafte, wenngleich denkbare Möglichkeit sah, sich von ihm zu trennen.

Worauf Julien sich beim Nachtisch von Charley gleichsam in seine Kabine zerren ließ, wo er seinen Koffer öffnete und das in Zeitungspapier gewickelte Gemälde herauszog, das zwischen zwei Hemden steckte und von zwei Paar Schuhen blockiert wurde, wie es sich nur große, echte Gemälde erlauben konnten, und damit hatte er Charley unumstößlich davon überzeugt, daß sich einer der schönsten Marquets der Welt an Bord der *Narcissus* befand und daß jeder der Passagiere, sofern er über lumpige zweihundertfünfzigtausend Francs verfügte, sein Geld gegen dieses Bild eintauschen konnte, das an sich schon eine, beim Verkauf aber zwei Millionen wert war ... wie es ein halbes Dutzend Gutachten bestätigten, die von großen Experten mit zwar unbekannten, doch dem Ohr zugleich vertrauten Namen unterzeichnet waren.

Als Charley ihn verließ, war sich Julien der blitzartigen

Verbreitung dieser Überzeugung unter den glücklichen und reichen Gimpeln auf diesem Schiff um so sicherer, als Charley ihm nahezu schwören mußte, niemandem etwas davon zu sagen.

Erst gegen zwei Uhr morgens begann Eric, auf seinem Bett ausgestreckt, einen Sabotageplan zu entwerfen.

Am Ende war nicht er es, zumindest nicht in dieser Nacht, der unter dieser Enthüllung am meisten litt, sondern Simon Béjard, der damit gar nichts zu tun hatte.

Als Olga, deren Tränen seit Stunden getrocknet waren, zu ihrer Kabine zurückkehrte, hatte sie dennoch einen Augenblick gezögert, ehe sie die Tür öffnete. Sie hatte in seinem ordentlich gerichteten Bett Simon Béjard mit glattgekämmtem Haar, das jetzt eher bronzen als rot war, in einem blauseidenen Pyjama entdeckt, Simon, der auf sie wartete, eine unentkorkte Flasche Champagner zwischen beide Liegen gestellt hatte und nun seine unschönen, scharfen, aber naiven Augen auf sie richtete, die vor Wiedersehensfreude glänzten; Simon Béjard, für den sie zum erstenmal eine Art Dankbarkeit empfand. Er hielt sie wenigstens nicht für »eine sich intellektuell gebende kleine Nutte«.

Und für eine Sekunde hätte sie ihm beinahe von ihrer tiefen Demütigung erzählt und ihm ihre ungeleckten Wunden und ihren ungerächten Stolz anvertraut – worum ihre junge, heruntergekommene Zwillingsschwester Marceline Favrot sie bat. Und wenn Marceline gewonnen hätte, würde die Verbindung zwischen Olga und Simon sicher ganz anders ausgesehen haben als zu Beginn der Reise. So aber gewann Olga, und ihre Demütigung nagte mehr an ihr als ihr Wunsch nach Rache. Sie richtete unter dem Schlag den Nacken auf, brannte darauf, ihrerseits zu schlagen, und vielleicht war es ihr besseres Ich, das sie dazu trieb, in allen Einzelheiten und mit harten Worten nicht den Verlauf dieses Tages zu schildern, sondern den Ablauf jenes Abends auf Capri, von dem sie ihm nichts verschweigen mußte, bis auf die Langeweile und den Mangel an Romantik.

Simon Béjard verharrte nach dieser Flut von Abscheulichkeiten, wie ihm schien, lange in Schweigen und war unfähig, sie anzuschauen, während sie sich mit groben Gebärden entkleidete, weil sie sich vielleicht wegen dem, was sie getan hatte, und wegen der Nutzlosigkeit dieses Bekenntnisses irgendwie verlegen fühlte. Und tatsächlich war Simon weniger deshalb verletzt, weil sie mit diesem

Schuft von Lethuillier geschlafen hatte, sondern es ihm
ohne zwingenden Grund gesagt hatte, weil sie ihn mit
einer Wahrheit belastet hatte, um die er nicht gebeten
hatte und die für ihn schmerzlich sein mußte. Nicht die
Untreue Olgas, sondern ihre Gleichgültigkeit ihm, seinem
Glück und möglicherweise seinem Unglück gegenüber,
diese Gleichgültigkeit, die durch ihren grausamen Bericht
dokumentiert wurde, erschien ihm als das Qualvollste an
der ganzen Geschichte. Und als sie, ohne sich umzudrehen,
erklärte, um das Schweigen zu brechen, in das er sich seit
dem Ende des Berichts hüllte: »Ich achte dich zu sehr, um
dich zu belügen, Simon«, konnte er nicht umhin, diesem
Gesäusel zu erwidern: »Aber du liebst mich nicht genug,
um mir Kummer zu ersparen!«

Das sagte er so scharf und verbittert, daß Olga darauf
reagierte und sich aus der demütigen Sünderin in die stolze
und reizbare Olga Lamouroux verwandelte. »Hättest du
es vielleicht vorgezogen, nichts zu wissen?« fragte sie.
»Möchtest du lieber der Betrogene sein, hinter dessen
Rücken die Leute lachen? Oder es von diesem Klatsch-
maul Charley erfahren? In diesem Fall hättest du die
Augen zugemacht, nicht wahr? Nachsicht ist in Filmkreisen recht geläufig, scheint mir.«

»Ich darf dich darauf aufmerksam machen, daß du seit
acht Jahren in diesem Milieu lebst«, erwiderte Simon
Béjard unbeabsichtigt, denn ihn verlangte nach allem, nur
nicht nach einer Szene in diesem Augenblick.

»Sieben Jahre«, stellte Olga richtig. »Sieben Jahre, die,
stell dir vor, meinen Abscheu vor Dreierbeziehungen,
Heuchelei und Ausschweifungen nicht beeinträchtigt
haben. Wenn du das liebst, mach es ohne mich, wenn du
willst!«

Simon hatte sich, bleich vor Wut, erhoben, und Olga
wich vor diesem unbekannten und zornigen Gesicht einen
Schritt zurück.

»Wenn wir zu dritt schliefen«, sagte Simon, »wäre das
nicht meine Schuld, oder? Ich habe den Dritten nicht
angeschleppt! Du glaubst doch nicht...«

Er stammelte vor Wut, und Olga, die sich in die Enge
getrieben sah, suchte sich durch Schreie zu befreien, was
Simon sofort beruhigte, da er schon immer gegen Skandale

212

allergisch gewesen war. Sie schleuderte ihm ihre Frage entgegen, ohne zu geruhen, auf seine zu antworten.

»Du bist mir die Antwort schuldig, Simon: Hättest du dich als nachsichtig erwiesen oder nicht?«

»Natürlich nicht!« erwiderte er. »Aber entweder hörst du mit dieser Geschichte auf, oder ich setze dich in Syrakus an Land.«

Und das hätte er in diesem Moment getan, derart gedemütigt fühlte er sich, unter dieser kleinen engstirnigen Lügnerin zu leiden. Olga verstand ihn und sah sich plötzlich allein auf einem sizilianischen Flughafen mit dem Koffer in der Hand, bevor sie ihre Phantasie noch weiter trieb und eine andere junge Schauspielerin in der nächsten Produktion von Simon Béjard an ihrer Stelle erblickte.

Ich bin ja verrückt, sagte sie sich, ich habe zwei Verträge mit ihm, die nicht einmal unterzeichnet sind, und amüsiere mich mit einem angeknacksten Flegel, und dann erzähle ich ihm das auch noch! Nehmen wir uns zusammen.

Und tatsächlich nahm sie sich zusammen, warf sich in Simons Arme, zuckte schluchzend mit den Schultern und vergoß diesmal helle Tränen, die jedoch so echt waren, daß Simon, der über diesen Schluß nur allzu glücklich war, Olga in seine Arme schließen und trösten konnte, während ihn die melodramatischen Lügen bedrückten, die sie an seiner Wange stammelte. Allerdings nicht lange, denn bald horchte er ihre Lippen ab und befragte ihren Körper mit seinem eigenen Körper, ohne eine andere Antwort zu erhalten als diese gleichen ekstatischen Schreie, die ihm nichts vermittelten.

Als er später genüßlich rauchend auf dem Rücken lag und auf das hellere Bullauge starrte, das sich im Dunkel abhob, bewegte sich Olga im Schlaf und legte mit einem Grunzen der Zufriedenheit, das er für Glück hielt, ihre Hand auf Simons Schenkel, so daß er sich blind über das Gesicht dieses gelehrigen Kindes beugte, von dem er nichts weiter als geliebt werden wollte. Darauf versuchte er einzuschlafen, vermochte es nicht, machte Licht an, nahm ein Buch, legte es wieder zurück, löschte das Licht. Nichts geschah. Zwei Stunden danach mußte er sich Klarheit verschaffen.

Simon Béjard, der mit angezogenen Knien und geneig-

213

tem Kopf in der sogenannten Fötusstellung in seinem Bett lag, Simon Béjard, der momentan der beneidetste Filmproduzent Frankreichs und vielleicht Europas war, leistete sich Liebeskummer. Und anstatt seine Chance zu nutzen, vergrub er sich in ein Bett, das er neun Nächte für ein Vermögen von der Reederei Pottin gemietet hatte, ein Bett, das ihm nicht gehörte, nie gehören würde, ein Bett, das sich von seinen Vorgängern vielleicht durch seinen Luxus unterschied, nicht aber durch seine Einsamkeit, die hier sogar noch deutlicher hervorstach; ein Bett, das allen anderen glich, in denen er dreißig Jahre lang geschlafen hatte und von denen er wußte, wenn er sie morgens verließ, daß er sie niemals wiedersehen würde. Und Simon Béjard, der ja nie ein eigenes Bett gehabt hatte und dessen einzige Behausung zur Zeit im Plazza, Avenue Montaigne, war, Simon fühlte sich plötzlich von allem verzweifelt angezogen, was er sein ganzes Leben geflohen und verachtet hatte: Simon wünschte sich sein Dach über dem Kopf, sein Bett, einen Ort, wo er sterben konnte – allerdings unter der Bedingung, daß Olga Lamouroux dieses Bett und dieses Leben teilte. Er hatte nach dreißig Jahren der Not und der Einsamkeit genug geleistet, um diesen Punkt zu erreichen, an dem er sich plötzlich der Muße, dem Luxus und der beständigen Gesellschaft einer Frau anheimgeben konnte. Diese drei Monate hatten genügt, um sich in ein Filmsternchen zu verlieben und in seine Kissen zu flennen, wenn es ihn betrog, anstatt es hinauszuwerfen und innerhalb von drei Tagen zu vergessen, wie er es in Paris getan hätte. Durch seine Gedanken hindurch vernahm er aus dumpfem Hintergrund das einschmeichelnde und fliehende Geräusch des Schiffes, welches das ruhige dunkle Wasser mit einem sanften Plätschern des freien Wassers, des Salzwassers, des Meerwassers durchfurchte, das ganz anders klang als Flußwasser, wie er plötzlich verträumt bemerkte, fern jetzt von Olga, in seine Kindheit zurückversetzt, in diese flache Provinzlandschaft mit ihren so grünen, so gelben Tönungen, durch die sich klare Flüsse schlängelten, die den Himmel widerspiegelten, während ein Kind, das auf den roten Schwimmer am Ende einer Angelleine starrte, ein bereits leidenschaftliches und ungeschicktes Kind, er selbst, in der Sonne schwitzte.

Doch was wollten diese Erinnerungen unter so unpassenden Umständen in seinem Kopf? Er dachte nie an seine Kindheit, er hatte sie längst vergessen, wenigstens glaubte er das. Seine Kindheit war mit einigen zu kläglichen und zu banalen Szenarios in den Archivschrank verbannt, aus dem weder sie noch die anderen wieder heraus durften.

Simon stand in der Dunkelheit auf, ging ins Badezimmer und trank schnell hintereinander zwei Gläser Wasser. Dann machte er das Licht an und warf von der Seite her einen Blick auf sein Spiegelbild. Er schaute sein finsteres und eher häßliches Gesicht näher an, diese weichen Züge und seine blauen hervorquellenden Augen, diesen Leichenteint, den er selbst unter der Sonnenbräune behielt, und diesen Mund, dessen Sinnlichkeit manchmal geschätzt worden war; allerdings vor zwanzig Jahren, als ihn Sinnlichkeit kaum interessierte, zumindest weniger als Fußball und jedenfalls weit weniger als das Kino! Dieses Gesicht, dem er in einer seiner Produktionen allenfalls eine drittklassige Rolle anvertraut hätte – noch dazu die Rolle eines Mannes, der von seiner Frau betrogen und von seinem Arbeitgeber verachtet wird, die Rolle eines Dussels oder Flegels. Aus welchem Wahn, welcher Gewissenlosigkeit heraus wollte er, daß Olga dieses Gesicht liebte? Wie konnte sie es überhaupt ertragen, daß es ihres berührte? Und wie konnte sie mit ihren Händen durch diese schütteren Haare streichen? Wie konnte sie es erdulden, daß sich an ihren schlanken und geschmeidigen muskulösen Körper einer jungen modernen Frau sein eigener Körper schmiegte, der vom Alkohol und eilig heruntergeschlungenen Sandwichs aufgedunsen war. Nein, er war nicht so schön wie die anderen Männer auf diesem Schiff: der zauberhafte Julien und der phantastische Andreas und der hübsche Eric... Dieser Schuft!

Simon griff nach einem Röhrchen Schlaftabletten, nahm eine, schluckte sie, schüttete die anderen in seine Hand, tat so, als zögere er, aber nur aus Bluff. Er wußte ganz genau, daß er zu dieser Lösung nicht fähig war. Und letztlich schämte er sich dieser Sicherheit auch nicht: im Gegenteil.

Sie sollten am Abend in Karthago eintreffen, aber am frühen Morgen regnete es. Die *Narcissus* glitt unter einem stahlgrauen Himmel aus der Nacht, der zu tief über dem gleichfarbigen Meer mit seinem bleiernen Wasser hing. Es war, als habe die Welt in diesem Grau ein Ende und als käme das Schiff aus ihm nie und nimmer wieder heraus.

Die Passagiere werden heute finster dreinschauen, dachte Charley, während er zum erstenmal an diesem Tag durch die Gänge der Luxusklasse schritt und seine Krawatte unter dem goldbraunen Blazer zurechtrückte, der ihm sicher gut stand, aber streng wirkte, wenn er an den beigen Anzug aus Schantungseide dachte, der eigentlich vorgesehen war. Deshalb war er überrascht, als er das gewaltige und sonore Lachen der Doriacci vernahm, das wegen der Schlaflosigkeit etwas heiser klang, aber dennoch so mächtig war, daß die anderen Passagiere auf diesem Deck mit Sicherheit aufgewacht wären, hätte es nicht diese unbeabsichtigte Schutzwand gegeben, die Hans-Helmut Kreuzer und seine große Kabine bildeten.

Wie konnte dieser Unglückliche schlafen? fragte sich Charley und verlangsamte den Schritt. Schlief er überhaupt? Vielleicht verbrachte er wütend schlaflose Nächte, und allein der Schrecken hinderte ihn, sich darüber zu beklagen.

Seit dem Zwischenfall am ersten Tag gab Hans-Helmut, der *Maestro,* gegenüber der Doriacci klein bei. Was Fuschia anbetraf, so hatte der in Porto-Vecchio aufgesuchte Tierarzt ihren Fall offenbar verstanden, denn mit Hilfe seiner Tabletten schlief der Hund seit zwei Tagen ohne Unterbrechung.

Ein zweiter Lachanfall bremste Charley endgültig, und er warf einen verstohlenen Blick um sich: Ellédocq war seit einer Stunde auf seinem Kommandoposten, überwachte die unveränderte Fahrtroute und wich nicht vorhandenen Hindernissen aus; er hatte also die Zeit und die Möglichkeit... Und schon neigte er beschämt und aufgeregt zugleich das Ohr an die Tür des Appartements der Diva.

»Wie? Die Müllerin hat am Ende das Hotel nicht bezahlen wollen? Das ist ja unglaublich!« erklärte die Doriacci.

Das Geräusch eines dumpfen Klapses ließ Charley zusammenzucken, der nicht gleich begriff, was geschah, und nur wünschte, daß es der Schenkel der Diva und nicht die Wange des armen Andreas war, der ihn abbekommen hatte.

»Nein, ganz so war es nicht«, ließ sich Andreas' Stimme vernehmen.

Eine junge, so junge Stimme! Wie schade! dachte Charley fiebernd und verzweifelt.

»Sie behauptete«, fuhr Andreas fort, »daß man ihr eigenmächtig ein Appartement gegeben habe, während sie nur ein Zimmer bestellt hatte. Der Chef bejahte das. Mich hat sie als Zeugen angeführt. Alles war da: die Hotelgäste, das Personal... Ich war rot wie ein Krebs.«

»Mein Gott! Aber wo angelst du dir solche Frauen?« fragte die Doriacci in dröhnendem, aber entzücktem Ton.

Sie war es seit Jahren gewohnt, in den Armen ihrer jungen Liebhaber immer von den gleichen Frauen erzählt zu bekommen. Es waren die gleichen Rivalinnen von sechzig oder mehr Jahren, die sich den Markt der goldenen Jugend in Paris, Rom, New York oder anderswo teilten. Außerdem wurde dieser Markt durch die wachsende Konkurrenz der Päderasten eingeengt, die weniger ermüdend und im allgemeinen großzügiger waren als die Vicomtessen oder Ladies, die noch auf Jagd gingen. Es waren stets die Gräfin Pignoli, Fräulein Galliver und Frau von Bras, deren Überreste die Doriacci erntete oder denen sie ihre überließ. Und nun kam dieser junge Mann daher, der so höflich und sicher der hübscheste war, den sie seit langer Zeit gesehen hatte, dieser junge Mann, der auf dem Markt einmal Aufsehen erregen würde, sobald sie ihn dort eingeführt hatte, erzählte ihr da von Nevers wie von einem Super-Babylon, von dem Korallen-Express Paris – Saint-Etienne wie von einem Privatjet und von Frau Farigueux und Frau Bonson – beziehungsweise von der Gattin des Mühlenbesitzers und der Witwe des Notars – wie von Barbara Hutton.

Er berichtete ihr also von seinen Abenteuern als Gigolo, ohne die genaue Rolle zu verschweigen, die er dabei gespielt hatte, und würzte das Ganze außerdem mit Anekdoten, aus denen er sehr oft als lächerlich oder übers Ohr gehauen hervorging. Er war wirklich ein merkwürdiger junger Mann, dieser Andreas aus Nevers. Und die Doriacci gestand sich ein: Wäre sie wenigstens dreißig oder selbst zwanzig Jahre jünger gewesen, hätte sie ihn gerne etwas länger an sich gebunden, also etwas länger als die üblichen drei Monate. Was er übrigens schon jetzt mit einem Nachdruck forderte, der ihr bei fast allen Knaben seiner Art widerwärtig gewesen wäre, ihr bei ihm jedoch allenfalls kindlich erschien.

Andreas zeigte überdies Reaktionen, die für einen Profi höchst ungewöhnlich waren, denn er verbarg nicht, daß er seit fünf Jahren von seinem Körper lebte, und zwar ausschließlich und allein von seinem Körper, und dennoch errötete er, wenn sie einem Steward ein Trinkgeld zusteckte, so daß man sich fragen mußte, wie er sich auf dem Festland verhielt, wo sich die Zahl der Trinkgelder verhundertfachte.

»Nun, was hast du da gemacht?« fragte sie. Und sie streckte die Hand nach Andreas aus, einem Andreas in weißem Madapolam-Schlafanzug, wie sie ihn seit 1950 nicht mehr gesehen hatte. Er war blond und ungekämmt, er sah glücklich aus, er lachte mit Mund und Augen, er war bezaubernd. Und sie kämmte ihn und machte das Haar mit ungetrübtem Vergnügen immer wieder wuschelig. Sie hörte erst auf, als Andreas' Augen zu lächeln vergaßen, einen flehentlichen, zärtlichen, zu zärtlichen Ausdruck annahmen, und sie brach abrupt mit einer rücksichtslosen Frage ab. »Warum wollte deine Müllerin nicht bezahlen? Pardon, deine Mühlenbesitzerin! War der Service nicht gut? Ich meine, deiner.«

Er schüttelte den Kopf, das Gesicht verschlossen wie jedesmal, wenn sie diese immerhin einfachen Fragen anschnitt. »Sie hat mich als Zeugen angeführt, und als ich gesagt habe, daß ich mich nicht erinnerte, hat sie erwidert, daß sie das nicht wundere, weil ›der Herr über all dem stand, weil der Herr über allem schwebte‹. Mit dem ›Herr‹ war ich gemeint. Da begann die Frau des Hoteliers fürchterlich zu lachen und hat gesagt...« Andreas stockte und schaute bekümmert drein.

»Was hat sie gesagt?« fragte die Doriacci und lachte schon vorher. »Was hat sie gesagt? Erzähl mir alles, Andreas. Offenbar amüsiert man sich in Nevers tausendmal mehr als in Acapulco. Und warum gibt es keine komische Oper in Moulins und in Bourges?«

»Die gibt es, aber da wird man bescheiden bezahlt«, antwortete Andreas traurig. »Also, sie hat gesagt, daß Huguette... nun, die Mühlenbesitzerin, daß sie sich nicht zu beklagen habe, weil man sie einen Teil der Nacht habe ›johlen‹ hören. Das genau war ihr Ausdruck...«

Er sah so verlegen aus, daß die Doriacci in ein irres Lachen ausbrach, zumal sie immer schon zu diesem irren Lachen neigte. »Und du, was hast du gemacht?«

»Ich habe das Auto geholt«, sagte Andreas, »ich habe das Gepäck eingeladen, und die Frau des Hotelbesitzers hat mich gebeten, die Rechnung zu bezahlen, dabei hatte ich keinen Pfennig. Und der Wirt hat weiterhin sein Geld von ihr verlangt. Oh, wie habe ich gelitten! Ich habe wirklich gelitten... Und wissen Sie, wie das Motel hieß? Motel des Délices du Bourbonnais... Die Wonnen des Bourbonen«, wiederholte er. »Ich habe sie am ersten Bahnhof verlassen und bin mit dem Zug nach Nevers zurückgefahren. Tante Jeanne war richtig enttäuscht, aber sie hatte mich ja auf die Spur der Mühlenbesitzerin angesetzt...«

»Mein Gott, mein Gott«, schluchzte die Doriacci in ihre Decke und in ihr Kopfkissen, das sie gewaltsam an sich drückte. »Mein Gott, hör mit deinen Geschichten auf. Hör auf mit diesen dummen Geschichten und öffne die Tür: da hört uns jemand zu«, fuhr sie im gleichen Ton fort.

So daß Charley beinahe gestürzt wäre, als der prächtige Andreas, in reine Rechtschaffenheit und weißes Leinen gehüllt, die Tür aufmachte, und er, den Kopf voran, in das Zimmer stolperte.

Mit entblößten Schultern, das Gesicht vom Lachen gerötet, die Augen funkelnd vor Autorität, blickte ihm die Doriacci von ihrem Bett aus ohne Zorn, aber unnachsichtig entgegen. »Herr Bollinger«, sagte sie, »schon auf zu dieser frühen Stunde? Wollen Sie mit uns frühstücken?

Bitte, wenn Sie diese Unordnung nicht schreckt!« Und mit ihrem schönen, noch glatten Arm deutete sie auf das Zimmer.

Ein richtiges Liebesnest, dachte Charley traurig, mit Kleidungsstücken, Zigaretten, Büchern, einem Wasserglas und den Kissen, die in der unnachahmlichen Unordnung des Vergnügens verstreut waren. Stotternd setzte er sich auf eine Bettecke, senkte den Kopf und hielt die Hände auf den Knien wie ein Erstkommunikant.

Ohne weiter sein entehrendes Verhalten zu kommentieren, bestellte die Doriacci für drei Personen Toast, Marmelade, Fruchtsäfte und Tee. Dieses Frühstück folgte offensichtlich auf ein nächtliches Glas Champagner, wie man der noch frischen Flasche und dem gar nicht mehr frischen Gesicht des Stewards entnehmen konnte.

»Der arme Emilio hat meinetwegen nicht schlafen können«, sagte sie zu Charley. »Ich empfehle ihn Ihrer Nachsicht«, fügte sie hinzu und zog aus einer ihrer Handtaschen ein Dutzend Banknoten, die sie ohne Scham oder großtuerische Geste auf das Tablett des unglücklichen Emilio legte, der bei diesem Anblick wieder eine rosige Gesichtsfarbe bekam. »Also, Charley, was verschafft mir die Ehre Ihres Besuchs? Gibt es heute schon wieder neue Dramen? Auf diesem Schiff passiert täglich etwas, und das sind nicht die einfachsten Dinge.«

»Was wollen Sie damit sagen?« fragte Charley. Die Neugier ließ ihn ein wenig gerader auf dem Bett sitzen, von dem er dreimal schon fast herabgeglitten wäre, weil er sich so schamhaft auf die äußerste Kante gesetzt hatte.

Andreas hatte ebenfalls auf dem Bett wieder Platz genommen, etwas schräg allerdings, die Füße am Boden, und mit einer ebenso überflüssigen wie rührenden Zurückhaltung, wie Charley schien.

»Natürlich geschieht hier einiges ...«, sagte die Doriacci. »Erstens ist Ihr Nationaleigentum Clarissa schön geworden; zweitens liebt der hübsche Julien sie; drittens erwidert sie das nahezu; viertens langweilen sich Olga und Herr Lethuillier bereits nach ihrer ärgerlichen Liebelei. Der rothaarige Filmemacher und die herrische Edma werden bald miteinander flirten. Und was Andreas anbelangt ...«, ergänzte sie, wobei sie ihm an die Nase

220

stupste, als sei er ein Pudel, »der ist wie verrückt in mich verliebt. Nicht wahr, Andreas?« sagte sie grausam.

»Das finden Sie unverschämt von mir, was?« meinte Andreas zu Charley. »Meine Gefühle erscheinen Ihnen unecht oder gezielt eingesetzt?«

Er amüsierte sich offensichtlich gar nicht mehr, und Charley fragte sich erneut, warum er, Charley, immer wieder seiner Neugier nachgab – obwohl er dafür jedesmal nach kurzer oder längerer Zeit bestraft wurde. Diesmal ging es schnell, und er wechselte das Thema, um dieser sträflichen Szene zu entgehen – die er übrigens gerne kommentiert hätte, deren Ausbruch vor seinen Augen er jedoch fürchtete.

»Wissen Sie auch, daß wir auf diesem Schiff ein kostbares Kunstwerk haben?« fragte er in geheimnisvollem Ton.

Die Doriacci richtete sich bereits begeistert in ihren Kissen auf, aber Andreas hielt die Augen gesenkt.

»Was für ein Kunstwerk denn?« erkundigte sie sich. »Oder zunächst: Woher wissen Sie das? Ich traue Ihren Informanten nicht, mein lieber Charley, ich mißtraue Ihren Quellen; und dennoch wissen Sie so gut wie alles auf diesem Schiff, selbst wenn man nicht weiß, woher«, sagte sie heimtückisch.

Doch Charley war nicht imstande, hier zu kontern, sondern fuhr fort: »Julien Peyrat hat in Sydney vor zwei Monaten für ein Butterbrot eine Ansicht von Paris im Schnee gekauft, die von Albert Marquet signiert ist, einem phantastischen Maler, der den Impressionisten nahesteht und von dem einige Bilder eine wahre Pracht sind...«

»Ich kenne und bewundere Marquet«, sagte die Doriacci. »Danke!«

»Und er ist bereit, das Gemälde für fünfzigtausend Dollar weiterzuverkaufen«, sagte Charley langsam. Er hätte nicht tragischer dreinschauen können, wenn er eine Bombe auf die Steppdecke geworfen hätte. »Das heißt für zweihundertfünfzigtausend Francs! Also für ein Nichts!«

»Ich kaufe es«, rief die Doriacci und schlug mit der Hand auf ihre Decke, als sei Charley der Taxator. »Nein, ich kaufe es doch nicht. Wo sollte ich diesen Marquet hinhängen? Ich bin ja ständig unterwegs. Ein Gemälde muß gesehen, ständig mit verliebten Augen betrachtet werden, und dieses Jahr bin ich unentwegt auf Reisen. Wissen Sie, Herr Bollinger, nach Verlassen des Schiffs fliege ich gleich nach Amerika, wo ich den Abend darauf im New Yorker Lincoln Center singe und wohin ich diesen Herrn mitnehmen soll«, erklärte sie und streckte, ohne hinzusehen, eine streichelnde Hand zu Andreas aus, der zurückwich, so daß sie ihn nicht berührte, sondern in der Luft nach ihm tastete, aber nur mit der Hand, bis sie mit dem gleichen gutmütigen Ausdruck darauf verzichtete.

Charley stand unwillkürlich auf. Er litt für Andreas und wunderte sich darüber, da sein eindeutiges Interesse doch war, daß die Doriacci ihm den Jungen überließ oder ihm wenigstens eine Chance bot, ihn zu angeln. Er hat entschieden ein zu gutes Herz, sagte er sich, als er sich an der Tür umdrehte, um ihnen ein affektiertes Wiedersehen zuzuwinken. Ein wildes Knurren ertönte in der Nachbarkabine, so daß er den Gang entlangrannte und erst vor Ellédocq mit dem beruhigenden Seemannsbart stehenblieb.

In der unordentlichen Kabine hinter ihm lachte die Doriacci nicht mehr. Sie betrachtete Andreas und seine schönen blonden Haare, die im Nacken zu kurz geschnitten waren. »Ich liebe es nicht, wenn du schmollst«, sagte sie, »und dann auch noch vor Charley.«

»Warum: und dann auch noch vor Charley?« fragte Andreas völlig unschuldig und neugierig, und diese Kunst der Lüge bei einem so einfach durchschaubaren Knaben wunderte die Diva sehr.

»Weil ihm das nur Freude machen kann, verstehst du?« erwiderte sie lächelnd, damit er nicht meinte, sie lasse sich von ihm hinters Licht führen.

»Warum?«

Dieses Unverständnis regte die Doriacci plötzlich auf. Die Schlaflosigkeit ging ihr bereits an die Nerven, das merkte sie jetzt, aber sie konnte sich ihrer durchwachten Nächte nicht berauben, sie waren die einzigen Momente, in denen sie sich etwas – manchmal sehr – amüsierte, und zwar mit einer Fröhlichkeit, die keineswegs von ihren Partnern abhing, da sie sich in ihre eigenen irren Lachanfälle, in ihre eigenen Narrheiten, ob nun harmloser oder

sarkastischer Art, hineinsteigerte, in ihre eigenen Wahnvorstellungen, ihre eigenen Pläne oder in ihre allesamt
lächerlichen, ausgefallenen Erinnerungen, die ihre armen
jungen Männer eher entsetzten als belustigten. Andreas
bot für sie wenigstens den Vorteil, daß er über ihr Lachen
lachte und sie auch selber durch seine Anekdoten zum
Lachen brachte, ohne dabei seine Pflichten als Geliebter zu
vernachlässigen, denen er sich mit einem Eifer hingab, wie
er bei den jungen und den alten Knaben dieser Epoche
nicht mehr zu finden war, die von Sex nur voller Grausamkeit, Begierde und Unhöflichkeit sprachen, wobei alles
durch das Schlagwort Freiheit abgesegnet war. Es war
nicht nötig, daß Andreas, der ja über seinen Lebensunterhalt völlig offen sprach, sich moralisch als Heuchler gab.

»Weil Charley in dich verliebt ist, falls du das wirklich
nicht wissen solltest. Und ich bin das Hindernis zwischen
ihm und dir auf diesem Schiff. Wenn wir uns trennen
würden, könnte er dich trösten.«

»Wie?« fragte Andreas, der ganz rot geworden war.
»Glauben Sie, daß ich mich von Charley trösten lasse?«

»Warum denn nicht?« entgegnete sie.

Und sie begann zu lachen, denn sie fand es recht lustig,
daß sie ihn zur Lüge bewog, wie sie die anderen, seine
glänzenden Vorgänger, zum Lügen verführt hatte, die
diese Frage manchmal derart in Verlegenheit gebracht
hatte, daß sie keinen anderen Ausweg sahen. »Jedenfalls
schmoll nicht mehr, ja! Vor niemandem. Ich nehme dich
vielleicht mit nach New York, aber nicht, wenn du
schmollst.«

Andreas antwortete nicht. Er lag mit geschlossenen
Augen auf dem Bett. Sie hätte annehmen können, daß er
schlief, wären nicht diese gerunzelten Brauen, diese Me-
ancholie um den Mund, die den wachen Mann verrieten,
der traurig war, es zu sein. Die Doriacci pfiff insgeheim: es
wurde Zeit, mit diesem falschen Tropf aus Nevers reinen
Tisch zu machen, andernfalls würde sie vielleicht in die
größten Schwierigkeiten geraten... Obwohl diese Erinnerung sie nicht mehr heimsuchte und sie auch stets nur
absichtlich daran dachte, ließ der Selbstmord, den vor
zehn Jahren ein junger Regisseur in Rom ihretwegen
begangen hatte, sie immer noch nicht ungerührt.

Kapitän Ellédocq starrte in seinem Kommandoturm auf das stille Meer, das sich wie eine flache Hand vor ihm erstreckte, was ihn jedoch nicht hinderte, einen mißtrauischen und aggressiven Blick darauf zu richten.

Ellédocq, dachte Charley, schien nahe daran, sich die Hände zu reiben und zu sagen: Auf uns beide, meine Schöne!, als segle er auf einer Ketsch den »Roaring 40th« entgegen. Das unterdrückte, jedenfalls nicht praktizierte Heldentum des Kapitäns erklärte in Charleys verständigen Augen seine ewige Bissigkeit und seine Einsamkeit, die hingegen dessen Frau nicht weiter zu verstimmen schienen, die Charley vor fast zwei Jahren einmal recht vergnügt mit Ellédocq in Saint-Malo gesehen hatte. Sie hatten keine Kinder, Gott sei Dank! dachte Charley, der im Geiste bärtige Säuglinge vor sich auftauchen sah. Charley Bollinger hob den Kopf und rief: »Kapitän! Hallo, Kapitän!« Seine Stimme klang etwas heiser.

Der Schiffskommandant neigte sein gebieterisches und ernstes Gesicht Charley zu; er maß ihn von oben herab und bemerkte betrübt den braunen Samtblazer, bevor er brummte: »Ja? Was is'?«

»Guten Morgen, Herr Kapitän!« rief Charley, von Natur aus temperamentvoll und trotz aller Erfahrung noch immer bemüht, seinem Vorgesetzten zu gefallen. »Der Hund von *Maestro* Kreuzer ist erwacht... Ich habe ihn im Vorbeigehen knurren hören, und das klang nicht gerade beruhigend. Emilio, der Erste Steward, hat gedroht, in Syrakus von Bord zu gehen, wenn dieser Hund nicht angebunden wird. Und wir haben keine Schlaftabletten mehr für ihn...«

Ellédocq, mit seinen imaginären Unwettern beschäftigt und dem Gedanken, dem Mittelmeer die Stirn bieten zu müssen, warf einen verächtlichen Blick auf Charley mit seinen Alltagsproblemen. »Pfoten abhacken... Hundegeschichte... ins Wasser schmeißen... nicht mein Job... selber machen...«

»Schon geschehen«, warf Charley ein und zeigte auf sein Schienbein. »Wenn dieses Biest Frau Bautet-Lebrêche beißt oder beispielsweise den Zuckerkönig, laden wir uns eine Prozeßlawine auf den Hals! Ich darf Sie daran erinnern, Herr Kapitän, daß Sie der Alleinverantwortliche für dieses Schiff sind und für alles, was darauf passiert!« Und um diese Verantwortlichkeit zu unterstreichen, schlug Charley die Hacken zusammen und vermochte sogar, dieser militärischen Bewegung eine gewisse Anmut zu verleihen.

»Angst?« fragte Ellédocq spöttisch. »Ha, ha, ha...«

Er schwieg, und als Charley sich umsah, erblickte er das erschreckende Schauspiel: gleichsam mechanisch auf seine vier Pfoten gestellt, kam besagter Hund mit wachsender Geschwindigkeit auf sie zu. Er scheint übernatürlich groß zu sein, dachte Charley, während seine Beine ihn mit ungekannter Schnelligkeit davontrugen und hinter einem Tisch verbargen und das irrwütige Tier die Stufen erklomm, an deren Ende Ellédocq residierte.

»Wo ist das Vieh, Charley? Wo ist dieser gottverdammte Hund?« rief er gebieterisch fragend und bereits wütend aus, weil er auf eine Antwort wartete, die ihm leider allzu gleich erteilt wurde.

Irgend etwas zwickte ihn an der Wade, durchdrang seine strapazierfähige Seemannshose sowie seine Wollstrümpfe und biß sich fest. Die donnernde Kapitänsstimme wich einem schrillen, einem Notschrei, der den wachhabenden Offizier erstaunte, so daß er erneut zu den unschuldigen Möwen aufsah.

»Mein Gott, weg damit!« befahl Ellédocq und versuchte, dem entfesselten Hund mit seinem freien Fuß einen Tritt zu versetzen, der jedoch sein Ziel verfehlte, so daß er strauchelte und auf alle viere vor seinen Peiniger stürzte. Ellédocq bemühte sich, seine männliche Stimme und seinen Mut wiederzufinden, doch er schrie im Ton einer Jungfrau, die sich wilden Tieren ausgeliefert sieht: »Charley! Charley!«

Charley, der die Stufen mehr als langsam hinaufgestiegen war, hob seinen Kopf in Höhe der Planken, ohne sich höher zu wagen, und betrachtete, was da mit einem Gesicht geschah, welches das Begriffsvermögen eines

Gebissenen, aber auch die Feigheit eines erfahrenen Mannes widerspiegelte.

»Na und? Können Sie nichts machen?« rief Ellédocq ebenso haßerfüllt wie verzweiflungsvoll. »Ich werde Sie an die Luft setzen, in Cannes rausschmeißen, Herr Bollinger!« sagte er und fand damit – wie immer in emotionsgeladenen Momenten – zur praktischen Handhabung des Themas zurück. »Rufen Sie wenigstens Herrn Peyrat...«, stöhnte er, denn dessen Mut war ihm gegenüber zehnmal, allerdings in zehn verschiedenen Varianten, die jedoch übereinstimmten, gerühmt worden.

Während er mit seiner Eunuchenstimme weiterhin kreischte und stöhnte, lief Charley die Treppe hinunter und suchte auf seinem Gesicht die tiefe Zufriedenheit zu verbergen. Kapitän Ellédocq von einer Bulldogge terrorisiert! Er hätte sich totlachen können!

Julien hingegen war nicht zum Lachen zumute, da er in dieser Nacht höchstens drei Stunden geschlafen hatte; und so kam er im Morgenmantel hohlwangig und abgespannt zum Ort des Geschehens. »Warum ausgerechnet ich?« hatte er traurig gemurmelt, als er die relativ weite Strecke von seiner Kabine zur Kommandobrücke zurücklegte. »Warum fällt das alles immer auf mich zurück? Ich habe doch schon – und mit Vergnügen – Sie, lieber Charley, diesem Hund entrissen, und für Ellédocq werde ich den gleichen Heldenmut nicht aufbringen können. Verstehen Sie?«

»Er wird es mir tödlich übelnehmen«, erwiderte Charley, »wenn man ihn nicht unverzüglich befreit. Er wird wütend und gedemütigt sein, und das wird auf der ganzen Kreuzfahrt lasten. Und außerdem, was ist denn noch auf Sie zurückgefallen, wie Sie sagten?«

»Seit unserer Abfahrt«, entgegnete Julien nachdrücklich, »habe ich es mit weinenden Frauen und tollwütigen Hunden zu tun. Sehen Sie, Herr Bollinger, ich bin hierhergekommen, um mich zu erholen«, fügte er hinzu, als sie die Tür erreichten, von der aus sie den von der Ratte gebändigten Löwen sehen konnten.

Beide waren auf den Planken miteinander verschlungen. Julien sprang vor und packte das Tier rücksichtslos und schnell – um nicht selbst gebissen zu werden – am Hals und am Schwanz. Schließlich gelang es ihm, den Hund hinauszuschmeißen und die Tür zu schließen, doch sein Handgelenk und Ellédocqs Wade bluteten – purpurn bei Julien und violett bei Ellédocq –, wie Charley feststellte, der stets Ästhet blieb. Während sie ihre Wunden mit Taschentüchern abtupften, vernahmen sie an der Tür die scharrenden Krallen und das Bellen des Hundes, der sich seiner Beute beraubt sah.

Und dann erblickten sie endlich Meister Kreuzer an Deck, der vermutlich durch die Schreie aufgeweckt worden war und einen schwarz-braun-gestreiften, rotbepaspelten Morgenmantel trug, der äußerst häßlich wirkte, wie die drei Gefangenen erstmals übereinstimmend dachten. Hans-Helmut bemächtigte sich, so gut es ging, des Hundes, und alles endete im Sanitätsraum.

Julien sah sich also im Sanitätsraum. Und nach einer guten halben Stunde schmerzhafter Behandlung seines Handgelenks verzichtete er auf den Landgang und das Konzert und schlief ein. Und dort besuchte ihn am Abend Clarissa, nachdem am Nachmittag Olga, Charley, Edma und Simon Béjard bei ihm gewesen waren, Simon aus Freundschaft und die beiden Damen, um ihre Weiblichkeit und ihr natürliches Mitleiden zu dokumentieren. Julien war gegenüber Clarissa durchaus entschlossen, von dieser Weiblichkeit zu profitieren, ohne jedoch ihr Mitleid wachzurufen und trotz des unnachahmlich nichtssagenden Dekors um ihn herum.

Der Sanitätsraum war ein sehr großes Zimmer, größer als die Suiten der königlichen Interpreten, ein großes weißes Zimmer, wo sogar jemand operiert werden konnte und in dem sich vor allem und für alle zwei leere Betten – außer Juliens – und ein Rolltisch mit medizinischen Instrumenten befanden, den Julien Clarissa zuallererst aus seinem Blickfeld zu entfernen bat.

»Mit diesen Scheren haben sie mich den ganzen Morgen gequält«, erklärte er.

»Haben Sie Schmerzen?« fragte Clarissa, die in lebhafte Farben gekleidet war, während ihr neues Gesicht eher blaß erschien, so daß sie das Negativ der Frau darstellte, die fünf Tage zuvor in ihrem strengen graublauen Kostüm mit ihrem buntgeschminkten, scharlachroten Antlitz an Bord gekommen war.

Erneut war Julien von ihrer Schönheit betroffen. Mit ihm zusammen würde Clarissa sich immer so kleiden. »Dieses Kleid ist sehr, sehr hübsch«, sagte er voller Überzeugung und warf ihr einen bewundernden Kennerblick zu, der Clarissa für eine Sekunde mißfiel, bevor sie sich darüber amüsierte. »Haben Sie über sich, über mich, also über uns nachgedacht?« fuhr Julien fort, der den stechenden Schmerz in seinem Handgelenk vergessen hatte, weil er über die unregelmäßigen Schläge seines Herzens, da mal in seiner Brust wild hämmerte, dann wieder völlig auszusetzen schien, stark beunruhigt war.

»Was soll ich dazu sagen?« erwiderte Clarissa resigniert. »Daß Sie eine Schwäche für mich haben, ist möglich, Julien – obwohl mir das abwegig erscheint. Andererseits empfinde ich eine für Sie«, gab sie mit dieser Offenheit zu, die Julien jedesmal verwirrte, »aber das ändert nichts. Ich habe keinerlei Grund, Eric zu verlassen, der mir nichts getan hat. Und welchen Vorwand könnte ich erfinden? Seinen Flirt mit der kleinen Schauspielerin? Er weiß genau, daß mir das gleichgültig ist. Jedenfalls sollte er das wissen.«

»Also gut, wenn Treue in Ihrer ›Ehe‹ nicht erforderlich ist«, sagte Julien und richtete sich in seinem Bett auf, wobei er einen spöttischen Ton auf das Wort »Ehe« legte, »nehmen Sie mich als Geliebter, als Flirt, wie Sie sagen... Ich werde das alles schon eines Tages legalisieren. Wer hindert Sie zum Beispiel, mich in diesem Augenblick, in diesem Raum, in dem wir allein sind, zu küssen?«

»Nichts«, entgegnete Clarissa in merkwürdig zerstreutem Ton. Dann neigte sie sich, als gebe sie etwas nach, worauf ihr Wille und ihre Entscheidung keinen Einfluß hatten, über Julien und küßte ihn lange, und als sie sich wieder aufrichtete, geschah es, um zur Tür zu gehen und den Schlüssel umzudrehen, das Licht auszumachen, sich auszuziehen und sich im Dunkeln neben ihn ins Bett zu legen.

Eine Stunde später befand er sich mit verbundenem Handgelenk in der Bar, in Gesellschaft von Edma und der Doriacci, die mit echt weiblichem Mitleid sein Schicksal bedauerten, was ihn mit durchaus männlichem Vergnügen erfüllte. Clarissa neben ihm sagte nichts.

»Es ist trotzdem schade, daß Sie Karthago nicht gesehen haben!« meinte Edma Bautet-Lebrêche. »Aber Sie werden ja Alicante sehen.«

»Ich glaube, für mich gibt es keine schönere Stadt als Karthago«, erwiderte Julien lächelnd und mit dieser etwas klagenden Rekonvaleszentenstimme, die er angenommen hatte, als er sein Ansehen mit diesem Verband wachsen sah.

Clarissa, die ihren Kopf mit dem unter der Lampe glänzenden Haar gesenkt hielt, schien ihre Maske, ihre gräßliche Schminke, zu vermissen, die ihr wenigstens geholfen hätte, ihre Röte zu verbergen.

Die Doriacci beobachtete dieses Erröten mit verstärktem Interesse. »*Va bene, va bene!*« sagte die Doriacci lächelnd. Und mit ihren dicken kleinen fleischigen Händen langte sie über die Lehne ihres Klubsessels und tätschelte damit die Hände der erstarrten Clarissa.

Die Diva jagte ihr Angst ein oder beeindruckte sie zumindest so offensichtlich, daß Julien Lust verspürte, sie wegen dieser naiven und unverschämten Bewunderung an sein Herz zu drücken. Abermals und vielleicht zum zehntenmal an diesem Abend mußte er dieses Verlangen zügeln und darauf verzichten. Sie waren verrückt gewesen, miteinander zu schlafen, dachte er. Und ebenso ungeschickt wie unglücklich beklagte er sich bei Clarissa, mit der er sich nach zwei Stunden der Langeweile und köstlicher Erinnerungen endlich wieder zusammensah.

»Als ich Sie und Ihren Körper nur in der Vorstellung kannte, hat allein meine Einbildung gearbeitet und abends in meiner Kabine den Mond angebellt«, murmelte er vorwurfsvoll. »Jetzt mischt sich meine Erinnerung ein, und das ist wirklich grausam!«

Clarissa blickte ihn wortlos und blaß an, ihre Augen waren feucht und glänzend, so daß Julien sich über seine Grobheit sofort maßlos ärgerte.

»Verzeihung«, sagte er. »Bitte, verzeihen Sie mir. Sie fehlen mir schrecklich ... Ich werde meine Zeit auf diesem Schiff damit verbringen, Ihnen zu folgen, Sie zu sehen und Sie nicht berühren zu dürfen. Seit zwei Stunden sehne ich mich nach Ihnen, Clarissa, wie seit zwei Monaten.«

»Ich auch«, sagte sie, »aber ich konnte Sie nicht finden.«

Julien bedauerte jetzt, es Charley Bollinger überlassen zu haben, seinen Marquet zu verkaufen: er fürchtete nämlich, der Schiffssteward könnte aufgrund Vorspiegelungen falscher Tatsachen bis zu ihrer Ankunft in Cannes nicht zum Zuge gekommen sein. Doch in Cannes mußte Julien zur nächstbesten Bank eilen, um die zweihundertfünfzigtausend Francs für das Gemälde zu hinterlegen, von denen die eine Hälfte seinem Texaner überwiesen werden mußte, während die andere Gott sei Dank für sein eigenes Konto bestimmt war, damit er mit Clarissa zu milderen Gegenden aufbrechen konnte. Aber nie würde ihm Zeit genug bleiben, dachte er, um Clarissa zu überreden, ihm zu folgen, was eine ebenso schwere Aufgabe war, wie die Mittel zu finden, um sein Ziel zu erreichen.

Dennoch wußte er aus Erfahrung, daß die Sache mit dem Marquet die Passagiere der *Narcissus* von vornherein reizen mußte. Bei reichen Leuten war diese Leidenschaft für gute Geschäfte genauso lebhaft wie überflüssig. Doch das machte ihr Operationsfeld nahezu grenzenlos, weil die Preisermäßigung bei einem Paar Handschuhe, die ein Lederwarenhändler gewährte, sie im gleichen Maße interessierte wie ein Nachlaß auf Zobelfelle in der Rue de la Paix, zumal sie die finanzielle Lage des Einzelhändlers ebensowenig kümmerte wie die der großen Pelzhändler.

Der Erwerb eines Gemäldes war also in diesem kleinen Milieu der etwas Betuchten eines der »heißesten Geschäfte«, wenn man die enormen Unterschiede in Betracht zog, die eine Rolle spielen konnten und mit denen sie einen Maler an die Wand zu drücken oder eine Galerie von oben herab zu behandeln vermochten. Es galt natürlich als vornehm, die Unwissenheit oder die Eile eines in die Enge getriebenen unglücklichen Verkäufers zu nutzen und ihm für sein Bild nur den halben Preis zu zahlen, und es galt gleichermaßen als vornehm, für dasselbe Kunstwerk beispielsweise bei Sotheby den zehnfachen Preis zu bezahlen, wenn ein anderer Liebhaber oder ein Museum es gleichfalls zu erwerben suchte. In beiden Fällen war es die Eitelkeit oder die Gier, die man befriedigte, aber allein im ersten Fall war es ein gutes Geschäft für diese Midas-Nachfolger. Denn wenn sie nachgedacht hätten, wären sie sich bewußt geworden, daß dies kein gutes Geschäft sein konnte, da sie dieses Gemälde wahrscheinlich nie wieder zum doppelten noch zum dreifachen Einkaufspreis weiterverkaufen konnten, sofern sie das nötig hatten. Sie verschafften sich demnach keine Klarheit darüber, daß sie letzten Endes ihr schönes Geld für Bilder anlegten, die sie nicht liebten oder verstanden. Lediglich dank der Einbrecher konnten sie sie in ihren Tresoren vergessen, aus denen sie allenfalls herausgeholt wurden, um sie irgendeinem Museum anzuvertrauen. Natürlich könnten die Kunstfreunde, wenn sie im Katalog nachsahen, in kleingedruckten schwarzen Buchstaben nachlesen: »Privatbesitz von Herrn und Frau Bautet-Lebrêche.« Oder zum Beispiel einfach nur »Privatbesitz«, was ebenso schick war. Was das Publikum jedoch bewunderte, wenn es ein Gemälde betrachtete, das seine Eigentümer nie anschauten, war dieses künstlerische Flair der Besitzer – von dem sie allerdings nie sehr überzeugt waren –, anstatt den Geschäftssinn zu bewundern, den sie gewiß zu haben glaubten.

Zumindest war das die Theorie, die Julien an diesem Morgen vertrat, während er an der Reling lehnte und auf das graublaue Wasser blickte, an dessen Ende sie der Hafen von Bejaia erwartete. Vom Zufall in filmgemäßer Unordnung verstreut, zeigten die anderen Passagiere von Liegestuhl zu Liegestuhl erschlaffte Mienen, die Augen, so schien es, von mehr oder weniger kurzweiliger Schlaflosigkeit umschattet, denn Simons gerötete Augen, Clarissas abgespannte Züge und die eingefallenen Wangen Juliens verrieten durchaus nicht jene Heiterkeit, welche die Reederei Pottin versprochen hatte. Allein Olga, die etwas abseits mit ernster Miene die postumen Memoiren eines Politikers zu lesen vorgab, der schon zu Lebzeiten sehr langweilig gewesen war, zeigte einen zufriedenen Ausdruck und rosa Jungmädchenwangen. Andreas, der mit umwölkter Stirn und romantisch schön in seinem schwarzen Sweater neben ihr saß, spielte mehr denn je das Kind des zwanzigsten Jahrhunderts. Und was die Doriacci betraf, so hatte sie den Kopf nach hinten gelehnt, stieß hin und wieder unerwartete und rauhe Brummtöne aus – die eher an die furchtbare Fuschia erinnerten als an die Koloraturen einer Sängerin – und rauchte eine Zigarette nach der anderen, bevor sie die Kippen ohne Hemmungen, aber auch ohne Bosheit Armand Bautet-Lebrêche zu Füßen warf, der sich jedesmal von seinem Liegestuhl erheben, sein Bein ausstrecken und sie mit seinem Lackschuh ausdrücken mußte.

Irgendwie lag etwas Bedrohliches über diesem Schiff und seinen zivilisierten Passagieren. Und trotzdem war das Wetter schön, und die Luft war mit diesem Duft nach Rosinen, nach heißer Erde, nach warmem Kaffee und Salz gewürzt, der das nahende Afrika ankündigte.

Selbst Edma, die wenigstens über Juliens Reden lachte und Clarissa dann und wann die zärtlichen Blicke einer Schwiegermutter zuwarf, selbst Edma spürte, wie unter ihrer Haut ungewollt die kleinen Hals- und Kinnmuskeln erzitterten, was bei ihr stets Anzeichen für irgendein Erdbeben waren. Von Zeit zu Zeit tastete sie mit ihrer Hand danach, als wollte sie sie mit ihrem Finger beruhigen.

Armand Bautet-Lebrêche war trotz seiner wissenschaftlichen Geisteshaltung zu sehr vom Empirismus, dem König seiner Epoche, geprägt, um nicht ebenfalls die nahe Zukunft, die durch das Zittern an Edmas Hals angekündigt wurde, zu überdenken und zu fürchten. Vermutlich bewog ihn diese Besorgnis, zerstreut und unverdrossen die langen Kippen der Diva eine nach der anderen auszudrükken. Und Lethuillier, der wie jeden Morgen seine stumme Rolle als vielsprachiger Journalist spielte, schaute gelegentlich von seinen spanischen, italienischen, englischen oder bulgarischen Zeitungen auf, um über das Meer einen argwöhnischen Blick gleiten zu lassen, als rechnete er damit, wie im Bericht des Theramenes, das für Hippolyt so verhängnisvolle Untier daraus hervorsteigen zu sehen. Simon Béjard wiederum wollte es nicht gelingen, über seinem »421«, das er gegen sich selbst spielte, seine Melancholie zu vertreiben, die mit jedem Würfel auf der grünen Unterlage mit einem monotonen und ärgerlichen Geräusch aufzuspringen schien. Die Ankunft Charleys gab der Gruppe einige Hoffnung, doch auch er zeigte keinen Schwung und versank sehr schnell in dem allgemeinen Mißmut.

Und der hatte einen derartigen Höhepunkt erreicht, daß die Passagiere der *Narcissus* beim Anblick ihres Kapitäns Ellédocq, der in der Begleitung Kreuzers vom anderen Ende des Schiffes mit schwerem Schritt auf sie zukam, für einen Augenblick Hoffnung, ja Freude verspürten. Leider konnten die beiden Männer die Atmosphäre ebensowenig wie die anderen beleben. Charley ließ in einem letzten verzweifelten Anlauf den Barkeeper kommen, der jedoch lediglich Bestellungen für Fruchtsäfte und Mineralwasser entgegennehmen konnte, so daß das Tablett, das er zurückbrachte, so deprimierend aussah, daß selbst Simons doppelter Martini unbeachtet blieb. Gegenwärtig schwebte nicht *ein* Engel durch das Schweigen, sondern es war eine ganze Kohorte, eine Legion, die da ihre Harfen erklingen ließ.

In diesem Moment schloß die Doriacci ihre Handtasche mit einem so vernehmlichen Klicken, daß es sogleich die Aufmerksamkeit selbst der zerstreutesten Passagiere auf sich lenkte: die Doriacci nahm ihre Sonnenbrille mit den straßbesetzten Bügeln ab und zeigte allen ihre leuchtenden Augen und ihren schmalen Mund, den ihre eigenen weißen Zähne – von jenem Perlmuttweiß, das man nur von Dr. Thompson in Beverly Hills, Californien, bekam – schonungslos zerbissen hatten.

»Zugegeben, dieses Schiff ist wirklich komfortabel, aber das Publikum hier ist jämmerlich«, sagte sie entschlossen. »*Maestro* Hans-Helmut Kreuzer und ich leben nun seit sechs Tagen von Stummen umgeben, von unwissenden und hochnäsigen Stummen! Vielleicht hat Meister Kreuzer den Spitznamen ›Schubiack‹ erhalten, aber es ist besser, ein Schubiack zu sein, als einer dieser erbärmlichen kleinen Geister, von denen es hier und da, auf dem einen oder anderen Deck wimmelt.«

Es herrschte so tiefes Schweigen um sie herum, daß man die Möwen fliegen hören konnte.

»Ich steige in Bejaia aus«, fuhr sie fort. »Herr Bollinger, würden Sie die Freundlichkeit haben, mir dort eine Privatmaschine zu besorgen, die mich nach New York, das heißt zunächst nach Cannes, zurückbringt.«

Simon Béjard war vor Erstaunen so erstarrt, daß er seine Würfel auf das Deck rollen ließ, und ihr Lärm klang wie ein Fluch.

»Aber, aber...«, sagte Edma Bautet-Lebrêche – und zwar mutig, denn die Augen der Doriacci schmetterten sie beim ersten Wort zu Boden. »Aber warum denn, liebste Freundin?... Warum?...«

»Warum? Ha, ha, ha ... Ha, ha, ha!« Die Doriacci war mehr als sarkastisch und wiederholte ihre verächtlichen »Ha, ha, ha!« zwei- oder dreimal, während sie stehend mit methodischem Zorn ihren ganzen Krimskrams, den sie neben sich auf dem Tisch aufgehäuft hatte, in ihren Weidenkorb zu sammeln begann: den Lippenstift, den Kamm, die Zigarettenschachtel, das Tablettenröhrchen, die Puderdose, das goldene Feuerzeug, die Karten, den Fächer, das Buch und so fort. All diese Gegenstände, die da frei ausgebreitet waren, kehrten in ihr gewohntes Gefängnis zurück.

Sie drehte sich zu Edma um. »Wissen Sie, Frau Bautet-Lebrêche, was wir gestern abend gespielt haben?« warf sie ihr zu und schloß ihren Korb so heftig, daß der Verschluß beinahe abgegangen wäre. »Wissen Sie, was wir gestern gespielt haben?«

»Aber ... aber natürlich«, entgegnete Edma schwach, während ein Schimmer der Panik in ihrem sonst so selbstsicheren Blick aufleuchtete. »Natürlich ... Sie haben Bach gespielt, das heißt, Meister Kreuzer hat Bach gespielt, und Sie selbst haben Lieder von Schubert gesungen, nicht wahr? Nicht wahr?« wiederholte sie und wandte sich den anderen zu, wobei sie in dem Maße, wie diese Feiglinge wegblickten, zunehmend ängstlicher dreinschaute. »Nicht wahr, Armand?« fragte sie ihren Gatten, von dem sie, wenngleich keine volle Zustimmung, zumindest ein stummes beifälliges Nicken erhoffte.

Doch diesmal antwortete Armand nicht, sondern starrte hinter seinen Brillengläsern verwirrt vor sich hin und sah sie nicht einmal an.

»Nun, dann werde ich Ihnen sagen, was wir gespielt haben!«

Und nachdem die Doriacci ihren Korb so fest unter den Arm geklemmt hatte, daß es den Eindruck erweckte, sie fürchtete, daß man ihn ihr entreißen könnte, fuhr sie fort: »*Au clair de la lune* haben wir gespielt, Hans-Helmut Kreuzer und ich: er am Klavier mit unterschiedlichster Begleitung, und ich habe es in allen Sprachen der Welt gesungen! *A claro di luna*«, schmetterte sie hervor. »Und niemand hat mit der Wimper gezuckt! Niemand hat etwas bemerkt, oder? Geben Sie es doch zu!« fügte sie hinzu und forderte jeden mit ihrem Blick und ihrer Stimme heraus – und jeder drückte sich in seinen Stuhl und schaute seine Schuhspitzen an. »Nur ein unglücklicher Notar aus Clermont-Ferrand hat eine vage Bemerkung gemacht, und das noch schüchtern.«

»Aber das ist ja Wahnsinn!« sagte Edma mit einer Kopfstimme, deren Tonlage sie dermaßen überraschte, daß sie den Satz im Raum stehenließ.

»Ja, das ist Wahnsinn!« bestätigte Olga heroisch. »Das ist unglaublich! Sind Sie sicher?« fragte sie dümmlich, und unter dem Blick der Doriacci schrumpfte sie in ihrem Pullover zusammen, als wollte sie physisch vom Deck verschwinden.

Lastende Stille breitete sich daraufhin aus, eine Stille, die selbst vereinzeltes Magenknurren nicht brechen konnte und die sich endgültig auf alles zu senken schien, als Ellédocq sich stehend zweimal räusperte, während sein Gesicht die Würde und Entschlossenheit eines bevollmächtigten Botschafters ausdrückte; und diese Haltung, begleitete von diesem einfachen Reinigen der Kehle, rief bei den Zuhörern eine Art warnenden Schrecken hervor.

»Ich bitte vielmals um Entschuldigung«, sagte er und kennzeichnete durch das Personalpronomen, das Adverb »vielmals« und die Präposition »um« den Ernst der Lage. »Ich bitte vielmals um Entschuldigung, aber das Programm ist festgelegt.«

»Wie bitte?«

Die Doriacci suchte sichtlich nach einem giftigen Tier, nach einer Schlange oder einem Ochsen, fand in seiner Richtung jedoch nichts, dem sie zuhören konnte, was Ellédocq aber nicht störte. Er warf den Kopf nach hinten, so daß man unter seinem Kinn einen Streifen unbehaarter

Haut sehen konnte, einen Streifen jungfräulicher Haut zwischen dem Adamsapfel und dem Hals, der, kaum wahrgenommen, bei allen den Eindruck der Obszönität erweckte; und so begann er mit seiner schönen tiefen Stimme, die Punkte seiner Liste vorzutragen, die er an seinen dicken Fingern abhakte und in ihrer Beweisrolle hervorhob: »Portofino – Becher mit Meeresfrüchten – Kalbshaxe – Eis – Scarlatti – Verdi. Capri – Brandenburger Auflauf – Tournedos – Rossini – abgestimmtes Stück – Strauss – Schumann ...« Nach dem Namen jedes Musikers, den er zitierte, deutete er mit dem Zeigefinger auf den betreffenden Virtuosen. »Karthago – grauer Kaviar – Kalbsschnitzel ...«

»Oh, mein Gott, schweigen Sie!« rief Edma entsetzt aus. »Schweigen Sie, Herr Kommandant! Wir sind doch nicht so dumm und so ... und so ...«

Sie schlug mit den Flügeln, mit den Lidern, mit den Schultern und mit den Händen, sie schlug in die Luft und war bereit, den Kapitän zu schlagen, als sich dessen keinen Widerspruch duldende Hand auf ihre magere Schulter legte, so daß sie unter dem Gewicht in ihrem Schaukelstuhl mit einem aufrührerischen Schrei zusammensank.

Die Männer dieser Runde erhoben sich, Simon Béjard voller Wut, Armand Bautet-Lebrêche am wenigsten aufgebracht. Doch das beeinträchtigte für keine Sekunde das bewunderungswürdige Gedächtnis des Kommandanten.

»... Karthago – Kaviar – Kalbsschnitzel auf italienische Art – Eisbombe – Bach – Schubert«, schloß er triumphierend.

Dem wütenden Blick der Herren und den geweiteten Augen der Damen gegenüber immer noch gleichgültig, hub er von neuem an. »Respekt vor dem pflichtgemäßen Ablauf. *Mondschein* für das Programm von Karthago nicht vorgesehen, mußten Bach, Schubert sein, Punkt«, folgerte er. »Nichteinhaltung der Vertragsvereinbarung ...«

Und damit unterbrach er sich abrupt, denn Fuschia, die mit ihrem Weidenkorb, ihren Gummiknochen und ihren täglichen Pasteten im Laderaum eingeschlossen worden war, hatte sich durch eines jener Wunder, die an Gott zweifeln lassen, aus ihrem Gefängnis befreit und das Deck überquert, ohne daß man bei dem Gerede der Passagiere ihr finsteres Hecheln vernommen hatte, und übersprang nun das Hindernis der drei oder vier Paar Beine, die nachlässig auf den Planken ausgestreckt waren, richtete den Blick ihrer halbblinden Augen wie beim Jüngsten Gericht auf jeden der entsetzten Kreuzfahrtteilnehmer, bevor sie unerklärlicherweise zur Bar trottete, in der sie verschwand.

Eine Woge der Erleichterung ergoß sich über alle Anwesenden, aber diese Erleichterung vermochte ihre Scham nicht aufzuwiegen.

Und die Doriacci, die stehend kleiner war als die drei Männer, rief sie ihnen ins Gedächtnis. »Wenn man nicht in der Lage ist, zu lieben und gleichzeitig Musik zu hören, nimmt man nicht an einer musikalischen Kreuzfahrt dieser Art teil«, sagte sie. »Entweder begibt man sich auf ein normales und weniger teures Schiff, und zwar zu zweit, oder man verreist allein und nimmt seine Schlaftabletten mit! Falls man nicht fähig ist, beides zu tun, natürlich«, fügte sie mit siegessicherer und verächtlicher Miene hinzu.

Und auf den Spuren Fuschias entschwand sie mit ihrer majestätischen und beleidigenden Gangart, so daß selbst Andreas nicht versuchte, ihr zu folgen.

Wahnsinn! Unsinnige Entscheidung! Unnötig, sich aufzuregen. Schande über schikanierende Künstler. Reederei Pottin unerschütterlich. Siebenundzwanzig Jahre Kreuzfahrt. Zehn musikalische Kreuzfahrten. So was nie gesehen.« Kapitän Ellédocq kurvte außer sich von einem Passagier zum anderen.

»Wie eine überheizte Lokomotive«, sagte Julien zu Clarissa, »die überflüssigen Dampf abläßt.«

»Tatsächlich, wie ein Zug«, meinte Clarissa lachend, denn Ellédocq, der seine Schafe plötzlich nicht mehr beruhigte, war vor Edma stehengeblieben, die ihm mit werbendem Blick ihr Zigarettenpäckchen anbot. »Nehmen Sie, nehmen Sie, Herr Kapitän, das ist das einzig wahre Mittel, sich zu entspannen.«

Und mit einem Augenzwinkern zu Clariassa gewandt, fügte sie hinzu: »Dies ist das einzige Laster des Kommandanten, wie Sie wissen: er trinkt nicht, er läuft den Frauen nicht nach, er raucht, das ist alles. Es ist der einzige Fehler, den er hat, und der wird ihn ins Grab bringen. Ich habe ihm das seit fünf Jahren immer wieder gesagt. Ich gebe mir die größte Mühe, ihm zu wiederholen, daß er darauf achtgeben soll.«

»Mein Gott, mein Gott, mein Gott! Ich rauche seit drei Jahren nicht mehr!« brüllte Ellédocq krebsrot. »Fragen Sie Charley, die Zimmermädchen, die Kellner, die Köche auf diesem Schiff ... Ich rauche nicht mehr!«

»Ich befrage nie das Personal nach den Angewohnheiten meiner Freunde«, erwiderte Edma erhaben, bevor sie ihm höchst demonstrativ den Rücken zuwandte und sich zu der anderen Gruppe begab, die angeregt über Musik sprach.

»Das ist eine verrückte Geschichte«, sagte Olga. »Wirklich unverständlich.«

»Sind Sie verärgert?« fragte Edma.

»Dazu habe ich, wie ich glaube, keinen Grund«, antwortete Olga, zu früh über ihren Groll erheitert. »Letzten

Endes bin ich erst seit wenigen Jahren in der Lage, mich für
Musik zu interessieren . . .«

»In der Lage, ein musikalisches Gedächtnis zu entwik-
keln, wollen Sie sagen. Das ist etwas anderes«, warf Edma
ein.

»Was meinen Sie damit?« fragte Olga.

»Daß man achtzig oder hundert Jahre alt sein kann und
immer noch nicht fähig ist, Musik zu verstehen. Ich sage
nicht, ›zu hören‹, ich sage, ›zu verstehen‹ . . .«

»Das ist eher eine Geschichte für Stumme als für Verrückte«, schaltete Charley sich ein. »Wenn ich jetzt daran
denke, hat sie uns gestern *Au clair de la lune* auf Deutsch
gesungen.«

»Ich wußte doch, daß mich das an etwas erinnerte«,
sagte Simon unbefangen.

»*Im Mondschein*, natürlich, Sie haben es erkannt! Sie
hätten zufrieden sein müssen«, äußerte Eric Lethuillier
plötzlich. »Wie schade, daß man Ihnen zuvorgekommen
ist!«

Dieser Ausbund an Rohheit rief eine betretene Stille
hervor, und Simon, der sich unbehaglich fühlte, brauchte
eine Weile, um sich mit offenem Mund zu erheben, so daß
Edma ihm enttäuscht, aber mitleidig eine stärkende Zigarette anbot, doch vergebens.

»Sagen Sie, Sie kaltschnäuzige Hundeseele, wollen Sie
mir an den Wagen, oder was?« zischte Simon leise, »aber
sehr hörbar«, wie Edma bemerkte, die enzückt Pulver
roch.

Doch ringsherum war die Überraschung mehr als groß.
Wie beim Tennis richteten sich die Musiknarren von den
gleichen Falten auf, auf denen sie eine halbe Stunde zuvor
so friedlich gesessen hatten, und begannen fasziniert, wie
Taktmesser dem Spitzenmatch zu folgen, als sich zu ihrem
großen Schaden Olga einmischte. »Nein, nein . . . Schlagen Sie sich nicht! Das ertrage ich nicht, das ist zu
dumm!« rief sie mit der Stimme einer, schon jetzt, jungen
Witwe.

Und mit ausgestreckten Armen warf sie sich zwischen
die beiden Männer, (was allerdings nicht schwierig war,
da die sich auf zwei Meter Entfernung anblickten, vergiftet
von ihren eigenen Beleidigungen und unfähig, gegeneinan-

240

der anzugehen und dieses Minimum an Kampfgeist aufzu-
bringen, das für eine Schlägerei notwendig war.

Sie wichen zurück, während sie sich mit den Blicken
herausforderten und wie die liebe Fuschia knurrten, freilich ohne einen Bruchteil von deren Aggressivität.

Charley und Julien legten ihnen die Hand auf die Schulter und gaben damit vor, sie nach den Regeln des Anstands
zurückzuhalten. Trotz des frommen Schlusses hatte diese
Szene dazu beigetragen, die Atmosphäre immerhin etwas
zu beleben. Jeder lehnte sich mit einem Gefühl der Enttäuschung oder des Stolzes oder der Erregung in seinen
Liegestuhl zurück.

Eine halbe Stunde später stand Andreas aus Nevers, anstatt sich ausgestreckt zu haben, allein, die Stirn an die Tür gedrückt, vor dem Appartement 102, das für die Doriacci reserviert war. Er wartete, und von Zeit zu Zeit klopfte er ruhig mit der Faust an das harte und kalte Holz, er klopfte, als sei er gerade erst an diese Tür gekommen, als erwarte er, daß man sie ihm mit offenen Armen öffnete – obwohl bereits eine Stunde verstrichen war, seit man sie ihm vor der Nase zugeschlagen hatte. Die Doriacci, die während der ganzen Zeit auf sein Klopfen nicht geantwortet hatte, faßte alle Kraft zusammen und rief ihm mit ihrer schallenden Stimme zu: »Ich möchte allein sein, mein lieber Andreas!«

»Aber ich will bei Ihnen sein«, erklärte er an der Tür.

Und die Doriacci wich, nunmehr seiner Stimme zugewandt, einen Schritt zurück, als könnte er durch die Türfüllung schauen. »Aber wenn mein Glück darin besteht, allein zu sein!« schrie sie. »Ziehst du mein Glück deinem eigenen nicht vor?«

Die Sirene heulte, Türen schlugen, und sie hatte den Eindruck, eine Oper von Alban Berg nach einem Libretto von Henry Bordeaux zu proben.

»Nein«, rief er seinerseits, »nein! Weil meine Anwesenheit für Sie nur eine kleine Unannehmlichkeit wäre, und nicht einmal das ist sicher, während ich ... ich wäre ohne Sie sehr unglücklich. Da gibt es kein gemeinsames Maß«, fügte er hinzu. »Ich liebe Sie mehr, als daß ich Sie anöden könnte. Also!«

Sie hatte gelacht, als er erneut an die Tür geklopft hatte, sie hatte sich künstlich aufgeregt. Und nun richtete sie nicht mehr das Wort an ihn. Sie wollte sich schlafend stellen, sich hinlegen und sogar die Augen schließen, als ob er sie sehen könnte. Sie wurde sich dessen bewußt und griff nach einem Buch. Sie versuchte zu lesen, vernahm jedoch von Zeit zu Zeit dieses leichte Hämmern an der Tür, so daß sie sich nicht konzentrieren konnte.

Dann hörte sie die Stimme eines Mannes auf dem Gang, die Stimme Eric Lethuilliers, und sie richtete sich von ihrem Kopfkissen auf. Einen Moment war sie versucht, die Tür zu öffnen und diesem kleinen Provinzschlingel an die Kehle zu springen, diesem so gar nicht stolzen Knaben – oder der es im Gegenteil in einem Maße war, daß er sich über das Gelächter und den Spott der anderen hinwegsetzte. Sie war aufgestanden, als sie jenseits der Tür Erics gesetzte Stimme vernahm.

»Na, wie geht's, lieber Freund? Was machen Sie denn seit zwei Stunden vor dieser Tür?«

Von wegen zwei, nicht einmal eine Stunde, dachte die Doriacci.

Doch Andreas ließ sich nicht beirren. »Ich warte auf die Doriacci«, sagte er ruhig.

»Erwarten Sie, daß man Ihnen aufmacht?« fuhr Eric fort. »Aber wenn das wirklich die Kabine unserer Diva ist, wird sie bestimmt nicht dasein! Soll ich Charley fragen, wo sie ist?«

»Nein, danke«, erwiderte die friedliche Stimme von Andreas.

Und die Doriacci beruhigte sich, enttäuscht, aber erfreut über die Selbstsicherheit ihres kleinen Geliebten.

»Nein, sie ist da«, äußerte Andreas, »sie will mir nur jetzt nicht öffnen, das ist alles.«

Einen Augenblick herrschte Schweigen.

»Ach so!« sagte Eric – nach einem Moment sichtlicher Überraschung. »Wenn Ihnen das nichts ausmacht ...«

Sein Lachen wirkte gezwungen. In den geübten Ohren der Diva klang es gekünstelt. Sie ärgerte sich ein wenig: Warum ließ sie den jungen Tropf nicht herein, den sie gerne beglückwünscht hätte und der außerdem ihr Geliebter war? Das wäre doch soviel einfacher gewesen!

»Na schön, und viel Glück!« sagte Eric. »Übrigens, Andreas, fahren Sie nun nach New York oder nicht? Seien Sie vorsichtig: dort hätten die Leute Sie in einem Hotelflur schon zehnmal angerempelt. In den Staaten sollte man nicht herumlungern. Sorglosigkeit ist da nicht gern gesehen.«

Das soll dieser Schuft mir büßen! sagte die Doriacci sich, oder vielmehr ihrem erzürnten Spiegelbild, das ihr

243

sogleich Angst einflößte. Und deshalb beruhigte sie sich.
Wenn jemand sie in diesem Grade gereizt hatte, löste das
in ihrem Kopf eine Art »Klick!« aus, und dann wußte sie,
daß der Bon in der Kassenschublade mit der Aufschrift
»Abrechnung« registriert war. Und dort kam er eines
Tages, wenn sie offen war, wie vom Schicksal gelenkt von
selber heraus, selbst wenn die Diva sich gar nicht an ihn
erinnerte. Welche Gründe sie für ihren Zorn ihnen gegenüber auch haben mochte: die Doriacci wußte ihre Gegner
im voraus bestraft und beglückwünschte sich dazu. Doch
was machte Andreas unterdessen? Sie überraschte sich bei
dem Wunschgedanken, daß er nicht feige sein möge –
denn das war in den Augen der Diva ein nahezu unverzeih-
licher Fehler – soweit er nicht durch sehr starke Männlichkeit aufgewogen wurde.

»Nun, Sie antworten mir nicht? ...« ließ sich Erics
Stimme an der Tür vernehmen. Sie klang gereizt, als sei
Andreas' Schweigen von einer frechen Geste begleitet
gewesen.

Doch das war nicht seine Art, wie die Doriacci wußte.
Andreas hatte vermutlich eine zerstreute, lächelnde Miene
aufgesetzt. Sie näherte sich auf Zehenspitzen der Tür und
verwünschte das kleine Feld, welches das zu hohe Ober-
licht ihren Blicken bot: sie konnte nichts sehen, sie zwinkerte mit den Augen und fluchte innerlich.

»Sie sind doch ihr Hausfreund«, sagte Eric zu Andreas.
»Sie müßten schließlich rein dürfen. Es ist nicht gerade
lustig, hier allein wie ein kleiner Junge auf dem Gang zu
stehen.«

»Doch!«

Andreas' Stimme klang ruhig und etwas heller.

»Doch, dieser Flur ist ganz angenehm, wenn man allein
ist.«

»Gut, dann lasse ich Sie hier allein«, entgegnete Eric.
»Sie tun übrigens recht daran, die Tür zu bewachen: die
Doriacci scheint in der Lage zu sein, einen Ersatzmann für
Sie anzurufen.«

Andreas' nun wieder rauhe Stimme ließ einen unverständlichen Laut vernehmen, und die Doriacci hörte
nichts als das Gleiten von Stoff, das Geräusch eines Fuß-
tritts gegen eine Tür, das Geräusch eines Gepäckstücks,

244

das man wegschleppte, das Geräusch von gemeinsamem Keuchen. Sie stampfte mit dem Fuß auf und holte sich einen Stuhl, um zu versuchen, dem Kampf zusehen zu können.

Bei Gott, man sah nichts! Doch während sie auf den Stuhl gestiegen war, entfernte sich von ihrer Tür ein schleppender, hinkender Schritt, aber nur einer Person, so daß die Doriacci, die seit drei Monaten Verdi gesungen hatte, tatsächlich Andreas für tot hielt.

»Andreas?« flüsterte sie durch die Tür.

»Ja«, antwortete die Stimme des Jungen so nah, daß sie zurückwich.

Sie meinte, den heißen Atem des Knaben auf ihrer Schulter zu verspüren, auf ihrem Hals, den heißen Schweiß des Kampfes auf seiner Stirn, nicht den der Liebe: diesen fast kalten, salzigen Schweiß. Sie erwartete, daß er sie bitten würde, die Tür zu öffnen, aber das tat dieser Tor nicht, sondern keuchte stoßweise weiter. Sie erriet diesen hübschen, über den weißen Zähnen aufgeworfenen Mund, sie erriet diese kleinen Tropfen auf seiner Oberlippe, und sie sah das kleine weiße Loch an seiner Schläfe vor sich, das er sich vor zwölf Jahren als Zwölfjähriger bei einem Sturz vom Fahrrad zugezogen hatte, und ungewollt sprach sie ihn zuerst an. »Andreas ...«, flüsterte sie. Und plötzlich glaubte sie, sich zu sehen, wie ein fremdes Auge sie sehen würde: halb nackt in ihrem Morgenmantel und an eine Tür gedrängt, auf deren anderer Seite sich ein nur zu hübscher junger Mann voller Blut dagegenlehnte. Ein junger Mann, der tatsächlich absolut nicht wie die anderen war, dachte sie resigniert, während ihre Hand den Schlüssel im Schloß umdrehte und die Tür endlich Andreas hereinließ, der sich mit einem schon blauschwarzen Auge und aufgeschürften Fingern auf ihre Schultern stützte und zu allem Überfluß ihren Teppich mit Blut befleckte ... Ein junger Mann, den sie wider Willen auf die Schulter und das Haar küßte, ein junger Mann, der wie eine Katze schnurrte und ihre Einsamkeit und ihr Zimmer durcheinanderbrachte und damit hoffte, eines Tages ihr Leben durcheinanderbringen zu können.

Seit nunmehr sechs Tagen hatte Andreas zuweilen den Eindruck, ein Schwergewicht zu sein, ein Stein in einer leichten, vom Geist beflügelten und flüchtigen Komödie. Und manchmal hatte er im Gegenteil sogar den Eindruck, der einzige zu sein, der die Materie überfliegen konnte, der frei wie ein romantischer Dichter zu urteilen vermochte und allein diese mächtigen, mit Goldschnitt versehenen Roboter zu richten hatte, deren einzige Freiheit letztlich darin bestand, mit ihrem Geld noch ein bißchen mehr Geld zu machen. Kurz, er fühlte sich bald wie ein Provinzler unter Parisern und bald wie ein Franzose unter Schweizern.

Lediglich die Doriacci und Julien Peyrat entzogen sich diesem ansteckenden Einfluß: die Doriacci war von Natur aus frei und würde es bis an ihr Lebensende bleiben, da der einzige Ort, wo sie wirklich frei war, die schwarzen Bühnen waren, auf denen sie vor gesichtslosen Leuten, von Scheinwerfern geblendet, sang.

Andreas träumte davon, sie singen zu sehen. Er träumte, in einer Loge zu sitzen, allein, im Smoking, umringt von Herren in Uniform und dekolletierten Damen, und in der Nachbarloge die Besucher sagen zu hören: »Sie ist zauberhaft ... Dieses Talent! Diese wunderbare Ausdruckskraft ...« Und er würde sich insgeheim in die Brust werfen, sofern nicht ein Böswilliger neben ihnen sagte, er könne nicht verstehen, was die anderen an dieser Doriacci fanden, und schlecht über sie redete. Aber Andreas würde sich nicht rühren: denn da ging der Vorhang auf, und die Doriacci betrat unter Beifall die Bühne, und unter den Bravorufen erkannte sie die ihres Geliebten. Und dann begann sie zu singen. Und etwas später, in der Pause, würde dieser kritische Typ sich mit Tränen in den Augen seinen Freunden zuwenden und sagen: »Welch eine Schönheit! Welch wundervolles Gesicht! Welch herrliche Gestalt!« Und über diesen letzten Satz würde Andreas ein wenig schneller, ein bißchen schuldbewußt hinweggehen, doch weshalb? Und der andere Dummkopf würde fragen, wo man der Doriacci begegnen, ob man mit ihr schlafen könnte und alles mögliche daherreden, bis ihm dessen Nachbar flüsternd Andreas zeigte, so daß er sich ärgerte und stark errötete und schließlich zu Andreas hinüber-

grüßte, der mit der ganzen Nachsicht des Glücklichen
zurücklächelte.

Und sein Glück – doch das wußte er noch nicht – wäre
ein ungetrübtes Glück gewesen. Denn die Doriacci beließ
es nicht dabei, Andreas' Mythen zu entsprechen, sondern
sie entsprach ihrer Natur und, seltsamerweise, ihrem
Alter.

Der Beruf des Produzenten hatte Simon Béjard jedenfalls eines gelehrt: Mut. Er hatte gelernt, mittags jede Hoffnung auf einen Film aufzugeben und dennoch dreizehn Stunden später in der Bar des Fouquet's den alten Eulen gegenüber, die da hocken und bereit sind, über das Unglück anderer zu lachen, ein lächelndes Gesicht zu zeigen und eine heitere oder sogar lustige Anekdote zu erzählen. Kurz, Simon hatte gelernt, in Fällen des Mißerfolgs Haltung zu bewahren, und das war in Paris so selten geworden, daß drei Frauen auf diesem Schiff sein Verhalten zu schätzen wußten. Übrigens war die Vorstellung amüsant, daß Simon Béjard es seinem – so verschrienen und in Verruf gebrachten – Beruf verdankte, daß er sich in den Augen Edmas und der Doriacci wie ein Gentleman aufführte. Wenn Simon etwas länger als drei Minuten schwieg – das war seine Grenze des Schweigens –, wurden sie unruhig, vertraten sich gegenseitig, und nachdem sie ihn umschmeichelt und zum Lachen gebracht hatten, nachdem jede ihm begreiflich gemacht hatte, daß nur sie ihn verstand, ließen sie Simon leicht gestärkt zurück. Allein Clarissa sprach nicht mit ihm. Sie lächelte ihm manchmal aus dem Augenwinkel zu, spendierte ihm eine Zitronenlimonade oder einen Scotch, gab ihm Rätsel auf – die in Simons Augen so trefflich ihr Gefühlsleben symbolisierten –, aber seine Anspielungen stießen sich immer an einer unbegreiflichen und leichtfertigen Clarissa, die so wenig unglücklich dreinschauen konnte, daß sie ihn ärgerte: es mißfiel ihm vor allem auf dieser stoischen Ebene, von einer Frau geschlagen zu werden.

Als sie in Bejaia gelandet waren, nutzte er die Gelegenheit, daß Olga und Eric von Bord gegangen waren, um ihre Briefe zur Post zu bringen, und griff Clarissa an. Das Gefühl, nicht viel Zeit zu haben, um mit ihr zu sprechen, inspirierte ihn natürlich zu schwerfälligen Sätzen, zu Dehnungspausen und Schweigen. Und da er sich nach wenigen Minuten verhaspelte, weil er plötzlich bei dem Gedanken erschrak, daß sie die Wahrheit nicht erfahren könnte – und da hätte Simon sich zu Tode geschämt, sie ihr zu gestehen –, mußte Clarissa gegen ihren Willen und um ihm Mut einzuflößen, das Thema selbst anschneiden.

»Nein, mein lieber Simon, mein Mann und ich, wir lieben uns nicht mehr. Für mich ist das nicht weiter von Bedeutung.«

»Da haben Sie Glück«, sagte Simon, der an ihrem kleinen Tisch auf dem Deck saß. (Einem Tisch, auf dem selbstverständlich eine Flasche Scotch stand, die jedoch weniger leer war als sonst und in Clarissas Augen auch keine so große Rolle zu spielen schien wie bisher.) »Kann ich hierbleiben?« fragte er. »Ich störe doch nicht allzu sehr?«

»Keineswegs«, begann Clarissa, aber ihre Proteste wurden von Simons lautem Lachen unterbrochen:

»Das wär’ ja noch schöner, wenn Sie und ich nicht mehr miteinander sprechen würden! Und wir nicht ohne Einschaltung Dritter klarkommen könnten! Wir beide haben auf diesem Schiff immerhin eine merkwürdige Gemeinsamkeit: wir sind die beiden großen Gehörn...«

»Pst... Simon, pst!« bremste Clarissa ihn. »Sie werden sich doch wegen dieser lächerlichen Geschichte keine Gedanken machen, einer Geschichte von zwei Tagen! Dann hört das für Olga auf und ebenso für Eric. Das ist nicht doll, ein kleiner physischer Donnerschlag: wenn sie es uns nicht gesagt hätten, würden wir nie etwas davon erfahren haben!«

»Genau das ist es ja, was mich bei Olga so traurig stimmt«, sagte Simon und schlug die Augen nieder, »daß sie nicht versucht hat, mir das zu ersparen. Sie hat mir alles erzählt, ohne sich darum zu scheren, ob mir das Kummer bereitet. Übrigens hat Ihr charmanter Gatte es Ihnen auch gesagt – oder nicht?«

»Gesagt nicht. Nein, das nicht... aber es zu verstehen gegeben, ja, mehr als einmal!«

»Ihr Gatte ist auch ein ganz hübsches Miststück, wie? Ich spreche ganz objektiv, meine kleine Clarissa, das schwör’ ich Ihnen.«

»Ich glaube nicht, das gleiche Recht auf diese Objektivität zu haben«, entgegnete Clarissa. »Eric ist mein Mann, und schließlich gibt es eine Basis gegenseitiger Achtung zwischen uns...«

Clarissas Stimme klang entschlossen, was Simon ärgerte: »Ja, nur daß er Sie nicht respektiert!«

»Es ist mir immer schwergefallen, jemanden zu verachten«, setzte Clarissa erneut an, wurde jedoch von Charley unterbrochen, der vor ihnen buchstäblich auf der Stelle trat und seine geheimnisvollen Augen rollte. »Ich muß Ihnen etwas zeigen«, sagte er und hielt den Finger auf seinen Mund. »Etwas Herrliches.«

Und er zog sie in Juliens Kabine, der mit Andreas Tennis spielte, und zeigte ihnen mit tausend lobenden und ermüdenden Kommentaren den Marquet, aber weder der eine noch die andere wollte wieder gehen: Simon, weil er das Bild betrachtete und es gefällig mit neuen Augen ansah, die ihm die Musik geöffnet hatte, so daß er es sogar mit Vergnügen anschaute; und Clarissa, weil sie in das Durcheinander um sie herum vertieft war, in das blaue Polohemd, die Sandalen, die zerknitterten Zeitungen, die im Aschenbecher ausgedrückten Zigaretten, die Manschettenknöpfe am Boden, die ganze Unordnung, die eher an einen Pennäler denn an einen reifen Mann gemahnte, die ihr ein Spiegel von Julien zu sein schien und die sie auf übertriebene Weise, aber köstlich verwirrte, wie sie fand. Zum erstenmal empfand sie ein Beschützergefühl Julien gegenüber anstatt des Gegenteils. Und zwar deshalb, weil sie Hemden besser zusammenlegen und Ordnung in ein Zimmer bringen konnte. Sie warf einen dankbaren und komplizenhaften Blick auf die drei Flaschen Scotch, die im Badezimmer standen. Sie bewunderte mit Simon den Marquet, und zwar gutgläubig, denn er war schön, aber praktisch ohne ihn anzusehen und ohne ihm auch nur den Schatten einer Wertschätzung entgegenzubringen, die Charley von ihr erwartete. Von diesem Gemälde blieb ihr bloß eines im Gedächtnis: diese Frau, die um die Straßenecke bog und auf die sie für einen Augenblick durch eine Gedankenverbindung, die weder Julien noch ihr wahrscheinlich je klarwerden würde, irgendwie eifersüchtig war. Als sie die Kabine verließen, dachte Simon melancholisch, daß er drei Tage zuvor Lust gehabt hätte, dieses Bild für Olga, die ihn nicht liebte, zu kaufen, ohne sich einzugestehen, daß er sich in diesem Moment fragte, ob ihm dieses Geschenk nicht seine Geliebte zurückbringen würde.

In der Gesellschaft Edmas machten sie es sich wieder an Deck bequem. Der Nachmittag ging seinem Ende entgegen. Das Gespräch kam auf Proust, und Edma legte lauthals den Mechanismus dieser Kreuzfahrt dar. »Es ist komisch«, sagte sie, »daß jetzt alle von allgemeinen Themen sprechen. Es ist, als habe man zu Anfang alles voneinander wissen wollen, so daß jeder von uns von seinem Privatleben gesprochen hat, während nun nach der Information jeder alles so schnell wie möglich zu vergessen sucht und sich ins Unpersönliche flüchtet...«

»Vielleicht haben sich diese Wahrheiten als explosiv erwiesen«, sagte Clarissa arglos, als sei sie selbst vor diesen erfolgten Indiskretionen geschützt.

Simon faßte sich ein Herz. »Weil Sie sich von all diesen verrückten Geschichten nicht betroffen fühlen? Verzeihen Sie mir den Ausdruck, meine liebe Clarissa, aber wenn Sie die Heilige Jungfrau sind, erscheint mir Ihr Gatte Joseph weder sehr versöhnlich noch sehr verständnisvoll.«

Clarissa brach in ein entzücktes Gelächter aus, von dem Simon begeistert war, daß er es ausgelöst hatte, das er jedoch zu seinem Ärger nicht teilen konnte. Er beschränkte sich also darauf, sie lachen zu lassen, wurde aber allmählich von ihrer heiseren, atemlosen Stimme angesteckt und fiel in Clarissas Gelächter ein.

»Mein Gott...«, sagte sie und wischte sich die Augen trocken, von denen diesmal dank der mangelnden Schminke keine schwärzlichen Rinnsale über die Wangen liefen. »Mein Gott!« sagte sie. »Was Sie für Ideen haben, Simon: Joseph... Eric... das ist ja derart...« sagte sie und lachte weiter.

Dieses Lachen verlieh ihr Farbe, ließ ihre Augen glänzen, machte sie mindestens sieben Jahre jünger, gab ihr diese heitere, köstliche Jugendlichkeit zurück, die im Falle Clarissas zwei Generationen und damit zwei Auffassungen von der Liebe überspannte: die Mädchen waren vom Alter der verbotenen Liebe, in dem sie mit ihren Klassenkameraden herumalberten, in das Alter der Küsse mit denselben Jungs im Dunkel der Autos, zur pflichtgemäßen

Liebe hinübergewechselt und ließen sich von einem Geliebten umarmen, der ihnen am gleichen Nachmittag in der Mathematikstunde einen Karamelbonbon entwendet hatte.

»Sie erinnern mich an meine Jugendzeit«, sagte Simon verklärt. »Das ist übrigens der Gipfel, ich bin zwanzig Jahre älter als Sie...«

»Machen Sie keine Scherze«, erwiderte Clarissa, »ich bin zweiunddreißig...«

»Und ich fast fünfzig. Sehen Sie?« sagte Simon, dessen fragendes »Sehen Sie?« weniger bedeutete »ich hatte recht, ich könnte Ihr Vater sein« als vielmehr »man kann es sich kaum vorstellen, nicht wahr?«.

»Sie mußten also in derselben Klasse gewesen sein wie Julien«, fügte er hinzu.

Er schaute Clarissa mit seinem nachdenklichen und so klaren Blick an, der in dem Maße klar erschien, wie es die Situation war, getrübt, wenn sie es auch wurde, und berechnend, wenn sie es erforderte.

»Da kann ich Ihnen nicht recht folgen«, meinte Clarissa, deren Blick offensichtlich getrübt war.

»Sie sind von der gleichen Gattung«, antwortete Simon. Und er lehnte sich in seinem Liegestuhl zurück und schaute zum Himmel empor, was er gerne tat, wenn er nachzudenken vorgab. »Sie sind zum Scherzen geschaffen.«

Clarissa blickte so erstaunt drein, daß Charley eingriff. »Er hat recht. Es sieht nicht so aus, stimmt aber. Sie sind beide dazu bereit, mit dem Leben Arm in Arm dahinzuschlendern. Weder Julien noch Sie haben eine Vorstellung von sich den anderen gegenüber. Also... meiner Meinung nach hat Ihr Eric sehr stark sein müssen, um es zu schaffen, daß Sie eine entwickelten. Und das um so mehr, damit sie in diesem Grade verheerend wurde! Bei Julien ist es ähnlich: er mimt weder den Typ, der den Frauen gefällt, noch den Spieler, den großen Kunstkenner oder den Draufgänger – und dennoch ist er das alles.«

»Aber worin sind beispielsweise Olga und Eric anders?«

»Nun, weil sie so erscheinen wollen, wie sie nicht sind«, antwortete Charley, leicht berauscht von dem Interesse, das die Frucht seiner Überlegungen erweckte. »Die anderen versuchen, glaubhaft zu machen, was sie sein möchten; aber das ist nie ganz so falsch: Edma will die elegante Dame sein, die sie übrigens ist; Sie, Simon, wollen der kluge Produzent sein, der Sie sein wollten und außerdem auch geworden sind; Armand Bautet-Lebrêche spielt den Geschäftsmann, der er gern sein möchte; Andreas den Sentimentalen, der er geblieben ist; und selbst Ellédocq spielt den barschen Kommandanten, der er trotz der Albernheit dieser Rolle sein will. Ich selbst mime den netten Charley, der ich sein möchte.

Aber bei Eric und Olga ist das etwas anderes: Olga will uns ihr Desinteresse glaubhaft machen, ihren künstlerischen Geschmack und ihre gute Herkunft, die sie nicht hat – Verzeihung, Simon! –, aber zeigen möchte. Eric hingegen will von seiner moralischen Überlegenheit zeugen, seiner Humanität, seiner Toleranz, von Eigenschaften, die er nicht hat, die er auch nicht haben will, sondern die er vortäuscht. Die einzige zynische Person auf diesem Schiff ist Eric Lethuillier, Ihr Gatte, Madame...«, sagte Charley, der damit strahlend seine Rede beendete.

Plötzlich richtete er sich aus seinem Stuhl auf und erblickte hinter Clarissa und Simon etwas, nach dem sie sich umdrehten. Es war Eric, der nach einer Stunde von einer Unternehmung zurückkehrte, für die er mindestens drei Stunden gebraucht hätte. Er kam mit großen Schritten auf sie zu und zog Olga hinter sich her, die atemlos, mit glänzenden Augen ein geheimes Frohlocken nicht verbergen konnte.

»Was ist denn geschehen?« fragte Simon, stand auf, da Erics zornesbleiche Miene alles bedeuten konnte, und ging einen Schritt auf Olga zu.

»Schon gut, Simon«, besänftigte ihn Clarissa. Er hatte Olga unter seine Fittiche genommen, und da sollte sie bleiben, was sie auch tun mochte. Und Eric würde mit ihm zu rechnen haben, wenn er sie mißhandelte... Denn obwohl er darunter litt, liebte Simon Olga genug, um ihr Bestes zu wollen.

»Was ist geschehen?« wiederholte Simon, und Eric maß ihn von oben herab. »Fragen Sie doch Olga«, sagte er und eilte zu seiner Kabine.

Olga setzte sich gemächlich hin, nahm ihr rohseidenes Halstuch ab, streckte ihre Beine aus, griff nach Simons

Glas mit der angeblichen Zitronenlimonade, die jedoch mit Gin aufgefüllt war, und trank es in einem Zug halb leer.

Clarissa schaute ihr mit einer Art mitleidiger Sympathie zu, wie Charley bemerkte. Und obgleich er für Frauen wenig empfänglich war, konnte er nicht umhin, die unglaublichen ästhetischen Verbesserungen zu bewundern, die sie der Tatsache verdankte, sich von jemandem geliebt und begehrt zu wissen, selbst wenn er ein professioneller Betrüger war. Denn Charley, dessen Beruf es ja auf diesem Schiff war, sich auf dem laufenden zu halten, hatte an einen alten australischen Freund telegraphiert, dessen Antwort Juliens Aussagen keineswegs bestätigten. Andererseits kannte dieser selbe Freund einen Mann namens Peyrat, der in Europa und Amerika bei den verschiedensten Kartenspielen große Gewinne einheimste.

Das war einer der Hauptgründe, warum Charley, der sich auf seine Kunstkenntnisse durchaus nichts einbildete und auch keine Skrupel hatte, Passagieren, die er wegen ihres Snobismus ebenso verachtete, wie sie ihn – allerdings eher unverhohlen – wegen seiner Veranlagung verachteten, es auf sich genommen hatte, Juliens Bild zu verkaufen. Charley hatte diesen Auftrag nur übernommen, um sich den Spaß zu erlauben, einen dieser strapazierfähigen Musiknarren, die für etwas anderes als ihre Bequemlichkeit so unempfänglich waren, auf indirekte Weise übers Ohr zu hauen. Außerdem konnte er, falls je etwas über Julien ruchbar werden sollte, dem er seit ihrem Zusammensein zugetan war, gewisse mögliche Informationen abfangen oder umleiten. Unterdessen sollte dieser mitleidige, ja unglückliche Blick Clarissas, den keine betrogene Frau für die Geliebte ihres Mannes gehabt hätte, nichts weiter besagen, als daß Eric Lethuillier wahrlich kein Geschenk war, das eine Frau, selbst unfreiwillig, einer anderen machen konnte.

Er kehrte auf den Boden der Tatsachen zurück, als er hörte, wie die schöne Olga eine weislich zurückgehaltene Erklärung abgab.

»Es ist etwas Unerhörtes geschehen«, sagte sie, »etwas so Außergewöhnliches, wenn man an Bejaia denkt, an die Lage dieser Stadt, an die Jahreszeit, die wir haben, daß es wirklich in diesem Ort nichts gab, was diese Photographen gerechtfertigt hätte.«

»Welche Photographen?« fragte Simon affektiert, denn Olgas erstaunte Miene flößte ihm lebhaftes Mißtrauen ein.

Ohne darauf zu antworten, fuhr sie fort: »Ich mag ja eingebildet sein«, sagte sie und lachte ein bißchen zu laut – als ob ihr nicht vorhandener Größenwahn offensichtlich genug sei, um mit seiner Erwähnung die Anwesenden zum Lachen zu bringen. Doch das war nicht der Fall, denn niemand zuckte mit der Wimper. »Ich mag ja eingebildet sein«, wiederholte sie und lachte noch lauter, um die anderen anzustecken, »dennoch kann ich mir nicht vorstellen, daß man einen Photographen von Paris herschickt, um mich am Arm von Herrn Lethuillier in Bejaia zu photographieren. Oder war es seinetwegen? Was meinen Sie, Clarissa?« fragte sie und drehte sich offen zu ihr um, während Clarissa ihr einen Augenblick in die Augen schaute und wie vorhin sanft lächelte – und Simon und Charley fragten sich einen Moment nach dem Warum, ehe die letzte Neuigkeit Olgas an Deck bekannt wurde.

»Es waren Journalisten von *Jours de France* und von *Minute*«, fügte Olga hinzu, wobei sie ihre beiden Hände auf die Armlehnen ihres Holzstuhls stützte, die sie wonniglich streichelte, als seien sie aus glattestem Elfenbein.

Simon, der zuerst stutzte und die Stirn runzelte, als suchte er ein rein mathematisches Problem zu lösen, brach eine Sekunde vor Charley in Lachen aus – obwohl er sich keinesfalls offen für journalistische Lächerlichkeit oder Mißerfolge empfänglich zeigen wollte. Charley platzte los und hielt sich die Seiten, Edmas Augen strahlten, und Olga suchte unbefangen und überrascht dreinzuschauen, aber ihre süße Rache war zu nah, als daß sie ihren Triumph nicht hätte nutzen können.

»Wo haben die Sie denn entdeckt?« fragte Simon, nachdem er sich beruhigt hatte.

Er sprach jetzt voller Begeisterung und Bewunderung. Er war auf dem Gipfel seines Glücks, weil seine Geliebte den Mann heruntergeputzt hatte, der ihn, Simon, mit ihr betrogen hatte, und er jubelte, da diese Bosheit Olgas bedeutete, daß ihr an Eric nichts mehr lag und sie folglich ihm gehörte. Und als sei es der Bericht ihrer Wiederversöhnung, ein lyrischer und gefühlvoller Bericht, ließ er sie dreimal die Geschichte ihrer kleinen heimtückischen und privaten Rache wiederholen, deren Anlaß er jedoch in keiner Weise gewesen war.

»Also, wir hatten uns ein bißchen von der Gruppe gelöst«, erzählte Olga, »weil Eric, glaube ich, für Clarissa Schuhe kaufen wollte... Sandalen«, murmelte sie und setzte eine verlegenere Miene auf, als für die Schwäche ihres Fluchtarguments nötig gewesen wäre. »Wir haben eine Art Souk betreten, und da war ein hübscher kleiner leerer Platz, wo ich die Schuhe anprobieren wollte, die ich für mich ausgesucht hatte. Bezaubernde Schuhe, wie Sie sehen werden, Clarissa, falls Eric sie in seiner Wut nicht vergessen hat«, sagte sie, plötzlich besorgt. »Zu dumm, ich hätte daran denken sollen...«

»Laß nur«, unterbrach Simon sie, »Clarissa wird sich um ihre Sandalen kümmern wie ich um meine eigenen Latschen.«

»Also kurz, ich bückte mich, um sie anzuziehen, und hielt mich dabei an Erics Arm fest, um nicht zu fallen, und als ich gerade auf einem Bein stand: klack! klack! Lauter Blitzlichter wie bei einer Opernpremiere. Ich bekam es auf einmal mit der Angst zu tun: diese Blitzlichter nach all dem makellosen Licht des Meeres und des Himmels... es war abscheulich, wie eine Rückkehr in den Winter. Das ist mir auf die Nerven gegangen und hat mir angst gemacht. Ich weiß nicht, ich habe mich an Eric geklammert, der schneller als ich und natürlich intelligenter als ich das Vorhaben dieser Typen, dieser Photographen, sofort durchschaut hatte. Während Eric sich aus meiner Umklammerung zu befreien suchte«, fuhr sie fort und lachte bei dem Gedanken an das Wort Umklammerung, »haben sich die Kerle davongemacht, aber ich habe sie erkannt. Eric tobte vor Wut... Und mit Recht: ich glaube, wenn seine Mitarbeiter sein Photo sehen, das ihn von einem Starlett umklammert zeigt, das in einem winzigen romantischen Hafen ein Paar Schuhe anprobiert, wird ihm das einen schönen Ruf einbringen. Eric ist wütend, er ist völlig außer sich vor Wut. Sie hätten sich krank gelacht, wenn Sie ihn gesehen hätten, Clarissa!« berichtete sie, während sie in ihre Stimme absichtlich einen Ton der Komplizenhaftigkeit legte, der Clarissa plötzlich aufzuwecken schien, so daß ihr leicht amüsiertes, fernes Lächeln verschwand, das sie bisher gezeigt hatte.

Sie erhob sich und sagte offensichtlich mehr zu Simon und Charley als zu Olga: »Entschuldigen Sie, ich will mal sehen, was mein Mann macht.«

Ihr Abgang wurde von den beiden Männern und von Edma – vielleicht auch von Olga – als ein gutes Beispiel für eheliche Würde eingestuft; aber selbstverständlich waren sie erleichtert, wieder zu viert zu sein, und so tratschten und jubelten sie länger als eine Stunde, in deren Verlauf Olga Gelegenheit hatte, ihnen genauer und mit Anmerkungen Bericht zu erstatten. Sie feierten das mit Champagner. Und erst nach dem siebenten Glas gestand Olga ihren beiden Begleitern, daß sie zwei Tage zuvor ein Telegramm an die Zeitungen geschickt hatte – und dieses Geständnis hätte sie sich ersparen können, da die Überraschung darüber sichtlich mehr als gering war.

In Bejaia machte die Doriacci ihre Drohung allerdings nicht wahr, sondern blieb auf der *Narcissus*.

Das hatte folgenden Grund: Hans-Helmut Kreuzer, der weit entfernt war, den Zorn der Diva zu teilen, fühlte sich dennoch empört und hatte nach einigem Nachdenken Kapitän Ellédocq um ein Gespräch in dessen Kajüte gebeten.

In dem zufällig aufgeschlagenen Logbuch des Kommandanten stand zu lesen:

»50 kg Tomaten gekauft. Gardinenhalter der Vorhänge Großer Salon repariert. Eingriff in Diskussion der Gäste. 40 kg verdorbener Tournedos weggeworfen. 100 Tonnen Masut gebunkert. – Heizung in Ordnung bringen lassen. Schar Delphine gesichtet.«

Einträge, die bis auf den letzten denen eines Hoteliers entsprachen. Ellédocq erblickte darin jedoch eine olympische Majestät.

Seine Mütze, die er diesmal nicht auf dem Schädel trug, hing an einem Garderobenhaken. Die Regale hinter ihm enthielten Bücher mit erschreckenden Titeln: *Überleben im Eismeer, Recht des Passagiers, eine Amputation bei einem Unfall zu verweigern, Transport von Leichen von einem internationalen zu einem nationalen Hafen, Die Vermeidung der Ausbreitung von Typhus.* Es waren so finstere Werke, daß die Reederei Pottin verboten hatte, sie in den Salons oder den Passagierkabinen aufzustellen. Man hatte sogar von der Wand bei Ellédocq ein immerhin passendes Plakat entfernt, auf dem ein nackter, blaugefrorener Schiffsgast seine violette Zunge herausstreckte, während ihn ein robuster Seemann mit einem zuversichtlichen Lächeln mit den Füßen traktierte. Auch dieses Plakat war von den Gebrüdern Pottin & Pottin als demoralisierend verurteilt worden, und Kapitän Ellédocq hatte also, um sich die Gewichtigkeit seiner Aufgabe vor Augen zu halten, nur diese am Tag verbotenen Bücher, die er hingegen nachts aus seinem Regal holen und lesen konnte. Und um

seine Autorität und die Bedeutung seines Postens zu unterstreichen, wies er mit einer gebieterischen Geste den
Maestro auf einen Sessel, der seinem gegenüberstand,
ohne deshalb von seinen Papieren aufzublicken, die auf
seinem Schreibtisch lagen und die Vorzüge der Angelhaken »X« gegenüber denen der Angelhaken »Y« rühmten.

Ein Schlag auf eben diesen Schreibtisch bewog ihn, den
Kopf zu heben: Hans-Helmut Kreuzer war dunkelrot
geworden, denn ebenso empfänglich, wie er für Hierarchien war, ebenso falsch erschien ihm Ellédocqs Verhalten: Der Kapitän eines alten Kahns saß vor dem stehenden
Klaviervirtuosen, H.-H. Kreuzer!

Der Kommandant erhob sich automatisch. Sie sahen
sich in die von Blut und Cholesterin unterlaufenen Augen,
und dieser Blick konnte einem Infarkt vorausgehen, doch
da sie nicht miteinander sprachen, wirkte er unleugbar
komisch.

»Was wollen Sie?« bellte Ellédocq.

»Ich möchte Ihnen einen Ausweg aus der Sackgasse mit
der Doriacci anbieten.« Und angesichts der verständnislo-
sen – in seinen Augen an Blödheit grenzenden – Miene
seines Gegenübers erklärte Kreuzer: »Ich kenne zwei Personen, die wunderbar anzuhören sind, zwei Schweizer
Schüler aus meiner Dortmunder Schule, die ihren Urlaub
in Bejaia verbringen. Zwei Personen, die die Doriacci von
heut auf morgen ersetzen könnten, falls sie geht.«

»Und was singen?« fragte der Kapitän verwirrt und
schaute in sein Gesetzbuch, seine Bibel: das Musikpro-
gramm, das die Diva bereits verhöhnt hatte und das damit
ein vorzeitiges Ende fand.

»Nichts singen sie: es handelt sich um Flöten, Violon-
cello und Geige, die diese beiden Personen spielen. Wir
bringen Trios zu Gehör, Beethoven«, erwiderte Kreuzer
schwärmerisch bei dem Gedanken an die Rache, die er seit
sechs Tagen gegen die Doriacci plante: noch an diesem
Abend wollte er sie durch zwei Unbekannte ersetzen. »Das
wird ein Genuß . . .«, sagte er zu Ellédocq, der mit gerunzelten Brauen über sein Programm gebeugt saß wie über
einem Rätsel, aber bei dem Wort »Genuß« wieder mißtrauisch wurde. »Ach, endlich Kammermusik!« sagte
Kreuzer und bestätigte damit die Befürchtungen Ellé-

docqs, der sich dennoch zu freuen begonnen hatte, von der
Diva erlöst zu sein.

Allerdings hatte man sie ihm anvertraut. Es konnte ihr
in diesem gottverlassenen Land etwas zustoßen, und sie
von Bord gehen zu lassen zog vielleicht Entlassung oder
Degradierung nach sich? »Sehr unangenehm«, meinte er.
»Vertrag Diva sehr, sehr teuer bezahlt. Ich weiß. Gebrüder
Pottin wütend, Passagiere wütend: Passagiere nicht in den
Genuß ihres Gesangs gekommen.«

»Wenn Sie es einen Genuß nennen, sie *Au clair de la lune*
singen zu hören, wo liegt da der Unterschied?« fragte
Kreuzer herablassend. »*Au clair de la lune*«, stimmte er an
und zuckte die Achseln.

»Na und?« sagte der Kapitän. »Was ist mit dem
Refrain? Kennt jeder, der Beweis... Hübsche Musik,
hübsche Worte, französisches Volkslied.«

»Wir werden es Ihnen vorspielen«, entgegnete Kreuzer
mit einem Lachen. »Jedenfalls freue ich mich, die Dinge
auf diesem Schiff arrangiert zu haben, Herr Kapitän.«

Sie drückten sich die Hände, und Ellédocq, der die
Angewohnheit hatte, seinen Bekannten die Finger zusam-
menzupressen, bemerkte, daß Kreuzers Hand seinem
Druck mühelos widerstand – vermutlich dank dessen
Fingerübungen; und dennoch rang er ihm ein kurzes
Stöhnen ab.

Der *Maestro* ging, und der Kapitän blieb mit seinem
Programm allein zurück: »Suppe à la George Sand – Kro-
ketten mit Geflügel Prokofiew – und Sorbet à la Rachma-
ninow«, dazu außerplanmäßig Gänseleberpastete, worauf
die Doriacci etwas aus dem ersten Akt des *Troubadour*
singen sollte, was Ellédocq aus dem Programm strich und
durch ein Trio von Beethoven ersetzte, das Kreuzer und X,
Y vortragen würden.

Die Doriacci packte unterdessen ihre Koffer. Sie wollte
woanders singen, vor anderen amusischen Leuten, die
vielleicht schlimmer waren als die so reichen und so
ungebildeten Böotier hier. Aber zuvor wollte sie sich acht
Tage Urlaub gönnen. Diese ausgezeichneten Gründe ließen sie den einzigen wahren vergessen: die Doriacci floh
Andreas aus Nevers.

260

Der saß in diesem Augenblick zu Füßen ihres Betts und betrachtete die Bettdecke und das verschlossene Gesicht seiner Geliebten, die dabei war, mit ihrer Zofe ihre langen Kleider in die Koffer zu packen. Andreas legte hin und wieder die Hand auf das aufgeschlagene Bettuch, wie man den Sand eines Strandes berührt, den man verlassen und sicher nie wiedersehen wird, oder wie man auf dem Lande beim frühzeitigen Sonnenuntergang im November den entmutigenden, linden Duft der endenden Weinlese einatmet, der von unwiederbringlicher Süße ist.

Andreas war verlassen, und wortlos litt er darunter, ohne daß die Diva an diese Verzweiflung zu glauben schien, die ihn voll erfaßt hatte.

Und was Clarissa betraf, so zitterte sie trotz aller Gegenbemühungen ohne Unterlaß, seit Eric makellos und parfümiert im Morgenmantel aus dem Bad gekommen war und in ruhigem Ton zu ihr gesagt hatte: »Sie sind schön heute abend! Ein hübsches Kleid!« denn dieses Siezen kündigte die Ausübung der ehelichen Pflichten für diesen Abend an, Pflichten, die Clarissas Körper akzeptiert und hingenommen hatte, lange nachdem ihr Geist sich von Eric gelöst hatte und bevor sie bei dem Gedanken an die Liebe diesen Zustand ärgerlicher Gleichgültigkeit und Kälte erreichte.

Aber jetzt gab es Julien, und sie wollte Julien nicht betrügen, sie konnte es nicht, selbst wenn sie beim erstenmal etwas falsch gemacht hatte, denn sie wußte, daß sie eines Tages wieder zueinanderfinden würden und daß Julien das auch wußte. Der Gedanke an die kommende Nacht war ihr bereits eine Qual. Ihre Furcht vor Eric war noch zu stark, um ihm diesen Körper zu versagen, den er für so kalt hielt, und dieses Gesicht, das ihm so fad erschien. Und tatsächlich hatte es den Anschein, daß es jedesmal, wenn er zu ihr ins Bett kam, seit Jahren ein Geschenk war, das Eric ihr machte. Ein Geschenk, das vom Mitleid und nicht vom Verlangen diktiert war.

Doch die Liebe Juliens und das Geständnis, daß er sie begehrte, sowie die verlangenden Blicke der anderen Männer auf diesem Schiff hatten Clarissa sowohl ihr Vertrauen in ihren Charme wie das Bewußtsein von ihrem eigenen Körper zurückgegeben – und zwar als persönliches Eigen-

tum, dessen Begehren und Verweigerungen – die sie bis
dahin als vermessen betrachtet hatte – ihr nun als völlig
zulässig erschienen. Sie hatte Eric jahrelang einen unge-
liebten Gegenstand, ihren Körper, ausliefern können, aber
sie konnte ihm nicht den Gegenstand des lebendigen und
unersetzlichen Besitzes von Julien anvertrauen. Wenn sie
mit Eric schlief, betrog sie Julien, entehrte sie ihren Körper, verleugnete sie sich selbst. Julien war ihr Mann, ihr
Geliebter und ihr Beschützer, wie sie sich plötzlich dank
der Abneigung bewußt wurde, die ihr für diesen Abend die
blonde Schönheit Erics einflößte.

Sie war deshalb blaß, als sie im Abendkleid zusammen
mit Eric im Smoking den Speisesaal betrat. Und trotz ihrer
Blässe erregte ihr Auftreten Aufsehen.

Und Julien, der den Knoten seiner Krawatte einem der
Barkeeper nachgeahmt haben mußte, sich linkisch und
schlecht gekleidet fühlte und traurig war, daß er Clarissa
nicht allein begegnet war, Julien, der sich diesmal nicht
gefiel oder vielmehr erstmals an sich selbst und an seine
äußere Erscheinung dachte, Julien war hingerissen und
überrascht, daß diese Frau ihm gehörte, ihn, Julien Peyrat,
liebte, diesen Kartentrickser, diesen Fälscher, diesen
Unwürdigen, den zehn Leute erkennen und ins Gefängnis
bringen konnten, der mit seinen zehn Fingern nie etwas
anderes getan hatte, als sie auf Frauen, Karten oder Geld-
scheine zu legen, um am Ende doch alles von sich zu
weisen. Er wurde von dieser Frau geliebt, die schön,
redlich und intelligent war und die so unglücklich gewesen
war, ohne deshalb böse oder zynisch zu werden, dieser
Frau, die Qualitäten hatte und Qualität besaß. Und die
Eitelkeit, der irre Drang, sie mitzunehmen, wohin er ging,
erschien ihm so offensichtlich, daß er für einen Augenblick
die Bar verließ, wo sich alle versammelt hatten, und
hinaustrat an die Reling, auf die er sich stützte, während
der Wind ihm ins Gesicht schlug, sein Haar zerzauste und
selbst den schlecht gebundenen Knoten seiner Krawatte
auflöste und ihm damit das Aussehen eines Strolches, eines
Mafioso, eines Clochards verlieh, der er am Ende werden
würde. Für eine Weile verabscheute Julien sich auf diesem
marineblauen, fast schwarzen Meer gegenüber den Lichtern Bejaias. Und seit über zwanzig Jahren hatte er in

dieser Weise nicht über sich nachgedacht, seit zwanzig Jahren dachte er überhaupt nicht an sich, außer wenn er glücklich war und sich zu seinem Glück beglückwünschte. Er mußte die Kosten dieser unmöglichen Geschichte stoppen, er mußte den Marquet verkaufen oder nicht, das war jetzt bedeutungslos. Er mußte zusammen mit der Doriacci in Bejaia von Bord gehen und das alles vergessen.

Der Kapitän überlegte, und Charley, der gegangen war, um die Einkäufe der schönen Edma zu überwachen, konnte deshalb diese schwierige Aufgabe nicht übernehmen. Ellédocq hatte zehnmal versucht, die Gebrüder Pottin zu erreichen, aber sie waren beide in Urlaub. Natürlich warteten sie nicht mit klopfendem Herzen in ihren Büros darauf, daß die *Narcissus* intakt von ihrer siebzehnten Kreuzfahrt zurückkehrte. Ellédocq hatte nur mit dem Vizepräsidenten gesprochen, einem Herrn Magnard, den der Kapitän irgendwie nicht für aufrichtig hielt. Und er schüttelte jedesmal vielsagend den Kopf, wenn er ihn sich vorstellte, obwohl er an gar nichts dachte.

»Hier Ellédocq«, hatte er gebrüllt – denn er brüllte am Telephon immer. »Ellédocq von der *Narcissus*!...«

»*Yes, yes*...«, hatte Magnards Stimme geantwortet – er redete englisch, dieser Dummkopf! »Alles in Ordnung? Haben Sie schönes Wetter?«

»Nein!« brüllte Ellédocq außer sich. Als würde er ihn ans Telephon rufen, um mit ihm über das Wetter zu sprechen! Diese Bürokraten, also wirklich!

»Denn hier ist herrliches Wetter«, fuhr Magnard fort – der sich allein im Büro tödlich langweilen mußte. »Schade für Ihre Passagiere.«

»Alles in Ordnung«, brüllte Ellédocq. »Herrliches Wetter, aber höhere Gewalt: die Doriacci will abhauen! Kreuzer schlägt zwei Kollegen als Ersatz vor. Was halten Sie davon, Magnard?«

»Wie? Wie bitte?« fragte dieser, über die Nachricht offenbar entsetzt. »Wie? Wann denn? Wieso? Die Doriacci ist doch noch an Bord?«

»Ja, aber nicht mehr lange!«

»Was ist passiert, Herr Kapitän?«

Magnard nannte ihn bei seinem Dienstgrad, und das

263

war ein Zeichen, daß die Situation ernster war, als Ellédocq dachte, der sich schon gefreut hatte, dem Spott und den Sticheleien der Diva zu entrinnen.

»Kapitän Ellédocq, Sie sind für diese wunderbare Frau verantwortlich. Was geht da vor?«

Ein schwerer Seufzer entrang sich Ellédocq, dann gab er nach. »Sie hat *Au clair de la lune* gesungen«, sagte er schmerzvoll.

»Was? Die *Mondscheinsonate*? Aber das ist doch ein Klavierstück! Von welchem Mond sprechen Sie? Und dem Publikum hat das nicht gefallen ... oder was?«

»*Clair de lune*, Volkslied«, entgegnete Ellédocq, den die musikalischen Kenntnisse Magnards mit Verachtung erfüllten. »*Clair de lune*, das man in der Schule singt.«

Es folgte ein ungläubiges Schweigen.

»Das kann doch nicht wahr sein!« fuhr Magnard dann fort. »Ellédocq, seien Sie so gut, singen Sie mir das Stück vor, von dem Sie sprechen, damit ich wenigstens ein bißchen verstehe ... Anschließend rufe ich die Doriacci an, aber ich muß wissen, worum es sich handelt. Also, ich höre!«

»Aber ... aber ... ich kann nicht!« stammelte Ellédocq. »Unmöglich ... übrigens singe ich falsch! Und ich habe zu tun ...«

Magnard setzte seine Direktorenstimme ein. »Singen Sie!« brüllte er. »Singen Sie, Ellédocq, ich will es!«

Der Kapitän stand in seiner Kajüte, hielt den Hörer in der Hand und warf zur offengebliebenen Tür gleichsam jungfräuliche Blicke, derart verängstigt war er. Dann hob er an: »*Au clair de la lu-ne / Mon ami Pierrot ...*«

»Ich höre nichts!« schrie Magnard. »Lauter!«

Nach einem kurzen Räuspern fuhr Ellédocq mit flehentlich rauher Stimme fort: »*Prête-moi ta plume ...*« Es gelang ihm nicht, diese Tür zu schließen, ohne das Telephon zu verlassen, es war unmöglich. Er wischte sich mit der Hand über die Stirn.

»Ich verstehe nichts!« sagte Magnard jovial. »Lauter!«

Der Kapitän holte Luft und legte los. Er hatte eine heisere Stimme und sang falsch, doch ihm kam es richtig und harmonisch vor; und so fand er plötzlich ein gewisses Vergnügen daran, zum Fenster hin und mit etwas fernge-

264

haltenem Hörer zu brüllen: »*Prête-moi ta plu-me / Pour écrire un mot...*«

Unvermittelt hielt er inne: In seinem Rücken ertönte Edmas Stimme, und so legte er ohne Rücksicht auf den Vizepräsidenten von Pottin & Pottin auf.

»Mein Gott, was geht denn hier vor? Liebster Freund, hier sind Sie? Sie haben sich doch hoffentlich nicht weh getan?« fragte sie. »Haben Sie auch diese Schreie gehört? Es war entsetzlich! Wo sind Sie, Charley? Nein, Scherz beiseite. Wissen Sie, daß Sie eine sehr schöne Stimme haben, Herr Kommandant?« sagte Edma Bautet-Lebrêche. »Nicht wahr, Charley?« fügte sie hinzu.

Zu diesem Iidioten gewandt, dachte Ellédocq, der gerade in seinem Blazer zurückkehrte, den er für weinrot erklärte, der jedoch bonbonrosa war.

Ellédocq war jetzt erschöpft: an einem einzigen Tag hatte er das Programm, die Menüs und die Konzerte umgestalten müssen, dem Vizepräsidenten der Gesellschaft *Au clair de la lune* vorgesungen, und nun sollte er auch noch eine schöne Stimme haben... »Ich glaube, ich schnappe noch über«, brummelte er und fügte, zu Charley gewandt, hinzu: »Ich habe einen verdammt ermüdenden Tag hinter mir, mein Lieber.« Er vergaß seine Morsesprache, was bei ihm entschieden auf eine schwere Störung dieses grauen Häufleins hindeutete, das sein sicher nur wenige Windungen umfassendes Hirn darstellte.

Und von Edmas und Charleys Blicken gefolgt, wandte er sich mit gebeugtem Rücken zur Tür, drehte sich jedoch leichenblaß um und sagte:

»Mein Gott, die Burschen des Bayern...«

»Welche Burschen?« fragte Charley und begann automatisch, die eingekauften Sachen auf dem geheiligten Schreibtisch des Kapitäns abzustellen.

Ellédocq, für eine Reaktion zu müde, warf einen vorwurfsvollen Blick auf diese frevelhaften Pakete, angesichts deren sich selbst ein abgestumpftes Gehirn gefragt hätte, was dieses Schauspiel sollte: ein mit Straß besticktes T-Shirt, eine riesige Reklamedose eines Abschminkmittels und Pantoffeln mit durchgehender Sohle, und das Ganze auf der Unterlage, dem Tintenfaß und dem Logbuch des Kapitäns Ellédocq.

Charley und der Kommandant schauten sich an, Charley plötzlich entsetzt, Ellédocq hingegen kraftlos. Und eher aus Pflichtgefühl denn aus einem Verlangen heraus fegte Ellédocq das Ganze mit dem rechten Arm auf den Teppich, wo sich natürlich eine Tasche mit Lockenwicklern öffnete und ihren armseligen rosa und grünen Inhalt freigab, der unter dem trüben Blick des Kapitäns fröhlich über den Boden rollte.

Er sah auf. »Charley«, sagte er, »gehen Sie und sagen Sie Kreuzer, daß er seine beiden kleinen Päderasten mit ihren Schalmeien innerhalb einer halben Stunde herbringen soll. Wir werden sie uns mit Frau Bautet-Lebrêche anhören. Aber daß sie um Gottes willen nicht miteinander herumturteln!« fügte er hinzu.

Dann ging er hinaus, schlug die Tür hinter sich zu und ließ die beiden Zuhörer so überrascht zurück, wie sie nach vierzig oder fünfzig Jahren der verschiedensten Erfahrungen auf psychologischem Gebiet noch sein konnten.

Es war Edma Bautet-Lebrêche, die sich nach der ersten Überraschung aufgefordert sah, die beiden aus Montreux stammenden Herren anzuhören, die Hans-Helmut Kreuzer ausfindig gemacht hatte, und ein Urteil über sie abzugeben. Sichtlich amüsiert über den Antrag Ellédocqs und die Feierlichkeit, die er ihm beimaß – und um so belustigter, als sie ihn vor einer Viertelstunde *Die Kerzen sind herabgebrannt* ... singen gehört hatte –, begab sie sich mit ihm in den großen Salon, auf dessen Podium, in der Mitte, sie von den beiden Schützlingen und ihrem Beschützer erwartet wurden. Zwei fast fünfzigjährigen Männern, die abscheulich anzusehen waren, wie Edma auf den ersten Blick urteilte, in zu lange Shorts gekleidet, mit behaarten Beinen, die daraus hervorschauten und in Wollstrümpfen unter ihren Sandalenriemen endeten. Doch sie versprachen, jeder im Besitz eines Smokings zu sein. Kreuzer und Ellédocq hatten bereits Platz genommen, als Edma sich zu ihnen gesellte und sich an ihnen vorbeischlängeln wollte, ohne sie zu stören, aber der Kapitän sprang auf und plazierte sie mit eiserner Hand zwischen sich und Kreuzer.

Edma neigte sich zu Ellédocq hinüber. »Sie sind recht häßlich«, sagte sie, »finden Sie nicht, Herr Kommandant?«

»Ist seine Sache«, erwiderte Ellédocq mit einem für Edma unverständlichen Grinsen und einer Kinnbewegung zu Kreuzer hin.

»Warum?« fragte sie, allerdings leise, denn die beiden Schweizer begannen, auf einen gebellten Befehl des Maestros zu spielen.

»Fragen Sie ihn selbst«, entgegnete Ellédocq.

Sie hörte sich also ein Trio von Haydn an, das technisch gut und fehlerfrei gespielt wurde, und beglückwünschte den triumphierenden Meister huldvoll, obgleich sie erneut von dem Ton überrascht war, den Ellédocq anschlug, um ihm zu gratulieren.

»Die sollen Ihrer Meinung nach die Diva ersetzen?« fragte er sie, als sie zusammen nahezu Arm in Arm auf das Deck hinaustraten.

»Sie träumen wohl!« sagte sie. »Ihretwegen sind die Leute doch hier. Ich persönlich gebe zu, daß ich dieses Jahr zur Not auf sie verzichten kann, wenngleich sie himmlisch ist ... Ich habe andere Erinnerungen an die *Narcissus*, aber die übrigen ... Sie sollten mit ihr sprechen, Herr Kommandant. Oder sollten ihr vielmehr sagen, daß sie bereits ersetzt ist, daß sie sich keine Sorgen zu machen braucht und vor allen Dingen keine Gewissensbisse bekommt. Die Doriacci geht gerne, wenn das eine Katastrophe verursacht, aber nicht, wenn ihr Weggang ein einfacher Zwischenfall ist.«

»Glauben Sie?« fragte Ellédocq, der mit der Zeit ein oft gefährliches, allerdings instinktives Vertrauen in die psychologischen Anweisungen dieser Edma Bautet-Lebrêche setzte.

»Das glaube ich nicht, ich weiß es«, sagte sie in gebieterischem Ton. »Ich weiß es, weil ich ähnlich bin: wenn ich nicht fehle, gehe ich nicht.«

Dennoch zögerte Ellédocq etwas, sich nach diesem aufreibenden Tag in eine haarige Diskussion mit der Doriacci einzulassen.

Edma reichte ihm anmutig ihren linken Arm. »Los«, forderte sie ihn auf, »gehen wir. Ich begleite Sie, das ist sicherer. Anschließend können Sie eine schöne Pfeife rauchen«, fügte sie fast wider Willen hinzu, derart fassungslos erschien der Kapitän, der nicht mit der Wimper zuckte.

Als sie hingegen vor der Kabine der Doriacci ankamen, erwies sich ihre Taktik als überflüssig. Da sie auf ihr Klopfen keine Antwort erhielten und Ellédocq wie immer einen Schlüssel hatte, öffneten sie die Tür zu dem Raum, den sie leer und ohne Gepäck erwartet hatten, erblickten jedoch nach einem Schritt im Halbdunkel die Doriacci, die angekleidet auf ihrem Bett schlief, während neben ihr ein halbnackter junger Mann mit goldbraunem, herrlichem Oberkörper und kurzem, leicht kupferfarbenem Haar im rechten Winkel zu ihr auf dem Bett lag und seinen Kopf auf die Knöchel seiner Geliebten gebettet hatte. Seine langen

Beine ragten über das Laken hinaus und ruhten auf dem Fußboden.

Ellédocq zeigte ein leichtes Erröten aus verletzter Scham, und als Edma sagte: »Wie schön, nicht wahr?« wobei echte Hochachtung aus ihrer Stimme klang, war er irgendwie entrüstet und lachte kurz auf, obwohl er es insgeheim bedauerte, Edma nicht die gleiche Achtung einzuflößen. Dieses kurze verächtliche Lachen brachte ihm sogleich die flehentliche Bitte nach einer Zigarette ein. Zu Edmas Leidwesen schüttelte er nur, ohne sich zu ärgern, den Kopf.

»Damit haben Sie drei Musiker und einen Koloratursopran«, lautete ihre Rache, bevor sie an ihm vorbeihuschte, während er reaktionslos auf der Stelle verharrte. »Die Reederei Pottin wird über diese zusätzlichen Attraktionen entzückt sein. Nun werden wir hören, wie man *Au clair de la lune* auf der Flöte und dem Cello spielt.«

Andreas erwachte etwas später, leicht in Schweiß gebadet, mit heftig klopfendem Herzen, ehe er sich über den Grund dafür klar wurde: die Doriacci verließ ihn, sie hatte ihn verlassen, er war verloren. Es war bereits dunkel in der Kabine, und er stellte sich vor, wie er in diesem Augenblick auf einem Bahnsteig auf sie wartete, und nach einem Moment der Atemlosigkeit schloß sich etwas um sein Herz und verursachte ein leichtes Schwindelgefühl, bevor er auf diesen Bahnsteig und aus dem Bett stürzte. Diesem schwarzen und so geliebten Bett, diesem verlorenen Bett, auf dem er im Hinabgleiten mit dem Arm an die mollige Hüfte der Doriacci stieß. Er weigerte sich eine Sekunde, ihre Gegenwart wahrzunehmen. Zum erstenmal in seinem Leben zauderte er vor einem Glück, das ihm so schnell zurückgeschenkt wurde. Er hatte Angst, an einem Herzschlag zu sterben, er hatte erstmals überhaupt Angst zu sterben. Und dennoch, was bedeutete der Tod, wenn die Doriacci nicht mehr da war? Sobald die Doriacci ihn verließ, wurde sein Leben leer und schal, und sein Tod nahm sich dies zum Beispiel: auch er wurde für Andreas aus Nevers leer, schal und nichtssagend.

Aber jetzt, jetzt hatte er die Doriacci. Seine Küsse versuchten sie durch die Steppdecke zu erreichen, die sie sich wie einen Schutzschild über ihren Kopf gezogen hatte, so daß ihm selbst das geringste Stückchen bloßer Haut verweigert wurde, auf das er seine Lippen hätte drücken können.

Und sie lachte, und er ärgerte sich, berührte sie jedoch nicht mit seinen beiden Händen, sondern packte die Decke mit den Zähnen, schüttelte sie wie ein junger Hund und zog sie vom Bett, während die Diva immer lauter lachte und sogar mit ihrer schönen tiefen Stimme zu bellen begann.

»Was werde ich hinter dieser Decke finden?« fragte sie. »Einen Mops oder einen Dobermann! Wau, wau!«

»Ich habe keine Lust, zu spielen«, antwortete Andreas,

der sich plötzlich daran erinnerte, was er den ganzen Tag
über für ein verzweifelter junger Mann gewesen war, der
durch die unendlichen einsamen Laufgänge schritt. Er
sank an die mitfühlende Schulter dieser Frau, die das alles
verursacht hatte.

»Troll dich«, sagte sie gelassen. »Ich muß mich für das
Konzert umziehen.«

Auf diese Weise erfuhr er vor allen anderen, daß sie das
Schiff nicht verließ.

Und so hörten Julien und Clarissa die Musik der beiden
Schweizer, die ohne ihr Wollzeug und ihre Lederhosen
und unter Kreuzers Leitung am Klavier als begabte Künstler voller Klanggefühl und Takt spielten.

Beethovens Trio Nr. 6 für Klavier, Cello und Violine geht
nach einem kräftigen, aber sehr schnellen Auftakt plötzlich zu einer kleinen Phrase über, die vom Cello aufgegriffen und umrissen wird; einer kleinen Phrase von sieben
Noten, die ihm das Klavier und die Geige entreißen und
wieder zuspielen; einer kleinen Phrase, die arrogant, wie
eine Verheißung des Glücks, mit einer Art Herausforde-
rung anhebt und die Instrumente allmählich verfolgt,
überrollt und zur Verzweiflung bringt – obwohl jene die
ganze Zeit versuchen, sie zu vergessen; obwohl jedes von
ihnen den beiden anderen zu Hilfe eilt, wenn eines von
ihnen ihrem Gesetz und ihrem Zauber nachzugeben
scheint, und obwohl jedes von ihnen manchmal vor dieser
selben Phrase davonläuft, wie auf der Flucht vor dem
Instrument, das sie spielt, als sei das ansteckend, und
obwohl diese drei verängstigten Instrumente unaufhörlich
zittern, von dieser kleinen, so grausamen Phrase eingeholt
zu werden, und sich hin und wieder miteinander vereinen
und lautstark von etwas anderem zu künden versuchen –
wie drei Männer, die in dieselbe Frau verliebt sind, die tot
oder von einem vierten entführt worden ist und die sie
jedenfalls alle gehörig hat leiden lassen. Doch diese
Anstrengungen führen zu nichts; denn kaum haben sie
angefangen, sich gegenseitig zu stützen und ihre Stärke,
ihre Heiterkeit und ihr Vergessen – ein lärmendes Vergessen – unter Beweis zu stellen, kaum haben sie versucht,

dieses Vergessen auf alle drei aufzuteilen, da beginnt bereits eines von ihnen, gleichsam unbedacht, diese verbotene Phrase erneut zu trällern, so daß die beiden anderen sich zu ihrem großen Kummer gezwungen sehen, der Schwäche des ersten zu Hilfe zu kommen. Und die ganze Zeit all diese Bemühungen, von etwas anderem zu sprechen, und die ganze Zeit diese sieben wilden Noten in all ihrer Anmut und ihrer ganzen Süße.

Und Julien, der Musik nicht sonderlich mochte und dessen Bildung in dieser Hinsicht bei Tschaikowski oder der Ouvertüre zu *Tannhäuser* stehengeblieben war, hatte den Eindruck, daß es ihre Geschichte war, die ihm da jemand erzählte: seine und Clarissas Geschichte, diese Geschichte, die fehlschlagen wird, wie es diese Musik zu unterstreichen schien, als wäre sie zur gleichen Zeit wie die der Erinnerungen, die er nicht hatte, zum Scheitern verurteilt gewesen: die Geschichte eines warnenden Kummers. Und als sie zum zehntenmal wiederkehrte, von der Geige hingehaucht und aufgegriffen vom Klavier, das entzückt und gleichzeitig müde war, sie zu empfangen, als diese langsamen Töne wieder auf Julien zukamen, mußte er unter dem brennenden, irren Druck der Tränen unter seinen Wimpern, den er seit langem vergessen hatte, den Kopf zum Meer abwenden. Ebenso wie er auf poetische und irreale Weise seine Zukunft mit Clarissa geträumt hatte, sein Liebes- und Gefühlsleben mit Clarissa, kurz, sein Leben als Liebhaber, das er mit all seinem Zauber geträumt hatte, ebenso erschien es ihm jetzt, als müsse er im voraus alle Schläge und alle Kränkungen hinnehmen, und zwar lebendigen Leibes, in der konkreten Wirklichkeit, die so schrecklich konkret war, wie nur der Kummer in Sachen Liebe sein konnte, der alles so überdeutlich, so trostlos, so banal und so endgültig machte.

Und für den Rest des Konzerts behielt Julien diese Haltung bei: den Kopf zur Seite gedreht, das Gesicht dem Meer zugewandt, als sei er gerade dieser Musik gegenüber, die ihn zur Verzweiflung brachte, gänzlich unempfänglich. Und mit dem Vertrauen in die Natur Clarissas, das er für ihr gemeinsames Schicksal nicht aufbrachte, wußte Julien bereits, daß Clarissa, die neben Eric saß und ihn nicht ansah, dieses Thema ebenfalls auf ihre Begegnung und auf ihre Trennung bezog.

Der dritte Satz des Trios, der diesem unerträglichen Andante folgt, sammelt die einzelnen Stücke in einem gekünstelt heiteren Scherzo auf, einer Art weltlichen Parodie, ähnlich der, die sich nach dem endlosen Beifall dem Konzert anschloß. Die beiden neuen Künstler wurden herzlich beglückwünscht, und zwar um so herzlicher, weil sie neu auf diesem Schiff waren und weil es so schien, als ob unser guter alter Planet Erde sie diesem Raumschiff namens *Narcissus* als Hilfskräfte geschickt hätte. Das ging so weit, daß man ihnen beim Händeschütteln auf die Schulter klopfte oder sie am Arm anfaßte, als wollte man sich ihrer Wirklichkeit und damit der daraus abzuleitenden Gewißheit, daß es ein Festland gibt, versichern.

Julien und Clarissa waren, ohne sich zu sehen, ein paar Minuten auf ihren Stühlen sitzen geblieben, nachdem sich alle Zuhörer mit einem Lärm erhoben hatten, daß man sich nicht verständigen konnte. Und dann erst schauten sie sich wirklich an, ohne sich der Blicke bewußt zu werden, die Eric und Edma auf sie richteten. Oder vielmehr: sie konnten sich das gar nicht vorstellen, derart war Eric zu einem Dritten und eher zu einem Eindringling als zu einem Hindernis geworden. Sie sahen nicht, daß er erblaßte und drei Schritte auf Julien zuging, der sich in dem Augenblick neben Clarissa gesetzt hatte, als die Matrosen den Flügel wegrückten und die Scheinwerfer abschalteten. In diesem Dämmerlicht und leicht zitternd war Julien zu ihr getreten. Und zuerst erblickten sie voneinander nichts als das Weiße ihrer Augen, die in dieser Panik erschreckt und übergroß wirkten.

»Clarissa«, sagte Julien leise und neigte sich zu ihr, und sie antwortete: »Julien...«, legte ihre Hand auf seine Hand und drückte seine Finger.

Ganz so, wie es Kinder tun, dachte er flüchtig, wenn sie nachts auf den Hohlwegen Angst haben. Aber Clarissa war kein Kind mehr für ihn, sie war eine Frau, die er begehrte und die er bereits hinreichend liebte, um zu leiden, weil er sie nicht auf der Stelle küssen konnte. Es war ein stechender Schmerz, der jedoch von dem rein physischen Verlangen, wie er glaubte, weit entfernt war.

»Was sollen wir tun?« fragte Clarissa leise und mit einer verführerischen Stimme, die Julien erbeben ließ.

»Wir reisen ab«, sagte er und zwang sich zur Selbstsicherheit, schlug jedoch vor ihr die Augen nieder, bereit, dieses »Nein« zu vernehmen und alle Argumente für dieses »Nein« über Clarissas Lippen kommen zu hören wie einen schrecklichen Wasserfall, wie einen abscheulichen Regen und nicht wie einen Blitz, der vor ihm einschlug, als sie antwortete:

»Natürlich reisen wir zusammen ab, aber heute abend ... was soll ich heute abend machen?«

Und da stockte Clarissa, denn Julien hatte begriffen und den Oberkörper nach hinten geworfen, als suche er eine dunklere Dunkelheit, eine fernere Entfernung von dem Bild, das sich vor seine Augen schob: dem Bild Erics über Clarissa. Und keine Sekunde dachte er daran, sie zu fragen: Warum heute abend? Warum jetzt? Warum ist das plötzlich anders als sonst? Woher wußte sie das, woher kannte sie Erics Absichten?

Er wußte es nur zu gut, Clarissa würde nie etwas tun, um ihn zu kränken, Clarissa würde ihm nie diese bösen Wahrheiten zu verstehen geben, die im allgemeinen unsere besten Freunde aussprechen oder die Wesen, die einem am liebsten sind. Clarissa hatte ihn von nun an unter den hohen Schutz ihrer Liebe zu ihm gestellt.

Und Juliens erste Reaktion war, laut vor sich hin zu murmeln, so daß sie es hören konnte: »Ich bringe ihn um, ich bringe ihn um! Das ist alles, was zu tun ist!« Und dabei suchte er Eric mit den Augen, und als er ihn gefunden hatte, blickte er ihn wie einen vollkommen Fremden an, den er nie gesehen hatte, der jedoch umgelegt werden mußte. Clarissas Hand auf seinem Arm entriß ihn dieser Regung des Hasses, und er wendete ihr sein verstörtes und von Groll geprägtes Gesicht zu. Er beruhigte sich und warf einen letzten Blick auf Eric, der jetzt dahinten saß wie ein Hund, der einen anderen Hund belauert, mit dem er kämpfen wollte und von dem man ihn gewaltsam getrennt hatte.

»Reg dich nicht auf«, sagte Clarissa zärtlich.

»Ich verbringe mein ganzes Leben damit, mich nicht aufzuregen«, entgegnete er.

Und innerlich wiederholte er, reg dich nicht auf, reg dich nicht auf, wobei er diesen leicht ärgerlichen Ton anschlug, den er annahm, um sich beim Spiel gut zuzureden, in Gegenwart von Frauen oder vor einem Bild. Reg dich nicht auf, reg dich nicht auf! Ein höherer, aber sicherer Ton wie bei einem scheuenden Pferd: Reg dich nicht auf... Diese Karte ist nicht die richtige. Diese Frau liebt dich nicht. Dieses Bild ist gefälscht. Und er beneidete plötzlich all diese Leute, diese neunundneunzig Prozent Freunde oder Bekannte, die er gehabt hatte oder noch hatte und die sich im Gegensatz zu ihm stets vor der Gefahr, der Begierde oder der Verwirrung gut zuzureden schienen wie zu ihres Hafers beraubten Pferden. Doch diese Ermahnungen nutzten nichts. Er wurde sich bewußt, daß der Gedanke, Clarissa einem anderen zu überlassen, ihn deshalb so aufbrachte, weil dieser andere Eric war, also ein Mann, der sie nicht liebte und sie jedenfalls zu verletzen versuchte. Julien dachte verwundert, daß er es beinahe vorgezogen hätte, wenn Clarissa den Mann ein wenig liebte, der sie wollte: um ihretwillen und damit auf seine eigenen Kosten. Es war das erste Mal, daß Julien sein Unglück dem einer anderen vorzog.

»Aber ich liebe dich doch...«, sagt er treuherzig.

Und sogleich fühlte er sich aufgrund der Tragfähigkeit seiner Liebe, der grenzenlosen Zärtlichkeit, die sie in ihm erweckte, beruhigt, als ob die Kraft dieser Liebe ihm ihre Erwiderung und ihre Beständigkeit versicherte. Er war schon ein armer Narr. Auf alle Fälle hatte sich ein anderer bei ihm gemeldet, jemand, der in Juliens Innerem ein Teilen ablehnte, das er bisher immer zugelassen hatte – solange er die Rolle des Liebhabers gespielt hatte, natürlich –, da es Julien genügte, der Bevorzugte zu sein, und er es barbarisch fand, wenn man der einzige sein wollte, obwohl man als letzter kam.

Einen Augenblick suchte er nach diesem Julien und fand selbst die Formulierung: Na schön, sie wird daran nicht sterben. Das kommt bei allen Ehepaaren hin und wieder vor. Und da er ihr widerwärtig ist... Doch abermals stolperte er über diesen letzten Satz: er stellte sich Clarissa zitternd, entsetzt, dem Gewicht, den derben Gesten, dem Atem dieses Kerls ausgesetzt vor.

Er hörte kaum Clarissas Stimme, die neben ihm im Dunkeln wiederholte: »Was sollen wir machen?«

Und plötzlich hatte Julien eine Idee.

»Schau mich an«, sagte er sanftmütig und mit tiefer Stimme, einer so tiefen Stimme, daß sie ihm ihr erstauntes Gesicht zuwandte, dem er seines entgegenneigte und dessen Mund er sofort küßte, der zuerst erstarrte, dann aber seinen Lippen nachgab, der Trägheit, der Süße und der Vorläufigkeit dieses flüchtigen Kusses in Gegenwart von hundert ungläubigen und schließlich entgeisterten Personen.

Edma sah sie mit ihrem Adlerblick als erste, riß die Augen auf – das war entschieden ein Tag der Überraschungen, selbst für eine Frau wie sie – und stürzte sich auf Eric, den sie buchstäblich hypnotisierte, als sie ihm einfach die Frage zuwarf: »Wie viele Leser haben Sie, lieber Freund? Zweihunderttausend, glaube ich. Haben Sie im Winter mehr Abonnenten als im Sommer? Sicher nicht...« und ähnliche sinnlose Äußerungen dieser Art. Sie war sich dessen auch bewußt, doch ihr Geist verwirrte sich mehr und mehr, während sie die beiden umschlungenen Schatten da hinten vor dem nachtblauen Himmel, dem Blau einer klaren Nacht wahrnahm, beide eine Beute ihres gemeinsamen Wahns. Sie war gerade dabei, dem verblüfften Eric vorzuwerfen, daß in seinem gewichtigen *Forum* keine Rubrik für »Strickarbeiten« vorgesehen war, als einer der Barkeeper beim Anblick ihrer großen Augen vor dem Füllen ihrer Gläser innehielt und ohne einen Tropfen aus der Flasche zu verschütten und ohne dessen gerunzelte Brauen zu bemerken, Eric veranlaßte, sich zu diesem fesselnden Schauspiel umzudrehen. Und Edma, die schließlich nicht unverfroren war, wagte nicht, ihn während seiner Entdeckung anzuschauen.

Diese Minute hatte der Doriacci genügt, als sie mit ihrem gewohnten Phlegma auf das Podium steigen wollte, um alles zu sehen, alles zu begreifen und sogleich mit der bewunderungswürdigen Kaltblütigkeit Edmas zu reagieren, dieser Kaltblütigkeit alter Kämpfer, welche allein die Erfahrung verleiht und die durch keine Jugend, wie sie auch darüber denken mochte, ersetzt werden konnte. Sie hatte mit ihrem Blick die beiden Musiker zusammengeführt, mit zwei Schritten ihren Platz erreicht und mit dem Kinn Kreuzer aktiviert. Und als der Gesang aus der ersten Szene des 3. Aktes von Verdis *Troubadour* erklang, bei der sie, immerhin leicht verwirrt, in der Mitte ansetzte, so daß der unglückliche Cellist hinter ihr zu zittern begann, stürzte Eric auf das Pärchen zu. Der Rest des Geschehens wurde also in ganzer Länge von der völlig ruhigen, schönen Stimme der Doriacci begleitet, für die man vergessen hatte, das Mikrophon einzuschalten, worüber sie sich jedoch, ohne darauf zu achten, großartig hinwegsetzte. Sosehr es übrigens einer schönen Stimme bedurfte, um den Lärm allenthalben zu übertönen, so wenig war es für die Diva nötig, auf die Pizzikati und die paar Fallen zu achten, die diese Arie enthielt, da sich niemand sonderlich für das Libretto dieser Oper interessierte. Zu den Klängen dieses »*Morro ma queste viscere, Consolino i suoi basi*«, dessen wenig treffende Übersetzung lautete: »Ich sterbe, aber deine Küsse werden meinen Leichnam trösten«, ein Zusammentreffen, das niemanden außer ihr erschütterte – zumal die drei Theaterregeln bei diesem neuen Schauspiel total vernachlässigt wurden –, ging Eric zum Angriff über. Während der folgenden Verszeile überquerte er zornesbleich, das Gesicht gleichsam von seiner Wut erleuchtet, das Podium und bei den Worten »Dell'ore mie fugaci« – »den kurzen Stunden meines Lebens« – stürzte er sich auf Julien. Es folgte ein wirrer Kampf, der um so verwirrender wurde, als die Passagiere der Ersten Klasse, die beim Erklingen der

277

Stimme der Doriacci aufgehorcht hatten und die man nicht beizeiten zusammengerufen und vergessen hatte, wie sie glaubten, nun schmollend herbeiströmten, verstohlen nach ihren Plätzen schielten und sich plötzlich vor leeren Reihen zwei zerzausten und wütenden Männern gegenübersahen, die sich wie in einem Wildwestfilm prügelten. Diese Passagiere, die schon durch die »Luxusklasse« und einen Preisunterschied von dreißigtausend Francs sowie eine gehörige Verachtung der anderen Partei von der gehobenen Kategorie getrennt waren, sahen sich nun obendrein durch diese beiden Streithammel, einem noch unüberwindlicheren Hindernis, hätte man meinen können, ausgeschlossen.

Andreas und Simon, die die Kampfhähne zurückzuhalten versuchten, mußten einen kräftigen Fußtritt beziehungsweise einen Kinnhaken einstecken, die sie umgehend auf ihre schlichtenden Bemühungen verzichten ließen. Kurz, es war eine bestialische Schlachterei, wie Olga an Fernande schreiben sollte, und eine symbolische, aber offenkundige Konfrontation – Version für Micheline.

»Eine Schlägerei wie unter Wachsoldaten«, sagte Edma, die es mit bildhaften Ausdrücken nicht so genau nahm, und ein »bedauernswerter Zwischenfall«, wie Ellédocq den Gebrüdern Pottin mitteilen mußte. Schließlich konnte man sie mit Hilfe einiger Stewards trennen, die Charley zusammengetrommelt hatte – ein Charley, der vor Freude und Schrecken höchst erregt war, diese beiden Männer aufeinander losgehen zu sehen. Diese beiden, die sich übrigens in einem erbärmlichen Zustand befanden, fragten sich inzwischen, durch welchen unglücklichen Zufall sie auf einen gleichwertigen Gegner gestoßen waren.

Wenn ich gewußt hätte, dachte Eric insgeheim und rieb sich seine blau angeschwollene Leiste, die gleich zu Anfang von einem Fußtritt Juliens getroffen worden war; und Julien, der seine Rippen abtastete, dachte das ebenfalls. Man brachte Eric Lethuillier, der sichtlich litt, zum Schlafen in den Sanitätsraum. Doch Clarissa teilte seine Leiden nicht, wie sie Juliens geteilt hätte und es überdies jede ehrenwerte Frau hätte tun müssen ... bemerkte Edma Bautet-Lebrêche, der noch vor Erregung die Haare zu Berge standen, die aber bald eine schelmische Miene auf-

278

setzte, als sie Clarissa mit der Schulter anstieß und sie von ihrer Kabine weg direkt in Juliens schob ... Und er folgte ihr auf den Fersen, nachdem er die Krankenschwester bestochen und damit seinem Gegner einen erholsamen Schlaf gesichert hatte.

Clarissa saß auf dem äußersten Bettrand. Sie hatte die Augen niedergeschlagen und die Hände auf den Knien gefaltet. Sie bietet ein Bild der Verwirrung, dachte Julien und schloß die Tür hinter sich. »Ich werde Sie Clarissa von Wirrungen nennen«, sagte er, »nach diesem Dorf.«

»Gibt es ein Dorf, das ...?«

»Nein«, antwortete er und warf sich mit entspannter Miene in den Sessel, der am weitesten von ihr entfernt stand, »nein, es gibt keinen Ort dieses Namens, aber man könnte ihn erfinden.«

Er hatte den Eindruck, einem wilden Tier gegenüberzusitzen oder einem etwas nervösen Verbrecher mit zu reinem Blut, einem aufgescheuchten Tier, das ihm etwas antun könnte, ohne es absichtlich zu tun. Er schaute Clarissa kühl und das Bett mit so offensichtlicher Zärtlichkeit an, daß Clarissa plötzlich lachen mußte.

»Sie sehen aus wie der Kater mit den Kastanien, erinnern Sie sich an die Fabel? Es gibt doch so eine Fabel, oder? Aber was haben Sie da am Hals? Sie bluten ja!«

Julien warf angewidert einen gewollt männlichen Blick in den Spiegel und sah etwas Blut hinter seinem Ohr hervorsickern. Er betastete die Wunde verächtlich, doch diese Verachtung verwandelte sich in Dankbarkeit, als Clarissa ihren Zufluchtsort verließ, mit verständnisvollem und mitleidigem Blick auf ihn zukam und seinen Kopf mit einer Flut von beruhigenden Worten in ihre Hände nahm, als sei er es, der physisch beruhigt werden mußte. Er war verletzt: sie hatte ihn also in ihrer Macht, er war ihr ausgeliefert. Julien wurde wieder zu einem Kind, das man pflegen und jedenfalls berühren konnte. Aber kaum hatte sie ihn angefaßt, da fand Clarissa einen Erwachsenen, in ihren Armen, einen zärtlichen und sanften Erwachsenen, der über die gemeinsame Freude hinaus auf ihr Wohl bedacht war.

Mitten in der Nacht hatte Clarissa eine zehn Jahre alte Einsamkeit durchbrochen. Sie hatte Verlangen nach jemandem und wollte, daß dieser jemand sie liebte, wie er sie geliebt hatte, und schon fühlte sie sich bereit, ihn ebenfalls zu lieben.

»Komisch«, sagte sie ein wenig später, »ich dachte, du seist ein Gangster, als ich dich zum erstenmal gesehen habe ... Und dann, ein Amerikaner.«

»Aber hoffentlich nicht beides gleichzeitig«, wendete Julien ein.

»Nein, nacheinander«, entgegnete Clarissa. »Welche Rolle ziehst du vor?«

»Ich wollte ein englischer Polizist sein«, sagte Julien und wandte den Kopf ab, denn er fürchtete den Augenblick, da sie die Wahrheit über ihn erfuhr und seine alberne Schonung und seine übertriebene Zurückhaltung für häßliche Lügen hielt.

Würde sie dann wissen, daß diese Lügen in gewisser Weise doch wahr waren? Vorausgesetzt, daß sie dabei nicht vergaß, daß das alles, all diese wohldurchdachten Pläne aus Liebe zu ihr und in der einzigen Hoffnung gefaßt waren, daß Clarissa Lethuillier, wenn sie einmal Tag und Nacht mit ihm vereint war und sie sich gegenseitig ihre Existenzsorgen anvertrauten, sich bei ihm so wohl fühlte, daß sie ihn nicht mehr heimlich oder offen verlassen konnte, mochte er ein ruchloser, gemeiner Dieb sein oder nicht.

»Du schaust bekümmert drein«, sagte sie leise. »Ist das dieser berühmte Ekel, der auf die Umarmung folgt?« fragte sie plötzlich.

Und Julien blickte sie eine Sekunde verblüfft über diese Worte an, die sie doch nicht ernst gemeint haben konnte. »Das ist eine dumme Frage«, erwiderte er lächelnd.

Und aneinandergeschmiegt, einfach Wange an Wange, zeigten sie beide diese zufriedene, gerührte und leicht großmächtige Miene, die Liebende nach ihrer ersten Liebesnacht machen, wenn sie diese Nacht aus Freuden und nicht aus Bedauern schlaflos verbracht haben.

»Ich muß in meine Kabine zurück«, sagte sie. »Eric wird bald erwachen. Wie soll das nun weitergehen? Was sollen wir tun?«

»Wer ›wir‹?« fragte Julien in erstauntem und bittendem Ton. »Wer ist ›wir‹?«

»Du und ich natürlich. Eric wird dir auf den Fersen folgen ... oder mir. Das wird abscheulich. Ich muß in Alicante von Bord, und dann treffen wir uns in Paris. Aber ich kann nicht die ganze Zeit auf dich warten«, sagte sie gleich darauf. »Du könntest von einem Autobus überrollt werden oder den falschen Zug nehmen und nach Sydney fahren. Es kann zu viel passieren, als daß ich dich allein gehen lassen könnte.«

»Ich habe keinerlei Absicht, dich davonziehen zu lassen«, antwortete Julien.

Er saß in seinem Bett, in den zerwühlten Kissen, und mit seinen zerzausten Haaren sah er eher wie ein Jüngling denn ein Vierzigjähriger aus, stellte Clarissa entzückt fest – obwohl sie sich bewußt war, daß sie ebenso entzückt gewesen wäre, wenn er eine Glatze gehabt hätte oder hinken würde, wichtig war allein, daß es Julien war und daß er sie, Clarissa, so liebte, wie sie war.

»Auf alle Fälle«, sagte Julien und streckte sich wieder aus, »auf alle Fälle wird Eric sich im Gegensatz zu dem, was du glaubst, seit dem gestrigen Abend für den Rest der Kreuzfahrt sicher fühlen. Er denkt – und das nicht ohne Grund –, daß sich Liebende mißtrauen, wenn es eine ernste Geschichte ist. Und im allgemeinen stimmt das. Glaube mir, die Tatsache, daß ich dich vor hundert Leuten auf den Mund geküßt habe, wird den Eindruck erwecken, daß wir uns meilenweit fern sind. Ich habe dich gewaltsam geküßt, das war eine rüpelhafte Geste, bei der ich Gewalt anwenden mußte: also habe ich dir mißfallen, also hast du dich darüber geärgert, also warst du unschuldig. Siehst du?«

»Ja, ja, ich sehe«, antwortete Clarissa, klapperte mit den Wimpern, drehte sich auf den Bauch, bettete ihren Kopf unter Juliens Arm, schloß die Augen und sagte: »Nein, ich sehe nichts ... Ich sehe überhaupt nichts mehr ... Und ich will auch überhaupt nichts mehr sehen. Ich möchte mein ganzes Leben hier in dieser Dunkelheit bleiben.«

Bald darauf schlief sie ein.

Julien hingegen, der wie jedesmal wach blieb, wenn er

mit einer Frau schlief, die ihm gefiel, Julien schaute sie lange an. Schöne Brüste, ein hübscher Schwung der Hüften, feine Handgelenke, eine weiche Haut. Natürlich war dieser Körper schön, doch er hatte zum erstenmal in seinem Leben den Eindruck, daß ihm, selbst wenn er nicht anmutig wäre, die Stimme, die Augen und die Hände dieser Frau genügt hätten, um ebenso verliebt zu sein, wie er war. Eine Stunde später erwachte sie zu Juliens großer Erleichterung von selbst, denn er hätte sich unfähig gefühlt, ihr zu sagen, daß sie in ihre Kabine zurückmußte. Anschließend fiel Julien in seine Kissen zurück. Er suchte nach dem Geruch Clarissas, fand ihn und schlief erschöpft ein, während großformatige Bilder von Clarissas Schulter und ihrer Hüfte, wirre und sinnliche Bilder vor seinen Augen vorbeizogen, diesmal jedoch im Einklang mit der Person, die er so gut kannte. Es waren bereits eigene Erinnerungen, die er unter seinen Lidern auftauchen sah.

Die *Narcissus* schien vor dem stahlgrauen Himmel und auf dem gleichfarbenen Meer unter Dampf und Wolkenentwicklung aus den Tiefen emporzusteigen, während ihr Bug wie ein Messer die seidenweiche, glatte See durchschnitt, die ihn mit dem köstlich alarmierenden Geräusch eines langen Risses gewähren ließ.

Es war sechs Uhr morgens, und Julien begab sich mit eiligen Schritten auf das Oberdeck. Er war des öfteren, ob er sich nun in einer fremden Stadt oder auf dem Lande befand, zu dieser Stunde auf den Beinen, wobei er den Eindruck hatte, seinen eigenen schläfrigen Körper wie einen dösenden, nicht sehr folgsamen großen Hund spazierenzuführen. Einen Körper, den er nach einer Stunde selbst widerwillig wieder schlafen legen würde, weil er Schlaf brauchte, damit seine Hände nicht zitterten, wenn er die Karten austeilte; einen Körper, von dem er den Eindruck hatte, daß er dessen Verlangen, Dutzende von Frauen zu besitzen, nach dem Erlebnis mit Clarissa gestillt hatte, ohne daß dies von Julien wirklich beabsichtigt gewesen wäre. Das war vielleicht die größte Stärke Juliens, der ja gegen das Leben – wenn man es als Kampf auffaßte – so wenig gewappnet war: diese Fähigkeit, immer der gleiche zu bleiben, sich als erster im Unrecht zu glauben, auf diesen Julien keinerlei Rücksicht zu nehmen, der er noch gestern gewesen war, und zuzugeben, daß er sich in allem täuschen konnte.

Und die Männer – wie übrigens auch die Frauen – schätzten das an ihm. Seine Freunde sprachen untereinander von seiner Gutgläubigkeit, vielleicht um nicht von seinem Stolz zu reden. Doch diesem Stolz verlieh Julien nicht diese süß-sauren kleinen Anzeichen der täglichen Eitelkeit. Und so legte er Arm in Arm mit seiner sozialen Persönlichkeit, seinen Täuschungen und seinen lyrischen Träumereien weite Strecken zurück, ohne daran zu denken, wenn einmal etwas schiefging, einen dieser drei Mängel in Zweifel zu ziehen.

Oder, wie Edma Bautet-Lebrêche später sagte, als sie die Ereignisse dieser Kreuzfahrt rekapitulierte: »Julien Peyrat liebte sich nicht, aber er sah sich auch nicht ins Gesicht: er hatte keine Vorstellung von sich selbst, und ...«, fügte sie am Ende hinzu, »er war wahrscheinlich der einzige – und das in einer Epoche, die von einem Taschen-Freudianismus verseucht und damit entstellt war –, der die Moral nur aus dem Blickwinkel seiner Handlungen betrachtete und sie nicht in bezug auf die Beweggründe beurteilte, die sie bestimmten.«

An diesem Morgen stand Julien wach und unfähig, länger in diesem ausgefüllten Bett zu bleiben, auf dem Oberdeck und sah sich einer riesigen blaugrauen Postkarte gegenüber, die das Mittelmeer an diesem Septembermorgen darstellte. Julien war müde, glücklich und zitterte ein wenig mit den Fingern, was ihn ärgerte, aber auch rührte. Von dem Augenblick an, da er von einer Frau oder dem Glück geliebt wurde, fand Julien, der seiner im allgemeinen wohlwollenden Gleichgültigkeit sich selbst und den anderen gegenüber enthoben war, seinen Körper liebenswert, kräftig und tapfer, also mit Qualitäten und meisterhaften Trümpfen ausgestattet, die bei der Eroberung von Frauen wichtig waren; Trümpfen, die Julien dennoch nicht förderte. Gott sei Dank hatte er das geerbt, was seine Mutter lange Zeit »ihr Gleichgewicht« genannt hatte, und zwar selbst wenn er strauchelnd die verrufensten Spielsäle von Paris verließ. Er bildete mit seinen Fingern eine Faust, um die er mit etwas theatralischer Geste den Daumen schloß, wessen er sich erst bewußt wurde, als er die verwirrte Miene von Edma Bautet-Lebrêche wahrnahm, die in einem violetten Hauskleid, ungekämmt und mit einer Kaffeekanne, die sie in der Küche entwendet hatte, an Deck erschien. Doch merkwürdigerweise wurde dieses aus Kaschmir und Seide gewebte Kleid von einer Art Kordel zusammengehalten, an der ein eigenartiger Schlüssel hing, der jedenfalls Julien eigenartiger als Edmas Anwesenheit hier draußen vorkam: zu dieser Stunde ein immerhin ungewöhnliches Zusammentreffen, das sie jedoch nicht weiter neugierig zu machen schien.

»Das ist ein Forstgerät«, sagte Edma auf die stille Frage

284

Juliens. »Fragen Sie mich nicht, wozu es diente, sonst bekommen Sie eine genauso häßliche Antwort, wie ich sie dem armen Kreuzer gegeben habe.«

»Was haben Sie ihm gesagt?« erkundigte sich Julien. »Ich bin ganz Ohr«, fügte er offen hinzu.

Denn die Berichte dieser Edma Bautet-Lebrêche, lebendige Chroniken des Tratsches an Bord, gefielen ihm außerordentlich, und zwar nicht nur wegen ihrer Humorigkeit, sondern auch wegen dieser gewissen moralischen Aufrichtung, einer offensichtlichen Bestätigung der bürgerlichen Werte, die Edma wie viele ihrer Zeitgenossen manchmal entschlossen für sich in Anspruch nahm, nachdem sie sie mit Füßen getreten und verachtet hatte. Zweifellos konnte man auf diese Werte nicht verzichten, wie sie sagte, und Julien fragte sich, ob sie damit zu vermeiden suchte, daß ihr Alter zu sehr überraschte, oder ob sie damit im Gegenteil Wege zu einem erträglichen Leben für eine brutale und verzweifelte Jugend, wie sie meinte, aufzeigen wollte.

Sie hatte ihre Kaffeekanne abgestellt, und sie hatten auf den Rohrstühlen Platz genommen. Sie schaute Julien hinter ihrem Zigarettenrauch in einer an 1930 gemahnenden Haltung von der Seite an, wie Julien nostalgisch feststellte. Er träumte seit seiner Geburt von einer Welt, die von Frauen gelenkt wurde, von diesen sanften und schönen oder zärtlichen oder phantastischen Frauen, jedenfalls Frauen, die ihn beschützt hätten und denen er, Julien, mehr gesunden Menschenverstand zusprach als den Männern – oder zumindest sich selbst –, von einer Welt, in der die Männer den Frauen zu Füßen lagen oder zu ihrer Verfügung standen, was für ihn bedeutete: zu Füßen ihres Bettes und bereit zur Liebe. Natürlich war vorgesehen, diese beiden Beschäftigungen notfalls auf später zu verlegen, wenn es zu Siegen in Longchamps oder Spielbankgewinnen in Divonne kam ...

»Wovon sprachen wir?« fragte Edma überlaut. Edma, die diese Frage im Plural stellte, um darauf im Singular zu antworten: »Ach ja, meine Kordel. Nun, ich habe Kreuzer gesagt, daß ich damit meine Klaviere anbinde. Schwach, zugegeben, mehr als schwach.«

»Aber ich will dieses Zugeständnis nicht«, sagte Julien. »Ich liebe etwas unbeholfene Antworten wie diese ... das verändert die Atmosphäre. Man fühlt sich in ein Zeitalter zurückversetzt, das leichter zufriedenzustellen war.«

»Schäkerei eines schwächlichen Kindes«, fuhr Edma fort, »wenn ich mich in Ihrem Spiegel richtig betrachte. Nein, sehen Sie, diese Kordel diente, scheint's, dazu, ein kleines Beil daran zu befestigen, mit dem die Förster ihre Holzscheite für Küche und Herd spalteten. Warum schauen Sie denn so zweifelnd drein, Herr Peyrat?«

»Weil dieses Beil eine unendliche Länge gehabt haben muß, damit Ihre Waldarbeiter sich bücken konnten, ohne sich ihre Hüften zu verletzten oder sich die ... die ...«

»Leiste zu zerschmettern«, sagte Edma wohlwollend. »Ja, das ist möglich ... Jedenfalls schleppe ich in Gesellschaft kein Beil mit mir herum. Man könnte allerdings, man sollte sogar häufig ...«

»Aber Sie verfolgen diesen Sport von ferne, nicht wahr?« sagte Julien. »Oder täusche ich mich? In dieser Welt schleudert man die Axt, nachdem man den Wigwam verlassen hat. Oder vorher?«

»Ach, das ist doch ein Irrtum. Ich habe herrliche Streitaxtkämpfe gesehen«, entgegnete Edma, von einer kriegerischen Erinnerung begeistert, die ihren Augen einen wilden und zugleich sarkastischen Ausdruck verlieh. »Ich erinnere mich zum Beispiel an einen Tag bei der verrückten alten von Thoune. Was, Sie kennen Frau von Thoune nicht? Mit dem Thounes in New York hat sie die schönste Sammlung von Poliakows und Chiricos.«

»Ach, ja, ich weiß«, murmelte Julien. »Und?«

»Ja, diese alte von Thoune, die dann ein hübscher Schwede sitzenließ, Jarven Yuks ... dieser schöne Jarven, der sich zwischen ihr und der kleinen Darfeuil aufteilte. Übrigens hätten Sie diesen Jarven auch in New York sehen müssen. Er leitete die Versteigerung bei Sotheby. Ein großer blonder Typ nach Art der Wikinger ... ein wenig wie unser starker Mann aus Montceau-les-Mines«, sagte Edma und zögerte nicht, diesen schwachen Vergleich heranzuziehen, den Simon Béjard hinsichtlich Lethuillier und dessen *Forum* angestellt hatte. »Schön und gut, dieser arme Junge war an einem Septemberabend nicht zu einem Essen eingeladen, zu dem die beiden Damen zufällig gebeten waren: Frau von Thoune also und die Darfeuil, die

286

damals sichtbar in meinem Alter war«, fuhr sie mit zufriedener Miene fort, denn dieses »sichtbar« hatte in ihrer und der Sprache ihrer Freunde vorteilhaft dieses »fast« ersetzt.

Doch kaum hatte sie es ausgesprochen, als sie sich nach der Angebrachtheit dieses Wortes »sichtbar« hinsichtlich eines Umstands fragte, auf den alle so empfindlich reagierten und für den sie selbst, wie sie sagte, so wenig empfänglich war: das Alter, ihr Alter, um das sie sich tatsächlich zeit ihres Lebens wenig gekümmert hatte, das jedoch, wenn man davon sprach, langsam bedrohlich wurde.

»Sie saß also mit der von Thoune am Tisch, und die von Thoune redete und redete. Es war entsetzlich. Ganze Wortströme auf kleinstem Unterhaltungsgelände. Wie soll ich Ihnen das erklären, lieber Julien? Wenn sie Ihnen von Pferden oder Spielkasinos erzählt hätte, würde Sie vor Pferden und Spielbanken das Entsetzen gepackt haben, Sie hätten aufgehört zu spielen! Sie wären zum heiratbaren Mann geworden.«

»Aber, aber«, sagte Julien, der bei diesem Wort »Heirat«, jetzt, wenn er daran dachte, zwischen Lachen und Schrecken hin und her gerissen war, »was für ein komischer Gedanke!«

»Stimmt das nicht?« fragte Edma. »Sie machen einen so betroffenen Eindruck. Es ist das Wort ›Heirat‹, nicht wahr? Soweit sind Sie nie gegangen.«

»Bin ich denn so durchschaubar?« meinte Julien etwas verärgert, obwohl er widerwillig lachte.

»Für eine Frau wie mich ja. Völlig durchschaubar. Für die anderen nicht, seien Sie beruhigt. Die fragen sich alles, was Sie wirklich tun, aber keiner stellt sich andererseits die Frage, was Sie im Innersten empfinden.«

»Da habe ich ja noch Glück«, sagte Julien. »Ich sehe tatsächlich auch nicht, warum meine Taten und Gesten irgend jemanden interessieren sollten.«

Als er das sagte, hatte er eine demütige Miene aufgesetzt, eine Miene, die bei Edmau Bautet-Lebrêche ein ungläubiges Freudengewieher auslöste.

»Wir sagten, glaube ich, daß ich durchschaubar war«, beharrte Julien ausdruckslos.

»Sie müssen mich für völlig verkalkt halten, nicht wahr?« meinte Edma Bautet-Lebrêche. Sie hatte diesen

Satz in einem sorglosen, zu hohen Ton ausgesprochen, so daß sich die Stimme überschlug und Edma, das Gesicht abgewandt, mit der gleichen falschen Stimme husten mußte. »Also, Julien, was sagen Sie dazu? Was halten Sie von unserem augenblicklichen Dialog? Ist er nicht herzzerreißend?«

»Ja, den Anfang unserer Unterhaltung habe ich etwas seltsam gefunden, nicht aber Ihre Art, sie zu unterbrechen«, erwiderte Julien lächelnd. »Im Leben haben Sie sicher viele Dinge so unverhofft unterbrechen müssen. Zum Beispiel habe ich das Ende Ihrer Geschichte von der Frau von Tanc nicht zu hören bekommen.«

»Von Thoune«, stellte Edma automatisch richtig. »Das stimmt. Also gut.« Sie hatte ihre Ungezwungenheit zurückgewonnen und ärgerte sich bereits, sie einen Moment verloren zu haben. »Frau von Thoune begegnete also dieser jungen Frau bei einem Abendessen, zu dem sie zufällig beide eingeladen sind und wo man sie wiederum zufällig einander nicht vorgestellt hatte, so daß folglich beide nicht wußten, wer diese ›andere‹ war, die ihr ihren hübschen Jarven ein bißchen abspenstig machte. Kurz und gut, die beiden unterhielten sich über die Männer, die Liebe, männliche Feigheit und so. Und da ließ die Thoune, diese Schwätzerin, die andere auch einmal zu Wort kommen. Sie verstanden sich so gut hinsichtlich dieses abstoßenden Liebhabers, den sie gemeinsam beschworen, ohne zu ahnen, daß es derselbe war, daß sie sich gegenseitig aufreizten, und beide beschlossen noch am selben Abend, mit ihrem Liebhaber zu brechen. Und am nächsten Morgen taten sie das auch. Als sie viel später von dessen Identität erfuhren, brachen sie erleichtert in schallendes Gelächter aus. Und so sah sich der arme Gerhard plötzlich allein. Er hieß tatsächlich Gerhard und nicht Jarven oder Yuks«, schloß sie zerstreut.

»Ist er tot?« fragte Julien traurig.

»Keineswegs. Warum sollte er denn tot sein? Es geht ihm im Gegenteil sehr gut.«

»Aber er nennt sich nicht mehr Gerhard?« hakte Julien nach.

»Doch, natürlich! Warum wollen Sie...?«

»Nur so...«, sagte Julien, der sich auf der falschen

Fährte sah und aufgab. »Möchten Sie eine heiße Tasse Kaffee, Ihre Kanne wird kalt geworden sein? Wir könnten ihn in der Bar trinken. Es ist kühl.«

»Ich wollte lediglich, daß Sie mir Ihren Marquet zeigen«, antwortete Edma und richtete sich in ihrem Stuhl auf, bevor sie voller Anmut − wie sie merkte − aufstand und Juliens Arm nahm.

»Ich fürchte, er wird Ihrer nicht würdig sein«, sagte Julien, der immer noch lächelnd unbeweglich vor ihr stand.

Er fühlte sich plötzlich nicht sehr wohl: er sah sich erneut auf unterminiertem Gelände, man konnte ihn in Verwirrung bringen. Er liebte eine Frau, die es nicht gern haben dürfte, wenn man ihren Geliebten in Verwirrung brachte, und die auch keinerlei Verständnis für Zechprellerei oder Vertrauensbruch haben würde. Diese Drohung, die jetzt von Edma konkretisiert wurde, diese Drohung, die seit seiner Abreise − ohne ihn sehr zu stören − auf eine bisher mehr als diskrete Weise über ihm geschwebt hatte, nahm nun einen schärferen Klang an und brachte in sein Leben mit Clarissa eine Art Mißklang, brachte aber auch einen unvermeidlichen Mißklang − ganz gleich, wie er darüber dachte − in das empfindliche Gleichgewicht zwischen dem lustigen Julien und dem verliebten Julien. Dieser schrille Ton konnte in Clarissas Ohren ungewöhnlich laut und häßlich klingen.

»Dieser Marquet ist nicht absolut echt«, fuhr er fort und verneigte sich vor Edma. »Ich fürchte, er wird für Ihren großen Salon keine Zierde sein, der ja phantastisch sein muß, wenn man der *Geographical Review* glauben darf ...«

»Was? Diese Zeitschrift gibt es hier? Das ist ja toll«, begeisterte sich Edma und nahm die Zeitschrift entgegen, die er ihr reichte und von der sie selbst einige Exemplare dieser Nummer in den Leseecken des Schiffes verteilt hatte, da darin tatsächlich eine Menge Photos mit schmeichelhaften Perspektiven von der prachtvollen Pariser Wohnung der Bautet-Lebrêches enthalten waren. »Da irren Sie sich«, fügte sie kalt hinzu. »Ein Marquet, signiert oder nicht, ist genau das, was meinem Salon fehlt, mein lieber Julien.«

»Oh, das nicht, er ist signiert«, sagte Julien. »Aber ich geriete in Verlegenheit, wenn ich Ihnen schwören müßte, daß er echt ist.«

Er stellte sie vor eine klare Wahl, bemerkte sie: Entweder wurde sie seine Komplizin, oder sie zeigte ihn an. Sie entschied sich unverzüglich für die erste Lösung, ohne daß Edmas bürgerliche Moral davon betroffen wurde; Julien gefiel ihr etwas zu sehr, als daß das kleinste Rad dieses komplizierten Apparats reagierte, der bei ihr die Moral ersetzte.

»Jedenfalls ist das nicht von Bedeutung«, sagte sie, »sobald mein lieber Armand – dank meiner Beteuerungen – davon überzeugt ist ... Übrigens«, schmetterte sie, die Wangen von dieser letzten Erregung leicht gerötet, und wandte sich den Laufgängen zu, »übrigens, wenn die Sprache darauf kommt, dieses Bild ist völlig echt. Ich halte Sie da einfach für zu pessimistisch.«

Und Julien, der gesehen hatte, wie dieses Werk von einem seiner ebenso begabten wie rücksichtslosen Freunde fertiggestellt und schwungvoll signiert worden war, fand diesen Schlußsatz bewunderungswürdig. Nein, er konnte diesen Marquet unmöglich Edma verkaufen. Das wäre mehr als Betrug, das wäre Bettelei. Dieser Gedanke nagelte ihn auf der Stelle fest, und als er sich umdrehte, mußte Edma ihn begreifen, denn sie blieb ebenfalls einen Moment wie versteinert stehen, bevor sie die Achseln zuckte und in bekümmertem Ton sagte: »Sehen wir uns das Bild trotzdem mal an.«

Eric war in sehr guter Laune aus dem Sanitätsraum zurückgekehrt. In den Augen Clarissas
war diese gute Laune nach der letzten Nacht unangebracht, denn dadurch wurde sie lächerlich und damit
verächtlich gemacht, und zwar sehr zu Unrecht, wie sie
meinte. Eric hingegen war durchaus aufrichtig guter
Laune, denn nach dem Skandal am Vorabend schien ihm
die Möglichkeit eines Ehebruchs nicht gegeben; er war
hier wenigstens nicht zehn Meter von dem Ort, an dem er
schlief, betrogen worden. Das war für seinen Stolz eine so
abwegige und so häßliche Hypothese, daß er sie sogleich
als null und nichtig abwies. Außerdem zeigte der Kuß, der
Clarissa vor all den Leuten geraubt worden war, deutlich
genug, daß er nicht von Herzen kam. Diese arme Clarissa,
dachte Eric, die Julien zuerst zurückgestoßen und dann um
Hilfe gerufen hatte – das war Erics Erinnerung –, diese
arme Clarissa war sicher nicht in Aufwallung zu bringen.
Dabei hatte es eine Zeit gegeben, da sie sich zu helfen
wußte, um nicht von einem Mann belästigt zu werden,
zumindest hatte sie ihm ohne Aufhebens widerstanden. Es
hatte in ihr eine geschickte, leicht herablassende Frau
gegeben, eine etwas vampartige große Dame, die Eric
lange von oben herab behandelt, wütend gemacht und
schließlich erregt hatte. Daß ihre tugendhafte Haltung am
Vorabend eher die Frucht einer selbstquälerischen
Schüchternheit war als sentimentaler Treue, gefiel Eric
allerdings weniger. Andererseits konnte man letztlich mit
Vergnügen feststellen, daß sie es war, Clarissa, die den
Klatsch an Bord nährte, das war sogar komisch.

»Clarissa, die Jungfrau und Märtyrerin«, sagte er und
schaute sie im Spiegel an, wie sie auf ihrem Bett saß, die
Augen aufs Meer gerichtet, mit zitternden Händen, das
Gesicht glatt und abgespannt. »Hast du heute meinen
Kampfgefährten gesehen?«

»Nein«, antwortete Clarissa, ohne sich umzudrehen.
»Ich habe heute morgen niemanden gesehen.«

Sie sprach zerstreut, murmelte fast, und das war etwas, was Eric bei keinem Menschen ertragen konnte, am wenigsten bei Clarissa.

»Störe ich dich etwa, Clarissa?« fragte er. »Denkst du an Leidenschaften? Oder zu intime Dinge, um sie mir mitteilen zu können?« Und da lächelte Eric ganz offen über die doch jedem, selbst Clarissa klare Unwahrscheinlichkeit dieser beiden Hypothesen und vor allem der, daß Clarissa leidenschaftliche Gedanken hegen könnte.

»Ja, ja«, sagte sie, »natürlich...«

Sie hörte ihm nicht zu, sie hörte gar nicht hin, und da erhob er sich so abrupt, daß sie einen Schreckensschrei ausstieß und blaß wurde.

Sie sahen sich einen Moment in die Augen: Clarissa erblickte erstaunt die Farbe dieser Regenbogenhaut, diese vertraute und nun so fremde Farbe, diese bleichen Augen, die ein Ausdruck der Kälte und der Strenge waren. Diesen Blick, der ihr, das spürte sie, in dieser Sekunde etwas Neues enthüllte oder vorwarf. Und sie starrte ihn an, tastete dieses Gesicht mit den Augen ab, dieses schöne, abstoßende Gesicht. Und als sie diese beiden Adjektive formulierte, errötete sie stark, sie errötete, weil dieser Eindruck so überwältigend war, daß er sich von selbst und in so grausamen Begriffen artikulieren konnte. Sie gab sich Mühe, das zu wiederholen: Schön und abstoßend, schön, ich finde ihn schön. Abstoßend auch. Ja. Es lag etwas Bösartiges, Niederträchtiges und Arrogantes um diese Kinnbacken, die sich vor spürbarem Abscheu verkrampften und sich um schreckliche Wörter schlossen... Und dann dieser geistige und verächtliche, ruhende Mund, dieser so genau gezeichnete Mund, daß man ihn sich keine Sekunde bei dem kleinen, jungen Eric vorstellen konnte, der er doch einmal gewesen sein mußte.

»Nun, keine Antwort? Weißt du, Clarissa, daß du jetzt sehr gemein wirst?«

Die schneidende Stimme Erics schüttelte sie, und abermals betrachtete sie diesen Mund mit den strahlenden Zähnen, die von dem Zahnarzt der Familie Baron behandelt wurden, dem besten Zahnarzt Europas und Amerikas, dessen nahezu unerschwingliche Honorare einmal nicht Erics demokratische Bannstrahlen ausgelöst hatten.

Übrigens griff Eric Lethuillier in allem, was in seinen Augen von Bedeutung war: seine Gesundheit, seine Unterbringung und seine Vergnügen – sehr gerne auf die Beziehungen der Barons zurück – ebenso wie er ihnen natürlich ihre Verschwendungssucht vorwarf, sofern er nicht betroffen war.

Sie gab sich Mühe, diesem fremden aufgebrachten Mann gegenüber höflich zu sein, der ihr beinahe ins Gesicht schrie: Woran denkst du?

»Ich dachte an dich als kleinen Jungen. Schade, daß deine Mutter dich nicht wiedersehen kann. Vielleicht solltest du . . .« Sie stockte.

Was ist mit mir? überlegte sie, bevor sie sich bewußt wurde, daß es einfach ihr Wunsch nach Güte war, Eric nicht der Einsamkeit zu überlassen, der ihr diese Worte eingegeben hatte. Aber gleichzeitig wußte sie, daß niemand Eric hinreichend liebte, um nicht zu lachen, wenn er von ihr verlassen wurde. Selbstverständlich würde er vor Wut toben, bevor er traurig wurde.

»Ich frühstücke oben«, sagte Eric erregt und verschwand.

Allein gelassen, atmete Clarissa tief durch, schaute in den Spiegel, sah das ungekämmte Haar, ihre Unschuldsmiene, und sie konnte nicht umhin, der Frau zuzulächeln, die Julien Peyrat liebte, der Frau, die er schön fand, von der er anscheinend nicht abließ und deren Wärme und Sinnlichkeit er stets suchte, seiner verlassenen Frau.

Sie berührte ihre Wangen, sog den Duft ihrer Hände ein, die vom Geruch der Nacht noch nicht befreit waren. Sie stand auf, ging zur Tür, an Deck, zu Julien, der, wie sie wußte, auch immer dort oben frühstückte.

Er saß an einem der Tische in diesem Speisesaal, der von der Sonne überflutet und voller Porzellan war, und schien hinter sich Eric, Armand Bautet-Lebrêche und Simon Béjard nicht zu bemerken, die Clarissa einen überraschten Blick zuwarfen, in den sich ein leichter Vorwurf mischte, denn zu dieser Stunde war dieser Speisesaal im allgemeinen den Herren vorbehalten. Doch Clarissa nahm sie nicht wahr: sie betrachtete Julien, der damit beschäftigt war, die zu feste Butter auf sein Brötchen zu streichen, seine ärgerliche Miene, die gerunzelten Brauen, sein mageres gebräuntes Gesicht, das ganz auf seine Tätigkeit konzentriert war, seine dicke, weiche Nase, seinen geraden Nacken, diese so männliche und in dem Wollhemd so jünglingshafte Gestalt, seine ungeschickt wirkenden Hände, die jedoch so geschickt waren...

Clarissa schloß die Augen über einer kostbaren Erinnerung: sie liebte Juliens Anblick in diesem Moment, und zwar mehr, als sie je das Äußere eines anderen geliebt hatte. Sie liebte seine hohlen Wangen mit den blaugrauen Bartstoppeln, den Nasenrücken, den länglichen, fleischigen Mund, die so beweglichen, seltsam mahagonifarbenen Augen, seine, wie die Wimpern, etwas zu langen Haare. Sie hätte ihn in ihre Arme nehmen und mit Küssen bedekken mögen. Er gehörte plötzlich ihrer Welt und ihren Freunden an. Er war ihr Mitmensch, ihre genaue Entsprechung. Er hatte sicher die gleichen Erinnerungen und sicher die gleiche Kindheit. Sie machte einen Schritt auf Juliens Tisch zu.

Er hob den Kopf, sah sie und stand auf. Seine Augen strahlten vor Freude, und er lächelte trotz der Heftigkeit seines Verlangens. »Madame«, sagte er mit rauher Stimme, »verzeihen Sie, daß ich Sie heute morgen nicht gewaltsam zurückgehalten habe. Ich liebe und begehre Sie«, fuhr er fort, während seine gekünstelte und bedauernde Miene den Zeugen hinter ihnen galt.

»Auch ich begehre und liebe Sie«, entgegnete sie erhobenen Hauptes – von ferne herablassend anzusehen, aber äußerst verliebt aus der Nähe.

»Ich warte den ganzen Tag in meiner Kabine auf Sie«, flüsterte er. Und er verbeugte sich, während sie zu Eric hinüberging.

Zu Eric, dessen Gesicht, als sie bei ihm eintraf, von Verachtung erfüllte Nachsicht ausstrahlte. »Nun? Hat sich dein schmachtender Liebhaber entschuldigt? Hat er eine Erklärung abgegeben? Er war betrunken oder was?«

»Man kann auch mit Ihrer Frau flirten, ohne betrunken zu sein, mein Lieber«, sagte Simon Béjard von seinem Tisch aus.

»Sie aber nicht vor meinen Augen küssen, oder?« Erics

Stimme war schneidend, was Simon Béjard jedoch nicht im geringsten zu stören schien.

»Ja, da bin ich Ihrer Meinung«, erwiderte er. »Die Frau eines anderen vor dessen Augen zu küssen, das ist sehr schlechter Geschmack. Hinter dessen Rücken, das ist schicklicher.«

Eric hielt inne. Er war offenbar nicht richtig plaziert, um diesem pöbelhaften Filmemacher, dessen Geliebte zu allem Überfluß Olga hieß, Moral zu predigen. »Natürlich, natürlich«, antwortete er und wandte sich ohne größere Aggressivität Clarissa zu. »Also, hat sich der schöne Zuhälter entschuldigt?«

»Ja«, sagte sie.

»Bei dir, das ist immerhin etwas. Und mir hat er keine Entschuldigung übermitteln lassen?«

»O doch, selbstverständlich«, erwiderte Clarissa.

Sie lächelte ihm verstohlen zu. Sie warf ihm einen Blick zu, diesen selbsterhellenden Liebesblick; Eric saß einen Moment wie versteinert, bevor er sah, daß sie mit diesem gleichen Blick auch Simon Béjard und Armand Bautet-Lebrêche bedachte – die ebenfalls verblüfft und wie vom Blitz getroffen dasaßen. Doch ihre Verwunderung war mit Erics nicht zu vergleichen. Bestürzt, irgendwo in seiner Erinnerung betroffen, in einer Erinnerung, die er nicht zu lokalisieren wußte, sah Eric Clarissas Lächeln, diesen gleichen Blick, der auf ihn gerichtet war... Clarissa, umgeben von Blättern, Blüten, Bäumen, Wind... Vielleicht auf der Terrasse eines Restaurants? Oder zu Hause, bei ihr, in Versailles?

Nein, er konnte diesen Augenblick nirgendwo ansiedeln und ebensowenig formulieren, was das Wichtigste an diesem Blick war, der heute in Clarissas Augen zurückgekehrt war und den er nicht zu deuten wußte. War es einfach sein Herz, sein Studentengedächtnis, das ihn an eine Clarissa erinnerte, die in ihn verliebt war? Eine fünfundzwanzigjährige Clarissa, die vor Zärtlichkeit feuchte Augen hatte, wenn sie ihn ansah... Mein Gott! Mein Gott! Wohin verstieg er sich! Ja, Clarissa hatte geglaubt, ihn zu lieben. Und er war gerissen genug gewesen, sie das auch glauben zu lassen. Ja, sie hatte sich einen jungen Mann der Linken gekauft – und mit ihm eine Zeitschrift der gleichen Tendenz – und gehofft, sie an ihre Ufer zu ziehen, in den Kreis ihrer Familie, die in Luxus und Komfort schwelgte. Ja, sie hatte vorgegeben, sich für das *Forum* zu interessieren und mit ihm ihre reaktionären Onkel an der Nase herumzuführen, aber sie hatte ihr Ziel nicht erreicht. Das *Forum* existierte, und ihre Liebe war gestorben. Er band Clarissa nur noch durch die Angst an sich, das wußte er, jetzt, da sie es vermocht hatte, auf ihn diesen verliebten Blick zu richten, den ein anderer bewirkt hatte, war ihm das der beste, der offensichtlichste Beweis, daß alles zwischen ihnen vorbei war und daß sie ihn kein bißchen mehr liebte. Und das war gut so. Er hatte sie genug leiden lassen, diese arme Clarissa ... Allein ... Allein ...

Er sprang auf, erreichte sein Ziel noch rechtzeitig. Er wunderte sich verwirrt angesichts dieser Teakholz-Toiletten, daß er nicht mit dem Frühstücksei und den Toastscheiben zugleich Stückchen seiner Lunge, Brocken seines Herzens, einen Blutstrom ausspuckte, den er irrtümlich zur gleichen Zeit wie das Lächeln auf Clarissas Mund getrunken hatte.

Als er in den Speisesaal zurückkehrte, fand er ihn leer, und die fröhlichen Stimmen seiner Frau und des Filmproduzenten entfernten sich auf dem Deck. Er blieb stehen und hörte zu, wie sie verklangen. Es war Olga, die ihn aus seiner Erstarrung riß.

»Sie sind so blaß, mein Liebling«, sagte sie und wischte besorgt mit einem Taschentuch über seine Schläfen. »Ist Ihnen etwas zugestoßen?«

Er drehte sich gequält um. »Gewissermaßen«, erwiderte er. »Ich habe ein nicht mehr frisches Ei gegessen. Wenn ich an den Preis der Eier auf diesem Schiff denke«, schrie er, »ist das die Höhe! Wo ist der Steward?« schleuderte er der verblüfften Olga entgegen, ehe er zur Küche eilte.

Darin hatte er wirklich nichts von einem Linken, dachte Olga, während er den Koch und dessen Küchenjungen auf eine Weise beschimpfte, die vermutlich selbst den Onkeln der Familie Baron übertrieben erschienen wäre. Olga beobachtete, wie er das fassungslose Personal mißhandelte, und empfand dabei ein verächtliches Vergnügen, das sie hinter billigendem Kopfnicken verbarg, als er sie zum Zeugen aufrief.

»Kommen Sie«, sagte sie am Ende. »Diese armen Leute können nichts dafür, daß Sie diese Reise so teuer bezahlt haben...«

»Ich mag es nicht, wenn man mich auf den Arm nimmt«, entgegnete Eric. »Überhaupt nicht. Das ist alles.« Er war bleich vor Wut und Übelkeit, fühlte sich ausgehöhlt, schlapp und angegriffen. Er stellte sich selbst die Frage nach den Gründen für seine Ausfälligkeit. Mein Gott, letzten Endes ging es nicht um Sozialismus auf diesem Luxusdampfer. Diese snobistischen Domestiken hatten nur ihre Arbeit ordentlich zu machen. Sie wurden dafür ebenso bezahlt wie die Laufburschen des *Forum*, wie er selbst bezahlt wurde, um diese Zeitschrift zu leiten, und wie... Lediglich Clarissa wurde dafür bezahlt, daß sie nichts tat.

»Ich bin untröstlich, wie Sie wissen, lieber Eric«, sagte Olga, als sie in der kleinen tristen Bar saßen, die an der Treppe zwischen der »Luxusklasse« und der »Ersten Klasse« lag.

Diese sogenannte »Versöhnungslage« hatte in der Tat aus dieser Bar ein Niemandsland gemacht, in das sich niemand wagte: die »Luxuspassagiere« aus Verachtung der »niederen Klasse« und die »Passagiere der Ersten Klasse« aus Verachtung dieser Verachtung. Ein alter Barmann aus den »zwanziger Jahren« mixte sich dort ungenießbare Cocktails, die er selber trank oder manchmal mit einem Betrunkenen der oberen Etage, dessen Frau es nicht eingefallen war, ihn bis dahin zu verfolgen. Er betrank sich dort, und da er schon vom Schicksal zwischen zwei Klassen versetzt war, zwischen zwei Stockwerke, zwischen zwei Häfen und zwischen zwei Zeitalter, versetzte er sich außerdem in die Welt des Alkohols. Er begrüßte die Neuankömmlinge mit einer begeisterten Geste, und trotz der Einschärfungen Olgas, die um ihre Leber fürchtete, und der totalen Gleichgültigkeit Erics beschloß er, sie eine seiner verlockendsten Spezialitäten probieren zu lassen. Olga, die ihn aus dem Augenwinkel beobachtete, sah mit wachsender Ungläubigkeit, wie er Cognac, Kirschwasser, Gin, frische Pfefferminze, kandierte Früchte und Angosturarinde in seinen Shaker gab. Sie war überzeugt, daß er zu den falschen Flaschen griff, und als sie eines Besseren belehrt wurde, wandte sie sich Eric zu, der sie mit müder Stimme fragte: »Warum sind Sie untröstlich?«

»Weil ich zu gut über Ihre Frau unterrichtet bin.«

»Das hat nichts zu sagen...«

»Trotzdem, dieser Peyrat! So ein Flegel! Ich habe mich für Sie geschämt... Ach, Eric, als ich Sie auf diesen Rohling zustürzen sah, habe ich Angst gehabt... Und leider nicht ohne Grund.«

»Warum ›nicht ohne Grund‹? Auch er hat eine schöne Abreibung bekommen, oder?« Eric war wütend und wütend, es zu sein: wütend, nicht der Besiegte in dieser dummen Auseinandersetzung sein zu wollen. Als ob es einen Sieger und einen Besiegten gegeben hätte! Er ärgerte sich widerwillig, aber auch absichtlich: denn ihm schien, daß irgendein Vorwand für irgendein starkes Gefühl ihn von einem weniger starken, jedoch schlimmeren Gefühl befreien und ihn daran hindern würde, erneut an Clarissas Blick zu denken, der für einen anderen so vielversprechend und für ihn so enttäuschend ausgefallen war.

Clarissa wird mir bestimmt fehlen, wie jedes Opfer seinem Peiniger fehlt, versuchte er, sich einzureden und dem Mann zu versichern, der vorhin von diesem verirrten Lächeln niedergeschmettert worden war, diesem Mann, der von Zeit zu Zeit durch das Klirren der Gläser hindurch die traurigen Worte Olgas und die fröhlichen des Barkeepers vernahm, diesem Mann, der noch das »Ja, natürlich« von Clarissa im Ohr hatte, das dem vorhin gleichgültigen Ohr nun wie ein böser Schlag vorkam. Diesem Mann, ihm selbst, Eric Lethuillier. Oh, sie sollte sehen, wer dieser Mann war, den sie zu lieben glaubte... Sie sollte es zu hören bekommen, und zwar durch andere, nicht durch ihn. Er hatte gestern abend sein Telex durchgegeben, inzwischen mußte eine Antwort dasein.

»Kommen Sie«, sagte er zu Olga und unterbrach damit eine eindringliche Darlegung über den Wankelmut und die Leichtfertigkeit der Frauen von Welt, eine Theorie, die bereits die volle Zustimmung des Barmanns gefunden hatte, der sichtlich bereit war, seine persönlichen Erfahrungen zu diesem Thema beizusteuern.

Doch unter Zurücklassung eines königlichen Trinkgelds – was für ihn sehr ungewöhnlich war – und ihrer noch halbvollen Cocktailgläser zog Eric Olga in die Funkkabine: das Telex war tatsächlich eingetroffen und übertraf all seine Erwartungen, beziehungsweise vielmehr all seine Voraussagen. Denn Eric Lethuillier hatte aus der Ferne die Ermittlung seiner Spitzel beim Spielerdezernat geleitet – und es war kein Zufall, daß dieser selbe Eric Lethuillier schließlich seine Wette gewonnen hatte: *Das Forum des Volkes* ins Leben zu rufen und zu erhalten.

Eine Wette, die im Frankreich der siebziger Jahre immerhin schwer zu halten war, da es um die Berufung auf die Pressefreiheit ebenso traurig bestellt zu sein schien wie um die Ausübung der Demokratie. Um sein Ziel zu erreichen, hatte es neben dem Reichtum Clarissas einer Verbissenheit, eines Ehrgeizes und eines untrüglichen Mißtrauens bedurft, wie sie guten Zeitungsverlegern eigen waren und zu denen bei ihm ein ungewöhnlicher Instinkt für die anderen hinzukam. Genauer gesagt, der Instinkt für deren Makel. Eric Lethuillier witterte von vornherein die Verderbtheit, die Feigheit, die Gewinnsucht, den Alkoholismus oder die Laster der anderen, und zwar mit der gleichen Sicherheit, mit der er die im allgemeinen genauso offenkundigen guten Eigenschaften der anderen unbeachtet ließ. Dieses Fingerspitzengefühl, das ihn zu einem ausgezeichneten Polizeidirektor befähigt hätte, hatte ihm geholfen, sofort die Schwachstelle Juliens zu entdecken: das Spiel. Das Telex der zuständigen Polizeidienststelle bestätigte erneut diese pessimistische Vorahnung. Man teilte ihm mit, daß im Kriminalarchiv am Quai des Orfèvres ein gewisser Peyrat, Julien, erfaßt war. Junggeselle, weder Alkoholiker noch Morphinist, mit normalen Gewohnheiten in einem bewegten Leben, der jedoch verdächtigt wurde, wiederholt beim Spiel betrogen zu haben, ohne daß man es ihm nachweisen konnte. Ferner war gegen ihn wegen Hochstapelei und Handels mit gefälschten Bildern ermittelt worden. Eine zwei Jahre alte Auflage dazu existierte in Montréal. Der Aktenauszug endete mit dem Vermerk: »nicht gefährlich«.

Und bis hinein in diese trockenen und harten Begriffe der Amtssprache spürte Eric selbst im Stil dieses Polizisten, der den Bericht verfaßt hatte, eine gewisse Schwäche für diesen guten alten Julien Peyrat, der so französisch, ein so netter Typ war...

»So durchschnittlich, ja...«, sagte Eric ungehalten und, ohne daß er es gewollt hätte, zu laut für Olga, die ihm wieder in der großen Bar gegenübersaß: so ungehalten, daß sie nahezu Mitleid oder Furcht für Julien Peyrat empfand.

Olga wartete friedlich, bis Eric zu Ende gelesen hatte. Sie tastete in ihrer Tasche nach einem anderen Umschlag, der an sie gerichtet war und von den *Echos de la ville* kam, dem Klatschblatt, bei dem ein ehemaliger Liebhaber von ihr arbeitete, dem Skandalblatt, das so gut über die Gewohnheiten und Schwächen der bemoosten oder kahlen Häupter von ganz Paris unterrichtet war.

Endlich blickte Eric auf, schien ihre Gegenwart zu bemerken, faltete sein Telex zusammen, ohne ein Wort der Entschuldigung zu äußern, und steckte es in seine Tasche.

»Sie trinken nichts!« sagte er nicht in fragendem, sondern in feststellendem Ton und fügte hinzu: »Gut, dann also bis gleich.«

Er stand auf und wäre ohne weitere Gefühlsbekundungen verschwunden, wenn Edma, die plötzlich an der Schwelle der Bar auftauchte, ihn nicht bewogen hätte, sich schmusend über Olgas Gesicht zu neigen, die unerschrocken und haßerfüllt lächelte. Olga wartete, bis er sich entfernt hatte, und öffnete dann erst ihren blauen Umschlag, aus dem sie bedächtig und mit einer Art bitterem Vergnügen die Nachricht ihres ehemaligen Freundes zog. »Lethuillier, Eric, Börsenjobber, kleinbürgerlicher Herkunft, Mutter Witwe, Vorsteherin des Postamts in Meyllat. Wegen Nervenstörungen für den Wehrdienst untauglich, Absolvent der Ecole Nationale, verheiratet mit Clarissa Baron. Weder Mann noch Frau, ohne besondere Laster...« Sie drehte und wendete das Blatt in ihren Händen, war enttäuscht und verärgert. Es war das erste Mal, daß die *Echos* keine schönen Schauerlichkeiten im Leben eines Mitmenschen entdeckt hatten. Trotzdem forschte sie in ihrem Gedächtnis nach, was da nicht stimmen könnte, ohne es jedoch herauszufinden.

Julien war gezwungen gewesen, Simon Béjard noch einmal seinen Marquet zu zeigen, und Clarissa war ihnen gefolgt.

»Der ist verdammt schön! Warum haben Sie ihn nicht eher aufgehängt, gleich nach der Abreise aus Cannes? Er ist doch ein idealer Begleiter, oder nicht?« fragte sie vor der Wand, wo das Gemälde endgültig das gewohnte »Seestück« ersetzt hatte.

Sie stockte, errötete, und Simon trug mit seiner üblichen und nachdrücklichen Schwerfälligkeit seinen Teil dazu bei: »Aber, Clarissa, vielleicht hängt er seit der Abreise dort? Wie wollen Sie wissen?«

Und er brach in höhnisches Gelächter aus, so daß Clarissa einen verlorenen Blick auf Julien warf.

»Sagen Sie, mein Lieber«, begann er mit seiner schönen tiefen Stimme. »Sagen Sie, mein Lieber«, wiederholte er mit dümmlicher und zugleich würdevoller Miene, was Simons Heiterkeit verdoppelte.

»Was soll ich sagen? Ich habe nichts gesagt... Allenfalls, daß Frau Lethuillier dieses Bild nicht gesehen haben kann. Das ist alles.«

Er näherte sich dem vermeintlichen Marquet, kniff die Augen leicht zusammen und hielt die Hacken geschlossen. »Aber sagen Sie... Sagen Sie«, murmelte er, »aber Sie wissen ja, daß dieser Marquet sehr schön ist. Ist Ihnen klar, daß das ein sehr gutes Geschäft ist, ein Marquet aus dieser Zeit für fünfzigtausend Dollar. Donnerwetter, Hut ab, Herr Peyrat! Den zwischen zwei Hemden, einer Zahnbürste und einem Smoking herumzuschleppen, das verrät mehr Lebensart, als zehn Popeline-Anzüge in seinem Gepäck zu haben wie ich. Hatten sie Angst, mein Lieber, daß die Landschaft Ihrem künstlerischen Bedürfnis nicht genügen könnte?«

»Es ist mir am letzten Tag in die Hände gefallen«, antwortete Julien zerstreut und bekümmert.

Die Liste der mutmaßlichen Käufer verringerte sich mehr und mehr. Nein, das konnte er Simon nicht antun. Mit Edma, das war erledigt; es blieben ihm noch ein Notar, Frau Bromberger, der Amerikaner, die Diva oder Kreuzer. Aber der war offenbar geizig. Dennoch mußte er seine schöne Fälschung verkaufen, und sei es, um Clarissa für zehn Tage an irgendeinen bequemen Ort zu entführen, zehn Tage, nach denen ihm entweder die Bequemlichkeit für immer gleichgültig sein würde oder, im Gegenteil, ihnen nichts mehr nutzen könnte.

»Wie finden Sie ihn, Clarissa?« fragte Simon mit seiner Kopfstimme.

Und Clarissa lächelte Julien an, bevor sie antwortete. »Gar nicht schlecht.«

Er neigte sich zu ihr und fragte leise: »Nun?« während Simon die Hand wie einen Schild über die Augen hielt, sich dem Bild näherte und wieder von ihm entfernte, wobei er eine Kennermiene aufgesetzt hatte, die sicher aus einem schlechten Film stammte. Er nickte überzeugt, als müßte er seine eigenen Gedanken bestätigen – die er jedoch geheimhielt –, und drehte sich mit dem resignierten und etwas müden Lächeln des in seinem Anspruch zufriedengestellten Amateurs zu Julien um. »O ja«, sagte er, »das ist aus seiner guten Zeit, und das ist nicht teuer für diese Epoche. Ich kann Ihnen sagen, daß das kein billiger Schinken ist. Das ist sauber gemacht.«

Juliens Gesichtsausdruck mußte Clarissa unwiderstehlich erschienen sein, denn sie drehte sich auf der Stelle um und ging, ohne ein Wort zu sagen, ins Badezimmer. Sie schloß die Tür hinter sich zu. Die beiden Männer blieben allein zurück, und da sie sich von dem Gemälde abwandten, ließ Simon Béjard seinen Blick von Julien zur Tür des Badezimmers und von der Tür des Badezimmers zum Bett und vom Bett zu Julien schweifen, und zwar mit dem gleichen Ausdruck bewundernder Billigung wie eben, gewürzt jedoch mit einem Schuß Geilheit. Julien stand wie ein Marmorblock vor diesem männlichen Einverständnis. Aber Marmor hatte Simon Béjard noch nie zurückweichen lassen.

»Mein Kompliment, mein Lieber«, flüsterte er mit einer Lautstärke, daß man es durch drei Wände hindurch hören

konnte. »Mein Kompliment... Clarissa ungeschminkt...
Donnerlüttchen... Ein hübscher Gewinn, mein Lieber,
wie der Marquet. Da haben Sie zwei tolle Lose in der
Hand, Herr Peyrat, und keine Nieten, was?«

Und Julien, der ihn zu anderen Zeiten angerempelt oder
geschlagen hätte, beruhigte sich widerwillig bei der Versicherung »und keine Nieten«, worüber er sich umgehend
ärgerte.

»Und wie läuft es mit Olga?« fragte er kurz und bedauerte es sogleich, als er die Geilheit und die Begeisterung aus
Simons Gesicht schwinden sah, das nun ziegelrot wurde.

»Geht so«, murmelte er. Dann faßte er sich wieder und
meinte: »Leider kann ich Ihnen Clarissa nicht nehmen,
mein Lieber, aber das Bild nehme ich. Das ist wenigstens
etwas Solides. Wenn ich zuschlage – und beim Film ist da
was zu machen –, kann ich mir etwas für den Durst
zurücklegen. Und Durst bei Fouquet's, das kostet 'ne
Kleinigkeit... Was ist, mein Freund? Woran denken Sie?«

»Ich würde gern das Gutachten des australischen Verkäufers abwarten«, sagte Julien stammelnd und schämte
sich gleichzeitig seiner Schwäche. »Ich weiß, daß der
Marquet echt ist, aber man braucht Belege. Schlimmsten-
falls bekomme ich sie bei der Ankunft in Cannes. Aber Sie
haben Vorkaufsrecht, das schwöre ich Ihnen«, schloß er
plötzlich eilig und schob Simon Béjard zur Tür.

Simon protestierte, sprach von Cocktails, erinnerte sich
dann jedoch Juliens schuldhafter Liebe, stammelte Entschuldigungen und zog mit falscher Eile ab, die noch
peinlicher war als sein Bleiben. Julien lehnte sich an die
Tür, als Simon draußen war, und verriegelte sie. Er hörte
keinerlei Geräusch im Badezimmer. Clarissa hatte nicht
einmal das Licht angemacht, bevor sie hineingegangen
war, und so zögerte er an der Schwelle angesichts des
geheimnisvollen Dunkels. Nur der weiße Fleck von Clarissas Körper leuchtete schwach, und auf ihn bewegte er sich
mit vorgestreckten Händen zu, mit einer selbstschützen-
den und zugleich flehentlichen Geste.

Simon Béjard, der von diesen Liebenden dummerweise gerührt war, wie er meinte, kehrte sentimental gestimmt in seine Kabine zurück, wo er Olga auf dem Bett ausgestreckt fand, den Blick an die Decke gerichtet, in einer der anmutigen Lagen, die sie gern einnahm: eine Hand auf dem Herzen ruhend, während die andere über den Bettrand auf den Teppich herabhing. In der Aufwallung seiner Gefühle stürmte Simon auf sie zu, bückte sich, nahm diese verlassene Hand und küßte sie mit der Geschmeidigkeit eines Pagen, dachte er, als er sich, das Gesicht von der Anstrengung gerötet, wieder erhob.

»Paß auf, daß dir nicht deine Shorts platzen«, sagte Olga kalt.

»Du hast mich doch zwei Dutzend kaufen lassen«, erwiderte Simon sauer. Und er streckte sich ebenfalls aus, die Hände hinter dem Kopf verschränkt und entschlossen, Schweigen zu bewahren. Doch nach drei Minuten brach er es, da er weder länger grollen noch seinem Verlangen widerstehen konnte, dem hartnäckigsten seit langer Zeit, dem Verlangen, dieser jungen Person seine Pläne mitzuteilen, die sie nicht interessierten, dieser jungen Person, die er sein eigen nennen konnte, ohne zu lachen oder bei irgendeiner Gruppe von Individuen Gelächter zu erwecken.

»Weißt du, ich habe an deine Rolle gedacht«, sagte er, weil er wußte, daß er zumindest bei diesem Thema Olga etwas anderes entlocken konnte als Magenknurren oder müde Seufzer.

»Ach ja?« fragte sie tatsächlich lebhaft, während die Hand den Teppichboden verlassen und bereits das Kinn erreicht hatte und ihre Augen sich mit einem Ausdruck der Gier und des Interesses auf ihn richteten, wobei er sich bewußt war, daß dieses Interesse nur diesem Produzentenetikett galt, das seit Cannes und seinem Festival über seinem Kopf glänzte.

Und plötzlich hatte er Lust zu sagen: Ich verzichte darauf ... oder: Das geht so nicht weiter! Etwas zu sagen, das diesem herzlosen jungen Mädchen endlich einen Strom von Tränen der Verzweiflung entlockte, diesem jungen Mädchen, das keinen Unsinn redete wie die immerhin ältere Clarissa Lethuillier, diesem jungen Mädchen, das keine Dummheiten machte, nicht errötete und Männern, die es nicht kannte, keinen verliebten Blick zuwarf, diesem jungen Mädchen, das nichts anderes kannte als die Angst vor dem Mißerfolg und das Verlangen nach einer erfolgreichen Karriere. Der Karriere einer Lerche, eines kopflosen Vogels, einer Karriere des falschen Glanzes, der Täuschungen und vorgespielten Haltungen, deren unaufrichtigste schließlich die richtige war, einer Karriere, an die sie sich klammerte, ohne zu wissen, warum, aus der sie ihre Legende und ihre Lebensmaxime machte, hinter der sie sich nährte, bereicherte, hinter der sie verzweifelte und in ihrer Verzweiflung und vielleicht auch Einsamkeit alterte, in dem mit der Zeit immer selteneren Rausch, zu wissen, daß viele Unbekannte sie kannten, diese zahllosen abstrakten Unbekannten, denen sie wie viele ihrer Branche Geschmack oder Abscheu, Treuegefühle und Ausschweifungen vermittelte, die aus diesem Publikum – wenn diese Annahmen stimmten – ein krankes, geistesschwaches und blutrünstiges Ungeheuer machten.

Das Publikum war ihr Gott, ein barbarischer Gott, den sie und andere nach Art der primitivsten Ureinwohner Afrikas anbeteten, ein Gott, dessen Launen sie verehrten, dessen Ungnade sie haßten und dessen Geschöpfe sie als Einzelwesen verachteten, wenn sie um Autogramme baten, und den sie dennoch anzuhimmeln bereit waren, solange er unsichtbar und allmächtig im Dunkeln hockte und entschlossen war, Beifall zu klatschen.

Die arme Olga würde nie jemanden lieben, nie mit Inbrunst einen Mann, eine Frau, ein Kind oder die Menschen, mit dieser finsteren Inbrunst lieben, die manchmal an Größe grenzt, und mit der Liebe, die sie dieser Herde von Unbekannten entgegenbrachte. Und er, Simon, war nur ein Vermittler zwischen ihr und diesem tausendköpfigen Geliebten, ein Vermittler, der wie ein ungeschickter Botschafter gehaßt würde, wenn er eine negative Antwort zurückbrächte, und bis zur Vortäuschung von Liebe angebetet würde, wenn er, im Gegenteil, mit dem Beifall dessel-

305

ben monströsen Geliebten wiederkäme. Überdies hätte
Olga recht, ihn zu hassen oder zu lieben, denn allein von
ihm, Simon Béjard, hing letztlich dieses Scheitern oder
dieser Erfolg ab: das kam auf die Wahl an, die er für sie
traf, für Olga Lamouroux, die er mit der gleichen Überzeugung hatte sagen hören: »Ich drehe lieber mit X, der
Talent hat und nicht die Kinokassen füllt, weil das nämlich
wahre Filmkunst ist . . .« Aber auch: »Ich drehe lieber mit
Y, der dem Publikum gefällt, weil letzten Endes nur das
Publikum zählt.« Diese Olga, die felsenfest an diese beiden
entgegengesetzten Theorien glaubte und die auf alle Fälle
lediglich von einem träumte: ihren Namen an diese kleine
weiße Stelle zu setzen, auf die Simons Zeigefinger auf dem
mit geheimnisvollen Zeichen gefüllten Papier deuten
würde, das sich für die Produzenten »Vertrag« nannte und
für die Schauspieler ihres Alters und die anderen »das
Leben« war. Und bis ans Ende ihres Daseins, das Simon
mit Rollen für sie in erfolgreichen Kitschfilmen oder verachteten Meisterwerken ausfüllte, würde er in ihren
Augen der Mann bleiben, der seinen Finger auf den ersten
bedeutenden Vertrag gerichtet hielt. Und dieser Mann ist
für sie wichtiger gewesen als ihr erster Liebhaber oder ihre
erste Liebe.

»Nun?« fragte Olga. »Wie denkst du über diese Rolle?«
In ihrer Stimme klang ein Anflug von Ungläubigkeit
mit, als sei »denken« ein Verb, das in bezug auf Simon
Béjard etwas anspruchsvoll war.

Er spürte das, wäre beinahe ärgerlich geworden, zuckte
jedoch die Schultern und begann aus vollem Herzen zu
lachen. Er dachte an Clarissa und Julien, wie er sie in dieser
großen Kabine allein gelassen hatte, in die der Wind der
weiten Welt durch das offene Bullauge zog, wie er Julien
zurückgelassen hatte, der ungläubig lächelnd und durch
diesen Ausdruck des Zweifels verjüngt dastand und zu
seinem Badezimmer hinüberblickte, wo ihn diese bezaubernde und erschreckte Frau erwartete, diese Clarissa, von
der er wahrscheinlich unbewußt sein ganzes Leben
geträumt hatte und von der er nie eine Kopie bekommen
würde.

Er dachte an das, was Julien zu Clarissa hingezogen
hatte und was sie jetzt, da er daran dachte, im Dunkel, im

zugigen Badezimmer erschauernd, miteinander verband, in diesem Badezimmer, das seinem glich und wo er sie sich im Finstern vorstellte, wie sie sich mit der Ungeschicklichkeit starken Begehrens ertasteten, und daneben sah er diese der Sonne geöffnete Kabine vor sich, das stahlblaue Meer, das unter dem Fenster ans Schiff schlug, seinen Widerschein auf dem polierten Holz und dem Marquet, dessen Schnee in der unvorhergesehenen Sonne schmolz.

Und schon folgte die Kamera Simon in seiner Träumerei, zeigte die Kabine in einem langsamen und ruhigen Schwenk, während eine ebenso langsame und ruhige Musik sie begleitete, machte vor der angelehnten Badezimmertür halt, drang durch eine Dunkelzone und richtete sich auf das umgewendete Gesicht Clarissas, die an der Stirn klebenden Haare, die geschlossenen Augen und den über einem Wort geöffneten Mund...

»Woran denkst du?« fragte Olga. »Du schaust vielleicht aus... Denkst du an eine Rolle für mich oder was?«

»Nein«, entgegnete Simon zerstreut, »nein, nicht für dich...«

Und er brauchte zwanzig Minuten, um den Schaden dieses kleinen Satzes zu reparieren. Aber das war nicht wichtig. Jedenfalls wußte er nun, wen er für diese Szene nicht nehmen würde. Olga würde es nicht sein und leider auch nicht Clarissa. Doch am Ende würde er eine Frau finden, die diesem Bild glich.

Zum erstenmal seit der Abreise aus Cannes sah sich Charley dem jungen Andreas allein gegenüber. Er hatte seine Lehre als Päderast bei sehr bewanderten Meistern gemacht, deren einzige und endgültige Devise war: »Man weiß ja nie...« Und die hatte sich, wie es hieß, bewährt. Diese Hartnäckigkeit, diese Beständigkeit im Begehren, dieser blinde Glaube, daß es eines Nichts bedurfte, damit jeder einzelne jedes Geschlechts für eine Stunde vergessen konnte, daß die Normalität ihm verbot, einen gleichgeschlechtlichen Partner zu lieben, war die Bibel und der Trost unseres unglücklichen Schiffsstewards gewesen.

Nun hatte er Andreas für sich, in seiner Reichweite, Andreas, der an der Reling lehnte, dessen schönes Haar im Wind flatterte, während sein Gesicht im Glück oder in der wiedergefundenen Sicherheit ruhte, daß dieses Glück möglich war. Und er sah ihn mit der peinigenden Verzweiflung an, in die einen selbst die widerlegte Unerreichbarkeit versetzt.

Es war nicht möglich, dachte er und zählte alles auf, was von der Schönheit des armen Andreas mit den ästhetischen und sexuellen Wunschvorstellungen der Leute seines Schlages übereinstimmte: der verführerische Hals, die verwundbaren Augen, der frische Mund, der schmale und zugleich kräftige Oberkörper, die schönen Hände, dieses so vollendete, so gepflegte Äußere – all das mußte ihm logischerweise Andreas unfehlbar zuführen und in sein Bett bringen. Ein normaler fünfundzwanzigjähriger Mann hatte nicht so gut geschnittene Nägel, einen so raffinierten Haarschnitt, Feuerzeuge, Manschettenknöpfe und Füllfederhalter, die so vortrefflich zusammenpaßten, weder ein so zwanglos an der Seite geknotetes Halstuch noch diese strenge und ruhige Art, sich im Spiegel zu betrachten und, wie von selbst, die bewundernden Blicke auf sich zu ziehen, die diese Schönheit – bei Männern wie bei Frauen – mit dieser Gelassenheit und dieser vollkommenen Selbstsicherheit hervorrief. Charley sah Andreas narzißtisch, Charley wußte, daß Narzißmus zur Homosexualität führte, Charley verstand nicht, daß Andreas der Diva zu Füßen lag anstatt ihm oder Charley ihm.

»Komisch, man trifft sich nie«, sagte er mit einem gezwungenen Lächeln, denn daß Andreas plötzlich allein mit ihm und vielleicht erreichbar war, wurde ebenso beunruhigend wie köstlich. »Und Sie werden mir nicht vorwerfen, das sei meine Schuld«, fügte er ungewollt affektiert hinzu, was jedoch auf dem hübschen, unerschütterlichen Gesicht ihm gegenüber lediglich den Ausdruck der Überraschung hervorrief.

»Warum soll das Ihre oder meine Schuld sein?« fragte Andreas lachend. »Und welche Schuld übrigens?«

»Das weiß ich noch nicht«, erwiderte Charley mit einem kurzen perlenden Lachen. Charley, der als Schiffssteward und Unterhalter der blasierten Geldsäcke so verständnisvoll und sogar einfallsreich war, konnte im Gegensatz zu seinem Takt und seiner Geschicklichkeit, die er im Alltagsleben zeigte, die Dummheit, Schwerfälligkeit und Plumpheit in Person werden, wenn er sich gehenließ und sich verweichlichte, um zu gefallen. Er war im Blazer bezaubernd und in seinem afrikanischen Gewand unausstehlich. Letztlich wirkte er natürlicher, wenn er Männlichkeit vortäuschte, als wenn er sich seinem wahren Naturell überließ. Kurz, sobald Charley seine Kampfstellung einnahm und hart, unnachgiebig und schmerzvoll für die Homosexualität kämpfte, gab er sich den Anschein, sich darüber lustig zu machen und sie ins Lächerliche zu ziehen. Dieser Widerspruch, der ihn in vielen Fällen belastet hatte, ersparte es ihm wiederum oft, sich zusammenschlagen lassen zu müssen, weil sich niemand vorstellen konnte, daß ein erwachsener Mensch aus einem anderen Grund lispeln und Verlegenheit zeigen konnte denn aus Spott.

Andreas und er sahen sich also einen Augenblick wie Porzellanhunde an, Charley mit klopfendem Herzen und dem Gedanken: Diesmal hat er mich verstanden.

Andreas mit der Frage, was diesen netten Typ bewegte und worauf er mit seiner ganzen Pantomime anspielte. »Ich verstehe nicht«, sagte er lächelnd. »Verzeihen Sie, aber ich verstehe nicht...«

»Was verstehen Sie nicht, mein Lieber?« fragte Charley blinzelnd. »Können Sie nicht oder wollen Sie nicht verstehen?« Und er trat ihm einen Schritt näher, ein gezwungenes Lächeln auf den Lippen, während das Herz ihm bis zum Halse schlug; und er schwenkte das Lächeln vor sich wie eine weiße Fahne, die er als Zeichen des guten Willens hissen konnte, wenn alles schiefgehen sollte. Und so bot er dem überraschten Andreas das Gesicht eines Märtyrers dar, ein unterwürfiges, gekünstelt fröhliches, verwirrtes Gesicht, ein Gesicht, das er unter Mühen vorbeugte und das von der Stirn bis zum Unterkiefer in Erwartung des Schlages gespannt war, der es vielleicht treffen konnte.

Andreas wich einen Schritt zurück, und der erschöpfte Charley, der über seine vorläufige Niederlage erleichtert war, hätte beinahe den Kampf aufgegeben. Er mußte sich sehr zusammenreißen, um wieder zum Angriff vorgehen zu können. Diesmal versuchte er es jedoch mit dem ernsten und traurigen Gesicht des Vorwurfs und des Kummers, welches das fröhliche und komplizenhafte Gesicht des Abenteurers und Vergnügungssüchtigen ersetzen sollte. Merkwürdigerweise beruhigte dieses traurige Gesicht Andreas, der diese unbegreifliche Heiterkeit nicht teilen konnte, aber bereit war, einen immerhin verständlichen Kummer zu teilen.

»Wissen Sie, daß Sie mir Qualen bereiten«, stöhnte Charley zärtlich, während er sich neben ihm aufstützte und mit unruhigen Augen auf das stille Meer blickte, das er von rechts nach links und von links nach rechts wie bei der Verfolgung eines gierigen Haifischs absuchte.

»Ich, ich soll Ihnen Qualen bereiten?« fragte Andreas. »Wann denn? Warum?«

»Weil Sie nur dieses Traumgeschöpf zu bemerken scheinen, unsere französische Diva, weil Sie all Ihre alten Freunde auf diesem Schiff zu vergessen scheinen... Also sagen Sie mir nicht«, fuhr er angesichts der geweiteten Augen seiner großen Liebe fort (die er für töricht zu halten begann, weil sie einfach nicht weiterführte), »daß ein junger Mann wie Sie nicht mehreren Liebschaften gewachsen sein kann. Sie sehen nicht so aus, als ob Sie treu seien, mein Kleiner. Das wäre zudem den anderen gegenüber ungerecht, die Sie ebenso lieben wie unsere Diva...«

Andreas' Augen, die so naiv waren wie die einiger Soldaten auf Medaillons aus dem Ersten Weltkrieg, verharrten ein wenig oberhalb seiner Schultern. Die Stirn des Jungen runzelte sich, und Charley glaubte, hinter diesen offenen Jalousien die etwas stockende Mechanik eines Vorführgeräts wahrzunehmen, das Andreas alle Gesichter vor Augen führte, die auf diesem Schiff an ihm »ebenso« Gefallen finden konnten. Er sah Clarissa vor sich, Edma, Olga, sah, wie das Gerät anhielt, dann im Rücklauf Olga, Edma, Clarissa zeigte, langsamer lief und sie ein letztes Mal durchlaufen ließ, bevor es ruckartig mit einem scheppernden und katastrophenartigen Geräusch bei dem Bild Charley Bollingers innehielt, der wirklich derjenige war, der ihn »ebenso« liebte.

Andreas' Gesichtszüge spannten sich, eine Art Krampf erfaßte seine Kehle, und er murmelte: »Oh, nein, bitte!« was flehentlich klang und worüber Charley angesichts dieses Burschen Tränen gelacht hätte, wenn ihm nicht beinahe andere Tränen gekommen wären. Er merkte es beizeiten, und mit einem unverständlichen Brummen drehte er sich um und strebte seiner Kabine und dem einzig verläßlichen Mann seines Lebens zu: Kapitän Ellédocq.

Andreas sah ihm betrübt und irgendwie schuldbewußt nach, bis er sich besann und zu seiner Geliebten eilte, um ihr alles zu erzählen.

Programmgemäß sollte die *Narcissus* Alicante anlaufen, bevor sie nach Palma fuhr. Alicante, wo sie Sherry trinken und De Falla, gespielt von Kreuzer, hören sollten sowie die große Arie aus *Carmen*, gesungen von der Doriacci – wenn sie natürlich nicht wieder *Au clair de la lune* zum besten gab.

Das spanische Klima ließ einige Höhepunkte der Leidenschaft erwarten. Doch plötzlich erhob sich der Schirokko – der Beherrscher der Herzen und vor allem der Körper – und warf fast alle Helden dieser Kreuzfahrt auf ihr Lager. Mit Seekrankheit in ihren Kissen kämpfend, verleugneten sie ihre Gefühle oder empfanden sie zumindest weniger stark. Die Elemente besiegten die meisten »Luxuspassagiere« mit Ausnahme von Armand Bautet-Lebrêche, der den Tag damit verbrachte, sein Vermögen zu rechtfertigen, indem er zerstreut die schiefen Gänge der *Narcissus* durchmaß. Dabei verabscheute er die Einsamkeit im physischen Sinne des Wortes, während er sich von Kindheit an der moralischen Einsamkeit gewidmet und ergeben hatte.

Die *Narcissus* suchte also am Ende des Tages hinter Ibiza Zuflucht und ließ an einem unendlich langen und glanzlosen Abend eine der beliebtesten Zwischenstationen aus.

In Palma hatte die *Narcissus* kaum am Kai angelegt, als die Passagiere eilends von Bord gingen. Jeder äußerte seine Bewunderung über die gute Luft der heißen Insel, als sei die *Narcissus* ein versiegelter Lastkahn gewesen oder als hätte man die »Luxusgäste« bereits in Cannes in den Laderaum gesperrt. Tatsächlich wehte eine Seebrise in jede Ecke des Schiffes, aber es hatte sich endgültig etwas an der Atmosphäre verschlechtert. Eine Art drohende Flaute schien auf dem Deck zu lasten, und die Frühstückstabletts − sah man von der Doriacci und Kreuzer ab, die ihren kräftigen Appetit bewahrt hatten − waren unberührt in die Küche zurückgewandert. Die Würfel waren irgendwie gefallen. Jeder spürte das, ob er nun direkt betroffen war oder nicht, und das verlieh jedem Satz einen finsteren Ton.

Selbst Edma Bautet-Lebrêche, die doch mit solchen Situationen vertraut war, die es gewohnt war, einschneidende Ereignisse in flüchtige Zufälle zu verwandeln, selbst Edma fiel es schwer, ihre kleine Welt zu dirigieren; die Spieler waren alle zu nervös geworden: sogar Julien Peyrat, der ein angespanntes Gesicht zeigte, hatte sich weit von seiner üblichen Unbekümmertheit entfernt.

Die einzige, die aus dieser allgemeinen Spannung offenbar Nutzen zog, war durch eine Laune des Schicksals Clarissa Lethuillier. Sie schminkte sich wieder, nun aber geschickt: ihre Wangen waren weniger hohl, ihre Augen heller, ihr Blick wirkte klarer, und ihre Schönheit trat voll an den Tag. Man sah ihr nach − vom Kapitän Ellédocq bis zum Heizer. Man sah ihr zu, wie sie, am unsichtbaren Arm ihrer heißen Liebe, vorüberging. Das Glück hatte so leicht über ihre Verwirrung gesiegt, daß selbst Olga manchmal gerührt war. Und schließlich trank sie nur noch am Abend zuviel und bestellte sich ihre Getränke selbst.

In Palma wurden alle am Vortag eingetroffenen französischen Zeitungen von Olga Lamouroux vor Erics Nase aufgekauft, obwohl er gleichsam an ihrem Arm und voller Gleichgültigkeit das Schiff verlassen hatte, da der sentimentale Unterhaltungsteil an Bord sichtlich von Julien und Clarissa bestritten wurde, deren Idylle plötzlich den Vorrang vor Olgas und der der Doriacci hatte. Und das war Olga ein stetes Ärgernis: während sie sich über die Schmach freute, die Eric angetan wurde, hätte sie es dennoch gern gesehen, wenn das Gerede und Geflüster ihr und nicht der armen Clarissa gegolten hätten. Sie fuhr fort, sie »arme Clarissa« zu nennen, um sie weiterhin beklagen zu können und somit zu vermeiden, daß sie neidisch wurde. Denn in voller Umkehrung der Dinge war es jetzt Clarissa, die Neid erweckte, und folglich auch Julien.

Olga kehrte als erste an Bord zurück; ihre Zeitungen hatte sie mit übertriebener Sorgfalt, wie man meinen konnte, unter den Arm geklemmt. Kurz hinter ihr folgte Eric Lethuillier, der sehr selbstzufrieden dreinschaute, und etwas später kam Julien Peyrat, der den Nachmittag damit verbrachte, zu telephonieren.

Abends um acht Uhr waren schließlich alle wieder in der Bar an Deck versammelt, und alle lächelten, als habe dieser Spaziergang an Land alle Gemüter aufgeheitert.

Nur Andreas machte eine finstere Miene, doch das hatte seinen Grund darin, daß die Diva nicht da war, die den ganzen Nachmittag unterwegs gewesen und jetzt, zwei Stunden vor ihrem Auftritt, noch nicht zurückgekehrt war, wie Kapitän Ellédocq bemerkte, der geräuschvoll ein Glas Bier nach dem anderen unter dem vorwurfsvollen Blick des Barkeepers trank, der gewohnt war, sie ihm in der Kabine zu servieren, wo all seine Schlürfgeräusche die Atmosphäre weniger störten.

Zu seiner Entlastung muß gesagt werden, daß Kapitän Ellédocq von der Schlägerei zwei Abende zuvor stark mitgenommen worden war. Entgegen allem Anschein, seiner Korpulenz, seiner Größe und seinem diktatorischen Gehabe war Ellédocq kein kriegerischer Mensch. Er war keiner dieser kräftigen Seeleute mit schnellen Fäusten, wie sie sich in den Romanen Jack Londons tummelten. Im

Gegenteil! Kapitän Ellédocq hatte in seinem langen und sogar bewegten Leben nur an zwei Raufereien teilgenommen. Und auch das nur, um sich selbst zu verteidigen. Als er einmal Blödmann, Fettwanst und Feigling beschimpft worden war, hatte er sich wehren und gegen seinen Beleidiger vorgehen müssen, sonst hätte es Ärger mit der Mannschaft gegeben. Übrigens war er beide Male buchstäblich zusammengeschlagen worden, und zwar von Männern, die kleiner waren als er: einem irischen Maat und einem chinesischen Koch. Sie hatten ihm im Handumdrehen seine Mütze, das Zeichen seiner Autorität, vom Kopf gerissen und durch den Raum geschleudert.

Daher hatte die Schnelligkeit und Heftigkeit der Auseinandersetzung zwischen Julien und Eric seine grenzenlose Bewunderung für jeden der beiden erregt, denen er bis dahin eine gesunde Verachtung entgegengebracht hatte – die gegenüber Julien, dem Hunde- und Gesellschaftsdamenbezwinger, von leichter Nachsicht geprägt war, nicht aber gegenüber Eric, diesem windigen, kommunistischen Journalisten. Doch diese Bewunderung wurde von Schrecken begleitet, was die Folgen dieses schweren Zwischenfalls anbelangte. Der Aufenthalt des einen im Sanitätsraum und die Gerüchte, die über das Glück des anderen umliefen, verdoppelten seine Panik. Er sah sich auf dem blutbesudelten Deck die Gebrüder Pottin und den Polizeidirektor von Cannes oder den Innenminister empfangen, denen er weinend gestand, die Schiffsordnung nicht vorschriftsgemäß eingehalten zu haben. Der Kapitän hatte deshalb den ganzen Vormittag und den ganzen Nachmittag ein kummervolles Gesicht zur Schau getragen, was schließlich Charley merkte, der diesmal, nachdem er unterrichtet war, auf gute Ratschläge verzichtet hatte. Also mußte Ellédocq selbst mit einem Palmzweig zwischen den Lippen wie die Friedenstaube zu den beiden Kampfhähnen gehen, um ihnen ein Friedensversprechen zu entlocken. Der Kapitän hatte bei Julien Peyrat angefangen, dessen Marquet, über den an Bord alles sprach, einen guten Vorwand für seinen Besuch bot.

»Schöne Arbeit ... Hübsch ...«, murmelte Ellédocq kommentierend, als er in Juliens Kabine vor der Schneelandschaft stand.

»Gefällt er Ihnen?« fragte Julien Peyrat mit einem schrägen Blick, aber einem liebenswürdigen Lächeln.

Und wieder hatte Ellédocq gemurmelt: »Schöne Arbeit ... Schöne Arbeit«, was jetzt sogar humorvoll klang. Er zögerte, sein Anliegen vorzutragen. Eine Art männliche Scham hinderte ihn, diesen Mann vor ihm, der höchstens fünfzehn Jahre jünger war als er, um das Versprechen zu bitten, nicht wieder auf einen gleichaltrigen Gast einzuschlagen, als seien sie zwei Klassenkameraden einer Schule, deren Direktor er war. Ellédocq schneuzte sich, und nachdem er das Taschentuch betrachtet hatte, faltete er es zusammen und steckte es zur großen Erleichterung Juliens wieder in die Tasche.

»Sie und dieser Typ vom *Forum* da...«, begann der Kapitän, »hat ganz schön gekracht, wie?« fügte er hinzu, wobei er mit der Faust kräftig in die Handfläche schlug, um seine Worte zu illustrieren und zu erklären.

»Ja«, erwiderte Julien betreten, »ja? wirklich. Ich bin untröstlich, Herr Kommandant.«

»Geht bald wieder los?« erkundigte sich Ellédocq in hochfahrendem Ton.

Julien mußte lachen. »Ich habe noch keinen Plan gemacht«, sagte er. »Ich kann Ihnen nichts garantieren... Hat Ihnen das so gefallen? Nicht schlecht, so eine richtige Prügelei, wie?« fügte er plötzlich zufrieden und mit strahlenden Augen hinzu.

Und Ellédocq fragte sich, ob es nicht besser gewesen wäre, dieses Thema zu vermeiden, das für Julien offenbar eine Wonne war. »Prügeln verboten auf diesem Schiff«, antwortete er streng. »Nächstes Mal Sie und der andere in Arrest!«

»Arrest?« Julien war in Gelächter ausgebrochen. »Arrest? Bei dem Preis? Herr Kommandant, Sie werden doch nicht Leute einsperren, die neunzigtausend Francs für eine zehntägige Kreuzfahrt an der frischen Luft ausgegeben haben. Oder wollen Sie da auch Hans-Helmut Kreuzer samt seinem Flügel einsperren? Unseren guten Hans-Helmut Kreuzer mit seinen Partituren ... wenn Sie nicht wollen, daß wir unser Geld zurückverlangen... Das wäre übrigens ganz angenehm.«

Der Kapitän hatte sich zurückziehen müssen, ohne eine

Friedenszusicherung von diesem Luftikus erhalten zu haben. Viel mehr Erfolg hatte er jedoch bei der anderen Null, die zur großen Überraschung Ellédocqs völlig einer Meinung mit ihm war. Eric Lethuillier zeigte sich mehr als bereit, Frieden zu schließen und dieses Versprechen durch einen Handschlag von Mann zu Mann mit seinem ehemaligen Herausforderer zu besiegeln. Ohne sich durch den Ausdruck der Verwunderung, ja der Furcht auf dem Gesicht der einstigen Clown-Frau aufhalten zu lassen, die der Unterredung beigewohnt hatte, überbrachte Ellédocq dieses Angebot dem ersten der Streithähne, der ebenfalls überrascht schien und dem Kapitän nur in die Friedenskabine zu folgen brauchte, um die Sache zu erledigen. Damit überließ Ellédocq, der mit sich höchst zufrieden war, die beiden sich selbst. Und er war erstaunt, als er Charley und Edma Bautet-Lebrêche, die sich miteinander unterhalten hatten, von seinen Verhandlungen berichtete und nicht die Aufmerksamkeit und die Begeisterung erntete, die er verdiente. In Wahrheit hinterließ dieser Frieden manchen Argwohn und manche Befürchtung.

Zusammen mit frischem Obst, frischen Lebensmitteln, Schnittblumen und der Post war auch die Pest in Form von Zeitungen an Bord der *Narcissus* gelangt. Vor allem eine Zeitung. Jene, die Olga in ihrer Handtasche verbarg und die jemand am Sitz der Reederei Pottin genüßlich unter die Tageszeitungen gemischt hatte.

Natürlich entdeckte Armand, der sich am wenigsten dafür interessierte, diese Zeitung und hob sie lange neben seinen Wirtschaftsblättern auf. Er begriff übrigens die Beharrlichkeit dieser kleinen Olga nicht und sollte auch später nicht begreifen, warum sie ihm affektiert nachschlich und ihn um Börsenratschläge bat. Schließlich schlug er die Zeitung auf und stieß einige »Oh, oh, oh, ei, ei, ei« aus, als er das fatale Photo erblickte. Und nachdem er hinter seiner Brille hervor ein paar scheue Blicke auf die junge Frau geworfen und mit dem Zeigefinger seine schachbrettgemusterte Krawatte gelockert hatte, sagte er: »Sie sehen gut aus auf diesem Photo, Sie sind wirklich sehr photogen.«

»Ja«, antwortete Olga und zuckte die Schultern. »Aber auch Herr Lethuillier ist nicht schlecht getroffen«, fügte sie in dem gleichen zerstreuten Ton hinzu, bevor sie sagte: »Gestatten Sie?« und sich endlich der Zeitung bemächtigte und damit davoneilte.

Sie betrat ihre Kabine, schloß hinter sich ab und setzte sich schwer atmend auf ihr Bett. Sie schien eine Bombe in ihren Händen zu halten. Sie schwankte noch zwischen der Furcht, was der gemeine Kerl tun würde, sobald er sich im Bild festgehalten sah, und dem unwiderstehlichen Verlangen, sein Gesicht beim Anblick dieses Artikels zu beobachten. Beim Anblick der Photographie wie auch des Textes, dessen Wortlaut, den sie sich gleich bei der ersten Lektüre eingeprägt hatte, sie nun wiederholte. Und da sie sich nicht entscheiden konnte, holte sie sich Rat. Aber das war bereits eine Entscheidung, weil sie nicht zu Edma ging, die ihr als Dame der Gesellschaft und allen Szenen abhold, geraten hätte, Schweigen zu bewahren wie beim erstenmal, sondern die Doriacci aufsuchte, deren Verhalten während der ganzen Kreuzfahrt auf eine kleine Schwäche für Skandale hingedeutet hatte.

Doch zu ihrer großen Enttäuschung war der kriegerische Instinkt der Diva für diese Auseinandersetzung offenbar nicht zu entfachen. Anfangs waren ihre Augen wie Scheinwerfer aufgeleuchtet, hatten sich jedoch gleich darauf auf Abblendlicht eingestellt und schienen es dabei zu belassen.

»Das sollte man nicht tun«, sagte sie zu Olga, faltete die Zeitung zusammen und fuchtelte mit ihr wie mit einem Knüppel herum, dachte Olga beeindruckt. »Man sollte das nicht, weil das alles schon schwierig genug ist. Sie hat Angst, und der andere ist bösartig. Man sollte ihn nicht in Wut versetzen, verstehen Sie?« erklärte die Doriacci, deren Gesicht sich für einen Augenblick veränderte und den Ausdruck einer guten, braven und mitleidigen Italienerin annahm. »Sie wissen doch, sie lieben sich wirklich.«

»Wer ›sie‹?« fragte Olga verärgert und nahm die Zeitung wieder an sich. »Ach ja, Julien und Clarissa... Ich weiß, ja, ich weiß«, setzte sie mit einem ironischen Lächeln hinzu, das wiederum die Diva aufbrachte.

»Was wissen Sie? Wieso wollen Sie was wissen? Sie können nichts wissen. Sie können allenfalls Liebe vortäuschen, das ist alles. Und das, wovon ich spreche, ist außerdem äußerst ernst gemeint... Sie haben keine Ahnung von allem, was keinem Zweck gehorcht, meine arme Kleine, und von den großen Gefühlen. Sie halten sich bereits für einen Star und werden Ihr Leben lang denken, daß das etwas bedeutet, das ist alles. Und ich behalte diese Zeitung«, schrie sie und entriß das Blatt rücksichtslos Olgas Händen, die verdattert und ungehalten dastand.

»Aber ... aber«, stammelte sie errötend, »aber...«

»Kein ›aber‹!« erwiderte die Doriacci und schob sie zur Tür hinaus, worauf sie sich die Hände rieb, als wollte sie sagen: Das habe ich gut gemacht!

Sie wäre weniger begeistert gewesen, wenn sie gewußt hätte, daß Olga weitere fünfzehn Exemplare in ihrer Kabine versteckt hielt.

Nun, meine Kleine, Sie werden mir doch nicht verbergen, was ich ohnehin weiß? Also?« Edma hatte eine freundliche, etwas ungeduldige Miene aufgesetzt, als sie sich an Olga wandte. Es war die Miene einer Lehrerin, die zwar hinnimmt, daß eine Schülerin zu spät kommt, nicht aber, daß sie sich weigert, das Datum der Schlacht bei Issus zu nennen. Sie blickte dieses ehrgeizige Filmsternchen mit einem wissenden, vielsagenden und so überzeugten Lächeln an, daß Olgas Widerstand nachlassen und weichen mußte. Es ging um die Frage: Warum war in Palma keine französische Zeitung mehr zu bekommen und warum hatte Olga selbst einen ganzen Stapel davon mit aufs Schiff gebracht und weiß Gott wo versteckt?

»Sie haben es erraten?« begann Olga ihren letzten schwachen Versuch, der »Agatha Christie-Bautet-Lebrêche« zu entrinnen.

»Ach, da gab es doch nichts zu ›erraten‹, beileibe nicht; ich habe alles *begriffen*, das ist nicht das gleiche. Ich habe die Fakten selbst nicht beobachtet, aber ich habe die *Ursachen* dieser Fakten gesehen: ein falsches Lächeln, eine Aufmerksamkeit zuwenig, eine Flegelei zuviel, und plötzlich erträgt eine Frau einen Mann nicht länger.«

Natürlich sprach Edma von Clarissa, doch diese Worte trafen genausogut auf Olga zu. Und Olga, die nie daran dachte, daß man von jemand anders sprechen könnte als von ihr selbst, bezog das auf sich und bewunderte die Klarsicht dieser Edma Bautet-Lebrêche.

Dieses Herz war im Grunde gar nicht so trocken, weil ihre Überempfindlichkeit und ihr übertriebener Snobismus Edma Bautet-Lebrêche fast menschlich erscheinen ließen, sie zuweilen beinahe zu einer richtigen Frau machten, folgerte Olga zu ihren eigenen Ehren.

Die Freundschaft Edmas erschien Olga plötzlich als wesentlich. Die kleine Lamouroux sah sich von diesem steinreichen und mondänen Ehepaar wie ein Kind aufgenommen. Sie sah sich in der Avenue Foch von betuchten und strengen Sechzigjährigen gefeiert, die von ihrer Jugend, ihrer Kühnheit und ihrer »Klasse« geblendet waren sowie von ihrer Art, dem französischen Film und dieser Branche die alten Adelsbriefe zurückzugeben. Diese allmächtigen Industriellen würden sich dank Olga daran erinnern, daß Ludwig XIV. Racine und die Champmeslé an seine Tafel gebeten hatte, und dank Olga würden sie die Brüste und Hintern der unglücklichen Pummel ohne Chic vergessen, die man im letzten Jahrzehnt zu Stars emporkatapultiert hatte.

Doch bevor sie in die Avenue Foch kam und ihren sportlichen Nerz dem alten Kammerdiener anvertraute, der sie bereits anbetete und mit dem sie über dessen Rheuma sprach, wollte Olga, immer noch auf der *Narcissus*, ihrer großen Freundin, ihrer zweiten Mutter, den in ihrer Handtasche verborgenen Zeitungsausschnitt zeigen, setzte sich deshalb in einer schwachbeleuchteten Ecke neben Edma und beugte sich mit ihr über das Blatt: das Photo war eindeutig. Man sah Eric Lethuillier mit strahlender Miene, an den sich Olga Lamouroux klammerte. Natürlich hatte Eric an jenem Tage mit der Autorität eines Mannes, der eine Frau fallen sieht, Olga umfaßt, und zweifellos war es die Angst, zu stürzen, die Olga diesen erschreckten Ausdruck verlieh.

»Aber das Bild vermittelt nicht den Eindruck eines zufälligen Sturzes«, murmelte Edma vor sich hin und ließ ein anerkennendes Pfeifen vernehmen. Mit gerunzelter Stirn wandte sie sich Olga zu. »Ja, meine kleine Olga, ich verstehe Ihren Schrecken. Dieser Lethuillier muß in einem fürchterlichen Zustand sein!«

»Machen Sie sich meinetwegen keine Sorgen«, sagte die mutige Olga in ihrer Rolle als Adoptivtochter. »Er wird das erst in Cannes sehen, wenn ich schon weit fort bin.«

»Aber ich mache mir doch Ihretwegen keine Sorgen!« erwiderte Edma, die diesen Gedanken abwegig fand. »Ich sorge mich vielmehr um Clarissa. Diese Art von Männern läßt stets einen anderen bezahlen, um ihre Unannehmlichkeiten aufzuwiegen, die woanders herrühren ... Mein Gott, was für ein Photo!«

»Und haben Sie den Text gelesen?« fragte Olga und seufzte vor Vergnügen.

Edma neigte sich wieder über die Zeitung: »Ist es nicht der schöne Eric Lethuillier, der Herausgeber des gestrengen *Forum*, der hier die Politik und seine humanitären Sorgen zu vergessen sucht? Und man versteht ihn, wenn man sieht, daß die neue Flagge, die er hißt, keine andere ist als unser Star Nummer eins, die schöne Olga Lamouroux, die jedoch weniger einverstanden zu sein scheint — und vielleicht an den Produzenten Simon Béjard denkt (auf unserem Bild nicht zu sehen), dessen Film *Feuer und Rauch* noch immer in Paris Triumphe feiert. Nun, vielleicht stimmt die Entdeckung der Reize des Kapitalismus — die er allerdings schon früher mit seiner Gattin hätte machen müssen, Clarissa Lethuillier, geborene Baron (auf unserem Bild ebenfalls nicht zu sehen), Herrn Lethuillier dem bürgerlichen Luxus gegenüber ein wenig nachsichtiger.«

»Au wei, das fängt ja gut an!« sagte Edma mit einem nervösen Lachen.

»Aber lesen Sie erst mal, wie es weitergeht!« Olga lachte unsicher. »Schauen Sie!«

»Will er seine Reisegefährten denunzieren oder sie verstehen lernen, daß er seinen Urlaub an Bord der *Narcissus* verbringt, deren musikalische Kreuzfahrt den stolzen Preis von 90 000 Francs kostet? Unsere Leser werden sich freuen.«

»Das ist gemein!« rief Edma aus. »Mein Gott ...«, sagte sie und nahm Olga die Zeitung wieder ab, »was behaupten die? Neunzigtausend Francs? Aber das ist doch glatter Wahnsinn! Da bekommt mein Sekretär auch noch was zu hören!«

»Wußten Sie das nicht?« Olga war ehrlich entrüstet.

Sie wußte nicht, daß es zum Snobismus der reichen Leute auch gehörte, alles zu teuer zu finden. Einige gingen sogar so weit, zweiter Klasse zu reisen, was den Vorteil hatte, Geld zu sparen — worauf die Besitzer großer Vermögen immer versessen waren —, und zu behaupten, daß sie dadurch den »Kontakt mit dem Volk« wahrten.

»Was, meinen Sie, wird Eric tun?« fragte Olga, während sie in ihren leichten Schuhen auf Edmas Spuren über das dunkle Deck trottete.

»Ich weiß es nicht«, sagte Edma, die in ihrer Ungehal-

322

tenheit den Schritt beschleunigte, »aber es wird Ärger geben. Sagen Sie, ist er sehr in Sie verliebt? Nein, natürlich nicht«, knüpfte Edma nach Olgas Schweigen an, »er liebt nur sich selbst. Und Sie, meine kleine Olga? Das ist Ihnen alles unangenehm, dieser Wirbel, nicht wahr?«

»Gegenüber Simon, ja«, antwortete Olga in aufdringlichem Ton, der in Edma plötzlich die alte Antipathie ihr gegenüber erweckte.

»Ach wo! Erzählen Sie mir doch nicht, daß Sie sich in irgendeiner Weise um Simon Béjard kümmern! Das hätte man gesehen! Der arme Simon ... Wissen Sie, er ist sehr, sehr sympathisch, dieser Mann: er ist lebhaft, er hat so empfindliche Seiten, das ist erstaunlich ... sehr erstaunlich«, wiederholte sie nachdenklich wie eine Völkerkundlerin angesichts einer nicht zu klassifizierenden Vielzahl von Rassen.

Simon ist ein Schatz, der Arme, aber ... dachte Olga, strich jedoch das Wort »Schatz«, bevor sie es aussprach. »Simon ist ein komischer Kerl«, sagte sie.

»Was wollen Sie damit sagen, Olga? Setzen wir uns da einen Augenblick hin«, schlug Edma vor und drängte in die Damengarderobe, wo sie, gleichsam erschöpft, auf einem Schemel vor dem Spiegel Platz nahm.

»Ich will damit sagen, daß er als Freund ausgezeichnet ist, aber als Liebhaber ist er schwieriger«, meinte Olga mit einem verwirrten Lachen – das sie selbst köstlich fand, das hingegen die unparteiische Edma zu einem mißbilligenden Zähneknirschen veranlaßte. »Simon hat derart Angst, daß ich ihn nicht um seiner selbst willen liebe, daß er mir praktisch verheimlicht hat, daß er Produzent ist! Verstehen Sie? Erst in Cannes habe ich es erfahren, und daß er den Großen Preis gewonnen hat. Vor einem Jahr war er praktisch noch unbekannt; und ich muß zugeben, daß wir nicht viele waren, die auf den Erfolg Simon Béjards beim Film gesetzt hatten«, erzählte Olga mit einem stolzen Schmunzeln, das ihrer feinen Nase galt, aber auch von ihrem Desinteresse zeugte.

Die Unglückliche wußte nicht, daß Simon Edma bereits berichtet hatte, wie sich am Abend der Preisverleihung vier kleine Stars an seinen Hals geworfen hatten und daß unter diesen vier Starlets Olga Lamouroux, -o-u-x, selbst gewesen war. Edma Bautet-Lebrêche rief Olga im Geiste sarkastisch ein Bravo zu.

»Nur jetzt, da er meiner sicher ist«, erklärte die Schauspielerin, in ihre idyllischen Träumereien versunken, »meiner und – auf einer gewissen Ebene – meiner Treue sicher ist ... Achtung!« setzte sie lebhaft hinzu, da Edma in ihrer aufsteigenden Wut den Kopf schüttelte und mit den Lippen ein fehlendes Wort zu artikulieren suchte, »Achtung, ich spreche von der wahren Treue, der verläßlichen ... nicht von der, die der Gnade eines ›von fünf bis sieben‹ ausgeliefert ist oder einem hormonbedingten Irresein, einem dieser abendlichen Schlagwetter, wie sie uns manchmal überkommen, uns, die Jüngeren ... uns Frauen!« stellte sie richtig.

Jedenfalls glaubte sie das, aber sie ging ein bißchen zu weit. Edma hatte alles vernommen und verstanden, und sie neigte den Kopf immer wütender unter ihrer Haarbürste, die sie selbst kaum bewegte.

Das war das erste, was die Doriacci bemerkte, als sie ihrerseits die Garderobe betrat. Sie schaute finster, verstimmt drein, beobachtete jedoch genau, blieb vor Edma stehen, sah sie zuerst perplex, dann irgendwie erfreut an, worauf sie umgehend in ein donnerndes, unwiderstehliches Gelächter verfiel.

»Was haben Sie denn?« fragte Edma Bautet-Lebrêche, etwas verärgert, dieses Gelächter hervorgerufen zu haben, aber bereit, einzustimmen, und hielt auf einmal in ihrer Kopfbewegung inne.

»Deswegen«, erwiderte die Doriacci, während sie sie vor dem Spiegel nachahmte, »weil Sie den Kopf bewegen und nicht die Bürste – wie die Belgier mit einer Streichholzschachtel, wissen Sie? Um festzustellen, ob noch ein Streichholz drin ist, wackeln sie mit dem Kopf und nicht mit der Schachtel«, erklärte sie, ehe sie wieder in ihr Gelächter verfiel, in diese kaskadenartigen und nicht aufzuhaltenden »Ha, ha, ha«, die Edma ebenso mitrissen, wie sie Olga verärgerten.

»Wir machen uns Sorgen«, sagte sie scharf zu der Doriacci, die sich hinsetzte und mit einem riesigen hellroten Wattebausch die Wangen puderte.

Merkwürdig, wie maßlos all ihre Utensilien sind, dachte

Edma für einen Moment, es bedarf sicher einer ausgetüftelten und echt Freudschen Theorie, um diese Disproportionen in Paris zu interpretieren.

Die besorgte Olga ließ nicht locker. »Was kann man denn einen ganzen Nachmittag in Palma machen?«

»Oh, dort ist es sehr hübsch«, entgegnete die Diva mit lachenden Augen. »Man kann dort je nach Laune bezaubernde Fleckchen oder alte Freunde antreffen. Ist während meiner Abwesenheit auf dem Phantomschiff nichts passiert?«

»Andreas hätte beinahe das Deck durchlöchert, so oft ist er auf und ab gegangen, das ist, glaube ich, alles, was passiert ist«, antwortete Edma.

»Sieh an, nun sind die drei ›a‹ hier versammelt: Doria, Edma und Olga ... Lustig, nicht?« flötete Olga. »Unsere Namen enden alle auf ›a‹!« erläuterte sie angesichts der ausdruckslosen Miene der beiden anderen.

»Solange wir nicht derselben Familie angehören, ist das nicht schlimm«, äußerte Edma Bautet-Lebrêche scharf. Und als sie sich, übrigens schlecht geschminkt, erhob, fügte sie hinzu: »Seien Sie so nett, meine kleine Olga, und behalten Sie dieses Papier, ja? Wir kommen darauf zurück. Desgleichen auf Ihre psychologischen Probleme«, meinte sie etwas übertrieben.

Allein geblieben, sahen sich die Doriacci und Olga Lamouroux zunächst nicht an, und ihre Blicke trafen sich erst mißtrauisch und unbeabsichtigt im mittleren Spiegel: bei der Diva mit dem Ausdruck der Autogrammgeberin, bei Olga mit einem hochmütigen Lächeln.

»Wie geht es Herrn Lethuillier?« fragte die Doriacci liebenswürdig in verächtlichem Ton, während sie ihre schwarzen Wimpern mit theatralischer Kälte um eine Bürste voller Tusche rollte.

»Das muß man Clarissa Lethuillier fragen«, entgegnete Olga herablassend, die sich gerne entfernt hätte, wenn der Gedanke an den kritischen Blick der Doriacci in ihrem Rücken ihr nicht eine Art Schrecken eingeflößt hätte, der sie bewog, noch einmal ihre Fußnägel zu lackieren, denn das Lackfläschchen hatte sie Gott sei Dank ständig bei sich.

Die Doriacci schloß ihren riesigen Korb. »Wenn ich die schöne Clarissa nach etwas fragen würde, dann nach dem hübschen Julien. Sie sind schlecht unterrichtet, mein Kind: Auf diesem Schiff sind die Paarungen nicht immer Rechtens.«

Die Ironie dieses Ausspruchs war zu offensichtlich, so daß Olga zornesbleich ein paar scharlachrote Tropfen auf ihre neuen Jeans fallen ließ. Sie suchte verzweifelt nach einer passenden Antwort, doch ihr verwirrtes Gedächtnis klang trotz aller Appelle hohl.

»Sie sollten sich Ihre Haare färben«, bemerkte die Doriacci zum Schluß, während sie erhabenen Schrittes zur Tür ging. »In venezianischem Rot sähen Sie charaktervoller aus. Dieses falsche Blond wirkt etwas ärmlich!«

Damit verschwand sie und ließ Olga in einer Wut zurück, die sie an die Grenzen der Tränen brachte. Sie stieg hinauf, um wieder ein wenig frische Luft zu schnappen. Sie schäumte und fand lediglich Trost, als sie Andreas an Deck erblickte, der von Kummer verzehrt wurde. Nach einigem Zögern beschloß Olga, Julien Peyrat von allem zu unterrichten.

»Sie vertreten sich die Beine bei diesem Wetter? Eine gute Idee ...«

Julien paßte sich, als er ihn eingeholt hatte, Andreas' Schritt an und war tatsächlich besorgt angesichts der Blässe von dessen Gesicht, das Andreas jedoch abwendete und das jünger erschien, wenn man sich ihm zuwandte, das aber dennoch von Traurigkeit entstellt blieb. Dabei war es das Gesicht eines zu allem bereiten sehr jungen Mannes.

Wie konnte sich dieser phantastische Typ wegen einer sechzigjährigen Frau, deren hundertster und nicht einmal letzter Liebhaber er war, in einen derartigen Zustand versetzen lassen? Das war eine verkehrte Welt! Und trotz der instinktiven Zuneigung, die er für die Doriacci empfand, war Julien wütend auf sie. Dieser Gigolo besaß nicht die berechnende Kälte eines Gigolos; so grausam durfte sie ihn nicht bezahlen lassen, und die Rechtfertigung, die Clarissa gefunden hatte, traf ihn, da sie von ihr kam, wie ein Verrat.

»Sie sind sich nicht darüber klar«, hatte Clarissa gesagt, »schon die Entschlossenheit, jemanden ihres Alters zu lieben, ist erschreckend, während es für die Doriacci, die sich mit sechzig Jahren von einem Andreas erweichen läßt, das Lebensende bedeutet, was grauenvoll sein kann. Und wenn sie ihn liebt, was ist dann in einem Jahr, in fünf Jahren? Können Sie mir das sagen?«

»Ach, später, später ...«, hatte Julien geantwortet, der instinktiv das Vorübergehende hervorhob.

Er hatte Clarissa nichts über sich selbst sagen können, aber nicht so sehr aus Angst, Clarissa zu verlieren, sondern vor allem aus der Befürchtung heraus, daß sie erneut in ihrem Vertrauen den Männern gegenüber im allgemeinen verletzt und enttäuscht werden könnte. Es ärgerte ihn ein wenig und betörte ihn am meisten an Clarissa, daß er sich um sie mehr ängstigte als um sich. Diese Wahl, von der er lange geglaubt hatte, daß sie Masochisten oder sehr sentimentalen Menschen vorbehalten sei, die sich im Unglück gefallen und sich in ihrem Kummer verzehren, verabscheute er instinktiv, weil er darin einen Mangel an Natürlichkeit erblickte. Daß man um das Wohl eines anderen bemüht war, schien ihm normal zu sein, daß man jedoch das Wohl dieses anderen seinem eigenen vorzog, erschien ihm albern, nahezu ungesund.

Was ihn dennoch am stärksten schreckte, war der Gedanke, Clarissa nach dem Verlassen des Schiffes mit Eric im Auto davonfahren zu sehen, eine Clarissa, die sich endgültig ihrer Einsamkeit ergeben hatte und ihn, Julien, verabscheute, weil er in ihr den Glauben erweckt hatte, diese Einsamkeit brechen zu können.

Er stellte sich Clarissa in einem modernen Glashaus vor, wie sie ihre Stirn an die regennassen, langweiligen Scheiben drückte, während hinter ihr Eric Lethuillier und seine Mitarbeiter in einem beigen, luxuriösen und nichtssagenden Dekor hämisch grinsten und darauf warteten, daß sie trank. Und daß sie zuviel trank. Bei dieser naiven Vorstellung, deren prunkhafte und eisige Seite ihm diese Naivität ein bißchen verschleierte, wand Julien sich manchmal vor Qual auf seinem Bett.

In den flüchtigen Küssen, die er Clarissa gelegentlich geben konnte, lagen ein Mitgefühl und ein zärtlicher Zorn, die sie bezauberten. Sie betrachtete die breiten, vollen Lippen ihres Geliebten voller Zärtlichkeit und Dankbarkeit, sobald sie sich nicht selbst kontrollierte – denn diese Gefühle waren unabhängig von ihrer Liebe zu ihm –, und dieser warme frische Mund schien ihr von einer unendlichen Süße und einem unerschöpflichen Atem zu sein, die allein vermochten, ihr die tausend Küsse zurückzugeben, um die sie in den letzten Jahren beraubt und betrogen worden war. Sie liebte den schlanken und muskulösen Körper Juliens, diesen untadeligen Jünglingskörper mit Stellen weicher, auch männlicher Haut, mit Hautstellen, die von hartem Flaum überzogen waren, der heller war als das Haupthaar. Sie liebte Juliens Kindlichkeit, die Art, wie seine Augen aufleuchteten, wenn man vom Spiel sprach, von Pferden oder Malerei. Sie hing an diesem Kind, sie träumte in diesen Augenblicken davon, ihm bald diese Pferde, diese Gemälde, kurz, seine Spielzeuge schenken zu können. Und sie liebte diesen Mann, wenn er sie anschaute und seine Augen, unglücklich über zurückgehaltene Gesten, matt und tiefgründig wurden, wenn sie seine Kiefer über Worten der Liebe geschlossen sah, diesen beruhigenden Worten, und sie liebte auch, wie ihr schien, seine tiefe einnehmende Stimme ... Diese Stimme des männlichen und entschlossenen Julien, mit der er vor den anderen den so sensiblen und heiteren Julien verbarg; sie liebte, daß er sich für stark hielt, um sie beschützen zu können, und daß er dazu fähig war, falls es nottat. Sie liebte es, daß er alles entscheiden, alles mit ihr teilen wollte – bis auf diese Entscheidung, die er alleinverantwortlich treffen mußte, um sie davor zu bewahren; sie wollte, daß er sie über all seine Ängste als freier Mann und sein Zögern, sich für längere Zeit zu binden, im Ungewissen hielt; sie liebte es, daß er sie nie gefragt hatte, ob sie recht oder unrecht hatten oder ob man nachdenken mußte, ob sie sich ihrer Wahl sicher war oder lieber wollte, daß er ihr Zeit ließ, um sich zu entscheiden. Kurz, Julien hatte sie niemals auf den Gedanken kommen lassen, daß sie zu wählen hatte – selbst wenn er das dachte –, und dadurch, daß er ihr diese Entscheidung abnahm, enthob er sie einer zusätzlichen und schrecklichen Anstrengung, er ersparte ihr diese Verantwortungsrolle, vor der sie soviel Angst

328

hatte. Er nahm sie selbst und ganz allein auf sich, obwohl er diese Rolle nicht gewohnt war und auch keinen Gefallen daran fand. Alles übrige teilte er bereits mit ihr; schon jetzt mußte Clarissa ihm sagen, was er am nächsten Tag anziehen sollte, welches Hemd, welche Krawatte und welcher Pullover zusammenpaßten, und daß er seinen Tee trinken sollte, bevor er seine erste Morgenzigarette rauchte. Sie war innerhalb von einer Woche tiefer in sein Leben eingedrungen als im Verlauf von zehn Jahren in Erics; sie kam sich darin bereits unentbehrlich vor, und dieser Gedanke belebte sie erstaunlicherweise mehr, als daß er sie abschreckte.

Sie erreichte das Deck und sah im gleichen Augenblick Julien und Andreas, die ihr entgegenkamen, und sie sah, daß Julien aufblickte, lächelte und zu rennen begann, als er sie bemerkte. Auch sie beschleunigte ihren Schritt, um gleichsam das Bild des Glücks schneller in diesen hellbraunen Augen widergespiegelt zu sehen.

»Andreas ist unglücklich«, sagte er, schob den Jungen auf Clarissa zu und schaute sie zuversichtlich an, als ob sie etwas daran ändern könnte.

Julien hielt sie offenbar für allmächtig und für das Glück der anderen ebenso verantwortlich wie für sein eigenes, und er begann, ihr mit dem Eifer eines guten Jagdhundes die verlorenen oder verletzten armen Hunde anzubringen. Sie blickte ihn lächelnd an und war sich bewußt, daß Julien sein ganzes Leben lang – wenn sie es mit ihm teilte – von seinen Streifzügen in Longchamp, durch die Kasinos oder anderswo, von den Spielstätten, die nur er kannte, eine ganze Reihe von Clochards, Neurotikern oder Kupplern anschleppen würde, die er dann siegessicher vor sie hinstellte, damit sie deren Wunden verband oder deren Probleme löste. Andreas war lediglich der erste einer langen Serie, und ergeben nahm sie ihn am Arm und trat mit ihm einen Rundgang über das Deck an, während Julien sich faul und selbstzufrieden auf die Reling stützte und ihnen mit dem Gedanken, sein Werk getan zu haben, nachblickte. Was hatte er schon dem Kummer dieses zu großen und zu schönen Knaben entgegenzusetzen?

»Julien hat mir gesagt, ich soll mich wie ein Mann benehmen«, sagte Andreas, ohne daß sie eine Frage formuliert hätte. »Aber ich weiß nicht, was es letzten Endes bedeutet, sich ›wie ein Mann zu benehmen‹.«

»Julien auch nicht«, erwiderte Clarissa lächelnd, »und ich übrigens ebensowenig. Es ist eine Redensart. Sie müssen sich vor allem wie ein Mann benehmen, der der Doriacci gefällt, das ist alles, nicht wahr?«

»Genau!« sagte Andreas. »Aber woher soll ich wissen, wie dieser Mann sein muß? Wo mag sie heute bloß gewesen sein?« fragte er plötzlich leise, als schäme er sich an ihrer Stelle. »Sie scheint ja in jedem Hafen einen Liebhaber zu haben!«

»Oder einen Freund«, warf Clarissa beschwichtigend ein.

»Daran habe ich nicht gedacht«, stammelte Andreas, als habe ihn dieser schlichte Gedanke wie ein Blitz getroffen.

»Natürlich«, erklärte Clarissa, »die Männer glauben nie, daß die Frau, die sie begehren, nicht auch von aller Welt begehrt werden könnte. Sie glauben nicht, daß wir Interesse oder Zuneigung anstelle der Begierde erwecken können! Das ist beinahe ärgerlich für uns, verstehen Sie?« Sie wunderte sich, sie war überrascht, daß sie sich reden hörte, daß sie jemanden tröstete, sie, die noch vor drei Tagen die Ängstlichkeit in Person war.

»Aber warum tut sie mir weh, obwohl ich sie liebe?« fragte Andreas.

Und Clarissa dachte, daß er schon sehr schön oder sehr naiv sein mußte, um sich mit Aussagen dieser Art nicht lächerlich zu machen. »Weil die Doria arg leiden wird, wenn sie Sie liebt«, entgegnete sie. »In absehbarer Zeit jedenfalls. Wirklich, sie ist so grausam zu Ihnen, weil sie Sie schätzt und Sie immerhin lieben könnte. Und davor hat sie mit Recht Angst.«

»Angst wovor? Ich werde ihr mein ganzes Leben überall folgen«, schrie Andreas und blieb unvermittelt stehen. »Ich empfinde nicht allein physisch für sie, verstehen Sie!« Er flüsterte. »Ich liebe ihren Charakter, ihren Mut, ihren Humor, ihren Zynismus ... Selbst wenn sie nicht mehr mit mir schlafen will, warte ich, bis sie wieder Lust hat.

Schließlich ist das Bett nicht die Hauptsache, oder?« fügte er mit entwaffnender Aufrichtigkeit hinzu.

»Natürlich nicht«, sagte sie überzeugt, aber dennoch etwas verwirrt, denn seit Cannes und trotz der Einsichten Juliens hatte sie Andreas zeitweise für einen kalten, professionellen Gigolo gehalten.

Wieder einmal hatte Julien mit seinem Optimismus recht. Trotzdem, dachte sie und lachte nervös, bin ich dabei, einen phantastischen jungen Mann von fünfundzwanzig Jahren über die vermutliche Untreue einer fast sechzigjährigen Frau hinwegzutrösten ... Offenbar ist alles möglich, in jedem Alter ...

»Wenn sie ohne mich nach New York fährt ... nehme ich mir das Leben«, sagte der Verliebte in so gleichbleibendem Tonfall vor sich hin, daß Clarissa plötzlich beunruhigt war. »Diesmal wäre ich zu allein, verstehen Sie?« setzte er liebenswürdig hinzu.

»Warum denn allein? Sie werden doch Freunde haben und irgendwo eine Familie, oder?«

Ihre Stimme klang besorgt. Eine verliebte Clarissa, eine Clarissa, die für andere empfänglich war, sorgte sich um diesen traurigen jungen Mann, der mit gesenktem Blick und im Ton der Entschuldigung antwortete: »Meine letzte Tante ist im vergangenen Jahr gestorben, ich habe niemanden mehr, weder in Nevers noch anderswo. Und wenn die Diva mich nicht mitnimmt, könnte ich ihr nicht einmal folgen, da mich diese Kreuzfahrt alles gekostet hat, was ich besaß. Und selbst wenn ich meine Kleidung und meine Tennisschläger verkaufte, käme ich nicht bis nach New York«, meinte er verzweifelt.

»Hören Sie zu«, sagte Clarissa, »wenn die Doriacci Sie nicht nach New York mitnimmt, bezahle ich Ihnen die Reise. Nehmen Sie jetzt gleich diesen Scheck. Und wenn Sie ihn nicht brauchen, zerreißen Sie ihn.«

Sie war an einem Tisch stehengeblieben und suchte in ihrer Handtasche nach einem abgegriffenen, aber nach sechs Monaten noch unbenutzten Scheckheft. Das bedeutete, daß sie in diesen sechs Monaten nichts begehrt und auch niemand etwas von ihr gefordert hatte! Und Clarissa fragte sich, welche der beiden Hypothesen die beschämendere und traurigere war.

»Das kann ich nicht annehmen«, erwiderte Andreas, der erblaßt war, aufsässig. »Ich kann kein Geld von einer Frau annehmen, mit der . . . die ich nicht kenne.«

»Nun, dann ändern Sie eben Ihre Grundsätze«, erklärte Clarissa, zog einen Kugelschreiber aus ihrer Tasche und begann, den Scheck auszufüllen. Welchen Betrag sollte sie einsetzen? Ihr waren überhaupt keine Preise mehr geläufig. Eric beglich alle Rechnungen und kaufte alles selbst — mit Ausnahme ihrer Garderobe, doch diese Garderobe hatte sie seit zwei Jahren nicht erneuert. Aber sobald sie zurück sein würden, wollte sie in Modehäuser stürzen und sich mit graublauen Fuchspelzen ausstatten, weil Julien ihr gesagt hatte, daß er das liebte. Natürlich hatte sie weder von dem Preis eines graublauen Fuchspelzes noch von den Kosten eines Tickets nach New York eine Ahnung . . . Sie trug fünftausend Francs in Ziffern ein und setzte vorsichtshalber eine 1 vor die 5.

»Hier, nehmen Sie«, sagte sie zu Andreas im Befehlston, der den Scheck nahm, ihn umdrehte und ohne die geringste falsche Scham auf die Summe schaute.

Er pfiff zwischen den Zähnen »Donnerwetter!« Seine Augen strahlten vor Glück. »Das ist viel Geld! Paris–New York, das kostet heute keine dreitausend Francs . . . Und dann, wie soll ich Ihnen das wiedergeben?«

»Das eilt nicht«, sagte Clarissa entzückt über sein Entzücken. »Wissen Sie, die Baron-Werke gehen sehr gut.«

Andreas drückte sie an sich und küßte sie zuerst wie ein Kind, dann wie eine Frau, und Clarissa, die zunächst überrascht war, begriff jetzt die Schwäche der Doriacci und der Damen aus der Provinz für diesen jungen Mann. Sie hatten rote Wangen, als sie sich trennten, und lachten beide über das Erstaunen des anderen.

Die Reize der Männer sind mir auch wiedergeschenkt, dachte Clarissa überglücklich. Und um Andreas zum Schweigen zu bringen, der sich zu entschuldigen begann, küßte sie ihn von sich aus leicht auf den Mund.

Olga empfand etwas weniger Haß gegenüber Eric Lethuillier, seit sie wußte, daß er lächerlich gemacht worden war und sie den Beweis dafür in ihrer Handtasche hatte. Sie konnte ihm sogar trotz seiner flegelhaften Art und seiner Bosheit wieder einen gewissen physischen Charme abgewinnen. Sie hatte der Zeitungstheorie glauben wollen; sie hatte im stillen selbst einen Bericht in diesem Stil angefangen: Wie schwer ist es mir gefallen, mich davon frei zu machen!... Wie klein dieses Schiff mit diesem Typ sein konnte, der einerseits keinen Schritt von meiner Seite wich und mich andererseits nicht aus den Augen ließ!

Und es war ihr fast gelungen, da Olga, wie viele Menschen ihrer Generation, den Zeitungen und dem Fernsehen leichter Glauben schenkte als ihren eigenen Sinnen. Kurz, sie glaubte nahezu, daß Eric Lethuillier sie mit seinem dauernden Bemühen verfolgt hatte, daß es ihre, Olgas, Weigerung war, ihm ihren Körper ein zweites Mal zu schenken, der ihn veranlaßt hatte, gegenüber Armand Bautet-Lebrêche abfällige Äußerungen zu machen... Und sie versuchte sich diese Vision mit Eifer und Eitelkeit aus dem Kopf zu schlagen, als ihr Gedächtnis, dieses wilde, noch nicht gezähmte Tier, unvermutet Erics Stimme in ihr wachrief, Erics Stimme, die da sagte: »Diese kleine sich intellektuell gebende Nutte...«, und da fühlte sie sich plötzlich von der gleichen Scham überfallen, von dem gleichen Haß, den sie drei Tage zuvor gehegt hatte...

Sie drehte sich nach dem Herausgeber des *Forum* um. Jetzt sieht er mich mit seinem schönen, regelmäßigen Gesicht eines Schurken an, dachte sie auf einmal in einer Aufwallung der Wut, die sie erröten ließ und sie für Eric beinahe begehrenswert machte, der ihr voller Geduld erneut seine Frage stellte.

»Ich will ihm dieses Bild gerne abkaufen«, antwortete sie, »aber mit welchem Geld? Natürlich mit Ihrem, doch

Julien Peyrat ist ja kein Dummkopf. Er wird es seltsam finden, daß ich zweihundertfünfzigtausend Francs habe, und noch seltsamer, daß ich sie für ein Gemälde ausgebe.«

»Dann sagen Sie ihm, daß Sie es in meinem Auftrag kaufen«, erwiderte Eric hart. »Was wollen Sie? Jedenfalls muß er verkaufen.«

»Woher wissen Sie das?«

Dieses Mädchen ging ihm auf die Nerven. Eric versuchte, einen geduldigen Ton anzuschlagen. »Weil man das sieht, meine Kleine.«

Olga sah ihm mit einem treuherzigen Augenaufschlag ins Gesicht und meinte unbefangen: »Ich finde nicht, daß er wie jemand aussieht, der in der Klemme steckt; er wirkt eher wie ein Mann, der über das, was er hat, sehr glücklich ist. Er scheint kein anderes Verlangen zu haben als...« Mit einer berechneten Geste hielt sie inne.

Erics Blick war jetzt eiskalt, und Olga fürchtete, zu weit gegangen zu sein.

»O Verzeihung, Eric! Sie wissen genau, daß ich das nicht sagen wollte... Mein Gott, bin ich unbesonnen, es ist schlimm!«

»Sie kümmern sich um dieses Bild«, sagte Eric ausdruckslos und nicht einmal in fragendem Tonfall.

Olga nickte zum Zeichen des Einverständnisses, während sie ihr zu einer Kugel zusammengerolltes Taschentuch vor ihren zu voreiligen Mund hielt. Sie hatte gesehen, daß Eric angesichts des offensichtlichen Glücks dieses Julien erblaßt war. Sie hatte bemerkt, wie ihm der Atem stockte, und sie jubelte, dieweil er sich in der gewohnten Eile entfernte, die diesmal vielleicht ein bißchen zu betont war.

In der Bar, die in hellblauen Tabakrauch gehüllt war, so daß sie den Eindruck einer Filmkulisse erweckte, standen oder saßen die meisten Passagiere um das Klavier herum und hörten Simon Béjard zu, der das »Thema der *Narcissus*« spielte, das, wie er sagte, der böhmischen Folklore entlehnt war. Lediglich Armand, der an seinem Tischchen Zuflucht gesucht hatte, sowie Clarissa und Julien, die an der Bar lehnten, schienen dem zusätzlichen Solokonzert keine Aufmerksamkeit zu schenken: die beiden letzteren lachten mit der Unbekümmertheit und der Freude am Lachen, wie sie Menschen zeigen, die sich noch nicht lange lieben, als plötzlich Eric an der Türschwelle erschien.

Eric Lethuilliers Gesicht war verschlossen, und er rief Clarissa mit leiser, aber durchdringender Stimme, so daß für fünf erdrückende Sekunden Schweigen und Verlegenheit in der Bar herrschten, die Edma, an komödienhafte Spannungen gewöhnt, dadurch durchbrach, daß sie Simons Hand auf die Klaviertasten legte, als müsse sie einem störrischen Kind Unterricht erteilen. Das ergab einen Mißklang, der die Unterhaltung wieder in Gang setzte, und allein Julien, der sich gleichzeitig mit Clarissa erhoben hatte, kündigte durch seine gereizte Haltung alles andere als Fröhlichkeit an. Die hinzugekommene Doriacci erfaßte sofort die Situation, als sie Juliens Gesichtsausdruck sah, und versuchte, helfend einzugreifen.

»Sie werden mir doch bei einem Glas Gesellschaft leisten, Herr Lethuillier«, sagte sie. »Ich wollte Sie sowieso gerade wegen meines heutigen Abendprogramms um Rat fragen. Sie und Ihre Freunde natürlich. Was halten Sie von Mahler-Liedern?«

»Da vertrauen wir ganz auf Sie«, erwiderte Eric in übertrieben höflichem Ton. »Bitte, entschuldigen Sie uns einen Augenblick.« Und damit stieß er Clarissa vor sich her.

Die Doriacci drehte sich zu Julien um, hob die Hände in Kopfhöhe, kehrte die Handflächen in einer Geste der Ohnmacht nach außen und stieß ein ausdrucksvolles, wenngleich diskretes »*Ma que!*« aus.

»Sie sind blaß«, sagte Andreas zu Julien und klopfte ihm beschützerisch mit der Hand auf den Arm. Sie hatten die Rollen getauscht. »Trinken Sie ein Glas, mein Lieber«, fügte er hinzu und schenkte ihm Whisky pur ein, den Julien trank, ohne auch nur hinzuschauen.

»Wenn er sie anfaßt«, murmelte er mit erstickter Stimme, »wenn er sie anfaßt, dann... dann...«

»Nichts ›dann‹, lieber Julien. Überhaupt nichts. Sie sind ja verrückt...« Es war Edma, die durch die Bar gerauscht kam und sich in ihrer vernünftigen und mütterlichen Art an ihren Tisch setzte.

»Dieser Lethuillier ist viel zu snobistisch, verstehen Sie,

335

und letzten Endes zu weichlich. Er wird seine Frau nicht
schlagen wie in den Büchern von Zola. Er scheint sich
seiner Herkunft zu bewußt zu sein. Er muß doch wissen,
daß nur die Aristokraten ihre Frau schlagen können, ohne
daß es vulgär wirkt ... Außerdem meine ich die Aristokraten und nicht den napoleonischen Adel. Übrigens hat
dieser arme Knabe keinerlei Sinn für den heutigen Snobismus. Er hätte begreifen müssen, daß Hausgehilfin oder
Postangestellte zu unserer Zeit Jacke wie Hose ist. Natürlich klingt Hausgehilfin exotischer, aber Postangestellte,
das klingt nach Queneau, das hat seinen Reiz ...«
»Wovon sprechen Sie?« fragte Andreas. »Auf alle Fälle
finde ich Ihre Theorie sehr, sehr richtig«, meinte er und
nickte Edma zu, die ihm mit dem kurzen Blick und dem
falschen Lächeln antwortete, die ungeschickten Schmeich-
lern vorbehalten sind.
Doch das Gesicht des jungen Mannes widerlegte diese
Hypothese.
Dieser sentimentale Blondschopf, dieser Abtrünnige des
großen Stamms der Gigolos, war unglaublich natürlich,
dachte Edma.
»Ich bitte Sie, Julien, regen Sie sich nicht auf. Außerdem
gibt es in zehn Minuten Abendessen.«
»Und wenn der Lethuillier sie nicht mit zu Tisch bringt,
gehe ich sie selbst holen«, sagte Simon Béjard.
Und er klopfte seinem Favoriten auf die Schulter, als
Charley, ebenfalls mit betrübter Miene, sich zu ihnen
gesellte. So blieben am Tisch der anderen nur ein paar
energielose oder gleichgültige Greise zurück, die sich an
die runde Tischplatte wie an ein Floß klammerten, sowie
als einzige Frau Olga Lamouroux, der Kreuzer pedantisch
von seiner ideenreichen und strebsam verbrachten Kindheit erzählte.
»Ich frage mich, wie dieser arme Lethuillier sich so
einhellig unbeliebt machen konnte ... das heißt, fast einhellig«, sagte Edma, schaute aus dem Augenwinkel zu
Olga hinüber und drückte herzlich Simons Hand.
Sie hatte das lächelnd geäußert, doch er blickte sich um.
»Ein Goldstück für Ihre Gedanken, Herr Peyrat«, fuhr
sie unbeirrt fort. »Nein, doch lieber eine Olive«, korrigierte sie sich und pickte aus Juliens Glas die schwarze

Olive, nach der sie schon lange gierte. »Wie hat Clarissa, die doch schön, reich und so... sensibel ist...« Edma Bautet-Lebrêche sprach nie von der Intelligenz einer Frau, es sei denn, sie fand sie abstoßend. »Wie hat Clarissa nur diesen Savonarola heiraten können?« Sie senkte die Stimme am Ende des Satzes, weil sie sich über die Laufbahn Savonarolas und die Stellung des »o« in diesem Namen unsicher war. Jedenfalls mußte er ein Fanatiker gewesen sein, dessen war sie sich beinahe sicher... Und außerdem stutzte niemand, da nie jemand stutzte.

»Arme kleine Clarissa!« sagte die Doriacci lächelnd, wenn auch etwas ärgerlich, daß Edma Bautet-Lebrêche ihr diese Olive weggeschnappt hatte. »Jedenfalls ist sie seit zwei Tagen zauberhaft! Es ist das Unglück, das immer häßlich macht«, fügte sie hinzu und tätschelte Andreas' Kinn, der jedoch wegblickte. »Ach, die Männer auf diesem Schiff sind nicht fidel«, fuhr sie großartig fort, »Andreas, Charley, Simon, Eric... Für die Herren scheint dies keine köstliche Kreuzfahrt zu sein! Für die Damen hingegen ist sie ausgezeichnet!« sagte sie und warf ihre schöne Kehle nach hinten, aus der ein unbekümmertes, kristallklares Lachen ertönte, das mit den Gründen für dieses Lachen ganz und gar nicht zusammenpassen wollte.

Die Runde sperrte für eine Sekunde Mund und Augen auf, und die Doriacci warf herausfordernde, heitere und wütende Blicke um sich, die eindeutig von einem Charakter zeugten, der sich von dem Urteil anderer nicht beeindrucken ließ. Niemand zuckte mit der Wimper, allein Julien konnte trotz seiner Niedergeschlagenheit nicht umhin, diesem Symbol der Freiheit bewundernd zuzulächeln.

»Worüber willst du mit mir sprechen?« fragte Clarissa, die seit langen Minuten auf ihrem Bett saß.

Eric bewegte sich vor ihr hin und her und zog sich dabei wortlos um, aber er pfiff, und das war ein schlechtes Zeichen.

Dennoch schaute Clarissa ihn ohne Antipathie an: er hatte sie für eine Viertelstunde dieser wirren, fühlbar verworrenen und fordernden Zeit entrissen, jener Zeit, die man mit jemandem verbringt, den man liebt, ohne ihn richtig zu kennen, dieser gierigen und immerfort hungrigen Zeit. Und jetzt in dieser ruhigen Kabine konnte Clarissa sich erinnern, daß sie Julien liebte, der sie wiederliebte, so daß ihr das Herz bei dem Gedanken daran aufging. Sie hatte Eric vergessen und zuckte fast zusammen, als er sich in Hemdsärmeln ihr gegenübersetzte und offenbar mit seinen Manschettenknöpfen beschäftigt war. Er hatte sich am Fuß des Bettes niedergelassen, und Clarissa zog unwillkürlich die Knie bis zum Kinn an, weil sie fürchtete, er könnte sie selbst an den Füßen berühren, doch dieser Gebärde wurde sie sich sofort bewußt, so daß sie errötete und einen ängstlichen Blick auf Eric warf. Aber er hatte nichts bemerkt.

»Ich möchte dich etwas fragen«, sagte er, als die Manschetten zugeknöpft waren und er beide Hände hinter seinen Kopf gelegt und sich mit ungezwungener Miene an die Wand gelehnt hatte. »Ich bitte dich sogar, auf die eher brutalen Fragen nur mit Ja oder Nein zu antworten.«

»Also dann: nein«, entgegnete Clarissa instinktiv und sah, daß er vor Wut erblaßte, weil er es nicht gewohnt war, daß sie ihn bei seinen Inszenierungen unterbrach.

»Was ›nein‹? Willst du mir nicht antworten?«

»Doch«, sagte Clarissa friedlich. »Ich will bloß nicht auf brutale Fragen antworten. Es gibt keinen Grund, mit mir brutal zu reden.«

Es trat ein kurzes Schweigen ein, und Erics Stimme klang ausdruckslos, als er fortfuhr: »Nun, ich werde trotzdem brutal sein. Das ganze Schiff scheint zu behaupten, daß du mit Julien Peyrat schläfst. Darf ich wissen, ob das stimmt? Es erscheint mir ebenso undenkbar wie möglich, aber ich muß antworten können, wenn man mich darauf anspricht, und zwar ohne lächerlich oder heuchlerisch zu wirken.«

Er hatte diesen Satz in sarkastischem Ton, mit einem gewissen Ekel ausgesprochen, wurde sich jedoch plötzlich des Risikos bewußt, daß sie darauf antworten würde und daß diese Antwort tatsächlich erschreckend offen und ebenso erschreckend bejahend sein konnte. Auf einmal hätte er alles darum gegeben, wenn er geschwiegen oder dieses Thema nicht so unklug angepackt hätte. Welche Torheit hatte er begangen? Welcher Wahn hatte ihn dazu getrieben? Nein, das war unmöglich... Er mußte sich beruhigen. Clarissa hatte das hier auf dem Schiff nicht getan, diesem abgeschlossenen Raum, in dem er sich selbst befand und wo er sie überraschen und töten könnte. Warum töten? Eric mußte sich eingestehen, daß es für den Mann, der er unbedingt sein wollte, keine andere Wahl gegeben hätte, wenn er zufällig eine Kabine betreten und dort Clarissa und Julien nackt und engumschlungen entdeckt hätte.

»Also antwortest du nun oder nicht? Meine liebe Clarissa, ich will dir ja Zeit lassen bis nach dem Essen, damit du überlegen und mir deine Antwort beim Nachtisch geben kannst, aber danach ist meine Geduld zu Ende. Einverstanden?«

Er hatte sehr schnell gesprochen, damit sie keine Zeit fand, ihm zu antworten, und nun war ihm nicht ganz klar, warum er diese Zeremonie um zwei Stunden hinausgeschoben hatte. Er wollte nicht einsehen, daß er diesen Aufschub eher sich selbst als ihr gewährt hatte. Und als Clarissa müde sagte: »Wie du willst«, schien sie weniger erleichtert zu sein als er und weitaus bekümmerter.

Anfangs war das Abendessen für Julien eine Qual gewesen. Wie am ersten Tag saß er neben Clarissa und sah, ohne ihr ins Gesicht schauen zu können, wieder diese Hand und diesen Streifen Haar, die ihn am ersten Abend physisch erregt hatten, diese Hand und diesen Körper, die jetzt ihm gehörten, Gegenstände seines steten Verlangens waren, die er lieben und gegen diesen kaltäugigen rechtmäßigen Vorgänger verteidigen wollte: Eric Lethuillier.

Dabei war er nicht einmal sicher, ob er diese Hand, dieses Gesicht für sich bewahren, intakt halten konnte. Er haßte Eric nun, und er, Julien, der die giftigen Ausdünstungen, das beklemmende Gefühl des Hasses bisher nicht gekannt hatte, sah sich auf einmal davon befallen und in einem verborgenen Teil seiner selbst vergiftet. Und diesen Teil mochte er nicht, er verachtete diesen haßerfüllten Julien ein wenig, diesen eifersüchtigen, schrecklichen Wächter, der Clarissa tatsächlich ebenso überwachte wie Eric. Und wenn er unter dem Tisch sein Bein zu Clarissas vorschob, dann handelte er gegen sich selbst und auch gegen sie, da sie diesen vulgären Beweis ihres Einverständnisses mißbilligen würde. Sie würde ihr Bein versteifen und ihm einen, wenn nicht verächtlichen – denn Verachtung kannte sie nicht –, so doch verletzten Blick zuwerfen. Und was sollte er in dem Fall machen? Er könnte weder sein Bein zurückziehen noch Clarissa später folgen. Doch er schob es trotzdem vor, und es geschah zum erstenmal in seinem Leben, daß Julien etwas gegen sich selbst tat, gegen sein Glück, gegen den Erfolg, das erste Mal, daß er gegen seine Ethik und sein Begehren handelte. Er stemmte sich von vornherein gegen den überraschten Blick Clarissas. Er wendete ihr bereits ein eigensinniges und verständnisloses Gesicht zu, als sich ihre Knie berührten und er spürte, wie sich Clarissas Fuß unter seinen schob und sich dieses Bein anschmiegsam um seines wand, während Clarissa ihm ihr lächelndes und verwirrtes Gesicht zukehrte: ein dankbares

Gesicht, das Julien erstarren ließ, das ihm ans Herz ging und unvermutet einen Strom der Zärtlichkeit freilegte, der natürlich überwältigend war, von dem er jedoch auch in einem Augenblick dieser Hellsichtigkeit, die oft mit dem sogenannten blinden Glück einhergehen, genau wußte, daß er ihm für immer ausgeliefert bleiben würde. »Man fußelt also mit den Damen, um dann zu erröten«, sagte eine leise, grausame Stimme zu ihm ins Leere hinein, eine Stimme, die selbst gerührt war und sich zu diesen untergrabenden Kommentaren nur zur Beruhigung des Gewissens bereit fand.

Für die Zwischenstation in Palma, wo sie jetzt in einem violetten Nebel lagen, war ein Konzert von Schostakowitsch vorgesehen, in dem Kreuzer den Klavierpart übernehmen sollte, während die beiden Pfadfinder die Begleitung zu bestreiten hatten. Die Doriacci sollte Lieder von Mahler singen, was erwarten ließ, daß sie etwas anderes sang. Es war der vorletzte Konzertabend, der letzte sollte morgen in Cannes stattfinden, wo man am späten Nachmittag eintreffen würde. Unversehens ging die Kreuzfahrt ihrem Ende entgegen, und plötzlich spürte man das. Mit einem Gefühl des Bedauerns nahmen die Passagiere beider Klassen ihre gewohnten Plätze und ihre gewohnten Haltungen ein. Hans-Helmut Kreuzer setzte sich feierlicher als sonst an den Flügel, als sei sein dickhäutiger Panzer durchlässig genug, um die Veränderung der Atmosphäre zu registrieren. Als er die Hand auf die Tasten legte, saß Julien gegenüber von Clarissa auf der anderen Seite des Kreises – wie am ersten Abend. Und Simon und Olga saßen – ebenfalls wie am ersten Abend – hinter den Lethuilliers. Andreas hatte seinen Einzelstuhl natürlich ganz nahe am Mikrophon, an dem sich die Doriacci gleich festhalten sollte, und die Bautet-Lebrêches hatten ihren Platz in der ersten Reihe an der Seite, damit Edma Hans-Helmut am Flügel und den Bogen seiner Begleiter aus nächster Nähe überwachen konnte.

Erst acht Tage waren vergangen, seit diese Figuren in der gleichen Anordnung den Anfang gesetzt hatten; nun schien ihnen das bereits eine kleine Ewigkeit her zu sein. Dieses Gefühl, sich nach vierundzwanzig Stunden trennen zu müssen, nachdem man sich im Grunde so wenig kennengelernt hatte, so zufällig; die Gewißheit, von seinen Nachbarn eigentlich nichts zu wissen, während man geglaubt hatte, sie genau sezieren zu können, das alles erschien ihnen plötzlich verrückt und anmaßend. Man sah sich Fremden gegenüber. Der Zufall wurde wieder allmächtig. Und eine Art gegenseitiger Schüchternheit schlich sich in die flüchtigen, neugierigen und erstaunten Blicke, ja in die gleichmütigsten Herzen wie in die psychologischsten Köpfe; es war gleichsam ein letzter Versuch, Verständnis, eine äußerste Neugier zu zeigen, von der man jedoch im Gegensatz zum Beginn der Reise genau wußte, daß sie nie befriedigt werden wird. Das verlieh allen einen gewissen Reiz; eine Art melancholische Aureole wie bei verpaßten Gelegenheiten schwebte bei allem Optimismus des Bedauerns über den Köpfen der langweiligsten und undankbarsten Passagiere.

Die ersten Töne, die Hans-Helmut Kreuzer seinem Flügel entlockte, unterstützten diese neue Melancholie noch. Nach zehn Minuten hatte jeder mindestens einmal die Augen über etwas Geheimem in sich selbst gesenkt, über etwas, das diese Musik ihm plötzlich entriß und das er um jeden Preis vor den Blicken der anderen verbergen mußte.

Die wilde Romantik der Landschaft, ihre grandiose Seite, stand allerdings im Gegensatz zu diesem Concerto, dessen vier oder fünf Noten Hans-Helmut Kreuzer, unterstützt von den beiden Instrumentalisten, unaufhörlich beschwor und mit aller Süße den Zuhörern einhämmerte. Diese vier oder fünf köstlichen und fatalen Töne riefen die Kindheit wach, den Regen auf dem sommerlichen Rasen, die verlassenen Städte im August, ein Photo, das man in einer Schublade wiedergefunden hatte, oder Liebesbriefe, über die man in seiner Jugend gelacht hat. Alles, was dieser Flügel erzählte, war mit einem Kreuz bezeichnet, war in Nuancen, in Übergängen, jedenfalls im Imperfekt festgehalten; und er gab es getragen wieder, wie ein Geständnis oder eine glückliche Erinnerung, die einem nachtrauernd wegen ihrer Unwiederbringlichkeit lieb geworden ist.

Jeder wendete seine Vergangenheit um, allerdings mit mehr oder weniger Glück, denn es war nicht mehr diese schöne große, auf die Gegenwart übertragene Vergangenheit, die man gewohnt war, in der letzten Zeit vor Augen zu haben, da das Alter ihren Widerschein verändert hatte und man sie an die Vorstellung anpaßte, die man von sich selbst hegte.

Von diesen Erinnerungen, die eindeutig glücklich und

schuldlos waren, hob Julien zum Beispiel keine beim Spiel verbrachte Nacht oder den Körper einer Frau oder gar ein Gemälde hervor, das er als Jüngling in einem Museum entdeckt hatte; er sah vielmehr einen verregneten Strand an der bretonischen Küste vor sich, einen Sommer, als er neunzehn Jahre alt gewesen war, einen grauen Strand, der von einer fast ebenso grauen Gischt gesäumt wurde, wo ihn in seinem Sweater voller Sand, mit seinen abgekauten Fingernägeln und bei dem Gefühl, nur ein vorübergehender Gast seines so lebendigen und so vergänglichen Körpers zu sein, plötzlich ohne sichtbaren Grund eine berauschende Freude erfaßt hatte. Und es waren nicht die auf ihn gerichteten Scheinwerfer, die Blitzlichter oder der Beifall beim Festival von Cannes, und es war auch nicht der kleine Junge, der von morgens bis abends durch dunkle Säle irrte, woran Simon Béjard sich erinnerte, sondern es war eine etwas korpulente Frau namens Simone, die älter war als er und ihn irrsinnig liebte, wie sie sagte, ohne etwas anderes zu verlangen, als daß er blieb, der er war, Simon, und die ihn auf einem Bahnsteig geküßt hatte, bevor er nach Paris zurückfuhr. Eine Frau, die er bereits mit seinen achtzehn Jahren und von den Stufen seines Eisenbahnwaggons herab ein wenig provinziell gefunden hatte, wessen er sich etwas schämte.

Es war eine langsam zersetzende Musik. Sie verwies jeden auf seine Hinfälligkeit zurück und auf sein Bedürfnis nach Zärtlichkeit – mit dem Zustrom von Bitterkeit, der an die Reihe von Fehlschlägen und diese Hungersnot gemahnen mußte, die das Leben eines jeden darstellten.

Als Kreuzer innehielt, sich von seinem Schemel erhob und seine grobe, nach vorn abgehackte Verbeugung machte, so daß ihm für einen Augenblick das Blut in den Kopf stieg, mußte er mehrere Sekunden warten, bis der Beifall einsetzte, und auch der war dürftig, unsicher und gleichsam nachtragend, obwohl er sich unendlich lange hinzog.

Die Doriacci, die gleich anschließend auftreten sollte, trat erst eine Stunde später in den Lichtkreis, und merkwürdigerweise verging eine gute halbe Stunde, ohne daß jemand protestierte oder ungeduldig wurde.

Während dieser unvorhergesehenen Pause war Charley dreimal zur Kabine der Doriacci gegangen, um an die Tür zu klopfen, und alle drei Male hatte er sich zurückhalten müssen, damit er nicht, wie gewohnt, sein Ohr an das Schlüsselloch legte. Denn man konnte nicht von einem Wortwechsel sprechen, den er da hörte, sondern es waren eher so etwas wie Psalmen, die ununterbrochen von der jungen Stimme des Andreas rezitiert wurden, von einem Andreas, der leidenschaftslos, gleichsam ohne Punkt und Komma sprach, einem Andreas, der komischerweise keine Betonung in den Sinn seiner Rede legte.

Obwohl er jedesmal drei Minuten nach seinem auffordernden »Ihr Auftritt« vor der Tür gewartet hatte, hörte Charley nur einmal die Doriacci antworten, und es waren kurze, wie ihm schien, ungewöhnlich tiefe Töne, selbst in Anbetracht des Stimmumfangs dieses Koloratursoprans. Er war kopfschüttelnd wieder gegangen, ungewollt bekümmert wegen des Schicksals von Andreas. Er warf sich vor, wegen einer Beziehung besorgt zu sein, deren unglückliches Ende das einzige war, was ihn nicht unglücklich machte. »Ich bin zu gutmütig«, murmelte er schmerzvoll vor sich hin und lachte spöttisch über sich selbst, diesmal allerdings zu Unrecht, denn Charley Bollinger war wirklich ein großherziger Mann, und er wäre noch niedergeschlagener gewesen, wenn er deutlich vernommen hätte, was die gedämpften Stimmen sagten.

»Sie brauchen eine Mutter«, hatte die Doriacci gleich zu Anfang dieser so lange hinausgezögerten Erklärung behauptet. »Sie brauchen eine Mutter, und ich bin nicht mehr in dem Alter, Mutter spielen zu können. Das ist völlig klar. Nur die jungen Mädchen bis zu fünfundzwanzig Jahren sind in der Lage, für Männer aller Altersgruppen die Mutter zu spielen; ich nicht mehr. Ich kann weder meine Gefühle herausfordern noch mein Verhalten einer im übrigen unvermeidlichen Situation anpassen. Man gibt sich keinen Träumereien hin angesichts einer Schicksalsfügung, einer unangenehmen Schicksalsfügung vor allem. Verstehen Sie mich? Ich würde jetzt eher einen Beschützer suchen, mein lieber Andreas. Ich bin zweiundfünfzig und suche mir einen Vater, vielleicht, weil ich keinen gehabt habe oder weil ich später zu viele hatte, ich weiß es nicht. Es ist mir auch egal. Ich glaube nicht, daß Sie als Vater taugen, jedenfalls nicht mehr als die anderen Gentlemen, mit denen ich seit zehn Jahren verkehre. Ich habe mich deshalb in Ermangelung eines Vaters an Gigolos schadlos gehalten, an Spielzeugen, und selbst da halten Sie nicht mit, mein Lieber: für ein Spielzeug sind Sie zu gefühlvoll. Mit Manschettenknöpfen kann ich Ihre Mechanik nicht aufziehen und auch nicht Ihre Stimmung heben. Und etwas anderes habe ich nicht zu bieten als Manschettenknöpfe... Sie wollen eine Frau, und ich kann Ihnen nur eine Aussteuer geben.«

Sie hatte das alles ohne Unterbrechung gesagt, in liebenswürdigem und vornehmem Ton, dann hatte sie sich lange in Schweigen gehüllt, in dem Andreas' Stimme kaum störte.

»Mir ist das egal, was Sie können oder nicht können«, erklärte Andreas ausdruckslos. »Das geht mich nichts an, und letztlich geht Sie das auch nichts an. Die Frage ist doch, ob Sie mich lieben, und nicht: können Sie mich lieben? Ich verlange nicht, daß Sie eine Wahl treffen, sondern ich bitte Sie, sich einer Hingabe zu überlassen. Was kann es für Sie bedeuten, nicht glücklich sein zu wollen in dem Augenblick, in dem Sie es sind?«

»Das machte mir nichts aus, aber leider kann ich nicht mehr«, hatte ihm die Doriacci noch einmal geantwortet, die an diesem Abend in ihrem schwarzen, tiefausgeschnittenen Kleid, das sie schlanker machte und das strahlende Weiß ihrer Schultern hervorhob, prachtvoll aussah, weil es ihr trotz ihres Gewichts und der Vitalität ihrer gesamten Person eine gewisse Irrealität verlieh. »Ich bin in einem Alter, in dem man sich nicht mehr hingeben kann, wem es auch sei, weil dieses ›wem es auch sei‹ keine Stimme mehr hat. Die Gefühle beugen sich unmittelbar unserem Willen und im allgemeinen unumstößlich. Das ist das Alter, Andreas, stellen Sie sich vor: nur noch zu lieben, was man lieben kann, und nur nach dem zu verlangen, was man kriegen kann. Das nennt man Weisheit. Ich gebe Ihnen recht, daß das widerlich ist, aber so ist es nun mal. Ich sehe klar und bin folglich zynisch. Sie sehen klar und sind folglich begeistert. Sie können sich herrliche, selbst unglückliche Leidenschaften leisten, weil Sie Zeit haben, sich später andere und köstlichere zu leisten. Aber ich nicht. Gesetzt den Fall, ich würde Sie lieben: Sie würden mich verlassen – oder ich Sie. Ich hingegen würde nie die Zeit haben, nach Ihnen einen anderen zu lieben, und ich möchte nicht mit einem schlechten Geschmack im Mund sterben. Mein letzter Liebhaber war verrückt nach mir, und ich habe ihn vor zehn Jahren verlassen.«

Andreas hörte diese Sätze an, die ihn zu Boden schmetterten, er war fassungslos vor Bewunderung und seltsamerweise vor Dankbarkeit, denn es war das erste Mal, daß sie sich ihm gegenüber so ausführlich und zusammenhängend äußerte. Zu anderen Zeiten beschränkte sie sich darauf, hin und wieder laut zu denken, das heißt die Sprünge und ständigen Wechsel eines aufgelösten und komischen Gedankengangs kurz zu kommentieren. Diesmal gab sie sich Mühe, und zwar um ihm zu erklären, daß sie ihn nicht liebte, daß sie ihn nicht lieben konnte...

»Aber wenn Sie mich nicht lieben können«, sagte er schließlich nachdrücklich und treuherzig, »dann lieben Sie mich eben nicht! Letzten Endes kann ich immer noch hoffen, und ich werde Sie nicht verlassen. Sie brauchen mir nicht zu schmeicheln, und ich werde nicht gefährlich sein. Behandeln Sie mich wie einen jämmerlichen Gigolo, wenn Sie wollen, es ist mir gleichgültig, ob ich geachtet werde... Ich verzichte darauf, geachtet zu werden, wenn es mich daran hindert, Sie zu sehen... Übrigens habe ich Geld bekommen und werde Ihnen nach New York folgen«, fügte er plötzlich selbstgefällig hinzu, selbstgefällig und dennoch erschrocken.

»Damit ich mit Ihnen lebe, ohne Sie zu lieben? Kein schlechter Gedanke. Aber Sie sind zu bescheiden, mein lieber Andreas; die Gefahr bliebe trotzdem bestehen.«

»Wollen Sie damit sagen, daß Sie mich später mal lieben könnten?« fragte Andreas strahlend, wobei er alle Zeichen des Stolzes und der Überraschung zeigte.

347

Die Doriacci verharrte einen Augenblick nachdenklich vor diesem beinahe verwirrten Gesicht. »Ja, das würde ich sicher können. Dennoch werde ich Ihnen eine sehr gute Adresse in Paris geben, lieber Andreas, um dieses Drama zu vermeiden, denn für mich wäre es eines. Die Comtesse Maria della Marea lebt seit zwei Jahren in Paris. Sie ist charmant, reicher und jünger als ich, und sie ist versessen auf blonde und blauäugige Männer, wie Sie einer sind. Sie hat einen schwedischen Geliebten vor die Tür gesetzt, der sich ein bißchen zu interessiert gezeigt hat . . . das heißt, der es zu deutlich durchblicken ließ. Sie ist ein fröhlicher Mensch, sie hat viele Freundinnen, Ihre Karriere in Paris ist gemacht. Bitte, schauen Sie nicht so schmerzvoll und erschreckt drein; Sie selbst haben mir doch von Ihrer Erziehung und Ihren Zielen erzählt!«

Daraufhin sah sie, daß sich Andreas' Gesicht verschloß und in einem Gefühl der Wut nahezu häßlich wurde, einem Gefühl, das in Ermangelung der Falten, Vertiefungen und Runzeln in diesem Gesicht, das diese Erscheinungen bisher nicht kannte, auf gut Glück Besitz von ihm ergriff, den Mund zusammenzog, die Sanftheit der Kinnbacken Lügen strafte, kurz, dieses Gesicht entstellte. Und er verließ sie mit diesem neuen Gesicht, während die Doriacci sich für einen Moment zutiefst wünschte, daß es nicht das letzte sein möge, was sie in Erinnerung behielt. Sie ärgerte sich ein wenig darüber, wie sie zugeben mußte, als sie sich auf drei Meter Entfernung im Spiegel betrachtete. Doch sie ärgerte sich sehr viel weniger, als sie genauer in den Spiegel schaute, aus dem ihr tausend Falten, tausend Schatten und einige Tränensäcke entgegensprangen: die endgültige und umfassende Bestätigung ihrer Worte.

Schließlich wurden die zunächst überraschten Passagiere verstimmte Passagiere und von verstimmten zu verärgerten und von verärgerten zu wütenden. Doch das alles hatte sichtlich keine Wirkung auf die verschlossene Tür der Doriacci, die eher vor den Problemen der Diva verriegelt blieb als vor denen des armen Andreas. Und trotz der Anteilnahme, die Charley dem jungen Mann entgegenbrachte, verdroß es ihn nicht, ihn finster aus der Kabine kommen zu sehen, zuerst mit wutverzerrtem Gesicht, dann gesenkten Hauptes und gramzerfurchter Miene. Charley ließ ihn vorübergehen und klopfte vorsichtiger als beabsichtigt an die halb offengelassene Tür. Es war jetzt das fünfte Mal, daß er vergeblich an diese Kabinentür pochte, und trotzdem klopfte er entgegen allen Ermahnungen und Befehlen, die von der Kommandobrücke kamen, immer wieder zaghaft an.

Charley wußte sehr genau, was geschehen würde: Die Doriacci würde geziert auf der Bühne erscheinen und dem Publikum strahlend und dankbar für seine Geduld zulächeln. Sie würde singen, als sei nichts gewesen. Er wartete also auf der Schwelle; sein Gesicht spiegelte Ärger, ja Zorn.

Sie ging wortlos an ihm vorbei, ohne ihn anzublicken oder sich wenigstens zu entschuldigen, und marschierte zum Podium, wie man in den Kampf marschiert. Und erst als sie dort eintraf, warf sie, ohne sich umzudrehen, den Kopf einfach nach hinten, während die Beine wie bei einer Tangofigur weiterschritten, und zischte Charley zu: »Bestehen Sie wirklich darauf, daß ich vor diesem Pöbel singe?« Ohne eine Antwort abzuwarten, trat sie in den Lichtkreis.

Als sie auftrat, hatte das Publikum ein Stadium der Empörung erreicht. Es wurde gemurrt. Olga Lamouroux hatte bereits einige ungeduldige Köpfe durch ihr Beispiel mit gereizter Miene zum Beifallklatschen herausgefordert,

einem Beispiel, dem Simon ostentativ nicht gefolgt war.
Das würde er ihr später büßen müssen, dachte sie, gähnte
hörbar laut und sah zum x-tenmal auf die Uhr. Sie zeigte
sich jedoch wieder aufmerksam, als sie »den Meldegän-
ger«, wie sie sich sagte, den Schergen der Verspäteten,
Andreas, auftauchen sah, einen blasseren Andreas als
vorhin, der sich bleich auf einen Stuhl in der Nähe der
Lethuilliers, näher noch an Clarissa, fallen ließ. Olga
bemerkte, daß sie sich ihm besorgt zuwandte, etwas zu
ihm sagte und seine Hand in ihre Hände nahm.

»Ich habe bestimmt geglaubt«, flüsterte Olga Simon zu,
»daß Julien Peyrat das Herz Ihrer Freundin Clarissa
erobert hat...«

»Natürlich Julien«, antwortete Simon und folgte ihrem
Blick. »Andreas hat es lediglich nötig, getröstet zu werden,
das ist alles... Ich muß schon sagen, daß ich Clarissa für
einen Mann sehr tröstlich finde.«

»Nicht für alle«, erwiderte Olga mit einem kurzen
Lachen.

Simon reagierte mit einem vorsichtigen Protest. »Was
wollen Sie damit sagen?«

»Daß ihr Gatte nicht so aussieht, als suche er Trost...
Jedenfalls nicht bei ihr.«

Es folgte ein Schweigen, das Simon mit Mühe und
nahezu unhörbarer Stimme durchbrach. »Ich weiß nicht,
welches Vergnügen Sie darin erblicken, so häßlich, so
abscheulich zu mir zu sein. Was werfen Sie mir denn vor,
sehen wir einmal von Ihren eigenen Bosheiten ab?«

»Sie bedienen sich meiner«, sagte sie hart. »Sie denken
nur an Ihr Vergnügen und scheren sich einen Dreck um
meine Karriere, geben Sie's doch zu!«

»Aber...«, entgegnete Simon, der sich widerwillig in
ein Gespräch verwickeln ließ, dessen Schluß, wie er wußte,
auf seine Kosten ging. »Aber ich werde Ihnen eine Hauptrolle in meiner nächsten Produktion anvertrauen, das
wissen Sie ja...«

»Weil Sie hoffen, mich halten zu können, indem Sie mir
eine Rolle nach der anderen zuteilen und egoistisch versuchen, mein Berufsleben durch mein Privatleben zu ersetzen. Das ist alles.«

»Sie werfen mir also vor, Ihnen keine Rollen zu geben

oder Ihnen zu viele Rollen zu geben? Das ist doch ein Widerspruch.«

»Ja«, antwortete sie verächtlich ruhig. »Ja, das alles ist ein Widerspruch, und das ist mir egal. Stört Sie das?«

Er hätte sich erheben, gehen und sie nie wiedersehen sollen. Doch er blieb wie angenagelt auf seinem Stuhl sitzen. Er betrachtete Olgas Handgelenk, das so zerbrechlich, so sanft zu berühren und in seiner Schmalheit so kindlich war. Und er konnte nicht, er konnte einfach nicht gehen. Er war diesem aufsteigenden Filmstern ausgeliefert, der manchmal so zärtlich und so naiv sein konnte, der so sehr seines Schutzes bedurfte – was Olga auch dazu sagen mochte.

»Sie haben recht«, erklärte er. »Das ist nicht weiter von Bedeutung, aber ich möchte...«

»Pst!« machte Olga. »Pst... Die Doriacci kommt. Sie sieht nicht gerade umgänglich aus«, fügte sie hinzu und zog unwillkürlich den Kopf zwischen die Schultern.

Und tatsächlich war die Doriacci endlich da. Sie trat in den Lichtkegel, die Stirn gesenkt, das Gesicht von Make-up und Zorn gekennzeichnet, die Mundwinkel heruntergezogen, die Kiefermuskeln gespannt. Beim Anblick dieser Furie entstand ein überraschtes und beunruhigtes Schweigen, bei dem die Zuhörer nicht wußten, ob dieser Zorn logischerweise ihnen galt. Sie zitterten auf ihren Rohrstühlen, und selbst Edma Bautet-Lebrêche, die den Mund geöffnet hatte, schloß ihn langsam wieder. Clarissa rieb unwillkürlich Andreas' Hand, der nicht mehr zu atmen schien und dessen Reglosigkeit an sich schon besorgniserregend war. Er sah die Doriacci mit blanken, runden Augen an, wie sie Hasen nachts haben, wenn sie von Scheinwerfern angestrahlt werden.

Von dieser Erscheinung am meisten betroffen war Hans-Helmut Kreuzer, der bis dahin, in seiner Würde als Musikstar gekränkt, weil er hatte warten müssen, an seinem Flügel gesessen hatte und sich nun beim Eintreffen der Diva wie ein Märtyrer erhob, da er glaubte, das Gewicht der Bewunderung und des allgemeinen Mitgefühls ruhe auf ihm. Doch die Blicke des Auditoriums waren woandershin gerichtet: auf diese halbnackte, wütende Verrückte, und Hans-Helmut klopfte mit seiner Partitur auf den Arm der Diva, um sie an ihre Pflichten zu erinnern, was sie jedoch nicht wahrzunehmen schien. Mit einer brutalen Kreisbewegung, die der Geste einer Sängerin in einem Tanzlokal glich, griff sie nach einem Mikrophon und ließ ihre dunklen, leuchtenden und starren Augen über die Menge schweifen, bis ihr Blick endgültig auf Kreuzer fiel.

»*Troubadour*«, sagte sie mit kalter und rauher Stimme.

»Aber heute abend...«, flüsterte Hans-Helmut und klopfte mit seinem Heft auf seinen Notenständer, »ist *Des Knaben Wunderhorn* dran...«

»Dritter Akt, vierte Szene«, präzisierte sie, ohne auf ihn zu hören. »Also los!«

In ihrer Kürze lag eine so herrische Note, daß Kreuzer, anstatt zu protestieren, sich wieder hinsetzte und die ersten Takte anschlug. Ein ängstliches Hüsteln hinter ihm erinnerte ihn an die Existenz der beiden fünfzigjährigen Schüler, und er drehte sich ruckartig zu ihnen um, erregte sich, daß sie ihre Instrumente wie Seitengewehre hielten, und bellte: »*Troubadour*, dritter Akt, vierte Szene!«, ohne sie auch nur eines Blickes zu würdigen.

Überstürzt tauschten sie die Noten aus.

Und kaum waren die ersten Takte verklungen, als sich die Stimme der Doriacci wie ein Schrei erhob, und Hans-Helmut begriff auf einmal begeistert, daß er gute Musik zu hören bekommen würde. Er vergaß alles. Er vergaß, daß er diese Frau verabscheute. Im Gegenteil, er stellte sich in ihre Dienste, kam ihr zu Hilfe, unterstützte sie. Er beugte sich bedingungslos ihren Antrieben, ihren Launen, ihrer Führung. Er war nichts weiter als der dienstbarste, bescheidenste und hingerissenste ihrer Bewunderer. Und die Doriacci spürte das sofort, rief ihn mit ihrer Stimme, ließ ihm einen Vorlauf, forderte das Cello, reizte die Geige, überflügelte sie wieder, hielt sich zurück und spielte mit ihnen im besten Einvernehmen. Sie vergaß deren Socken, deren Kahlköpfigkeit und Schwerfälligkeit; sie vergaßen ihre Launen, ihren Zorn und ihre Unverschämtheit. Und zehn Minuten lang liebten sich diese vier Personen und waren glücklich miteinander, wie sie es nie in ihrem Leben mit jemandem gewesen waren.

Clarissa spürte, daß sich Andreas' Hand in ihren Händen spannte, und so verstärkte auch sie ihre Umklammerung, als die Diva so herrlich sang, und ihr war nach Weinen ebenso wie nach Liebe zumute. Doch für Andreas war es, als träfe ihn jede Einzelheit dieser musikalischen Schönheit, diese ganze Schönheit, die er verlieren sollte, das war klar und sicher grausam, da selbst Clarissa die Doriacci begehrte, danach verlangte, sie an sich zu drücken, danach verlangte, ihren Kopf auf diese geschwellte, stolze Brust zu legen und das Ohr auf dieses Herz und diese Schulter, und mit dem gleichen wollüstigen Respekt, den ihr die Lust eines Mannes verlieh, zu hören, wie diese allmächtige Stimme entstand, aufstieg und erschallte.

Schließlich schmetterte die Doriacci ihren vorletzten Ton und hielt ihn bis zum Ende des Atems flüssig und stark, und es war, als schwinge er wie eine Drohung oder ein wilder Schrei über den Passagieren. Unendlich lang. So endlos, daß Edma Bautet-Lebrêche sich unbewußt von ihrem Stuhl erhob, als würde sie von der außerordentlichen Vollendung dieses Schreis emporgetragen; während Hans-Helmut sich an seinem Flügel umdrehte und sie durch seinen Kneifer anstarrte; während die beiden Tröpfe erschrocken und überrascht dastanden, den Bogen in der Luft hielten, die Geige unter dem Kinn und das Cello im Arm; während das Schiff ohne Motor auf dem Wasser zu ruhen und das Leben aus den Zuhörern gewichen zu sein schien. So schwebte der Ton nicht eine halbe Minute, sondern gleichsam eine Stunde, ein Leben lang über ihnen, bis die Doriacci ihn hart abbrach und mit harter Stimme die letzte Note sang, als sei sie außer sich, so lange ausgeharrt haben zu müssen. Die Passagiere brachen in frenetischen Beifall aus. Stehend brüllten sie: »Bravo! Bravo! Bravo!«

Die Gesichter von unverdientem Stolz geprägt und von übertriebener Dankbarkeit erfüllt, dachte Kapitän Ellédocq, der bei diesem Lärm nicht umhin konnte, einen Blick auf das Meer zu werfen, einen beunruhigten Blick, denn der Gedanke, daß man von einem anderen Schiff aus seine hysterischen Passagiere sehen könnte, die wie eine Herde brüllend um einen Flügel geschart waren, trieb ihm im voraus die Schamesröte ins Gesicht. Gott sei Dank befand sich kein einziges Boot in diesen Gewässern, und Ellédocq wischte sich die Stirn ab und applaudierte seinerseits dieser schreienden und übrigens groben Person, da sie abtrat, ohne sich vor ihren Fanatikern, den armen Masochisten, zu verneigen, die immerhin eine Stunde gewartet hatten und jetzt klatschten, daß die Fugen krachten. Nun, sie bezahlten dafür, erkannte Ellédocq an, bevor er sich fragte, was seine Mütze am Boden machte und warum er selbst applaudierte.

Clarissa hatte Tränen in den Augen, bemerkte Eric erleichtert, als die Doriacci abgetreten war. Er fühlte sich jetzt besser, selbstsicherer. Er verstand diese groteske Panik vor dem Abendessen nicht mehr, vor allem seine Angst vor Clarissas Antwort war gewichen. Selbstverständlich würde sie ihm antworten, aber sie würde ihm nichts antworten! Sie würde leugnen, sich verteidigen und ihm damit die Wahrheit sagen. Denn es war nichts geschehen, dessen wurde er sich nun bewußt. Clarissa war unfähig, irgend etwas Gutes oder Schlechtes zu tun: sie hatte Angst vor ihrem Schatten, Angst vor sich selbst und verachtete ihren Körper – der allerdings schön war, wie man zugeben mußte. Man mußte auch sagen, daß dieser so geringgeschätzte Körper unter dem aus Minderwertigkeitsgefühlen entstellten Gesicht nicht einer gewissen Komik entbehrte. Wie hätte Clarissa ihn betrügen können? Diese arme Clarissa, die sich nicht einmal genug liebte, um zu ertragen, daß man sie wieder die Lippen schminken sah; diese Clarissa, mit der er, um diese Bescheidenheit zu unterstützen, im Dunkeln schlief und von der er sich hinterher gleichsam beschämt abwendete, wie er es überdies nach diesen komödienhaften, aber notwendigen Pantomimen bei allen Frauen tat, wobei sich die Hälfte der Menschheit, wie er meinte, schrecklich langweilte, ohne je zu wagen, es zuzugeben – zumindest traf das auf die Männer zu. Und das war sehr selbstverständlich angesichts der weichen Kreaturen, die mit der Intelligenz flirteten und ihre Zeit hinter den Schilden zarter Organe, kranker Nerven, widerlicher Sentimentalität, übertriebener Empfindlichkeit und weibischer Ergebenheit verbrachten; dieser weichen Kreaturen, die heutzutage Anspruch auf das Stimmrecht, den Führerschein und die Staatsführung erhoben. Diese weichen und piepsenden Dinger, wie man sie in diesem Milieu antraf, die Alkoholikerinnen und Neurotikerinnen wie Clarissa oder die anmaßenden und unerträglichen Frauen wie Edma oder Opernwalküren wie die Doriacci – all diese Weiber hatten ihn schon immer außer sich gebracht, und diese unglückliche Olga schließlich schien ihm noch am wenigsten belastend, da sie zumindest Sinn für Demut hatte.

Olga war demütig, Clarissa war es hingegen nicht: sie war stolz, aber leider nicht auf ihr Vermögen. Sie war tatsächlich auf das stolz, was sie ihm verbarg, auf das, was er nicht an den Tag bringen und gleichzeitig heruntermachen konnte: ein Gefühl oder eine Fähigkeit oder eine Ethik oder eine Einbildung, jedenfalls etwas, das sie außerhalb seiner Reichweite gehalten hatte und von dem Eric, da er dessen Namen und seine Natur nicht kannte, auch nicht verlangen konnte, daß es von ihr vernichtet wurde. Diese Gewißheit von einem dumpfen, bestimmten Widerstand, der irgendwo in Clarissas undurchdringlicher Persönlichkeit verborgen war, hatte Eric zunächst wie einen offenen und zugleich schweigenden Kampf empfunden, dann hatte ihn das geärgert – als er sich bewußt geworden war, daß er unfähig blieb, den Grund dieses Widerstands zu entschleiern, und schließlich war er ihm gegenüber gleichgültig geworden, weil er geglaubt hatte, Clarissa auf genügend anderen Gebieten besiegt zu haben. Er hatte sogar gemeint, daß sie diesen Widerstand wie eine alte Fahne irgendwo aufgegeben habe, bis Clarissa auf dieser Kreuzfahrt nicht nur von der Existenz dieser Fahne gekündet hatte, sondern sie obendrein von Zeit zu Zeit etwas erhob, als wollte sie ihn an deren Farbe erinnern.

An diesem Punkt beschloß er anzusetzen, wurde jedoch von einer lärmenden Musik daran gehindert, die plötzlich aus den Lautsprechern ertönte. Es war ein alter Slowfox aus den vierziger Jahren und stammte aus einem Film, den damals jeder gesehen hatte: *As time goes by.*

»Mein Gott«, sagte Edma, »mein Gott... erinnern Sie sich?« Und sie schaute sich nach jemandem um, der diese

Erinnerung mit ihr teilen konnte. Aber sie befand sich nicht in ihrem Freundeskreis. Der einzige Gefährte dieser Jahre war Armand, und wenn sie ihn nach dieser Epoche fragte, rief er ihr die Fusion seiner Unternehmen mit weiß Gott welch anderen Unternehmen ins Gedächtnis, für ihn war das ein Punkt, weiter nichts. Andererseits konnte sie Armand schlecht vorwerfen, daß er sich nicht genau an das Gesicht und die Gestalt Harry Mendels erinnerte, der damals ihr Geliebter gewesen war, mit dem sie gerne Szenen aus diesem Film spielte, indem sie die Mimik und Sprechweise der beiden Hauptdarsteller, ihrer Idole, nachahmten. Ihr Blick fiel durch einen etwas gelenkten Zufall auf Julien Peyrat, der still in seiner Ecke saß und von dem Edma fand, daß ihm die Liebe keinen Erfolg brachte. Übrigens hatte die Liebe durch eine Art Pech den Männern, die sie kannte, noch nie Vorteile verschafft.

»Sagt Ihnen diese köstliche und melancholische Melodie nichts, mein lieber Julien?« fragte sie mit dem Ton auf dem Wort ›melancholisch‹ und schloß die Augen über einem geheimen und fernen Schmerz, der Julien in dem Zustand, in dem er sich befand, eher rührte als zum Lachen anregte.

Edma merkte das und nutzte ihren Vorteil. Was würden die beiden machen, er, dieser verführerische Dummkopf, und sie, diese charmante und reiche arme Frau? Diesmal wußte es selbst Edma nicht. Sie wußte lediglich, daß sie an Clarissas Stelle gleich bei der ersten Aufforderung mit Julien Peyrat durchgebrannt wäre! Doch die Frauen dieser anderen, ihrer eigenen Generation waren Gott sei Dank noch richtige Frauen. Sie glaubten sich den Männern nicht nur gleichwertig, sie hielten sich für sehr viel gerissener. Und wenn sie zu wählen hatten, dann entschieden sie sich für den verführerischsten Kandidaten, anstatt sich in politische Situationen verwickeln zu lassen.

»Doch«, entgegnete Julien, »wie hieß noch dieser herrliche Film? Ja richtig, *Casablanca!*«

»Ich hoffe, Sie haben auch Tränen vergossen... Aber Sie werden das natürlich abstreiten... Die Männer schämen sich, einzugestehen, daß sie feinfühlig sind, und oft sind sie gar stolz, zu beweisen, daß sie es nicht sind. Welch Mangel an Instinkt!«

»Wessen sollen wir uns denn rühmen?« fragte Julien in gereiztem Ton, den sie an ihm nicht kannte. »Leiden zu können? Lieben Sie Männer, die sich beklagen?«

»Ich liebe Männer, die gefallen, mein lieber Julien«, erwiderte Edma, »und ich finde, Sie gefallen mir gut genug, um nicht dieses Gesicht zu machen. Wissen Sie, warum ich diese Platte auflegen ließ? Sie, der Sie so sensibel sind, wissen Sie eigentlich, warum?«

»Nein«, antwortete Julien, der angesichts der wiederholten Schmeicheleien und Komplimente, mit denen Edma ihn überhäufte, ungewollt lächelte.

»Sehen Sie, ich habe sie gekauft, um in Ihren Armen liegen zu können, ohne daß Sie in Verwirrung geraten. Ist das nicht köstlich? Ist das nicht eine herzzerreißende Bescheidenheit?« Sie lachte, als sie das sagte, und sah ihn mit ihren strahlenden Augen, ihren Vogelaugen, an. Und ihre gesamte Gesichtshaut spiegelte die Jugend des Verlangens und des Flirts wider – trotz der Falten.

»Das glaube ich Ihnen nicht«, äußerte Julien und nahm sie in seine Arme. »Aber Sie tanzen trotzdem mit mir, ja?«

Mit einem triumphierenden Wiehern stampfte Edma mit dem Hacken auf und wiegte sich nach rechts, während Julien ebenfalls einen Rechtsschritt andeutete, so daß sich beide entschuldigten, aber aufeinander zuflogen, als sie sich unter doppeltem Bedauern nach links wandten und infolgedessen mit der Stirn aneinanderprallten. Sie hielten inne, blickten sich an, lachten schallend auf und hielten sich die Köpfe.

»Jetzt führe ich«, erklärte Julien leise.

Und Edma folgte gelehrig mit geschlossenen Augen seinen im übrigen vorsichtigen Bewegungen.

Erics Blick hätte jedweden in diesem grotesken Vergnügen gebremst, doch er wurde von Olga entführt, die ihn zur Tanzfläche zog. Er setzte ihr nicht gerade höfliche Weigerungen entgegen, denen sie mit einem kurzen und gedämpften »Kein Slow, kein Gemälde« ein Ende machte.

Unterdessen sandte Clarissa Simon Béjard einen – wie sie meinte – nahezu verstohlenen Blick zu, doch er antwortete mit einem zaghaften entschuldigenden Lächeln, einem verwirrten und unglücklichen Lächeln, das Clarissa einen

Augenblick bekümmerte. Charley riß sie zu den Klängen des Refrains mit sich fort.

»Nicht daß Sie schlecht tanzten...«, sagte Edma und löste sich von ihm.

Wie viele Männer, die nicht tanzen können, hatte Julien Peyrat sie eng an sein Herz und seine Schulter gedrückt und ihr damit den Blick auf die Tanzfläche genommen, als könne ihr dieses vorübergehende Erblinden den Glauben an seine Tanzkünste verleihen; als merke Edma nicht, wenn sie nicht sah, wo sie die Füße hinsetzte, daß sie nicht an der richtigen Stelle standen.

»Sie tanzen überhaupt nicht«, tadelte Edma ihn. »Sie gehen mit einer Frau spazieren. Einer Frau, die Ihnen gegenübersteht, anstatt von Ihrem Arm geführt zu werden. Was wir jetzt machen, ist so eine Art behinderter Spaziergang, oder? Ich gebe Ihnen Ihre Freiheit zurück.«

»Meine Freiheit, nun ja... ich meine... da ist auch Clarissa, sehen Sie? Wenn sie nicht da ist, fühle ich mich, als seien mir die Hände gebunden... durch ihre Abwesenheit.«

»So weit ist es?« Edma schwankte zwischen der Eitelkeit, daß Julien ihr seine Gefühle mitteilte, und einem leichten Verdruß, daß sie es nicht war, von der er mit soviel Melancholie und Erregung sprach. Sie löste sich vollends aus Juliens Armen, packte Charley an der Schulter und hielt ihn abrupt in seinen Bewegungen fest. »Mein lieber Charley«, flötete sie, »Sie sind doch ein so guter Tänzer, befreien Sie mich von diesem langen Lulatsch und seinen Kindereien! Verzeihen Sie, Clarissa, aber ich werde am Ende blutige Füße haben, weil ich sie immer unter den Sohlen Ihres Anbeters wegziehen muß!«

Und sie stürzte sich auf Charley und ließ Clarissa und Julien Angesicht in Angesicht zurück. Sie wollte sich nicht umdrehen – um wenigstens nicht sehen zu müssen, wie sie aufeinander zutraten und langsam mit dieser übertriebenen Teilnahmslosigkeit zu tanzen begannen, die für glückliche Liebende so enthüllend ist. Julien und Clarissa drehten sich gemächlich und vorsichtig, als halte jeder von ihnen einen Partner aus Porzellan umfaßt, aber Auge in Auge.

Olga konnte sich nicht verkneifen, Eric darauf aufmerksam zu machen, während sie sich mit vielversprechender Sinnlichkeit an ihn schmiegte: »Seien Sie nicht so zerstreut, Verehrtester. Schauen Sie etwas konzentrierter drein, wenn Sie mich in Ihren Armen halten! Sehen Sie sich Julien Peyrat an! Er ist sicher glücklich, daß Sie nicht eifersüchtig sind...«

»Haben Sie sich um mein Bild gekümmert?« fragte Eric nach einem Moment des Schweigens. Er vermied es, das erwähnte Schauspiel zur Kenntnis zu nehmen.

»Ich habe noch nicht mit Julien gesprochen. Aber ich gedenke, es morgen früh im Schwimmbad zu tun. Da werden wir allein sein, und dann werde ich weniger rot. Ich soll ihm erzählen, daß ich dieses Gemälde für Simon kaufen will! Ich kann Ihnen versichern, daß das schwerlich durchgehen wird.«

»Ich denke, Sie sind Schauspielerin, oder nicht?«

»Ja, aber ich bin mir nicht sicher, ob Julien das weiß«, antwortete sie leicht verdrießlich, wie Eric unbewußt bemerkte.

Doch er schwieg und drückte sie vielmehr stärker an sich, denn bei einer Drehung hatte er die Profile von Julien und Clarissa erblickt.

Sie tanzte mit Julien und hatte den Eindruck, sich an einen Hochspannungsmast zu stützen. Gleich würde sie derselbe Kurzschluß treffen, und alles Glück, Unglück und Andersartige konnte ihr von neuem begegnen. Das Leben war alles andere als eintönig, und die Zeit, die ihr zu leben blieb – und die ihr noch vor einer Woche unendlich vorkam –, erschien ihr jetzt, da sie sie mit einem Mann teilen mußte, der sie begehrte, entsetzlich kurz.

Sie mußte Julien doch noch alles zeigen, Landschaften und sämtliche Bilder, er mußte die ganze Musik hören, sie mußte ihm alle Geschichten erzählen, die sie auf den Speichern und in den Kellern ihres Gedächtnisses von ihrer Kindheit, ihrer Ausbildung, ihrem Liebesleben und ihrer Einsamkeit angesammelt hatte. Und ihr schien, daß sie nie die Zeit finden würde, alle Einzelheiten dieses gleichwohl faden Lebens zu erzählen, das sie bisher für hoffnungslos fade gehalten hatte und das nun unter Juliens Blick und bei dem Wunsch, es zu begreifen, in beide Hände zu nehmen und zu erinnern, zu einem Leben geworden war, das von Anekdoten, lustigen und traurigen Ereignissen überquoll, weil sie danach verlangte, das alles einem anderen zu erzählen. Dieser Mann, der in ihren Armen im voraus vor Lust zitterte, wessen sie sich ein wenig schämte, dieser Mann hatte ihr nicht nur die Gegenwart zurückgeschenkt, nicht allein die Zukunft versprochen, sondern hatte ihr auch eine glänzende, lebendige Vergangenheit wiedergegeben, für die sie keine Scham mehr zu empfinden brauchte. Sie drückte ihn impulsiv an sich, er stöhnte leicht und murmelte: »Nein, ich bitte dich«, bevor er einen Schritt zurückwich, und sie lachte über seine verdutzte Miene laut auf.

Die Zeit verstrich. Edma war mit Charley zum Paso doble übergegangen. Und selbst Kapitän Ellédocq schien zu überlegen, ob er nicht, durch Edmas Bitten ermutigt, ein paar Sohlengängerschritte wagen sollte. Paare hatten sich gebildet und wieder getrennt, ohne daß man je einem Zwang erlag, und es war wie zu Beginn auf diesem Schiff, als plötzlich Olga auftauchte, die seit zehn Minuten verschwunden war, und in die Musikpause, die eingetreten war, hineinschmetterte: »Ich möchte mal wissen, wer in meinem Schrank herumgewühlt hat! In meinen Sachen!«

Es herrschte eine drückende Stille, und während sich die Tanzpaare mißtrauisch anschauten, wurden von allen Ecken Fragen laut. »Wie?«

»Warum sagen Sie das?«

»Das ist doch Unsinn!«

»Jeder ist dann oder wann einmal verschwunden, meine liebe Olga«, sagte Edma, die auch diesmal die Dinge in die Hand nahm, »außer mir. Wenn ich tanze, tanze ich bis zum Morgen. Was wollen Sie damit sagen? Ist Ihnen etwas weggekommen? Geld? Schmuck? Das erscheint mir höchst unwahrscheinlich! Nicht wahr, Herr Kapitän? Also, Olga, was hat man Ihnen gestohlen, meine Liebe? Man entfacht doch keinen Skandal wegen einer Schachtel Zigaretten!«

»Man hat mir nichts gestohlen«, erwiderte Olga bleich vor Zorn, der sie häßlich machte, wie Edma erneut bemerkte. »Aber man hat mir etwas wegnehmen wollen.

Man hat meine Sachen durchsucht. Und das finde ich unerträglich! Diese Gemeinheit nehme ich nicht hin!« Ihre Stimme erhob sich, grenzte ans Kreischen.

Edma stieß sie verärgert in einen Sessel, ehe sie ihr wie einer Überlebenden einen Cognac reichte. »Was hat man denn gesucht?« fragte sie leicht verstimmt. »Haben Sie die geringste Ahnung, was man bei Ihnen gesucht haben könnte?«

»Ja«, antwortete Olga, wobei sie die Augen niederschlug. »Und auch, wer der Betreffende war«, fügte sie hinzu, hob den Kopf und blickte Simon an.

Er schaute schmollend und brummig drein. Er zuckte die Achseln und wandte die Augen ab.

»Aber ist das nicht eine Privatangelegenheit?« brachte Edma zögernd vor. »Wenn Sie meinen, es sei Simon gewesen, könnten Sie uns vielleicht mit diesen Partnerproblemen verschonen, meine kleine Olga... Sollte Simon seinen Vertrag zurückgewollt haben? Haben Sie ihn zerrissen im Waschbecken gefunden? Werden Sie nicht die Heldin in seinem nächsten Film sein?«

»Der Betreffende hat Beweise gesucht, um mich zu ruinieren«, sagte Olga mit einer Kopfstimme, die zur allgemeinen Überraschung bei Armand Bautet-Lebrêche Gelächter hervorrief.

Olga ließ sich dadurch nicht irritieren. »Der Betreffende ist natürlich zu feige, seine Tat zu gestehen, dennoch möchte ich, daß er es öffentlich tut. Hier sollte jeder wissen, was von der Zurückhaltung und Eleganz dieser Person zu halten ist, was mich aufrichtig freuen würde.«

»Beweis wofür?« rief Edma Bautet-Lebrêche aus, denn sie war über diese vage Anschuldigung plötzlich ebenso aufgebracht wie über das dumme irre Lachen ihres Gatten, das zudem auf Charley überzugreifen schien.

»Beweise für meine Untreue!« schrie Olga. »Die hat man gesucht und übrigens nicht gefunden. Ich mußte dem zuvorkommen, damit das nicht alles in die Wege geleitet werden konnte... Und ich finde das widerlich... einfach widerlich!« wiederholte sie und schrie erneut – so daß sich das Gewieher des Zuckerkönigs noch um eine Oktave erhöhte.

Clarissa, die sich auf den Tisch stützte, hinter dem Olga

wie Justitia persönlich thronte, beobachtete Simon von Beginn der Auseinandersetzung an, und auf einmal kam er ihr abgemagert, gealtert, verstört und unstet vor. Sie fand, daß er ihr glich, als sie vor acht Tagen an Bord gekommen war, Clarissa, die siegesbewußt das Schiff verlassen würde, wie er, Simon, es bestiegen hatte, da er jemanden liebte und sich von jemandem geliebt glaubte. Es erschien Clarissa, als habe sie Simon diese glückliche Sicherheit entwendet, die sie ihm angesichts dieses schrecklichen Verlustes zurückerstatten mußte. Sie sah, wie weit Olga ging, um ihn zu demütigen, doch sie erkannte die Gründe für diese Beleidigung und diese Grausamkeit nicht. Und etwas in ihr, das sie schon seit ihrer Kindheit für lahmende Hunde, alte Damen auf Bänken, traurige Kinder und die Gedemütigten im allgemeinen übrig gehabt hatte, trieb sie jetzt zum Angriff, und sie hörte sich – fast zu ihrer eigenen Überraschung – den einzigen Satz aussprechen, der diese Strafe von Simons Haupt wenden konnte.

»Ich war es«, sagte sie mit dünner, leiser Stimme, was wie eine Bombe einschlug.

»Sie?« fragte Olga und schoß hoch.

Wie eine Medusa, dachte Clarissa und wich zurück, als wolle Olga sie schlagen. »Ja, ich«, erklärte sie rasch. »Ich war eifersüchtig, ich suchte einen Brief von Eric.«

In dem anschließenden Stimmengewirr schritt Clarissa durch die Zeugen dieses Skandals, drückte im Vorbeigehen Juliens Hand, der ihr übers ganze Gesicht zulächelte, und eilte zu ihrer Kabine. Dort warf sie sich auf ihr Bett und schloß mit einem merkwürdigen Gefühl des Triumphs die Augen. Sie versuchte, zwei- oder dreimal das alberne Lachen Armand Bautet-Lebrêches nachzuahmen, und nach zwei oder drei mißlungenen Versuchen schlief sie bis zum Eintreffen Erics wie ein Murmeltier.

Dem Aufbruch Clarissas folgte noch größere Unruhe...

»Welchen Grund sollte sie gehabt haben, in meine Kabine zu gehen?« fragte Olga mit der schmerzvollen Wut, die man empfindet, wenn man sich durch die List des Gegners vor geschätzten Mitmenschen mit einer berechtigten Klage abblitzen sieht.

Edma antwortete in mondänem, etwas trockenem, ein

wenig ironischem Ton, der Julien plötzlich als der Gipfel der Zuvorkommenheit und Herzensgüte erschien.

»Ich will nicht, daß man sich über mich lustig macht«, schrie Olga. »Was soll denn Clarissa in meinem Zimmer gesucht haben? Sie liebt Eric nicht. Sie liebt Eric nicht mehr, sie will hier diesen Julien Peyrat haben und nicht diesen Schuft von Lethuillier ... Und ich verstehe sie ja, und ich wünsche Herrn Peyrat viel Glück, und ich ...«

»Olga!« Edmas Stimme hatte nichts Gelassenes mehr. Es war die Befehlsstimme einer Frau, die egoistisch und entschlossen über die verschiedenen Zusammensetzungen ihrer Dienerschaft geherrscht hatte, ohne daß je in all den Jahren jemand sie zum Teufel schicken konnte. Es war der Ton einer Frau, die im Verlauf des Tages die Verben zehnmal mehr im Imperativ gebrauchte als in den anderen Formen und die ihrem Zimmermädchen und ihrem Koch ebenso Befehle erteilte wie dem Oberkellner, dem Chauffeur, dem Taxifahrer, dem Verkäufer, der Schneiderin oder in den Teestuben und in den Warenhäusern, um dann nach Hause zurückzukehren und mit der Befehlserteilung vom Morgen fortzufahren. Die Frageform oder das Präsens im Indikativ waren in diesem goldenen Milieu sehr selten. Das Ausrufungszeichen genügte bei den meisten Fragen. Es gab allenfalls das Futur oder das Imperfekt, wenn man von Reisen oder Liebhabern sprach. Und das Präsens schien lediglich gefragt, um Themen der Krankheit oder Funktionsstörungen anzuschneiden. Ihre Stimme traf also genau einen Dur-Ton, der Olgas Magenknurren in dem kurzen Schweigen ablöste, das Edma sich nicht entgehen ließ.

»Bitte, meine kleine Olga, was wollen Sie denn? Daß wir alle Simon eine Indiskretion vorwerfen, die er nicht begangen hat? Daß wir meineidig Clarissa Lethuillier anklagen? Diese Art von Geständnissen dürfte für niemanden ein Vergnügen sein, wie Sie sich vorstellen können. Also, was wollen Sie sagen? Daß Simon ein Lügner und Clarissa eine Masochistin ist? Sie sollten schlafen gehen.«

»Das alles ist lächerlich. Lächerlich und geschmacklos!« Erics Ausruf blieb ungehört. Alles in allem schien es den Anschein zu haben, daß die Gegenwart und das Leben des ursprünglich für diese ganze Komödie Verantwortlichen weniger erwünscht waren. Eric spürte das sehr wohl: daß dieses Ereignis durch ihn, für ihn ausgelöst worden war. Damit er da herausgehalten wurde oder sich da heraushalten konnte, war er, Eric, zum Gegenstand eines Konflikts geworden, bei dem er sich wie der letzte Bauer vorkam. Er warf einen wütenden Blick auf Simon, der blaß an seinen Sessel geschmiedet schien und die Hände von den Lehnen herabhängen ließ, während Julien ihm wie einem frisch Verwundeten etwas zu trinken anbot.

»Es war nicht Clarissa«, sagte Simon und reichte Julien sein Glas.

Wie einem Barmann, dachte Julien. Er hatte unendliches Mitleid mit Simon Béjard, der fröhlich zu seiner ersten Kreuzfahrt als reicher Mann aufgebrochen war, glücklich über seinen Erfolg in Cannes, seine bezaubernde Geliebte und seine Zukunft, und der nun am Sonntag in Cannes gekränkt, um einige zehntausend Francs erleichtert und ohne jedes Vertrauen in junge Mädchenherzen von Bord gehen würde, Simon, der trotz seiner Kummers bemüht war, Julien in seiner Eifersucht auf Clarissa zu beruhigen. Julien spürte eine Zuneigung zu Simon, wie er sie seit seinem dritten Schuljahr einem männlichen Wesen gegenüber nicht mehr gekannt hatte. Tatsächlich hatte er überall Kameraden, aber keine Freunde, weil er diese Kumpels entweder in Gaunerkreisen gefunden hatte, deren Ruhmsucht und Feigheit ihm zuwider waren, oder unter anständigen Typen, denen er die Quelle seiner Einkünfte nicht erklären konnte. Simon Béjard würde ein guter Freund sein, zumal Clarissa ihn sehr schätzte.

»Ich weiß genau, daß sie es nicht gewesen ist, ich habe sie nicht aus den Augen gelassen«, sagte er lächelnd zu Simon.

»Aber warum, glauben Sie, hat sie das getan?«

Simon schaute plötzlich verdutzt drein. »Warum? Sie meinen, für wen? Für Sie, glaube ich. Sie sind voll in eine Katastrophe gerannt.«

»Meinetwegen sollte sie sich lächerlich gemacht haben? Sind Sie sich darüber klar?« sagte Simon mit bebender Stimme. »Das ist ja eine tolle Frau. Sie bringt mir noch was bei.«

»Sieh an, was denn?« fragte Julien und reichte ihm sein

zweites Glas wie ein Medikament, das Simon nahm und in einem Zug trank, als ob es ungenießbar wäre.

»Ich meine, sie hat mich gelehrt, daß das Lächerliche nichts ausmacht.« Und er richtete seine feuchten Augen auf Julien, den sie erschreckten. Er konnte es schon nicht ertragen, Frauen weinen zu sehen. Er drückte sie jedesmal an seine Jacke, um nicht zuschauen zu müssen. Allerdings verlangte ihn danach, sie an sich zu ziehen und mit Gesten oder Worten zu trösten. Doch ein Mann in Tränen löste bei ihm genau die gegenteilige Wirkung aus, dann schämte er sich an dessen Stelle und ergriff die Flucht. Außerdem war er überrascht, als er sich nach dem Schweigen, das Simon offenbar als Antwort diente, wieder umdrehte und Simon Béjard mit lächelndem Gesicht erblickte, als sei nichts geschehen. Simon hatte die gleichen blauen Augen wie zu Anfang der Reise.

»Ich weiß nicht, was ich dem hinzufügen soll, mein Lieber, weil ich es einfach nicht glauben kann, aber es ist vorbei, ich bin von dieser Olga befreit«, erklärte er und versetzte Juliens Arm einen freundschaftlichen Klaps.

»Ist es wirklich aus?«

»Ja.«

Die beiden Männer sahen sich lächelnd an, wobei Simon Julien zum Lächeln bewog.

»Im Ernst?« fragte Julien. »Tatsächlich im Ernst? Das hat dich schlagartig überkommen?«

»Zumindest habe ich den Eindruck. Das ist wie ein Stachel weniger oder so. Hast du das schon mal erlebt?« erkundigte er sich bei Julien, während in seiner Stimme eine Erleichterung mitschwang, die jedoch zu gut zu verstehen war.

Ihm schien, daß Olga zu weit gegangen war, viel zu weit, und daß sie möglicherweise diese Partie ohne Clarissas Eile gewonnen hätte. »Als Clarissa meine Ehre zu retten versuchte, hat sie mich daran erinnert, daß ich eine habe! Mein Gott, ich werde mich doch nicht von einem Filmsternchen fertigmachen lassen!«

»Da hast du recht«, erwiderte Julien. »Bist du sicher, daß du dich nicht aus Stolz mit dieser Geschwindigkeit von jeder Liebe abwendest?«

»Das wirst du morgen sehen.«

Clarissa hatte sich in ihrem flaschengrünen Nachthemd, das ihr recht gut stand, auf das Kopfkissen gestützt und las im Schein einer Nachttischlampe *Die Brüder Karamasow*. Ihre Augen strahlten in einer Art russischer Glut, die sie nicht zu spielen brauchte: die Frauen der Familie Baron hatten zur Hälfte russisches Blut in ihren Adern.

Eric schloß die Tür, legte den Riegel vor und lehnte sich mit einem rätselhaften Lächeln – oder was er dafür hielt – an diese Tür, was seiner Frau jedoch lediglich einem schlechten amerikanischen Film entlehnt zu sein schien. Seit es Julien gab, lebte eine neue Frau in Clarissa, eine überaus kritische Frau, wenn es sich um Eric handelte, und eine überaus nachsichtige, wenn es um Julien oder die anderen Passagiere ging.

»Nun?« sagte er, elegant und blond, die Hände in den Taschen.

»Nun was?« fragte sie und legte ihr offenes Buch vor sich hin, um deutlich zu zeigen, daß sie beschäftigt war.

Eric zuckte wieder mit den Wimpern. Er konnte es nicht ausstehen, wenn man vor seinen Augen las. Er widerstand einen Moment dem wütenden Verlangen, ihr das Buch aus den Händen zu reißen und es aus dem Bullauge zu werfen, um ihr Lebensart beizubringen. Er konnte sich gerade noch beherrschen.

»Nun, bist du mit deinem kleinen Auftritt zufrieden? Findest du es lustig, die arme Olga in ihren Verdächtigungen zu verwirren? Erscheint dir das Lächerliche dieser Schnüffelei nicht als hinreichend? Mußtest du mich in eure grotesken Szenen hineinziehen? Ich wünschte, du wärest dir ein wenig klar darüber, meine liebe Clarissa.«

»Ich verstehe dich nicht«, sagte sie, und diesmal klappte sie das Buch zu und legte es in Reichweite auf die Bettdecke. »Ich verstehe dich nicht. All das ist doch sehr schmeichelhaft für dich, oder nicht? Daß ich die Spuren meines Unglücks bis in die Schubladen einer Rivalin verfolge, schmückt meiner Meinung nach auch dein Haupt mit Lorbeeren.«

»Es gibt vulgäre Erfolge, die einem keinerlei Vergnügen bereiten«, entgegnete Eric. Und ein Ausdruck des Ekels, der Strenge glitt über sein hübsches Gesicht und machte es häßlich.

Clarissa erinnerte sich plötzlich an die vielen Male, da dieser angeekelte Ausdruck sie zutiefst gedemütigt hatte, ohne daß sie sich dagegen wehren konnte, weil es nicht in Frage kam, die Intelligenz, die Sensibilität und die Absolutheit Eric Lethuilliers in Zweifel zu ziehen. »Beruhige dich ... Beruhige dich«, sagte sie zu sich selbst. Und dabei stellte sie fest, daß es seit Jahren zum erstenmal geschah, daß sie halblaut mit sich selbst sprach wie mit jemandem, der begehrenswert und begehrt war und dem man vertrauen konnte.

»Jedenfalls ist das zweitrangig; aber trotzdem: Warum hast du das getan?«

»Für ihn natürlich«, antwortete Clarissa und schüttelte den Kopf, als sei diese Frage absurd. »Für Simon Béjard ... Diese kleine Göre hätte ihn in Stücke zerrissen.«

Der Begriff »Göre« in Clarissas Mund brachte Eric etwas aus dem Konzept. Seit Jahren waren herabsetzende Ausdrücke in stillem Einvernehmen seinem persönlichen Gebrauch vorbehalten. »Interessierst du dich immer so für die Angelegenheiten anderer?« fragte er böswillig, und als er sich seines Fehlers bewußt wurde, biß er sich auf die Lippen, aber zu spät.

»Wenn der andere mein Mann ist, ja, zum Schein. Du weißt sehr gut, daß ich mich für die Geschichten anderer nicht interessiere. Ich interessiere mich kaum für meine eigene«, erwiderte sie melancholisch und senkte ihre langen Wimpern über ihre blauen Augen.

»Ist es dir wenigstens gelungen ...« Er zögerte einen Moment. Er hatte den Eindruck, eine Dummheit zu begehen. Stets hatte er dieses Gefühl des Schreckens und der Gefahr, dessen eventuelle Folgen er sich übrigens nicht vorstellen konnte. Und nur aus Stolz, aus Stolz sich selbst gegenüber, führte er seinen Satz zu Ende. »Ist es dir wenigstens gelungen, dich für diesen Julien zu interessieren, meine liebe Clarissa? Du schuldest mir immer noch

eine Antwort. Und frag mich nicht, auf welche Frage, das
wäre unfreundlich.« Er sah sie streng an, und sie hob die
Augen und senkte sie gleich wieder, als sie seinen Blick
gestreift hatte.

»Interessiert dich das wirklich?« fragte sie zögernd.

»Aber ja, das interessiert mich. Nichts als das interessiert mich«, entgegnete er und lächelte beinahe.

Und mit diesem Lächeln wollte Eric, ohne es sich einzugestehen, Clarissa in dieser behüteten Atmosphäre wiegen, damit sie sich für jede Veränderung in diesem neuen
Einvernehmen verantwortlich fühlte. Dieses Lächeln
sollte bei Eric besagen, und zwar immer noch, ohne sich
dessen bewußt zu sein: Siehst du, ich lächle... Ich bin
umgänglich. Warum sollen wir nicht weitermachen, ohne
uns Schwierigkeiten zu bereiten? Und tatsächlich war es
ein gefälliges Lächeln, ein Friedenslächeln, doch dieses
Lächeln war Clarissa so unbekannt, daß sie es dem
gewohnten Ursprung zuschrieb: der Verachtung, der Herablassung und der Ungläubigkeit. In einer Aufwallung des
Zorns richtete sie sich von ihrem Kopfkissen auf und warf
Eric einen strengen Blick zu, als wollte sie ihm bedeuten,
sich in acht zu nehmen. Dann sagte sie kalt: »Du hast mich
gefragt, ob ich die Geliebte Julien Peyrats sei, nicht wahr?
Nun ja, ich bin es seit einigen Tagen.«

Und erst nachdem sie diesen Satz ausgesprochen hatte,
merkte sie, daß ihr Herz doppelt so schnell und heftig
schlug, als ob sie eine Reaktion Erics auf diesen Satz
fürchtete; als ob ihr Herz sie warnte, aber es war zu spät.
Sie sah Eric an der Tür erblassen, sie sah den Haß in seinen
Augen, den Haß und auch ein Gefühl der Erleichterung,
das sie gut kannte und das er jedesmal empfand, wenn er
sie bei einem Fehler ertappte und sie mit seinen Vorwürfen
demütigte. Dann kehrte die Farbe in Erics Wangen zurück.
Er kam drei Schritte auf sie zu und faßte sie an den
Handgelenken. Er hatte ein Knie auf das Bett gestützt und
drückte ihre Hände, bis es ihr weh tat, und redete zehn
Zentimeter vor ihrem Gesicht mit abgehackter, atemloser
Stimme, die sie kaum verstand, soviel Angst hatte sie vor
ihm. Und gleichzeitig betrachtete sie einen schwarzen
Punkt, der im allgemeinen auf Erics Gesicht nicht zu sehen
war, einen schwarzen Punkt, der nur durch das Fehlen

eines Vergrößerungsspiegels auf diesem Schiff zu erklären war. Ich muß neunzigprozentigen Alkohol getrunken haben, dachte sie absurderweise. Das Ding da unter der Nase ist wirklich nicht hübsch. Dagegen muß er etwas unternehmen. Was hat er gesagt?

»Du lügst! Du kannst nichts anderes als lügen! Willst du mich ärgern, mir diese Kreuzfahrt verderben? Du bist von einem leidenschaftlichen Egoismus besessen! Das weiß jeder. Du führst dich unter deinen Freunden und Verwandten wie eine Wilde auf. Unter dem Vorwand der Zerstreutheit schenkst du niemandem Aufmerksamkeit, meine liebe Clarissa. Das ist nämlich deine Schwäche: du liebst die Menschen nicht. Du liebst nicht einmal deine eigene Mutter. Du besuchst deine Mutter nicht einmal!« sagte er voller Wut, als sie ihn unterbrach.

»Jedenfalls tut das nichts zur Sache«, erklärte sie ruhig.

»Wie? Das alles tut nichts zur Sache? Deine vermutlichen Herumtollereien mit diesem Fälscher, diesem erbärmlichen Zuhälter... Das alles tut nichts zur Sache, wie?«

Doch sein Zorn war merkwürdigerweise verflogen, und als sie schwach antwortete: »Doch, vielleicht...«, ließ er von ihr ab und ging ins Badezimmer, als hätte er die Antwort nicht erwartet oder als hätte sie tatsächlich keine Bedeutung mehr.

Olga hatte sich vor Simon schlafen gelegt, der in der Bar geblieben war, um sich zu betrinken, was ihm jedoch nicht gelang, so daß er sich, als er die Kabine betrat, dem neuen Blick gegenübersah, den seine süße Geliebte ihm zuwarf. Es war ein fremder und höflicher Blick, wenn er nach ihr eintraf, und ein entrüsteter, das heißt beleidigter Blick, wenn sie ihrerseits später kam und ihn bereits im Bett vorfand. Diese beiden Blicke sollten Simon Béjard helfen, sich der Bedeutungslosigkeit seiner Person bewußt zu werden, der unweigerlich das Vergessen folgen mußte. Was sollte denn diese Miene eines geprügelten Hundes, die ihr lieber Produzent in der letzten Zeit aufgesetzt hatte, ohne daß jemand wußte, warum? Olga konnte sich so wenig vorstellen, daß jemand Gefühle hegte, die sich nicht um sie drehten, daß sie Simon weniger absichtlich als naturgegeben leiden ließ. Unglücklicherweise war ihre Natur erbarmungslos. Sie betrachtete diesen Mann, den das Schicksal ihr zunächst als Produzenten und anschließend als Liebhaber zugeführt hatte und der obendrein von ihr geliebt werden wollte, was sie ihm auch beweisen sollte.

Ich hab' ihm doch alles bewiesen, was er wollte, oder nicht? dachte sie, wenn ich mich jeden Abend seinem Verlangen hingab. Und selbst, wenn sie gleichsam aus Ehrbarkeit davor zurückwich, mußte er doch wissen, daß das den Frauen auf die Nerven geht, sobald das alles gewaltsam geschah. Oder er hätte anders aussehen müssen. Natürlich war Simon Béjards Temperament in Filmkreisen bereits bekannt, aber so war es schon immer gewesen. Männer wie Simon waren sexuell besessen, und Männer wie Eric oder auch Andreas waren halb frigide. Sobald sie Schauspieler geworden waren und dem Narzißmus dieses Gewerbes nachgaben, wurde ihr Sinn für die Frauen ins Außergewöhnliche gesteigert.

Unterdessen warf sie also Simon einen fremden Blick zu, den man einem Unbekannten vorbehält, und hatte keine

Schwierigkeiten, ihn beizubehalten, denn Simons Verhalten überraschte sie angenehm. Er hatte sich auf sein eigenes Bett gesetzt und war mit beiden Händen beschäftigt: mit der einen zog er einen Schuh aus, mit der anderen zündete er sich eine Zigarette an. Und als sie ihn ansprach, hatte sie zum erstenmal seit Beginn der Kreuzfahrt den Eindruck, ihn zu stören.

»Wo sind Sie nach dem hysterischen Anfall dieser Edma gewesen?« fragte sie.

Er runzelte, ohne zu antworten, die Brauen, ein Zeichen, daß sie ihn störte. Und tatsächlich schien Simon erstmals für Olgas Launen in keiner Weise empfänglich zu sein. Zum erstenmal seit langem waren seine beiden Hände beschäftigt, während seine Augen und seine Gedanken auf etwas anderes gerichtet waren als auf die ängstliche und flehentliche Betrachtung ihres Körpers.

Und Olga spürte das dank ihrer ständig in Betrieb befindlichen und höchst perfektionierten Radaranlage sofort, die ihr alle Stimmungsfelder bewußt machte und ihr die Ampeln an den Kreuzungen anzeigte, ohne allerdings vermitteln zu können, ob sie rot oder grün leuchteten.

Jetzt zum Beispiel hatte sie sie für grün gehalten und steuerte auf einen Zusammenstoß zu, den dieses Radargerät, wäre es intelligent gewesen, verhindert hätte. Doch es geschah instinktiv, nicht einmal aus Gefühl. Und das Ampellicht ging an, erlosch wieder, ohne etwas zu signalisieren.

»Sie antworten nicht?«

Simon schaute sie an, und sie wunderte sich über das Blau seiner Augen. Sie hatte schon lange nicht mehr bemerkt, wie blau seine Augen waren. Auch war es lange her, seit sie bemerkt hatte, daß Simon einen Blick ausstrahlte.

»Was für ein Anfall?« fragte er seufzend. »Ich habe bei Edma Bautet-Lebrêche keine Hysterie feststellen können.«

»Ach so? Sie haben diese Schreie vielleicht nicht gehört?«

»Ich habe vor allem Ihre gehört«, erwiderte Simon Béjard mit der gleichen müden Stimme.

»Ich? Ich soll geschrien haben?« sagte Olga. »Ich?« Und sie schüttelte mit dem Ausdruck verblüffter Unschuld den Kopf – ein Sinnbild, das für sie nicht geschaffen war, wie Simons Blick verriet. Und ebenfalls zum erstenmal seit Tagen geriet sie in Verwirrung. Ebensowenig wie an die Schattierung erinnerte sie sich an die Schärfe in Simons Blick. »Was wollen Sie damit sagen? Daß ich vielleicht gelogen habe?«

»Nein«, entgegnete Simon in diesem ruhigen Ton, der Olga ärgerte und ihr Angst einzujagen begann. »Nein, Sie haben nicht gelogen. Sie haben die Wahrheit gesagt, aber vor zwanzig Personen.«

»Na und?«

»Na und, das sind zwanzig Personen zuviel«, sagte er, stand auf und zog langsam, erschöpft, alt und müde, seine Jacke aus, aber auch ihrer müde, Olga Lamouroux', des Filmstars zweiter Klasse, der nach der Rückkehr kein Engagement hatte, wenn Simon Béjard seine Meinung nicht änderte.

Dieser Olga Lamouroux, die mit zärtlicher und kindlicher Stimme Simon »mein Liebling« nannte und die nun – zu spät – im Dunkeln zu schmollen begann und vergeblich darauf wartete, daß er sie wegen ihrer eigenen Bosheit tröstete. Als sie erstmals zu ihm ins Bett gekrochen kam, erhob sich Simon Béjard, zog ausdruckslos seinen Pullover und seine Hose an und verließ die Kabine.

In der verlassenen Bar erblickte er im Spiegel, hinter seinem Glas, einen rothaarigen, etwas aufgedunsenen Mann, mit dem jedoch vermutlich nicht zu spaßen war.

Na ja, sagte sich Simon Béjard, für mich ist es vorbei mit der großen Musik und den großen Gefühlen. Und er sagte sich das voller Bitterkeit, während er sich von seinem Spiegelbild abwendete, diesem Schimmer seiner selbst, der er einmal werden würde.

Brummig vor sich hin murmelnd, war Armand in die Badewanne gestiegen — gigantisch und lächerlich für ein Schiff, fand er —, hatte sich mit der rechten Hand an den Haltegriff geklammert und seinen schmächtigen weißen Körper langsam ins Wasser getaucht. Dieser Körper war in einem Grade muskellos, daß er nackt beinahe odaliskenartig wirkte. Auf den Grund der Wanne gestreckt, hatte Armand lebhaft die Fußspitzen bewegt, so daß das Wasser aufspritzte, und fröhliche Schreie ausgestoßen, ja, es war ihm sogar gelungen, mit den Fußsohlen wie mit den Händen zu klatschen — diese Übung machte er seit Jahren, während er in den letzten Tagen nicht einmal daran gedacht hatte. — Edma würde ihn wie ein geisteskrankes Kind behandeln, wenn sie ihn dabei überraschte. Er zog auch die Knie an und begann, sich kräftig einzuseifen, als er hörte, daß plötzlich die Kabinentür geöffnet wurde. Ein Damenparfüm — das er nicht gleich erkannte — drang bis zur Badewanne.

Aber der Riegel ...? dachte er zerstreut und verzweifelt, daß er sich erheben, der Wonne dieses warmen Wassers sowie dem Schauspiel seiner Füße da unten entreißen mußte. Er vernahm von nebenan kein Gespräch. Edma war zweifellos allein, sie pfiff obendrein, pfiff sogar ein lustiges Lied, wie es Armand erschien, der so etwas nur dreimal in seinem Leben anhören mußte: beim Militär, als Freund eines jungen Internisten und noch früher als Pennäler. Sie rief ihn nicht, obwohl sein Anzug auf seinem Kleiderbügel neben dem Bullauge hing, was sie nicht übersehen haben konnte. Unterdessen wurde ihm kalt in diesem lauen Wasser, und er klemmte seine Knie zwischen seine beiden Arme, duckte sich und stützte seinen Kopf mit dem Kinn zwischen den Knien.

»Edma?« jammerte er, ohne einen Grund dafür angeben zu können. Und da sie nicht antwortete, rief er mit schriller und möglichst autoritärer Stimme: »Edma!«

»Ja ... Ja ... Sie kommt gleich«, ließ sich eine kräftige

Stimme vernehmen, die aber nicht Edmas Stimme war, wie er sogleich erfaßte, sondern die der Doriacci, wie sie ihm bewies, als sie im Türrahmen erschien.

Die Diva trug ein zerknittertes Abendkleid, das übertriebene Make-up war verschmiert, schwarze Haare hingen ihr in die Augen, sie war erregt und fröhlich wie nach einer Ausschweifung. Kurz, es war die Doriacci. Und er, der Zuckerkönig, Armand Bautet-Lebrêche, war nackt wie ein Wurm, ohne seine Brille und ohne Würde, ohne ein Frottiertuch, in das er sich vor ihr hüllen konnte.

Für eine Sekunde blickten sie sich wie Porzellanhunde an, und Armand hörte sich mit rauher und unkenntlicher Stimme flehen: »Gehen Sie ... Bitte, gehen Sie!« was die Doriacci mit einem Schlag zu ernüchtern schien.

»Mein Gott«, sagte sie, »was machen Sie denn hier?«

»Das ist mein Zimmer«, begann Armand Bautet-Lebrêche, hob das Kinn, wie er es in seinen Verwaltungsratssitzungen tat, doch seine Stimme war nach wie vor zu hoch.

»Aber natürlich ist das Ihr Zimmer. Stellen Sie sich vor, ich hatte hier eine Verabredung mit Edma, in dem kleinen Salon, genauer gesagt. Und ich bin zu früh gekommen«, fügte sie erheitert hinzu, bevor sie sich rücksichtslos auf den Wannenrand, oberhalb von Armand setzte, der seine Männlichkeit mit beiden Händen bedeckte.

»Sie müssen gehen! Sie können doch nicht einfach hierbleiben!« rief er. Und er wendete der Doriacci sein bittendes Gesicht voller Inbrunst zu, so daß er einem der tausend Fans der Diva glich, wie sie ihr am Fuße der Personaltreppen in allen Opernhäusern der Welt begegneten, wo sie auf ein Autogramm lauerten und ihr, ihrer Persönlichkeit, ihrem Mythos, ihren falschen Wimpern und ihrer Kunst das gleiche anbetende Gesicht entgegenwandten.

Und die Illusion war so perfekt, daß sich die Doriacci in einer Aufwallung der Güte über die Wanne beugte, Armand um seinen seifeglatten Hals faßte und ihren frischen Mund kräftig auf seinen drückte, ehe sie ihn zurückstieß, als ob der Unglückliche sich selbst um einen halben Millimeter abgestoßen hätte. Und während er, aus dem Gleichgewicht gebracht, über den Boden der Badewanne rutschte und nach dem Haltegriff suchte, ging sie triumphierend hinaus.

374

Mit einem tiefen Gefühl der Erleichterung, dem Gefühl, um ein Haar dem Tod entronnen zu sein, vergaß Armand Bautet-Lebrêche einmal seine Zuckerfabriken, streckte sich auf dem großen Doppelbett seiner Kabine aus und begann, jene zehn Utensilien auf seinen Nachttisch zu legen, die unentbehrlich waren: die Schlaftabletten, Tabletten zur Entspannung, für die Funktionstätigkeit der Nieren und wieder andere, um zu verhindern, daß das Nikotin bis in die Lungen drang, und so weiter. Außerdem – allerdings für den Morgen – Medikamente, die die gegenteilige Wirkung erzielten: Tabletten, um wach zu werden, um die Spannkraft zu fördern, um seine Wachsamkeit zu steigern etcetera. Das alles ordnete er auf einem relativ winzigen quadratischen Nachttisch an, wie Napoleon seine Truppen in Österreich aufstellte. Dies kostete ihn jeden Abend eine knappe halbe Stunde. Doch hier, während der neun Tage tödlicher Langeweile, war diese schrullige Aufstellung der Medikamente in jedem Fall ein Gewinn!

Dabei muß hinzugefügt werden, daß Armand Bautet-Lebrêche sich gegen die schreckliche Langeweile, in die ihn die Untätigkeit versetzte, keineswegs auflehnte und sich übrigens auch nicht an sie gewöhnte. Er langweilte sich, dachte er, weil er langweilig war, oder vielleicht, weil es die anderen waren. Jedenfalls war das Langweilen an sich nicht so schlimm; weniger schlimm zumindest als ein unvorhergesehenes Fallen der Aktien oder ein Zuckerembargo. Überdies hatte sich Armand Bautet-Lebrêche sein ganzes Leben lang tödlich gelangweilt: bei seinen Eltern, bei seinen Kameraden, bei seinen Schwiegereltern und schließlich bei seiner Frau; doch da mußte er ehrlicherweise zugeben, daß sein Leben in diesen vierzig Jahren dank Edma sehr viel weniger langweilig gewesen war. Als Ehefrau war Edma stets »gelangweilt, aber kein Langweiler« gewesen, wie dieser Schriftsteller sagte, an dessen Namen er sich nicht erinnerte.

Aber was machte sie nur? Bei jeder Gelegenheit stellte er nicht ohne Überraschung fest, daß seine Frau, Edma, an die er tagsüber in Paris nie dachte, im Mittelpunkt seines Denkens stand, seit sie in Urlaub waren. Sie kümmerte sich um alles, sie sorgte dafür, daß er sich weder mit den

Fahrkarten noch mit dem Gepäck oder den Rechnungen befassen mußte. Und wohin sie auch fuhren, wachte sie darüber, daß er ordentlich gekämmt war, ausreichend aß und zur Genüge mit den verschiedensten Finanzzeitschriften und Wirtschaftszeitungen versorgt war. Auf diese Weise verbrachte Armand Bautet-Lebrêche ausgezeichnete Ferien — und wenn Edma einmal mehr als fünf Minuten fernblieb, fühlte er sich völlig verunsichert, ja verzweifelt. Kehrte Edma dann von ihren Kamelritten aus der Wüste zurück, von ihren Ausflügen in die Vergnügungshäfen, aus den Armen eines jungen Mannes, fand sie immer, wenn sie drei Stunden später heimkam, Armand wach, in seinem Bett sitzend vor, und jedesmal sah er ihr mit einem Ausdruck des Glücks, der Freude und der Erleichterung entgegen, so daß sie sich manchmal fragte, ob sie im Grunde nicht die ganze Zeit unsterblich ineinander verliebt gewesen waren — zumindest er in sie.

Das würde einen sehr guten Filmstoff abgeben, hatte sie einmal gedacht und ihn Simon Béjard anvertraut: ein Mann und eine Frau leben seit Jahren in bestem Einvernehmen. Ganz allmählich bemerkt die Frau aufgrund von Kleinigkeiten, daß ihr Mann sie anbetet. Als sie davon überzeugt ist, verläßt sie ihn rechtzeitig, ehe er ihr seine Liebe gestehen kann, wobei ihr ein Jugendfreund ihres Gatten hilft, der seinerseits normal geblieben ist.

Simon hatte gelacht, als sie ihm das erzählte, ohne die Quelle zu diesem Stoff zu erwähnen. Und sie mußte immer noch darüber lachen. Sie stellte sich Armands Gesicht vor, wenn sie zu ihm einfach so, aus blauem Himmel heraus, nach dem Tee sagen würde: »Armand, ich liebe dich!« Der arme liebe kleine Mann würde vom Stuhl fallen. Hin und wieder sah sich Edma Bautet-Lebrêche für ein paar Minuten von dem Schicksal dieser kleinen stillen Arbeitsbiene mit Namen Armand Bautet-Lebrêche gerührt. Manchmal sogar länger als drei Minuten, bis sie sich erinnerte, daß er eigene Freunde ruiniert und auf den Schwachen herumgetrampelt hatte und daß das Wort »Herz«, wenn er es gebrauchte, das einer Fabrik oder einer Maschine bedeutete. Sie hatte zwei- oder dreimal gesehen, daß er sich wie ein Sklavenhändler aufgeführt hatte, und dank ihrer früheren und mit den Füßen getretenen bürgerlichen Erziehung hatte sie endgültig die ethischen Unterschiede begriffen, die zwischen dem Kleinbürgertum und den Reichen bestanden, Unterschiede, die Scott Fitzgerald nie genügend hervorgehoben hätte. All diese Erinnerungen verursachten bei ihr noch nach Jahren kalte Rückenschauer.

Es klopfte. Armand konnte sich, in seiner Gewohnheit befangen, nichts anderes vorstellen, als daß es der Steward war, der zu dieser späten Stunde in seine Kabine wollte. »Herein!« rief er verärgert und in einem Kommandoton, den er sich angewöhnt hatte und dessen er sich plötzlich zwei Tonlagen höher zu bedienen beliebte, als ob er mit der Luft, die er einatmete und hart wieder ausstieß, auch die Erinnerung an die Doriacci wegpusten könnte, an die Scham, die ihn so erdrückt hatte, daß er fast ertrunken wäre. Aber als er sah, daß die Tür halb offenblieb, und als er auf sein »Kellner?« keine beflissene Antwort vernahm, glaubte er sich ein zweites Mal verloren: die Doriacci war möglicherweise nur gegangen, um sich ein Nachtgewand anzuziehen, irgendein hauchdünnes Fähnchen; und da die jungen Leute sie langweilten und sie sie nichtssagend fand, wie er aus ihren Gesprächen entnehmen zu können glaubte, hatte sie vielleicht wegen seines Alters, vor allem aber wegen seines Vermögens auf ihn ein Auge geworfen. Trotz ihrer astronomischen Gagen neidete sie den Lebrêches ihren Reichtum. Bautet war lediglich der Mädchenname seiner Mutter, den die Familie auf ihren Wunsch dem Namen seines Vaters hinzugefügt hatte, was nicht ohne Großzügigkeit und Bescheidenheit geschah, da das Kapitel der Spinnereien Bautet kaum ein Drittel dessen ausmachte, was die Lebrêches besaßen.

Also, Doriacci oder nicht Doriacci, dachte Armand fieberhaft, das Zuckervermögen, das meine Eltern, meine Großeltern und meine Urgroßeltern erwirtschaftet haben, wird seinen Besitzer nicht wechseln! Er wollte das gleich der Doriacci erklären, vielleicht bekam sie es mit der Angst ... Und in seiner Arglosigkeit schnitt Armand eine Grimasse, die beunruhigend wirken sollte, die jedoch eher komisch war, da Eric Lethuillier an der Tür auflachte.

Was wollte der denn jetzt? Armand Bautet-Lebrêche runzelte auf seinem Bett die Stirn und murmelte: »Hinaus!

Hinaus!« wie es Papst Alexander zu der kleinen Borgia gesagt haben dürfte, als sie ihn sterben sah. »Hinaus!« wiederholte er mit schwacher Stimme, wobei er den Kopf von links nach rechts drehte. Wie Sterbende in amerikanischen Filmen, dachte er plötzlich. Und er errötete vor dem mutmaßlichen Urteil, das der blaue Blick dieses nachdenklichen und vernünftigen Mannes über ihn fällen würde. Er richtete sich ruckartig auf seinem Bett auf, lächelte, räusperte sich, streckte seine kleine, aber männliche Hand aus, die nicht zu seinem Pyjama paßte, und sagte: »Wie geht es Ihnen? Entschuldigen Sie, ich habe geträumt.«

»Sie haben sogar geträumt, daß ich wieder gehen soll«, entgegnete Eric, der noch sein hübsches kaltes Lächeln zeigte, das ihm – von Halsabschneider zu Halsabschneider – eine gewisse Hochachtung von seiten Armands eingetragen hatte. »Und ich werde Ihren Traum sehr schnell erfüllen, zuvor aber möchte ich Sie um eine Gefälligkeit bitten, Herr Bautet-Lebrêche. Es handelt sich um folgendes: meine Frau Clarissa wird morgen oder vielmehr übermorgen, wenn wir in Cannes eintreffen, dreiunddreißig Jahre alt. Ich möchte ihr gerne den Marquet unseres Freundes Peyrat schenken, den sie sich sehnlichst wünscht; ich fürchte aber, daß dieser kleine dumme Streit ihn gegen mich eingenommen hat, so daß er mir das Bild nicht verkaufen wird. Könnten Sie diesen Kauf für mich tätigen? Ich gebe Ihnen hier einen Scheck über die Summe.«

»Aber ... Aber ...«, stammelte Armand, »Peyrat wird wütend sein.«

»Nein.« Eric deutete ein komplizenhaftes Lächeln an, das Armand leicht in Verlegenheit brachte. »Nein, wenn dieses Gemälde an Clarissa geht, kann er sich bestimmt nicht ärgern. Und wenn es einmal verkauft ist, dann ist Ruhe. Außerdem glaube ich, daß unser Freund Peyrat alles in allem froh sein wird, dieses Bild verkaufen zu können.«

Er hatte auf das Wort »froh« eine Betonung gelegt, die sofort den lauernden Finanzmenschen aufhorchen ließ, der während der Kreuzfahrt in Armand ein Schattendasein führte.

»Was wollen Sie mit diesem ›froh‹ zum Ausdruck bringen? Sind Sie sicher, daß dieses Gemälde echt ist? Wer garantiert es Ihnen? Zweihundertfünfzigtausend Francs sind zweihundertfünfzigtausend Francs«, sagte er boshaft. (Denn trotz seines Geizes bedeutete ihm die Zahl der Nullen auf einem Scheck nichts mehr. Nichts jedenfalls, was Spaß oder Freude machte. Zweihundertfünfzigtausend Francs waren für Armand wirklich ein Nichts, weil es nicht ausreichte, um damit an der Börse wirkungsvoll zu operieren.)

»Peyrat selbst hat alle Gutachten, und er selbst garantiert mir die Echtheit«, antwortete Eric ungezwungen. »Und wissen Sie, wenn Clarissa dieses Bild liebt, dann liebt sie es, weil es schön ist, und nicht aus Snobismus. Meine Frau ist alles andere als ein Snob, wie Sie bemerkt haben werden«, fügte er hinzu, neigte leicht den Kopf und zeigte wieder dieses Lächeln, das diesmal, dessen war er sich sicher, Armand Bautet-Lebrêche wirklich anwidern würde.

»Na gut«, sagte er trockener als beabsichtigt. »Morgen in aller Frühe suche ich ihn am Schwimmbad auf und stelle ihm einen Scheck aus.«

»Hier haben Sie meinen«, sagte Eric, ging einen Schritt auf ihn zu und überreichte ihm einen hellblauen Schein, diesen pastellfarbenen, idyllischen Schein der französischen Banken. Und da Armand die Hand nicht ausstreckte, um ihn entgegenzunehmen, verharrte Eric für eine Sekunde verwirrt auf einem Bein, um schließlich feindselig zu fragen: »Was soll ich damit machen?«

Worauf Armand Bautet-Lebrêche in gleichem Ton antwortete: »Legen Sie ihn irgendwohin.«

Die beiden Männer blickten sich an, und Armand war diesmal aufmerksam: Eric bedachte ihn mit seinem wundervollsten Lächeln, verneigte sich sogar anmutig und sagte mit seiner schönen warmen Stimme, die Armand beim Fernsehen rasend machte, wie er sich erinnerte: »Danke!«

Eric ging.

Armand Bautet-Lebrêche kuschelte sich wieder in sein Bett, löschte das Licht aus und blieb drei Minuten im Dunkeln liegen, worauf er sich erneut erhob, fieberhaft das Licht anknipste und zwei zusätzliche Schlaftabletten schluckte, die notfalls den wollüstigen Unternehmungen der Doriacci widerstehen würden.

379

Die *Narcissus* brauchte achtzehn Stunden, um von Palma auf hoher See und ohne Zwischenstation nach Cannes zu gelangen, wo ihre Ankunft für den Abend zum Abschiedsessen vorgesehen war. Es war herrliches Wetter. Die blasse Sonne war von Rottönen durchsetzt, und die Luft war frischer, gespannter, so schien es, allerdings anders gespannt als die Atmosphäre, die auf dem Schiff herrschte. Man verspürte vielmehr an diesem frohlockenden Tag eine prickelnde Lebhaftigkeit und eine etwas fröstelnde Lebendigkeit, wenn man über das Deck dieses Schiffes schlenderte, das einen in den Winter und in die Stadt zurückbrachte. Wenn man es überschlug, dachte Charley, waren sicher mehr Passagiere angesichts des nahenden Winters entsetzt als entzückt; zu denen, für die Paris wie ein Versprechen klang, gehörten lediglich Clarissa und Julien, für die Paris zehntausend ruhige und unauffindbare Zimmer verkörperte, sowie Edma, deren Glück darin bestand, in Paris die Schwänke dieser Reise zu erzählen, Edma, die voller Liebe zu dieser vornehmen Menge zurückkehrte, die auf sie wartete und von der sie niemanden gesondert liebte, deren Wendigkeit, Bissigkeit und Snobismen ihr jedoch merkwürdigerweise, aber mit Sicherheit das Herz erwärmten.

Vielleicht war es letzten Endes eine der gesündesten Leidenschaften, dem Snobismus zu frönen, wenn man zu alt war, andere zu haben, philosophierte Charley, der Edma zuschaute, wie sie den Delphinen und Möwen mit der gleichen Geste Brot zuwarf, mit der sie vermutlich Toast und Kaviar oder Gänseleberpastete zu Hause darbot. Seit vier Jahren nahm Edma an dieser Kreuzfahrt teil; Charley, der zunächst entsetzt über sie war, hatte sich ihr später, vor allem in diesem Jahr, angeschlossen, da sie untadelig gewesen war und nur viermal ihr Frühstück in die Küche zurückgeschickt hatte. Sie hatte nicht einmal gedroht, an der »nächsten Haltestelle«, wie sie sagte, von Bord zu gehen, was ein großer Fortschritt war. Doch

Charley fragte sich, ob dieser Fortschritt nicht auf die wirklich zahlreichen Zerstreuungen in diesem Jahr auf der *Narcissus* zurückzuführen war, die Edma keine Zeit gelassen hatten, sich lange mit der Backdauer ihrer Brötchen oder dem Bügeln ihrer Blusen aufzuhalten. Sie war sichtlich begeistert, als sie ihr Brot in die Luft warf, und wenn sie ihr mondänes donnerndes Lachen erschallen ließ, sah sie aus wie ein großes Schulmädchen. Sie erweckte tatsächlich den Eindruck, mitten im »undankbaren Alter« zu stecken, sagte Charley sich, wobei er ahnte, daß sie nie aus ihm herauskommen würde, ebensowenig wie Andreas aus der Kindheit, Julien aus der Jünglingszeit und Armand Bautet-Lebrêche aus dem Greisenalter.

»Was haben die denn, Charley? Fressen diese Viecher kein Brot?«

Charley eilte zu der eleganten Frau Bautet-Lebrêche, die einen tiefblauen Umhang, einen Faltenrock aus dunkelbraunem Leinen, der in der Taille um ein blau-weiß bedrucktes Polohemd gerafft war, und einen Glockenhut aus der gleichen Farbe wie der Umhang trug. Sie sah wie eine Modepuppe aus. Sie war die Eleganz in Person, wie er ihr versicherte, während er sich über ihre behandschuhte Hand neigte und sie über die Lebensgewohnheiten der Delphine unterrichtete.

Doch sie schnitt ihm das Wort ab. »Heute ist der letzte Tag, Charley. Ich bin sehr traurig dieses Jahr.«

»Wir sind gestern übereingekommen, bis Cannes nicht darüber zu sprechen«, sagte er lächelnd. Aber ihm blutete das Herz, was er Edma gerne gestanden hätte. Denn in Cannes würde Andreas aus seinem Leben, dem der Diva und der anderen Passagiere verschwinden. Andreas war nicht von ihrer Welt, gehörte nicht in ihr Milieu, weder in ihre Stadt noch in ihre Kreise. Andreas, der sich wie ein Fürst unter das niedere Volk gemischt hatte, kam aus seinem Königreich Nevers, und er würde sehr schnell dorthin zurückkehren und an der Seite einer Frau, die stets auf ihn eifersüchtig sein dürfte, ein friedliches und arbeitsames Dasein führen. Genau das erwartete ihn, zumindest dache Charley das, und er konnte nicht umhin, seine Eingebungen Edma mitzuteilen.

»Was? Sie sehen ihn in Nantes oder in Nevers bürgerlich

verheiratet? Komisch, ich nicht«, sagte Edma, die Augen blinzelnd auf den Horizont hinter Charley gerichtet, als könnte sie dort Andreas' Zukunft geschrieben sehen. Sie legte ihren Zeigefinger auf die Lippen und schien Schwierigkeiten zu haben, ihre Vision zu formulieren.

»Wie denken Sie darüber?« fragte Charley.

»Ich sehe nicht, daß er fortreist«, antwortete sie verträumt. »Ich sehe ihn eher immer bleiben... Ich sehe nicht, was er jetzt tun wird, wenn er ohne Geld und ohne Familie am Kai steht... Ach, wirklich, mein kleiner Charley, Gott weiß, daß ich bisher nie bedauert habe, wenn ein hübscher Mann mannhaft war, aber ich glaube, bei Andreas würde ich es vorziehen, ihn den Armen der Doriacci entrissen und in Ihren zu sehen.«

»Das hätte ich auch vorgezogen«, sagte Charley und versuchte zu lächeln.

Doch es schnürte ihm die Kehle zusammen, und er fürchtete, daß Edma wie er um Andreas Angst haben könnte; sie, Edma Bautet-Lebrêche, die nie um jemanden bangte, es sei denn, daß dieser jemand nicht zu einem Ball eingeladen wurde, auf den sie ging.

»Auch Clarissa ist beunruhigt«, sagte er leise.

Und Edma blickte ihn an, sah sein Gesicht und tätschelte ihm mitfühlend die Hand. »Für Sie wird das ebenfalls eine harte Kreuzfahrt gewesen sein, mein lieber Charley...«

»Ich war gerade dabei, die Gewinner zu zählen«, antwortete er. »Also...«

»Sieh an, eine gute Idee!« Sie stützte sich neben ihm auf die Reling. Innerhalb einer Sekunde hatten sie beide leuchtende Augen, und bei dem Gedanken, über die Bosheiten oder törichten Schmeicheleien ihrer Mitmenschen herzuziehen, glühten ihre Gesichter auf. Sie amüsierten sich darüber schon vorher derart, daß sie für zwei Stunden das Schicksal ihres Andreas vergaßen.

Kommen Sie mit«, hatte die Doriacci zu Simon Béjard gesagt, den sie an diesem Morgen besonders heiter und in seinen Jeans und seinem zu weiten Pullover fast elegant fand. Es fiel auf, daß die kleine Olga diesmal nicht auf seine Kleidung geachtet und auch keine Zeit gefunden hatte, dem armen Jungen nach dem Aufstehen ein oder zwei unangenehme Sätze an den Kopf zu werfen, Sätze, von denen er sich hinterher den ganzen Tag zu befreien suchte, was ihm übrigens gelang, allerdings nicht ohne sichtliche Mühen, die auf die anderen bedrückend wirkten. Die Doriacci hatte sogar in der letzten Nacht beabsichtigt, den braven Simon zu bestechen und ihm in ihrem Plan die Hauptrolle anzuvertrauen und ihn nicht nur, wie jetzt, zum Zeugen aufzurufen. Doch das wäre zu kompliziert gewesen und hätte Andreas nicht überzeugt. Sie steuerte also zur Bar und setzte sich ruhig an die Theke, wo sie sich aufstützte und ihrer Schönheit nachhalf, wobei sie weder mit dem Lippenstift noch mit der Schminke sparte.

Sie hatte Ringe unter den Augen, was ihr etwas unerwartet Verletzliches, fast Begehrenswertes verlieh, wie Simon fand, der für einen Augenblick seine Schwäche für junge Mädchen vergaß. »Wollen Sie mich so früh zum Trinken verleiten?« fragte er und setzte sich neben sie.

»Richtig«, antwortete die Doriacci. »Gilbert, geben Sie uns bitte zwei trockene Martini«, sagte sie und schenkte dem blonden Barmann ein strahlendes Lächeln und einen etwas aufgesetzten liebevollen Blick, der ihn vor Behagen erschauern ließ, einen Blick, der ihm bestätigt wurde, als er das Glas vor sie hinstellte und die Doriacci für eine Sekunde ihre beringte Hand auf seine legte und ihn »mein Engel« nannte.

»Ich wollte Sie etwas fragen, Herr Béjard, und mich dabei am frühen Morgen mit Ihnen fürchterlich betrinken. Warum holen Sie meinen Schützling nicht zum Film? Er hat doch das richtige Aussehen dafür, oder?«

»Ich habe schon daran gedacht«, erwiderte Simon und rieb sich mit pfiffiger Miene die Hände, »stellen Sie sich vor, ich habe schon daran gedacht. Sobald wir in Paris sind, will ich Probeaufnahmen mit ihm machen. Es fehlt uns in Frankreich an jungen ersten Liebhabern dieser Art, die nicht wie Frisörlehrlinge aussehen und auch nicht wie hysterische Gangster; da bin ich genau Ihrer Meinung... Ich bin völlig Ihrer Meinung«, beharrte er, ohne seinem Satz Aufmerksamkeit zu schenken, so daß die Doriacci lachen mußte.

»Welcher Meinung?« fragte sie und trank in einem Zug ihren Aperitif aus. »Was ist meine Meinung Ihrer Ansicht nach?«

»Nun...«, antwortete Simon und errötete plötzlich, »nun, ich wollte sagen, daß er *auch* für den Film sehr geeignet wäre.«

»Warum *auch*?« erkundigte sie sich ernsthaft.

»Auch für den Film.«

»Aber warum *auch*?«

»Ach, ich bin ganz durcheinander«, sagte Simon. »Also, liebe Doria, verwirren Sie mich nicht, ich sage Ihnen doch, daß ich für diesen Jungen tun werde, was Sie wollen.«

»Bestimmt?« fragte sie und gab ihren ironischen Ton auf. »Kann ich mich auf Sie verlassen, Herr Béjard? Oder sagen Sie mir das, um Ihren Fehler wiedergutzumachen?«

»Ich meine es ernst«, entgegnete Simon. »Ich werde mich um ihn und seinen Lebensunterhalt kümmern.«

»Und auch um seine Moral?« fragte sie. »Ich halte diesen Knaben für jung genug, um Liebeskummer zu haben. Versprechen Sie mir, nicht darüber zu lachen? Denken Sie daran, wie qualvoll Liebeskummer sein kann.«

»Da brauche ich mich nicht sehr anzustrengen«, antwortete Simon lächelnd. »Daran erinnere ich mich recht gut.« Er hob die Augen, und als er ihren erzgrauen, fast kohlschwarzen Blick streifte, sah er, daß er voller Zärtlichkeit auf ihm ruhte, und war gerührt. »Wissen Sie...«, begann er.

Doch sie legte ihm energisch die Hand auf den Mund, so daß er sich auf die Zunge biß, was ihn ernüchterte.

»Ja, ich weiß«, sagte sie, »stellen Sie sich vor, daran habe ich auch gerade gedacht.«

384

»Na und? Davon soll es nicht abhängen!« erwiderte Simon leichthin.

»Stop!« warf die Doriacci nervös ein. »Ja, ich habe an Sie gedacht, um Andreas von meiner Untreue zu überzeugen, das heißt von meiner Verderbtheit in Sachen Liebe. Und dann habe ich gedacht, daß das nicht gehen wird: er wird es nie glauben.«

»Wegen mir oder wegen Ihnen?« fragte Simon.

»Natürlich meinetwegen. Wissen Sie, ich liebe junges Fleisch, sehr junges. Lesen Sie Illustrierte?«

»Ja, aber ich glaube Ihnen nicht, oder nur, wenn es mir paßt«, sagte Simon.

»Nun gut, in diesem Fall haben Sie recht. Nein, ich glaube, Gilbert würde da überzeugender wirken.«

»Und wie wollen Sie das Andreas glaubhaft machen? Und warum übrigens?«

»Sie stellen die Fragen in der falschen Reihenfolge«, sagte sie streng, »ich möchte, daß er das glaubt, damit er nicht wochenlang an mich denkt und davon überzeugt ist, daß ich in New York auf ihn warte. Ich will, daß er das glaubt, damit er ruhig ist und ich auch meine Ruhe habe. Und diesmal geht es vielleicht mehr um ihn als um mich. Was die Frage anbelangt, wie ich ihm das glaubhaft machen will, so gibt es nur ein Mittel, mein lieber Simon, einen Ehebruch zu beweisen: man muß es vor den Augen des anderen tun. Deshalb wäre ich Ihnen dankbar, wenn Sie der Notwendigkeit dieser Komödie zustimmten und mir Andreas gegen drei Uhr unter irgendeinem Vorwand in meine Kabine schickten, wo ich sein werde, allerdings nicht allein.«

»Aber...«, entgegnete Simon unangenehm berührt, »ich möchte damit nichts zu schaffen haben...«

»Denken Sie darüber nach«, sagte die Doriacci plötzlich müde. »Und trinken Sie einen weiteren Martini oder zwei oder drei auf meine Gesundheit. Ich habe leider keine Zeit, mit Ihnen zu trinken: Ich habe hier zu tun«, fügte sie hinzu und klopfte mit ihrem Ring auf den vernickelten Rand der Theke.

Und Simon verbeugte sich, murmelte etwas vor sich hin, drehte sich auf seinem Stuhl um und überließ die Doriacci ihrem Gilbert mit seinen blonden Haaren.

Durch die Tür der Bar erblickte er Edma Bautet-Lebrêche, die, hübsch in Blau und Weiß gekleidet, etwas mit der
bei ihr unerwarteten, ausholenden Geste eines Sämanns
über die Reling warf. Simon war verdutzt: die Möwen
flogen doch nicht so tief! Aber der blonde Barkeeper setzte
seiner Verwunderung ein Ende, indem er ihn von der
Existenz der Delphine unterrichtete, die das Schiff beglei-
teten. Unter normalen Umständen hätte Simon sich erhoben und wäre an die Reling geeilt oder hätte sich gleich
einen Film vorgestellt, in dem die Delphine eine Rolle
spielten und Olga eine andere. Jetzt hingegen, da er erfolg-
reich war, konnte er sich diesen Dilettantismus nicht mehr
leisten. Es gab für ihn keine Entschuldigung mehr, weil er
bereits gewonnen hatte. Dennoch erwachte seine Natur
als Produzent in ihm, er dachte mit einer gewissen Zufriedenheit, daß dieser Streit und dieser Überdruß, den er Olga
gegenüber empfand, ihm erlauben würden, nach seiner
Rückkehr für seinen Film die kleine Melchior zu nehmen,
die entzückend war und die, ohne von Einstein oder
Wagner zu sprechen, trotzdem in Frankreich die Männer
jeden Alters betörte und sogar die Frauen zu rühren
vermochte – und dieses Gefühl hatte Olga zugegebener-
maßen noch bei keinem Geschlecht erweckt. Nahm er
Olga nicht, konnte er Konstantin nehmen, auf den er
verzichtet hatte, weil Olga ihn haßte. Damit würde er sich
einen glänzenden Aufhänger für die Verleiher sichern, der
selbst in New York Anklang finden könnte. Er fragte sich
keinen Augenblick, wie er das Olga beibringen sollte: er
hatte sie in diesen wenigen Tagen zu sehr, zu grausam
geliebt, um nach ihrem Bruch die geringste Milde walten
zu lassen. Er wollte sich nicht absichtlich rächen, sondern
sein Herz, das von diesen Gegenschlägen angegriffen war,
konnte einfach keinen anderen Kummer als seinen eigenen
mehr ertragen.

Er verließ die Bar, zündete sich an Deck in der Sonne
eine Zigarette an und steckte mit einem Gefühl der Unab-
hängigkeit und des Wohlbefindens, wie er es lange nicht
gekannt hatte, die Hände in die Taschen seiner alten
Cordhose. Dies war eindeutig ein bezauberndes Schiff,
und man mußte Olga dankbar sein, daß sie unbewußt eine
gute Wahl getroffen hatte. Er mochte Edma gern; Edma

386

würde ihm fehlen wie ein Klassenkamerad, wie der Freund, den er in den letzten Jahren nicht gehabt hatte. Sie fütterte dahinten die Delphine mit ihren ausholenden, abgeschmackten Gesten und ihrer herrischen, durchdringenden Stimme, die er jetzt entwaffnend fand. Er ging zu ihr und legte ihr freundschaftlich die Hand auf die Schulter; Edma Bautet-Lebrêche zuckte leicht zusammen, schien es dann jedoch angenehm zu finden, lehnte sich sogar lachend gegen diese Hand und zeigte Simon die Delphine, als ob sie ihr persönliches Eigentum seien. Sie eignete sich übrigens instinktiv alles an, wie Simon Béjard bemerkte: die Menschen, die Schiffe, die Landschaften, die Musik, und nun waren es die Delphine.

»Sie werden mir fehlen«, sagte er bedrückt. »Ich glaube, ich werde mich nach Ihnen sehnen, schöne Edma ... In Paris wird man sich ja nie wiedersehen können. Sie haben in Paris sicher eine dicke chinesische Zuckermauer um sich gebaut, nicht wahr?«

»Keineswegs«, antwortete Edma und drehte sich zu ihm um. Sie war etwas überrascht über die Persönlichkeitsveränderung bei Simon: er war von der geschlechtslosen Rolle des Opfers zu der des männlichen Einzelgängers und Jägers hinübergewechselt. Das steht ihm natürlich viel besser, dachte sie, als sie diese ruhigen blauen Augen betrachtete, diese gefällige Figur und diese rötliche Haut unter dem noch dichten, gesunden, obgleich immer extrem roten Haar. »Selbstverständlich werden wir uns in diesem Winter sehen«, fuhr sie fort. »Sie, mein lieber Simon, werden von Ihrem Film mehr als in Anspruch genommen sein, vielleicht auch von den Schäkereien mit Fräulein Lamouroux.«

»Ich glaube letzten Endes nicht, daß ich die Dienste von Fräulein Lamouroux in Anspruch nehmen kann«, erwiderte Simon in ruhigem Ton, der jedoch keinen unangenehmen Kommentar duldete. »Auf jeden Fall lebe ich, wie Sie wissen, allein in Paris und anderswo.«

»Ach so ... Dann war das Ihr Urlaub auf diesem Schiff«, sagte sie lachend, als ob das Wort »Urlaub« in diesem Zusammenhang lächerlich gewesen wäre, und tatsächlich war es das auch, denn zehn Tage Liebesleid konnte man wohl kaum »Urlaub« nennen.

Unter einer quälenden Erinnerung senkte Simon den Kopf: er sah Olga vor sich, die auf ihrem Bett saß und ihm in allen Einzelheiten von ihrer Nacht auf Capri erzählte. Er schüttelte sich und roch Edmas Parfüm, ein auserlesenes, köstliches Parfüm, das ihm ebenfalls fehlen würde, wie er sich jetzt bewußt wurde. Dieses Parfüm schien ihre ganze Reise eingehüllt zu haben, derart großzügig hatte Edma sich seiner bedient und derart viel war sie auf dem Schiff unterwegs gewesen, und vom Laderaum bis zum letzten Deck hatte sie stets in ihrem Kielwasser ihre Duftwolken wie Fahnen hinter sich zurückgelassen. Simon umfaßte ihre Schultern, und Edma schaute zu ihm auf, und zu ihrer großen Verwunderung küßte der gewöhnliche und von der Existenz Darius Milhauds nichts wissende Produzent sie kurz, aber innig auf den Mund.

»Was tun Sie da? Sie verlieren wohl den Kopf...«, hörte sie sich wie ein junges Mädchen seufzen.

Sie standen beide eine Sekunde wie erstarrt und schauten sich an, bis sie in Gelächter ausbrachen und dann beide im Gleichschritt Arm in Arm und immer noch lachend den klassischen Rundgang auf dem Oberdeck antraten.

Ja, dachte Edma und verlängerte ihren Schritt, ja, sie würde ihn heimlich wiedersehen... Ja, sie würden ein Verhältnis haben, platonisch oder nicht, das spielte keine Rolle. Wie er gesagt hatte, sie werde ihm fehlen, so wird ihr dieser Mann fehlen, den sie so gemein und so vulgär gefunden hatte und den sie jetzt so charmant fand, der sie außerdem brauchte, was er ihr eben spöttisch, aber zärtlich gestanden hatte.

»Vielleicht gelänge es mir, gute Umgangsformen anzunehmen, wenn Sie mir darin wöchentlich in Paris Unterricht erteilten. Glauben Sie nicht? Das würde mich sehr... sehr freuen, wenn Sie Zeit hätten, sich um meine Bildung zu kümmern.«

Und Edma, in deren Augen eine irre Freude aufstrahlte, willigte mit heftigem Kopfnicken ein.

Simon kehrte also guter Laune gegen elf Uhr in seine Kabine zurück, die er wie gewohnt leer zu finden dachte, da Olga vermutlich mit Lethuillier Puff spielte. Und so war er mehr enttäuscht als überrascht, sie in ihrem zu kurzen

Bademantel auf dem Bett zu erblicken, die Beine an den Körper gezogen, einen Arm anmutig auf das Kopfkissen gestützt, in der Hand des anderen ein Buch haltend.

Sieh an, sie denkt an den Film! sagte sich eine zynische Person, die seit gestern Simon ihren Willen aufzwang und an seiner Stelle dachte. Ich habe alles Interesse daran, ihr erst nach Cannes die Dinge zu erklären. Eine Reihe von Szenen in dieser Kabine wäre die Hölle.

Und als Olga ihm zulächelte – es schien ein leicht ängstliches Lächeln zu sein –, zwang Simon sich, dieses Lächeln äußerst liebenswürdig zu erwidern. Und diese neue Liebenswürdigkeit, die sichtlich erzwungen war, verwirrte Olga vollends. Seit neun Uhr heute morgen, als sie allein neben einem nicht einmal berührten Bett aufgewacht war, ärgerte sie sich über die zahlreichen Maßlosigkeiten in Worten und Gesten, über all das, was sie nur mit Mühe als Dummheiten bezeichnen konnte. Was hatte sie so zum Äußersten treiben können? Und anstatt einen lyrischen Bericht über ihre tollen Streiche für ihre getreuen Kameradinnen niederzuschreiben, behielt Olga diesmal ihre Gedanken für sich. Natürlich handelte es sich um Fernande oder Micheline... Aber dieser Bericht wäre weniger lustig, wenn dieser Streit fehlte, und sie fühlte, daß er der Pikanterie ermangelte, wenn es nur der Bericht eines streikenden Filmstars wäre. Sie mußte Simon zurückerobern, und sie hielt sich Gott sei Dank für fähig dazu. Auf einmal wurde das, was sie Simons widerlichen Appetit nannte, zu einem willkommenen Anlaß, weil sie damit vielleicht ihren Platz neben ihm und ihre Macht zurückgewinnen konnte. Und was die unterwürfige Höflichkeit anbetraf, die sie so beklagt hatte, so kam sie ihr heute nicht ungelegen, da sie Simon daran hinderte, wie sie meinte, sie, Olga, wie einen alten Koffer hinauszuwerfen. Und so hatte sie, als er eintrat, ihren Bademantel heimlich mit einer schnellen Handbewegung bis zum Schenkel hochgeschoben, was er jedoch, als er sich zum Spiegel umdrehte, bemerkt hatte, so daß ihm eine grobe Bemerkung auf der Zunge lag, die er gerade noch zurückhalten konnte.

»Wo bist du denn gewesen?« fragte sie. »Ich hatte Angst, als ich aufwachte... Ich fühlte mich so verloren auf diesem Schiff, allein mit all diesen Fremden, draußen mit diesen Leuten, die mir letztlich auf die Nerven gehen. Ach, Simon, das nächste Mal reisen wir beide allein, ja? Wir mieten uns ein kleines Boot mit nur einem Steuermann und halten hier und da an kleinen Tavernen, ohne klassische Musik und ohne Panorama, lediglich an einer kleinen Taverne, wie du sie so liebst.«

»Das ist eine sehr gute Idee«, erwiderte Simon und suchte rasch etwas zum Umziehen. »Aber mir persönlich hat diese Kreuzfahrt sehr gut gefallen, weißt du!«

»Ist das wahr? Hast du dich mit diesen Snobs nicht zu arg gelangweilt?«

»Ich habe sie charmant gefunden«, antwortete Simon. »Sehr nett sogar.«

»Trotzdem... du bist eben recht nachsichtig! Nein, glaub mir, Simon, wenn dich ein Außenstehender in deiner Natürlichkeit neben diesen Grimassen schneidenden Hampelmännern sieht... ich kann dir versichern, daß sie dir nicht das Wasser reichen können... Unter diesem Gesichtspunkt war es sogar lustig!« fügte sie mit einem kurzen Lachen hinzu, das noch amüsiert klang, aber einen traurigen Nachklang hatte.

Dieses Lachen hörte sich nur zufällig gekünstelt an, und sie hätte fortfahren können. Doch dann ging es so vernehmlich ins Kreischen über, daß sie in ihrem Satz innehielt und Simon sich krampfhaft in seinem Hemd verbarg, da beide wußten, daß die Kluft zwischen dem Lachen und den zuvor ausgesprochenen Worten ehrlich nicht zu leugnen war, und da beide wußten, daß dieses Lachen soeben die winzige Chance zerschlagen hatte, als gute Freunde von Bord der *Narcissus* zu gehen oder zumindest scheinbar so, wie sie das Schiff betreten hatten. Olga zog langsam den Bademantel über ihre Beine und deckte sie zu, weil ihr Instinkt ihr sagte, daß dieses Argument nicht länger galt, während Simon sein Hemd über die Hose fallen ließ, weil er wußte, daß er sich hinter diesem Hemd nicht länger verbergen konnte. Sie setzten sich jeder mit gesenktem Blick auf ihr Bett und wagten nicht, sich anzuschauen. Und als Simon mit trüber Stimme erklärte: »Und wenn wir etwas trinken gingen?« nickte Olga zustimmend, sie, die wegen ihrer Haut und ihres klaren Kopfes nie vor acht Uhr abends Alkohol zu sich nahm.

Das Klingeln seines Weckers ertönte erstaunlich schwach und erstarb überdies erschöpft, als er die Augen aufschlug. Er muß einen Augenblick geklingelt haben, dachte Armand Bautet-Lebrêche, der sich wunderte, ihn nicht früher gehört zu haben, und er fragte sich benommen nach dem Grund, bis ein Steward kam, ihm den Tee auf seine Knie stellte und sich beklagte, dreimal geklopft zu haben, ohne eine Antwort zu erhalten. Das wenigstens glaubte Armand dem unverständlichen Gemurmel entnehmen zu können. Sobald er eine leichte Erkältung und zusätzliche Unannehmlichkeiten hatte, wurde Armand Bautet-Lebrêche von Schwerhörigkeit heimgesucht, was ungefähr alle fünf Jahre vorkam. Er schneuzte sich ernergisch und neigte den Kopf von rechts nach links, ohne die Trommelfelle freizubekommen, die anscheinend von den kaum zu erzählenden Ereignissen des Vorabends ebenso gelähmt waren wie er selbst. Er hätte an einen schlechten Traum glauben können, wenn ihm Lethuilliers Scheck auf dem Nachttisch nicht das Gegenteil bewiesen hätte. Edma schlief noch fest oder war bereits an Deck, wovon er sich überzeugen wollte, ehe ihm einfiel, daß sie gestern wie von einem Fest von ihrem Wunsch gesprochen hatte, den ganzen Tag an der Sonne zu verbringen. Der letzten Sonne dieses Jahres, wie sie klagend sagte, als ob sie sich nicht jedes Jahr im November mit Päderasten auf den Bahamas aufhalten würde.

Er kleidete sich mit seinen kleinen methodischen und präzisen Gesten an, rasierte sich mit einem elektrischen Rasierapparat, warf einen Blick durch das Bullauge und ging dann an Deck, um seinen Morgenspaziergang zu machen, ohne die verschiedenen Guten-Morgen-Grüße zu erwidern, die man ihm entbot. Nachdem er seinen Rundgang bei ruhiger See absolviert hatte, holte er den Scheck und begab sich zu Julien Peyrats Kabine. Er klopfte mehrmals an die Tür, ohne daran zu denken, daß Julien sein Klopfen ja hören konnte. Letzterer öffnete ihm und erklärte etwas total Unverständliches, was jedoch Worte der Begrüßung zu sein schienen, auf die Armand Bautet-Lebrêche mit einem kurzen Kopfnicken antwortete.

»Welch angenehme Überraschung!« sagte Julien Peyrat. »Sie sind der einzige, der meine Kabine und mein Meisterwerk noch nicht gesehen hat. Es ist eine späte Neugier, die Sie zu mir führt?«

»Nein, nein, durchaus nicht ... Nur möchte ich heute morgen nicht Tennis spielen«, erwiderte Armand Bautet-Lebrêche aufs Geratewohl, »aber wir können heute nachmittag spielen«, fuhr er wohlwollend fort.

Julien Peyrat schaute besorgt, ja enttäuscht drein.

Vielleicht hatte dieser Lethuillier recht, und vielleicht wollte dieser Knabe, ob nun Fälscher oder nicht, das Bild einem Gimpel verkaufen. Aber Eric Lethuillier schien in dieser Sache gut unterrichtet zu sein ... Armand Bautet-Lebrêche zuckte die Achseln. »Ich nehme an, Sie verkaufen dieses Bild?« sagte er und zeigte auf das Gemälde an der Kabinenwand. »Wieviel kostet es? Ich möchte es kaufen«, setzte er trocken hinzu.

»Weiß Ihre Frau davon?« fragte Julien, der ein verdutztes und weniger fröhliches Gesicht machte, als Eric Lethuillier vermutet hatte.

Nun, wenn das Bild echt ist, dachte Armand, ist es mehr als zweihundertfünfzigtausend Francs wert.

»Ich bin überzeugt, daß es doppelt soviel wert ist, wie Sie verlangen«, sagte er statt einer Antwort. »Aber da Sie es verkaufen wollen, warum nicht an mich? Wie?« fügte er hinzu und ließ ein kurzes zufriedenes Lachen vernehmen.

»Ist Ihre Frau damit einverstanden?« Julien wurde laut und schien aus der Fassung gebracht zu sein.

Er hat nichts von einem Gentleman, dachte Armand und wich einen Schritt vor diesen weißen Zähnen zurück, die fast sein Ohr berührten.

»Wie bitte?« fragte er aus Höflichkeit und deutete mit einer Geste der Ohnmacht auf sein Ohr, in das Julien zum letztenmal schrie: »Ihre Frau! Ihre Frau!« bevor er es aufgab, sich zuvorkommend zu verhalten.

Im Grunde kam es bei Armand nicht darauf an, denn er hatte es ja nicht nötig, das Bild eines Tages zu verkaufen, um von dem Erlös seinen Lebensunterhalt zu bestreiten.

Julien zog also fluchend die paar falschen Gutachten aus seinem Koffer und ließ nur das letzte drin, ein echtes, das sich überdies auf einen anderen Marquet bezog und das Julien sorgfältig aufbewahrte. Er reichte sie Armand, der sie mit einer Leichtfertigkeit, die bei diesem Geldmenschen überraschte, in seine Tasche steckte, ohne einen Blick darauf zu werfen. Edma mußte ihm eine Szene gemacht haben, dachte Julien, damit er das Bild aus Gefälligkeit ihm gegenüber kaufte, und Armand hatte es nun eilig, sich dieses Auftrags zu entledigen.

»Wieviel?« fragte er gesetzt, und seine Brillengläser funkelten in der Sonne.

Als Armand sein Scheckheft zückte, hatte er einen Ausdruck um die Kinnpartie, der Julien erzittern ließ. Sobald er seine Waffe in der Hand hatte, seine Schecks, zeigte Armand Bautet-Lebrêche eine wilde und grausame, ja gefährliche Miene, die man während des Urlaubs an ihm nicht gekannt hatte. Die einzige Gefahr, die er bislang verkörpert hatte, war stinkende Langeweile gewesen.

»Zweihundertfünfzigtausend Francs!« schrie Julien ein- oder zweimal, und der Hund zwei Kabinen weiter, den er tot oder mit einem Maulkorb versehen glaubte, begann mitzubellen.

Julien schrieb die Summe auf den Scheck und zeigte ihn Armand, der mit einem kurzen »Danke!« das Bild unter den Arm nahm und auf den Gang hinaustrat. Das war so schnell und unerwartet vor sich gegangen, daß Julien nicht einmal Zeit gefunden hatte, dieser Pferdedroschke, dieser Frau und diesem Schnee auf Wiedersehen zu sagen. Und das war vielleicht besser so, dachte er, während eine Träne in sein rechtes Auge trat, das linke jedoch strahlte, denn mit diesem kleinen hellblauen Stück Papier, das Armand ihm dagelassen hatte, konnte er vom nächsten Tag an Clarissa mit sich nehmen, um die Tage an der Sonne und die Nächte in ihren Armen zu verbringen. Sie würden in die Provence fahren, nach Tahiti oder nach Schweden, nach Lappland oder wohin sie auch wollte, denn nun war er in der Lage, ihr das alles zu ermöglichen. Geld bedeutete natürlich nicht gleichzeitig Glück, aber es sicherte einem die Freiheit, stellte Julien wieder einmal fest.

Armand Bautet-Lebrêche durchquerte mit seinem

gewohnten Eilschritt den gepolsterten Gang, klopfte an Lethuilliers Tür, betrat die Kabine, ohne ein »Herein« abzuwarten, das er ja doch nicht hören würde, und sah, daß Eric etwas zu ihm sagte, sogar mehr als etwas, sah sein schönes freudestrahlendes Gesicht, ohne den Bewegungen der Lippen und der Hände Aufmerksamkeit zu schenken, legte das Bild auf das leere Bett Clarissas und ging wieder hinaus, ohne ein Wort gesagt und ohne ein Wort vernommen zu haben. Armand Bautet-Lebrêche kehrte in sein Zimmer zurück, wo ihm die Stille eine noch höhere Qualität zu haben schien. Er griff zur *Financial Times*, legte sich angezogen auf sein Bett und schlug die Seite auf, auf der ihn ein fesselnder Artikel über Wertpapiere, insbesondere über holländische Öl-Aktien erwartete. Diese kleine Clarissa konnte sich über ihren Mann nicht beklagen, dachte er trotzdem ... Edma wußte nicht, was sie sagte: bei den Lethuilliers herrschte nicht die geringste Zwietracht.

Julien brannte vor Ungeduld darauf, Clarissa zu treffen und ihr die Neuigkeit zu verkünden. Er durfte auch nicht zu begeistert wirken. Er hatte genug geprahlt und sich vor Clarissa genug gebrüstet, um seine zweihundertfünfzig-tausend Francs als einen Triumph hinzustellen und von ihnen anders zu sprechen als von einer Bagatelle. Er setzte eine gleichgültige Miene auf, zündete sich mit seinem Feuerzeug eine Zigarette an und verspürte plötzlich Lust, über diese – wie er fand – umwerfende Miene zu lachen. Wissen Sie, ich glaube, unsere Umkehrreise endlich arrangiert zu haben ...

»Umkehrreise« war der Titel, den er für ihr Unternehmen gewählt hatte, für diese Reise, die sie vermutlich zurück über das Mittelmeer in irgendein fernes Land unter der Oktobersonne führen würde, als ob die musikalische Kreuzfahrt nur eine Einübung gewesen wäre, als ob dieses Schiff, ›diese blonden Barkeeper, diese mondänen, reichen Leute, als ob diese ganze himmlische Musik, all diese phosphoreszierenden Noten, die nachts von Deck in dieses Meer fielen, wo sie einen Augenblick zu treiben schienen, ehe sie verschwanden, als ob diese Landschaften, diese Düfte, diese heimlichen Küsse, diese Furcht, zu verlieren, was man noch nicht gewonnen hatte, als ob diese ganze

Reise nur geplant und durchgeführt worden war, um Julien als lebendige Kulisse für ihre Begegnung zu dienen‹. Und Julien, der Richard Strauss verabscheute, summte nun ungewollt die fünf Töne aus der *Burleske* vor sich hin, fünf triumphierende und zärtliche Töne, die seinem Eindruck nach seine jetzige Gefühlslage wiedergaben oder zumindest, wenn Clarissa ihn anschaute. Du bist verrückt, ermahnte er sich nachdrücklich, du bist verrückt, dich darauf eingelassen zu haben! Wenn du keinen Pfennig mehr hast, wirst du sicher irgendwo falschspielen gehen und Clarissa allein in dem Zimmer eines Palasts oder eines Dorfgasthofs auf dich warten lassen – je nach den vorausgegangenen Verlusten. Sie würde ihn nicht ertragen, selbst wenn er glücklich mit ihr wäre und es ihr zeigte. Denn instinktiv wußte er genau, daß Clarissa weniger davon träumte, selbst glücklich zu werden, als jemanden glücklich zu machen, und daß dieser Jemand ihr das unaufhörlich und unterschiedslos sagte.

»Wie haben Sie das gemacht?« fragte Clarissa, die neben ihm auf einem Liegestuhl saß, dessen vor dem Sommer grellrote Bespannung infolge der Gischt, der Sonne und der nassen Badeanzüge einen etwas kitschigen aquarellrosa Ton angenommen hatte, der hier im Freien nicht recht paßte. »Wie haben Sie das gemacht?« wiederholte sie. »Erzählen Sie mir alles, Julien. Ich finde es himmlisch, wenn Sie mir Ihre Berufsgeschichten mit dieser Leidensmiene erzählen, die bestimmten Erinnerungen gilt ... mit diesem Ausdruck der Melancholie und der wunderwirkenden Arbeit: Julien Peyrat, der achtzehn Monate wie ein Verrückter geschuftet hat und sich nach zehn Jahren noch nicht davon erholt ...«

Angesichts der ungehaltenen Miene ihres Geliebten fing sie ungewollt an zu lachen. »Im Ernst«, fuhr sie lebhaft fort, wobei sie die Schultern hob, als werfe sie selbst ihren lustigen Satz in den Korb der Albernheiten zurück, »im Ernst, kommt es bei Ihnen häufiger vor, daß Sie plötzlich ein Vermögen einnehmen?«

Julien wölbte den Oberkörper vor oder versuchte es zumindest, denn das war schwer, wenn man auf einem Liegestuhl saß, wie er verärgert bemerkte. »Ich weiß nicht, warum Sie das wundern sollte, warum Ihnen das zweifelhaft erscheinen könnte«, antwortete er brummig.

»Aber nein«, sagte Clarissa und wurde plötzlich wieder ernst.

Und wenn Julien sich ärgerte, wenn er ihr böse war, wenn er sie nicht mit zärtlichen Worten in seine Arme nahm? Sie betrachtete sein erzürntes und verschlossenes Gesicht, sie sah, wie ihre Hoffnung auf ein glückliches Leben mit ihm in Windeseile dahinschwand, so daß ihr Gesicht eine derartige Verzweiflung widerspiegelte, ein solches Entsetzen, daß Julien sie instinktiv an sich drückte und ihr Haar mit endlosen und in seinem Zorn auf sich selbst beinahe brutalen Küssen bedeckte.

»Und das Bild? . . .« fragte sie etwas später, als die Angst, daß er sie nicht mehr lieben könnte, ihr nicht länger die Kehle zuschnürte. »Was wollen Sie damit machen?« fügte sie hinzu und hob ihr Gesicht zu ihm und bedeckte ihrerseits seine Schläfen, seine Mundwinkel, die kratzige Wangenhaut und den Winkel der Kiefer, der vor einer Minute zusammengekrampft war, mit langsamen und hingebungsvollen Küssen. Hin und wieder löste sie sich von diesem Profil und ließ bei geschlossenen Augen und mit einer sanften und zärtlichen Kopfbewegung ihre Haare über Juliens Kinn gleiten, nahm ihm mit ihrem seidigen blonden Haarvorhang die Sonne, schenkte sie ihm zurück und warf auf der anderen Seite des Gesichts Anker, unter der bisher vernachlässigten rechten Wange, die sie mit ihrer begierigen Zärtlichkeit tröstete.

»Du machst mich krank«, sagte Julien mit rauher Stimme, fast drohend, und löste sich mit einer bittenden Geste aus ihren Armen.

Armand Bautet-Lebrêche, der sie natürlich nicht sprechen gehört hatte, machte einen Bogen um sie, als er sie miteinander vor dem hellen Himmel beschäftigt sah. Und erst dann betrat er festen Schrittes den goldenen Umkreis dieses herrlichen Bildes, warf ihnen einen möglichst wenig überraschten Blick zu, daß sie sich hier in den Armen lagen, und rief ihnen zu: »Vielen Dank! Ich setze nichts aufs Spiel: ich habe meine Schirmmütze«, bevor er im Laufgang der Matrosen verschwand.

»Bist du sicher, daß du das Bild nicht verkauft hast?«

fragte Clarissa etwas später, als das Lachen über das Verhalten Armands und ihre Situation sie wieder zu Atem kommen ließ. »Bist du sicher, es noch zu haben?«

»Aber wenn ich dir doch sage«, begann Julien, »daß ich es verkauft habe, also ...«, fügte er plötzlich hinzu und zeigte ihr sein lachendes, verdutztes, draufgängerisches Gesicht, ein so vollendet männliches und ebenso vollendet kindliches Gesicht, daß sie, anstatt seinen Satz zu Ende zu hören, sich darauf beschränkte, ihn »Lügner« zu nennen und ihn von oben bis unten und von unten bis oben ernsthaft und zugleich hingerissen anschaute, wie ein Pferdehändler die Rösser betrachtet, die er gekauft hat.

»Küß mich noch einmal ...«, bat Julien flehentlich, den Rücken der Reling und die halbgeschlossenen Augen der Sonne zugewandt, vollauf selig vor Wohlbehagen und vor allem vor Erleichterung; einer Erleichterung, deren Grund er nicht kannte, aber jedenfalls einer Erleichterung, die aus diesem Morgen eine Erinnerung machte, die wie ein Markstein des Gefühlslebens war, einer jener Momente, da die Sonne, Clarissas Hand an seinem Hals, die roten Flecken des unter seinen Lidern brennenden Lichts und das leichte Zittern seines Körpers, der seit vierundzwanzig Stunden vor ungestilltem Verlangen in der Erinnerung an das schon ferne, aber noch heftige Begehren bebte, sich für immer in sein Gedächtnis eingruben. Diesen Augenblick, ahnte Julien, als er sich dessen bewußt wurde, diesen Augenblick würde er sich ein Leben lang als eine dieser übrigens seltenen Sekunden ins Gedächtnis rufen, in denen er, Julien, das menschliche Wesen, der Sterbliche, den Gedanken an seinen Tod, der sein plötzlich herrliches Leben beendete, geliebt und akzeptiert hatte. Es gab einen Moment, in dem er das Schicksal der Menschen und damit sein eigenes mehr als annehmbar, ja durchaus wünschenswert fand. Er schloß die Augen wie ein dösender Kater, und als er sie wieder aufschlug, sah er Clarissas Blick auf sich gerichtet, auf sein Gesicht, auf seine Augen, einen blaßblauen Blick voller Glanz, von nahezu unerträglicher Zärtlichkeit, einen offenen, glasklaren Blick, in dem er sich spiegelte und der davon träumte, daß er sich wieder und wieder bis ans Ende der längsten Kreuzfahrt voll und ganz darin spiegeln würde.

Gegen Nachmittag wurde in der Ferne die französische Küste sichtbar, und die Passagiere drängten sich in Scharen an die Reling, was weder die Statuen oder Tempel noch die Landschaften während der ganzen Reise bewirkt hatten. Obwohl sie merklich, zumindest aus dieser Entfernung, der spanischen oder italienischen Küste glich, wurde ihr Anblick insbesondere von den Chauvinisten unter den Franzosen mit einem bewundernden und andächtigen Schweigen begrüßt. Für Clarissa und Julien war diese Küste der Ort, wo sie sich lieben oder wenigstens küssen konnten, ohne sich in Ecken verstecken zu müssen – da das ungestillte Verlangen ihr Verhalten sichtlich kindisch und anfängerhaft machte. Edma wiederum sehnte sich nach ihren Bekannten im Ritz und nach ihren Cocktails, Armand nach seinen Zahlen, die Diva und Hans-Helmut Kreuzer nach Bühnen, Orchestern und Beifall, Eric nach seinen Mitarbeitern, Simon Béjard nach Arbeit und Anerkennung von seinesgleichen im Fouquet's, Olga nach ihrem Publikum und Andreas, ja, das wußte man nicht. Charley wollte seine »Jungs« aufsuchen und ihnen von Andreas erzählen, wobei er vielleicht ein bißchen weiter gehen würde, als es der Wirklichkeit entsprach; und Ellédocq, Kapitän Ellédocq, wollte seine Frau wiedersehen, die er bereits zweimal von seiner Ankunft unterrichtet hatte – weil er die wenigen Male, da er nicht an so was gedacht hatte, zu seinem Bedauern den Briefträger oder den Bäcker im ehelichen Bett angetroffen hatte, alle beide solide Kerle, die ihm schnell begreiflich gemacht hatten, daß seine einzige Geliebte das Meer war.

»Ich glaube, wir speisen heute abend vor den Lichtern von Cannes, nicht wahr? Melancholie nach Wunsch!« sagte Edma Bautet-Lebrêche. »Das Verlassen des Schiffes steht jedem frei, entweder am Abend nach dem Konzert oder morgen im Laufe des Tages. Was gedenken Sie zu tun, Julien?«

»Ich weiß nicht«, antwortete Julien mit einem Schulter

398

zucken. »Das hängt ... vom Wetter ab«, fügte er hinzu, nachdem er einen Blick zu Clarissa hinübergeworfen hatte, die dahinten in ihrem Sessel saß, den Kopf zurückgelehnt, so daß man ihren schönen Hals, ihre halbgeschlossenen Augen und ihren hübschen, plötzlich traurigen Mund sehen konnte.

Und er konnte den Gedanken nicht fassen, daß er, Julien, geliebt und begehrt wurde und daß er für Nächte und Tage der Besitzer all dessen sein würde, der Eigentümer, vom Gefühl her gesehen, dieses fahlroten Haars, dieses an den Backenknochen aufgehängten Gesichts, eines so schönen und ebenfalls so traurigen Gesichts und dieser blaugrauen Augen, die mit dem Ausdruck der Liebe auf ihn gerichtet waren. Das war ganz einfach zuviel Glück, zuviel Freude, zuviel Seligkeit, zuviel Naivität auf beiden Seiten. Der lange Blick, den er Clarissa zugeworfen hatte, erweckte Sehnsucht in Edma Bautet-Lebrêche. Wer hatte sie in den letzten Jahren so angeschaut? Und wie lange hatte sie einen solchen Blick schon nicht mehr entfacht? Diesen verwunderten und eifersüchtigen Ausdruck der Liebe? In der letzten Zeit sicher nicht. Ach doch! Edma Bautet-Lebrêche errötete, als sie plötzlich daran dachte, daß Simons Blick sie an Juliens Blick erinnerte.

So ein Wahnsinn, sagte sie sich, ungewollt lächelnd, so ein Wahnsinn ... Ich und dieser angeberische und obendrein rothaarige Produzent. Es hatte immerhin Juliens Blick bedurft, um wahrzunehmen, was er enthielt. Und auf einmal sprach sie mit ihrer tiefen Stimme in Richtung der neben ihr aufgeschlagenen *Financial Times:* »Armand, sind wir alt?«

Es waren zwei oder drei verzweifelte Ausrufe dieser Art vonnöten, um das Sinken der Zeitung zu bewirken sowie das Herabrutschen von Armands Zwicker, dieser undankbaren Augengläser, die die Nase verließen, die sie trug, und sich vielleicht aus Langeweile und Eintönigkeit von dem entfernten, was man ihnen zu sehen gab: Zahlen und abermals Zahlen.

»Was willst du mit dem ganzen Geld anfangen?« fragte sie in einem neuen ironischen Ton, ehe Armand Bautet-Lebrêche überhaupt auf ihre Frage antworten konnte.

»Das ist ja lächerlich ... Was willst du mit all diesen Dollars, wenn wir tot sind?«

Armand Bautet-Lebrêche, der sich von seiner vorübergehenden Taubheit nahezu befreit sah, betrachtete sie ebenso mißtrauisch wie empört. Es war wirklich nicht Edmas Stil, auf das Geld zu pfeifen und mit dieser Ungeniertheit darüber zu sprechen. Seit ihrer beengten Kindheit hatte sie einen instinktiven und bewundernden Respekt vor Geld in all seinen Erscheinungsformen bewahrt. Außerdem schätzte es Armand nicht, wenn man in diesem Punkt sarkastisch wurde. »Kannst du deine erste Frage noch einmal wiederholen?« bat er trocken. »Die zweite erscheint mir etwas uninteressant ... Nun?«

»Die erste Frage?« sagte Edma, als sei sie verwirrt, und lachte über die ernste Miene ihres Gatten. »Ach ja, ja, ich habe gefragt, ob wir noch jung sind.«

»Sicher nicht«, antwortete Armand bedächtig, »sicher nicht. Und ich beglückwünsche mich dazu, wenn ich die inkompetenten Spitzbuben sehe, die uns an der Spitze unserer Firmen und der Regierung ablösen sollen. Ich denke, die werden nicht weit kommen.«

»Beantworte bitte meine Frage«, sagte sie nun mit müder Stimme, »sind wir alt, du und ich? Sind wir seit jenem Tag gealtert, an dem wir uns in Saint-Honoré d'Eylau für gute wie für schlechte Zeiten zusammengetan haben?«

Armand warf ihr einen plötzlich hellwachen Blick zu, räusperte sich.

»Bedauerst du es?«

»Ich?« fragte Edma und brach in Gelächter aus. »Nein, Armand, mein Army, mein Lebrêche, ich sollte das herrliche Leben bereuen, das du mir bereitet hast? Ich müßte schon verrückt oder neurotisch sein, um daran keinen Gefallen zu finden ... Nein, es war zauberhaft, durch und durch zauberhaft, das versichere ich dir. Woran hätte es mir an deiner Seite mangeln sollen?«

»Ich war oft nicht da«, erwiderte Armand, hustete und hielt die Augen niedergeschlagen.

»Eben darum! Diese Lebensweise war genial«, sagte Edma ohne die geringste Heuchelei. »Erst das ständige Zusammenleben macht die Ehen so zerbrechlich. Wenn man sich seltener oder nicht zu oft sieht, kann man zig Jahre verheiratet bleiben: der Beweis ...«

»Fühlst du dich nicht manchmal einsam?« fragte Armand beinahe besorgt, was Edma schlagartig in Angst versetzte.

Armand mußte schwer krank sein, um sich für etwas anderes zu interessieren als sich selbst, überlegte sie, ohne jedoch Bitterkeit zu zeigen. Sie neigte sich zu ihm. »Fühlst du dich wohl, Armand? Es ist dir doch nicht zu heiß in der Sonne? Oder hast du von dem ausgezeichneten Portwein zuviel getrunken. Ich muß Charley fragen, wo er den Wein her hat. Er ist nicht nur gut, sondern berauscht einen in phantastisch kurzer Zeit ... Wonach hast du mich noch gefragt, mein Liebling? Ich erinnere mich nicht mehr.«

»Ich auch nicht«, erwiderte Armand Bautet-Lebrêche, hob sein Banner in Augenhöhe und sagte sich erleichtert, daß er noch einmal mit blauem Auge davongekommen war.

Hans-Helmut Kreuzer stand im Frack – anstelle des gewohnten Smokings – mitten in seiner Kabine und betrachtete sich zufrieden, aber mit einem Anflug von Zweifel im Spiegel. Er konnte nicht begreifen, daß die Doriacci ihm nicht um den Hals gefallen war und ihm nicht zu einer noch angenehmeren Kreuzfahrt als dieser hier verholfen hatte. Denn bis auf die Gehässigkeit des Kapitäns gegenüber der armen Fuschia war diese Reise schließlich hinreißend gewesen. Aber nie, nie wieder würde er in denselben Konzerten auftreten wie die Doriacci ... Er hatte sich bitter bei seinen Schülern beklagt, er hatte unter Männern seinen Seitensprung mit der Diva in Wien gestanden, und sie hatten sich über ihr Verhalten ebenso empört gezeigt wie er. Sie hatten ihm sogar respektvoll nahegelegt – zumindest verstand Hans-Helmut Kreuzer das so, wenn der Begriff »nahelegen« auf ihn bezogen war –, er solle möglicherweise ihren häßlichen Charakter den Direktoren der europäischen und amerikanischen Konzerthäuser zur Kenntnis bringen. Sicher, er konnte tausend Rauchwolken dieser Art in den blauen und strahlenden Himmel schicken, der die Karriere der Diva bildete, aber er fürchtete, daß sie nicht zögern würde, wenn sie durch Zufall den Ursprung entdeckte, der ganzen Musikwelt diese ausschweifende Nacht, ja das Motiv seiner bitteren Vorwürfe zu offenbaren.

Heute abend sollte er Fauré spielen und sie Brahms und Bellini singen, doch wer weiß, was sie statt dessen zum besten geben würde ... Ja, gab er andeutungsweise zu, ja, er hätte gerne wieder im Bett der Doriacci Fuß gefaßt. Natürlich hatte Hans-Helmut Kreuzer nicht viel Erfahrung, und seine geduldigste Geliebte war seine Frau gewesen. Aber im Dunkel seines Gedächtnisses schien er den hellen Schimmer einer Schulter in der Nacht vor sich zu sehen, ein Lachen, rot und weiß, unter dem natürlichen Schmelz junger strahlender Zähne, schwarze Pupillen unter schwarzem Haar und vor allem eine rauhe Stimme zu hören, die auf italienisch schlüpfrige, unübersetzbare, wenn nicht unverständliche Dinge sagte. Obwohl er sich schämte, daran zu denken, hatte ihm jemand – ein böser Engel oder ein Aufhetzer – die sehr intime und sehr geheime Überzeugung anvertraut, die er sich in all den grauen Tagen und Nächten selbst kaum eingestehen konnte, deren Grau sogar jetzt noch den tollsten Beifall überschattete, in all den Jahren der Arbeit, der Konzerte, der Triumphe, in all den grauen Jahren, daß allein die Wiener Nacht in Farbe getaucht war, obgleich sie sich im Dunkel eines Hotelzimmers abgespielt hatte.

»Lassen Sie sich nie von Empfindungen oder Ausschweifungen verleiten«, sage er weise, zu seinen beiden alten Schülern gewandt, die in seinem Wohnraum standen und mit ihren kurzen Hosen, ihren Socken und ihren Sandalen von einem anderen Planeten gefallen zu sein schienen, wo es diese Versuchungen nicht gab, was die Empfehlungen ihres guten Meisters sichtlich überflüssig erscheinen ließ.

Also los, dachte Kreuzer, es werden immer reine Herzen dasein, um gute Musik zu machen.

In einer erstaunlichen Unordnung, die ihr gleichgültig war, sah die Doriacci zu, wie zwei erschöpfte Stewards ihre Koffer schlossen. Sie hatten wiederholt und ohne die geringste Verwunderung Herrensocken, eine Männerhose, zwei Hemdkragen und eine Fliege einpacken wollen.

402

Und beide beglückwünschten sich insgeheim, noch einmal ihre übrigens sprichwörtliche Diskretion unter Beweis stellen zu können, doch jedesmal hatte die Doriacci ihnen diese männlichen Attribute aus der Hand gerissen, auf ihrem Bett beiseite gelegt und mit der natürlichen Entrüstung und ohne jede Scham gesagt: »Bitte, lassen Sie das, Sie sehen doch, daß es nicht mir gehört!«

Sie hatte deshalb Andreas rufen lassen und ihm seine Sachen zurückgegeben, ohne die völlige Gleichgültigkeit des jungen Mannes angesichts dieses Vorgangs zu bemerken. Er war blaß und hatte auch in den letzten Tagen der Kreuzfahrt keinerlei Bräune gewonnen, und er war offensichtlich unglücklich. Die Doriacci empfand viel Zärtlichkeit für ihn, hatte Mitleid mit ihm, aber Liebe war es nicht, und leider hätte er gerade das gebraucht: Liebe!

»Liebling«, sagte sie ins Leere hinein, stieg über Kleider, Fächer, Partituren und führte ihn schließlich ins Zimmer nebenan, in dem zwar auch alles herumlag, dessen Tür sie jedoch vor den beiden Stewards verschließen konnte. »Mein Liebling, du mußt nicht so ein Gesicht machen, sieh mal ... Du bist schön, sehr schön, du bist intelligent, du bist gefühlvoll, aber das wird sich legen, du bist gut und wirst eine glänzende Karriere machen, sag' ich dir. Wirklich, mein Schatz«, fügte sie ein wenig zu lebhaft hinzu, denn er blieb unbeweglich stehen, ließ die Arme herabhängen und blickte sie kaum an, während sein Gesicht verschlossen und ausdruckslos wirkte, als sei er auf dem Höhepunkt der Langeweile angelangt. »Ich versichere dir«, fuhr sie trotzdem fort, »wenn ich in den letzten zehn Jahren jemanden hätte wirklich lieben können, dann wärst du es gewesen. Ich werde dir von überall Postkarten schicken, und wenn ich wieder nach Paris komme, gehen wir zusammen essen und betrügen deine Geliebte nachmittags in einem Hotelzimmer. Das kann man in Paris immer hervorragend machen, ohne daß jemand etwas erfährt, vor allem ... Glaubst du mir nicht?« fragte sie ein wenig gereizt.

Er war beinahe ängstlich zusammengezuckt. »Doch, doch, ich glaube Ihnen«, antwortete er überstürzt eifrig, sogar etwas zu eifrig. Dann hatte er überflüssige Entschuldigungen gestammelt, während sie ihn auf den Mund

küßte und in einer unwiderstehlichen Zärtlichkeitsan-
wandlung an sich drückte, ehe sie ihn zur Tür schob und
hinausbeförderte, ohne daß er sich dagegen zu wehren
schien.

Ich hoffe, daß ich nicht zu hart gewesen bin, sagte sie sich
mit leichten Gewissensbissen.

Und als Charley kam und sie fragte, ob sie gesehen habe,
daß Andreas mit den ersten Passagieren das Schiff verlassen hatte und mit dem großen Motorboot nach Cannes
gefahren war, wäre sie nicht in der Lage gewesen, ihm zu
antworten. Dabei war sie sich annähernd sicher, daß
Andreas diesen letzten Abend nicht hätte ertragen können
und zum Festland geflohen war, um seine Karriere fortzusetzen. Und daß er sein Gepäck vorläufig zurückgelassen
hatte, deutete darauf hin, daß ihn ein plötzlicher Einfall
bewogen hatte, von Bord der *Narcissus* zu gehen, zu der
ihn ein anderer Einfall am nächsten Morgen zurückführen
würde.

Sie fand es übrigens gut, daß dem so war, denn vor ihm
zu singen war eine Qual für sie geworden oder zumindest
eine Last. Zumal all diese italienischen Liebesschwüre —
die er vielleicht Gott sei Dank nicht verstand —, diese
Wörter, die sie ihrer Partitur zufolge an tragische Liebhaber richtete, ihm um so mehr als Geschenke erscheinen
mußten, die sie ihm nicht gemacht hatte und an denen er
verzweifeln konnte, sobald er sie vernahm. Sie schlug
nahezu unbeabsichtigt ihren Terminkalender auf und pfiff
auf höchst triviale und für die Diva der Divas höchst
unerwartete Weise zwischen den Zähnen. In drei Tagen
würde sie in New York sein, in zehn Tagen in Los Angeles,
in zwei Wochen in Rom und in drei Wochen in Australien,
in diesem Sydney, aus dem der charmante Julien Peyrat
bestimmt nicht stammte.

Oh, New York! Wer würde sie in New York erwarten?
Ach ja, der kleine Roy ... der bereits vor Ungeduld kochen
und im voraus dichte Lügengewebe verbreiten dürfte, die
ihm erlaubten, Dick, seinem Beschützer, zu entrinnen, der
so reich und so alt und so langweilig war. Und plötzlich
sah sie das ferne, meist gerissene und kalte, aber manchmal beim Lachen entfesselte Gesicht des jungen Roy vor

sich, und sie fing ebenfalls voller Vertrauen und im voraus an zu lachen.

Simon Béjard betrachtete ohne jedes Verlangen Olgas wohlgeformten Hintern, der über seinen Koffer gebeugt war, den sie in einem Anfall der Dienstbarkeit, den er sich weniger verspätet gewünscht hätte, vor ihrem eigenen packte. Er beobachtete auch diesen kleinen Mund, mit den bereits mit Kronen bewehrten Zähnen, der schwülstige Gemeinplätze, plumpes Geschwätz oder anstößige Sentimentalitäten von sich gab. Er fragte sich, welcher unvernünftige Mann ihn über mehrere Wochen ersetzt haben konnte, um ihn schließlich davon zu überzeugen, daß er das liebte: die Anmaßung, diesen Egoismus, diese Härte, diese anspruchsvolle Dummheit, die sie durch alle Poren ausströmte. Er mußte sich derzeit irrsinnige Mühe geben, um ihr liebenswürdig zu antworten oder überhaupt kurz zu antworten. Mein Gott, er hatte sich nach jungen Mädchenblüten gesehnt! Ach, er hatte davon geträumt, der Vater, der Liebhaber, der Bruder, der Führer dieser jungen, halb frigiden und völlig gekünstelten intellektuellen Gans zu sein! Schön, diese Angelegenheit war erledigt. Wenn er nach Hause kam, würde er Margot besuchen, die in seinem Alter war, ein ordentliches Hinterteil, schwere Brüste und ein grobes Lachen hatte, Margot, die ihn genial fand und intelligenter war als viele andere sogenannte raffinierte Weiber. Er konnte sogar von Glück sagen, daß er Olga in anderer Umgebung als in diesen Filmkreisen erlebt hatte, die so isoliert waren und manchmal ein so niedriges Niveau hatten, daß sie den anderen überlegen erscheinen konnte, was sie vielleicht tatsächlich war. Er hatte die Chance gehabt, sie zwei in Gefühlsdingen oder in der Ausdrucksweise, jedenfalls im Umgang wirklich gepflegten Damen gegenüberstellen zu können: Clarissa und Edma, die eine in der Feinheit des Herzens ungeschlagen, die andere in der Feinheit der Kleidung und des gesellschaftlichen Schliffs. Die Doriacci wiederum war von anderem Format als diese arme Olga. Und Simon fragte sich außerdem, was Eric an ihr neben der Möglichkeit, seine Frau leiden zu lassen, Besonderes finden konnte, denn bei seiner natürlichen Tapferkeit erschien

Simon das nicht als ein hinreichendes Motiv. Für Simon war dies seine erste Kreuzfahrt und zumindest für einige Jahre auch die letzte. Trotzdem würde er Edma nachtrauern, sagte er sich mit leicht beklemmtem Herzen, wie er zu seiner großen Überraschung feststellte. Er hätte mit Edma glücklich werden können, wenn sie nicht so schick wäre und er sich nicht so sicher sein müßte, sie vor ihren Bekannten in der Avenue Foch zu beschämen, sobald sie ihn dort bekannt machen würde. Dennoch würde er es vielleicht wagen, sie heimlich und allein zu treffen, damit sie zusammen spaßen, sich über die gleichen Dinge lustig machen und von einem Thema zum anderen hüpfen konnten und sich vor Lachen die Seiten hielten, wie sie es zehn Tage lang getan hatten. Sie lachten genau über dieselben Sachen, so entgegengesetzt ihre Erziehung und ihr Dasein auch war; und dieses Schülerlachen, das wußte Simon jetzt, war ein besserer Trumpf für irgendeine Beziehung zwischen Mann und Frau als alles erotisch-gefühlsmäßig-psychologische Verständnis, mit dem die Zeitungen sie überschütteten.

Von einer plötzlichen Eingebung bewegt und ohne an Olga zu denken, die mit ihrem Koffer beschäftigt war, nahm Simon den Telephonhörer ab, ließ sich mit der Kabine der Bautet-Lebrêches verbinden und traf selbstverständlich Edma an. Er hatte sie nie am Telephon gehört, und ihre gellende Stimme machte zunächst einen schlechten Eindruck auf ihn.

»Edma«, sagte er, »ich bin's. Ich wollte . . .« Er zögerte.

»Ja, hier ist Edma«, schrie sie in den Hörer. »Ja, ich bin's . . . Was ist? Was kann ich für Sie tun?«

Dann wurde die Stimme schwächer, erstarb, und sie blieben beide, jeweils am Ende der Telephonverbindung, etwas atemlos und leicht beunruhigt miteinander verbunden.

»Was sagten Sie?« fragte Edma ganz leise.

»Ich habe mir überlegt . . . ich habe mir überlegt, daß man sich vielleicht am Dienstag sehen könnte . . . wenn Sie Zeit haben«, sagte Simon ebenfalls flüsternd. Seine Stirn war schweißbedeckt, ohne daß er wußte, warum. Es trat Schweigen ein, während dessen er beinahe aufgelegt hätte.

»Aber ja, natürlich«, antwortete endlich Edmas

Stimme, die aus dem Jenseits zu kommen schien. »Ja, natürlich. Ich habe sogar eben meine Telephonnummer und meine Adresse in Ihren Postkasten geworfen...«

»Nein!« sagte Simon, »nein...«

Und er lachte laut auf, ließ dieses schallende Gelächter ertönen, das Olga erzürnt, aber ohnmächtig von ihrem Koffer aufblicken ließ. Und als sie am anderen Ende Edmas Lachen hörte, hätte sie Simon um ein Haar den Hörer aus der Hand gerissen.

»Nein«, sagte er, »nein... das ist ja zu komisch...« Und er fügte hinzu: »Es ist zum Totlachen, ohne Telephon hätte ich mich nie mit Ihnen verabreden können!«

»Ja, es ist zum Totlachen«, gab Edma zu und gebrauchte zum erstenmal in ihrem Leben den Ausdruck »zum Totlachen«. »Diese schüchternen Menschen sind zum Totlachen«, fügte sie hinzu und lachte noch stärker.

Und heiter und siegessicher legten sie gleichzeitig den Telephonhörer auf.

ndreas hatte sich auf einem verlassenen Deck am anderen Ende des Schiffes ausgestreckt, dort, wo die Wäsche trocknete und wo ihn also die Passagiere nicht sehen konnten. Allenfalls ein unglücklicher arabischer Koch hatte ihn vorbeigehen sehen, und auch dem war er wie ein Marsbewohner erschienen. Es war seltsam, wenn man an all die Individuen auf diesem Dampfer dachte, die sich nicht kannten, die sich nie kennenlernen würden und die vielleicht dank einer verirrten Mine alle zusammen den gleichen Tod starben.

Andreas hatte sich mit seiner weißen Flanellhose, die nun hin sein würde, auf das harte Holz gelegt ... er lag auf dem Rücken, das Gesicht der Sonne zugewendet, den Kopf an ein Bündel Taue gelehnt. Er rauchte eine Zigarette nach der anderen, deren Geschmack ihm für seine durstige Kehle zunehmend herb und deren Rauch vor diesem so blauen Himmel und in dieser so guten Seeluft zunehmend blaß erschienen. Sein Hirn war wie leergefegt; oder genauer gesagt, seine geistige Tätigkeit beschränkte sich auf die Wiederholung einer Melodie, die er am Vorabend an der Bar aufgeschnappt hatte; es war eine Platte von Fat's Waller, deren Töne aus dem Klavier zu springen, von den weißen glatten Tasten zu fallen schienen oder sich voller Mühen den unergründlichen Tiefen der Klarinette entrangen. Es war eine heitere Weise, eine Weise, an die er sich nicht erinnerte, die er nie gehört hatte und von der er dennoch jede Note wiedererkannte; eine Weise, die weder seiner Jugend ohne Plattenspieler entstammen konnte noch seiner Jünglingszeit, die dem Rock gewidmet war, und natürlich nicht der Wehrdienstzeit oder dem Umkreis seiner verrückten Geliebten, als er angefangen hatte, mit diesen Fünfzig- oder Sechzigjährigen zu arbeiten, die nur vom Stoßen träumten, sich vor ihm mit aufgelöstem Haar in den Hüften wiegten und dabei die Arme sehr weit hoben, so daß man unter dem Flitter die gepuderten Achselhöhlen sehen konnte. Er erinnerte sich an diese

»Gönnerinnen«. Er sah sie an sich vorbeiziehen, eine wie die andere, in lockeren Reihen, und fragte sich ohne Bitterkeit oder Gewissensbisse, wie er sie bei Tisch oder in ihrem Bett hatte ertragen können. Doch damals war er sich nicht bewußt gewesen, was es bedeutete, mit jemandem ein Bett zu teilen. In diesem Bereich hatte er nie etwas geteilt: er hatte Gesten und einen herrlichen Körper Personen dargeboten, die sich seiner bedient hatten, um ein Vergnügen zu empfinden, das er nicht teilte und dessen Erwachen und Höhepunkt er völlig objektiv, manchmal sogar mit einem Anflug von Unbehagen beobachtete. Aber selbst im gegenteiligen Fall, wenn er sein Ziel erreichte und den anderen seinen eigenen Phantasien überließ, hatte er nie den Eindruck gehabt, irgend etwas zu teilen. Im Gegenteil: so manches Mal im Verlauf seiner Liebesbeziehungen, die ihm als Zwanzigjährigem ganz andere Empfindungen hätten vermitteln müssen, hatte Andreas den Eindruck, daß ihn der Liebesakt für immer von der Person entfernte, mit der er ihn vollzog.

Auf jeden Fall würden die Gesichter, die er zu verdrängen suchte, seien es nun diese oder andere, ähnliche, in Nevers oder anderswo wieder auf ihn zukommen. Aber zuerst in Nevers, weil er kein Geld mehr hatte und praktisch im Bahnhofscafé warten mußte, bis die drei Stückchen Land verkauft waren, die die Männer seiner Familie in drei Generationen erworben hatten, Männer, die über ihrer Arbeit gestorben waren, ohne die Freuden der Stadt kennengelernt zu haben, und die Andreas jetzt trotzdem beneidete, wie er überrascht feststellte ... Denn sie hatten gearbeitet, und vielleicht hatte ihr Tagewerk sie zu ihrem Tod geführt, doch sie waren wenigstens von Verwandten umgeben, betrauert und umhegt gestorben. Und möglicherweise war ihnen ihre Tätigkeit von dem Augenblick an erträglich erschienen, da von dieser Arbeit ihre Frauen und ihre Kinder leben konnten. Er hingegen, das wußte er, würde in seiner Laufbahn nichts als Schmuckstücke ernten, Männerschmuck, dessen er sich nie entledigen, den er wegen der in Gold gravierten Initialen nicht einmal jemandem schenken konnte ... Er würde in die Provinz zurückkehren, wo man ihn von Salon zu Salon, von Bett zu Bett weiterreichte, und zwar an Frauen ohne Benehmen und ohne Temperament, an Frauen, die müßig waren wie er und die weder das donnernde Lachen noch die ungezwungenen Manieren, weder das unanständige Vokabular noch die weiche Haut, die lachenden Augen und auch nicht die Stimme der Doriacci hatten. O nein, er hatte wirklich keine Lust, nach Nevers heimzukehren und im Auto an diesem leeren Haus vorbeizufahren, das er so gut kannte und dessen Bild bisher kein Palast und keine Autobahnraststätte aus seinem Gedächtnis zu verdrängen vermocht hatten. Und nun mußte er diesen Erinnerungen, den blauen, zarten Pastelltönen seiner Kindheit, andere hinzufügen, die in grelleren und kräftigeren Farben leuchteten und deren Duft und deren Wurzel auch die des Glücks waren.

In seinem Leid und seinem Aufbegehren hob Andreas unwillkürlich den Kopf. Er schüttelte sich, versuchte, sich aufzusetzen, um diesen grausamen Feinden zu entgehen, aber er rutschte aus und ließ sich nach hinten zurückfallen, kreuzte die Arme über der Brust und überließ sich den gemeinsamen Angriffen seiner Phantasie und seiner Erinnerung. »Mein Gott, ich bin allein . . .«, stöhnte er, für sich selbst und die Sonne kaum hörbar, die über ihm stand und seine bereits goldene Haut bräunte, dieselbe Haut, die seinen Lebensunterhalt sichern mußte und seinem Leben Grenzen setzte.

Eine Möwe kreiste mit den Bewegungen eines Geiers oder Raubvogels am Himmel. Sie flog nicht, sie ließ sich mit ausgebreiteten Flügeln plötzlich vom Himmel ins Meer fallen. Und mit dem gleichen Schwung stieg sie in die Vertikale zurück, ohne etwas gesehen oder gefunden zu haben. Andreas verfolgte diese Allegorie seines eigenen Lebens voller Sympathie und Kameradschaftsgefühl. In wenigen Tagen mußte er wieder einmal nach kräftigeren und raubgierigeren Fischen tauchen, als es hier im Meer gab . . . »Was soll ich machen?« fragte er sich unvermittelt laut, richtete sich halb auf und stützte sich mit den Ellbogen auf das Bündel Taue. »Was soll ich machen?« Er würde Clarissa ihren Scheck zurückgeben, weil die Doriacci nicht wollte, daß er ihr folgte, und es nichts einbrachte, wenn er es trotzdem tat; denn sie war nicht allein entschlossen, ihn nicht zu lieben, sondern sie liebte ihn außerdem nicht. Vielleicht sollte er nach Paris fahren; doch da war es ähnlich: mit welchem Geld? Dort sollte er sich der Freundin der Doriacci vorstellen lassen und sich in ihr Damengefolge einreihen, und dazu hatte er nicht den Mut. Oder vielmehr dachte er, daß er vor Scham und Reue sterben würde, wenn er ein Jahr später am Arm einer dieser Luxusmarketenderinnen, die sie ihm selbst zugeführt hatte, der Doriacci begegnen sollte. Tatsächlich blieb ihm nichts als Nevers übrig. Nevers, wo bereits all seine Bekannten über seine Abenteuer gelacht hatten, in deren Lachen sich jedoch jetzt, da seine drei Frauen nicht mehr da waren, keinerlei Zärtlichkeit mischen würde, weil die Sachwalterinnen dieses Wortes »Zärtlichkeit« verstorben waren, ohne ihm zu verraten, wo sie ihre Schätze verborgen hatten, und ohne ihm zu sagen, wo die unerschöpfliche Zärtlichkeit begraben lag, mit der sie ihn stets umgeben hatten, ohne ihn zu warnen, daß sie diese mit sich nehmen würden, und ohne ihm zu verstehen zu geben, daß er dann ohne sie leben mußte. Und selbst ohne ihm – wie wilden Tieren, die man gezähmt hat – vorherzusagen, daß er, sobald er das Haus verlassen sollte, von seinen Artgenossen angegriffen und lebendig verschlungen würde. Das waren die beiden Wege, die sich ihm boten: ein spöttisches Nevers oder ein bitteres Paris – sieht man von der Fremdenlegion ab, doch er verabscheute Gewalt.

Und auf seine Ellbogen gestützt, lauschte er unter dem blauen Morgenhimmel den Motoren der *Narcissus*, die erbarmungslos ihrem Kurs zum Festland folgte, wo niemand auf ihn wartete. Als er diese letzte Erkenntnis verdaut hatte, steckte er sich eine weitere Zigarette an, stand auf und trat dort an die Reling, wo eine etwas niedrigere Eisentür erlaubte, sich etwas tiefer über das Meer zu beugen, dieses Meer, in das er seine Zigarette warf.

Die Kippe trieb auf den blauen Wellen, bis sie plötzlich ein Strudel erfaßte, der sie Andreas' Blick entzog und in die Tiefe riß, wo das Wasser schwarz wurde.

Vielleicht war dies dieselbe Woge, dachte er absurderweise, die er früher einmal zusammen mit der Doriacci betrachtet hatte, an jenem Tag, an dem er unbewußt glücklich, so glücklich gewesen war. Sie hatte neben ihm gestanden und gelacht, während ihre warmen Finger unter seinem Jackenärmel sein Handgelenk streichelten und sie ihm auf italienisch erotische, ja obszöne Worte zuflüsterte, wie sie ihm lachend versicherte. Er hätte leichtfertig sein müssen, geistreich, ungestüm, verführerisch. Er hätte sie vielleicht behalten können, wenn ... Wenn was? Er hatte versucht, das alles zu sein: er war so munter, geistreich und verführerisch gewesen, wie er konnte. Es hatte nicht genügt. Es würde nie genügen. Er konnte im Leben alles sein, was man wollte, beharrlich, anpassungsfähig, bemüht, alles, nur nicht leichtfertig. Und sie wußte das, da nicht Zorn oder Verachtung zu seinem Mißerfolg geführt hatte, sondern Gleichgültigkeit. Und dieses Meer mit seiner mangelnden Sanftheit erschien ihm als Beispiel, als Symbol für das, was ihn erwartete. Menschen mußten sich all die Jahrhunderte an seinen Ufern beklagt und angeödet gefühlt haben. Es stellte für ihn diese äußere Welt dar, es verkörperte die anderen, es war schön, kalt und gleichgültig.

Und seine vergangene und künftige Einsamkeit, die Nutzlosigkeit seines Lebens, sein Mangel an Kraft, Widerstandsgeist und Wirklichkeitssinn, sein heftiges und kindliches Verlangen, geliebt zu werden – all das erschien ihm plötzlich als zu hart, zu schwer. All das bewog ihn, sein rechtes Bein über die Tür zu schwingen und oben sitzen zu bleiben. Einen Augenblick drohte er das Gleichgewicht zu verlieren, für eine kurze Zeitspanne, in der die Sonne auf seinen Nacken fiel und seine Haut das genoß, eine kurze Zeitspanne, in der ihn das verderbliche Gefühl überkam, diese so eingefahrene Mechanik, diesen Luxuskörper, über Bord zu werfen, und er ließ sich fallen. Die *Narcissus* war höher, viel höher, als er gedacht hatte, und auch viel schneller. Etwas Kaltes, Schlankes umpeitschte ihn, wickelte sich um seinen Oberkörper, bevor es seinen Hals umklammerte. So etwas wie ein Tau, dachte er für eine tausendstel Sekunde, an dem er sich festhalten konnte. Und Andreas starb, während er sich gerettet glaubte.

Diesmal erfreut über Clarissas Abwesenheit, hatte Eric zwei oder drei Telephongespräche mit Cannes geführt und überprüft, ob seine Fallstricke ausgelegt waren. In wenigen Stunden würde der Fälscher, Dieb und Verführer hinter Gittern sitzen.

Aber es war noch Zeit ... Eric mußte sich zurückhalten, um diesen erbärmlichen Gauner, diesen Herzbuben nicht zu beleidigen und mit Füßen zu treten, diesen alten Klotz, wie er ihn betitelte, wobei er ihr gemeinsames Alter vergaß und die Sorgfalt, mit der er sein eigenes Äußeres pflegte. Eric war immer stolz auf sein Aussehen gewesen. Er verbarg mit Bedacht, kultivierte jedoch innerlich den Gedanken, daß seine männliche Schönheit, diese nahezu überflüssige Schönheit, bei anderen Leuten, insbesondere bei den Frauen, eine Art Dankbarkeit erwecken mußte ... eine ganz normale Dankbarkeit gegenüber einem Mann, der nicht nur gerecht, tiefsinnig, offen und menschlich war, sondern darüber hinaus diese Tugenden verführerisch erscheinen ließ, die im allgemeinen an ein ungefälliges Äußeres gebunden waren.

Hatte er seine lichten Momente, warf er übrigens Clarissa inzwischen nicht allein ihr Geld vor, sondern ihre Schönheit; dieses jugendliche, herausfordernde Aussehen und diesen Ausdruck der Verwundbarkeit, den sie schon hatte, als sie sich kennenlernten, von dem er heute gerne nur Spuren gesehen hätte und von dem er sogar geglaubt hatte, daß unter der barbarischen Schminke lediglich Reste übriggeblieben waren. Jetzt hatte er ihn allerdings am hellichten Tag entdeckt, an Deck dieses Schiffes, er hatte ihn in der Sonne gesehen, im Licht, ungeschminkt und vor allem, vor allem von dem Begehren eines anderen erhellt. Gleichzeitig mußte er sich eingestehen, daß die Verwundbarkeit stets von diesem jugendlichen Aussehen begleitet war, diesem Hauch der Jugend, den er noch in ihrem Haar, in dieser Stimme, diesem Lachen und dieser Gangart spürte. Sie wird einmal als altes kleines Mädchen enden, dachte er manchmal, wenn er sich zur Verachtung zwang. Doch hin und wieder, wenn er ihr die nächtlichen ehelichen Pflichten auferlegt hatte und sie in ihrer zusammengerollten Haltung eines Fötus, die den Psychiatern so lieb ist, neben ihm schlief und ihm den Rücken zuwandte, hatte er sich zwei- oder dreimal dabei überrascht, wie er diesen Rücken, diesen zarten und unbezwingbaren Nakken voller Begierde, gemischt mit Ehrerbietung, betrachtete. Und für Augenblicke hatte er sogar, wie ein Totengesang eine vergessene, traurige Melodie, die Erinnerung daran geweckt, was dieser Körper Clarissas zu Beginn ihrer Beziehung für seinen Körper gewesen war. Natürlich klang die Erinnerung an all das, was er für sie nicht mehr war, weil es mit groben Begriffen bedacht wurde, auch in *seinen* Ohren falsch. Aber es bestand eine große Chance, daß dieses glückliche Gesicht morgen früh zusammenfiel und etwas anderem Platz machte. Er stellte sich Clarissas Gesicht vor, wenn ihr das Wesen und das Leben ihres hübschen Geliebten enthüllt würden. Er sah bereits ihre ungläubigen Augen, diesen Ausdruck der Scham, dieses Verlangen, zu fliehen, die es allmählich überziehen würden. Er mußte dann aufpassen, daß er nicht zu oft wiederholte: »Ich hab' es dir ja gleich gesagt!« was diesen gemeinen Schlag auf Verärgerung zurückführte und ihm somit seinen Triumph verdarb. Ja, es wurde Zeit, daß dieser Morgen anbrach. Er ließ Clarissa Freiraum, ließ die Zügel locker, damit sie nichts ahnte, damit sie ihn ihrer Marotte gegenüber für gleichgültig hielt und damit sie beide, von der Ahnungslosigkeit und der ärgerlichen Liebe entwaffnet, vor den Kommissar und die Gerichtsdiener in Cannes traten. Unermüdlich ließ er diese Szene an seinem geistigen Auge vorüberziehen: der Mann vor Gericht bestätigt, die Frau schuldig, der Bösewicht entlarvt und ins Gefängnis geworfen.

Unterdessen hatte er den Marquet unter seinem Bett hervorgeholt und mit drei Wörtern auf Clarissas Kopfkissen gelegt: »Herzlichen Glückwunsch, Eric«, was dem Gemälde, wie er wußte, drei Viertel seines Zaubers nehmen würde. Aber was konnte Clarissa zu dieser Stunde treiben? An welcher Stelle des Schiffes sprach sie errötend mit ihrem Geliebten, während die Leute zuschauten, die von sich aus und ohne daß sie es wußte, dieses Keuchen bemerkten, diese Spannung, dieses unerträgliche Verlangen, das sie und Julien erfaßt hatte? Nun, wo war sie? Irgendwo auf diesem Schiff, an Deck, gerade dabei, über die Torheiten schallend zu lachen, die sie bei ihrem Geliebten so »drollig« fand, sie würde lachen, wie sie mit ihm nie gelacht hatte. Dabei muß gesagt werden, daß Eric selbst, gleich zu Beginn ihrer Begegnung einen feierlichen und gespannten Ton untereinander eingeführt hatte, den er für den Ton der Leidenschaft hielt und der das Lachen ausschloß. Außerdem lachte er nicht gerne und verachtete das irre Lachen bei jedwedem anderen, der damit den totalen Verlust des Willens bekundete. Dennoch hätte er ihr das Bild gerne in Juliens Gegenwart überreicht ... Aber das war unmöglich. Man mußte auf alle Fälle abwarten, bis das letzte Motorboot nach Cannes in der einbrechenden Nacht verschwunden war und Julien Peyrat an Bord festsaß und der Falle nicht entschlüpfen konnte.

»Wie sollen wir verfahren?« fragte Clarissa, die tatsächlich an der Bar saß und tatsächlich auch vermied, Julien zu lange oder zu genau anzublicken.

Hin und wieder, wenn sie sich sehr anstrengte, gelang es ihr mit angehaltenem Atem, ihn für ein paar Sekunden außerhalb seines Status als Geliebter zu sehen; dann gelang es ihr, ihn als einen Mann zu sehen, der ihr mit seinen braunen Augen und seinem kastanienbraunen Haar gegenübersaß, gelang es ihr, mit ihm ernsthaft zu sprechen und die Berührung, die Wärme und den Duft seiner Haare und dieses amüsierten Mundes zu vergessen. Doch sie widerstand nur wenige Minuten, bis sich ihr Blick trübte, ihre Worte langsamer flossen und sie plötzlich den Kopf abwandte, weil sie die köstliche Verwirrung, den Hunger und das Bedürfnis nach diesem Mann an ihrer Seite nicht länger ertragen konnte.

Julien war auf die gleichen Notbehelfe und die gleichen Ablenkungen angewiesen, die bei ihm noch kürzer waren, so daß er sie in diesem Moment anblickte, und sie war ihm ausgeliefert, ungeduldig, brannte nach ihm, war besessen von ihm, so daß er sich sagte: Ich werde sie küssen, da ...

Ich werde dies machen ... Ich werde sie dort streicheln, mich an sie schmiegen und sie umarmen, wodurch er derart wollüstige und glühende Vorstellungen weckte, daß ihn die Nähe dieser nicht einmal nackten Frau rücksichtslos und grausam machte.

»Wie soll ich das anstellen?« fragte sie erneut und drehte ihr Glas zwischen ihren schmalgliedrigen Fingern. »Was meinst du, wie ich das anstellen soll?«

»Och, ganz einfach«, antwortete Julien mit der selbstsicheren Miene, die er sich selbst gegenüber aufsetzte. »Du packst morgen früh deine Koffer, du sagst ihm, daß du abreisen willst, um allein an einer anderen Kreuzfahrt teilzunehmen ... Nein, daß du ohne ihn eine andere Kreuzfahrt machen willst; und dann steigst du in den Wagen, in dem ich auf dich warte ...«

»Vor seinen Augen?« Clarissa war blaß vor Angst.

»Aber ja, sogar vor seinen Adleraugen!« sagte Julien mit einer Heiterkeit, die er nicht empfand. »Er wird sich nicht auf dich stürzen und dich mit Gewalt in sein Auto ziehen. Nein, das wird er nicht einmal versuchen!«

»Ich weiß nicht ...«, meinte Clarissa. »Er ist zu allem fähig.«

»Der nimmt dich nicht mit sich, solange ich lebe!« erklärte Julien und bewegte die Schultern wie ein Gepäckträger. »Aber wenn du zuviel Angst vor ihm hast, kann ich ja dabeisein, während du es ihm mitteilst ... Ich kann es ihm auch selbst sagen, ganz allein. Ich hab' es dir ja schon angeboten ...«

»Oh, das wäre wunderbar!« antwortete Clarissa leichtfertig, bevor sie sich eingestand, daß das nicht ging.

Sie war natürlich verstört, Julien hingegen sah sich anderen Problemen gegenüber. Wenn alles geregelt war, würde er gleich am Hafen ein Auto mieten und mit Clarissa zu sich nach Hause fahren; aber selbst wenn er von Cannes aus anrief, blieb die Frage, ob das Haus gut genug geheizt sein würde, um dort übernachten zu können. Natürlich gab es das Hotel, doch sie durften ihre Gemeinsamkeit nicht mit einem unsteten Leben beginnen. Im Gegenteil: der Schoner Clarissa mußte nach dem Kappen der Haltetaue schnellstens einen festen Hafen finden, und sei es eine kleine Fischerbucht, einen festen Ort, wo sie hingehören und bleiben würden; mit anderen Worten: die Hütte in den Causses, dem einzigen, was er nach zwanzig Jahren Pokerspiel, Kasinos und Pferderennen sein eigen nannte und übrigens ein Vermächtnis seiner Familie war. Clarissa, die ihn aus dem Augenwinkel ansah, um sich zu beruhigen, wäre überrascht gewesen, wenn sie gewußt hätte, daß ihr Verführer in seinem Gedächtnis und in fernen Schränken nach Decken und Kopfkissen für die nächste Nacht suchte.

Das Abendessen begann im übrigen sehr angenehm. An diesem letzten Abend warf Kapitän Ellédocq mit gewichtiger und ernster Miene, als gälte es, ein verlorengegebenes Schiff zu verlassen, wohlwollende Blicke um sich – oder die wenigstens so wirken sollten, die jedoch die jungen Barkeeper und Kellner stets in Schrecken versetzten. Allerdings saß er kaum mit seinen Gästen an dem großen Tisch, als er ans Telephon gerufen wurde und sich entschuldigen mußte.

»Also gut! Wer führt nun die Unterhaltung?« fragte Edma in so hellen und zarten Tönen, daß alles lachte. »Sie, mein lieber Lethuillier? Sie sollten in Ihrem *Forum* auf dieses anthropologische Phänomen aufmerksam machen, denn schließlich ... Überlegen wir einmal: wir sind dreißig, dreißig menschliche Wesen auf diesem Schiff gewesen, die neun Tage lang, ohne zu murren, von den Befehlen eines Orang-Utans mit Schirmmütze gelenkt und gegängelt worden sind ... Von einem Tier, das nicht das leiseste Wort von dem verstand, was wir zu ihm gesagt haben, und das sich seinerseits mit Kehllauten an uns gewendet hat. Wobei dieses wilde Tier übrigens nicht dumm ist! Zum Beispiel hat es sehr gut begriffen, daß der Gong ›Essen‹, ›Nahrung‹ bedeutet, und so hat es sich umgehend und vorneweg in den Speisesaal gestürzt, ohne eine Spur des Zögerns zu zeigen. Ist das nicht erstaunlich?« fragte sie in das Lachen ihrer Nachbarn hinein, das von dem Gelächter der Doriacci unterstützt wurde, die allein einen ganzen Saal mit sich gerissen hätte.

»Wie schade, daß wir nicht eher daran gedacht haben«, sagte Julien und trocknete sich die Augen. »King-Kong, man hätte ihn King-Kong nennen sollen!«

»Das hätte ihn völlig kalt gelassen«, bemerkte Simon. »Jedenfalls träumte er davon, daß man vor ihm zitterte und daß zumindest die Männer in Habt-acht-Stellung mit ihm sprachen.«

»Pst!« machte Edma. »Da ist er. Aber ohne Charley. Wo ist denn Charley geblieben?« beunruhigte sie sich, als sie merkte, daß der Stuhl neben ihr leer war und auch Andreas' Stuhl leer blieb.

»Er ist doch wohl nicht nach Cannes gefahren, um durch die Schwulen-Lokale zu bummeln«, murmelte Ellédocq vor sich hin. »Nicht am letzten Abend . . . Oder er hat es extra gemacht, um mich zu ärgern!«

Der Kapitän wäre sehr erstaunt gewesen, wenn man ihm gesagt hätte, daß er, allerdings nur in diesem Zusammenhang, das gleiche Interesse erweckte wie Marcel Proust. Was Charley anbelangte, so erschien er zum großen Bedauern der Damen an diesem Abend nicht.

Und zwar, weil er in seiner Kabine auf dem Bettrand saß, den Kopf über das emaillierte Waschbecken gebeugt hielt, während seine Hände an den Hähnen für kaltes und warmes Wasser drehten, und sich übergab und gleichzeitig über das weinte, was er auf der Liege eines Küchenbullen neben dem Mannschaftsschlafraum gesehen hatte: Es war ein beige-blauer Kaschmirpullover, von dem gleichen Blau wie die Augen seines Besitzers, der jedoch an der Stelle, an der ihn der Angelhaken des Bordmechanikers erfaßt hatte, einen Riß aufwies, der von einer bräunlichen, hartnäckigen Spur gesäumt war, einer Blutspur, die das ganze Wasser des Mittelmeers nicht wegspülen konnte . . .

Er mußte natürlich Schweigen bewahren, bis die Passagiere abgereist, möglichst schon weit weg waren, damit nichts Unangenehmes die letzten künstlerischen Wonnen der musikalischen Kreuzfahrt überschattete. Charley würde die ganze Nacht lang weinen, aufrichtige Tränen über die so falschen und so zärtlichen Erinnerungen vergießen, über die Hoffnungen, die Andreas ihm gelassen hatte, über diese ganze Liebe, die vielleicht diese schicksalhafte Tat verhindert hätte! Charley würde Tränen darüber vergießen, was lediglich eine tendenziöse Geschichte in einem Einsamkeitsdrama war, die in einigen Jahren, das wußte er bereits, durch eine Geschichte heißer und verzweifelter Leidenschaft ersetzt werden würde, deren Preisgabe durch ihn, Charley, zum Tod des einzigen Mannes führte, den er geliebt hätte.

Als der Morgen graute, saß er an derselben Stelle, das Gesicht geschwollen, um zehn Jahre gealtert. Und wirklich nur aus Herzensgüte, dank seiner zutiefst gefälligen Natur, hatte er es sich zehnmal in der Nacht verwehrt, zu der Doriacci zu gehen, um mit ihr gemeinsam zu weinen.

So geschah es, daß Charley Bollinger zum ersten- und letztenmal beim Abschiedsabendessen auf der *Narcissus* fehlte. Und er verpaßte auch das *Happy Birthday*, das eine Stunde später durch das Löschen der Lichter großartig angekündigt wurde und dessen erste Takte Hans-Helmut Kreuzer persönlich auf dem Klavier anschlug; und er versäumte das Erscheinen des Küchenchefs mit hoher weißer Mütze, der nach neun Tagen der Anonymität aus dem Inneren des Schiffes auftauchte und auf ausgestreckten Armen die Bestätigung seiner Talente trug: einen riesigen Kuchen, der aus Zuckerguß mit den Worten garniert war: »Herzlichen Glückwunsch, Clarissa«.

Alles schaute lächelnd und bewegt zu Clarissa hin, die wie versteinert schien. Sie führte die Hand zum Mund und sagte: »Mein Gott, mein Geburtstag ... Den habe ich glatt vergessen!«

Und Julien neben ihr, der überrascht und wie über jedes Fest erfreut war, lächelte ihr ein wenig spöttisch und etwas großtuerisch zu, daß sie ihre eigene Geburt vergessen hatte.

»Hast du wirklich nicht daran gedacht?« fragte Eric, und sein Lächeln entbehrte jeder Wärme, obwohl es sich über beide Ohren erstreckte.

»Wie konnten Sie nur Ihren Geburtstag vergessen, liebe Clarissa!« posaunte Edma heraus. »Ich denke leider jedesmal daran und sage mir: ›Wieder eins mehr ... eins mehr ... eines mehr‹. Ja, ja, Sie hängen noch keinen so finsteren Gedanken nach!«

»Was denn, was denn, ›ein Jahr mehr‹?« rief Simon Béjard munter aus. »Die jüngste der Damen will sich hier beklagen?«

Seit dem sentimentalen Telephongespräch umschmeichelte er Edma ein bißchen zu stark. Er sah sie von der Seite an, von vorn, lächelte ihr ständig zu, zwinkerte ihr zu, kurz, er spielte die Pantomime des glücklichen Liebhabers, was selbst in Abwesenheit des Ehegatten erstens übertrieben war und zweitens von schlechtem Geschmack zeugte.

Edma war ärgerlich und zugleich amüsiert und irgendwie geschmeichelt, die überraschten Blicke der anderen angesichts dieses albernen Einverständnisses auf sie gerichtet zu sehen. So ein komischer Typ, so ein komischer Typ, wiederholte sie sich voller Zurückhaltung, in die sich jedoch Vergnügen mischte. Und je nach ihren Gedanken lächelte sie Simon Béjard an oder riß staunend die Augen auf, das heißt, sie wechselte alle drei Minuten die Haltung.

»Aber meine teure Edma«, fuhr Simon im Stimmengewirr über die Bewunderung des Kuchens fort, »aber meine liebe Freundin, Sie ziehen doch die Jahre ab, nicht wahr? Sie sind eine ewig junge Frau und werden es bleiben, das wissen Sie sehr wohl. Diese Jungmädchentaille, ja, diese Wespentaille ... Ich versichere Ihnen: von hinten würde man Sie für fünfzehn halten!« fügte er weniger glücklich hinzu.

Edma hatte übrigens rechtzeitig den Kopf abgewendet, so daß sie ihn nicht hörte, und wie jedesmal, wenn er einen Bock geschossen hatte und das bemerkte, wischte sich Simon Béjard dreimal mit der Serviette sorgfältig den Mund.

Mit einem wohlwollenden Lächeln in seine Richtung knüpfte Edma an: »Wie viele Kerzen sind es denn? Wieviel?« rief sie mit ihrer Kopfstimme, die ihren rothaarigen Anbeter so gereizt hatte und die ihn jetzt beinahe rührte. »Nun, Clarissa, geben Sie zu, wieviel?«

»Das sagt man nicht«, mischte Eric sich ein. »Das sagt man nicht einmal bei einem jungen Mädchen.«

»Nein, aber das sagt man bei alten Damen«, erwiderte Edma tapfer — und ein Ausdruck der Opferbereitschaft huschte über ihr Gesicht wie Wolken über einen blauen Himmel. »Ich zum Beispiel, ich alte Dame hier, ich sage es Ihnen rundheraus, mein lieber Eric: ich bin siebenundfünfzig.«

Armand Bautet-Lebrêche richtete die Augen zum Himmel und fügte nach einer kurzen Überschlagsrechnung diesem Geständnis – in Gedanken – fünf Jahre hinzu.

Ein leichtes Schweigen entstand, kaum ein höfliches Schweigen, dachte Edma verärgert, aber schon hob ihr Galan mit seiner gewohnten Eleganz den Handschuh auf. »Na und? Siebenundfünfzig, achtundfünfzig, neunundfünfzig, sechzig, was macht das denn aus, solange Sie sich ungehemmt wie mit zwanzig geben? Ich wüßte nicht, was es dagegen zu sagen gibt!«

»Sie könnten zum Beispiel ›pst!‹ dagegen sagen«, flüsterte Julien Edma ernsthaft ein.

»Wieso denn?« fuhr Simon fort. »Was habe ich Schlimmes gesagt? Ist doch wahr, sechzig Jahre sind für eine Frau unserer Zeit ein großartiges Alter!«

Hinsichtlich seiner Schnitzer hat der Béjard während der Reise den Rhythmus verloren, dachte Julien, er scheint seine Repetierpistole vergessen zu haben und schießt seine Böcke nun einzeln. An diesem Abend war diese Tendenz offenbar wiedergekehrt, und das war alles in allem ein gutes Zeichen. Er warf einen verstohlenen Blick auf die junge Olga, die heute weniger jung erschien, weil sie im Alter der Unzufriedenheit und der Furcht war, was sie um zehn Jahre älter machte – trotz ihrer tiefausgeschnittenen exotischen Gewandung, in der sie zu sonnengebräunt und für dieses raffinierte Kleid viel zu »natürlich« wirkte. Sie verschlang Simons Worte, lachte schallend, wenn er um Brot bat, und bestand darauf, ihm mit mütterlichen und wollüstigen Gesten Krümel von der Jacke zu lesen, die kein anderer außer ihr wahrnahm.

Sie benimmt sich affektiert, dachte Julien. Ja, das war die richtige Bezeichnung: affektiert. Aber warum, zum Teufel, hatte Clarissa ihm ihren Geburtstag verheimlicht? Hatte sie ihn wirklich vergessen? Und er hatte kein Geschenk für sie. Er neigte sich zu ihr hinüber, um sich darüber zu beklagen, doch an ihrer verdutzten Miene erkannte er, daß sie ihn tatsächlich vergessen hatte.

Und als könnte sie seine Gedanken lesen, wandte Clarissa sich ihm zu und sagte einfach: »Ja, ja, ja ... wegen dir«, wobei sie beim Anblick seiner stummen Beharrlichkeit lächelte.

»Wissen Sie, das ist uns sehr unangenehm«, meinte Edma, während der Kuchen vor Clarissa hingestellt wurde und man ihr ein Messer zum Anschneiden reichte. »Man hat uns nichts davon gesagt. Ich habe nichts für Clarissa, es sei denn Kleider, die ihr nicht passen dürften, oder Schmuckstücke, die sie sicher nicht haben will. Ich bin verärgert, Herr Lethuillier«, erklärte sie Eric, der sich zerknirscht verneigte.

»Ich hab' auch nichts, ich auch nicht ...«, fielen die anderen Gäste ein, die sich alle untröstlich zeigten.

Ellédocq wiederum ließ ein schwermütiges Brummen vernehmen, als sähe er sich bereits auf dem Hauptdeck, umgeben von der gesamten Mannschaft in Hab-acht-Stellung, wie er die Medaille für gute Führung auf der *Narcissus* überreichte, die die Brüder Pottin als Geburtstagsgeschenk Frau Clarissa Lethuillier verliehen.

»Seien Sie nicht böse«, sagte Eric lachend. »Ich wußte, daß jeder von Ihnen Clarissa gerne eine kleine Freude bereitet hätte. Und so habe ich ein Geschenk für uns alle gekauft, in Ihrem und in meinem Namen.« Und er stand auf, ging mit geheimnisvoller Miene in die Garderobe und kehrte mit einem rechteckigen Paket, das in Packpapier gehüllt war, in den Speisesaal zurück, aber bevor er es überhaupt auf den Stuhl am Kopf des Tisches gestellt hatte, wußten alle, daß es der Marquet war, wie einige meinten, beziehungsweise der gefälschte Marquet, wie andere glaubten. Nach einem Augenblick der Überraschung wurden allseits Bravorufe und Komplimente in bezug auf die Großzügigkeit laut, auf die Verzeihung der Sünden, die ein verständnisvoller Ehegatte, der immerhin selbst Ehebruch begangen hatte, seiner Frau gewährte. Allein Julien und Clarissa wechselten einen Blick: Erschrecken bei ihr, Bestürzung bei ihm.

»Nun, was sagen Sie dazu?« fragte Eric und schaute Julien in die Augen. »Ich hätte Ihnen das Bild direkt abkaufen können, Herr Peyrat, oder darf ich Sie Julien nennen? Ich hätte es Ihnen direkt abkaufen können, Julien, aber ich fürchtete, daß Sie unseren Boxkampf in schlechter Erinnerung behalten haben könnten und daß Sie es mir verweigern würden.«

»Offiziell habe ich es gekauft«, sagte Armand Bautet-

Lebrêche ganz aufgeregt und letztlich sehr zufrieden, irgendeinen Part in diesem Orchester zu spielen, wo er neun Tage lang nichts weiter als die bescheidene Triangel bedient hatte.

»Du warst das?« fragte Edma mit gerunzelten Brauen.

»Ja«, erwiderte Armand erfreut und stolz auf diese kleine List, er, Bautet-Lebrêche, der den ganzen Tag in seinem Büro tausendmal schwierigere und tausendmal verderblichere Ränke schmiedete. »Nicht dumm, was?« fügte er kichernd hinzu. »Zum Totlachen, nicht wahr?« Und sein helltönendes Lachen perlte über den Tisch wie eine Handvoll kleiner Kieselsteine.

»Zum Totlachen. Was ist hier zum Totlachen?« brummte Edma streng, behielt jedoch diese Wendung bei.

»Nun, Clarissa?« fragte Eric. »Ist das Bild nicht bezaubernd? Du schaust so verloren drein.«

»Das ist die Überraschung«, entgegnete sie tapfer. »Eine schöne Überraschung übrigens. Das Bild ist himmlisch.«

»Gut, dann freu dich daran«, sagte Eric mit einem eisigen Lächeln. »Ich werde es in dein Schlafzimmer hängen, damit du es die ganze Nacht betrachten kannst. So, das wär's«, fügte er undeutlich hinzu, ohne daß jemand zugehört hätte.

Und mit einer Entschuldigung erhob er sich und schritt zu den Laufgängen, während die anderen Passagiere einen Moment verdutzt zurückblieben, bis sich die rührige Edma errötend, wie man glauben konnte, von Simon Béjard aufgefordert sah und buchstäblich hingerissen einen Walzer mit ihm zu tanzen begann, dem sich die übrigen Gäste allmählich auf der Tanzfläche anschlossen. Clarissa versteckte sich hinter Juliens Schulter.

»Was hältst du davon?« fragte sie schließlich. »Ich finde das Geschenk merkwürdig.«

»Warum?« antwortete Julien kalt und plötzlich nahezu verärgert. »Warum? Bist du es nicht gewohnt, daß man dir zu deinem Geburtstag Geschenke macht? Meinst du, ich hätte es dir selbst schenken sollen und daß es von meiner Seite aus natürlicher gewesen wäre als von Erics?«

»Du bist ja verrückt«, sagte Clarissa und rieb einen Augenblick ihre Schädeldecke an Juliens Kinn. »Du bist verrückt, ich wäre wütend geworden ... Wir brauchen doch dieses Geld für unsere Umkehrreise, oder? Nein, was mich beunruhigt, ist die Tatsache, daß mir Eric etwas für mich allein geschenkt hat. Sonst hat er mir immer nur Sachen für uns beide geschenkt: Reisen zu zweit, Autos, die er selbst fuhr, Gegenstände für unser Haus, von denen er auch profitierte ... Und nun scheint er tatsächlich ›dein Bild‹ gesagt zu haben. Weiß Gott, ich habe während meiner ganzen Kindheit Geschenke bekommen, die für mich allein bestimmt waren, aber seit zehn Jahren habe ich ausschließlich ›geteilte Geschenke‹ erhalten, wie Eric sagt. Die einzig anständigen, meint er. Aber selbst wenn ich dir als schrecklich egoistisch erscheine: ich habe für mein Leben gern Geschenke für mich allein!«

»Du kannst mir gestehen, was du willst«, erklärte Julien begeistert, »ich werde alles köstlich finden. Wenn ich kann, mache ich dir das schönste Geschenk für dich ganz allein.« Und er drückte sie mit einer Zärtlichkeit an sich, die an Verzweiflung gemahnte, deren Natur Clarissa jedoch keine Sekunde erahnte.

Simon Béjard verbeugte sich vor ihnen mit einer ausholenden schauspielerischen Geste, als wollte er den Boden mit den Federn seines Hutes fegen, und enführte die »edle Dame«, wie er sich ausdrückte, zu einem besonders ältlichen Tango. Julien, der an der Stelle stehenblieb, wo Clarissa ihn verlassen hatte, bot den Anblick totaler Verwirrung, dachte Edma, als sie in den Armen eines alten Amerikaners an ihm vorbeitanzte; und nicht ohne Grund, sagte sie sich, während sie sich gelehrig von diesem Roboter mit Plattfüßen führen ließ. Trotz der Abwesenheit der besten und rührigsten Tänzer auf dem Schiff, Andreas und Charley – für die man bei der Abreise hätte hoffen können, daß diese Kreuzfahrt zu einem Vergnügen für die beiden Knaben wird, und von der man jetzt allenfalls hoffen konnte, daß sie für einen von ihnen ohne die geringste Erotik eine gewisse Stütze bieten würde –, gab es dennoch einige Momente der Erregung und der Heiterkeit, wenn Edma zum Beispiel Ellédocq auf die Tanzfläche ziehen wollte, wobei sie ihm schwor, daß er hinterher soviel Pfeifen rauchen könnte, wie ihm beliebte. Es gab einen erregteren und weniger lustigen Augenblick, als Olga, in

Tränen aufgelöst, Simon anschrie, daß sie ihn nicht mehr liebte, und mit allen Zeichen der Verzweiflung, also ohne ihren Lippenstift, von Deck eilte. Doch keiner dieser Zwischenfälle war geeignet, die leichte Traurigkeit, die Lieblichkeit, den Zauber dieses Abends zu zerstreuen, der an so viele andere, bereits so ferne, in Zeit und Raum weit zurückliegende Abende erinnerte, an diese nach Jasmin oder schmalzgebackenen Krapfen duftenden Abende, die nicht wiederkehrten und die der Winter, der schon im Hafen wachte, bald vergessen lassen würde. Die Doriacci sang mit weicher, gefühlvoller Stimme Weisen von Debussy, einer Stimme, deren Trauer Sinnlichkeit ausschloß, einer sehr reifen und sehr jungen, leicht flehenden und dennoch zurückhaltenden Stimme, die insgeheim all die kleinen enthüllten oder verschleierten Heimlichkeiten dieser Kreuzfahrt absurd und überflüssig machte. Alle Passagiere gingen beizeiten schlafen, einige mit Tränen in den Augen, ohne zu wissen, warum, und manchmal flossen sie stärker, als man hätte vermuten können.

Nachdem sie gewaltsam die Leinen, an die sie in ihrem Verschlag gebunden war, vollständig durchgebissen hatte, blieb Fuschia, nun endlich frei, ein paar Sekunden ruhig liegen, lockerte die von der Anstrengung schmerzhaften Kiefer und machte sich dann auf Menschenjagd.

Diesem blutrünstigen Hund also, und ihm allein, begegnete Julien Peyrat bei seinem frühen Spaziergang, der an diesem Morgen länger ausfiel als sonst. Er wandelte allein über das Deck, vernahm das seidige Rauschen, mit dem der Steven das Wasser durchfurchte, und hatte plötzlich den Eindruck, daß seine Schritte das Deck erzittern ließen, daß die Planken unter seinem Gewicht stöhnten, knarrten und daß sich dieses Knarren bis in die Kabinen übertrug, bis an Clarissas Ohr, die es jedoch nicht hörte; denn Clarissa dürfte ruhig unter dem falschen Marquet schlafen; Clarissa, die von ihrem Leben und ihren Tätigkeiten zur gleichen Zeit erlöst war wie von ihrer Einsamkeit, Clarissa, die ihr Leben einem Lotsenschiff anvertraut hatte: ihm, Julien, der sich vielleicht vor ihren Augen selbst versenken würde. Nicht umsonst hatte Eric dieses Bild gekauft, Julien wußte das. Und er fragte sich, wann und wo er ihm Rechenschaft ablegen sollte. Geschützt vor seinen Vergehen, in Unwissenheit dieser Betrügereien, von denen ihr Geliebter lebte, schlief Clarissa den Schlaf der Gerechten und sah ihn vielleicht in ihren Träumen vor sich. Wahrscheinlich würde sie fröhlich erwachen, ohne etwas von der Kürze ihres Glücks zu ahnen. Wieder einmal bangte Julien um sie, fürchtete er die Enttäuschung für sie mehr, als er sich selbst vor den Gefängnissen der Französischen Republik fürchtete, wo es nicht gerade lustig zuging, wie man ihm gesagt hatte. Er liebte sie doch, und er schöpfte eine Art masochistisches Vergnügen aus dem Gedanken, daß die erste absolute Liebe, die er in seinem Leben empfand, ihr Ende finden würde, ehe sie noch begonnen hatte ... und daß ihn dieses eine Mal, da er »richtig« liebte, ins Gefängnis bringen sollte. Es sei denn, daß es nicht gleich geschah, sondern daß er ihren zitternden Körper noch an sich drücken, Clarissas Parfüm in sich aufsaugen konnte ... Es sei denn, daß er seine Wange an ihr Haar schmiegen und zu ihr wie zu einem Kind oder einem Tier sprechen konnte ... Es sei denn, daß er sah, wie dieses so schöne, in seiner Unschuld so edle Gesicht von unbändiger Heiterkeit belebt wurde: dieses Gesicht, das ihn manchmal unwillkürlich an das einer Heldin von Delly und dann wieder an das einer Heldin von Choderlos de Laclos erinnerte. Wenn ihm das Schicksal dies noch einmal überließ, dieses Gesicht, diese Schultern, diesen Hals unter seinem Mund und Clarissas zarte Hände in seinen Haaren, diese ungewöhnliche Sanftheit, die diese Frau ausstrahlte und die aus einem zynischen Spieler einen befangenen Anbeter gemacht hatte. »Clarissa ...«, sprach er drei- oder viermal in die frühe Morgenluft, in den weißen, leicht verhangenen Morgen, an dem die Sonne noch nicht aufgegangen war. Das Licht an Deck war zu dieser Stunde grau, beige, stahlfarben und trüb.

Man könnte glauben, sich auf einem aufgegebenen Schiff zu befinden, sagte sich Julien Peyrat, auf einem Wrack im Indischen Ozean mit seinen verdächtigen, ungeheuren Tiefen.

Ein Tier, das eindeutig nicht aus dem Indischen Ozean kam, prägte sich plötzlich auf Juliens Netzhaut ein und verharrte dort eine Sekunde: Zeit genug, um alle Relais, Schaltungen, Wege und Informationen des Gedächtnisses aufeinander abzustimmen und Julien in einer Kurzbotschaft gemeinsam zu übermitteln, daß dies Fuschia war, der bissige Hund, der da am frühen Morgen mit wütend gesträubtem Fell auf ihn zukam; ja, er war es: erbarmungslos trottete er auf sein Opfer zu. Julien fand gerade noch Zeit, auf eine der Schiffsleitern zu springen. Und in seiner Eile hatte er dennoch die Freude, das schreckliche, enttäuschte Knurren dieses Ungeheuers zu hören. Gleich darauf packte ihn das nicht zu leugnende Verlangen, aus zwei Metern Höhe auf dieses Biest hinabzuspucken, was wegen der Windstille ideal und nur eine Frage des Zielens war. Julien sah sich da oben auf der steilen Leiter nicht schlecht aufgehoben, und so brauchte er eine Sekunde, um den Ausdruck der Bestürzung auf dem Gesicht der Doriacci zu begreifen, die aus dem Unterdeck auftauchte. In eine Mischung von Burnus und Dschellabah aus schwarzer und roter Seide gekleidet, was nicht recht zusammenpaßte, aber die graue Umgebung ungemein aufheiterte, trat die Doriacci näher, warf ihm einen fragenden Blick zu und gab ihm mit der Hand ein Zeichen, nicht länger den Seemann zu spielen, bis sie den Grund für sein Verhalten erspähte. »Sieh an«, sagte sie mit ihrer Gewitterstimme, »da ist ja meine Freundin Fuschia!«

Der Hund drehte den Kopf nach ihr um, und Julien bereitete sich mit einem Seufzer der Ergebenheit darauf vor, auf ihn wie auf einen Rugbyball zu springen, um die Diva zu retten, als das Tier zu seinem großen Erstaunen beinahe winselnd zu der Doriacci kroch und ihr energisch die Füße leckte, ohne daß sie das zu wundern schien.

»Guten Morgen, kleine Fuschia«, murmelte sie vielmehr. »Guten Morgen, mein lieber kleiner Hund ... Du erkennst die Hand, die dich gefüttert hat! Ja, ja, das war ich, die süße Schokolade oder der Hühnerknochen, die stammten von mir. Ja, auch der Karamelpudding war von mir. Mein kleiner Hund, mein kleiner schrecklicher und bissiger Hund, sag Tante Doria guten Morgen. Was wünscht die kleine Fuschia denn heute zum Frühstück? Den garstigen Ellédocq? Ach nein, Herrn Peyrat will Fuschia heute morgen ...«, fügte sie hinzu und blickte zu Julien auf, den sie ironisch betrachtete, wie Julien meinte. »Aber was haben Sie denn, Herr Peyrat?« fragte die Diva. »Beugen Sie sich nicht so weit vor. Man könnte sich ja fragen, ob Sie selbst herabfallen oder ob es die Augen sind, die aus den Höhlen kullern.«

»Sicher habe ich Glubschaugen«, antwortete Julien, kletterte herab und setzte vorsichtig einen Fuß auf den Boden, »aber ich muß gestehen, daß ich seit der heiligen Blandina und den Löwen so etwas nie gesehen habe!«

»Stellen Sie sich vor, Herr Peyrat, ich bin Dompteuse«, sagte die Doriacci mit einem höhnischen Lächeln. »Und ich frage mich, wo mein letzter junger Löwe geblieben ist. Ich sorge mich sogar um ihn, was ein sehr schlechtes Zeichen ist. Fuschia, Platz, und laß Herrn Peyrat in Ruhe«, befahl sie im gleichen Ton.

»Nicht für ihn«, meinte Julien, der am Fuße der Leiter stand, aber den Blick auf Fuschia gerichtet hielt. »Für ihn ist das kein schlechtes Zeichen, wollte ich sagen.«

»Oh, doch!« erwiderte die Doriacci voller Überzeugung. »Oh, doch! Das hätte gerade noch gefehlt, daß ich den armen Andreas liebe!«

»Ich finde, Sie sind recht hart zu ihm. Ist er nicht ein guter Liebhaber und obendrein ein charmanter Typ?«

»Ein guter Liebhaber? Hören Sie, Herr Peyrat, ein guter Liebhaber ist derjenige, der seiner Geliebten sagt, daß sie eine hinreißende Geliebte ist.«

Sie wiederholte das mit finsterer Genugtuung, während sie die Enden ihres Halstuchs über ihre Schultern schlug.

»Sie werden sich erkälten«, sagte Julien, zog einen Pullover aus, um ihn ihr umzulegen, und erstarrte einen Augenblick, als er das Parfüm der Doriacci roch.

Es war das Parfüm einer Frau, die er sehr geliebt hatte, denn er war davon überzeugt gewesen, viel geliebt zu haben, bevor er Clarissa begegnet ist. Sie hatten sich sogar sehr gefallen, wie sich Julien erinnerte, als er die Terrasse der Hütte im Schnee vor sich sah und das Prickeln der Kälte auf den Wangen und die Wärme eines nackten Bauches an seinem Körper wieder spürte. Es war nach einem Kasinobesuch in Österreich gewesen, wo seine etwas verrückte Spielweise ihm sexuelle Anträge zuhauf von allen Seiten eingebracht hatte. Zugegeben, er hatte dreimal mit der Null und viermal mit der Acht Erfolg gehabt und ...

»Sie denken an ein Kasino, Herr Peyrat, oder täusche ich mich?« fragte die Doriacci, die ihm immer noch den Rücken zuwandte, als erwarte sie, daß er ihr den Pullover auch zurechtzog oder die Ärmel verknotete, nachdem er ihn ihr umgelegt hatte.

»Merkwürdig?« sagte Julien treuherzig und zupfte an dem Pullover. »Wie haben Sie das erraten?«

»Wenn man einem Spieler vorwirft, ans Spiel zu denken, kann man manchmal zu früh oder zu spät tippen, nie aber daneben.«

Und sie drehte sich zu ihm um, so daß ihm eine Duftwelle entgegenschlug. Sie sah ihn mit einem derart ermunternden Ausdruck an, daß Julien sich wie hypnotisiert und unfähig, einen Schritt zurückzuweichen, ohne Fuschia zu treten, die ihnen zu Füßen lag, über dieses Gesicht neigte und die Doriacci küßte, ohne zu wissen, warum, und wahrscheinlich auch, ohne daß sie einen Grund sah, son-

429

dern einfach, weil es das einzige war, was man in diesem Augenblick tun konnte.

In der Nähe lag ein taufeuchtes Rettungsboot, aus dem Julien etwas später lachend auftauchte, denn die Doriacci hatte ihm schreckliche Scherze über die Liebesabenteuer der Olga Lamouroux erzählt. Er war verblüfft über diese halbe Vergewaltigung, die ihm widerfahren war, aber merkwürdigerweise keineswegs beschämt.

Das war die Grundform des Zufalls, dachte er; zehn rücksichtslose Minuten mit einer Frau, die er nie wirklich begehrt hatte und die ihm nichts bedeutete, die jedoch am frühen Morgen einen kleinen Löwen suchte, während er selbst um die Kabine einer verheirateten Frau herumschlich. Die Doriacci zog sich fröhlich wieder an, ihr Gesicht war infolge dieses gestohlenen Vergnügens ein wenig geschwollen, aber bereits vom Lachen gefältelt, als hätte sie sich mit irgend jemandem einen hübschen Scherz geleistet.

»Sooft ich eine Platte von Ihnen hören werde«, sagte Julien galant, »oder sooft ich in ein Konzert gehe, werde ich an mich halten müssen, um nicht zu erzählen ...«

»Erzähl, erzähl ruhig«, unterbrach ihn die Doriacci. »Ein Bericht ist nicht beschämend. Beschämend sind lediglich die Leute, die so etwas von sich geben! Ich habe es lieber, wenn du von meiner Lasterhaftigkeit sprichst, als Kreuzer von meiner Stimme reden zu hören ... Schön, ich werde jetzt ein bißchen schlafen. So was macht müde«, sagte sie ohne jede Romantik.

Dann küßte sie Julien auf die Wange, legte einen gewissen Hochmut in ihren Blick und in ihre Haltung, verschwand und ließ ihn verdutzt zurück.

Die Polizisten kamen genau zur Mittagsstunde an Bord der *Narcissus*, und die Passagiere der Luxusklasse, die am letzten Abend auf dem Schiff geblieben waren, also alle, bis auf Andreas, saßen am Rand des Schwimmbeckens oder planschten darin und sahen dieser Ankunft lächelnd entgegen. Unter diesen entkleideten und braungebrannten oder wie betuchte Urlauber angezogenen Gestalten wirkten die drei Männer in dunklen Uniformen und in ihren groben Stiefeln, mit denen sie über das Deck stampften, wie unnatürliche Fremdkörper. Für eine Viertelstunde verschwanden sie mit Ellédocq. Eine Viertelstunde, während der man sie vergaß und mit Verwaltungs- und Frachtgeschichten beschäftigt glaubte. Nur Julien hatte sie einige Minuten mißtrauisch beobachtet, bis auch er sie vergaß. Doch als Eric, von den vier Männern flankiert, das Deck betrat, begriff Julien, daß die Gefahr nahe war, und erhob sich instinktiv, als wollte er Clarissa und den anderen entrinnen und seine Erklärungen an einem stilleren Ort abgeben, aber darauf ließ Eric sich nicht ein. Als Clarissa ihn erblickte, bekam sie Angst vor ihm. Er war blaß und lachte zu laut, kurz, er frohlockte. Und Clarissa wußte aus Erfahrung, daß Erics Jubel immer auf Unannehmlichkeiten oder dem Unglück eines anderen beruhte. Sie stand ebenfalls auf und hielt Julien am Handgelenk fest. Der älteste der drei Häscher machte zwei Schritte auf sie zu, und Julien bat wie ein ahnungsloses Kind den Himmel, daß er mit seiner Gabardine-Uniform und seiner Aktenmappe stolpern und ins Wasser fallen möge.

»Herr Peyrat, nehme ich an?« sagte der Polizist, wobei er seine Zähne zeigte. »Ich bin Kommissar Rivel von der Polizei in Cannes. Hier ist meine Marke. Ich komme aufgrund einer Anzeige von Herrn Eric Lethuillier.«

Plötzlich herrschte tiefes Schweigen um das Schwimmbad herum. Edma hatte die Augen geschlossen und sagte erregt zu Armand: »Da haben wir's! Siehst du, da haben wir's! Was hat dich nur getrieben, dich da einzumischen?«

»Was habe ich getan?« fragte Armand leise.

»Nichts«, antwortete Edma, »nichts.« Und sie schloß erneut die Augen.

Julien hatte unwillkürlich eine spöttische Haltung eingenommen und zeigte ein amüsiertes Gesicht, das er stets den Schicksalsschlägen bot. Er spürte Clarissa schräg hinter sich, er spürte, daß sie in der warmen Luft, in der Sonne zitterte, und er merkte, daß sie diesmal vor Angst zitterte. Er versuchte nicht mehr, sich heimlich zu entfernen, es war besser, wenn sie alles direkt und in aller Deutlichkeit erfuhr.

Arme Clarissa ... armer Schatz, dachte er, und eine Woge des Mitleids und der Zärtlichkeit drohte ihm das Herz zu zerdrücken.

»Wir sind also hier aufgrund einer Anzeige von Herr Lethuillier«, wiederholte Kommissar Rivel. »Ihnen wird zur Last gelegt, Herrn Eric Lethuillier für die Summe von zweihundertfünfzigtausend Francs ein Bild verkauft zu haben, dessen Echtheit fragwürdig ist. Wir haben uns diesen Marquet mit Herrn Plessis angesehen, einem vereidigten Sachverständigen, der versichern kann, daß dieses Bild eine Fälschung ist. Und auch das begleitende Gutachten ist gefälscht.«

Julien hörte ihn reden und langweilte sich. Ihn hatte eine Lethargie, ja fast der Schlaf übermannt, den er sich vor allem wünschte und der ihn diesen Individuen, ihren unangenehmen Ausführungen und dem ganzen Papierkram entreißen würde, den das alles auslösen mußte.

»Das Gesetz verlangt es«, fuhr dieser Rivel fort, »ich sehe mich gezwungen, Sie mit ins Kommissariat zu nehmen, wo Sie Ihre Aussage zu Protokoll geben können und uns zur Verfügung stehen werden.«

»Das alles ist ja grotesk, lächerlich und höchst uninteressant«, sagte die Doriacci mit funkelnden Augen in ihrem Schaukelstuhl. »Herr Kommissar, ich sehe mit Erstaunen, daß in Frankreich ...«

»Lassen Sie, lassen Sie«, winkte Julien ab, »das ist alles witzlos.« Er betrachtete aufmerksam seine Füße und die Bügelfalte seiner Hose; seine einzige Sorge war, Clarissas Blick auszuweichen. Seit dieser Dummkopf da zu sprechen

begonnen hatte, wartete Julien, alle Muskeln zum Zerreißen gespannt, auf den Augenblick, in dem Clarissa ren-
nend in ihre Kabine fliehen würde. Sie würde ihre Koffer
packen, nach Versailles zurückkehren, sich mißhandeln
lassen und unglücklich sein, womit sie schon beim Bestei-
gen des Schiffes hatte rechnen müssen; er aber hatte die
Grausamkeit besessen, sie durch seine Anziehung glauben
zu lassen, das alles sei vorbei. Sie würde ein bißchen
weinen, ihm einen netten Brief schreiben, um ihm mitzuteilen, daß sie ihm nicht böse sei und daß sie sich nie
wiedersehen würden; oder wenn es der Zufall wollte ...
dann würde sie mitleidig und melancholisch, vielleicht
auch erleichtert die Augen abwenden, daß ihr Gatte sie
diesem Falschspieler entrissen hatte.

»Ich denke, Sie erkennen die Fakten an?« sagte Rivel.

Julien sah in das schöne Gesicht Lethuilliers, das vor
bitterer Freude verkrampft war, so daß ihm der aufgewor-
fene Mund das Aussehen eines Fisches verlieh. Er vernahm
Clarissas Stimme hinter sich, verstand die Worte jedoch
erst eine Sekunde später, nachdem er das Zucken in Erics
Gesicht bemerkt hatte, aus dem die Freude plötzlich wich,
um der Verwunderung Platz zu machen.

»Aber das ist doch völlig lächerlich!« sagte Clarissa in
heiterem Ton, ja beinahe lachend. »Herr Kommissar, man
hat Sie wegen einer Lappalie herbemüht. Du hättest vorher mit mir sprechen sollen, Eric, ehe du diese Herren
bemüht hast!«

»Worüber?« fragte Eric kalt.

»Herr Kommissar«, fuhr Clarissa fort, ohne Eric eines
Blicks zu würdigen, »ich bin untröstlich, Herr Kommissar: mit Herrn Peyrat und Frau Bautet-Lebrêche hatten
wir den Plan gefaßt, meinem Mann einen Streich zu
spielen, weil wir seine Kompetenzsprüche in Sachen Kunst
vor einigen Tagen etwas ärgerlich fanden ... Herr Peyrat
hatte diese Fälschung bei sich, führte sie als Kuriosität mit
sich; aus Spaß beschlossen wir, meinen Mann zum Kauf
des Gemäldes zu bewegen, wobei wir natürlich bereit
waren, ihm in Cannes die Wahrheit zu sagen. Wir wollten
ihm gleich beim Mittagessen die Augen öffnen ...«

Es entstand ein kurzes Schweigen, das Edma Bautet-
Lebrêche beendete:

»Ich kann bestätigen«, sagte sie zu den armen Polizisten, »daß das alles haargenau stimmt. Ich bin untröstlich, Eric, diesen Streich mitgespielt zu haben, der vielleicht geschmacklos ist.«

»Sie sind Frau Bautet-Lebrêche?« fragte der Kommissar, der jetzt wütend zu sein schien und dessen Ton Edma gegenüber an Respekt und Ergebenheit ermangelte, die sie immer erweckte, wo sie auch auftrat.

Julien sah mit Vergnügen, wie sich Edmas Brust schwellte, ihr Blick schärfer wurde, als sie mit spitzer Zunge entgegnete: »In der Tat, ich bin Frau Bautet-Lebrêche. Und dies ist mein Mann, Armand Bautet-Lebrêche, Kommandeur der Ehrenlegion, Präsident der Pariser Handelskammer und Rat des Rechnungshofes.«

Armand unterstrich diese Titel mit jeweils kurzem Kopfnicken, worüber Julien sich zu anderen Zeiten totgelacht hätte.

»Richtig«, sagte er, nun auch ungehalten, ohne daß man wußte, warum, und an allen Ecken wurden jetzt Stimmen laut.

Julien fühlte Clarissas Hand auf seinem Arm. Er drehte sich gleichsam widerwillig um. Sie blickte ihn an, die Augen vor Erleichterung geweitet und in jeder Wimpernecke eine Träne.

»Mein Gott«, flüsterte sie, »habe ich eine Angst gehabt, Julien. Ich habe geglaubt, man würde dich wegen Bigamie festnehmen!«

Und ohne sich im geringsten über diese Gebärde verlegen zu zeigen, legte sie ihre Arme um seinen Hals und küßte ihn zwischen dem Haaransatz und dem Kragen seines Polohemds.

Kurze Zeit später, als der Zwischenfall mit Champagner und unter Späßen und Gelächter beigelegt war, kletterten die drei Polizisten winkend über das Fallreep von Bord, und Clarissa, die mit den anderen Passagieren strahlend an der Reling stand, murmelte Julien zu: »Mein kleiner lieber Fälscher, du ... Was soll uns das alles anhaben, mein Geliebter?«

Und wieder lachte sie erleichtert.

Clarissa wollte nicht in ihre Kabine zurück. Sie wollte nicht einmal Eric wiedersehen. Sie weigerte sich mit jedem Zentimeter ihres Körpers, und Julien war über diesen Widerstand oder vielmehr diese Feigheit halb überrascht, halb amüsiert und halb verärgert.

»Du kannst doch nicht davongehen, ohne ein Wort zu sagen ... Du hast immerhin zehn Jahre mit diesem Mann gelebt.«

»Ja«, antwortete Clarissa und wendete den Blick ab, »ja, und das waren bereits zehn Jahre zuviel. Ich kann ihm nicht ins Gesicht sagen, daß ich ihn verlasse. Ich bin zu feige, ich habe Angst ...«

»Aber wovor denn?« fragte Julien. »Ich werde in der Nähe sein. Wenn er gemein wird, rufst du mich, dann komme ich sofort, und wir liefern uns wieder um deine schönen Augen eine kleine Western-Schlägerei!« Er lachte, er versuchte, die Situation zu entdramatisieren; er sah, wie Clarissa errötete, blaß wurde, sich mit ihren schlanken Händen krampfhaft an seinen Arm klammerte, und er sah ihre dunklen Augen, die sich mit Tränen der Wut und der Angst füllten.

»Ich habe mich heute zu sehr aufgeregt«, sagte sie, nach Atem ringend. »Ich habe geglaubt, daß du mir nicht mehr gehörst, daß du ins Gefängnis müßtest, daß alles kaputt sei, vorbei. Ich habe geglaubt, daß alles hin sei, das Glück und so ...«

»Ich auch«, gab Julien zu und hörte mit seinen moralischen Ratschlägen auf. »Und das hätte gut der Fall sein können«, fügte er nach einem kurzen Schweigen hinzu.

»Was willst du damit sagen?« Clarissa zeigte sich erstaunt.

Ihr Wesen erschien Julien als zu untadelig. Er wußte nicht, daß diese kleinliche Ehrlichkeit und diese Achtung fremden Eigentums Vorstellungen waren, die einer bestimmten mittleren Bürgerschicht vorbehalten blieben und die nur selten in vollem Umfang in die Wirklichkeit

umgesetzt wurden, und daß sogar nach einem gewissen
Entwicklungsprozeß der Mangel an Skrupeln mit dem
Reichtum zunahm.

»Weißt du«, sagte er, »als du gemerkt hast, daß ich ein
kleiner Dieb, Falschspieler und Fälscher war, dann hätte
dich das abstoßen können, nicht wahr?«

»Mach keine großen Worte«, erwiderte Clarissa
lächelnd, als hätte er sich zu Unrecht belastet, »das ist
nicht weiter von Bedeutung, was du getan hast. Und
außerdem«, fügte sie mit einem kurzen Lachen hinzu, das
er zynisch fand, »hast du das jetzt alles nicht mehr nötig.«

Aber was glaubt sie denn? Was will sie damit sagen?
Was denkt sie bloß von mir? Die albernsten Hypothesen
gingen ihm durch den Kopf. »Was soll das heißen?« fragte
er in beinahe flehendem Ton.

Und er bat sie tatsächlich, ihn nicht für einen Gigolo zu
halten, der Dieb genügte schon. Er flehte sie an, ihn nicht
geringzuschätzen, was ihn eines Tages zwingen würde,
wie er wußte, sie zu verlassen, weil er sie liebte.

»Ich will damit sagen, daß du weiterhin Taxator bleiben
kannst, ohne das alles zu tun. Wir kaufen zusammen
überall Bilder an, verkaufen sie wieder und teilen den
Gewinn, nachdem du meiner Bank die Kredite zurückge-
zahlt hast, damit du bei Laune bleibst. Für einen Fälscher
siehst du ja so moralisch aus«, erklärte sie zärtlich.

Und Julien ließ endgültig von dem Versuch ab, begreifen
zu wollen, was sie unter »moralisch« verstand. Er schob
sie sanft, aber unbeirrt zur Treppe und schaute zu, wie sie
ihre Kabine betrat, während er sich im Gang an die Wand
lehnte und zwischen dem Wunsch, sich mit diesem Denun-
zianten anzulegen, und dem vielleicht stärkeren Wunsch,
Clarissa nicht zu niedergeschlagen, nicht zu verletzt und
schuldbewußt wiederzusehen, hin und her gerissen fühlte.

Eric packte seine Koffer, das heißt, er packte sie neu, denn
der Steward hatte ihm diese Aufgabe abgenommen, ohne
zu wissen, daß der Herausgeber des *Forum* sie wieder
öffnen und seine Sachen mit der gleichen Sorgfalt einpak-
ken würde, mit der er seine Artikel bearbeitete.

Clarissa schloß die Tür hinter sich und lehnte sich mit
stark klopfendem Herzen dagegen. Sie glaubte, seine

Schläge im Raum widerhallen und abklingen zu hören. Ihr Herz erschlaffte für Augenblicke, schlug schleppend und war nahe daran, ganz stehenzubleiben, als Eric sich plötzlich umdrehte: blaß, aber gefaßt und freundlich, wie es schien. Sein Gesicht drückte Entschlossenheit aus, seine Gesten verrieten Eile, was Clarissa in ihren Vermutungen bestätigte. Er würde auf das Geschehene nicht eingehen, er würde von nichts reden, er würde so tun, als sei nichts passiert – wie jedesmal, wenn ihm etwas unangenehm war.

»Ich bin untröstlich«, sagte er mit einem krampfhaften Lachen, »untröstlich, diesen guten Julien Peyrat verdächtigt zu haben. Ich hätte das tatsächlich für einen Scherz halten müssen. Ich denke, du hast meinen Scheck.«

»Ja«, antwortete Clarissa und reichte ihm den Scheck.

»Gut. Ich werde Herrn Peyrat später ein paar Worte schreiben, falls du seine Adresse hast, natürlich. Bist du fertig? Wir haben noch Zeit, zum Flughafen nach Nizza zu fahren, und dann bin ich rechtzeitig für den Umbruch der nächsten Nummer zurück.«

Und ohne ihre Reglosigkeit und ihren Ungehorsam zu bemerken, ging er ins Badezimmer und raffte die Bürsten und Kämme und verschiedensten Tuben zusammen, wobei eine polternd in die Wanne fiel. Das zeigte seine Aufregung, denn Eric ließ nie etwas fallen, zerbrach nichts, stieß nicht an Möbel und verbrannte sich ebensowenig an heißen Kartoffeln. Ebensowenig wie er beim Öffnen der Flaschen Champagner vergoß. Ebensowenig wie ... Clarissa versuchte, dieses Vorbeiziehen der Tugenden oder vielmehr mangelnder Fehler in ihrem Kopf zum Stillstand zu bringen. Es stimmte, Eric hatte etwas Negatives, alles, was er tat, war gegen jemanden gerichtet oder geschah aus Verweigerung einem anderen gegenüber. Er hatte im Vorbeigehen den Frisiertisch verrückt, und Clarissa erblickte sich im Spiegel, wie sie war: blaß, häßlich, fand sie, mit einem dummen Zucken, das ihren rechten Mundwinkel erzittern ließ und das sie nicht unterbinden konnte. Diese bleiche Frau in diesem Spiegel war absolut unfähig, die Wahrheit zu sagen oder zu fliehen und diesem hübschen braungebrannten und entschlossenen Mann zu entrinnen, der vor demselben Spiegel hin und her eilte, so daß sein Bild ihres manchmal wie ein Symbol verdeckte.

»Eric«, sagte trotzdem die Frau im Spiegel mit zitternder Stimme, »Eric, ich gehe! Ich fahre nicht mit dir, ich kehre nicht nach Paris zurück. Ich glaube, wir sollten uns trennen ...«, stammelte sie in ihrer Verwirrung, »aber es geht nicht anders.«

Und sie sah, wie Eric gegenüber von ihr bei ihrem ersten Satz innehielt und auf seinen zwei Beinen in einer sportlichen Haltung verharrte, die jedoch zu dem Sinn ihrer Worte nicht passen wollte. Sie konnte ihn sehen, ohne ihn verstohlen zu beobachten; sie sah ein aufmerksames, verschlossenes Gesicht, das von der Idee aufgepeitscht war, was er unternehmen würde. Sie sah ihn vor sich stehen, mit herabhängenden Armen, den Oberkörper leicht nach vorn geneigt, den Blick auf sie gerichtet. Irgendwie erweckte er den Eindruck, Tennis zu spielen. Aber man konnte auch meinen, daß diese Bälle, die sie seit einer Minute zu ihm hinüberschlug, alle unerreichbare Schmetterbälle waren.

Dennoch klang seine Stimme ruhig, als er antwortete. »Willst du damit sagen, daß du mit diesem miesen Betrüger losziehen willst? Willst du damit sagen, daß du dich für seine Pokerei, seine schlechten Bilder und seine Pferderennen interessierst, für diesen Banausen? Du, Clarissa?«

»Ich, Clarissa«, wiederholte sie verträumt. »Du weißt sehr wohl, daß ich Alkoholikerin, verwöhnt, gleichgültig und dumm bin ... Und fade«, fügte sie mit einem gewissen stolzen, tiefwurzelnden Vergnügen hinzu, und zwar in einem Tonfall, der nach Erlösung klang, einem Tonfall, den Eric sofort erkannte.

Es war der gleiche, der im Munde seines Chauffeurs mitschwang, als er ihn vor drei Monaten entlassen hatte; sowie der des großen Philosophen, dieses großen Schriftstellers und einstigen Mitarbeiters beim Forum, der ihm vor dem Urlaub für immer seine Beiträge entzogen hatte, bloß weil Eric eine Bemerkung über seine Artikel gemacht hatte. Bei diesen drei Personen, ob sie nun gebildet oder ungebildet waren, und denen er sich durch so verschiedene Gefühle oder Hierarchien verbunden sah, hatte er diesen Tonfall bemerkt, diesen Klang, diese Heiterkeit beinahe, als sie sich von ihm verabschiedeten. Ja, es war Heiterkeit, und in diesem Fall war es ähnlich. Was er jedoch hören wollte, war Beschämung. Und der Gedanke, daß es ihm nicht gelingen würde, diese Scham bei Clarissa – wie bei den beiden anderen – wachzurufen, traf ihn plötzlich mit der Deutlichkeit einer Erkenntnis, so daß er schwankte und beschämt errötete, allerdings über seine Ohnmacht.

»Du denkst doch nicht, daß ich dich zurückhalten werde«, sagte er abgehackt, was die Härte seiner Worte unterstrich. »Ich werde dich nicht an die Tür unseres Hauses in Versailles binden oder dich von Spitzeln über-wachen lassen oder dich in dein Zimmer einschließen.«

Und während er diese Gemeinheiten aufzählte, die er gerade nicht begehen wollte, die er sich geradezu verbot, erschienen sie ihm im Gegenteil als die einzigen Lösungen, als die einzigen normalen Auswege, und sehr schnell sagte er sich selbst: wenn er jetzt noch einmal davonkam und es ihm gelang, mit ihr nach Versailles zurückzukehren, dann würde er rasch diese dummen Reden verleugnen, die ihm die Angst entrissen hatte.

Und Clarissa schien das ebenfalls zu spüren, denn sie wollte zurückweichen und stieß sich an der Tür, deren Klinke sie hinter sich umklammert hielt.

»Ich will dich nicht töten«, sagte er voller Bitterkeit. »Ohne dich verletzen zu wollen, liebe Clarissa, ich werde die wenigen Tage, die dich die Entdeckung dieses Peyrat beschäftigt, nicht in Verzweiflung und Tränen ver-bringen.«

»Damit habe ich auch nicht gerechnet«, antwortete Clarissa gefühllos. »Ich habe eher an das *Forum* gedacht, das dich in der Zeit in Anspruch nimmt und zerstreuen wird.«

»Willst du vielleicht das *Forum* zurückhaben?« fragte er. Und gleich darauf ärgerte er sich über die Absurdität dieser Frage. Sie wußte sehr genau, daß die Zeitschrift ihm gehörte, und zwar trotz des Kapitals der Barons, und er wußte, daß Clarissa sie ihm nicht wegnehmen würde. »Nein, vergiß das!« fügte er hart hinzu.

Und sie zwinkerte mit den Augen, als ob sie ihn tatsäch-lich nicht verstanden hätte. Sie machte einen ruhigen Eindruck, obwohl ihre Hände und ihre Unterlippe zitter-ten. Sie wirkte sogar überlegen. Sicher hatte sie jenes Unsichtbare in sich wiedergefunden, jene geheime Waffe, mit deren Hilfe sie ihm immer entschlüpft war und die er nicht benennen konnte und die er vermutlich nie zu definieren vermochte. Und dieses »nie«, das er in Gedanken aussprach, versetzte ihm einen Tiefschlag. Sie würde niemals zurückkommen, davon war er jetzt überzeugt. Und selbst wenn es ihr eigener Fehler war und er seine Hand nicht im Spiel hatte, war es doch etwas Endgültiges, das sich ihm entzog, das sich seiner Kontrolle entzog, seinem Willen, ja seiner Macht.

Und in einem letzten Anlauf warf er Clarissa wütend entgegen: »Wenn du glaubst, daß ich mich ohne dich langweilen werde oder daß ich dich auch nur einen Augenblick bedauern könnte, meine arme Clarissa, wirklich, dann täuschst du dich wirklich schwer.«

Und er starrte sie an, ohne sie zu sehen, ohne ihr zuzuhören, und ihre Antwort erreichte sein Verständnis erst fünf Minuten nachdem sie gegangen war:

»Ich weiß«, sagte sie. »Auch das ist ein Grund, warum ich gehe.«

atürlich war ich nicht dabei«, jammerte Simon Béjard mit einem vorwurfsvollen Blick auf Olga, deren Langsamkeit beim Kofferpacken der Grund für dieses Versäumnis zu sein schien. »Ich hätte es den Polypen schon gegeben ... Als ob Eric nicht gewußt hätte, daß das Bild gefälscht ist. Eric hat doch selbst gesagt, daß Julien es ihm nicht verkaufen wollte, also! Man könnte meinen, Ihr Mann spielt verrückt. Ich will Ihnen nicht zu nahe treten, aber er kann einen auf die Palme bringen. Auch er ist im Grunde ein Schwätzer.«

Betrachtungen dieser Art äußerte Simon Béjard am laufenden Band und ohne sichtlichen Zusammenhang, während er geräucherten Lachs und Kaviarhappen zu sich nahm und seine Reden hin und wieder mit einem Blick auf die Person begleitete, der seine Anspielungen galten oder die daran interessiert sein mußte. Olga war mit ihrem Essen beschäftigt, hielt die Augen gesenkt, war nicht geschminkt und trug einen blauen Overall, der sie vermutlich jünger machen sollte, der jedoch bei ihrer gewollt forschen Haltung und dem melancholischen Gesichtsausdruck lediglich dazu beitrug, ihr das zweifelhafte Aussehen einer brummigen alten Jungfer zu verleihen. Auch sie hatte die Szene verpaßt, doch das war ihr jetzt völlig gleichgültig. Die Lethuilliers, die Bautet-Lebrêches, die Peyrats und Konsorten konnten sich ruhig gegenseitig zerfleischen oder ins Gefängnis werfen; solange sie nicht den Filmvertrag mit Simon unterzeichnet hatte, interessierte Olga sich grundsätzlich für nichts. Mochte die Welt zugrunde gehen oder eine Großmacht die andere vernichten, Olga war jedenfalls überzeugt davon, daß die atomaren Niederschläge die Studios von Boulogne nicht berühren würden und daß die Präsidenten der Vereinigten Staaten und der Sowjetunion zumindest warten würden, bis sie ihren Vertrag unterschrieben hatte und das letzte Bild, wie man sich ausdrückte, im Kasten war, bevor sie mit ihren Bombardierungen begannen. Unterdessen folgte sie Simon

Béjard wie ein junger Hund, kläffte, wenn er lachte, knurrte, wenn er unzufrieden war, füllte seine Schüssel, wenn er Hunger hatte, und begleitete seine Reden mit begeistertem Bellen. Simon betrachtete sie manchmal mit einem Blick, den sie rührend fand, der jedoch nur Ekel ausdrückte. Er sprach in aller Härte zu ihr, und Clarissa schaltete sich mildernd ein.

Clarissa saß am Kopf des Tisches neben dem finsteren Ellédocq und Julien, der wie berauscht und selig war. Sie salbaderte, sie lachte, sie schien auf dem Gipfel des Glücks zu sein. Und Julien verschlang sie mit den Augen. Simon beobachtete sie einen Moment und fühlte sich plötzlich sehr alt und sehr hochtrabend. Sie würde vielleicht weiterhin trinken und Julien weiterhin spielen, aber sie würde sich nicht betrinken und er nicht mehr mogeln, da sie zu beidem keinen Grund mehr hatten. Sie würde ihren Beitrag als reiche Frau einbringen und er seinen Beitrag als glücklicher Mann, und Clarissas Beitrag war sicher der geringere. Sie sahen auf einmal wie zwei Kinder aus, sagte sich Simon Béjard sehnsüchtig, wie zwei Unverantwortliche, von denen Clarissa vermutlich als die nachdenklichere erschien, selbst wenn diese Nachdenklichkeit die Frucht des Unglücks war. Und Simon hatte das Gefühl, wenn er diese Frau lachen und ihrem Nachbarn heiße Blicke zuwerfen sah, daß sie sich sehr wohl dem Glück überlassen und das Nachdenken aufgeben konnte. Und ihr Glück hatte die Chance, Bestand zu haben, weil sie beide zu Konzessionen bereit waren, bereit zur Nachsicht, und weil beide das Unglück haßten. Sie aus Erfahrung, er instinktiv.

»Viel Glück!« sagte Simon plötzlich und hob sein Glas. Und alle erhoben sich und stießen gerührt mit ihrem Nachbarn an, als wollten sie einem verflossenen Leben adieu sagen, als sähe jeder mit diesen neun, so schnell vergangenen Tagen ein Stück seiner Existenz dahinschwinden. Und alle lachten über ihre eigene Rührung, bis auf Eric, der von Bord gegangen war, und Charley, der sicher zu sentimental war und seit dem Vorabend Tränen in den Augen hatte. Er hatte ein so leichtbewegtes Herz, dieser arme Charley, dachte Edma Bautet-Lebrêche und stieß mit ihm an. Er weinte wahrscheinlich diesem armen

Andreas hinterher, den er nicht einmal besessen hatte und der sicher abgereist war, um in Nantes oder Nevers Verheerungen anzurichten.

»Trinken wir auf Andreas«, sagte sie, »auch wenn er nicht da ist. Ich trinke auf seine Karriere.«

»Und ich«, warf Simon ein, »ich trinke auf den Schauspieler Andreas.«

»Ich auch«, fiel einer nach dem anderen ein, mit Ausnahme von Armand Bautet-Lebrêche, dessen Toast von dem überstürzten Aufbruch des in Tränen ausbrechenden Charley Bollinger verhindert wurde, der beim Aufstehen seinen Stuhl umwarf.

»Was hat er denn?«

»Was macht der gute Charley?«

»Was ist mit ihm los?«

Die verschiedenen Hypothesen, die hier und da geäußert wurden, wischte Ellédocq vom Tisch, der stets über alles auf dem laufenden war, was sein Personal betraf. »Charley Bollinger leberkrank«, meinte er besorgt und wie ein Ehepartner. »Gestern mittag drei Teller Eierschaum. Werde ihn in Cannes zum Arzt schicken.«

»Das ist sehr vernünftig«, sagte Edma. »Sie müssen sich um Charley kümmern, Herr Kommandant. Schließlich sind Sie sein Vater und gleichzeitig sein ...« Sie stockte. »Sein alter ego.«

»Was soll das heißen?« knurrte Ellédocq, der hinsichtlich des Verhältnisses zwischen ihm und Charley stets empfindlich war.

»Alter ego, das bedeutet ein zweites Ich, Charley ergänzt Sie, Herr Kommandant. Er verfügt über die Weiblichkeit, die Sanftmut, die Feinfühligkeit, die Ihnen Ihre grollende Männlichkeit nicht erlaubt. Was seine Leberkrankheit anbelangt, so weiß ich, wo das herrührt: wenn die Atmosphäre um diesen armen Charley nicht ständig von Zigarren- oder Pfeifenqualm geschwängert wäre, könnte er besser atmen und hätte einen besseren Teint ... O nein, Herr Kapitän, machen Sie nicht so große Augen, ich spreche nicht unbedingt von Ihnen, Sie sind nicht der einzige, der auf diesem Schiff Rauchwolken ausgestoßen hat ... Ja, ja, ich weiß, wir wissen alle ...«, fuhr sie erregt fort, während Ellédocq hochrot mit der Faust auf den

Tisch schlug und ausrief: »Aber mein Gott, ich rauche doch nicht! Ich rauche seit drei Jahren nicht mehr!« ohne daß ihm jemand zuhörte, bis auf Kreuzer, der Ellédocq in seiner Rolle sehr gut fand, obwohl er ihn verachtete.

»Im Gegenteil, ich halte Kapitän Ellédocq für sehr mutig«, sagte er in seiner abgehackten Sprechweise. »Um kein schlechtes Beispiel zu liefern, raucht er sicher in seiner Kabine. Das ist höchst schätzenswert, denn des gewohnten Nikotins sich zu enthalten ist sehr schwer, nicht wahr?« fragte er Ellédocq, der nun scharlachrot geworden war.

»Nein!« brüllte der Kapitän. »Nein! Ich habe kein einziges Mal geraucht! Ich habe seit drei Jahren nicht geraucht. Sie haben mich keine zwei Mal, kein einziges Mal rauchen sehen, Herr Kreuzer, niemand hat mich rauchen sehen, niemand!« ächzte er verzweifelt, während Edma und die Doriacci ihre Gesichter wie zwei Schülerinnen hinter ihren Servietten verbargen.

Ellédocq stand auf, und nachdem er unter Anstrengungen seine Kaltblütigkeit und seine Morsesprache wiedergewonnen hatte, verneigte er sich vor den Gästen und legte, bis zum letzten heroisch und ehrenhaft, die Hand an die Schirmmütze. »Erwarte Abreise von allen am Landesteg«, sagte er. Und nach einer weiteren Verbeugung entfernte er sich. Am Tisch blieben lediglich die Bautet-Lebrêches, die Doriacci, Simon und Olga, Julien und Clarissa zurück.

»Es ist schon spät«, erklärte Edma mit einem Blick auf ihre Cartier-Uhr, die mit drei oder vier anderen Kleinigkeiten der gleichen Preisklasse im Tresor der *Narcissus* aufbewahrt worden waren. »Wir haben zwei Stunden gespeist, übrigens deinetwegen, Armand. Was hast du zu dieser Stunde am Kai gemacht, wenn die Frage nicht indiskret ist?«

»Ich habe mir einige Wirtschaftszeitungen geholt, meine Liebe«, antwortete Armand, ohne die Augen von seinem Teller zu heben.

»Und du hast dir natürlich das *Börsenecho*, das *Finanzblatt* und und und mitgebracht. Ich weiß nicht einmal, ob die neuen Herbstmoden in Paris schon getragen werden ...«

»Ich habe dir den *Regard* mitgebracht, um dir das Photo von Fräulein Lamouroux und Herrn Lethuillier zu zeigen«, erwiderte Armand zu seiner Verteidigung, »aber Herr Lethuillier hat ihn mir im Vorbeigehen buchstäblich aus der Hand gerissen. Übrigens glaube ich, daß er daraufhin beschlossen hat, in der Stadt zu essen. Er scheint dieses Bild gräßlich zu finden, dabei ist es nicht einmal schlecht.«

»Mein Gott«, sagte Edma, »mein Gott, das habe ich verpaßt! Wenn ich daran denke, daß ich beinahe auch Ihre Verhaftung verpaßt hätte, mein lieber Julien ... Es hätte mich krank gemacht!«

»Davon hätte ich Sie abgehalten«, erklärte Julien gutgelaunt. »Um ein Haar hätte ich dem Herausgeber des *Forum* eine Fälschung verkauft, außerdem habe ich mich mit ihm geschlagen und so weiter«, fügte er schnell hinzu, jedoch nicht rasch genug, um Simon Béjards raffinierte Kommentare zu verhindern.

»Und Sie haben ihm seine Frau weggeschnappt, und Sie haben ihn lächerlich gemacht, und überdies betet er Sie an«, sagte Simon heiter.

Und er brach in Gelächter aus, dem das säuerliche und unterwürfige Lachen Olgas sowie das sehr viel überzeugendere der Doriacci folgten, die dieser Tag und diese Nacht der Einsamkeit in äußerst gute Laune versetzt zu haben schienen. Sie erhob sich und ging mit ihrem königlichen Schritt und ihrem knallroten Schal zur Tür. Und im Vorbeigehen trat sie auf Clarissa zu, die sie auf beide Wangen küßte, dann wiederholte sie diese Geste bei Edma und Olga, anschließend bei Simon und Armand, die beide rot wurden, bis sie zu Julien kam, den sie etwas länger küßte als die anderen.

»Adios!« sagte sie an der Tür. »Ich reise jetzt ab. Falls ich irgendwo singe, wo Sie sich gerade aufhalten, kommen Sie in mein Konzert, und zwar ohne Eintrittskarte, denn ich schulde den Passagieren der *Narcissus* noch die Mahler-Lieder, vier Arien von Mozart und ein Lied von Reynaldo Hahn. Viel Glück!« fügte sie auf der Türschwelle hinzu.

Die anderen schauten sich an, standen ebenfalls auf und begaben sich zum Landesteg, um sich in Gegenwart von Ellédocq und Charley voneinander zu verabschieden.

Clarissa hielt Juliens Hand und warf verstohlene Blicke
zur Stadt hinüber, ja besorgte Blicke, doch Julien hatte
kaum eine Viertelstunde gebraucht, um ein Auto zu mieten und die Hälfte ihres Gepäcks einzuladen.

»Und den Rest, wie bekomme ich den wieder?« fragte
sie, während sie in den alten Mietwagen stieg.

Und Julien antwortete: »Vielleicht nie!« und küßte sie.
Er setzte zurück, wendete auf dem Kai, um die Straße nach
Westen zu nehmen, und machte einen Augenblick gegen-
über von der *Narcissus* halt.

Die *Narcissus* lag im Hafen, stampfte und rauchte noch
mit dem behaglichen und zufriedenen Ausdruck, ihre
Aufgabe erfüllt zu haben. Unter der Sonne, die wie bei der
Abfahrt schien, herrschte auf dem Schiff eine betäubende
Stille, da es der Stimmen der Passagiere und des Motoren-
geräuschs beraubt war. Eine Stille, die Charley, als er das
Fallreep hinaufkletterte, grausam, Ellédocq hingegen
beruhigend fand.